카라마조프가의 형제들 2

이 도서의 국립중앙도서관 출판예정도서목록(CIP)은 서지정보유통지원시스템 홈페이지(http://seoji.nl.go.kr)와
국가자료공동목록시스템(http://www.nl.go.kr/kolisnet)에서 이용하실 수 있습니다.
(CIP제어번호: CIP2018011154)

세계문학전집
158

Фёдор Достоевский : Братья Карамазовы

카라마조프가의 형제들 2

표도르 도스토옙스키 장편소설

김희숙 옮김

문학동네

일러두기

1. 번역 대본으로는 1972~1990년 소련과학아카데미의 레닌그라드 나우카 출판사에서 발간한 도스토옙스키 전집 30권 중 1976년에 발간된 14, 15권을 사용했다. Братья Карамазовы, Фёдор Михайлович Достоевский, Полное собрание сочинений в тридцати томах, Издательство Наука(Ленинградское отделение), 1976.
2. '작가의 주'를 제외한 나머지 주석은 모두 옮긴이주이다.
3. 원서의 프랑스어 또는 기타 언어 부분은 이탤릭체로 처리했고, 강조 부분은 고딕체로 처리했다.
4. 외래어 표기는 국립국어원 외래어 표기법을 참고하되 일부는 원지음과 관용에 따랐다.
5. 줄표 및 문장부호의 쓰임은 원서의 형식을 따랐다.
6. 성서 인용은 대한성서공회 개역개정에 따랐다.

등장인물

표도르 파블로비치 카라마조프 … 가장
드미트리(미챠, 미첸카, 미치카) … 첫째 아들
이반(바냐, 바네치카, 반카) … 둘째 아들
알렉세이(알료샤, 알료쉬카, 알렉세이치크, 료셰치카, 알료셴카, 알료셰치카) … 셋째 아들

아젤라이다 이바노브나 미우소바 … 표도르의 첫번째 부인, 드미트리의 모친
소피야 이바노브나 … 두번째 부인, 이반과 알렉세이의 모친

스메르자코프(파벨 표도로비치) … 표도르의 하인이자 요리사
리자베타 스메르자샤야 … 백치 여인, 스메르쟈코프의 모친
그리고리 바실리예비치 쿠투조프 … 표도르의 하인
마르파 이그나치예브나 … 그리고리의 아내

카체리나 이바노브나 베르호프체바(카첸카, 카챠, 카치카) … 드미트리의 약혼녀
아그라페나 알렉산드로브나 스베틀로바(그루셴카, 그루쉬카, 그루샤) …
카라마조프 부자를 연적으로 만든 여인, 사업가
미하일 라키친(미샤, 라키트카, 라키투쉬카) … 그루셴카의 사촌, 신학생
카체리나 오시포브나 호흘라코바 … 젊고 부유한 미망인
리자베타(리즈, 리자) … 호흘라코바 부인의 딸

조시마 … 수도원의 장로
니콜라이 일리치 스네기료프 … 퇴역한 이등 대위
일류샤(일류셰치카, 일리야, 일류쉬카) … 스네기료프의 아들
니콜라이 크라소트킨(콜랴) … 일류샤의 친구
입폴리트 키릴로비치 … 검사
니콜라이 파르표노비치 넬류도프 … 젊은 예심판사
페츄코비치 … 변호사

제6편
러시아의 수도사

I
조시마 장로와 그의 손님들

불안하고 고통스러운 마음으로 장로의 처소에 들어섰을 때 알료샤는 깜짝 놀라다시피 하며 걸음을 멈추었다. 어쩌면 이미 의식을 잃고 세상을 뜨는 중인 환자를 보게 될까봐 두려워했는데, 비록 쇠약하여 지치긴 했으나 활기 있고 명랑한 얼굴로 안락의자에 앉아서는 손님들에게 에워싸여 그들과 조용하게 밝은 담소를 나누고 있는 장로를 갑자기 보게 된 것이었다. 하지만 그가 침상에서 일어난 것은 알료샤가 도착하기 겨우 십오 분 전이었다. 손님들은 벌써 더 일찍부터 장로의 처소에 모여 그가 깨어나기를 기다리고 있었는데, '스승님께서는 이미 오늘 아침에 친히 말씀하시고 친히 약속하신 대로, 진심으로 아끼는 이들과 다시 한번 담소를 나누기 위해 반드시 일어나실 것입니다'라고 파이시 신부가 자신 있게 보장했기 때문이다. 파이시 신부는 세상을 뜨는 중인 장로의 이 약속을, 아니 그의 말 한마디 한마디를 너무도 굳게 믿었으므로, 설령 장로가 이미 완전히 의식을 잃고 호흡마저 멎어버린 것을 제 눈으로 본다 하더라도, 다시 한번 일어나서 자기와 작별인사를 나누겠노라는 장로의 약속만 있었다면, 아마 죽음 자체도 믿지 않았을 것이며, 죽어가는 자가 깨어나서 약속을 지키기를 언제까지고 기대했을 것이다. 사실 아침녘에 조시마 장로는 잠이 들면서 그에게 아주 분명하게 이런 말을 했다. "그대들, 내 마음으로 사랑하는 그대들과 다시 한번 마음껏 담소를 즐기고, 그대들의 정다운 얼굴을 바라보며 그대들에게 다시 한번 내 영혼을 토로하기 전에는 죽지 않을 것이오." 필시 마지막이 될 장로의 담화를 듣기 위해 모인 사람들은 오랜 세월 동안 그에게 가장 충실했던 벗들이었다. 그들은 수도사제들인 이오시프 신부와 파이시 신부, 그리고 암자의 총책임자인 수도사제 미하일 신부를 포함한 네 명이었는데, 미하일 신부는 아직 그리 늙지 않고 학식도 별로 없는 평민계급 출신이었으나 강고한 정신과 흔들림 없는 순박한 믿음을 지닌 사람으로 겉으로는 무뚝뚝해 보여도 가슴속은 깊은 법열로 충만했지만, 자신의 법열을 왠지 부끄럽게 여기기까지 하며 감추고 있는 게 분명했다. 네번째 손님은 이미 아주 늙은 평수사로 가장 가난한 빈농계급 출신에다 심지어 거의 문맹이나 다름없는 안핌 형제였는데, 그는 말수가 적고 조용해서 누구와 이야기하는 일도 드문데다 가장 겸손한 사람들 가운데서도 더없이 겸손한 사람이었고, 자신의 지력으로는 도저히 다가갈 수 없는 그 어떤 위대하고도 무서운 것에 영원히 겁을 먹은 듯한 표정을 지니고 있었다. 늘 떨고 있는 것 같은 이 사람을 조시마 장로는 무척 사랑했으며, 언젠가 여러 해 동안 그와 둘이서 성스러운 루시 전역을 함께 순례한 적까지 있으면서도 한평생 그와는 아마 어느 누구하고보다 말을 덜 나누었을 테지만, 그럼에도 평생토록 특별한 존경을 가지고 그를 대했다. 이 순례는 벌써 거의 사십 년이나 된 아주 오래전 일로, 그때 조시마 장로는 그다지 알려지지 않은 코스트로마의 어느 가난한 수도원에서 수도사로서의 수행을 처음 시작했고, 그러고 나서 곧 안핌 신부를 따라 그들의 가난한 코스트로마 수도원을 위해 헌금을 모으려고 순례의 길에 나섰던 것이다. 모두들, 주인이나 손님이나 할 것 없이, 장로의 침대가 놓인 그의 둘째 방에 자리하고 있었는데, 이 방은 앞에서도 말했다시피 워낙 좁아서 네 사람 모두(계속 서 있던 수련 수도사 포르피리를 제외하면) 장로의 안락의자를 둘러싸고 첫째 방에서 가져온 의자에 겨우 자리잡고 앉을 수 있었다. 이미 날이 어둑어둑해지기 시작해서, 성상 앞에 켜둔 등명과 양초가 방안을 밝히고 있었다. 안으로 들어오다가 당황하여 문간에 멈추어 선 알료샤를 보자, 장로는 반갑게 웃으며 손을 내밀었다.

"어서 오너라, 조용한 아이야, 어서 와, 얘야, 드디어 너도 왔구나. 올 줄 알았단다."

알료샤는 그에게 다가가 이마가 바닥에 닿도록 그의 앞에 절을 하고는 울기 시작했다. 무엇인가가 가슴속에서 터져나와 영혼이 전율을 일으켰고, 그저 흐느껴 울고만 싶었다.

"왜 그러느냐, 얘야, 우는 건 좀더 기다려야지." 장로는 오른손을 알료샤의 머리에 얹고 미소를 지었다. "보려무나, 이렇게 앉아서 얘길 나누고 있으니 아마 아직 이십 년은 더 살 게야, 어제 어린 딸 리자베타를 품에 안고 브이셰고리예에서 온 그 착하고 다정한 여인이 나에게 빌어준 대로 말이다. 주여, 어머니도, 딸아이 리자베타도 기억해주시옵소서! (그는 성호를 그었다.) 포르피리, 그 여인의 헌금을 내가 말한 곳에 가져다주었느냐?"

이것은 어제 자신을 숭배하는 그 명랑한 여인이 '나보다 더 가난한 여자'에게 주라면서 헌금한 6그리브나*가 생각나서 한 말이었다. 그런 헌금은 저마다 이유는 달라도 자발적으로 자신에게 부과한 일종의 종교적인 속죄로서 행해지는 것이었는데, 반드시 자신의 노동으로 번 돈이어야 했다. 장로는 저녁녘에 이미, 요 얼마 전 화재를 당해 어린것들을 데리고 걸식에 나선 우리 고장의 어느 소시민 과부에게 포르피리를 보냈다. 포르피리는 그 일을 이미 행했으며 분부대로 '익명의 자선가' 이름으로 그 돈을 전했노라고 급히 아뢰었다.

"그만 일어나거라, 얘야." 장로가 알료샤에게 말을 계속했다. "얼굴 좀 보여주렴. 집에는 다녀왔느냐, 형님은 보았고?"

알료샤는 장로가 형들 중 한 형에 대해서만 유독 그렇게 지적하여 분명하게 묻는 것이 의아했는데—하지만 어떤 형을 말하는 것일까. 그러니까 아마도 바로 그 형을 위해서 어제도 오늘도 자신을 당신 곁에서 내보냈을 터였다.

"형들 중에 한 명은 보았습니다." 알료샤가 대답했다.

"어제 내가 이마를 바닥에 대며 절했던 큰형을 두고 하는 말이다."

"그 형을 어제는 보았는데, 오늘은 아무리 해도 찾을 수 없었습니다."

---

* 옛 러시아의 10코페이카짜리 은화.

"서둘러 찾거라, 내일도 다시 가서 서둘러라, 만사 제쳐두고 서두르거라. 어쩌면 아직은, 그 어떤 무서운 일을 미리 막을 수 있을 게다. 어제 나는 그가 앞으로 겪게 될 크나큰 고통 앞에 절을 한 것이니라."

그는 갑자기 입을 다물고 생각에 잠기는 듯했다. 이상한 말이었다. 어제 장로가 이마가 바닥에 닿도록 절하는 모습을 지켜보았던 이오시프 신부는 파이시 신부와 눈짓을 주고받았다. 알료샤는 참을 수가 없었다.

"장로님, 스승님." 그가 몹시 흥분하여 말했다. "장로님의 말씀은 너무도 모호합니다…… 형을 기다리는 그 고통이란 어떤 것인지요?"

"너무 알고 싶어하지 말거라. 나는 어제 어떤 무서운 생각이 들었다…… 어제 그의 시선은 그의 운명 전부를 말해주는 것 같더구나. 그의 시선이 어찌나 이상하던지…… 나는 그 사람이 자신을 위해 준비하고 있는 일을 즉각 알아채고 두려운 마음에 몸서리를 치고 말았다. 살아오면서 한두 번 나는 몇몇 사람에게서 바로 그런 표정을 보았단다…… 마치 그들의 운명을 그대로 말해주는 듯한 표정 말이다, 그리고 그들의 운명은 슬프게도 그대로 이루어지고 말았지. 내가 너를 그에게 보낸 건, 알렉세이, 같은 형제인 너의 얼굴이 그를 도울 수 있으리라고 생각했기 때문이야. 하지만 모든 것은 주님에게 달렸고, 우리의 모든 운명도 마찬가지란다. '한 알의 밀이 땅에 떨어져 죽지 아니하면 한 알 그대로 있고 죽으면 많은 열매를 맺느니라.' 이 말씀을 명심하거라. 그런데 알렉세이, 살아오면서 나는 네 얼굴 때문에 너를 마음속으로 여러 번 축복했단다, 이걸 알아두려무나." 장로가 조용히 미소 지으며 말했다. "나는 너에 대해 이렇게 생각하고 있단다. 너는 이 담장 밖으로 나가더라도 속세에서마저 수도사처럼 살 게야. 수많은 반대자를 가질 테지, 하지만 너의 그 적들마저 너를 사랑하게 될 거다. 삶이 네게 많은 불행을 가져오겠지만, 바로 그 불행들로 인해 너는 행복해지기도 할 것이며, 삶을 축복하고 다른 사람들에게도 삶을 축복하게 해줄 게야—이것이 무엇보다 중요하지. 너는 바로 이런 사람이란다. 나의 신부님들, 스승님들." 그는 감동에 젖은 미소를 띠고서 손님들을 향해 말했다. "이 젊은이의 얼굴이 내 영혼에 왜 그토록 사랑스러웠는지 나는 오늘까지 한 번도, 심지어 당사자에게조차 말한 적이 없습니다. 지금에야 말씀드리지요. 이 젊은이의 얼굴은 나에게 암시와도 같고 예언과도 같은 것이었습니다. 내 인생의 새벽, 내가 아직 어린아이였을 때 나에게는 형이 있었는데, 겨우 열일곱 살의 젊은이로 내 눈앞에서 죽었습니다. 그후 인생을 살아오면서 나는 나의 이 형이 내 운명에서 하늘이 내리신 지표와도 같고 숙명과도 같았다는 것을 점차 확신하게 되었는데, 왜냐하면 만약 형이 내 인생에 나타나지 않았거나 아예 존재하지도 않았다면, 생각건대, 나는 아마 절대로 수도사의 직을 받지 못했을 것이고 이 소중한 길로 들어서지도 못했을 테니까요. 이 첫번째 나타남이 나의 어린 시절에 있었는데, 이제 이미 나의 길도 끝날 무렵에 이르러 마치 그의 재래再來와도 같은 것이 내 눈앞에 나타났습니다. 놀라운 일이지요. 신부님들, 그리고 스승님들, 알렉세이는 그와 얼굴이 그다지 닮지 않았고 그저 조금 닮았을 뿐이지만, 정신적으로는 너무도 많이 닮아 보여서, 나는 그를 바로 그 젊은이로, 내 인생 여정의 끝에서 어떤 추억과 감동을 주기 위해 신비롭게 나를 찾아온 내 형으로 여긴 적이 한두 번이 아니었고, 나 자신과 나의 그런 이상한 몽상에 놀라기까지 했답니다. 이 얘기를 듣고 있느냐, 포르피리." 그는 그의 시중을 들고 있던 수련사 포르피리에게로 얼굴을 돌렸다. "내가 너보다 알렉세이를 더 사랑한다 하여 네 얼굴에 슬픔 같은 것이 어리는 걸 여러 번 보아왔다. 왜 그랬는지 너도 이제 까닭을 알겠지만, 나는 너도 사랑하고 있어, 이걸 알아두어라, 네가 슬퍼하는 걸 보고, 나도 여러 번 가슴이 아팠단다. 친애하는 손님들, 이제 여러분께 이 젊은이, 나의 형에 대해 얘기하려고 하는데, 나의 삶에서 이보다 더 소중하고 더 예언적이고 감동적인 일은 없었기 때문입니다. 내 가슴은 감동에 젖어 있고, 이 순간 나는 나의 생애 전체를 다시 한번 오롯이 사는 것처럼 눈앞에 생생하게 떠올리고 있습니다……"

여기서 언급해두어야겠는데, 장로가 그의 생애 마지막 날에 그를 찾아온 손님들과 나눈 이 마지막 담화는 부분적으로 기록되어 보존되었다. 장로가 죽고 얼마 뒤 알렉세이 표도로비치 카라마조프가 기념으로 기록해두었기 때문이다. 그러나 이것이 전적으로 그때의 담화였는지, 혹은 이전에 스승과 나눴던 대화에서 발췌한 것들도 자신의 기록 속에서 그 담화에 덧붙였는지에 대해서는 나도 이미 뭐라고 결론 내릴 수 없으며, 게다가 이 기록에서 장로의 담화는 마치 한 번도 중단되지 않았던 것처럼, 마치 친구들을 향해 자신의 생애를 소설 형식으로 서술한 것처럼 계속되고 있으나, 뒤에 이어지는 이야기들로 보건대 틀림없이 실제로는 좀 다르게 진행되었을 터인즉, 그날 저녁의 담화에는 모두가 함께 참여하고 있었으므로 비록 손님들이 주인의 말을 가로채는 일은 별로 없었다 해도, 그들 역시 대화에 끼어들면서 자신의 관점에서 말을 하기도 하고 어쩌면 자신의 관점에서 뭔가를 알려주고 무슨 이야기를 했을 수도 있기 때문인데다, 더욱이 이 이야기가 그처럼 중단되지도 않고 진행되었을 리 만무한 것이, 장로는 이따금 숨이 차고 목소리가 잠기기도 했으며, 비록 아주 잠이 들거나 손님들이 자리를 뜨거나 하지는 않았지만, 휴식을 취하기 위해 그가 침상에 눕는 일마저 있었기 때문이다. 한두 차례는 복음서를 읽느라고 담화가 중단되기도 했는데, 봉독은 파이시 신부가 맡았다. 또한 주목할 만한 점은, 아무튼 그들 중 어느 누구도 그가 바로 그날 밤에 죽으리라고는 생각지 못했다는 사실인데, 낮에 푹 자고 난 뒤라 자기 생애의 이 마지막 저녁에는 친구들과 이 긴 담화를 이어가는 내내 그를 지탱시켜준 새로운 힘을 갑자기 자신의 내부에서 얻은 것 같았으므로 더욱 그러했다. 그것은 마치 그의 내부에 거의 믿기 어려운 활력을 지탱시켜준 마지막 감동과도 같았으나, 이 또한 그저 잠깐 동안에 지나지 않았으니, 그의 삶이 갑자기 중단되고 말았기 때문이다…… 하지만 이 이야기는 뒤로 미루자. 지금은 담화의 온갖 세세한 내용을 기술하기보다, 그저 알렉세이 표도로비치 카라마조프의 수고手稿에 따라 장로의 이야기를 전하는 데만 국한하기로 했음을 알리고 싶다. 이렇게 하는 편이, 거듭 말하거니와, 비록 알료샤가 물론 이전의 담화로부터도 많은 것을 가져와서 한데 합쳐놓았다 할지라도, 좀더 짧기도 하거니와 피로도 덜할 것이기 때문이다.

II

고故 스히마 수도사제 조시마 장로의 생애전에서, 장로 자신의 말을 토대로 알렉세이 표도로비치 카라마조프가 엮음

전기적 보고

(가) 조시마 장로의 형이었던 젊은이에 관하여

사랑하는 신부님들, 스승님들, 나는 먼 북방 현에 있는 V시에서 태어났는데, 아버지께서는 귀족이기는 했으나 명망이 높지도 않았고 높은 관직에 계시지도 않았습니다. 내가 겨우 두 살이었을 때 아버지께서 돌아가셨기 때문에 아버지에 대한 기억은 전혀 없습니다. 당신께서는 나의 어머니에게 자그마한 목조 가옥 한 채와 약간의 재산을 남겨주셨고, 많지는 않았지만 아이들을 데리고 궁색하지 않게 살아가기에는 충분했습니다. 게다가 어머니에게 아이들이라고는 우리 둘, 나 지노비와 형인 마르켈이 전부였습니다. 형은 나보다 여덟 살쯤 위로, 쉽게 발끈하고 예민한 성격이었지만 착하고 절대로 남을 비웃지 않고 이상할 정도로 말수가 적었는데, 특히 집에서 나나 어머니나 하인들을 대할 때는 더욱 그랬습니다. 김나지움에서는 공부를 잘했고, 학우들과 비록 다투는 일은 없었지만 그렇다고 잘 어울리지도 않았지요, 적어도 어머니의 기억으로는 그렇습니다. 죽기 반년 전, 벌써 만 열일곱 살이 되었을 때, 형은 우리 도시에서 홀로 고립되어 살고 있는 어떤 사람한테 열심히 드나들기 시작했는데, 그는 자유사상 때문에 모스크바에서 우리 도시로 추방된 정치범 유형수인 듯했습니다. 이 유형수는 대학에서도 상당히 뛰어난 학자였고 명망 있는 철학자였습니다. 무엇 때문인지 그 사람이 마르켈을 좋아하게 되어 자신의 처소에 받아들이기 시작했습니다. 젊은이는 몇 날 저녁을 계속 그 집에 눌러앉다시피 하며 꼬박 그해 겨울을 보냈고, 그런 일은 이 유형자가 낸 청원이 받아들여져 다시 페테르부르크의 공직으로 복귀할 때까지 계속되었는데, 그 사람한테는 후원자들이 있었던 거지요. 대재 기간이 시작되었지만, 마르켈은 재계하려 들기는커녕 욕을 하며 그것을 비웃어대는 겁니다. "이건 다 헛소리야, 하느님 같은 건 있지도 않아"—그래서 어머니와 하인들은 말할 것도 없고 어린 나까지 공포에 사로잡혔지요, 나는 그때 겨우 아홉 살밖에 되지 않았지만, 그 말을 듣자 겁이 덜컥 났으니까요. 우리집에는 하인이 넷 있었고, 모두 우리와 안면이 있는 지주 명의로 사들인 농노들이었습니다. 지금도 기억하지만, 어머니는 이 넷 가운데 한 하녀, 그러니까 다리를 저는 나이 먹은 식모 아가피야를 지폐* 60루블에 팔고 그녀 대신에 해방 농노를 하녀로 고용했습니다. 그런데 대재 기간의 여섯번째 주에 형의 건강이 갑자기 악화되었는데, 형은 평소에도 건강하지 못했고 가슴팍이 약하게 생겨서 폐병에 걸리기 쉬운 편이었습니다. 키는 작지 않았지만 가냘프고 허약하고, 그래도 얼굴은 아주 단정하게 생겼더랬습니다. 감기가 들었거니 했으나, 의사가 와서는 급히 어머니

* 1769년에 도입된 지폐 루블은 처음엔 은 루블과 동일한 가치를 지녔으나, 점차 가치가 하락하여 1814~1815년경에는 지폐 1루블이 은화 20코페이카에 해당했다. 이 지폐 루블은 1849년 화폐개혁에 따라 폐지되었다.

한테 속삭이길, 급성 폐결핵이어서 봄을 넘기지 못할 거라고 하더군요. 어머니는 눈물을 흘리시기 시작했고, 형을 붙잡고서 제발 재계하고 성체성사를 받으러 가자고 조심스레(무엇보다도, 형이 놀라지 않게 하려고 그랬던 거지요) 부탁하셨지요. 그때는 형이 아직 걸을 수 있었거든요. 그 말을 듣자 형은 화를 내면서 하느님의 사원에 대해 욕을 퍼부었지만, 뭔가 생각에 잠겼습니다. 자신의 병세가 위중하며 그 때문에 어머니가 아직 그에게 기력이 남아 있는 동안 재계하고 성체성사를 받게 하려는 것임을 금방 알아챈 겁니다. 하긴 형도 자신의 건강이 오래전부터 좋지 않다는 것을 벌써 알고 있었고, 이 일이 있기 한 해 전에도 한번은 함께 밥을 먹다가 나와 어머니에게 냉정하게 "나는 어머니나 동생하고 어울려 이 세상에서 살 사람이 아녜요, 어쩌면 일 년도 못 살지 몰라요"라고 말한 적이 있는데, 그 말이 꼭 예언처럼 돼버린 것이지요. 사흘쯤 지나자 수난주간이 시작되었습니다. 그런데 형이 화요일 아침부터 재계하러 성당에 가는 겁니다. "어머니, 이건 사실 어머니를 위해 하는 거예요, 어머니를 기쁘게 해드리고 안심시켜드리려고요" 하고 형이 어머니에게 말했습니다. 어머니는 기쁜 나머지 울음을 터뜨렸지만, 슬픔이 북받쳐서 그런 것이기도 했습니다. '저애 마음이 저렇게 갑자기 변한 걸 보니, 얼마 남지 않았나보다' 하는 생각이 드셨던 거지요. 하지만 형은 성당에 오래 다니지도 못하고 몸져눕게 되어, 이제 고해성사도 성체성사도 집에서 받았습니다. 향기 그윽한 밝고 맑은 날들이 찾아왔지요, 그해엔 부활절이 늦게 들었더랬습니다. 지금도 기억하고 있지만, 형은 밤새도록 기침을 하며 잠도 제대로 못 자면서 아침이면 언제나 옷을 입고 부드러운 안락의자에 앉으려고 애를 썼습니다. 그래서 그런 모습으로 형을 기억에 새기게 됩니다. 형은 조용하고 온화한 표정으로 거기 앉아서 미소 짓고 있습니다, 아픈 몸인데도 명랑하고 기쁨에 넘치는 얼굴로 말이지요. 형은 영적으로도 완전히 변했습니다—그런 놀라운 변화가 형 안에서 갑자기 시작되었던 겁니다! 늙은 유모가 형의 방으로 들어가서 그러지요. "허락해주세요, 도련님, 도련님 방에도 성상 앞에 등명을 밝히고 싶은데요." 전에는 그러지 못하게 하고 입으로 후 불어 꺼버리기까지 했거든요. "밝혀요, 유모, 어서 밝혀요, 전에는 그러지 못하게 했으니, 난 정말 나쁜 놈이었어요. 유모는 등명을 밝히면서 하느님께 기도드리고, 나는 기쁜 마음으로 유모를 보면서 기도드리지요. 그러니 우리는 같은 하느님께 기도드리는 거예요." 우리에겐 이 말이 이상하게 여겨졌고, 어머니는 당신 방으로 가서 내내 우셨지만, 형의 방에 들어갈 때는 눈물을 말끔히 닦아내고 명랑한 표정을 지으셨습니다. "어머니, 울지 마세요, 어머니." 형은 이렇게 말하곤 했지요. "나는 아직 많이 살 거고, 어머니와 함께 많은 것을 기뻐할 거예요. 삶은, 삶이라는 건 이렇게 즐겁고 기쁜걸요!" "아이고, 얘야, 네가 뭐가 즐겁다는 거냐, 밤마다 열이 펄펄 끓고 기침 때문에 네 가슴이 터질 지경인데." 그러면 형이 대답하는 겁니다. "어머니, 울지 마세요. 삶은 천국이고, 우리 모두는 천국에 있어요, 다만 우리가 그걸 알려고 하지 않을 뿐이죠, 만약 알려고만 한다면 내일이라도 온 세상은 천국이 될 거예요." 형의 어조가 너무도 이상하고 결연해서, 다들 형의 말에 놀랐지요. 감동하여 눈물을 흘리기도 했습니다. 친지들이 우리집에 찾아오면 형은 이럽니다. "사랑하는 여러분, 소중한 여러분, 내가 무엇을 했다고 여러분은 이토록 나를 사랑해주시나요, 어째서 여러분은 나 같은 인간을 사랑해주십니까, 어째서 나는 전에는 이것을 몰랐을까요, 소중한 줄 몰랐을까요." 하인들이 방에 들어오면 형은 끊임없이 이렇게 말합니다. "친절한 분들, 소중한 분들, 무엇 때문에 나의 시중을 들어주시나요, 내가 이런 시중을 받을 자격이나 있나요? 하느님께서 저를 긍휼히 여기시어 계속 살게 해주신다면, 그때는 내가 여러분 시중을 들겠어요, 모든 사람은 서로서로 시중을 들어야 하니까요." 어머니는 이 말을 들으면서 고개를 절레절레 흔드셨지요. "얘야, 네가 병이 깊어서 그런 소릴 하는구나." "어머니, 나의 기쁨이신 어머니," 하고 형이 말합니다. "주인과 하인이 없어질 리는 없겠지만, 내가 내 하인들의 하인이 되어서 안 될 건 없잖아요, 그들이 나에게 하인인 것처럼 나도 그들에게 그런 하인이 되는 거예요. 어머니, 나는 이런 말도 하고 싶어요. 우리는 누구나 모든 사람 앞에서 모든 일에 있어 죄가 있고, 누구보다 내가 제일 그래요." 그러자 어머니는 미소까지 보이셨지만, 울면서 웃는 미소였습니다. "아니, 네가 어째서 모든 사람 앞에서 모든 사람보다 더 죄인이라는 거냐? 살인자도 있고 강도도 있는데, 네가 대체 무슨 죄를 지었다고 너 자신을 누구보다 더 책망하는 거니?" "어머니, 나의 소중한 핏방울이신 어머니." 형이 말했습니다(형은 그때 이런 예기치 못한 애정 어린 말들을 쓰기 시작했지요). "나의 사랑이고 기쁨인, 내 소중한 핏방울이신 어머니, 아셔야 해요, 정말로 누구나 모든 사람 앞에서 모든 사람과 모든 것에 대해 죄가 있는 거예요. 어머니께 어떻게 설명해야 할지 모르겠지만, 이것이 고통스러울 정도로 정말 그렇다는 걸 나는 느끼고 있어요. 그런데 그때 우리는 어떻게 아무것도 모르고 화만 내면서 살았을까요?" 이렇듯 형은 매일매일 더 큰 감동과 기쁨에 싸여 사랑의 전율을 온몸으로 느끼며 잠에서 깨어났습니다. 때때로 의사가 왕진을 오는데, 에이젠슈미트라는 늙은 독일인 의사가 올 때면, 형은 곧잘 농담을 하곤 했습니다. "어떤가요, 의사 선생님, 하루쯤은 더 이 세상에서 살게 될까요?" "하루가 뭡니까, 여러 날 더 살 겁니다." 의사는 대답합니다. "몇 달, 몇 년을 더 살 겁니다." "아니, 몇 달, 몇 년이 왜 필요합니까!" 형이 소리치지요. "뭣하러 날수를 셉니까, 인간이 모든 행복을 알게 되는 데는 단 하루로 충분해요. 내 사랑하는 이들이여, 왜 우리는 서로 싸우고, 서로 허세를 부리고, 서로 앙심을 품는 걸까요? 곧바로 뜰에 나가 산책을 하고 뛰어놀고 서로 사랑하고 칭찬하고 입맞추고 우리의 삶을 축복합시다." "아드님은 이 세상 사람이 아닙니다." 현관 밖 계단까지 배웅 나간 어머니에게 의사가 나지막이 말했습니다. "아드님은 병 때문에 정신착란증을 보이는군요." 형의 방은 창문이 뜰 쪽으로 나 있었는데, 우리 뜰은 고목이 우거져 그늘을 이루고, 나무에는 봄의 새싹이 움트기 시작했고, 철 이른 어린 새들이 날아와 지저귀며 형의 창을 향해 노래하고 있었습니다. 형은 새들을 바라보며 기뻐하다가, 갑자기 새들에게도 용서를 빌기 시작했습니다. "하느님의 새들아, 기쁨의 새들아, 너희도 날 용서해다오, 난 너희에게도 죄를 지었단다." 그때는 우리 중 누구도 이것을 이해할 수 없었지만, 그는 기쁨에 넘쳐 눈물을 흘리면서 말했습니다. "그래, 내 주위는 이렇게 하느님의 영광으로 가득차 있었구나. 새, 나무, 풀밭, 하늘, 하지만 나 혼자만이 치욕 속에 살았고, 나 혼자만이 모든 것을 욕되게 했고, 아름다움과 영광을 외면했던 거야." "너는 너무 많은 죄를 네 탓으로 여기는구나." 그러면서 어머니는 우시곤 했지요. "어머니, 나의 기쁨이신 어머니, 내가 이렇게 우는 건 너무 기뻐서지,

슬픔 때문이 아니에요. 나 스스로 그들 앞에 죄인이고 싶은 거예요, 다만 어머니께 잘 설명드릴 수 없을 따름이죠, 나는 그들을 어떻게 사랑해야 하는지조차 모르는걸요. 내가 모든 이 앞에 죄를 지었다고 할지라도, 그 대신에 모든 이가 나를 용서해줄 거예요, 바로 그게 천국이에요. 그러니 나는 지금 천국에 있지 않나요?"

그리고 또 일일이 기억해낼 수도 없거니와 기록할 수도 없는 것들이 많이 있었습니다. 언젠가 형의 방에 아무도 없을 때 혼자 들어갔던 생각이 나는군요. 맑게 갠 저녁녘이었는데, 기울어가는 해가 비스듬한 햇살로 방 전체를 환하게 비추고 있었습니다. 형은 나를 보자 오라고 손짓을 했고, 내가 다가가자 두 손으로 내 어깨를 잡고 감동 어린 눈빛으로 정답게 내 얼굴을 들여다보았습니다. 아무 말도 않고 일 분쯤 그냥 그렇게 바라보기만 하더군요. 그러다가 말했습니다. "자, 이제 가서 놀아라, 나 대신 살아다오!" 그래서 나는 그 방을 나와서 놀러갔지요. 하지만 그후 살아가면서 나는 형이 자기 대신 살아달라고 한 말을 몇 번이나 떠올렸고 그때마다 눈물을 흘렸습니다. 그 밖에도 형은 비록 그 당시로서는 우리가 이해할 수 없는 것들이었지만 놀랍고도 아름다운 말을 많이 했습니다. 형은 부활절이 지나고 세번째 주에 세상을 떠났는데, 이미 말은 할 수 없었지만 의식은 또렷했고, 마지막 순간까지 조금도 변함이 없었습니다. 기뻐 보였고, 눈에는 즐거운 빛이 가득했고, 눈길로 우리를 찾고, 우리에게 미소를 지어주며 우리를 불렀습니다. 그래서 형의 죽음에 대해 시내에서도 많은 얘기를 했습니다. 이 모든 일은 당시 나에게 큰 충격을 주었고 형의 장례식에서 많이 울기도 했지만, 아주 심각할 정도의 충격은 아니었습니다. 아직 어렸으니까요, 어린아이였지요. 하지만 그 모든 것은 내 마음속에 지울 수 없이 남았고, 감정은 숨겨진 채 가라앉아 있었습니다. 때가 되면 모든 것이 고개를 들고 일어나 부름에 응답해야 했습니다. 그리고 그런 일이 실제로 일어났습니다.

(나) 조시마 장로의 생애에 있어서 성서에 관하여

그리하여 나는 어머니와 단둘이 남게 되었습니다. 그러자 선량한 친지들은 곧 어머니에게, 당신에겐 아들이 하나밖에 안 남았는데 형편이 가난하지도 않고 재산도 좀 있으면서 왜 남들 하는 대로 아들을 페테르부르크로 보내지 않느냐, 여기 그대로 둔다면 아들의 빛나는 미래를 빼앗는 셈이 될 거라고 충고했습니다. 그러면서 어머니에게 나를 페테르부르크의 육군유년학교에 보내 나중에 황제의 근위대에 들어가게 하라고 권했지요. 어머니는 하나 남은 아들과 어떻게 헤어지나 하고 오랫동안 망설이셨지만, 그래도 나의 행복을 도와야 한다는 생각에 많은 눈물을 흘리시면서 결국 그렇게 마음을 정하셨습니다. 어머니는 나를 페테르부르크로 데려가서 입학 수속까지 밟아주셨는데, 그때부터 나는 어머니를 영영 뵙지 못하고 말았습니다. 삼 년 뒤에 어머니는 세상을 떠나셨으니, 삼 년 내내 우리 둘 때문에 슬픔과 걱정으로 애가 마르셨던 거지요. 부모님 댁에서 나는 오로지 소중한 추억들만을 얻었는데, 무릇 인간에겐 부모님 댁에서 보낸 첫 유년기의 추억보다 더 소중한 추억이란 없기 때문이며, 가정에 사랑과 화목이 아주 조금이라도 깃들어 있는 한 거의 언제나 그런 법이지요. 아니, 아무리 나쁜 가정이라 할지라도 자신의 마음이 소중한 것을 찾을 능력만 있다면 소중한 추억은 간직될 수 있습니다. 집에 대한 나의 추억에는 그때 내가 부모님 댁에 있을 때 아직 어린아이이긴 했지만 무척이나 알고 싶어했던 성경 이야기에 대한 추억도 들어 있습니다. 당시 나는 '신약과 구약에 나오는 104편의 거룩한 이야기'라는 제목의, 아름다운 그림들이 그려진 성경 이야기책을 가지고 있었는데, 글 읽기도 이 책으로 배웠지요. 지금도 이 책은 여기 내 서가에 놓여 있고, 소중한 기념물로 간직하고 있습니다. 하지만 나는 아직 글 읽기를 배우기도 전, 아직 여덟 살밖에 되지 않았을 때, 어떤 정신적인 감동 같은 것이 나를 처음 찾아왔던 때의 일을 기억하고 있습니다. 수난주간 월요일에 어머니는 저만 데리고(그때 형이 어디에 있었는지는 생각나지 않는군요) 아침 미사를 드리러 주님의 사원에 가셨습니다. 맑게 갠 날이었고, 지금도 그때를 떠올리면 다시금 눈에 선한데, 향로에서는 연기가 뭉게뭉게 피어나와 조용히 위로 올라가고 있었고, 저 위의 둥근 천장 안에서는 하느님의 햇살이 좁은 창문을 통해 성당 안으로, 우리에게로 쏟아져 들어오고, 향 연기는 물결처럼 너울너울 그 햇살을 향해 올라가면서 그 속에 녹아드는 것만 같았습니다. 나는 감동하여 그 광경을 보면서, 태어나서 처음으로 그때 하느님 말씀의 첫 씨앗을 내 영혼 속에 의식적으로 받아들였습니다. 성당 한가운데로 소년 복사가 커다란 책을 들고 나와, 그 당시 내겐 그 소년이 간신히 들고 있다는 느낌마저 들던 그 아주 커다란 책을 독경대 위에 올려놓고 펼치더니 읽기 시작했는데, 그때 갑자기 나는 처음으로 뭔가를 깨달았고, 하느님의 사원에서 읽는 게 무엇인지 내 평생 처음으로 깨달았던 것입니다. 우츠 땅에 의롭고 경건한 한 남자가 있었지요.* 엄청난 부자여서 낙타며 양이며 당나귀가 헤아릴 수도 없이 많았고 그의 아이들은 늘 즐겁게 지냈으며 그는 그들을 무척 사랑하여 그들을 위해 하느님께 늘 기도를 드렸는데, 그들이 즐겁게 놀다가 행여 죄를 저질렀을지도 모르기 때문이었습니다. 그런데 바로 그때 악마가 하느님의 아들들과 함께 하느님에게로 올라가서, 온 땅 위와 땅 밑을 두루 돌아다녔노라고 주님께 말합니다. "그럼 나의 종 욥을 보았느냐?" 하느님이 그에게 묻습니다. 그러면서 하느님은 악마에게 당신의 위대하고 거룩한 종을 가리키며 자랑하셨습니다. 그러자 악마가 하느님의 말씀에 히죽 웃으며 말했습니다. "그를 나에게 넘겨주십시오, 그러면 당신의 종이 불평하며 당신의 이름을 저주하는 모습을 보게 될 것입니다." 그래서 하느님께서는 당신이 그토록 사랑하시는 의인을 악마에게 넘겨주셨고, 악마는 그의 아이들과 가축을 모조리 죽여버리고 그의 재산을 쓸어 없애버리니, 모든 것이 마치 하느님이 내리치시는 벼락처럼 순식간의 일이었고, 욥은 자신의 옷을 갈기갈기 찢고 땅에 몸을 던지며 울부짖었습니다. "알몸으로 어머니 배에서 나온 이 몸, 알몸으로 땅에 돌아가리라, 하느님께서 주셨다가 하느님께서 가져가시니. 주님의 이름이 지금부터 영원토록 찬양받으소서!" 신부님들, 스승님들, 지금 나의 이 눈물을 부디 용서해주십시오—이 눈물은 나의 어린 시절이 모두 새롭게 내 앞에 되살아나는 듯하고, 그때처럼 여덟 살 난 아이의 가슴으로 지금 내가 다시 숨쉬고 있고, 그때와 같은 놀라움과 혼란과 기쁨을 느끼고 있기 때문입니다. 그리고 그때 그 낙타들도 제 상

* 「욥기」에서 가져온 이야기.

상력을 무척이나 사로잡았지요, 그리고 하느님과 그렇게 이야기하는 악마도, 당신의 종을 파멸하도록 내어주신 하느님도, 그리고 "저에게 벌을 내리심에도 불구하고 당신의 이름이 찬양받으소서"라고 외치는 그의 종도 말입니다—그런 다음, 〈나의 기도를 들어주소서〉라는 노래가 조용하고 감미롭게 성당 안에 울려퍼지고, 그리고 다시금 사제의 향로에서 연기가 피어오르고, 무릎을 꿇은 채 기도를 올립니다! 그때 이후로—어제도 그 책을 손에 들었습니다만—눈물을 흘리지 않고는 이 거룩한 이야기를 읽을 수가 없답니다. 여기에는 위대하고 신비하고 불가해한 것들이 얼마나 많이 들어 있습니까! 훗날 나는 조롱꾼들과 비방자들이 하는 말, 오만한 말들을 들었습니다. 아니, 어떻게 주님은 자신의 성자들 중에서도 가장 사랑하는 자를 악마의 노리개로 내주고, 그에게서 아이들을 빼앗고, 그 자신까지도 질병과 악창으로 쳐서 사금파리로 상처의 고름을 긁어내게 할 수 있었단 말인가, 그것도 무엇을 위해서, 그저 악마 앞에서 "자, 어떠냐, 내 성자는 나를 위해 이런 것도 능히 참아내지 않느냐!" 하고 뻐기기 위한 것 아닌가. 그러나 바로 여기에 신비가 존재한다는 데 위대함이 있으며—덧없이 지나가는 지상의 얼굴과 영원한 진리가 바로 여기서 맞닿고 있다는 데 위대함이 있습니다. 지상의 진리 앞에서 영원한 진리의 역사役事가 이루어지고 있는 것입니다. 여기서 창조주는 마치 창조의 첫날들에 "좋구나, 내가 창조한 것이"라는 칭찬으로 하루하루를 끝맺었던 것처럼—욥을 바라보면서 또다시 자신의 창조물을 자랑스러워하는 것이지요. 그런데 욥은 주님을 찬양함으로써 주님만을 섬기는 게 아니라, 주님의 창조 전체를 세세손손 영원토록 섬기게 되는 것이니, 그의 운명이 처음부터 그렇게 정해졌기 때문입니다. 주여, 이 얼마나 위대한 책이며 얼마나 위대한 가르침입니까! 성서는 얼마나 놀라운 책이며, 이 책으로 하여 어떤 기적과 어떤 힘이 인간에게 주어졌습니까! 이 책은 마치 세계와 인간, 인간 성격의 조각상과도 같고, 그 속에는 모든 것이 영원토록 명명되고 제시되어 있습니다. 그리고 또 얼마나 많은 비밀이 해결되고 계시되었습니까. 하느님께서는 욥을 다시 일으켜세우시고 다시 재산을 주시고, 다시 여러 해가 지나가니 이제 그에게는 새 아이들이 생겨나고, 그들을 사랑하는데—주여, 사람들은 이렇게 여겼을지도 모릅니다. "아니, 이전의 아이들이 없고 그 아이들을 잃은 마당에, 어떻게 그가 이 새 아이들을 사랑할 수 있단 말인가? 그 아이들을 떠올린다면, 아무리 새 아이들이 사랑스럽다 해도, 이 새 아이들과 함께 어떻게 예전처럼 오롯이 행복을 누릴 수 있겠는가?" 하지만 그럴 수 있습니다, 있고말고요. 과거의 슬픔은 인생의 위대한 신비에 의해 점차 고요하고 감동적인 기쁨으로 변해가는 법입니다. 젊음의 끓는 피 대신, 온유하고 명징한 노년이 찾아오지요. 날마다 떠오르는 아침해를 나는 찬양하고 내 마음은 예전처럼 아침해를 향해 노래하지만, 이제 나는 저무는 해를 더 사랑하고, 석양의 길고 비스듬한 햇살, 그리고 그 햇살과 더불어 젖어드는 고요하고 부드럽고 감동적인 추억을, 이 길고도 축복받은 삶으로부터 떠오르는 그리운 모습들을 더 사랑하며—이 모든 것 위에는 모두를 감동시키고 화해시키고 용서하는 하느님의 진리가 있습니다! 나의 생애는 끝나가고, 나 자신도 그것을 알고 있고 또 듣고 있지만, 내게 남은 하루하루를 맞으며 이승에서의 나의 삶이 새롭고 무한하고 알 수 없는, 그러나 이미 눈앞에 다가오고 있는 삶과 이미 접촉하고 있다는 것을 더욱 강하게 느끼면서,

그 예감으로 내 영혼은 환희에 떨고, 정신은 밝게 빛나고, 가슴은 희열에 넘쳐 흐느끼고 있습니다…… 벗들이여, 스승들이여, 내가 여러 번 들어왔고 요 근래 와서는 더 자주 듣게 되었지만, 우리 하느님의 사제들이, 특히 시골 사제들이 더 그러한데, 적은 봉급과 낮은 지위에 대해 눈물을 흘리면서 어디서나 한탄을 하고, 심지어는 인쇄물을 통해—나도 직접 읽어보았습니다만—자기들은 수입이 너무 적어서 민중에게 성서를 설명해줄 수도 없고, 만약 루터교도들이나 이단들이 와서 양떼를 빼앗아가려 한다 해도 자기들은 수입이 형편없으니 빼앗아가든 말든 상관없다고 공언한다더군요. 주여! 하느님께서 그들에게 그토록 소중한 수입을 좀더 늘려주셨으면 하고 나는 생각하지만(그들의 불평도 정당한 것이니까요), 진심으로 말하건대 이것에 대해 누구든 죄가 있다면, 그 절반은 우리 자신의 죄입니다. 왜냐하면 설령 시간이 없다 하더라도, 설령 일과 예배 의식 집행에 끊임없이 시달린다는 그들의 말이 온당하다 하더라도, 밤낮없이 그렇지는 않을 테고, 일주일에 단 한 시간이라도 하느님을 상기할 시간이야 있지 않겠습니까. 더구나 일 년 열두 달 내내 일만 계속되는 것도 아닐 테니까요. 일주일에 한 번, 저녁 시간에 처음엔 그저 아이들 몇 명만이라도 자기 집에 모아보세요—그러면 아버지들도 소문을 듣고 찾아오기 시작할 겁니다. 게다가 이 일을 위해 커다란 저택을 지을 필요도 없습니다, 그냥 자기 오두막으로 받아들이면 됩니다. 그들이 집을 더럽히지 않을까 걱정할 것도 없지요, 고작 한 시간 정도 머무르는 거니까요. 그들에게 이 책을 펼쳐놓고, 알아듣기 힘든 말을 늘어놓거나 거드름을 피우거나 으스대지 말고 감동에 젖어 부드럽게 읽기 시작하십시오, 자신이 그들에게 이렇게 읽어주고 있고 그들이 그것을 듣고 이해한다는 것을 기뻐하면서, 그리고 스스로도 이 책의 말씀을 사랑하면서 말입니다. 다만 간간이 읽기를 멈추고, 평민들이 이해하지 못하는 어떤 말이 나오면 설명해주어야 하지만, 불안해하지 마십시오, 그들은 모든 걸 이해할 것이니, 정교를 믿는 마음이라면 모든 것을 이해할 테니까요! 그들에게 아브라함과 사라에 대해, 이삭과 리브가에 대해, 야곱이 라반에게 갔고 꿈속에서 주님과 씨름으로 겨루었고 "두렵도다, 이곳이여!"라고 말했던 대목을 읽어주십시오*—순박한 평민들의 경건한 정신이 깊은 감명을 받을 겁니다. 그들에게, 특히 아이들에게, 형들이 친동생을, 위대한 해몽가이자 예언자인 사랑스러운 소년 요셉을 노예로 팔아놓고 아버지에게는 동생의 피 묻은 옷을 보여주며 사나운 짐승이 그 아들을 갈기갈기 찢어버렸다고 말한 이야기를 읽어주십시오. 후에 형제들이 곡식을 사러 이집트로 갔을 때, 이미 형들도 알아보지 못할 만큼 왕의 궁정에서 아주 높은 사람이 되어 있던 요셉은 형들을 괴롭히고 아우인 베냐민에게 죄를 씌워 가둬버리면서도 마음속으로 '형들을 사랑해, 사랑하면서도 괴롭히는 거야'라면서 여전히 형들을 사랑하던 것을 읽어주십시오. 형들이 자기를 어딘가 거기 뜨거운 초원의 우물가에서 상인들에게 팔았던 것을, 제발 자기를 낯선 땅에다 노예로 팔지 말아달라고 두 손을 비비면서 형들에게 울며불며 애원했던 일을 한시도 잊지 않고 평생토록 기억하고 있었는데, 그토록 오랜 세월이 지나 막상 그들을 다시 보게 되니 다시 그들에 대한 무한한 사랑이 솟구치건만, 그렇게 여전히 사랑하면서도

* 모두 「창세기」에서 언급되는 이야기이며, 이어지는 요셉의 이야기도 마찬가지이다.

그들을 괴롭히고 박해했던 것이지요. 마침내 마음의 고통을 견디다못해 그는 형들이 있는 데서 물러나와 자신의 침상에 몸을 던지며 울음을 터뜨립니다. 그리고 얼마 뒤, 얼굴을 말끔히 훔치고는 환하게 빛나는 얼굴로 나가서 그들에게 밝히지요. "형님들, 제가 요셉입니다, 형님들의 아우입니다!" 늙은 야곱이 사랑하는 어린 아들이 아직 살아 있다는 걸 알고 얼마나 기뻐했는지, 그가 고향마저 버리고 이집트로 가서, 온순하고 소심한 자신의 마음속에 평생토록 남몰래 간직되어 있던 위대한 말, 그의 가문에서, 곧 유다의 자손 중에서 세상의 위대한 희망이고 화해자인 구세주가 나오리라는 위대한 말*을 유언으로 만세에 길이 남기고 타국 땅에서 죽은 이야기를 이어서 읽어주어도 좋습니다! 신부님들, 스승님들, 여러분이 이미 오래전부터 알고 있고, 오히려 나한테 백배는 더 요령 있고 훌륭하게 가르칠 수 있는 것을 철부지 아이처럼 떠들어대는 것을 화내지 말고 너그러이 용서해주십시오. 그저 감격에 겨워 이 말을 하는 것이며, 또한 이 책을 사랑해서 그러하니 내 눈물도 용서해주시기 바랍니다! 하느님의 사제, 그도 눈물을 흘리는 게 좋겠지요, 그러면 그의 말을 듣는 사람들의 가슴도 그에 응답하여 크게 떨리는 것을 보게 될 테니까요. 작은 씨앗, 아주 작은 씨앗 한 알만 있으면 됩니다. 순박한 평민의 영혼 속에 그것을 떨어뜨리면, 그것은 죽지 않고 그의 영혼 속에서 한평생 살게 될 것이며, 밝게 빛나는 점과도 같이, 위대한 암시와도 같이, 암흑 속에서도, 그의 죄악의 악취 속에서도 몸을 숨긴 채 살아 있을 것입니다. 구구하게 설명하며 가르칠 필요는

* "왕홀이 유다에게서, 지휘봉이 그의 다리 사이에서 떠나지 않으리라"(「창세기」 49:10)고 한 야곱의 말을 기독교도들은 그리스도에 대한 예언으로 받아들였다.

없습니다, 전혀 없습니다, 그는 모든 것을 곧바로 이해할 테니까요. 평민이 이해하지 못하리라고 생각하십니까? 그에게 아름다운 에스더와 교만한 와스디의 감동적이고 감명깊은 이야기*를 계속 읽어주십시오. 혹은 고래의 배 속에 들어간 예언자 요나의 기적적인 이야기**도 좋을 겁니다. 주님의 비유도 잊지 말고 얘기해주되, 주로 「누가복음」에서 택하는 게 좋을 것이고(나도 그렇게 했습니다), 그다음엔 「사도행전」에서 사울의 개종 이야기를(이건 반드시, 반드시 읽어주십시오!), 마지막으로 순교자전에서는 최소한 하느님의 사람 알렉세이의 생애전과, 위대한 고행자들 가운데서도 가장 위대하고 기쁨에 넘치는 고행자이자 하느님을 목격하고 그리스도를 체득한 어머니이신 이집트의 마리아***의 생애전을 잊지 말아야겠지요—이 단순한 이야기들로 그의 마음을 감동으로 꿰뚫을 수 있고, 그것도 일주일에 한 시간이면 족하니, 자신의 수입이 적을지라도 딱 한 시간이야 할 수 있을 겁니다. 그러면 우리의 민중이 자비롭고 은혜를 아는 사람들이라는 점을 그 스스로 깨닫게 될 텐데, 그들이 백배로 보답해올 것이기 때문입니다. 사제의 열성과 그의 감동적인 말을 기억하고 자진하여 그의 밭일을 돕고 집안일을 도울 것이며 전보다 더 큰 존경으로 그에게 보답할 것이니—이것만으로도 그의 수입 또한 늘어나겠지요. 이 문제야말로 너무나 단순해서 어떤 때는 웃음거리가 될까 싶어 말을 꺼내기조차 꺼려지지만, 사실 이것이

---

* 「에스더」.

** 「요나」.

*** 젊어서는 탕녀였으나 우연히 그리스도의 가르침에 대해 듣고 기독교에 귀의하여, 47년 동안 광야에 살면서 기도와 참회에 전념했다고 한다.

야말로 얼마나 확실합니까! 하느님을 믿지 않는 자는 하느님의 백성도 믿지 않을 것입니다. 그러나 하느님의 백성을 믿게 된 자는 그들이 신성하게 여기는 것에 대해서도 눈을 뜨게 될 것인즉, 비록 그 스스로 그때까지는 그것을 전혀 믿지 않았다 할지라도 말입니다. 오직 민중과 그들이 미래에 지니게 될 정신적인 힘만이 모국 땅으로부터 유리된 우리의 무신론자들을 되돌려놓을 수 있을 겁니다. 그리고 본보기가 없다면 그리스도의 말씀이 대체 무엇이겠습니까? 하느님의 말씀이 없다면 민중은 파멸할 수밖에 없으니, 그들의 영혼은 하느님의 말씀을 애타게 원하며 온갖 아름다운 것을 느끼고 깨닫기를 갈망하고 있기 때문입니다. 젊었을 적에, 그러니까 이미 거의 사십 년 전의 옛일이지만, 나와 안핌 신부는 수도원을 위한 헌금을 모으면서 루시 전역을 돌아다니다가 한번은 배가 지나다닐 수 있는 큰 강의 기슭에서 어부들하고 같이 밤을 보내게 되었는데, 열여덟 살은 되어 보이는 잘생긴 젊은 농부 한 명이 우리와 함께 자리잡고 앉았습니다. 그는 이튿날 상인의 거룻배를 예인망으로 끌어올리기 위해 목적지를 향해 급히 가는 중이었지요. 감동 어린 맑은 시선으로 자기 앞을 응시하고 있는 이 젊은이가 내 눈에 들어오더군요. 밝고 고요하고 따뜻한 7월의 밤이어서, 드넓게 펼쳐진 강의 수면에서는 물안개가 피어오르며 우리의 기분을 싱그럽게 해주었고, 이따금 물고기가 가볍게 파닥일 뿐, 새들도 이미 노래를 그친 뒤라 사위는 고요하고 장엄했으며, 만물이 하느님께 기도를 올리고 있었습니다. 잠을 자지 않는 것은 오직 우리 둘, 나와 이 젊은이뿐이었고, 우리는 이 하느님 세계의 아름다움과 그 위대한 신비에 대해 얘기를 나누었습니다. 작은 풀잎 하나, 작은 곤충 한 마리, 개미, 황금빛 꿀벌, 이 모든 것이 이성을 지니지 않았으면서도 자신의 길을 놀랄 정도로 잘 알고 있고, 신의 신비를 증명하면서 스스로 끊임없이 그 신비를 수행하고 있지 않은가, 나는 사랑스러운 젊은이의 가슴이 뜨겁게 불타오르기 시작한 것을 볼 수 있었습니다. 그는 나에게 숲과 숲새를 사랑한다고 말했습니다. 자기는 새잡이꾼이어서, 새들이 지저귀는 소리를 다 알고 있고 어떤 새든지 가까이 부를 수 있다는 거였지요. 숲속보다 더 좋은 것을 나는 몰라요, 하지만 모든 것이 다 좋아요, 하고 그가 말하더군요. "그렇고말고." 나는 그에게 대답해주었습니다. "모든 것이 좋고 장엄하지, 왜냐하면 모든 것이 진리니까. 한번 보게나," 그에게 말했지요. "인간에게 가까이 서 있는 저 커다란 짐승을 보게나, 아니면 인간을 먹여 살리고 인간을 위해 일하면서 머리를 수그리고 생각에 잠겨 있는 저 황소를 보게나, 그들의 얼굴을 보게나. 얼마나 온순한 표정인가, 걸핏하면 무자비하게 채찍질하는 인간에게 얼마나 큰 애착을 보여주며, 얼마나 선량하고, 얼마나 신뢰에 차 있고, 얼마나 아름다운 얼굴인가. 이 짐승들에게는 그 어떤 죄도 없다는 걸 생각하면 감동스럽기까지 하지. 왜냐하면 모든 것은 완전하고, 인간 이외 모든 것은 죄가 없기 때문이야. 그리스도께서는 우리보다도 그들과 먼저 함께하시지." "그럼 정말로 그들에게도 그리스도가 계시는 거예요?" 하고 젊은이가 묻더군요. "안 그럴 리가 있나." 내가 대답해주었지요. "말씀은 모두를 위해 있는 것이니 말일세, 모든 창조물과 모든 생물, 작은 나뭇잎 하나하나까지도 말씀을 향해 나아가고, 하느님의 영광을 노래하고, 울면서 그리스도에게 기도하고 있다네, 자신은 모르면서 그저 자신의 죄 없는 삶의 신비에 의해 이것을 행하고 있는 거야." 나는 그에게 또 말했습니다. "저기

저 숲속에 무서운 곰이 돌아다니고 있지, 잔인하고 흉폭한 짐승이지만, 그것도 결코 그의 죄는 아닐세." 그리고 그에게, 숲속의 조그만 암자에서 구도중이던 위대한 성자에게 곰이 나타난 적이 있었는데 그 위대한 성자가 곰을 불쌍히 여겨 겁도 내지 않고 밖으로 나가 곰에게 빵조각을 주면서, "자, 이제 가거라, 그리스도께서 너와 함께하실지니" 하고 말하자 그 사나운 짐승이 아무 해도 끼치지 않고 얌전히 온순하게 물러갔다는 얘기를 해주었습니다. 그러자 젊은이는 곰이 아무 해도 끼치지 않고 물러갔다는 것과 그리스도께서 곰과도 함께하신다는 것에 무척이나 감동했습니다. "아, 이 얼마나 좋은지요, 하느님의 모든 것이 얼마나 좋고 얼마나 놀라운지요!"라고 말하더군요. 젊은이는 조용하고 감미로운 생각에 잠겨 앉아 있었습니다. 나는 그가 이해했다는 것을 알았습니다. 그리고 그는 내 곁에서 순결하고도 가뿐한 잠에 빠져들었습니다. 주께서 젊음을 축복해주시길! 그리고 저도 잠들면서 그를 위해 기도했습니다. 주여, 주님의 사람들에게 평화와 빛을 보내주시옵소서!

(다) 아직 속세에서 지내던 조시마 장로의 청소년기와 젊은 시절에 대한 회상. 결투

페테르부르크의 육군유년학교에서 나는 거의 팔 년이라는 긴 세월을 보냈는데, 새 교육을 받음에 따라 어린 시절의 인상들을 무엇 하나 잊어버린 건 아니지만, 그래도 많은 것을 기억 깊숙이 묻어버리고 말았습니다. 그 대신 새로운 습관과 심지어는 견해까지 너무 많이 받아들이면서, 나는 거의 야만적일 만큼 잔인하고 어리석은 존재로 변해버렸습

니다. 프랑스어와 함께 번드레한 예절과 사교술을 익혔으나, 우리는 유년학교에서 우리 시중을 들어주던 사병들을 다들 완전히 가축처럼 취급했으며, 그건 나도 마찬가지였습니다. 아니, 내가 제일 심했을지 모르죠, 동료들 가운데 내가 모든 것에 감수성이 가장 예민했으니까요. 졸업과 동시에 장교가 되었을 때, 우리는 만약 우리 연대의 명예가 손상된다면 기꺼이 자신의 피를 흘릴 각오가 되어 있었으나, 진정한 명예가 무엇인지는 우리 중 거의 어느 누구도 알지 못했고, 설령 누가 알게 되었다 해도 그 자신이 제일 먼저 그것을 비웃어주었을 겁니다. 폭음, 싸움질, 만용이 거의 자랑거리였으니까요. 우리가 추잡한 인간들이었다고 말하려는 건 아닙니다. 이 젊은이들은 다들 훌륭한 녀석들이었지요. 하지만 품행이 추잡했고, 그중 내가 제일 심했습니다. 무엇보다 나한테 내 몫의 재산이 생긴지라, 젊은 혈기가 이끄는 대로 거침없이 쾌락에 몸을 던지고 살기 시작했으니, 돛을 모조리 올리고 전속력으로 배를 달리게 했던 셈이지요. 그런데 참 이상한 것이, 나는 당시에도 책을 읽었고, 그것에서 커다란 만족까지 느꼈다는 사실입니다. 하지만 성경만큼은 그때 거의 한 번도 펴본 적이 없었으나, 그래도 그걸 떼놓지 못하고 어딜 가든 지니고 다녔지요. 사실, 자신도 잘 모르면서 그 책을 '그 날, 그 시각, 그 달, 그 해를 위해'* 소중하게 간직하고 있었던 겁니다. 이렇게 사 년가량 근무한 후, 마침내 나는 그 당시 우리 연대가 주둔하고 있던 K시에 있게 되었습니다. 그 도시의 사교계는 다채롭고 사람들도 많고 흥겹고 손님 대접도 후하고 부유할뿐더러 어디서나 나를

* 「요한계시록」 9:15.

환영해주었는데, 내가 원래 쾌활한 성격인데다 돈깨나 있다는 소문이 돌았던 덕분으로, 이런 건 사교계 세상에서 적지 않은 의미를 가지지요. 그런데 모든 일의 발단이 된 사건 하나가 일어났습니다. 나는 젊고 아리따운 한 아가씨에게 몹시 마음이 끌렸는데, 총명하고 기품이 있는데다 밝고 고상한 성격을 지녔고, 부모님들도 존경할 만한 분들이었습니다. 지위도 상당하고 재산도 있고 영향력과 힘도 있는 분들이었으며, 나를 늘 상냥하고 다정하게 맞아주셨습니다. 그런데 갑자기, 이 아가씨가 나한테 정말 마음이 있어 보이지 않겠습니까—내 가슴은 그런 상상으로 활활 타오르기 시작했습니다. 나중에야 나 자신도 깨닫고 완전히 알아차린 일이지만, 아마도 그때 나는 그 아가씨를 결코 그 정도로 열렬히 사랑했던 게 아니라 그녀의 지성과 고상한 성격을 존경했을 따름이며, 또 그러지 않을 수가 없었습니다. 아무튼 자존심 때문에 나는 그때 청혼을 하지 못했습니다. 새파랗게 젊은 나이에 돈도 있으니 방탕하고 자유분방한 독신 생활의 유혹과 작별하기가 힘들고 두려웠던 겁니다. 하지만 은근슬쩍 암시는 주었지요. 어쨌든 결정적인 한 걸음만은 그게 어떤 것이든 잠깐 미뤄두었습니다. 그러던 차에 갑자기 두 달간 다른 군으로 파견을 나가게 된 겁니다. 두 달 뒤에 돌아와보니 이미 그 아가씨는 교외에 사는 부유한 지주와 혼인했지 뭡니까, 그는 나보다 나이가 많긴 해도 아직 젊고, 나와 달리 수도와 상류사회에 연줄도 있고 매우 상냥할 뿐만 아니라 교양까지 갖춘 사람이었는데, 나로 말하면 교양 같은 건 전혀 없었지요. 이 뜻밖의 사건에 큰 충격을 받은 나머지 나는 정신마저 혼미해졌습니다. 중요한 것은, 내가 그제야 알게 됐지만 이 젊은 지주는 이미 오래전부터 그녀와 약혼한 상태였고, 내가 전에 그 여자 부모의 집에서 그를 여러 번 만났는데도 자만심에 눈이 멀어 아무것도 눈치채지 못했다는 점이었습니다. 내가 특히 모욕감을 느낀 것도 바로 이 때문이었지요. 아니, 거의 모든 사람이 알고 있었는데, 어떻게 나 혼자만 아무것도 몰랐단 말인가? 그러자 나는 갑자기 참을 수 없는 악의를 느꼈습니다. 나는 얼굴이 벌게져서 기억을 떠올리기 시작했지요, 그렇게 여러 차례나 그녀에게 사랑을 고백하다시피 했건만 그녀는 단 한 번도 나를 제지하지 않았고 미리 주의를 주지도 않았으니, 그렇다면 이건 나를 조롱하고 있었다는 거라고 결론지었습니다. 물론 나중에 곰곰 생각해보니, 그녀는 결코 나를 조롱하지 않았고 오히려 자기 쪽에서 그런 대화를 장난스레 끊어버리고 대신에 다른 대화를 시작하곤 했다는 게 기억났지만—그 당시에는 이를 헤아릴 여유도 없이 그저 복수심만 화라락 타올랐습니다. 지금도 이 일을 회상하면서 깜짝 놀라게 되지만, 이 복수심과 분노는 나 자신에게도 극도로 고통스럽고 역겨운 것이었습니다. 왜냐하면 나는 원체 싹싹한 성격이어서 누구에게든 오랫동안 화를 낼 수 없었고, 그러니 마치 억지로 자신에게 불을 지펴대는 셈이 되어 마침내는 추악하고도 어리석은 꼴이 돼버렸으니까요. 나는 때가 오길 기다리다 한번은 커다란 모임에서 내 '연적'에게 아주 엉뚱한 트집 같은 걸 잡아 황당한 모욕을 주는 데 성공했는데, 다름아니라 당시의 한 중대한 사건*에 대한—그때가 26년이었으니까요—그의 의견을 조롱했고, 사람들 말로는, 조롱이 아주 재치 있고 교묘했다는 겁니다. 그러고 나서 그에게 해명을 강요해놓고 그가 해명하

* 1825년 12월 전제정치와 농노제에 반대하는 젊은 장교들이 주축이 되어 일으킨 제카브리스트(12월당원) 봉기.

는 동안에도 몹시 거칠게 굴어 내가 그보다 나이도 어린데다 지위도 보잘것없는 하찮은 인간이었어도 우리 둘 사이의 그런 엄청난 차이에도 불구하고 그는 나의 도전에 응할 수밖에 없었습니다. 나중에 가서야 확실히 알게 된 것이지만, 그도 나에 대한 질투심 때문에 나의 도전을 받아들인 모양인데, 그는 자기 아내가 아직 약혼녀였던 예전에도 나를 어느 정도 질투하고 있었던 겁니다. 그래서 이제 만약 자기가 나한테서 모욕을 받고도 그냥 참고 결투 신청을 할 결심을 못했다는 걸 아내가 알게 되면 하릴없이 자기를 경멸하게 되지 않을까, 그녀의 사랑이 흔들리지 않을까 하고 생각한 겁니다. 나는 결투 입회인을 서둘러 구했는데, 우리 연대의 중위였습니다. 당시에 결투는 엄하게 처벌되었지만 군인들 사이에서는 심지어 무슨 유행처럼 행해졌지요—해묵은 야만적인 관습이 때로는 그 정도로 강해지고 굳게 뿌리내리는 법입니다. 6월이 끝나가는 무렵이었고, 우리는 바로 다음날 아침 일곱시에 도시의 교외에서 만나기로 되어 있었는데—바로 이때 나에게 정말 어떤 숙명과도 같은 일이 일어난 겁니다. 저녁녘에 사납고 추악한 몰골로 숙소에 돌아온 나는 나의 당번병인 아파나시에게 버럭 화를 내고 얼굴을 두 번이나 사정없이 힘껏 갈겨서 피투성이로 만들었습니다. 그는 얼마 전부터 내 밑에서 근무했고, 전에도 그를 갈기는 일이 더러 있었지만, 그래도 이렇게 짐승처럼 굴며 잔인하게 갈긴 적은 없었습니다. 믿겠습니까, 여러분, 사십 년이 지났건만 지금도 그 일을 떠올리면 수치심과 고통이 치솟는군요. 잠자리에 들어 세 시간쯤 자고 일어나니 벌써 날이 밝아오고 있었습니다. 벌떡 일어나서는, 더 잘 생각도 없어서 창가로 다가가 창문을 열고 내다보니—내 방의 창은 뜰 쪽으로 나 있었습니다—해가 떠오르고 있어 따뜻하고 아름다웠으며, 새들이 지저귀기 시작했습니다. 대체 무엇 때문일까 하는 생각이 불쑥 들더군요. 내 마음속에 뭔가 치욕스럽고 저열한 듯한 게 느껴지는 건 왜일까? 남의 피를 흘리러 가기 때문 아닐까? 아니, 그것 때문은 아닌 것 같다는 생각이 들더군요. 죽음이 두려워서, 죽임을 당할까봐 그런 것 아닐까? 아니, 그것도 절대 아니다, 절대로 그게 아니다…… 그러다 갑자기 무엇이 문제인지 퍼뜩 깨달았습니다. 어제저녁에 아파나시를 때린 것 때문이었습니다! 마치 모든 것이 또 한번 되풀이되듯이, 갑자기 내 눈앞에 다시 떠오르더군요. 그가 내 앞에 서 있고, 나는 팔을 힘껏 휘둘러 그의 얼굴을 정통으로 후려갈깁니다. 그는 두 손을 바지 양옆 솔기에 딱 갖다붙인 채 서서 머리를 꼿꼿이 들고 마치 대열 속에 있을 때처럼 눈을 부릅뜨고서, 내 주먹이 떨어질 때마다 몸을 부르르 떨 뿐, 주먹을 피하려고 감히 손을 들어올리지조차 못합니다—사람이 과연 이 지경이 되다니, 사람이 사람을 때리다니! 이런 범죄가 어디 있단 말인가! 날카로운 바늘이 내 영혼 전체를 꿰뚫고 지나간 것 같았습니다. 나는 넋이 나간 듯이 서 있고, 해는 빛나고, 잎새들은 기뻐하며 반짝이고, 새들은, 새들은 하느님을 찬양하고 있습니다…… 나는 두 손으로 얼굴을 가리고 침대에 쓰러져 목놓아 울기 시작했습니다. 그때 문득 마르켈 형과, 형이 죽기 전에 하인들에게 했던 말이 떠올랐습니다. "친절한 분들, 소중한 분들, 무엇 때문에 나의 시중을 들어주시나요, 무엇 때문에 나를 사랑해주시나요, 내가 이런 시중을 받을 자격이나 있나요?" '그래, 그럴 자격이 있을까' 하는 생각이 갑자기 뇌리를 스쳤습니다. 정말 내가 무슨 자격이 있기에, 나와 똑같은 사람이, 하느님의 모습과 형상에 따라 창조

된 다른 사람이 나에게 시중을 든단 말인가? 그때 난생처음으로 이런 의문이 내 머릿속을 찔렀습니다. "어머니, 내 소중한 핏방울이신 어머니, 정말로 누구나 모든 사람 앞에서 모든 사람과 모든 것에 대해 죄가 있는 거예요. 다만 사람들이 이것을 모를 뿐이죠, 만약 알게 된다면—지금이라도 천국이 될 거예요!" '주님, 이것이 정녕 진리가 아니란 말입니까' 하고 나는 울면서 생각했습니다. '나는 정말 모든 사람에게 죄인이고, 아마도 누구보다 죄가 많고 이 세상 누구보다 나쁜 사람일 겁니다!' 그러자 갑자기 모든 진리가 환한 빛을 발하며 내 눈앞에 떠올랐습니다. 나는 대체 무슨 짓을 하러 가는 건가? 나한테 아무 잘못도 한 적이 없는 선량하고 현명하고 고결한 사람을 죽이러 가며, 그의 아내에게서도 영원히 행복을 빼앗고 고통을 주어 끝내 죽여버리려는 것이다. 나는 그렇게 베개에 얼굴을 파묻은 채 침대에 엎드리고 누워, 시간이 어떻게 지나갔는지도 모르고 있었습니다. 갑자기 나의 동료인 중위가 권총을 가지고 나를 데리러 들어오는 겁니다. 그러고는 "아, 벌써 일어났군, 잘됐어, 시간이 됐으니 가세"라고 말합니다. 나는 갑자기 허둥지둥하면서 어찌할 바를 몰랐으나, 그래도 마차를 타러 함께 밖으로 나갔습니다. "여기서 잠깐만 기다리게나," 하고 그에게 말했지요. "금방 달려갔다 오겠네, 지갑을 두고 왔어." 그러고는 혼자 숙소로 되돌아가 곧장 아파나시의 골방으로 뛰어들어갔습니다. "아파나시, 어제 자네 얼굴을 두 번이나 때렸네, 날 용서해주게" 하고 말합니다. 그러자 그가 소스라치게 놀란 듯 흠칫 몸을 떨고는 나를 쳐다보기에—이걸로는 부족하다, 많이 부족하다 싶어, 제복 견장을 단 채로 갑자기 그의 발아래 털썩 엎드려 이마를 바닥에 조아립니다. "날 용서해주게." 나는 다시 말합니다.

그러자 그도 완전히 아연실색했습니다. "나리, 주인님, 아니, 어떻게 나리께서…… 저 같은 게 어찌 감히……" 그러면서 그는 내가 조금 전에 그랬던 것과 똑같이, 갑자기 두 손으로 얼굴을 가리고 울음을 터뜨리더니 창 쪽으로 몸을 돌린 채 온몸을 떨며 흐느껴 울었지만, 나는 곧바로 동료에게 달려나가 마차에 뛰어오르면서 "가세" 하고 외쳤습니다. "승리자를 본 적 있나" 하고 나는 그에게 소리칩니다. "바로 자네 앞에 있다네!" 나는 환희에 넘쳐 길을 가는 내내 웃어대고 쉴새없이 지껄였지만, 무슨 말을 했는지는 이미 생각나지 않습니다. 그가 나를 쳐다보더군요. "이봐, 친구, 자넨 정말 멋진 놈이야, 분명히 제복의 명예를 지킬 걸세." 그렇게 우리는 그곳에 도착했는데, 그들은 벌써 와서 우리를 기다리고 있습니다. 나와 그는 열두 걸음의 거리를 두고 마주보고 섰고 첫발은 그가 쏘게 됐는데—나는 명랑한 표정으로 그의 앞에 얼굴을 똑바로 내밀고 서서 눈 하나 깜박 않고 정답게 그를 바라보지요, 내가 할 일을 알고 있으니까요. 그가 총을 쏘았는데, 총알은 나의 뺨을 살짝 스치면서 귀를 아주 조금 건드렸을 뿐이었습니다. "천만다행입니다," 하고 내가 외칩니다. "사람을 죽이지 않으셨으니." 그러면서 내 권총을 집어들고 뒤로 몸을 돌려 멀리 숲속으로 휙 던졌습니다. "네가 갈 데는 거기다!"라고 소리치면서 말이지요. 그러고는 다시 상대방에게로 몸을 돌립니다. "선생님, 저를, 이 어리석은 젊은 놈을 용서해주십시오, 제 잘못으로 당신을 모욕했고, 지금은 저를 겨누어 총까지 쏘게 했습니다. 저 자신이 당신보다 열 배, 아니 어쩌면 훨씬 더 나쁩니다. 당신이 세상에서 가장 존경하고 계신 그분께 이 말을 전해주십시오." 내 말이 끝나기 무섭게, 세 사람은 일제히 고함을 질렀습니다. "당치도 않소." 내 상대는 이렇게 말하면서 화까지 냈습니다. "싸울 마음이 없었다면, 뭣하러 이처럼 번거롭게 한 거요?" 나는 "어제는 어리석었지만 오늘은 분별이 생겼습니다"라고 그에게 명랑하게 대답합니다. "어제까지 당신이 어리석었다는 건 나도 믿어요, 하지만 오늘에 대한 당신 말에는 찬성하기 힘든데요"라더군요. "브라보." 나는 그에게 소리치며 손뼉을 쳤습니다. "그 점에서는 저도 당신에게 동의합니다, 그런 말씀을 들어 마땅하지요!" "여보시오, 그래, 쏠 거요, 말 거요?" "쏘지 않겠습니다"라고 내가 말합니다. "원하신다면 한번 더 쏘시지요, 하지만 쏘지 않는 편이 당신에게도 나을 겁니다." 입회인들도, 특히 내 쪽의 입회인이 소리를 내지릅니다. "아니, 연대를 욕보여도 유분수지, 결투선에 서서 용서를 빌다니, 내 이럴 줄 알았다면!" 나는 웃음을 거두고 그들 모두 앞에 섰습니다. "여러분, 이제 우리 시대에는 자신의 어리석음을 스스로 뉘우치고 자신의 잘못을 공개적으로 사과하는 사람을 만나는 게 정말 그토록 놀라운 일입니까?" 내가 말합니다. "그래도 결투선에서는 아니지." 내 입회인이 다시 소리칩니다. "바로 그 점이지요." 내가 그들에게 대답합니다. "바로 그 점이 놀라운 일이지요, 그러니 나는 이곳에 도착하자마자, 저분이 총을 쏘기 전에 사과해서 저분을 치명적인 대죄로 몰아넣지 말아야 했던 겁니다." 나는 말합니다. "하지만 우리는 이 세상에서 자기 자신을 너무도 추악하게 만들어버린 까닭에 그렇게 행동하기가 거의 불가능해졌습니다, 왜냐하면 내가 열두 걸음을 사이에 두고 저분이 쏜 한 발을 견뎌낸 다음에야 나의 말이 저분에게 어떤 의미를 가질 수 있을 테니까요, 이곳에 도착하자마자, 총을 쏘기도 전에 그랬다면, 다들 그저 이렇게 말했겠지요, 겁쟁이, 총이 겁난 거야, 저놈 말은 들을 필요도 없어." 나는 갑자기 온 마음으로 외쳤습니다. "여러분 주위에 눈을 돌려 하느님의 선물을 보십시오, 맑은 하늘, 깨끗한 공기, 보드라운 풀, 귀여운 새들, 자연은 저토록 아름답고 순결하거늘, 우리, 단지 우리만이 하느님을 모르고 어리석어서 삶이 천국이라는 것을 이해하지 못합니다, 우리가 이해하려고만 한다면 지금 당장이라도 천국이 아름답기 그지없는 모습으로 다가올 것이며, 우리는 서로 부둥켜안고 눈물을 흘리게 될 텐데 말입니다……" 나는 더 계속하고 싶었지만 그럴 수가 없었는데, 너무도 달콤하고 너무도 싱싱한 감격에 숨마저 막혀왔고 지금껏 살아오며 한 번도 느껴보지 못한 행복감에 가슴이 터질 듯했습니다. "모두 사려 깊고 경건한 말씀이오." 상대방이 나에게 말하더군요. "그리고 어쨌든 댁은 독특한 사람이오." "웃으셔도 괜찮습니다." 나도 웃으면서 말합니다. "하지만 나중엔 당신도 칭찬해주실 겁니다." "아니, 지금도 기꺼이 칭찬할 용의가 있습니다." 상대방이 말합니다. "자, 이렇게 악수를 청합니다, 당신은 정말 진실한 사람인 것 같으니까요." 그래서 내가 그러지요. "아닙니다, 지금은 아닙니다, 나중에, 내가 더 좋은 사람이 되어 당신의 존경을 받을 자격이 생기면 그때 손을 내밀어주십시오—그러시는 게 좋겠습니다." 우리는 숙소로 돌아왔는데, 나의 결투 입회인은 길을 가는 내내 욕을 퍼부어대지만, 나는 그에게 키스를 해줍니다. 곧 모든 동료가 이 소문을 듣고 바로 그날로 나를 재판하러 몰려들었습니다. "제복을 더럽혔으니, 퇴역해라"라는 거였지요. 변호인들도 나타났습니다. "그래도 총알 앞에서 버텨냈잖아." "그래, 하지만 또다른 총알이 무서워서 결투선에서 용서를 빌었어." 그러자 변호인들이 반박합니다. "정말로 총알이 무서웠다면 용서를 빌기 전에 자기 총으로 먼저 쐈겠지, 하지만 그는 장전까지 된 총을 숲속에 던져버렸거든. 아니야, 여기엔 뭔가 다른 것, 특이한 사정이 있다는 얘기야." 나는 그들의 얘기를 들으면서 명랑하게 그들을 바라봅니다. 그리고 입을 열지요. "여보게들, 친구들, 동료들, 내가 퇴역원을 내지 않을까봐 염려하진 말게, 벌써 그렇게 했으니까, 바로 오늘, 그것도 아침에 연대 사무실에다 이미 제출했네, 퇴역 허가를 받는 대로 곧 수도원에 들어갈 걸세, 퇴역원을 제출한 것도 실은 그 때문이야." 내 말이 떨어지자마자 다들 일제히 와아 하고 웃음을 터뜨렸습니다. "진작 알려줄 것이지, 어쨌든 이제 모든 게 설명되는군, 수도사를 재판할 수야 없잖나." 그들은 계속 떠들썩하게 웃어대면서 진정될 기미를 보이지 않지만, 그것은 결코 조소가 아니라 너무도 다정하고 즐거운 웃음이며, 심지어 나를 가장 격렬하게 비난하던 동료들까지 모두 갑자기 나를 사랑해주기 시작하여 그후 퇴역하기까지 꼬박 한 달 동안 나를 두 손으로 떠받들듯 하며, "아이고, 이 친구, 수도사 양반"이라고 말합니다. 누구나 나에게 다정한 말을 해주려 하지만, 개중에는 마음을 돌리라고 권하기도 하고 심지어 불쌍히 여기는 이들도 있었습니다. "자네 어쩌려고 그러나?" 어떤 사람들은 또 이렇게 말합니다. "아니야, 저 친구는 우리 중에서도 아주 용감한 녀석이야, 상대방의 총알 앞에서 태연히 버텨냈고 자기도 총을 쏠 수 있었어, 하지만 간밤에 수도사가 되는 꿈을 꿔서, 그래서 그랬던 거야." 그 도시의 사교계에서도 거의 똑같은 일이 벌어졌습니다. 전에는 나한테 특별히 주의를 기울이지도 않았고 그저 반갑게 맞아주는 정도였으나, 이제는 갑자기 다들 앞다투어 알은체하면서 자기 집에 부르기 시작했습니다. 나를 두고 웃으면서도 나를 좋아하는 것이지요. 여기서 한 가지 얘기해두자면, 우리의 결투에 대해서는 그때 누구 할 것 없이 다들 드러내놓고 말하고 있었지만 상부에서는 이 일을 그냥 덮어버렸는데, 그건 나의 결투 상대가 우리 장군의 가까운 친척이었고 일이 피를 흘리지도 않고 마치 장난처럼 끝난데다가 끝으로 나 또한 이미 퇴역원을 제출했으니, 정말로 이 일을 장난으로 돌려버린 거였습니다. 그러자 나도 사람들이 웃든 말든 거리낌없이 공공연히 말하게 되었던 게, 어쨌거나 그들의 웃음은 악의가 아니라 선의의 웃음이었으니까요. 이런 대화들은 모두 대개는 부인네들이 모이는 야회에서 나왔고, 그럴 때면 부인네들이 내 이야기를 듣는 걸 더 좋아해서 남자들더러도 들으라고 강요했지요. "아니, 어떻게 내가 모든 이에 대해 죄인일 수가 있죠?" 그러면서 누구나 내 눈에 대고 웃는 겁니다. "그럼 내가 예컨대 당신에 대해서도 죄인일 수 있다는 건가요?" "하긴 여러분이 어찌 이걸 알겠습니까." 나는 그들에게 대답합니다. "온 세상이 이미 오래전에 다른 길로 빠져서 순전한 거짓을 진리라 여기고, 다른 이들에게도 바로 그런 거짓을 요구하고 있으니 말이지요. 정말 제가 평생에 단 한 번, 단단히 마음먹고 진실되게 행동했더니, 어떻게 됐습니까, 여러분 모두에게 아주 유로지브이처럼 되지 않았습니까. 여러분은 저를 좋아하게 됐지만, 그래도 여전히 저를 비웃고 계시지요." "아니, 어찌 당신 같은 분을 좋아하지 않겠어요?" 그러면서 여주인이 큰 소리로 웃는데, 그녀 집의 모임에는 손님들이 많이 와 있었습니다. 그런데 갑자기 부인네들 가운데서 가장 젊은 부인이 일어나기에 보니까, 그녀 때문에 내가 결투를 신청했던 바로 그 여자, 요 얼마 전까지만 해도 나의 신붓감으로 점찍어두었던 바로 그 여자였지만, 나는 그녀가 지금 이 저녁 모임에 온 것도 알아채지 못했던 거지요. 그녀는 자리에서 일어나 나에게 다가와서 손을 내밀었습니다. "허락해주신다면, 제가 당신을 비웃지 않는 첫번째 사람이라는 것을 당신께 꼭 밝히고 싶어요. 저는 오히려, 그때 당신이 취하신 행동에 대해 눈물로 감사하고 있고 당신을 깊이 존경하고 있다는 말씀을 드립니다." 그러자 그녀의 남편도 다가왔고, 이어 갑자기 모두들 내 곁으로 몰려와 거의 입을 맞추다시피 하는 겁니다. 나는 형언할 수 없이 기뻤으나, 그때 갑자기, 역시 내 곁으로 다가오던 나이 지긋한 어떤 신사가 누구보다도 내 주의를 끌었는데, 전에도 그 사람의 이름은 알고 있었으나 한 번도 가까이 알게 될 기회가 없었고 그날 저녁까지 서로 말조차 나눠본 적이 없는 사람이었습니다.

(라) 비밀에 싸인 방문객

그는 이미 오래전부터 우리 도시에서 관직에 몸담아온 사람으로 중요한 자리에 있었는데, 모든 사람으로부터 존경받는 사람인데다 부자였고, 자선가로서도 유명하여 양로원과 고아원에 엄청난 거액을 희사했을 뿐만 아니라, 훗날 그가 죽고 난 뒤에 모두 밝혀진 바지만 익명으로 남몰래 많은 선행을 하고 있었습니다. 나이는 쉰 안팎으로, 거의 엄해 보이는 얼굴에 과묵했지요. 혼인한 지는 십 년이 넘지 않았고, 아직 젊은 부인과의 사이에 아직 나이 어린 아이들이 셋 있었습니다. 그런데 다음날 저녁, 내가 집에 앉아 있으려니까 갑자기 방문이 열리더니 바로 이 신사가 들어오는 겁니다.

여기서 얘기해둡니다만, 나는 그때 이미 예전의 숙소에서 지내지 않고 퇴역원을 내자마자 곧 다른 집으로 옮겨, 관리였던 남편을 여읜 어느 늙은 여인에게서 방을 빌려 그 집 하녀의 시중을 받으며 살고 있었는데, 내가 이 집으로 이사한 이유는 단 하나, 그러니까 결투에서 돌아온 바로 그날 아파나시를 중대로 돌려보냈기 때문으로, 일전에 그에게 그런 행동을 한 뒤로 그의 눈을 쳐다보기가 부끄러웠던 것이지요—마음의 준비가 덜 된 속세의 사람은 지극히 옳은 어떤 일을 하고서도 그토록 부끄러움을 느끼기 일쑤니까요.

"나는," 하고 내 방으로 들어온 신사가 나에게 말하는 겁니다. "벌써 며칠째 여러 집에서 당신의 말씀을 매우 흥미있게 들어오다가, 마침내 당신과 개인적으로 친분을 가지고 좀더 상세한 얘기를 나누고 싶어졌습니다. 선생님, 나에게 그런 커다란 호의를 베풀어주실 수 있으실지요?" "그럼요, 아주 기꺼이 그러지요, 특별한 영광으로 여기겠습니다." 이렇게 말하면서도 사실 나는 겁이 날 지경이었는데, 그 정도로 나는 처음부터 그의 태도에 강한 충격을 받았던 것입니다. 왜냐하면 사람들이 내 말을 귀담아들어주고 호기심을 보이긴 했지만, 그토록 진지하고 엄격하고 심사숙고하는 표정으로 나에게 다가온 사람은 아직 아무도 없었으니 말입니다. 더구나 이 사람은 직접 내 숙소까지 찾아온 겁니다. 그는 자리에 앉았습니다. "당신은 참으로 강단 있는 분이십니다"라면서 그는 말을 이어갑니다. "모든 사람의 경멸을 받을지도 모를 위험을 무릅쓰고 자신이 옳다고 여기는 바를 행함으로써, 그 일에서 진리를 섬기길 두려워하지 않으셨으니까요." "과찬의 말씀이십니다"라고 내가 그에게 말합니다. "아니, 과찬이라니요." 그가 대답합니다. "제 말을 믿어주십시오, 그런 일을 하기란 당신이 생각하시는 것보다 훨씬 어렵습니다." 그가 말을 계속합니다. "실은 오로지 그 점에 큰 감명을 받아, 이렇게 당신을 찾아온 겁니다. 심히 무례할지도 모를 저의 이 호기심을 성가시게 여기지 않으신다면, 결투에서 용서를 빌기로 결심한 바로 그 순간에 느꼈던 바를 자세히 얘기해주시겠습니까? 만약 기억나신다면 말이지요. 제 질문을 경박하다고 여기진 말아주십시오. 오히려 나름대로 말못할 목적이 있어 이렇게 여쭈어보는 것이니, 하느님의 뜻에 따라 우리가 더 가까워지면 아마 나중에 당신에게 설명드릴 기회가 있겠지요."

그가 이 말을 하는 동안 나는 줄곧 그의 얼굴을 똑바로 바라보고 있다가, 갑자기 그에 대해 아주 강한 신뢰감이 들었을 뿐만 아니라 내 쪽에서도 비상한 호기심이 솟구쳤는데, 그것은 그의 영혼 속에 어떤 심상치 않은 자신만의 비밀이 숨어 있다는 점을 직감했기 때문입니다.

"결투 상대에게 용서를 빈 순간 무엇을 느꼈는지 물으시지만," 나는 대답합니다. "당신에겐 맨 처음부터 말씀드리는 게 낫겠군요, 아직 아무한테도 하지 않은 이야기입니다." 그러면서 나는 아파나시와의 사이에 일어났던 일이며, 이마가 바닥에 닿도록 그에게 절을 한 일을 모두 얘기했습니다. "그러니 당신도 짐작하시겠지요," 하며 나는 말을 맺었습니다. "결투 때는 오히려 더 쉬웠습니다, 이미 집에서부터 시작했고, 일단 그 길에 들어서고 나니 그다음엔 모든 발걸음이 어렵기는커녕 오히려 기쁘고 즐거웠으니까요."

그는 다 듣고 나자 아주 친근하게 나를 바라봅니다. "모두 무척이나 흥미로운 얘기군요, 종종 찾아뵙겠습니다"라고 하더군요. 그리고 그때부터 그는 거의 매일 저녁 나를 찾아오게 되었습니다. 만약 그가 자기

이야기도 해주었다면, 우리는 아주 친해졌을 겁니다. 하지만 그는 자신에 대해서는 거의 한 마디도 하지 않고 줄곧 내 이야기만 캐물었습니다. 그런데도 나는 그를 무척 좋아하게 됐고 진심으로 그를 신뢰하여 나의 모든 감정을 털어놓았습니다. 그 사람의 비밀을 내가 알아서 뭐 해, 안 그래도 그가 올바른 사람이라는 게 눈에 보이는데, 하고 생각하기 때문입니다. 더욱이 그는 무척 진지한 사람이고 나이도 나보다 한참 위인데도 나 같은 젊은 녀석을 일부러 찾아오고 나를 얕보지도 않으니 말이지요. 그리고 대단히 현명한 사람인지라 그에게서 여러 가지 유익한 것을 배웠습니다. "삶이 천국이라는 것 말이지요." 그가 불쑥 이렇게 말하는 겁니다. "그것에 대해 저도 이미 오래전부터 생각하고 있습니다." 그러고는 갑자기 덧붙였습니다. "오직 그것만을 생각하고 있지요." 그러면서 나를 보며 미소를 짓더군요. "그것에 대해 나는 당신 이상으로 확신하고 있습니다, 나중에 그 이유를 아시게 되겠지만." 나는 이 말을 들으면서, '이 사람은 필시 나에게 뭔가 털어놓고 싶은 거다'라고 속으로 생각합니다. 그가 말하더군요. "천국은 우리 각자의 마음속에 숨어 있고 지금 내 마음속에도 숨어 있으니, 내가 원하기만 하면 내일이라도 천국은 나에게 정말로 나타나 평생토록 사라지지 않을 겁니다." 내가 쳐다보니, 그는 감동에 젖어 말하면서 마치 나에게 뭔가 묻기라도 하듯 은밀한 시선으로 나를 보고 있는 겁니다. 그가 말을 이어가더군요. "그런데 사람은 누구나 자신의 죄 이외에도 모든 사람과 모든 것에 대해 죄가 있다는 당신의 판단은 전적으로 옳습니다만, 어떻게 이 사상을 순식간에 그토록 완전하게 터득할 수 있었는지 참으로 경탄할 만합니다. 사람들이 이 사상을 이해하게 되면 천국이 그들에게 이미 꿈속에서가 아니라 실제로 도래한다는 것도 정말로 옳은 말씀입니다." 나는 슬픔에 겨워 곧바로 외쳤습니다. "하지만 언제 그것이 이루어질까요, 언젠가 이루어지기는 할까요? 그저 꿈으로 끝나는 게 아닐까요?" 그러자 그가 말합니다. "그럼 당신은 믿고 있지 않군요, 그렇게 설교를 하면서도 정작 자신은 믿고 있지 않군요. 꼭 알고 계십시오, 당신이 꿈이라고 부르는 그것은 반드시 이루어질 것입니다, 이 점을 믿으십시오, 하지만 지금은 아닙니다. 왜냐하면 모든 일의 과정에는 자신만의 법칙이 있으니까요. 이 일은 정신적이고 심리적인 것입니다. 세상을 새롭게 개조하려면, 우선 사람들 자신이 심리적으로 전혀 다른 길로 방향을 바꾸어야만 합니다. 모든 사람이 모든 사람에게 정말로 형제가 되기 전에는 보편적인 형제애가 도래하지 않을 겁니다. 인간이란 어떤 학문이나 어떤 이익을 내세워도 자신의 재산과 자신의 권리를 마음 상하지 않고 나눠 가질 수는 절대 없을 테니까요. 누구나 자기 몫이 적다고 여길 것이고, 언제나 투덜거리고 질투하고 서로를 진멸하게 될 것입니다. 당신은 그것이 언제 실현되겠느냐고 묻고 계시지요. 실현됩니다, 하지만 그전에 먼저 인간의 고립 시대가 종말을 고해야 합니다." "고립이라뇨?" 내가 그에게 묻습니다. "그 고립은 지금 어디든 군림하고 있고, 특히 우리 시대에는 더욱 그렇습니다만, 아직 완전한 막바지에 이르지 못했고 그럴 시간은 아직 오지 않았습니다. 왜냐하면 지금은 누구나 자신의 개인성을 최대한 분리시키려 애쓰며 자기 자신 속에서 삶의 충만함을 맛보고자 하지만, 그런 모든 노력으로부터 얻게 되는 결과는 삶의 충만함 대신에 완전한 자살일 따름인데, 이는 자기 존재를 완전하게 규정하려다가 오히려 완전한 고립으로 빠져들기 때문이지요. 우리 시대에는 모든 사람이 개개의 단위로 분리되어버린 까닭에, 각자 자신의 동굴 속에 고립되어 각자 다른 사람으로부터 멀리 떨어진 채, 몸을 숨기고, 가진 것을 숨기고, 그러다 결국엔 자신도 사람들로부터 내쳐지고 자기 자신도 사람들을 내치게 됩니다. 고립된 채 부를 축적하면서, 나는 이제 얼마나 강한가 또 얼마나 든든한가 하고 생각하지만, 부를 축적하면 할수록 그만큼 더 자살이나 진배없는 무력함 속으로 가라앉는다는 것을 이 정신 나간 자는 알지도 못합니다. 왜냐하면 자기 하나에만 희망을 거는 데 익숙해져서 전체로부터 자신을 하나의 개별 단위로서 분리시키고는 사람들의 도움도 사람들도 인류도 믿지 않도록 자기 영혼을 길들여놓은 탓에, 그저 자신의 돈과 그 돈으로 획득한 자신의 권리를 잃을까봐 전전긍긍할 뿐이니까요. 개인 존재의 진정한 보장은 결코 그의 개인적이고 고립적인 노력에 있는 게 아니라, 인류 전체의 결합에 있다는 점을 오늘날 인간의 이성은 어딜 가나 그저 냉소할 뿐, 이해하려 들지 않습니다. 그러나 이 무서운 고립도 종언을 고하고 이렇게 서로 분리되었던 것이 얼마나 부자연스러운 일인지 모든 사람이 일제히 깨닫는 날이 반드시 오고야 말 겁니다. 시대의 흐름이 이미 그러할지니, 사람들은 그토록 오랫동안 암흑 속에 갇혀 빛을 보지 못한 것에 깜짝 놀라겠지요. 또한 그때 하늘에 사람의 아들의 표징이 나타날 것입니다*…… 그러나 그때까지는 무슨 일이 있어도 깃발을 소중히 간직해야 하고, 설령 유로지브이로 간주되는 한이 있어도 혼자서라도 홀연히 본보기를 보여주면서 인간의 영혼을 고립으로부터 형제애적인 소통의 위업으로

* 「마태복음」 24:30. 그리스도의 재림에 관한 말이다.

이끌어내야 합니다. 이것이 그 위대한 사상이 죽지 않도록 하는 길입니다……"

바로 이처럼 열렬하고 환희에 찬 대화를 나누며 우리는 하루 또 하루, 저녁시간을 보냈습니다. 나는 심지어 사교계에도 발을 끊고 남의 집을 방문하는 횟수도 훨씬 줄었으며, 더구나 나를 찾아대던 유행도 이미 한물가기 시작한 참이었습니다. 비난하려는 뜻으로 하는 말은 절대 아닌 것이, 그들은 여전히 나를 사랑했고 유쾌하게 대해주었으니까요. 하지만 유행이란 것이 실제로 사교계의 막강한 여왕이라는 점, 그것만큼은 인정해야 합니다. 나는 비밀에 싸인 이 방문객을 마침내 찬탄의 눈으로 보게 되었는데, 그의 총명함에서 즐거움을 느꼈을 뿐만 아니라, 그가 마음속에 어떤 계획을 품고 있으며 아마도 어떤 커다란 위업을 준비하고 있다는 예감이 들기 시작했기 때문입니다. 어쩌면 또 내가 그의 비밀에 대한 호기심을 밖으로 드러내지 않고 직접적으로 묻거나 넌지시 떠보지 않는 것이 그의 마음에 들었는지도 모르지요. 하지만 나는 마침내, 그 자신도 나에게 뭔가 털어놓고 싶어 이제는 괴로워하고 있음을 눈치챘습니다. 적어도 그가 나를 방문하기 시작한 지 한 달 정도가 지나자 이미 그게 매우 분명하게 나타났습니다. "아십니까?" 한번은 그가 묻더군요. "시내에서는 우리 두 사람에게 대단한 호기심을 가지고, 내가 당신한테 이렇게 자주 들르는 것을 의아해하고 있답니다. 하지만 그러라죠, 곧 모든 것이 밝혀질 터이니." 이따금 그는 갑자기 무서운 흥분 상태에 빠질 때가 있었는데, 그럴 때면 거의 언제나 자리에서 벌떡 일어나 가버렸습니다. 또 이따금은 나를 오랫동안 뚫어질 듯 쳐다보고 있어서—'이제 곧 무슨 얘기를 하려나보다' 하고 생각할라치면, 갑자기 태도를 바꾸어 무슨 뻔한 일상적인 이야기를 꺼내는 겁니다. 두통을 호소하는 일도 잦아졌습니다. 그런데 한번은 그가 한참 동안 열정적으로 이야기를 한 뒤에 보니, 너무나 뜻밖에도 갑자기 얼굴이 창백해지고 완전히 일그러진 채 나를 뚫어져라 쳐다보고 있는 겁니다.

"왜 그러시지요?" 내가 말합니다. "어디가 불편하신 건 아닙니까?"

바로 조금 전에 그는 두통을 호소했거든요.

"나는…… 아시겠습니까…… 나는…… 사람을 죽였습니다."

이렇게 말하고 미소를 지었지만, 그의 얼굴은 백묵처럼 새하얬습니다. '무엇 때문에 이렇게 미소를 짓는 것일까.' 뭔가 헤아려보기도 전에 이런 생각이 갑자기 내 심장을 꿰뚫고 지나가더군요. 나 역시 얼굴빛이 새하얘졌습니다.

"대체 무슨 말씀입니까?" 나는 그에게 소리칩니다.

"아시겠습니까." 여전히 창백한 미소를 띠고서 그가 대답합니다. "이 첫마디를 말하기가 얼마나 힘들었는지. 이제 그걸 말했으니 제 길에 들어선 것 같군요. 계속 한번 가보겠습니다."

오랫동안 나는 그의 말을 믿지 않았고, 더구나 한 번에 믿게 된 것도 아니었으며, 그가 사흘 연속 나를 찾아와서 모든 것을 상세하게 얘기한 뒤에야 비로소 믿게 되었습니다. 처음엔 그가 정신착란을 일으킨 줄로만 알았지만, 결국엔 사실임을 믿게 되면서 크나큰 슬픔과 놀라움을 느껴야만 했습니다. 그는 십사 년 전에 엄청나고 무시무시한 범죄를 저질렀는데, 범행 대상은 부유하고 젊고 아름다운 부인으로, 지주의 미망인이었던 그 부인은 우리 도시에 자기 소유의 집이 있어 이곳에 올 때마다 그 집에 머물렀습니다. 그는 그녀에게 열렬한 사랑을 느끼고 사랑을 고백하며 자기와 혼인하자고 설득하기 시작했지요. 그러나 그녀는 이미 다른 남자에게 마음을 주고 있었는데, 그 사람은 지체 높고 계급도 상당한 고급 장교로, 그 당시에는 출정중이었으나 그녀는 그가 곧 자기 곁으로 돌아올 거라고 기대하고 있었습니다. 그녀는 그의 청혼을 거절하면서 앞으로는 자기 집에 오지 말아달라고 부탁했습니다. 그는 발걸음을 끊었지만, 그녀 집의 구조를 잘 아는 터라 발각될 위험을 무릅쓰고 대담무쌍하게도 밤중에 정원에서 지붕을 타고 그녀의 집안으로 몰래 들어갔습니다. 하지만 아주 흔히 그렇듯이, 대담하기 짝이 없는 범죄일수록 다른 범죄보다 성공하는 수가 더 많지요. 그는 지붕의 창을 통해 집안의 다락방으로 들어갔고, 하인들이 부주의한 탓에 간혹 계단 끝에 있는 문이 잠기지 않은 채로 있다는 것을 알고 있었기에, 다락방의 계단을 타고 그녀가 사용하는 방들이 있는 층으로 내려갔습니다. 이번에도 그런 부주의를 기대했던 것인데, 제대로 맞힌 거지요. 그곳으로 몰래 숨어든 그는 어둠 속을 더듬어, 등명을 켜둔 그녀의 침실로 들어갔습니다. 마치 일부러 그런 듯이, 그녀의 두 몸종은 같은 거리에 있는 이웃집의 명명축일 잔치에 허락도 없이 몰래 가버린 뒤였습니다. 나머지 하인들, 하녀들은 아래층의 행랑방과 부엌에서 자고 있었지요. 잠자는 그녀의 모습을 보자 그의 마음속에서는 욕정이 불타올랐지만, 다음 순간 그의 가슴은 복수욕과 질투로 가득찬 증오에 사로잡혀 술 취한 사람처럼 제정신을 잃은 채 그녀에게 다가가 정확하게 그녀의 심장에다 칼을 푹 꽂았고, 그녀는 비명조차 지르지 못했습니다. 그런 다음 그는 악마와도 같은 범죄자의 잔머리를 굴려 하인들의 소행으로 생각되게끔 일을 꾸몄습니다. 서슴지 않고 그녀의 지갑을 훔쳤고 베개 밑에서 꺼낸 열쇠로 그녀의 서랍장을 열고는 몇 가지 물건을 빼냈는데, 영락없이 무식한 하인이 저지른 것처럼 보이도록 유가증권은 그대로 두고 현금만 훔쳤고, 좀 큼직하다 싶은 금붙이 몇 개를 훔치면서도 열 배는 더 값이 나가지만 크기가 작은 물건들은 무시했습니다. 그 밖에도 자신이 기념으로 가지려고 무언가 움켜쥐었는데, 이에 대해서는 나중에 얘기하도록 하지요. 이 끔찍한 일을 저지르고서, 그는 왔던 길로 빠져나갔습니다. 엄청난 소동이 일어난 다음날도, 그리고 그후로도 평생토록, 어느 누구도 이 흉악무도한 진범을 의심할 생각조차 하지 못했습니다! 게다가 그가 그녀를 사랑했다는 건 아무도 몰랐는데, 그는 언제나 말이 적은데다 쉽게 마음을 터놓지 않는 성격이었고, 마음을 털어놓을 만한 친구도 없었으니까요. 다들 그를 그저 살해된 여인의 지인 정도로, 그것도 그리 가깝지 않은 사이로만 여겼으며, 그건 그가 마지막 두 주일 동안 그녀를 전혀 방문하지도 않았기 때문입니다. 혐의는 곧바로 그녀의 농노 하인인 표트르가 뒤집어쓰게 되었고, 공교롭게도 모든 정황이 이 혐의를 확증하기에 충분하도록 딱 맞아떨어졌으니, 이 하인은 홀몸인데다 행실이 나빠서, 죽은 여주인이 자신의 농노들 중에서 차출할 신병으로 그를 군대에 내보내려고 점찍어두었는데, 그것을 그가 알고 있었고, 여주인 자신도 그 사실을 숨기지 않았으니까요. 사람들은 몹시 분개한 그가 술에 잔뜩 취해서는 그녀를 죽여버리겠다고 술집에서 큰 소리로 으르대는 것을 들은 적도 있었습니다. 그는 그녀가 죽기 이틀 전 그 집에서 도망쳐 나와 시내 어딘가의 알려지지 않은 곳을 전전하며 지내고 있었습니다. 살인 사건이 있고 바로 다음날, 그는 도시 어귀의 길바닥에서 술에 취해 송장처럼 뻗은 채로 발견되었는데, 호주머니에는 칼이 들어 있었고 게다가 오른쪽 손바닥에는 어찌된 셈인지 피까지 잔뜩 묻어 있었습니다. 그는 코피가 난 것이라고 주장했지만, 아무도 그의 말을 믿어주지 않았습니다. 몸종들은 자기들이 잔칫집에 가 있었고, 돌아올 때까지 현관문을 잠그지 않은 채 두었다고 자백했습니다. 그 밖에도 이와 비슷한 많은 정황 증거가 나타나서, 무고한 하인은 결국 체포되고 말았지요. 그가 구금되고 재판이 시작되었지만, 때마침 일주일 뒤에 이 수감자는 열병에 걸려 의식을 잃은 채 병원에서 죽었습니다. 이로써 사건은 일단락되고 하느님의 뜻에 맡겨졌는데, 모든 사람은—재판관들이며 당국이며 세간 사람들이며 할 것 없이 모두, 이 범죄는 죽은 하인의 짓이 틀림없다고 여전히 확신하고 있었지요. 하지만 그후 벌이 시작되었습니다.

비밀에 싸인 손님, 이제는 이미 나의 친구가 된 그는, 처음에는 양심의 가책 따위로 조금도 괴롭지 않았노라고 나에게 말했습니다. 오랫동안 괴로워하긴 했지만, 그것은 양심의 가책 때문이 아니라, 사랑하는 여자를 죽였고 그 여자는 이제 이 세상에 없다, 자신의 핏속에는 열정의 불꽃이 여전히 남아 있는데 자기가 그 여자를 죽임으로써 자신의 사랑마저 죽여버렸다는 애석함 때문이었습니다. 하지만 무고한 피를 흘리게 했다는 것, 사람을 죽였다는 것에 대해서는 그 당시 거의 생각조차 하지 않았습니다. 그 여자를 죽이지 않고 그냥 두었더라면 다른 사람의 아내가 되었을 거라는 생각이 그에게는 도저히 참을 수 없는 일이었기 때문에 그렇게 행동할 수밖에 없었노라고 자신의 양심을 오랫동안 굳게 믿고 있었던 겁니다. 하인이 체포되자 그도 처음에는 좀 괴로웠지만, 수감자의 갑작스러운 병과 뒤이은 죽음이 다시 그를 안심시켜주었는데, 하인이 죽은 것은 체포나 공포 때문이 아니라, 도망 다니던 동안 술에 취해 반송장이 된 채 축축한 땅바닥에서 밤새도록 뒹굴다가 얻은 감기 때문임이 모든 점으로 보아 아주 명백했으니까요(당시 그는 그렇게 판단했습니다). 훔친 물건과 돈에 대해서도 마음에 거리끼는 바가 별로 없었으니, 그건(그는 이번에도 그렇게 판단했습니다) 탐이 나서가 아니라 혐의를 다른 쪽으로 돌리기 위해 훔쳤기 때문이었습니다. 훔친 액수는 얼마 되지도 않았고, 그는 곧 그 전액을, 심지어 훨씬 많은 금액을 우리 도시에 건립된 양로원에 기부했습니다. 이것은 도둑질한 데 대해 자신의 양심을 편하게 하려고 의도적으로 한 일이었으나, 이상하게도 한동안, 아니 심지어 꽤나 오랫동안 실제로 그의 마음이 편안해졌다고 하며—이건 그가 직접 나에게 해준 말입니다. 그때 그는 엄청난 업무 활동에 매달렸고 자신이 나서서 수고스럽고 힘든 임무를 도맡아 그 일에 두 해 정도 열중하다보니, 원래 워낙 강한 성격이기도 한지라 과거의 일을 거의 잊게 되었습니다. 그래도 기억이 날 때면 아예 그 일을 생각하지 않으려고 애썼지요. 자선 활동에도 매진하여 우리 도시에 많은 시설을 세우고 기부도 많이 해서 두 수도, 모스크바와 페테르부르크에서도 이름이 알려져 그곳의 자선협회 회원으로 선출되기까지 했습니다. 하지만 그런데도 결국엔, 자신의 힘으로는 감당할 수 없는 괴로움이 그를 자꾸 우울한 생각에 잠기게 했습니다. 마침 그 무렵, 아름답고 사려 깊은 한 아가씨가 그의 마음에 들었고, 그는 혼인하게 되면 자신의 고독한 우수를 쫓아버릴 수 있으리라, 새로운 길에 들어서서 아내와 아이들에 대한 의무를 열심히 수행함으로써 지난날의 기억으로부터 완전히 멀어지리라, 이렇게 꿈꾸면서 곧 그녀와 혼인했습니다. 그러나 이런 기대와는 그야말로 정반대되는 일이 일어났습니다. 혼인한 첫 달부터, '이제 아내는 나를 이토록 사랑하는데, 만약 혹시라도 알게 되면 어쩌나?' 하는 생각이 끊임없이 들면서 그의 마음을 혼란스럽게 한 거지요. 아내가 첫아이를 가지게 되어 그에게 그 사실을 알리자, 그는 갑자기 혼란스러워졌습니다. '나는 지금 생명을 주고 있지만, 정작 나 자신이 생명을 빼앗지 않았던가.' 아이들이 생겼습니다. '어찌 내가 감히 이 아이들을 사랑하고 가르치고 교육할 수 있겠는가, 어떻게 이 아이들에게 선행에 대해 말할 수 있겠는가, 남의 피를 흘리게 한 내가.' 아이들이 아름답게 자라자 그는 그들을 어루만지고 싶습니다. '하지만 나는 이 아이들의 순결하고 해맑은 얼굴을 쳐다볼 수 없다, 그럴 자격이 없다.' 마침내 자기 손에 희생된 여자의 피가, 그녀의 파멸된 젊은 삶이, 복수를 부르짖는 피가 그의 눈앞에 무시무시하고 고통스럽게 어른대기 시작했습니다. 그는 악몽을 꾸게 되었습니다. 하지만 워낙 심지가 굳은 사람이어서 그 고통을 오랫동안 참았습니다. '나의 이 남모를 고통으로 모든 것을 속죄할 수 있으리라.' 그러나 이 희망도 헛된 것이었습니다. 날이 갈수록 고통은 더 심해졌습니다. 세간에서는 다들 그의 엄격하고 침울한 성격을 두려워하면서도 자선 활동 때문에 그를 존경하게 되었으나, 존경을 받으면 받을수록 그는 더욱더 견딜 수 없었던 겁니다. 자살까지 생각했노라고 나에게 고백하더군요. 하지만 자살 대신에 다른 꿈이 그에게 어른거리기 시작했는데—처음에는 이 꿈을 있을 수 없는, 정신 나간 짓이라고 여겼지만, 마침내 그것은 그의 심장에 끈질기게 달라붙어 도저히 떨쳐버릴 수가 없었습니다. 그 꿈이란, 지금 바로 벌떡 일어나 군중 앞으로 나가서, 사람을 죽였노라고 모든 사람에게 밝히는 것이었지요. 이런 꿈을 품고 삼 년을 지내는 동안 그 꿈은 여러 다른 모습으로 그의 앞에 떠올랐습니다. 마침내 그는 자신의 범죄를 공개적으로 고백하면 자신의 영혼이 틀림없이 치유될 수 있고 단 한 번으로 영원히 마음의 평온을 얻게 되리라고 온 마음으로 믿게 되었습니다. 하지만 어떻게 실행에 옮길 것인가? 이것을 생각하자 그의 확신은 마음속에서 무서운 공포로 변했습니다. 그러던 차에 갑자기 나의 결투 사건이 일어난 겁니다. "당신을 보면서 나는 이제 마음을 굳혔습니다." 나는 그를 바라봅니다.

"아니, 정말인가요." 나는 손뼉을 탁 치며 그에게 소리쳤습니다. "그런 하찮은 사건이 당신 마음속에 그런 결단을 낳을 수 있었다니요?"

"나의 결단은 삼 년에 걸쳐 생겨난 것입니다." 그가 나에게 대답합니다. "당신의 사건은 다만 그것에 자극을 주었을 뿐이지요. 당신을 보면서 스스로를 책망했고 당신을 부러워했습니다." 이렇게 말하는 그의 목소리는 거의 준엄하기까지 했습니다.

"하지만 사람들은 당신 말을 믿지 않을 겁니다." 내가 말해주었습니다. "십사 년이나 지났으니까요."

"증거를, 확실한 증거를 가지고 있습니다. 제시하겠습니다."

그때 나는 울음을 터뜨리며 그에게 입을 맞추었습니다.

"한 가지만 결정해주십시오, 한 가지만!" 그가 나에게 말했습니다(마치 이제 나에게 모든 것이 달려 있다는 듯이 말이지요). "아내와 아이들! 아내는 아마 괴로워서 죽게 될 테고, 아이들은 귀족 신분과 영지를 박탈당하지는 않더라도—유형수의 자식이 되겠지요, 그것도 영원히. 아이들 가슴속에 어떤 기억을 남겨주겠습니까, 어떤 기억을!"

나는 아무 말도 할 수 없습니다.

"그들과 헤어져야 합니까, 그들을 영원히 버려야 합니까? 영원히, 영원히 말입니다!"

나는 앉아서 말없이 속으로 기도를 속삭입니다. 그리고 마침내 자리에서 일어났는데, 무서워졌습니다.

"어떡하지요?" 그는 나를 쳐다보고 있습니다.

"가십시오." 내가 말합니다. "사람들에게 고백하십시오. 모든 것은 지나가고 진리만이 남을 것입니다. 아이들도 자라면, 당신의 위대한 결단이 얼마나 대범한 것이었는지 이해할 겁니다."

그때 그는 정말로 마음을 굳힌 듯이 나에게서 떠났습니다. 하지만 그뒤로도 두 주가 넘도록 매일 저녁 나를 계속 찾아오면서도 여전히 준비만 할 뿐, 여전히 결심을 하지 못하더군요. 그는 나의 마음을 몹시 괴롭게 했습니다. 그런가 하면 어떤 때는 확고한 모습으로 찾아와서 감격 어린 어조로 말합니다.

"알고 있습니다, 사람들 앞에서 고백하기만 하면 나에게 천국이 찾아올 것입니다, 당장에 찾아올 것입니다. 십사 년을 지옥에서 살았습니다. 고통을 겪겠습니다. 고통을 받아들이고 진실로 살기 시작하겠습니다. 거짓으로 세상을 살면 결코 되돌아갈 수 없는 법이니까요. 이제 내 이웃은 물론이고 내 아이들조차 감히 사랑할 용기가 나지 않습니다. 오, 주여, 아마 아이들도 내 고통이 나에게 어떤 대가를 요구했는지 이해하고 나를 질책하진 않겠지요! 주님은 힘이 아니라 진리 속에 계시니까요."

"모두들 당신의 위대한 행위를 이해할 겁니다." 내가 그에게 말합니다. "당장은 아니더라도 나중에는 이해할 겁니다, 당신은 진리에 봉사하셨으니까요, 가장 높은 진리, 이 지상의 것이 아닌 진리에……"

그러고는 위안을 얻은 듯 나에게서 돌아가지만, 다음날이면 갑자기 독기를 품은 창백한 얼굴로 불쑥 다시 나타나서 냉소적으로 말하는 겁니다.

"당신 방에 들어올 때마다 호기심에 찬 눈으로 쳐다보는군요. '이번에도 고백하지 못했나?' 하고. 잠깐만 기다리시지요, 너무 경멸하지 마시고. 그게 당신 생각처럼 그렇게 쉬운 일이 아니랍니다. 어쩌면 아예 하지 않을지도 모르죠. 그렇다고 설마 나를 밀고하러 가지야 않겠지요, 네?"

하지만 나는 어리석은 호기심을 품고 살펴보기는 고사하고, 때로는 그를 쳐다보는 것조차 두려웠습니다. 나는 병이 날 정도로 괴로웠고, 내 영혼은 눈물로 가득차 있었습니다. 심지어 밤잠도 이룰 수 없었습니다.

"나는 지금," 그가 말을 계속합니다. "아내에게서 오는 길입니다. 아내라는 게 뭔지 아십니까? 내가 집을 나설 때 아이들이 소리치더군요. '안녕히 다녀오세요, 아빠, 얼른 오셔서 우리랑 『어린이 독본』을 읽어요.' 아니, 당신은 도저히 이걸 이해 못합니다! 남의 불행은 이해하지 못하는 법이니까요."

그의 눈이 번득이고 입술은 경련을 일으키기 시작했습니다. 그러다가 갑자기 주먹으로 탁자를 쾅 내리치는 바람에 탁자 위의 물건들이 위로 튀어올랐는데—무척 유순한 사람이어서 이런 일은 처음이었습니다.

"정말 그럴 필요가 있겠습니까?" 그가 버럭 소리를 질렀습니다. "정말 그래야만 합니까? 아무도 형을 선고받지 않았고, 나 때문에 유형지로 끌려간 사람도 없고, 그 하인이야 병으로 죽은 것 아닙니까. 그때 흘린 피에 대해서는 그동안 내가 겪은 고통으로 이미 벌을 받았습니다. 더구나 아무도 내 말을 안 믿을 것이고, 내가 무슨 증거를 내놔도 안 믿을 텐데요. 그런데도 사람들 앞에서 고백해야 합니까, 꼭 그래야 합니까? 흘린 피에 대해서는 앞으로도 평생토록 고통받을 각오가 돼 있지만, 아내와 아이들에게는 충격을 주고 싶지 않습니다. 나와 함께 그들까지 파멸시키는 게 과연 옳을까요? 우리가 잘못 생각하고 있는 건 아닐까요? 여기 어디에 진리가 있습니까? 더구나 사람들이 이 진리를 알아볼까요, 그 가치를 인정하고 존경해줄까요?"

'맙소사!' 나는 속으로 생각합니다. '이런 순간에 사람들의 존경을 생각하다니!' 나는 그때 그가 너무도 가여워서 그의 괴로움을 덜어줄 수만 있다면 나 자신이 그의 운명을 나누어 가지고 싶었습니다. 그는 제정신이 아닌 듯 보였습니다. 그런 결단이 어떤 대가를 요구하는지를 이미 이성이 아닌 살아 있는 영혼으로 깨닫고 나는 공포심에 전율을 느꼈습니다.

"운명을 결정해주십시오!" 그가 다시 소리쳤습니다.

"가서 모든 사람 앞에 고백하십시오." 나는 그에게 속삭였습니다. 목소리가 제대로 나오지 않았지만 단호한 어조로 속삭였습니다. 그러고는 탁자에서 러시아어판 복음서를 집어들어 그에게 「요한복음」 12장 24절을 보여주었습니다.

"내가 진실로 진실로 너희에게 이르노니 한 알의 밀이 땅에 떨어져 죽지 아니하면 한 알 그대로 있고 죽으면 많은 열매를 맺느니라." 나는 그가 오기 바로 전에 이 구절을 읽었던 것입니다.

그는 읽었습니다.

"옳은 말씀입니다." 이렇게 말하면서도 그는 씁쓸한 미소를 지었습니다. "그래요, 이 책들 속에서는" 하더니 잠시 침묵했다가 말합니다. "그런 섬뜩한 구절들을 만나게 되지요. 그것들을 남의 코끝에다 들이대기는 쉽습니다. 그런데 누가 그것을 썼나요, 정말로 사람들이 썼나요?"

"성령이 쓴 것이지요." 내가 말합니다.

"그런 식으로 지껄이는 게 당신에겐 쉬운 일이겠지요." 그는 또 한번 웃어 보였으나, 그건 이미 증오에 가까웠습니다. 나는 다시 책을 집어 들고 다른 곳을 펴서 「히브리서」 10장 31절을 그에게 보여주었습니다. "살아 계신 하느님의 손에 빠져들어가는 것이 무서울진저."

그는 읽고 나더니 그대로 책을 던져버렸습니다. 심지어 온몸을 부들부들 떨기 시작했습니다.

"무서운 구절입니다." 그가 말합니다. "할말이 없군요, 아주 제대로 고르셨으니." 그는 의자에서 일어났습니다. "그럼," 하고 그가 말합니다. "안녕히 계십시오, 다시는 못 오게 될지도 모르겠군요…… 천국에서 봅시다. 그러니까 '살아 계신 하느님의 손에 빠져들어간 지' 어언 십사 년—이 십사 년을 그렇게 불러야겠지요. 제발 나를 좀 놓아달라고 내일 이 손에 간청하겠습니다……"

나는 그를 껴안고 입을 맞추고 싶었으나 그럴 용기가 나지 않았는데—그 정도로 그의 얼굴은 일그러져 있었고 시선은 무거웠습니다. 그는 밖으로 나갔습니다. '맙소사.' 나는 생각했습니다. '저 사람은 어디로 간 걸까!' 나는 곧 성상화 앞에 무릎을 꿇고, 우리를 지체 없이 보호해 주시고 도와주시는 성모마리아께 울면서 그를 위해 기도드리기 시작했습니다. 눈물에 젖어 기도를 드리는 사이 반시간가량이 지났고, 이미 자정이 가까운 늦은 밤이었습니다. 보니까, 갑자기 문이 열리고 그가 다시 들어오는 겁니다. 나는 소스라치게 놀랐습니다.

"어디 가 계셨던 겁니까?" 내가 그에게 묻습니다.

"나는," 그가 말합니다. "내가 뭔가 잊고 간 것 같아서…… 손수건인 듯싶은데…… 뭐, 잊고 간 게 없더라도, 잠깐 앉아 있게 해주십시오……"

그러면서 의자에 앉았습니다. 나는 그를 내려다보며 서 있습니다. "당신도 앉으시지요." 그가 말합니다. 나도 앉았습니다. 이 분 정도 그렇게 앉아 있었는데, 지금도 생각나지만, 그가 나를 뚫어지게 바라보다가 갑자기 씩 웃더군요, 그러더니 일어서서 나를 꽉 껴안고 입을 맞췄습니다……

"기억해두게." 그가 말합니다. "내가 자네한테 두번째 왔다는 것을. 듣고 있나, 이걸 기억해두란 말일세!"

그는 나에게 처음으로 자네라고 말했습니다. 그러고는 가버렸습니다. '내일이구나'—나는 생각했습니다.

정말 그렇게 되었습니다. 그런데 그날 저녁만 해도 나는 이튿날이 마침 그의 생일이라는 사실을 몰랐습니다. 요 며칠 동안 나는 아무데도 나가지 않은 터라, 누구한테서 그 소식을 들을 수도 없었던 거지요. 해마다 그의 생일이면 그의 집에서 커다란 연회가 열려, 도시 전체가 몰려들곤 했습니다. 이번에도 그렇게 몰려들었습니다. 그런데 아니, 만찬

이 끝나자 그가 한가운데로 나서는데, 손에 종잇장 하나가 들려 있더군요—경찰 당국에 제출할 정식 자술서였습니다. 마침 경찰국장도 바로 그 자리에 있었기 때문에, 그는 곧 거기 모인 모든 사람에게 큰 소리로 그 종이를 읽었는데, 거기에는 범행 일체가 아주 상세히 적혀 있었습니다. "저는 저 같은 귀축鬼畜을 스스로 인간 사회로부터 추방하려 합니다, 하느님께서 저를 찾아주셨으니 고통을 달게 받아들이겠습니다!"라는 말로 자술서는 끝을 맺었습니다. 그러고 나서 곧바로 그는 자신의 범죄를 증명해줄 거라고 생각되는, 십사 년 동안 간직해온 모든 것을 꺼내어 탁자 위에 펼쳐놓았습니다. 혐의를 피할 생각에서 훔쳤던 피살자의 금붙이들, 그녀의 목에서 풀어낸 메달과 십자가—메달 속에는 그녀의 약혼자 사진이 들어 있었습니다—수첩, 그리고 끝으로 두 통의 편지였지요. 그중 한 통의 편지는 약혼자가 그녀에게 보낸 것으로 곧 온다는 소식을 알리고 있었고, 다른 한 통은 이 편지에 대한 그녀의 답장으로, 내일 우편으로 부치려고 쓰기 시작했다가 미처 끝맺지 못하고 탁자 위에 그대로 놓아둔 것이었습니다. 이 두 통의 편지를 그가 가져갔던 것인데—왜 그랬을까요? 무엇 때문에 그는 이 불리한 증거를 없애지 않고 십사 년 동안이나 간직해온 걸까요? 그런데 이제 어떤 일이 일어났겠습니까. 모두들 경악과 공포에 사로잡혀 엄청난 호기심을 가지고 그의 말에 귀를 기울였으나, 마치 병자의 헛소리라도 듣는 양 아무도 믿으려 들지 않았고, 며칠 뒤에는 이미 모든 집에서 확실한 결론을 지어, 이 불행한 사람이 미쳐버렸다고 판결해버렸습니다. 그래도 경찰 당국과 재판소는 이 사건의 심리에 착수하지 않을 수 없었으나, 심리도 곧 중단되고 말았습니다. 제출된 물품과 편지를 보면 당연히 신중하게 고려해야 할 상황이지만, 설령 이 증거물들이 진짜로 밝혀진다 해도 그저 이 증거물들만을 근거로 최종적인 유죄판결을 내릴 수는 없다는 결론이 났던 거지요. 더구나 그 물품들은 그녀가 자신의 지인인 그에게 직접 맡긴 것일 수도 있었으니까요. 그런데 뒤에 듣게 된 얘기지만, 이 물품들이 정말로 피살자의 것이라는 사실은 나중에 그녀의 많은 지인과 친척이 확인해주었고, 따라서 그 점에는 의심의 여지가 없었습니다. 하지만 이 사건은 이번에도 종결될 수 없는 운명이었습니다. 대엿새 뒤 모두들 이 수난자가 병에 걸려 목숨이 위태롭다는 소식을 알게 됐으니까요. 어떤 병에 걸린 건지 나로서는 설명할 수 없으나 심장박동 장애라고들 얘기했는데, 그러나 곧 그의 부인의 강청에 따라 의사위원회에서 그의 정신 상태를 공동 진찰한 결과, 이미 정신이상 증상이 보인다는 진단을 내린 사실이 알려졌습니다. 사람들이 나에게 이것저것 앞다투어 캐물어도 나는 아무 말도 하지 않았는데, 내가 문병을 가고 싶어 하자 사람들은 오랫동안 나의 문병을 막았고, 특히 그의 부인이 그랬습니다. "이건 당신 때문이에요." 그녀가 나에게 말하더군요. "당신 때문에 그이의 정신착란이 온 거예요. 전에도 침울하긴 했지만, 지난 일 년간은 유난히 흥분하고 이상한 행동을 하는 것을 우리는 다들 눈치채고 있었어요, 그러던 차에 바로 당신이 그이를 파멸시킨 거예요. 당신이 그이를 홀린 거죠, 그이는 한 달 내내 당신 곁에서 떨어지지 않았으니까요." 어쩌겠습니까, 부인뿐만 아니라 도시의 모든 사람이 나에게 덤벼들어 비난했으니 말입니다. "이건 다 당신 탓이야"라고 하더군요. 나는 잠자코 있었지만 마음속으로는 무척 기뻤는데, 스스로에게 맞서 일어나 스스로를 벌한 자에게 내리는, 하느님의 의심할 바 없는 은총을 보았기 때문입니다. 나는 그가 정말 정신이상이라고는 믿을 수 없었습니다. 마침내 나는 그와의 면회를 허락받았는데, 나와 작별인사를 나누고 싶다고 그가 한사코 요구했던 것입니다. 안으로 들어서자마자 나는, 그에게 며칠은 고사하고 몇 시간도 남아 있지 않다는 걸 금방 알아보았습니다. 그는 쇠약하고 얼굴빛이 누렇게 뜬데다 손이 떨리고 숨마저 몹시 가빴으나, 시선은 감동과 기쁨에 차 있었습니다.

"이루어졌네!" 나에게 말했습니다. "오래전부터 자네를 무척 보고 싶었는데, 왜 와주지 않았나?"

문병을 허락해주지 않았다는 말을 나는 그에게 하지 않았습니다.

"하느님께서 나를 가엾게 여기시어 당신 곁으로 부르시는 게야. 내가 죽어가고 있다는 걸 아네만, 그 오랜 세월 이후 처음으로 기쁨과 평화를 느끼고 있네. 응당 행해야 할 일을 행하자마자 바로 그 순간 내 영혼 속에서 천국을 느꼈지. 이젠 정말 내 아이들을 사랑하고 입을 맞춰줄 수도 있겠네. 사람들은 내 말을 믿지 않아, 아무도 믿지 않았어, 내 아내도, 내 재판관들도. 아이들도 결코 믿지 않겠지. 그것에서 나는 내 아이들에 대한 하느님의 은총을 본다네. 내가 죽어도 내 이름은 아이들에게 오점 하나 없이 남을 테니. 나는 지금 하느님을 예감하고 있어, 천국에 있는 것처럼 마음이 기쁘다네…… 나는 해야 할 일을 다 했으니……"

그는 더이상 말을 잇지 못하고 가쁜 숨을 헐떡이며 내 손을 뜨겁게 꽉 쥐고 불타는 눈으로 나를 바라봅니다. 그러나 우리는 오래 이야기를 나누지는 못했는데, 그의 아내가 끊임없이 우리 쪽을 살피고 있었으니까요. 그래도 그사이 그는 나에게 이런 말을 속삭일 수 있었습니다.

"그런데 기억하나, 내가 자네한테 두번째로, 그것도 오밤중에 찾아갔던 걸? 그걸 기억해두라고 자네에게 이르기까지 했잖나? 내가 왜 들어갔는지 아는가? 자네를 죽이려고 갔던 거야!"

순간 나는 몸을 부르르 떨었습니다.

"나는 그때 자네 집에서 캄캄한 어둠 속으로 나가 거리를 배회하며 나 자신과 싸우고 있었지. 그런데 갑자기 심장이 터질 정도로 자네가 증오스러워지더군. 나는 생각했지, '이제 저놈이 나를 옭아맬 수 있는 유일한 인간이고, 나의 판관이다, 저놈이 모든 걸 알고 있는 이상, 이미 내일의 그 벌을 마다할 수도 없다.' 그렇다고 자네가 밀고할까봐 두려웠던 건 아닐세(그건 생각조차 하지 않았네), '자수하지 않으면, 저놈 얼굴을 어떻게 보나?' 하는 생각이 들었던 거지. 자네가 이 세상 땅끝 어디에 가 있다 한들 살아 있다면 매한가지 아닌가, 자네가 살아 있고, 모든 것을 알고 있고, 나를 심판한다는 이 생각을 도저히 견딜 수가 없었어. 마치 모든 것이 자네 때문이고 자네 잘못인 양 자네를 증오했네. 그래서 자네의 방으로 다시 돌아갔지, 자네 탁자 위에 단검이 놓여 있다는 걸 기억하면서 말일세. 나는 자리에 앉아 자네에게도 앉으라고 권하고, 꼬박 일 분 동안 생각해봤네. 만약 자네를 죽였다면, 과거의 범행을 공개적으로 자백하지 않았다 해도, 자네를 죽인 살인죄로 역시 파멸하고 말았을 거야. 하지만 그 순간엔 이런 건 전혀 생각지도 않았거니와 생각하고 싶지도 않았어. 나는 그저 자네를 증오했고, 모든 것에 대해 자네에게 죽을힘을 다해 복수하고 싶었다네. 그러나 나의 주님께서 내 마음속의 악마를 무찔러주셨지. 아무튼 알아두게, 자네가 그때만큼 죽음에 가까웠던 적은 없었을 걸세."

일주일 뒤 그는 죽었습니다. 도시의 모든 사람이 그의 관을 무덤까지 배웅했습니다. 대사제의 감동적인 조사가 있었습니다. 모두들 그의 수명을 그렇게 단축시킨 무서운 병을 한탄했습니다. 그러나 장례식이 끝나자 도시 전체가 나에게 격분했고, 심지어 나와의 교제마저 끊어버렸습니다. 사실, 어떤 사람들은, 처음엔 몇 안 되었지만 나중에는 점점 더 많은 사람이 그의 진술 내용이 사실이었다고 믿게 되어, 나를 열심히 찾아와서 엄청난 호기심과 기쁨을 드러내며 이것저것 캐묻기 시작했습니다. 인간이란 의인의 몰락과 그의 오욕을 좋아하니까요. 그러나 나는 입을 꾹 다물었고 그후 얼마 지나지 않아 그 도시를 완전히 떠났으며, 다섯 달 뒤에는 나에게 그토록 분명하게 이 길을 가리켜주신, 보이지 않는 손가락을 축복하면서, 주 하느님의 은총으로 이 확고하고도 장엄한 길로 들어서게 되었습니다. 그리고 많은 고통을 감내한 하느님의 종 미하일을 오늘까지도 매일 기도드리면서 기억하고 있습니다.

III
조시마 장로의 담화와 설교에서

(마) 러시아의 수도사, 그리고 그가 가질 수 있는 의미에 관하여

신부님들, 스승님들, 수도사란 무엇입니까? 오늘날 개명된 세계에서 이 말은 어떤 사람들에게서는 이미 냉소적으로 사용되고, 또 어떤 사람들에게서는 욕설로도 쓰입니다. 그리고 이는 날이 갈수록 심해집니다.

맞습니다, 오, 맞습니다, 수도사들 중에도 무위도식자, 호색한, 도락가, 뻔뻔한 부랑자가 많습니다. 교육을 받은 속인들은 이들을 가리켜 "너희는 게으름뱅이에다 사회의 무용지물들, 남의 노동으로 먹고사는 파렴치한 거지들이다"라고 말합니다. 그러나 수도사들 가운데는 정적 속에서 열렬한 기도와 고독을 갈구하는 참으로 겸허하고 온유한 자가 아주 많습니다. 이런 이들을 가리키는 일은 좀체 없고 심지어 아예 묵살하기 일쑤이니, 만약 내가 이들, 고독한 기도를 갈구하는 온유한 자들로부터 어쩌면 다시 한번 러시아 땅에 구원이 올지도 모른다고 말한다면, 세상 사람들은 무척이나 놀랄 테지요! 왜냐하면 진실로 이들은 정적 속에서 '그 날, 그 시각, 그 달, 그 해를 위해' 준비를 갖추고 있으니까요. 이들은 아직 자신의 고독 속에 머물면서 그리스도의 모습을 먼 옛날의 교부들, 사도들, 순교자들로부터 전해온 하느님의 진리 그대로 장엄하고 왜곡 없이 순수하게 간직하고 있다가, 필요한 때가 되면 그것을 세상의 흔들리는 진리 앞에 나타내 보일 것입니다. 이 생각은 위대한 것입니다. 동방으로부터 이 별은 빛나기 시작할 것입니다.

수도사에 대한 나의 생각은 이러한데, 이것이 정녕 거짓된 것이며 정녕 오만한 것일까요? 세상 사람들을 한번 보십시오, 자기가 하느님의 백성보다 더 높은 줄 아는 온 세상을 한번 보십시오, 거기에는 하느님의 얼굴과 그분의 진리가 왜곡되어 있지 않습니까? 그들에겐 과학이 있습니다만, 과학 속에는 오직 감각에 종속된 것만이 있을 따름입니다. 인간 존재의 더 높은 절반을 이루는 정신세계는 완전히 외면당하고, 어떤 승리감, 심지어 증오마저 날뛰는 가운데 추방되고 말았습니다. 세계는 자유를 선언했고 최근에는 특히 그렇습니다만, 그들의 이 자유에서 우리가 보는 것은 대체 무엇입니까. 오로지 예속과 자살뿐입니다! 세상은 이렇게 말하지요. "너는 욕구를 가지고 있다, 그러니 그것을 충족시켜라, 왜냐하면 너는 가장 존귀하고 가장 부유한 자들과 똑같은 권리를 가지고 있으니까. 욕구를 충족시키기를 두려워 말고, 오히려 욕구를 증대시켜라." 바로 이것이 지금 세상의 가르침입니다. 여기서 그들은 자유를 보는 것이지요. 하지만 이 욕구 증대의 권리에서 과연 어떤 결과가 나오고 있습니까? 부유한 자에겐 고립과 정신적 자살, 가난한 자에겐—질투와 살인이 있을 따름이니, 이는 권리는 주었으나 욕구를 충족시킬 수단은 제시하지 않았기 때문입니다. 그들은 세계가 날이 갈수록 하나로 통합되어가며, 거리를 줄이고 공중으로 사상을 전달함으로써 형제적인 관계로 성숙해간다고 단언합니다. 오, 통탄스러운지고, 사람들의 그런 통합을 믿지 마십시오. 자유를 욕구의 증대와 신속한 해소로 이해함으로써 그들은 자신의 본성을 왜곡하는 것이니, 이는 무의미하고 어리석은 욕망과 습관, 허황되기 그지없는 생각을 자신의 마음속에서 수없이 일깨우게 되기 때문입니다. 오로지 서로에 대한 질투를 위해, 음욕과 허영만을 위해 사는 것이지요. 만찬과 외출, 마차, 높은 관등, 노예와도 같은 하인을 갖는 것은 이미 너무도 필수적인 일로 간주되기 때문에, 이 필요를 충족시키기 위해 심지어는 생명과 명예, 인류애까지 희생할 정도이며 그것을 충족시킬 수 없을 때는 자살도 마다하지 않습니다. 부유하지 못한 사람들에게서도 마찬가지 현상을 볼 수 있으며, 가난한 사람들은 욕구불만과 질투를 아직은 음주로 억누르고 있습니다. 하지만 머지않아 그들은 술 대신 피에 흠뻑 취하게 될 것이며, 이미 그쪽으로 끌려가고 있습니다. 여러분에게 묻겠습니다. 그런 인간이 자유로울까요? 나는 '이념을 위한 투사' 한 사람을 알고 있었는데, 그가 나에게 말하길, 감옥에서 담배를 빼앗기자 그것이 어찌나 고통스러웠는지 담배 한 대를 얻을 수만 있다면 자신의 '이념'까지도 서슴지 않고 팔아넘길 것 같았다는 겁니다. 그런데 바로 이런 인간이 '나는 인류를 위해 싸우러 간다'라고 말합니다. 도대체 이런 인간이 어디로 가겠으며, 또 무엇을 할 수 있겠습니까? 급히 해치우는 거라면 모를까, 오래 버텨내지는 못할 겁니다. 나의 젊은 시절, 비밀에 싸인 손님이자 나의 스승이었던 그분이 나에게 말한 대로, 그들이 자유 대신 예속에 빠지고 형제애와 인류 통합에 대한 봉사 대신 오히려 격리와 고립에 빠져버린 것은 놀랄 일이 아닙니다. 그 때문에 이 세상에서는 인류에 대한 봉사, 모든 사람이 형제가 되고 하나의 전체로 통합해야 한다는 생각은 날이 갈수록 점점 더 사그라지고, 심지어는 이런 생각이 실제로 이미 냉소에 부딪히고 있는데, 그도 그럴 것이, 제멋대로 생각해낸 자신의 무수한 욕구를 충족시키는 데 그토록 익숙해져버린 마당에 이 부자유한 인간이 자신의 습관을 어찌 버릴 수 있으며, 도대체 어디로 간단 말입니까? 고립하여 존재하는 그인데, 전체가 그에게 무슨 상관입니까? 그리하여 더 많은 재물을 모았지만 기쁨은 더 줄어든 결과에 이른 것입니다.

수도사의 길은 다릅니다. 사람들은 순종과 재계와 심지어 기도까지도 비웃지만, 오직 이것들 속에만 그야말로 참되고 진정한 자유로 가는 길이 있습니다. 쓸데없고 불필요한 욕망을 떨쳐버리고 나의 이기적이고 오만한 의지를 순종으로 달래고 채찍질하며, 그럼으로써 하느님의 도움으로 정신의 자유에, 그리고 그와 더불어 정신적인 명랑함에 다

다르는 것입니다! 이들 중 과연 어느 쪽이 더, 위대한 사상을 높이 받들고 그것에 봉사하러 나설 수 있겠습니까—고립된 부자입니까, 아니면 물질과 습관의 압제로부터 해방된 이자입니까? 사람들은 수도사가 고립을 택했다고들 비난합니다. "너는 수도원 담장 안에서 너 자신을 구원하기 위해 너를 고립시켰고, 인류에게 형제로서 봉사하는 것은 잊어버리지 않았느냐." 그러나 한번 더 봅시다, 누가 형제애를 행하는 데 더 열심입니까? 고립은 우리가 아니라 그들에게 있는데도, 그들은 이것을 보지 못합니다. 예로부터도 우리 중에서 민중을 위해 일하는 활동가들이 나왔으니, 지금이라고 그런 사람들이 왜 없겠습니까? 그 겸허하고 온유한 금욕과 묵언의 고행자들이 분연히 일어서서 위대한 일을 위해 나설 것입니다. 루시의 구원은 민중으로부터 옵니다. 러시아의 수도원은 아주 예로부터 민중과 함께 있었습니다. 민중이 고립에 빠지면 우리도 고립에 빠집니다. 민중은 우리와 같은 방식으로 믿고 있으며, 믿음이 없는 활동가는 제아무리 진실한 마음과 천재적인 머리를 가졌다 해도 우리 러시아에서 무슨 일도 할 수 없을 것입니다. 이 점을 명심하십시오. 민중은 무신론자를 맞아 무찌를 것이며, 정교로 하나가 된 루시가 우뚝 일어설 것입니다. 민중을 소중히 아끼고 민중의 마음을 잘 지켜주십시오. 정적 속에서 민중을 교육하십시오. 바로 이것이 여러분 수도사들이 수행해야 할 위대한 일이니, 이 민중이야말로—하느님의 체득자이기 때문입니다.

(바) 주인과 하인에 관하여, 주인과 하인이 정신적으로 서로 형제가 될 수 있는가에 관하여

아니, 민중에겐 죄가 없다고 누가 그럽니까, 민중에게도 죄악은 있습니다. 타락의 불길은 심지어 눈에 띌 정도로 번지며 시시각각 위로부터 내려옵니다. 민중 속에서도 고립이 나타나고, 부농과 고리대금업자들이 생겨나기 시작합니다. 이제는 상인조차 점점 더 존경을 요구하며 교양이라고는 털끝만큼도 없으면서 교양인 행세를 하려 들고, 그것을 위해 오랜 풍습을 비열하게도 멸시하고 아버지들의 믿음마저 부끄럽게 여깁니다. 공작들 집을 드나들지만, 그래 봐야 그 자신은 타락한 농사꾼일 뿐이지요. 민중은 술 때문에 곪아버렸고, 이미 거기서 벗어날 수 없는 지경입니다. 가족들에게, 아내와 특히 아이들에게마저 얼마나 잔인하게 구는지요. 이게 모두 술 때문이랍니다. 나는 여러 공장에서 심지어 열 살배기 아이들도 보았습니다. 여윌 대로 여위고 허약하고 등까지 굽은데다 벌써부터 방탕이라는 걸 알고 있는 아이들이었지요. 숨막히는 작업실, 덜커덩거리는 기계, 온종일 계속되는 노동, 음란한 말, 그리고 술, 또 술, 대체 이게 아직 이렇게 어리기만 한 아이의 영혼에 필요한 것일까요? 아이에게 필요한 것은 태양, 아이들다운 놀이, 모든 면에서 밝은 본보기, 그리고 단 한 방울이라도 좋으니 아이에 대한 사랑입니다. 그러니 이런 일이 없도록, 수도사님들, 아이들을 학대하지 않도록, 여러분이 분연히 일어나서 이것을 어서, 어서 빨리 설교하십시오. 그러나 하느님께서 러시아를 구해주실 것이니, 비록 평민 또한 타락하여 악취나는 죄악을 이미 마다할 수 없게 되었을지라도, 그는 자신

의 악취나는 죄가 하느님께 저주받은 것이며, 죄를 지음으로써 자신이 나쁜 짓을 하고 있다는 것을 그래도 알고 있으니까요. 이렇듯 우리 민중은 아직도 지칠 줄 모르고 진리를 믿고 있으며, 하느님을 인정하고, 감동의 눈물을 흘립니다. 상류층 사람들은 다릅니다. 그들은 과학을 좇아 예전처럼 그리스도도 없이 오로지 자신의 이성만으로 정의로운 세상을 이룩하고자 하며, 범죄도 없고 이제 더이상 죄악도 없다고 이미 선언했습니다. 하긴 그들 나름으로야 옳기도 하지요. 왜냐하면 만약 여러분에게 하느님이 없다면, 그때야 무슨 범죄가 있겠습니까? 유럽에서는 민중이 이미 폭력으로 부자들에게 맞서 일어나고 있고, 민중의 우두머리들은 어디에서나 그들을 피로 이끌면서 그들의 분노가 정의롭다고 가르칩니다. 그러나 '그 노여움이 혹독하니 저주를 받을 것'*입니다. 하지만 주님께서는 러시아를 구원해주실 터이니, 지금까지 이미 여러 차례 구원해주셨듯이 말입니다. 구원은 민중으로부터, 민중의 믿음과 겸허함으로부터 나올 것입니다. 신부님들, 스승님들, 민중의 믿음을 소중히 지킬지니, 이것은 꿈이 아닙니다. 평생토록 나는 우리의 위대한 민중에게서 그들의 장엄하고도 진정한 존엄성에 깊은 감명을 받아왔으며, 내 눈으로 보았으니 직접 증언할 수도 있는데, 내 눈으로 보면서 경탄해 마지않았고, 우리 민중의 악취나는 죄악과 가난에 지친 모습에도 불구하고 내 눈으로 그것을 직접 보았으니까요. 우리 민중은 노예처럼 비굴하지 않으며, 더구나 두 세기 동안이나 노예 신분이었는데도 그렇습니다. 태도와 행동거지가 자유로우며, 그렇다고 해서 누구에게

* 「창세기」 49:7.

모욕감을 주지도 않습니다. 복수심이나 시기심에 차 있지도 않습니다. "너는 명망이 있고, 너는 돈이 많고, 너는 똑똑하고 재능이 있으니—참 좋은 일이야, 하느님께서 너에게 축복을 내리시길. 나는 너를 존경하지만, 나도 인간이라는 걸 알고 있다. 그러니 시기심 없이 너를 존경함으로써, 그것으로써 나의 인간적인 존엄성을 네 앞에 보이는 것이다." 정말로, 이런 말을 하지는 않더라도(그들은 아직 이런 말을 할 줄 모르니까요) 그들은 이렇게 행동하며, 나는 그것을 내 눈으로 보아왔고 겪어왔는데, 믿으실지 모르겠으나, 우리 러시아 사람은 가난하면 가난할수록, 신분이 낮으면 낮을수록 이 장엄한 진리를 더욱 뚜렷하게 지니고 있으니, 그들 중에도 돈이 많은 부농들이나 고리대금업자들은 대다수가 이미 타락했기 때문으로, 이는 참으로 많은 부분이 우리의 불성실과 부주의에서 비롯된 것입니다! 그러나 하느님께서는 당신의 백성들을 구하시리니, 러시아는 자신의 겸허함으로 하여 위대하기 때문입니다. 나는 우리의 미래를 보게 되길 꿈꾸며, 벌써부터 그것을 눈앞에 선명하게 보고 있는 듯합니다. 우리의 가장 타락한 부자도 가난한 사람 앞에서 결국엔 자신의 부를 부끄러워하게 될 것이고, 가난한 자는 이 겸허함을 보면서 그것을 이해하고 그에게 기쁘게 양보하며 그의 숭고한 수치심에 상냥하게 응답하게 될 테니 말입니다. 반드시 이렇게 되리라는 것을 믿으십시오. 길은 그곳을 향해 나아가니까요. 오로지 인간의 정신적인 존엄성 속에서만 평등이 깃들며, 사람들은 오직 우리에게서만 이것을 이해하게 될 것입니다. 우리가 형제가 될 수 있다면, 형제와 같은 결합도 이루어질 것이며, 형제와 같은 결합이 있기 전에는 결코 서로 나누어 가지지 못할 것입니다. 우리는 그리스도의 모습을 간직하고 있으며,

그것은 고귀한 금강석과도 같이 온누리에 빛날 것입니다…… 아멘, 그렇게 되어지이다!

신부님들, 스승님들, 한번은 나에게 감동적인 일이 일어났습니다. 순례를 다니다가 어느 날 현청 소재지인 K시에서 예전에 나의 당번병이었던 아파나시를 만났는데, 그와 헤어진 지 어언 팔 년이 지난 때였습니다. 그는 시장에서 우연히 나를 보자마자 알아보고는 나에게 달려왔는데, 오, 하느님, 얼마나 반가워하던지요, 정말 나를 덮칠 듯했습니다. "나리, 주인 나리, 정말 나리십니까? 나리를 정말 이렇게 보게 되다뇨?" 그는 나를 자기 집으로 끌고 갔습니다. 그는 이미 퇴역하고 장가를 들어 아기를 벌써 둘이나 얻었더군요. 아내와 함께 시장에서 노점을 벌이고 자그맣게 장사를 해서 그럭저럭 살아가고 있었습니다. 그의 조그만 방은 초라하지만 깔끔하고 기쁨이 넘쳐났습니다. 나를 자리에 앉히고 사모바르를 올려놓고 아내를 부르러 사람을 보내고, 마치 내가 나타나서 그에게 무슨 잔칫날이라도 만들어준 것 같았습니다. 그는 아이들을 나에게 데리고 왔습니다. "축복해주십시오, 나리." "내가 어떻게 축복을 해주겠나." 나는 그에게 대답합니다. "나는 그저 평범하고 보잘것없는 수도사일 뿐이니, 이 아이들을 위해 하느님께 기도를 드리기로 하겠네, 그리고 자네에 대해서는, 아파나시 파블로비치, 바로 그날 이후 언제나 매일 하느님께 기도드리고 있다네, 모든 것이 자네에게서 비롯되었으니까" 하고 말합니다. 그리고 그에게 내 능력껏 이 일을 설명해주었습니다. 그런데 이 사람은 계속 내 얼굴만 바라보며 자신의 옛 주인이자 장교였던 내가 지금 이런 모양으로, 이런 옷차림으로 자기 앞에 있다는 게 아무래도 믿어지지 않는 눈치였습니다. 심지어 울음까지 터뜨리더군요. “아니, 왜 우나.” 내가 그에게 말합니다. “자네는 정말 잊을 수 없는 사람이야, 오히려 나를 위해 진심으로 기뻐하게나, 나의 길에는 기쁨과 빛이 넘치니까.” 그는 많은 말을 하지는 않고 그저 아아, 오오 하고 연신 한숨을 내쉬며 감동에 젖어 나에게 고개를 끄덕여 보였습니다. 그러다 묻더군요. “그럼 나리의 재산은 어디에 있습니까?” “수도원에 바쳤네, 우리는 공동생활을 하지” 하고 대답했습니다. 차를 마신 뒤 작별인사를 하려고 하는데, 갑자기 그가 나에게 반 루블짜리 은화 한 닢을 수도원에 바치는 헌금이라며 내주었고, 그러고 또 보니, 반 루블짜리 은화를 한 닢 더 내 손에 찔러주면서 황급히 말하지요. “이건 순례를 다니시는 여행자인 나리께 드리는 겁니다. 혹시 소용에 닿을 때가 있을까 해서요, 나리.” 나는 그의 은화 한 닢을 받고 그와 그의 아내에게 허리 숙여 절을 한 뒤 기쁜 마음으로 떠났는데, 길을 가며 이런 생각이 들더군요. ‘이제 우리 둘은, 그의 집에 있는 그도, 길을 가고 있는 나도, 하느님께서 우리가 이렇게 만나도록 이끄신 것을 회상하며 즐거운 마음으로 고개를 끄덕이고 필시 감탄의 한숨을 내쉬면서 기쁘게 미소를 지으리라.’ 그때 이후 다시는 그를 보지 못했습니다. 나는 그에게 주인이었고 그는 나의 하인이었지만, 그와 내가 정신적인 감동에 젖어 서로 다정하게 입을 맞춘 지금, 우리 사이에는 위대한 인간적인 결합이 일어난 것입니다. 나는 이에 대해 많은 생각을 해보았으며, 지금은 이렇게 생각하고 있습니다. 이 위대하고도 소박한 결합이 때가 오면 우리 러시아 사람들 사이 어디서나 이루어질 수 있으리라는 것이 과연 그토록 납득하기 어렵단 말인가? 나는 이 일이 꼭 이루어지리라고, 그리고 그때가 가까웠노라고 믿습니다.

하인에 대해서는 다음의 말을 덧붙이겠습니다. 나는 예전에 젊었을 적에 내 하인에게 화를 자주 냈습니다. "식모가 음식을 뜨겁게 해서 내왔다, 당번병이 옷을 깨끗하게 손질하지 않았다"라면서요. 그러나 어린 시절에 내 사랑하는 형이 들려주었던 그 생각이 그때 갑자기 내 마음을 환히 비춰주었습니다. '나는 과연 다른 사람에게 내 시중을 들게 할 자격이 있는가, 그가 가난하고 무지하다 하여 그를 마구 부려먹을 자격이 있는가?' 그리고 바로 그때, 그토록 단순하고 불을 보듯 명백하기 그지없는 생각이 우리의 머릿속에 그토록 늦게야 떠오른다는 데 깜짝 놀랐습니다. 이 세상에서 하인 없이는 불가능하다면, 네 하인에게 그가 하인이 아닐 경우보다도 정신적으로 더 자유롭도록 해주어야 할지니. 그리고 왜 나는 내 하인에게 하인이 될 수 없을까요, 그것도 그가 그 사실을 분명하게 깨달을 수 있도록, 그리고 내 쪽에서의 어떤 오만함도 없고 그의 쪽에서도—불신이 없도록 그렇게 할 수는 없는 것일까요? 왜 나의 하인이 나에게 친척처럼 될 수 없을까요, 그리하여 마침내 내가 그를 나의 가족으로 받아들이고 그것을 기뻐하게 될 수 없을까요? 이것은 지금 당장이라도 그렇게 실행될 수 있는 일일뿐더러, 미래의 장엄한 인류 대합일을 위한 토대가 되어줄 것이니, 그때가 오면 인간은 지금처럼 자신의 하인을 구하거나 자신과 다를 바 없는 사람들을 하인으로 만들고 싶어하지 않고, 오히려 복음서의 말씀에 따라 자기 자신이 모든 사람의 하인이 되기를 열과 성을 다해 원하게 될 것입니다.* 인간은 드디어 지금과 같은 잔인한 기쁨—즉 탐식과 음욕, 거드

* "너희 중에 누구든지 크고자 하는 자는 너희를 섬기는 자가 되고 너희 중에 누구든지 으뜸이 되고자 하는 자는 너희의 종이 되어야 하리라."「마태복음」 20:26~27, 23:11 외.

름과 자만, 그리고 남의 위로 올라서려는 시기심 속에서가 아니라 오로지 교화와 자비의 위업 속에서 자신의 기쁨을 발견하게 될 터인즉, 이것이 한낱 꿈에 불과한 것일까요? 결코 그렇지 않으며, 그때가 가까웠노라고 나는 굳게 믿습니다. 사람들은 웃으면서 묻습니다. 그때가 대체 언제며, 정말 올 것 같기는 합니까? 나는 우리가 그리스도와 더불어 이 위대한 과업을 완성할 것이라고 생각합니다. 이 땅의 인류 역사에서 불과 십 년 전만 해도 생각조차 할 수 없었던 이념들이 자신들의 신비로운 시기가 도래하자 갑자기 모습을 나타내어 온 땅을 휩쓸었던 경우가 얼마나 많았습니까? 우리에게서도 이런 일이 일어나 우리의 민중이 세계를 밝게 비출 것이며, 모든 사람이 이렇게 말할 것입니다. "건축자들이 버린 돌이 모퉁이의 머릿돌이 되었노라."* 비웃는 자들에게는 이렇게 되묻고 싶습니다. "우리의 생각이 한낱 꿈이라면, 당신들은 대체 언제쯤이나 자신의 건물을 지어 올릴 것이며 그리스도 없이 오직 자신의 이성만으로 정의로운 세상을 이룩할 셈이오?" 만약 그들이 오히려 자기들이야말로 합일을 향해 나아가고 있다고 주장한다 해도, 그것을 진심으로 믿는 자는 그들 중에서도 가장 단순한 자들이니, 그 단순함이 심지어 놀라울 정도입니다. 그들은 진실로 우리보다 더 몽상적인 환상을 품고 있으니까요. 정의로운 세상을 이룩하겠다고 생각하지만 그리스도를 저버린 탓에 결국 세상이 피바다가 되고 말 것인즉, 피는 피를 부르고 칼을 뽑아든 자는 칼로 망할 것이기 때문입니다.** 그리고 만약 그리스도의 약속이 없다면 그들은 이 땅에 마지막 단 두 사람이 남

---

* 「시편」 118:22(러시아어 성경에서는 117: 22), 「마태복음」 21:42.

** 「마태복음」 26:52.

을 때까지 서로를 진멸할 것입니다. 더욱이 이 마지막 두 사람도 자신의 오만함 때문에 서로를 도와 살게 할 수 없을 테니, 마지막 한 사람이 다른 한 사람을 죽이고 결국엔 자기 자신까지도 죽이고 말겠지요. 온유하고 겸허한 자들을 위해 이 일을 줄여주시겠노라는 그리스도의 약속이 없다면,* 정말로 그렇게 되어버릴 것입니다. 아직 장교복을 입고 있던 그때, 나는 그 결투 사건 후에 어느 사교 모임에서 하인에 대한 이야기를 하게 되었는데, 지금도 기억하지만, 모두들 나를 의아하게 여기더군요. "그럼 우리가 하인을 소파에 앉히고 그에게 차를 대령해야 한다는 겁니까?" 그때 내가 그들에게 대답했지요. "그저 가끔씩이라도 그렇게 못할 건 없잖습니까?" 그러자 다들 웃음을 터뜨렸습니다. 그들의 질문은 경솔했고 나의 대답은 분명치 못했지만, 그래도 거기엔 어떤 진리가 들어 있었다고 생각합니다.

(사) 기도에 관하여, 사랑에 관하여, 그리고 다른 세계들과의 접촉에 관하여

젊은이여, 기도드리는 것을 잊지 말라. 매번 그대의 기도 속에서, 만약 그 기도가 참된 것이라면, 반드시 새로운 감정이 솟아나리니, 그대가 전에는 알지 못했던 새로운 생각이 그 속에 들어 있어 그대에게 새로이 기운을 북돋워줄 것이며, 그리하여 그대는 기도가 교육임을 깨닫게 되리라. 또하나 기억해두라, 매일 그리고 그대가 할 수 있을 때마다 '주여, 오늘 하루 주님 앞에 섰던 모든 이를 긍휼히 여기소서'라고 속으

* "택하신 자들을 위하여 그 날들을 감하시리라." 「마태복음」 24:22, 「마가복음」 13:20.

로 되뇌도록 하라. 매시 매 순간 수천 명의 사람들이 이 땅에서 자신의 삶을 하직하고 그들의 영혼이 주님 앞에 서게 되지만—그들 중 그토록 많은 이가 아무도 모르게, 어느 누구도 그들을 측은히 여기지 않고 그들이 살았는지조차 전혀 알지 못하는 가운데 슬픔과 우수 속에 쓸쓸히 이 땅과 작별했기 때문이다. 그러니 그대 또한 그를 전혀 몰랐고 그도 그대를 몰랐다 해도, 이제 어쩌면 지구의 반대편 끝으로부터 그의 명복을 비는 그대의 기도가 주님을 향해 올라가게 될 것이다. 공포에 싸여 주님 앞에 선 그의 영혼이 자신을 위해서도 기도해주는 사람이 있고 자기 같은 사람도 사랑해주는 인간 존재가 지상에 남아 있다는 것을 느낀다면, 그 순간 얼마나 감동하겠는가. 더욱이 주님께서는 그대들 둘 모두를 더욱 자비롭게 바라보실 것이니, 그대가 그를 이미 그토록 측은히 여겼다면, 그대보다 더 한없이 자비로우시고 자애로우신 하느님께서는 얼마나 더 그를 측은히 여기시겠는가. 그리고 그대를 보아서라도 그를 용서해주시리라.

형제들이여, 사람들의 죄를 두려워 말고 인간이 죄악에 빠져 있을 때도 그를 사랑할지니, 이것이야말로 이미 하느님의 사랑에 가까운 것이며, 지상의 사랑 가운데 으뜸이기 때문이로다. 하느님의 모든 창조물을, 그 전체를, 모래알 하나하나까지를 사랑하라. 작은 잎사귀 하나하나, 하느님의 햇살 한줄기 한줄기를 모두 사랑하라. 동물을 사랑하고 식물을 사랑하고 모든 사물을 사랑하라. 모든 사물을 사랑하게 되면 그 사물들 속에서 하느님의 신비를 깨닫게 될 것이다. 한번 깨닫게 되면 그뒤엔 이미 지칠 줄 모르고 나날이 모든 것을 더 깊이 더 많이 인식하기 시작하리라. 그리하여 마침내는 만유를 포괄하고 세계를 포괄하는 사랑으로 세계 전체를 사랑하게 되리로다. 동물을 사랑하라. 하느님께서는 그들에게 생각의 시초와 평온한 기쁨을 주셨느니라. 그 기쁨을 깨뜨리지 말라, 그들을 괴롭히지 말고, 그들에게서 기쁨을 빼앗지 말고, 하느님의 생각을 거스르지 말라. 인간이여, 동물들 앞에서 우쭐대지 말지어다. 그들은 죄 없는 창조물들이지만, 그대는 이 땅에 나타났다는 것만으로도 자신의 그 위대함과 더불어 대지를 부패시키고 거기에 자신의 썩은 자취를 남기고 가니—오오, 슬픈지고, 우리 거의 모두가 그러하도다! 특히 아이들을 사랑하라, 그들 또한 천사처럼 죄가 없으며, 우리를 감동시키고 우리 마음을 정화시키기 위해, 우리에게 주어진 일종의 지표로서 살고 있기 때문이니라. 어린아이를 능욕하는 자들에게 화가 있을진저. 아이들을 사랑하도록 나에게 가르쳐주신 분은 안핌 신부님이셨다. 우리가 함께 순례를 하는 동안 이 다정하고 말이 없는 분은 희사받은 동전으로 당밀 과자와 알사탕을 사서 아이들에게 나눠주곤 하셨는데, 어린아이들 곁을 지날 때마다 늘 영혼의 전율을 느끼지 않을 수 없었던 그런 분이셨느니라.

어떤 생각 앞에서 그대는 의혹을 느끼게 되리니, 특히 사람들의 죄를 볼 때가 그러하여, 그대는 스스로 이렇게 묻게 되리라. '힘으로 사로잡아야 하나, 아니면 겸허한 사랑으로?' 그때는 언제나 '겸허한 사랑으로 사로잡겠다'고 결정하라. 영원히 그렇게 결정한다면 전 세계를 정복할 수도 있을 것이다. 겸허한 사랑은—어떤 힘과도 비길 수 없는, 모든 힘 가운데 가장 강한 무서운 힘이니라. 매일, 매시, 매분, 자기 자신을 살피며 그대의 모습이 의젓하도록 유의하라. 가령 그대가 어린아이 곁을 지나갔는데, 심술궂은 얼굴로 추잡한 말을 내뱉고 잔뜩 화난 마음으로 지나갔다면, 그대는 아마 그 아이가 있는 것을 알아채지 못했을 수도 있지만, 그 아이는 그대를 보고 있었으며, 그대의 그 보기 흉하고 불경스러운 모습은 아마도 무방비 상태인 그 아이의 어린 가슴에 그대로 남았을 것이다. 그대는 그것을 알지도 못했겠지만, 이미 그로써 아이의 마음에 나쁜 씨앗을 뿌린 셈이며 그 씨앗은 아마도 점점 자라게 될 터이니, 이 모든 것은 그대가 세심하고도 실천적인 사랑을 마음속에 키우지 않았던 탓으로 어린아이 앞에서 스스로를 조심하지 않았기 때문이니라. 형제들이여, 사랑은 스승과도 같은 것이지만 그것을 획득하는 법을 알아야 하나니, 왜냐하면 사랑은 획득하기 어려운 것이어서 오랜 노력과 긴 시간을 통해 비싼 대가를 치러야 하며, 그저 우연한 한순간 동안 사랑하는 것이 아니라 영원토록 사랑해야 하기 때문이다. 우연한 사랑이야 누구나 할 수 있으며, 악당도 그런 사랑은 할 수 있다. 젊은이였던 나의 형님은 새들에게도 용서를 빌었느니라. 터무니없어 보일 수도 있지만 실은 진리였으니, 이는 모든 것이 큰 바다와도 같고, 모든 것이 흘러가 서로 만나는 까닭에, 어느 한 곳을 건드리면—세계의 다른 쪽 끝에서 그 반향이 울려퍼지기 때문이로다. 새들에게 용서를 비는 것이 우스꽝스러운 짓이라 해도, 그대 자신이 지금보다 털끝만큼이라도 더 의젓해진다면, 새들도, 아이들도, 그리고 온갖 동물들도 그대의 주위에서 한결 편안한 마음이 될 것이다. 그대들에게 말하거니와, 모든 것은 큰 바다와도 같으니라. 그러므로 그대는 만유를 포괄하는 사랑으로 괴로워하며 일종의 환희마저 느끼면서 새들을 향해서도 그대의 죄를 사해달라고 기도할 수 있을 것이다. 비록 사람들에게 아무리 무의미해 보일지라도, 이 환희를 소중히 여기도록 하라.

나의 친구들이여, 하느님께 기쁜 마음을 간구하라. 아이들처럼, 하늘을 나는 새들처럼 기뻐하라. 그리하면 사람들의 죄악이 그대들의 일에서 그대들을 혼란스럽게 하지 못하리니, 그것이 그대들의 과업을 방해하여 완성되지 못하게 할까봐 두려워 말며, "죄악도 강력하고, 불신의 마음도 강력하고, 추악한 환경도 강력하건만, 우리는 고독하고 무력하며, 추악한 환경이 우리를 방해하여 이 복된 과업을 완성시킬 수 없게 한다"라고 말하지도 말라. 아이들이여, 이 같은 우울한 마음에 빠져들지 말지어다! 여기서 그대에게 구원의 길은 단 하나이니, 그대 자신을 사람들의 모든 죄에 대해 책임 있는 사람으로 받아들이고, 바로 그렇게 만들도록 하라. 벗이여, 이는 또한 진실로 그러하니, 자신을 진심으로 모든 것과 모든 사람에 대해 책임이 있는 사람으로 만드는 순간, 그대는 곧바로 그것이 실제로도 그러하며 바로 그대 자신이 모든 사람과 모든 것에 대해 죄가 있다는 사실을 알게 되리라. 자신의 나태함과 자신의 무력함을 사람들 탓으로 돌리면, 결국엔 사탄의 오만함에 가담하여 하느님께 불평을 늘어놓게 될 것이다. 사탄의 오만함에 대한 나의 생각은 이러하도다. 사탄의 오만은 지상에 있는 우리로서는 이해하기조차 힘든 것이어서, 바로 그 때문에 우리는 그토록 쉽게 잘못에 빠져 사탄의 오만에 가담하게 되면서도 여전히 뭔가 위대하고 아름다운 일을 하고 있다고 여기기 일쑤이니라. 더욱이 우리 본성의 가장 강렬한 감정과 움직임들 중 많은 것을 우리는 이 지상에 있는 동안은 이해할 수 없으니, 그것에 유혹당하지 말고, 그것이 그대의 어떤 무엇에 대한 변명이 될 수 있으리라 생각지도 말 것이다. 이는 영원한 심판자께서 그대가 이해할 수 없었던 것이 아니라 이해할 수 있었던 것에 대해 물어보실 것이기 때문으로, 그대 스스로도 이를 확신하게 되리니, 그때는 그대도 모든 것을 올바르게 보게 되어 더이상 왈가왈부하려 들지 않으리라. 지상에서 우리는 진실로 길을 헤매는 방랑자와도 같아서, 만약 그리스도의 소중한 모습이 우리 앞에 없다면, 대홍수 이전의 인류처럼 우리는 완전히 길을 잘못 들어 파멸해버릴 것이다. 이 지상에서 많은 것이 우리에게 감춰져 있으나, 그 대신 우리에게는 살아 있는 끈이 우리를 다른 세계, 드높은 천상 세계와 이어주고 있음을 느낄 수 있는 비밀스럽고도 소중한 감각이 주어졌으며, 더욱이 우리의 생각과 느낌의 뿌리는 이곳이 아니라 다른 세계에 있느니라. 바로 그렇기 때문에 철학자들도 사물의 본질은 지상에서 파악할 수 없다고 말하는 것이다. 하느님께서는 다른 세계에서 씨앗을 받아다 이 땅에 뿌리고 당신의 정원을 가꾸셨으니, 싹을 틔울 수 있는 것은 모두 싹을 틔웠으나, 그렇게 싹을 틔워 자라난 것은 오로지 신비한 다른 세계와 자신이 접촉하고 있다는 그 느낌에 의해서만 살아가고 생생하게 삶을 누릴 수 있나니, 만약 그대 안에서 이 느낌이 약해지거나 없어진다면 그대 안에서 자라난 것도 죽고 말리라. 그리되면 그대는 삶에 무관심해지고 심지어 삶을 증오하게 될 것이다. 나의 생각은 이러하니라.

(아) 인간이 자신과 같은 사람들의 심판자가 될 수 있는가? 최후까지의 믿음에 관하여

그대는 그 누구의 심판자도 될 수 없음을 특별히 기억해두라. 그것은 이 심판자 자신이 자기도 그의 앞에 서 있는 자와 똑같은 죄인이며,

바로 자기 앞에 서 있는 자의 범죄에 대해 누구보다도 그 자신이 책임 있다는 것을 스스로 인식하기 전에는, 이 지상에 범죄자의 심판자가 있을 수 없기 때문이로다. 이를 깨달았을 때만 비로소 심판자가 될 수도 있을 것이다. 이치에 닿지 않는 소리 같겠지만, 이것은 진리이니라. 만약 나 자신이 의롭다면, 아마 내 앞에 서 있는 범죄자도 없을 것이기 때문이다. 그대 앞에 서 있는, 그대의 뜻대로 심판하게 될 자의 죄를 그대 자신이 떠맡을 수 있다면, 지체 없이 떠맡아서 그를 대신하여 스스로 고통을 받아들일 것이며, 그를 질책하지 말고 즉시 풀어주도록 하라. 설령 법에 의해 그대가 그의 심판관으로 섰다 할지라도, 그때도 그대가 할 수 있는 한 그런 정신에 따라 행동할지니, 그리하면 그는 풀려난 후에 그대의 심판보다 더욱 가혹하게 자기 자신을 심판할 것이다. 비록 그가 그대의 입맞춤을 받고서도 아무런 느낌 없이 그냥 그대를 비웃으며 가버린다 해도, 마음 쓰지 말라. 그것은 그의 시간이 아직 오지 않았음을 의미할 뿐, 그러나 그의 시간도 때가 되면 올 것이며, 설령 오지 않는다 해도 상관없으니, 그가 아니라면 다른 사람이 그를 대신하여 깨닫고, 괴로워하고, 자기 자신을 심판하고, 자신을 질책할 것이므로, 이로써 진리가 이루어지는 것이니라. 이것을 믿을지니, 의심 없이 믿을지니, 바로 이 속에 성자들의 모든 희망과 모든 믿음이 담겨 있기 때문이로다.

줄기차게 행하도록 하라. 밤에 잠자리에 들 때, '해야 할 일을 다 행하지 못했구나' 하는 생각이 들면, 지체 없이 일어나 그 일을 마저 행하라. 그대 주위의 사람들이 심술궂고 무감각한 자들이어서 그대의 말을 귀담아들으려 하지 않는다면, 그들 앞에 엎드려 용서를 구할지니, 그들이 그대의 말을 들으려 하지 않는 데는 진정 그대의 잘못도 있기 때문이니라. 악의를 품은 자들과 더이상 말을 할 수조차 없더라도, 굴욕 속에서도 결코 희망을 잃지 말고 묵묵히 그들을 섬기라. 모두가 그대를 버리고 아예 완력으로 그대를 몰아내거든, 홀로 머무르면서 대지에 엎드려 대지에 입맞추고 그대의 눈물로 대지를 적시라, 그리하면 고독 속에 남겨진 그대를 아무도 보지 못하고 듣지 못할지라도 대지가 그대의 눈물로부터 열매를 가져다주리라. 끝까지 믿으라, 지상의 모든 이가 올바른 길에서 벗어나고 그대 혼자만 믿음과 더불어 남게 되었더라도. 그때도 하느님께 희생을 바치고 하느님을 찬양하도록 하라, 그대, 홀로 남은 자여. 만약 그런 그대들 둘이 만난다면 그때는 이미 온 세상이 살아 있는 사랑의 세상이 되는 것이니, 감격스러운 마음으로 서로 껴안고 주님을 찬양하라. 비록 그대들 두 사람이라 하나, 그 안에 주님의 진리가 충만하게 되었으므로.

만약 그대 자신이 죄를 범하여 여태껏 쌓인 죄나 뜻밖에 저지른 한 가지 죄 때문에 심지어 죽을 만큼 상심하게 되더라도, 다른 사람을 위해 기뻐하라, 의인을 위해 기뻐하라, 그대가 죄를 범했더라도 대신 그는 의로우며 죄를 범하지 않았음에 기뻐하라.

사람들의 악행이 분노와 도저히 견딜 수 없는 비애로 그대 마음을 어지럽히고, 심지어 그 악한 자들에게 복수하고 싶은 생각마저 들더라도, 그런 감정을 무엇보다도 두려워하라. 그리고 즉시, 사람들의 이 악행이 그대 자신의 책임이나 다를 바 없다고 여기고 스스로 고통을 찾아 나서라. 그 고통을 받아들이고 끝까지 참아내면 그대의 마음도 가라앉고 그대 자신도 죄인임을 깨달을 것이니, 이는 유일하게 죄 없는 사람인 그대가 악인들에게 빛을 비춰줄 수도 있었건만 그대마저 그 빛을 비춰주지 않았기 때문이로다. 만약 비춰주었더라면, 그대는 자신의 빛으로 다른 사람들에게도 길을 밝혀주었을 것이요, 악행을 범한 그자도 그대의 빛으로 인해 아마도 그 짓을 저지르지 않았을 것이니라. 또 빛을 비춰주었건만 사람들이 그대의 빛 속에서도 구원되지 못하는 것을 보게 되더라도, 결코 꿋꿋함을 잃지 말고 천상의 빛의 힘을 의심하지 말지어다. 지금 구원받지 못하더라도 나중에 구원받게 될 것임을 믿으라. 나중에도 구원받지 못한다면 그들의 아들들이 구원받을 것이니, 이는 그대가 이미 죽었다 할지라도 그대의 빛은 죽지 않을 것이기 때문이로다. 의인은 떠나가도, 그의 빛은 남는 법. 사람들은 언제나 구원자가 죽은 뒤에야 구원받으려고 애쓰게 마련이다. 인간이란 족속은 자신의 예언자들을 받아들이지 않고 그들을 죽이지만, 그런데도 사람들은 그들의 순교자를 사랑하고 자기들이 죽도록 괴롭힌 자들을 존경하게 마련이니라. 그대는 오로지 전체를 위해 일하고, 미래를 위해 행하는 것이니라. 절대로 보상을 구하지 말지니, 그것이 아니어도 이 지상에서 자네에게 주어지는 보상은 위대한 것인즉, 오로지 의로운 사람만이 누릴 수 있는 그대의 정신적인 기쁨이 그것이로다. 지체 높은 자들도, 힘 있는 자들도 두려워하지 말 것이며, 지혜롭고 언제나 의젓하도록 하라. 절도를 알고 때를 알 것이며, 그것을 배워야 하느니라. 고독 속에 머무르며 기도드리도록 하라. 대지에 엎드려 대지에 입맞추는 것을 사랑하라. 대지에 입맞추며 끊임없이 끝없이 사랑하라, 모든 사람을 사랑하라, 모든 것을 사랑하라, 이 환희와 황홀을 구하라. 그대 기쁨의 눈물로 대지를 적시고 그대의 이 눈물을 사랑하라. 이 황홀을 부끄러워 말고 소중히 여길지니, 이것은 하느님의 위대한 선물이며, 많은 사람이 아니라 선택된 이들에게만 주어지는 것이기 때문이니라.

(자) 지옥과 지옥 불에 관하여, 신비적 고찰

신부님들, 스승님들, '지옥이란 무엇일까?' 하고 생각해봅니다. 나는 그것을 '이제는 이미 사랑할 수 없다는 데 대한 괴로움'으로 해석합니다. 시간으로도 공간으로도 잴 수 없는 무한한 유有 속에서 어떤 정신적인 존재가 지상에 출현하자마자, 그에게는 "나는 존재한다, 고로 사랑한다"라고 자기 자신에게 말할 수 있는 능력이 한 차례 부여되었습니다. 실천적이고 살아 있는 사랑의 순간은 그에게 한 차례, 단 한 차례만 주어졌으며, 그것을 위해 지상의 삶이 주어졌고 그 삶과 함께 시간과 기한도 주어졌던 것인데, 하지만 무슨 일이 일어났겠습니까. 이 행복한 존재는 더없이 소중한 이 선물을 무시하고, 그것을 존중하거나 사랑하기는커녕 비웃듯 힐끗 쳐다보며 내내 냉담하기만 했습니다. 이런 자도 이미 지상을 하직한 뒤에는, 부자와 나사로 이야기에 나오는 것처럼, 아브라함의 품도 보고, 아브라함과 이야기도 나누고, 천국도 보고, 그리고 주님께로 올라갈 수도 있지만, 지금껏 한 번도 사랑한 적이 없는 자신이 주님께로 올라가게 된다는 것, 스스로 사람들의 사랑을 그렇게 멸시했던 마당에 이제 그 사랑했던 자들과 접촉하게 된다는 것, 바로 그것 때문에 그는 고통스러워합니다. 왜냐하면 이제 그는 훤하게 눈이 트여 자신에게 이미 이렇게 말하고 있으니까요. "이제는 이미 알고 있노라, 비록 사랑하기를 갈망할지라도 이미 나의 사랑에는 위업도 희생도 없으리니, 지상의 삶은 끝났으며, 지금 내 가슴이 지상에서 그토록 멸시했던 정신적인 사랑의 불꽃으로 타오르고 있어도, 아브라함은 그것을 식혀줄 단 한 방울의 생명수도(다시 말해, 예전의 삶, 지상에서의 실천적 삶이라는 선물을 새로이) 가져다주지 않을 것이다. 이제 삶은 없고, 시간도 더이상 없을 것이다! 다른 사람들을 위해 나의 삶을 기쁘게 내주고 싶을지라도 이제는 이미 그럴 수 없으니, 사랑을 위해 희생할 수 있었던 그 삶은 지나가버렸고, 이제는 그 삶과 이 존재 사이에 바닥 없는 심연이 자리하기 때문이다." 흔히들 지옥의 물질적인 불에 대해 말하곤 합니다. 나는 이 신비를 캐볼 뜻도 없고 두렵기까지 합니다만, 내 생각으로는 만약 물질적인 불길이 있기라도 하다면, 사람들은 진정으로 그걸 반기겠지요, 왜냐하면 내가 상상하기에, 그들은 물질적인 고통 속에서 그보다 더 무서운 정신적 고통을 단 한 순간이나마 잊을 수 있을 테니까요. 더욱이 정신적 고통이란 외적인 것이 아니라 그들 내면에 있는 것이어서, 그들에게서 이 고통을 제거해줄 수도 없습니다. 또 설령 제거할 수 있다 하더라도, 그로 인해 그들은 더 처참하게 불행해지리라 생각합니다. 비록 천국에서 의인들이 그들의 고통을 보고 용서해주며 한없는 사랑의 마음으로 자신들에게로 불러올린다 해도, 바로 그로 인해 그들의 고통은 더 한층 커질 뿐일 테니, 그렇게 함으로써 이에 보답하고자 하는 실천적이고 감사에 넘치는 사랑의 갈망을 일깨워 그들의 가슴속에서 더욱더 세찬 불길로 타오르도록 만들어주겠지만, 그들에겐 이런 사랑이 이미 불가능하니까 말입니다. 하지만 나의 이 조심스러운 마음으로 생각해보건대, 불가능하다는 이 자각이야말로 마침내 그들의 고통을 더는 데 도움이 될 듯싶은데, 이미 보답할 길도 없는 의인들의 사랑을 받아들이면서 이 순종에서, 이 겸허한 행동에서 그들은 마침내 자신들이 지상에서 멸시했던 그 실천적인 사랑의 어떤 모습 같은 것을, 그 사랑과 유사한 어떤 행위 같은 것을 발견하게 될 테니까요…… 나의 형제들이여, 벗들이여, 이것을 분명하게 설명할 수 없어서 안타깝군요. 하지만 지상에서 자신을 스스로 멸절시켰던 자들은 얼마나 가여운가요, 자살자들은 얼마나 가여운가요? 생각하면, 이들보다 더 불행한 사람은 정말 아무도 없을 겁니다. 그들에 대해 하느님께 기도드리는 것은 죄악이라고들 말하고, 교회에서도 표면적으로는 그들을 아무래도 배척하고 있지만, 그들을 위해서도 기도할 수 있으리라는 게 나의 마음속 깊은 구석에 깃들어 있는 생각입니다. 사랑을 베푼다고 그리스도께서 노여워하시진 않을 겁니다. 이런 이들에 대해 나는 마음속으로 한평생 기도를 드려왔고, 신부님들, 스승님들, 여러분께 고백하는 바이지만, 지금도 매일 기도를 드리고 있습니다.

오, 지옥에는, 반박할 수 없는 진리를 확실하게 인식하고 통찰했음에도 불구하고 오만하고 흉폭한 태도를 끝끝내 버리지 않은 자들도 있습니다. 사탄과 그의 오만한 정신에 완전히 합류해버린 무서운 자들이 있는 거지요. 이런 자들에게 지옥은 이미 스스로 선택한 것이며, 그것으로도 결코 만족할 수 없는 것입니다. 이들은 이미 자발적인 수난자들입니다. 하느님과 삶을 저주함으로써 자기 자신을 저주한 것이니까요. 사막에서 굶주린 자가 자기 몸에서 자신의 피를 빨아먹기 시작하듯이, 이들은 자신의 사악한 오만을 먹고 삽니다. 그러나 영원히 만족이라고는 모른 채 용서도 거부하고, 그들을 부르고 계신 하느님을 저주합니다. 살아 있는 하느님을 증오 없이는 바라보지 못하며, 생명의 하느님이 아주 없어지기를, 하느님이 당신 자신과 자신의 모든 창조물을 다 파괴해 버리기를 요구합니다. 그러면서 그들은 그들 자신의 분노의 불길 속에 영원히 불타면서 죽음과 무를 갈망할 것입니다. 그러나 끝내 죽음을 얻지 못하겠지요……

알렉세이 표도로비치 카라마조프의 수고는 여기서 끝난다. 거듭 말하지만, 이것은 완전하지 못하며 토막글들이다. 예컨대 전기적인 보고도 장로의 젊은 시절 중 가장 초기 부분만 아우르고 있을 뿐이다. 그의 가르침과 견해에서도 분명히 서로 다른 시기에 여러 계기로 말해진 것들이 마치 하나의 전체처럼 합쳐져 있다. 여하튼, 장로 자신이 그의 생애의 이 마지막 시간에 말한 것이 정확하게 재현되어 있지 않은 까닭에, 알렉세이 표도로비치가 예전의 설교에서 뽑아 수고에 담은 것들과 비교해봄으로써 이 담화의 정신과 성격에 대해서도 어느 정도 이해해볼 수 있을 따름이다. 장로의 선종善終은 정말로 예기치 못하게 찾아왔다. 그 마지막 저녁에 그의 처소에 모였던 사람들은 그의 죽음이 가까웠다는 것을 다들 분명히 알고는 있었으나, 그처럼 느닷없이 찾아오리라고는 상상도 하지 못했다. 오히려 그의 친구들은, 내가 이미 앞에서 지적했듯이, 그날 밤에 장로가 대단히 원기 왕성한 듯하고 말도 많이 하고 싶어하는 것을 보고서, 건강이 비록 아주 일시적이나마 눈에 띄게 좋아졌다고 굳게 믿기까지 했다. 후에 사람들이 놀라워하며 전해준 바로는, 심지어 선종하기 오 분 전까지 아무것도 예상할 수 없었다는 것이다. 그는 갑자기 가슴에 극심한 통증을 느낀 듯 얼굴이 창백해지며 두 손으로 심장을 꽉 눌렀다. 그러자 다들 자리를 박차고 일어나 그에게 달려갔다. 그러나 그는 고통스러워하면서도 여전히 미소를 띠고서 모두를 바라보며 조용히 의자에서 바닥으로 내려와 무릎을 꿇고 몸을 세우더니 얼굴이 땅에 닿도록 몸을 굽히고 두 팔을 활짝 편 채, 기쁨이 넘치는 황홀경에 빠진 듯 대지에 입을 맞추고 기도를 드리면서(자신이 가르친 그대로였다) 조용하고 기쁘게 영혼을 하느님께 바쳤다. 그의 선종 소식은 즉시 암자 내에 퍼졌고 수도원에도 알려졌다. 고인의 가장 가까운 사람들과 직위상 그럴 의무가 있는 자들이 예로부터 전해오는 의식에 따라 시신을 수습하기 시작했고, 도반 수도사들 전부가 수도원 안의 대성당에 모였다. 훗날 소문으로 전해진 바로는, 동이 채 트기도 전에 장로의 부음은 시내에까지 다다랐다. 아침녘에는 거의 온 도시가 이 사건 얘기였으며, 많은 시민이 수도원으로 몰려들었다. 그러나 이 얘기는 다음 편에서 하기로 하고, 지금은 그저, 하루가 지나기도 전에 모든 사람에게 너무도 뜻밖인 어떤 일이 일어났다는 것만 미리 덧붙이겠는데, 그 사건은 비단 뜻밖일 뿐만 아니라 수도원과 도시에 불러일으킨 인상으로 보아 어딘가 너무도 기이하고 불안하고 혼란스러운 것이어서, 그토록 오랜 세월이 흐른 지금까지도 우리 도시에서는 많은 이의 마음을 그토록 불안하게 한 그날의 기억을 아주 생생하게 간직하고 있을 정도다……

제3부

제7편
알료샤

I
썩는 냄새

영면에 든 스히마 수도사제 조시마 장로의 시신은 정해진 의식에 따라 매장 준비를 거쳤다. 알다시피, 수도사와 스히마 수도사의 유체遺體는 씻지 않는다. '수도사들 중 누군가가 주님 곁으로 떠나게 되면(대성례기大聖禮記에는 이렇게 쓰여 있다), 지명된 수도사(즉, 이 일을 위해 임명된 자)가 유체를 따뜻한 물로 닦되, 먼저 해면(즉, 그리스 해면)으로 고인이 된 자의 이마, 가슴, 손, 발, 무릎에 십자성호를 그어야 하며, 그 외에는 여하한 것도 해서는 안 된다.' 고인과 관련된 이 모든 일은 파이시 신부가 몸소 맡아서 했다. 유체를 닦은 다음 수도복을 입히고 긴 망토로 감쌌는데, 규정에 따라 십자가 모양으로 감기 위해 망토를 양옆으로 조금 잘랐다. 머리에는 팔각 십자가*가 달린 두건을 씌웠다. 두건은 열어두고, 고인의 얼굴은 검은 천으로 덮었다. 손에는 구세주의 성상화를 쥐여주었다. 그런 모습으로 유체는 아침녘에 관 속에 뉘었다(관은 이미 오래전부터 준비되어 있었다). 관은 만 하루 동안 처소에(장로가 살아생전에 도반 수도사들과 속인들을 맞던 바로 그 첫번째 큰방에) 안치해두기로 했다. 고인은 지위상 스히마 수도사제**여서 수도사제들과 수도보제들은 그의 관 앞에서 「시편」이 아니라 복음서를 낭독하도록 되어 있었다. 진혼 미사가 끝나자 곧 이오시프 신부가 독경을 시작했다. 파이시 신부도 그 뒤를 이어 온종일, 밤새도록 직접 독경을 하고 싶은 마음이었으나, 암자의 책임자인 신부와 함께 여러 일에 쫓기고 머릿속에 걱정이 가득해서 당장엔 그럴 겨를이 없었는데, 그것은 수도원의 도반 수도사들은 물론이고 수도원 부설 숙소와 도시로부터 무리 지어 몰려든 속인들 사이에서 무언가 심상치 않고 여태껏 들어보지도 못한, 심지어 '온당치도 못한' 어떤 흥분과 초조한 기대감이 갑자기 나타나더니 시간이 갈수록 더욱 뚜렷해졌기 때문이다. 암자 책임자도 파이시 신부도 이토록 법석을 떨며 흥분하는 사람들을 진정시키느라 가능한 한 모든 노력을 기울이고 있었다. 날이 이미 훤히 밝아오자, 아픈 식구들, 특히 아픈 아이들을 데리고 오는 사람들까지 도시 쪽에서 몰려들기 시작했는데—필시 병을 금방 낫게 해주는 힘이 그들의 믿음대로 즉각 나타날 것이라고 열렬히 기대하면서 이 순간을 일부러 기다려온 듯했다. 우리 도시의 모든 사람이 고인이 된 장로를 이미 그의 생존시부터 추호의 의심도 없이 위대한 성자로 여기는 데 얼마나 익숙해 있었는지 이제 비로소 분명하게 드러난 셈이었다. 더욱이 몰려온 사람

* 비잔틴식 십자가.

** 러시아정교의 수도사로서는 제2위에 속했으며, 주교위(主教位)에 해당했다.

들 중에는 결코 평민 출신만 있는 게 아니었다. 이토록 조급하고 노골적으로 드러난 신자들의 엄청난 기대, 더구나 거의 요구에 가까운 초조함마저 깃든 이 기대가 파이시 신부에게는 의심의 여지가 없는 유혹으로 여겨졌는데, 비록 오래전부터 그도 예감하긴 했지만 정말로 그의 예상을 넘어서는 정도였다. 수도사들 중에서도 흥분해 있는 자들을 만날 때면 파이시 신부는 질책까지 하며 말했다. "그렇게 당장 무슨 위대한 일이 일어나리라고 기대하는 것은 속인들 사이에서나 있을 법한 경솔한 생각이지, 우리에게는 온당치 못한 것이오." 그러나 그의 말에 귀를 기울이는 사람은 거의 없었고, 파이시 신부도 불안한 마음으로 그 점을 눈치챘지만, 사실 그 자신도(모든 것을 사실대로 떠올려보자면) 비록 사람들의 지나치게 초조한 기대에 분개하면서 그것을 경거망동으로 여기고 있긴 했으나 그럼에도 남몰래 마음속 깊은 곳에서는 이 흥분한 사람들과 거의 똑같은 것을 기다리고 있었고, 스스로도 이를 인정하지 않을 수 없었다. 그렇긴 해도, 어떤 사람들과 마주치면 특히 불쾌했으며, 그의 마음속에는 일종의 예감처럼 커다란 의혹이 일곤 했다. 고인의 처소에서 북적대는 군중 속에 이를테면 라키친이나 멀리서 온 손님—아직도 수도원에 머무르고 있는 오브도르스크의 수도사가 끼여 있는 것을 발견하자 파이시 신부는 마음속으로 혐오감을 느꼈고, 왠지 이들 두 사람이 갑자기 수상쩍게 여겨졌는데—하긴 이런 의미에서 눈에 띌 만한 자들은 그들만이 아니었다. 오브도르스크의 수도사는 흥분에 휩싸인 모든 사람 가운데서도 가장 눈에 띄게 부산을 떨었다. 그의 모습은 어디서나, 어느 곳에서나 볼 수 있었다. 가는 곳마다 이것저것 캐묻고, 가는 곳마다 귀를 바싹 갖다대고, 가는 곳마다 뭔가 유난히 은밀한 태도로 소곤대고 있었던 것이다. 얼굴에는 더없이 초조한 기색이 역력했고, 그토록 오래 기다려온 일이 아직 실현되지 않는 것에 짜증마저 난 듯한 표정이었다. 한편 라키친으로 말하자면, 나중에 밝혀진 바이지만, 호흘라코바 부인의 특별한 부탁으로 아주 일찌감치 암자에 와 있었다. 착하지만 줏대가 없는 이 여인은 자기가 암자에 출입할 수는 없었던지라, 잠에서 깨어 장로의 부음을 듣기 무섭게 갑자기 너무도 맹렬한 호기심에 사로잡힌 나머지 자기 대신 라키친을 즉시 암자로 보내서는, 모든 것을 샅샅이 살펴보고 그곳에서 일어나는 모든 일에 대해 즉시, 그러니까 반시간 정도마다 한 번씩 쪽지를 보내 보고하도록 했다. 그녀는 라키친을 아주 경건하고 신앙이 두터운 젊은이로 여겼는데—그만큼 그는 모든 사람과 잘 지낼 줄 알았고, 조금이라도 자기에게 이로울 성싶으면 상대가 누구든 그 사람의 마음에 들도록 자신의 모습을 연출하는 재주가 있었다. 날은 맑게 개어 화창했고, 이곳을 찾은 신자들 중 많은 이가 무리 지어 있던 곳은 암자의 무덤들 근처로, 무덤은 성당 주위에 가장 밀집해 있었으나 암자의 경내 곳곳에 흩어져 있었다. 암자 주위를 걸어가다가 파이시 신부는 갑자기 알료샤 생각이 났는데, 그러고 보니 거의 밤부터 한참 동안 그를 보지 못했던 것이다. 그런데 그 생각을 떠올린 바로 그 순간, 암자의 가장 외진 구석, 울타리 옆에서 알료샤가 오래전에 세상을 뜬, 위대한 고행으로 유명한 어느 수도사의 묘석 위에 앉아 있는 것이 눈에 띄었다. 그는 암자 쪽으로 등을 돌리고 얼굴을 울타리 쪽으로 향한 채 앉아 있어서 마치 묘비 뒤에 몸을 숨기고 있는 듯이 보였다. 바싹 다가간 파이시 신부는 그가 두 손으로 얼굴을 가리고 소리 없이, 그러나 오열 때문에 온몸을 들썩이며 비통하게 울고 있는 것을 보았다. 파이시 신부는 그를 내려다보며 잠시 서 있었다.

"그만 울어, 사랑하는 아들아, 이제 그만, 얘야." 이윽고 그가 진정 넘치는 어조로 말했다. "왜 울어? 기뻐해야지, 울 게 아니라. 아니면, 바로 오늘이 그분의 날들 가운데 가장 위대한 날이라는 걸 모르느냐? 지금 이 순간 그분께서 어디에 계신지, 그것만 생각하려무나!"

알료샤는 어린아이처럼 눈물로 퉁퉁 부어오른 얼굴에서 손을 떼고 그를 흘낏 쳐다보는 듯했으나 아무 말 없이 곧바로 몸을 돌리더니 또 다시 두 손으로 얼굴을 감쌌다.

"하긴, 그게 좋을지도 모르지." 파이시 신부가 깊은 생각에 잠긴 듯 말했다. "우는 게 좋을지도 몰라, 그리스도께서 네게 이 눈물을 보내셨을 테니까." 그는 알료샤 곁을 떠나면서 애정 어린 마음으로 이 젊은이를 생각하며 어느덧 속으로 이렇게 덧붙였다. '감동에 젖은 네 눈물은 오로지 영혼의 휴식이 되어주고, 너의 사랑스러운 마음을 다시 즐겁게 해줄 거다.' 하지만 서둘러 그곳을 뜬 것은, 알료샤를 보고 있으려니 자신도 울음을 터뜨릴 것 같은 느낌이 들어서였다. 그러는 사이 시간은 지나갔고 고인을 위한 수도원의 의식과 장례미사는 절차대로 진행되었다. 파이시 신부가 관 곁에 있던 이오시프 신부와 교대하면서 다시 그에게서 복음서 낭독을 물려받았다. 하지만 오후 세시가 채 지나지 않아 이미 전편의 끝머리에서도 언급한 바 있는 어떤 일이 일어났는데, 이 일은 우리 가운데 어느 누구도 예기치 못했고 모든 사람의 기대와도 너무나 어긋나는 것이었던 까닭에, 거듭 말하거니와, 이 사건에 대한 상세하고도 수선스러운 이야기는 지금까지도 우리 도시는 물론이고 이 근방 일대에서도 마치 어제 일처럼 생생한 기억으로 남아 있다. 여기서 다시 한번 개인적으로 덧붙여둘 게 있다. 이 허망하고도 현혹적인 사건, 본질적으로 그야말로 아무런 의미도 없고 자연스러운 일일 따름인 이 사건을 떠올리는 것이 나로서는 거의 역겹기까지 한 까닭에, 만약 이 사건이 내 소설에서 비록 미래의 주인공이긴 해도 여하튼 주인공임에 틀림없는 알료샤의 영혼과 마음에 아주 강력한 어떤 방식으로 영향을 주지만 않았더라도 물론 내 이야기에서 이 사건을 아예 언급도 않고 빼버렸을 테지만, 실제로 이 사건은 그의 이성을 뒤흔들어놓긴 했어도 동시에 한평생 어떤 정해진 목표를 향해 굳건히 나아가도록 그것을 결정적으로 강화시켜준, 그의 영혼에 있어 급격한 전환점이자 분기점과도 같은 것이 되었다.

그럼, 하던 이야기로 되돌아가자. 채 동이 트기도 전에 매장 준비를 마친 장로의 유체를 입관하고 예전에 접견실로 쓰였던 첫번째 방으로 옮겼을 때, 관 옆에 있던 사람들 사이에서 방의 창문을 열어놓아야 할까? 하는 의문이 생겨났다. 그러나 누군가가 지나가듯 슬쩍 입 밖으로 낸 이 의문에 아무도 대답하지 않았고 거의 주의조차 기울이지 않았는데—설령 그 자리에 있던 사람들 가운데 몇몇이 그것을 들었다 할지라도, 그저 이렇게 성스러운 고인의 유체가 부패하여 썩는 냄새를 풍기리라고 예상하는 것 자체가 완전히 터무니없으며, 그런 물음을 입 밖에 낸 자의 천박한 신앙과 경솔함은 (냉소는 아닐지언정) 동정을 사 마땅하다는 의미로 마음속으로만 생각했을 터였다. 그도 그럴 것이, 그들은 정반대되는 일을 기다리고 있었던 것이다. 그런데 정오가 지나고 얼마 안 되어 곧 무언가가 시작되었는데, 그 방을 드나드는 사람들은 처음엔 그것을 그저 말없이 속으로만 받아들이면서 자신의 마음속에서 고개를 쳐들기 시작하는 생각을 누군가에게 털어놓길 두려워하기까지 하는 눈치였으나, 오후 세시 무렵에는 그것이 너무도 분명하게 드러나 더이상 부정할 수 없게 되면서, 이 소식이 순식간에 암자 전체와 모든 신자—그러니까 암자를 찾은 참배객들에게로 퍼져나갔고, 곧 수도원에까지 퍼져 수도원 사람들을 모두 깜짝 놀라게 한 다음, 마침내 삽시간에 시내에까지 이르러 신자든 신자가 아니든 도시의 모든 사람을 흥분의 도가니로 몰아넣었다. 신자가 아닌 사람들은 기뻐서 어쩔 줄 몰라 했고, 신자들로 말하자면, 그들 중에서도 어떤 자들은 신자가 아닌 사람들보다 오히려 더 미칠 듯이 기뻐했는데, 그것은 고인이 된 장로가 자신의 어느 설교에서 직접 말했듯이 '인간이란 의인의 몰락과 그의 오욕을 좋아하는 법'이기 때문이었다. 문제는 관에서 조금씩 썩는 냄새가 나기 시작하더니 시간이 갈수록 더 뚜렷이 알아챌 수 있게 되었고, 오후 세시 무렵에는 벌써 너무도 분명하게 드러나서는 점점 더 심해졌다는 것이다. 이 사건이 있은 뒤 심지어 수도사들 사이에서조차 즉시 모습을 드러낸 그토록 조악하고 고삐 풀린 유혹은 우리 수도원의 지난 역사를 통틀어보더라도 이미 오래도록 없었던 일이어서 기억을 떠올릴 수조차 없었으며, 다른 어떤 경우였다면 도저히 있을 수도 없는 일이었다. 훗날에 가선 이미, 심지어 여러 해가 지난 뒤에도, 우리의 지각 있는 몇몇 수도사들은 이날 하루를 자세히 떠올리면서, 그때 그 유혹이 어떻게 그런 정도에까지 이를 수 있었는지 의아해하며 몸서리를 치곤 했다. 왜냐하면 무척이나 의로운 삶을 살았고 그들의 의로움을 만인이 다 주목했던 그런 수도사들, 하느님에 대한 공경이 남달랐던 장로들이 죽은 건 이전에도 있었고, 그들의 검소한 관에서도 모든 죽은 자들에게서와 마찬가지로 아주 자연스럽게, 썩는 냄새가 새어나왔지만, 그것은 유혹은커녕 어떤 티끌만 한 동요조차 불러일으키지 않았기 때문이다. 물론 우리 수도원에도 아주 옛날에 세상을 떠난 분들 가운데 유체에 부패가 나타나지 않았다고 전설로 전해지는 분들이 있었으며, 그들에 대한 기억이 아직도 수도원에 생생하게 살아남아 수도사들에게 감동적이고도 신비한 영향을 주고 이곳 수도사들의 기억 속에 뭔가 장엄하고 기적적인 일로, 하느님의 뜻에 의해 그때가 오기만 하면 그들의 무덤으로부터 장차 더 위대한 영광이 나타나리라는 약속으로 간직되어 있었다. 그런 분들 가운데 특별히 잊히지 않는 분은 백다섯 살까지 살았다는 이오프 장로인데, 유명한 고행자에 위대한 재계수행자요 묵언수행자인 그는 이미 오래전, 벌써 금세기의 10년대에 선종했으며, 수도원측에서는 신자들이 이곳을 처음 방문할 때마다 늘 특별하고 굉장한 존경심을 가지고 이 무덤을 보여주면서 어떤 위대한 희망에 대한 신비한 암시를 넌지시 주곤 했다(이것은 파이시 신부가 아침에 알료샤가 앉아 있는 것을 발견했던 바로 그 무덤이었다). 먼 옛날에 선종한 이 장로 외에도 비교적 최근에 선종한 스히마 수도사제인 위대한 신부, 바르소노피 장로에 대한 기억도 생생하게 살아 있었는데—조시마 장로가 장로직을 물려받은 것도 바로 그에게서였으며, 수도원을 찾은 모든 신자에게 생시에는 그야말로 유로지브이로 여겨졌던 사람이었다. 이 두 사람에 대해서는 그들이 마치 살아 있는 사람처럼 관 속에 누워 있다가 부패의 조짐이라고는 전혀 없는 상태로 매장되었으며, 관 속에 누운 그들의 얼굴에서 왠지 환하게 빛이 나기까지 했다는 전설이 전해지고 있다. 심지어 어떤 사람들은 그들의 유체에서 분명히 향기가 풍겼노라고 아주 꿋꿋하게 기억을 펼치기도 했다. 그러나 비록 이처럼 감명깊은 추억이 있다 하더라도, 조시마 장로의 관 옆에서 그토록 경솔하고 어처구니없고 악의에 찬 소동이 벌어질 수 있었던 직접적인 원인을 설명하기란 여전히 어렵지 싶다. 나의 사견으로는, 여기엔 여러 다른 것이, 여러 다른 원인이 합쳐져 한꺼번에 작용한 듯하다. 그런 것들로서 예컨대 장로제를 매우 유해한 신제도로 여기는 뿌리깊은 적대감을 들 수 있는데, 이 적대감은 수도원 내 많은 수도사의 머릿속에 여전히 깊이 감추어져 있었다. 나아가, 물론 가장 중요한 것은 고인의 성스러움에 대한 질투로, 이 성스러움은 그가 살아 있을 때부터 너무도 확고부동한 것으로 굳어져 이의를 제기하는 것조차 금기시되다시피 할 정도였다. 고인이 된 장로가 생시에 기적보다는 사랑을 통해 많은 사람의 마음을 끌었고, 그를 사랑하는 사람들로 그의 주위에 온전한 세계와도 같은 것을 하나 이룩했지만, 그럼에도 불구하고, 아니, 오히려 그럴수록, 바로 그런 까닭에, 그를 시기하는 자들이 생겨났고, 뒤이어 수도원 내에서는 물론이고 속인들 사이에서도 공공연하게든 은밀하게든 그를 냉혹하게 공격하는 적들을 만들게 된 것이다. 예컨대 그는 그 누구에게도 해를 끼친 일이 없었지만, 그런데도 사람들은 "대체 왜 그를 그렇게 성인으로 여기는 건데?"라는 식이었다. 이 한 가지 의문만이 점점 더 반복되면서 마침내는 결코 채워질 줄 모르는 증오의 깊디깊은 심연을 낳은 것이다. 그의 시신에서 썩는 냄새가, 그것도 그렇게나 빨리—죽은 지 하루도 채 지나지 않았는데 풍긴다는 얘기를 듣고 많은 사람이 한량없이 기뻐한 것도 바로 이 때문이었다고 나는 생각한다. 이와 아울러, 장로를 헌신적으로 따르며 지금껏 그를 존경해온 이들 가운데도 이 사건으로 인해 개인적으로 모독과 모욕을 당한 거나 다름없다고 여기는 사람들이 곧바로 나타났다. 이 일의 경위는 다음과 같다.

부패의 징후가 드러나기 시작하자마자, 고인의 방에 들어오는 수도사들의 표정만 봐도 그들이 왜 왔는지 대번에 알아챌 수 있었다. 그들은 들어와서 잠깐 서 있다가는, 밖에서 무리 지어 기다리는 다른 동료들에게 소문이 사실임을 한시바삐 확인해주기 위해 얼른 나가곤 했다. 기다리던 사람들 가운데는 슬픔에 젖어 고개를 끄덕이는 이들도 있었으나, 다른 사람들은 악의에 찬 눈길 속에 노골적으로 번쩍이는 기쁨을 아예 감추려 들지도 않았다. 이제는 아무도 그들을 나무라지 않았고 고인을 위해 호의적인 목소리를 높이려는 사람도 없었는데, 고인이 된 장로를 헌신적으로 따랐던 사람들이 수도원 내에 여전히 대다수였던 만큼, 이는 놀랍기까지 한 일이었다. 그러나 이번에는 소수파가 잠시 우위를 점하도록 주님께서 친히 허락하신 듯했다. 곧이어 속세의 조문객들도 똑같은 염탐꾼 노릇을 하며 처소에 나타나기 시작했고, 이들 대부분은 교육받은 계층이었다. 평민들은 암자 정문 옆에서 꽤나 북적이고 있었으나, 안으로 들어오는 사람은 별로 없었다. 하필이면 오후 세 시 이후로 속인들의 조문 물결이 엄청나게 거세졌는데, 그 유혹적인 소문 때문인 게 틀림없었다. 이날 올 리가 만무한 사람들, 아예 올 생각조차 없었을 사람들까지 이제는 마차를 타고 일부러 찾아왔으며, 그 가운데는 지위가 상당한 인사도 몇 있었다. 그래도 법도가 표면적으로는 아직 훼손되지 않아서, 파이시 신부는 준엄한 얼굴을 하고 확고한 어조로 또박또박 힘을 주어 큰 소리로 복음서를 계속 낭송하며 진작부터 뭔가 심상찮은 상황을 눈치채고 있었음에도 주위에서 일어나는 일에 전혀 아랑곳하지 않는 듯한 태도를 취하고 있었다. 하지만 수군대는 목소리들이 이제는 그의 귓전에까지 들려오기 시작했고, 처음에는 아주 나지막했으나 점점 더 단호하고 기세등등해졌다. "그러니까 하느님의 심판은 인간의 심판과 다른 거야!" 파이시 신부에게 갑자기 이런 말이 들려왔다. 이 말을 맨 먼저 입 밖에 낸 이는 어느 속인으로, 나이도 이미 지긋하고 무척 믿음이 깊다고 알려진 이 도시의 관리였으나, 실상은 수도사들이 한참 전부터 자기들끼리 수군수군 귀엣말로 되풀이하던 것을 다시 한번 큰 소리로 말한 것에 지나지 않았다. 이들은 벌써 오래전부터 이 절망적인 말을 입 밖에 내고 있었지만, 무엇보다 고약한 것은 이 말을 할 때마다 거의 시시각각 어떤 승리감이 뚜렷이 드러나면서 갈수록 커져갔다는 점이다. 그런데 곧 표면상의 법도마저 무너지기 시작했고, 모두들 자신이 나서서 그것을 무너뜨릴 무슨 권리라도 가졌다고 느낀 것만 같았다. "어째서 이런 일이 일어날 수 있단 말인가." 수도사들 몇이 처음엔 마치 안타깝기라도 한 듯이 이렇게 말했다. "크지도 않은 체구에 바싹 여위어서 피골이 상접했는데, 대체 어디서 그런 냄새가 날 수 있을까?" 그러자 다른 수도사들이 "하느님께서 작정하시고 보여주시려 한 거지"라고 얼른 덧붙였고, 그들의 생각은 아무런 이의 없이 즉각 그대로 받아들여졌다. 게다가 그들은, 설령 이 냄새가 죄 많은 인간 어느 누구의 시신에서나 나게 되는 자연스러운 것이라 해도, 냄새가 나는 건 좀더 나중의 일이지 이렇게 눈에 띌 만큼 빨리는 아니며, 적어도 하루 밤낮은 지난 뒤일 텐데 "이 양반은 자연을 앞질렀다", 그러니 여기엔 다름아닌 하느님이 계시고, 일부러 들어올리신 하느님의 손가락이 있는 거라고 지적했다. 하느님께서 보여주시려 하셨다는 것이다. 이러한 판단은 물리칠 수 없는 충격을 안겨주었다. 사서이자 고인의 사랑을 받아온 온순한 수도사제 이오시프 신부는 그런 독설을 서슴지 않는 몇몇 사람에게 "어디서나 그런 건 아니지 않느냐"고 반박을 시도하면서, 의인의 유체가 절대 썩지 말아야 한다는 것은 정교에서 무슨 교리 같은 것이 아닌, 그저 하나의 견해일 따름이고, 심지어 정교에 가장 충실한 지역들, 이를테면 아토스에서도 유체 썩는 냄새가 이토록 혼란을 야기하지는 않으며, 그곳에서 구원받은 자에게 내리는 영광의 가장 중요한 표식으로 간주되는 것은 유체가 썩지 않는다는 것이 아니라, 유체가 땅속에 이미 여러 해 동안 묻혀 있어 심지어 완전히 썩어버리기까지 했을 때 뼈의 빛깔로, "만약 뼈가 밀랍처럼 노랗게 되어 있다면 그건 주님께서 의로운 고인에게 영광을 내리셨다는 가장 중요한 표식이고, 만약 노랗지 않고 검게 되어 있다면 그것은 주님께서 그런 영광을 베푸시지 않았다는 뜻이니―이는 예로부터 정교가 조금도 훼손되지 않고 가장 밝고 순수하게 지켜지고 있는 그 위대한 곳, 아토스에서도 바로 이러하다"라고 말을 맺었다. 그러나 이 겸허한 신부의 말은 감동을 주기는커녕 오히려 냉소적인 반격을 초래했다. '그건 다 먹물 먹은 학식이고 새로운 교리이니, 아무것도 들을 필요 없어'라고 수도사들은 속으로 결정을 내렸던 것이다. "우리는 옛날대로 하면 돼. 새 교리가 지금 어디 적게나 쏟아지나, 그걸 다 따르라고?" 이렇게 덧붙이는 자들도 있었다. 가장 냉소적인 자들은 또 이렇게 맞장구치고 나왔다. "우리한테도 성스러운 신부님들이 그들 못지않게 많았어. 그들은 거기서 터키 놈들 밑에 깔려 있느라 모든 것을 까맣게 잊어버렸다고. 그들에게선 정교도 오래전에 흐릿해졌고, 게다가 그자들한텐 종鐘도 없지 않은가." 이오시프 신부는 서글픈 심정으로 그들 곁에서 물러났는데, 스스로도 자신의 말을 별로 믿지 못하는 듯 자기 의견을 그다지 자신 있게 말하지 못한 까닭에 더더욱 그랬다. 하지만 뭔가 아주 볼썽사나운 일이 시작되고 있으며, 심지어 불복종마저 고개를 쳐드는 것을 알아채자 몹시 혼란스러웠다. 이오시프 신부 이후로는 분별 있는 목소리도 모두 점차 잦아들고 말았다. 그리고 어찌된 일인지, 고인이 된 장로를 사랑하여 감동과 순종의 마음으로 장로제의 확립을 받아들였던 이들이 모두 갑자기 무엇인가에 무섭도록 놀란 눈치였고, 서로 마주칠 때면 겁이라도 먹은 듯 상대방의 얼굴을 힐끔힐끔 훔쳐보기만 했다. 그렇지만 장로제를 신제도라 하여 반대해온 적들은 의기양양하게 고개를 쳐들었다. "고故 바르소노피 장로한테서는 썩는 냄새는커녕 향기가 풍겼지." 그들은 고소해하며 이렇게 상기시켰다. "하지만 그분이 그런 보상을 받은 것은 장로직에 있었기 때문이 아니라 스스로 의로운 분이었기 때문이야." 이 말에 이어, 불과 얼마 전에 사망한 장로에 대한 비난과 심지어 규탄까지 쏟아지기 시작했다. "가르침도 옳지 않았어, 삶은 눈물에 찬 인종忍從이 아니라 위대한 기쁨이라고 가르쳤잖아." 가장 어리석은 자들 중에는 이렇게 말하는 이들도 있었다. 그들보다 더 어리석은 어떤 자들은 "그 양반의 믿음은 요즘 유행을 따른 것이었지, 물질적인 지옥 불을 인정하지 않았거든" 하고 맞장구를 쳤다. 그를 시기하는 몇몇 사람들로부터는 "재계도 엄격하게 지키지 않았어, 단것도 내키는 대로 먹고, 차를 마실 때 버찌 잼도 함께 먹었는데, 그걸 하도 좋아해서 귀족 마님들이 보내주곤 했지. 아니, 스히마 수도사가 차를 마셔?"라는 소리도 들려왔다.

"잔뜩 거드름을 피우며 앉아 있었지"라며 제일 고소하게 여기는 자들이 잔인하게 기억을 떠올렸다. "자기가 성인인 줄 알고, 자기 앞에 무릎 꿇는 걸 사람들의 당연한 의무처럼 여겼으니까." "고해성사를 악용했어"라고 독살스럽게 속삭이며 덧붙인 자들은 가장 격렬한 장로제 반대자들이었는데, 이들은 심지어 가장 나이가 많고 자신의 신앙에 있어서도 가장 엄격한 수도사들, 진정한 재계수행자, 묵언수행자에 속하는 자들로, 고인이 살아 있을 때는 입을 다물고 있다가 이제 와서 갑자기 입을 열었으니 그것만으로도 이미 무서운 일이 아닐 수 없는 것이, 이들의 말은 아직 자신의 주견이 굳어지지 않은 젊은 수도사들에게 막강한 영향을 주고 있었기 때문이다. 오브도르스크에서 온 손님인 성 실베스트르 수도원의 수도사는 이 모든 것을 아주 귀담아들으면서 깊이 한숨을 내쉬기도 하고 머리를 끄덕이기도 했다. '그래, 그러고 보니, 어제 그 페라폰트 신부의 판단이 옳았던 게야.' 속으로 이런 생각을 하고 있는데, 때마침 페라폰트 신부가 나타났다. 그러잖아도 극심한 동요를 더욱 부채질하러 나온 것만 같았다.

앞에서도 이미 말했지만, 그는 양봉장에 있는 자신의 작은 목조 암자에서 여간해선 밖으로 나오지 않았고, 심지어 성당에도 꽤나 오랫동안 나타나지 않았으나, 수도원측에서는 그를 마치 유로지브이처럼 여겨 이를 못 본 척하고 넘기면서 모든 수도사에게 적용되는 규칙을 그에게는 강요하지 않고 있었다. 그러나 아주 사실대로 말하자면, 그의 이 모든 것을 그냥 보아 넘기는 것은 정말 어쩔 수 없어서이기도 했다. 그도 그럴 것이, 밤낮없이 기도만 하는(심지어 잠을 잘 때도 무릎을 꿇고 몸을 세운 채였다) 이토록 위대한 재계수행자요 묵언수행자인 그를, 그 자신이 복종하려고 하지 않는 이상, 일반적인 규칙으로 억지로 얽매려고 하는 것은 어딘가 수치스럽기까지 했기 때문이다. 만약 그랬다면 수도사들이 "그분은 우리 누구보다 더 성스럽고, 규율에 따른 것보다 훨씬 힘든 고행을 하고 있지 않은가"라면서, "그분이 성당에 가지 않는 것은 언제 성당에 가야 할지 그분 스스로 알고 있어서이며, 그분에겐 그분 자신만의 규율이 있다"라고 말했을 것이다. 필시 이러한 불평과 유혹이 있으리라고 생각해서 수도원측에서도 페라폰트 신부를 가만히 내버려두고 있었다. 페라폰트 신부가 조시마 장로를 끔찍하게 싫어했다는 것은 이미 세상이 다 아는 사실이었다. 이런 판국에 그에게도, 그의 암자에도, "그러니까 하느님의 심판은 사람들의 심판과 다르다, 그 양반은 심지어 자연을 앞서기까지 했다"라는 소식이 갑자기 날아든 것이다. 짐작건대 그에게 이 소식을 전하러 맨 먼저 달려간 사람들 중에는 어제 그를 찾아갔다가 겁에 질려 물러났던 오브도르스크 손님도 끼여 있었을 것이다. 내가 앞에서도 말한 바 있지만, 파이시 신부는 꿋꿋하게 흔들림 없이 관 옆에 서서 독경을 하고 있었는데, 비록 처소 바깥에서 벌어지는 일을 보고 들을 수는 없었다 해도 자신의 동료들을 훤히 꿰뚫고 있어 가장 중요한 것들은 한 치의 어긋남도 없이 마음속으로 전부 짐작하고 있는 터였다. 그는 조금도 당황한 빛을 보이지 않고 앞으로 일어날 수 있는 모든 일을 두려움 없이 기다리면서, 이미 그의 지적인 형안 앞에 떠오르는 이 소동의 귀추를 예리한 시선으로 좇고 있었다. 바로 그때 이미 명백하게 법도를 깨뜨리는 심상찮은 소음이 현관 쪽에서 갑자기 그의 귀청을 때렸다. 문이 쩍 열리면서 문지방에 페라폰트 신부가 나타났다. 그의 뒤로 현관 계단 아래쪽에 그와 함께 온 많은 수도사가 모여 있는 게 눈에 띄었고 심지어 처소 안에서도 훤히 보였는데, 그들 중에는 속인들도 섞여 있었다. 하지만 함께 온 자들은 안으로 들어오지도, 계단을 올라오지도 않고 발걸음을 멈춘 채, 페라폰트 신부가 이제 무슨 말을 하고 무슨 행동을 할지 기다리는 참이었고, 이 신부가 공연히 여기로 온 것은 아닐 거라고 예감하며 자신들의 온갖 뻔뻔함에도 불구하고 어떤 공포마저 느꼈다. 페라폰트 신부가 문지방에 멈춰 선 채 두 팔을 높이 쳐들자, 그의 오른팔 아래로 오브도르스크 손님의 호기심에 찬 날카로운 작은 눈이 몰래 내다보고 있었는데, 그는 호기심이 너무나 강렬하게 일어 도저히 참지 못하고 페라폰트 신부를 따라 계단을 뛰어올라온 유일한 자였다. 그를 제외한 나머지 사람들은 오히려 문이 요란한 소리를 내며 활짝 열리기 무섭게 갑자기 겁을 집어먹고는 서로 밀치며 우르르 더 뒤로 물러났다. 페라폰트 신부는 두 팔을 높이 치켜들고 갑자기 고함을 내질렀다.

"내쫓고 또 내쫓으리라!" 그러면서 곧바로 사방으로 번갈아 몸을 돌리며 처소의 벽과 네 구석 전부를 향해 손으로 성호를 긋기 시작했다. 페라폰트 신부를 따라온 자들은 그의 이 행동을 대번에 이해했다. 어디에 들어가든 그는 늘 이렇게 했으며, 부정한 힘을 쫓아내기 전에는 앉지도, 말을 하지도 않으리라는 걸 알았던 것이다.

"사탄아, 물러가라, 사탄아, 물러가라!" 그는 성호를 그을 때마다 되풀이했다. "내쫓고 또 내쫓으리라!" 그가 다시 고함을 내질렀다. 그는 거친 법의 차림에 허리에는 밧줄을 동여매고 있었다. 거친 삼베로 만든 루바쉬카 밑으로 회색 털이 수북한 가슴팍이 드러났다. 발은 완전히 맨발이었다. 그가 두 팔을 휘두르기 시작하자마자 법의 속에 두르고 다니는 무자비한 고행용 쇠사슬이 철커덩거리며 요란하게 흔들리기 시작했다. 파이시 신부는 독경을 멈추고 앞으로 나와 그의 앞에 기다리고 섰다.

"어인 일로 오셨소, 신부님? 어인 일로 법도를 깨뜨리시오? 어인 일로 온순한 양떼를 혼란에 빠뜨리는 것이오?" 마침내 그가 상대방을 준엄하게 바라보며 입을 열었다.

"어인 일로 왔느냐고? 그걸 묻는 게냐? 네놈의 믿음은 어떤 거냐?" 페라폰트 신부가 유로지브이 행세를 하며 부르짖었다. "여기 네놈들의 손님들, 더러운 악마들을 쫓아내러 왔노라. 어디 보자, 나 없는 사이 많이들 모아놓았는지. 자작나무 빗자루로 그놈들을 쓸어내버리겠다."

"부정한 것을 쫓아내신다지만, 어쩌면 자신이 그 부정한 것을 섬기는지도 모르지요." 파이시 신부가 겁도 없이 말을 이었다. "그리고 누가 자신에 대해 '나는 성자다'라고 말할 수 있겠습니까? 신부님은 안 그러신가요?"

"나는 성자가 아니라 더러운 인간이니라. 안락의자에 앉지도 않을 테고 나를 우상처럼 숭배하는 것도 용납하지 않을 테다!" 페라폰트 신부가 으르렁거렸다. "요즘 인간들은 성스러운 믿음을 망쳐놓고 있어. 고인은, 네놈들의 그 성자는," 그는 손가락으로 관을 가리키며 군중을 향해 몸을 돌렸다. "악마의 존재를 부정했지. 악마를 떼어내라고 설사약을 주곤 했단 말이다. 그래서 악마들이 방구석마다 우글대는 거미처럼 네놈들한테서 번식하게 된 거야. 이젠 자기 몸에서도 썩는 냄새를 풍기는 게지. 여기서 우리는 주님의 위대하신 계시를 보느니라."

그런데 실은 조시마 신부의 생존시에 이런 일이 한 번 있기는 했다.

어떤 수도사 한 명이 꿈에 부정한 힘을 본 뒤로 결국에는 깨어 있을 때도 그것이 눈앞에 나타나기 시작했다. 덜컥 겁이 난 그가 이 사실을 장로에게 털어놓자, 장로는 그에게 끊임없이 기도하고 엄격하게 재계를 지키라고 일러주었다. 하지만 이것도 소용없자, 재계와 기도를 멈추지 말되 약을 한 가지 들라고 권했다. 이를 두고 그때 많은 사람이 유혹되어 고개를 갸웃거리면서 서로 쑥덕거렸는데—누구보다 심했던 자가 바로 페라폰트 신부로, 몇몇 비방꾼이 지체 없이 그에게 달려가 이런 특별한 경우 장로가 내리는 '별난' 지시에 대해 곧바로 전해주었던 것이다.

"나가시오, 신부님!" 파이시 신부가 명령조로 말했다. "심판을 하는 건 인간이 아니라 하느님이십니다. 어쩌면 여기에 신부님도, 나도, 그 누구도 이해할 수 없는 그런 '계시'가 있는지도 모르지요. 나가시오, 신부님, 그리고 양떼를 혼란에 빠뜨리지 마시오!" 그는 완강하게 되풀이했다.

"자신의 스히마 지위에 맞게 재계를 지키지 않았으니, 그 때문에 계시가 나온 것이다. 이것이 명백하거늘, 숨기는 것은 죄악이로다!" 극도로 흥분하여 이미 이성을 잃은 광신자는 도무지 진정하려 들지 않았다. "지주 부인네들이 호주머니에 넣어 가져다주는 사탕에 홀리고 차를 홀짝거리고, 배 속을 단것으로 꽉꽉 채우면서 배를 섬기고, 머리는 교만한 생각으로 가득 채웠으니…… 이 때문에 치욕도 당하게 된 게야……"

"말씀이 경솔합니다, 신부님!" 파이시 신부도 언성을 높였다. "신부님의 재계와 고행은 놀랍습니다만, 신부님의 말씀은 바깥 속세에서 변덕스럽고 유치한 젊은이가 하는 말만큼이나 경솔합니다. 어서 나가주십시오, 신부님, 이건 명령입니다." 파이시 신부는 마지막 말에 이르자 크게 소리를 내질렀다.

"이 몸은 나가주마!" 페라폰트 신부는 좀 당황한 듯도 했으나 여전히 분노를 누그러뜨리지 않고 말했다. "네놈들, 먹물 먹은 것들! 그 잘난 이성으로 나 같은 하찮은 인간 위에 올라섰지. 나는 거의 까막눈으로 이곳에 흘러들어왔고 그나마 알던 것마저 여기서 잊어버렸으나, 주 하느님 당신께서 이 보잘것없는 나를 네놈들의 지혜로부터 지켜주셨노라……"

파이시 신부는 그를 내려다보며 서서 꿋꿋하게 기다렸다. 페라폰트 신부는 잠시 입을 다물었다가 갑자기 서글픈 표정이 되어 오른쪽 손바닥을 뺨에 갖다대고는, 죽은 장로의 관을 쳐다보면서 노래하듯 말끝을 길게 늘여가며 말했다.

"내일 아침이면 저자를 위해 〈우리를 도와주시고 보호해주시는 분이시여〉를 불러주겠지—참으로 훌륭한 찬송가야, 하지만 내가 뒈지면 기껏해야 〈지상의 달콤함은 얼마나〉나 부를 거야—시시껄렁한 쪼끄만 노래를."* 그가 울먹이면서 애처롭게 말했다. "네놈들은 방자해지고 거들먹거리게 되었으니, 허황되도다, 이곳이여!" 그는 갑자기 미친 사람처럼 울부짖기 시작하더니 손을 한번 휙 내젓고는 재빨리 몸을 돌려 현관 계단을 빠르게 내려갔다. 아래서 기다리던 군중이 동요하기 시작

* 수도사와 스히마 수도사의 유체를 (처소에서 성당으로, 이어 성당에서의 장례식 후 묘지로) 모실 때는 작은 성가인 〈지상의 달콤함은 얼마나……〉를 부르고, 만약 고인이 스히마 수도사제인 경우에는 찬송 카논인 〈우리를 도와주시고 보호해주시는 분이시여……〉를 부른다. (작가의 주)

했다. 어떤 이들은 곧바로 그의 뒤를 따라갔고, 어떤 이들은 미적거리고 있었는데, 처소 문이 아직도 열려 있는데다 파이시 신부가 페라폰트 신부를 뒤따라 현관으로 나와 선 채로 지켜보고 있었기 때문이다. 하지만 분이 하늘까지 치솟은 노인은 아직 일이 다 끝난 게 아니었다. 스무 걸음쯤 걸어가다 갑자기 저물어가는 태양을 향해 몸을 홱 돌리더니 두 팔을 머리 위로 높이 치켜들고—마치 누가 그의 다리를 자르기라도 한 듯—더없이 요란한 비명을 내지르며 땅에 퍽 쓰러졌다.

"나의 주님께서 이기셨도다! 그리스도께서 저무는 태양을 이기셨도다!" 그는 태양을 향해 두 팔을 쳐들고 광포하게 부르짖더니, 얼굴을 땅에 대고 넙죽 엎드려 두 팔을 땅바닥에 넓게 펼치고는 오열로 온몸을 부들부들 떨며 어린아이처럼 큰 소리로 엉엉 울기 시작했다. 그러자 모두 그에게 우르르 달려들었고, 그의 오열에 답하는 오열과 환희의 외침이 울려퍼졌다…… 광란과도 같은 그 무엇이 모두를 휩쓴 것이다.

"바로 이분이 성자이시다! 바로 이분이 의인이시다!" 이런 환호성이 이제는 아무 거리낌 없이 연방 터져나왔다. "이분이야말로 장로 자리에 앉으셔야 돼!" 어떤 사람들은 이미 격분하여 덧붙였다.

"저분은 장로 자리에 앉지 않으실 거야…… 자기 쪽에서 거절해버리실걸…… 저주받은 신제도를 섬기실 리가 있나…… 그자들의 바보짓을 흉내내실 리 없지." 다른 목소리들이 곧장 맞장구를 쳤고, 이 일이 어디까지 가게 될지 상상조차 하기 힘들었으나, 마침 그 순간 미사를 알리는 종이 울렸다. 다들 갑자기 성호를 긋기 시작했다. 페라폰트 신부도 일어나서 성호로 자기 몸을 보호하면서 뒤도 안 돌아보고 자신의 암자를 향해 걷기 시작했는데, 여전히 뭐라고 외쳐대고 있었으나 이미 도무지 갈피를 잡을 수 없는 소리들이었다. 그의 뒤를 몇몇 사람이 따르기 시작했지만 소수였고, 대부분은 서둘러 미사에 참석하기 위해 흩어지기 시작했다. 파이시 신부는 독경을 이오시프 신부에게 넘기고 아래로 내려갔다. 광신도들이 내지르는 광란의 외침에 흔들릴 그가 아니었으나, 갑자기 마음이 서글퍼지며 어떤 특별한 일 때문에 답답하고 괴로운 심정이 되었고, 자신도 그것을 느꼈다. 그는 걸음을 멈추고 자신에게 불쑥 물어보았다. '이토록 의기소침해질 만큼 서글픈 건 무슨 까닭일까?' 순간 그는 이 느닷없는 서글픔이 분명히 아주 작고 특별한 원인에서 비롯된 것임을 깨닫고 적잖이 놀랐다. 그러니까 방금 처소 입구에 몰려 있던 군중 속에서 알료샤가 그 흥분한 사람들 틈에 서 있는 것을 언뜻 보았는데, 그때 그를 보자 갑자기 가슴속에 어떤 아픔 같은 것을 느꼈던 일이 지금 막 생각난 것이다. "그럼 과연 이 어린 청년이 지금 내 마음에 이토록 많은 의미를 지닌단 말인가?" 그는 갑자기 깜짝 놀라면서 스스로에게 이렇게 물었다. 이 순간 알료샤가 마침 그의 곁을 지나고 있었는데, 어디론가 급히 가는 듯했으나 성당 쪽은 아니었다. 그들의 눈길이 마주쳤다. 알료샤는 얼른 눈을 돌려 땅으로 떨구었고, 젊은이의 이 표정만으로도 파이시 신부는 지금 이 순간 그의 마음속에 강렬한 변화가 일어나고 있음을 짐작할 수 있었다.

"아니, 너까지 유혹에 빠진 게냐?" 파이시 신부가 갑자기 소리쳤다. "그럼 너도 믿음이 얄팍한 그자들과 한패더냐!" 그가 비통하게 덧붙였다.

알료샤는 걸음을 멈추고 왠지 모호한 눈빛으로 파이시 신부를 힐끗 쳐다보더니 얼른 다시 시선을 돌려 또다시 땅으로 떨구었다. 그렇게 옆으로 비스듬히 선 채, 묻는 사람에게는 얼굴도 돌리지 않았다. 파이시 신부는 주의깊게 살펴보고 있었다.

"어딜 그리 급히 가는 게냐? 미사 종이 울리는데." 그가 다시 물었으나 알료샤는 이번에도 대답하지 않았다.

"아니면 암자를 떠나는 게냐? 허락도 청하지 않고 축복도 받지 않고, 대체 어째서?"

알료샤는 갑자기 일그러진 미소를 짓더니, 묻고 있는 신부를 향해, 자신의 예전 인도자요 마음과 정신의 군주요 자신이 열렬히 사랑했던 장로가 임종하면서 알료샤 자신을 위임했던 바로 그 신부를 향해 이상하게, 아주 이상하게 눈을 급히 치뜨고는, 갑자기 조금 전처럼 여전히 아무 대답도 없이 마치 공경심 따윈 알 바 아니라는 듯 한 손을 내젓더니 암자의 출구 쪽으로 빠른 걸음을 획 떼어놓았다.

"다시 돌아오겠지!" 파이시 신부는 슬픔과 놀라움에 싸여 그의 뒷모습을 바라보면서 중얼거렸다.

II
이런 순간

파이시 신부가 그의 '사랑스러운 소년'이 다시 돌아오리라고 판단한 것은 물론 잘못된 생각이 아니었을뿐더러, 어쩌면 오히려 (비록 완전히는 아니지만 여하튼 예리한 형안으로) 알료샤의 영혼의 상태가 진정 어떤 의미를 지니는지 꿰뚫어본 것이었다. 그런데도 솔직히 고백하자면, 내가 이토록 사랑하고 아직 이토록 젊은 내 이야기 주인공의 삶에서 이 이상하고도 모호한 순간이 지니는 정확한 의미를 지금 명확하게 전한다는 것은 나로서도 매우 어려울 듯싶다. 파이시 신부가 알료샤에게 던졌던 슬픈 질문, "행여 너도 믿음이 얄팍한 그자들과 한패더냐?"에 대해서는—나는 물론 알료샤를 대신하여, "아니다, 그는 믿음이 얄팍한 자들과 한패가 아니다"라고 자신 있게 대답할 수 있을 것 같다. 그뿐 아니라, 여기엔 오히려 정반대되는 것이 숨어 있었다. 그의 모든 혼란은 바로 그의 신앙이 두터웠던 까닭에 일어난 것이었다. 하지만 여하튼 혼란은 있었고, 여하튼 일어났고, 또 너무도 고통스러웠기 때문에 심지어 훗날, 아주 오랜 세월이 흐른 뒤에도 알료샤는 이 슬픈 날을 자신의 삶에서 가장 괴롭고 가장 숙명적인 날의 하나로 여겼다. 그렇지만 만약 단도직입적으로, "그 모든 우수와 그런 불안이 그의 마음속에 생겨날 수 있었던 건 오로지 그의 장로의 유체가 곧바로 치유력을 발휘하는 대신 오히려 정반대로 그렇게 빨리 썩기 시작했기 때문 아닌가?" 하고 묻는다면, 나는 그것에 대해 조금도 머뭇거리지 않고 "그렇다, 사실 그랬다"라고 대답하겠다. 나는 다만 독자들에게 너무 성급하게 나의 청년의 순수한 마음을 비웃지 말아달라고 부탁하고 싶을 따름이다. 그렇다고 나 스스로 그를 위해 용서를 구할 생각도 없거니와, 그의 순진한 믿음을 두고, 예컨대 나이가 어리다거나 예전에 배웠던 학문에서 성과가 신통찮았다거나 하는 따위의 이유로 변호하거나 정당화할 의도도 없을뿐더러, 오히려 정반대로 그의 타고난 이 마음의 본성에 대해 진정으로 존경심을 느끼노라고 확실하게 천명하는 바이다. 물론 마음의 여러 인상을 조심스레 받아들이고, 사랑함에 있어서도 열렬하지 못하고 그저 미지근하기만 하며, 또한 정확하긴 하나 나이에 비해 이미 지나치게 분별 있는 (그래서 값이 싼) 이성을 지닌 다른 청년, 그런 청년이라면야, 단언컨대 나의 청년에게 일어난 일을 틀림없이 면할 수 있었을 테지만, 경우에 따라서는 비록 분별없는 것일망정 그래도 위대한 사랑에서 생겨난 것인 어떤 열광에 몰두하는 편이 아예 그러지 않는 것보다 진실로 더 높은 존경을 살 만하다. 청년 시절에는 더더욱 그러한데, 언제나 이미 분별로써만 모든 것을 헤아리는 청년은 그다지 믿을 수 없으며 그의 값어치도 얼마 안 되기 때문으로—바로 이것이 나의 견해다! "하지만!" 하고 이성적인 인간은 아마도 여기서 소리를 칠지도 모르겠다. "모든 청년이 그런 편견을 믿어야 하는 것은 아니며, 당신의 청년이 나머지 청년들의 본보기인 것도 아니다." 이에 대해 나는 다시 이렇게 대답하겠다. 그렇다, 나의 청년은 믿고 있었다, 신성불가침한 것이라 믿고 있었다, 그럼에도 나는 그를 위해 용서를 구하지는 않겠다.

아시다시피, 나는 내 주인공을 위해 변명을 하거나 사죄하거나 정당화하지는 않겠노라고 위에서도 천명했지만(어쩌면 너무 성급했는지도 모르겠다), 그래도 앞으로의 이야기를 이해할 수 있도록 뭔가 분명하게 해둘 필요는 있다고 본다. 그래서 내가 말하고자 하는 바는, 여기서의 문제가 기적은 아니었다는 점이다. 여기서 그가 초조해했던 것은 기적에 대한 경솔한 기대 때문이 아니었다. 어떤 신념의 승리를 위해 그때 알료샤에게 기적이 필요했던 것도 아니고(이건 절대로 아니었다), 전부터 그의 마음에 굳게 자리하고 있던 어떤 이념이 어서 빨리 다른 이념을 압도해버렸으면 해서 그랬던 것도 아니다—오, 아니다, 절대로 아니다. 여기 이 모든 일에서 그의 앞에 무엇보다 먼저 첫째 자리에 서 있던 것은 하나의 얼굴, 오로지 그 얼굴—그가 열렬히 사랑했던 장로의 얼굴, 그토록 숭배할 정도로 존경했던 그 의인의 얼굴이었다. 말하자면, 그의 젊고 순수한 가슴속에 숨어 있던, '모든 사람과 모든 것'을 향한 사랑 전부가 그 당시, 그리고 일 년 전부터 줄곧 오로지 한 존재에게만 특별히 집중된 듯했으며, 어쩌면 옳지 못한 일일 수도 있으나 적어도 그의 가장 강렬한 마음의 격정이 지금은 고인이 된 사랑하는 장로를 향해 모두 쏟아졌던 것이다. 사실 이 존재는 그토록 오랫동안 그의 앞에 확고부동한 이상으로 서 있었기 때문에, 그의 모든 젊은 힘과 그 힘의 갈망은 이미 절대적으로 이 이상 하나만을 향할 수밖에 없었고, 심지어 때로는 '모든 사람과 모든 것'을 잊어버리는 일마저 있었다(그 자신도 나중에야 생각났지만, 이 괴로운 날에 그는 전날만 해도 자신이 그토록 걱정하고 애태웠던 드미트리 형에 대해 완전히 잊었고, 역시 그 전날 그토록 열심히 생각해두었건만 일류셰치카의 아버지에게 2백 루블을 전해주는 일도 까맣게 잊었다). 그러나 다시금 말하지만, 그에게 필요했던 것은 기적이 아니라 '드높은 정의'였을 뿐인데, 그는 이것이 무너져버렸다고 믿었으며, 이 때문에 그의 마음은 그토록 처참하고도 느닷없는 상처를 입고 말았다. 그리고 사건이 진행됨에 따라 이 '정의'가 알료샤의 기대 속에서 기적의 형태를 띠게 되었다고 해서, 그 기적이 그가 숭배해온 지도자의 유해에서 곧바로 이루어지리라고 기대했다 해서, 뭐가 어떻단 말인가? 더욱이 수도원에 있던 모든 사람도, 심지어 알료샤가 그 높은 지성 앞에 허리를 숙였던 사람들, 예컨대 파이시 신부마저 그렇게 생각했고 그렇게 기대하지 않았던가, 그래서 알료샤도 어떤 의혹으로 불안해하지 않고 자신의 꿈에 다른 모든 사람과 똑같은 형태의 옷을 입혔던 것이다. 더구나 이것은 이미 오래전부터, 그러니까 수도원 생활을 시작한 만 일 년 전부터 그의 마음속에 견고하게 자리잡아, 이제는 그런 기대를 품는 것이 습관처럼 돼버렸다. 하지만 그가 갈망했던 것은 정의, 정의였지, 그저 그냥 기적이 아니었다! 그런데 온 세상에서 누구보다 더 높이 추앙받아야 한다고 그가 간절하게 열망해온 바로 그분이—바로 그분이 자신에게 합당한 영광 대신 갑자기 치욕의 구렁텅이로 내던져진 것이다! 무엇 때문에? 누구의 심판이란 말인가? 누가 이런 판결을 내릴 수 있었단 말인가—이런 의문들이 아직 경험이 없고 동정녀와도 같이 순결한 그의 마음을 이내 괴롭혔다. 의인들 중에서도 가장 의로우신 분이 그토록 경박하고 그분보다 그토록 낮은 위치에 있는 군중에게 그토록 냉소적이고 악랄한 조롱의 대상이 되었다는 것을 그는 도저히 견딜 수 없어서 모욕감을 느꼈고, 가슴속에선 분노마저 치솟았다. 아니, 기적 같은 게 아예 없을지라도 좋다, 기적적인 그 무엇도 나타나지 않고, 지금 당장 이루어지리라고 기대한 것이 증명되지 않을지라도 좋다, 하지만 이렇게 공공연히 선언되는 이 불명예는 대체 무엇 때문이며, 이렇게 묵과되는 이 치욕은 무엇 때문이며, 악의에 찬 수도사들의 말대로 '자연을 앞선' 이 급속한 부패는 또 무엇 때문이란 말인가? 그들이 지금 페라폰트 신부와 함께 저토록 의기양양하게 끌어다 대는 그 '계시'는 무엇 때문이며, 그렇게 끌어다 댈 권리까지 얻었노라고 믿는 것은 무엇 때문인가? 정녕 어디에 하느님의 섭리가, 섭리의 손가락이 있단 말인가? 무엇 때문에 섭리는 (알료샤가 생각하기에) '가장 필요한 순간에' 자신의 손가락을 감추고서, 눈먼 벙어리인 무자비한 자연법칙에 자신을 종속시키려는 것 같았단 말인가?

바로 이 때문에 알료샤의 마음은 피투성이가 되었고, 물론 여기에는 무엇보다, 내가 이미 말했다시피, 그가 이 세상에서 가장 사랑했던 얼굴, 이제는 '치욕으로 뒤덮인' 얼굴, '명예를 짓밟힌' 얼굴이 자리하고 있었다! 내 청년의 이러한 불평이 경솔하고 분별없을지라도, 세번째로 또다시 되풀이하거니와(이번에도 역시 경솔한 말일 것이라고 미리 인정해둔다), 나는 나의 청년이 그런 순간에 그다지 분별 있지 못했다는 것이 기쁜데, 왜냐하면 멍청한 인간이 아니라면 분별이란 때가 되면 반드시 찾아오지만, 만약 이처럼 예외적인 순간에도 청년의 가슴속에 사랑이 정말로 솟아나지 않는다면 도대체 언제 사랑이 찾아오겠는가? 하지만 이 경우에도 나는, 알료샤에게 숙명적이고 갈피를 잡을 수 없었던 이 순간, 비록 아주 잠깐이긴 하나 그의 머릿속에 떠오른 어떤 기이한 현상에 대해 침묵하고 싶지는 않다. 새롭게 떠올라 번득였던 이 무엇인가는 어제 이반 형과 나눈 대화가 남긴 어떤 고통스러운 인상과 관련된 것이었는데, 알료샤는 지금 그 대화가 자꾸만 떠올랐다. 하필이면 지금 말이다. 오, 그렇다고 그의 영혼 속에서 근본적이고 이른바 원초적인 믿음의 어떤 무엇이 흔들리고 있었다는 얘기는 아니다. 그는 자신의 하느님을 사랑했고 하느님에게 느닷없이 투덜대긴 했지만 흔들림 없이 하느님을 믿고 있었다. 그런데도 어제 이반 형과 나눈 대화를 떠올리노라면 뭔가 불명료하지만 고통스럽고 사악한 인상이 지금 또다시 그의 영혼 속에서 갑자기 꿈틀대기 시작하면서 점점 더 강하게 그 표면 위로 밀치고 나오려고 안간힘을 쓰는 것이었다. 이미 땅거미가 아주 짙어

갈 무렵, 암자를 나와 수도원을 향해 가던 길에 솔밭을 지나던 라키친이 나무 아래서 땅에 얼굴을 대고 엎드린 채 마치 잠이라도 든 듯 꼼짝 않고 있는 알료샤를 갑자기 발견했다. 라키친은 다가가서 그를 불렀다.

"네가 여기에, 알렉세이? 아니, 정말 네가……" 그는 놀라서 무슨 말을 하려 했으나 말을 하다 말고 입을 다물었다. '아니, 정말 네가 그 지경까지 간 거야?'라고 말하고 싶었던 것이다. 알료샤는 그를 쳐다보지 않았으나, 몸동작으로 보아 라키친은 상대방이 자기 말을 듣고 이해하고 있다는 걸 금방 알아챘다.

"너, 어떻게 된 거야?" 그는 여전히 놀라워했지만, 놀라움은 이미 그의 얼굴에 번지는 웃음으로 변하기 시작했고, 웃음은 점점 더 냉소적인 빛을 띠어갔다.

"이봐, 벌써 두 시간도 넘게 널 찾고 있단 말이야. 갑자기 거기서 사라져버렸잖아. 대체 여기서 뭘 해? 이게 무슨 잘난 바보짓이냐? 야, 나 좀 쳐다보기라도 해……"

알료샤는 고개를 들고 일어나 앉아 나무에 등을 기댔다. 울고 있지는 않았으나 얼굴에는 괴로움이 드러나 있었고, 눈빛에서는 신경이 곤두선 기색이 엿보였다. 하지만 그는 여전히 라키친이 아니라 어딘가 옆쪽을 보고 있었다.

"야, 네 얼굴이 완전 딴판이야. 그 악명 높은 예전의 온유함은 찾아볼 수도 없잖아. 누구한테 화라도 난 거야, 응? 모욕이라도 당했어?"

"관둬!" 알료샤가 불쑥 한마디 내뱉었으나, 여전히 그를 쳐다보지도 않고 피곤한 듯 한 손을 내저었다.

"거참, 어찌된 거냐! 완전히 여느 인간들마냥 소릴 내지르니. 정말 되게 천사답군! 이봐, 알료쉬카, 너한테 깜짝 놀랐어, 알아? 이건 진담이야. 여기선 뭐에 놀랄 일도 한동안 없었지. 그래도 난 너를 교양 있는 사람이라 여겼는데……"

알료샤는 마침내 그를 쳐다보았으나, 여전히 그의 말을 잘 알아듣지 못하는 듯 어딘지 멍한 표정이었다.

"원, 정말, 너네 노인이 고약한 냄새를 풍겨서, 고작 그것 때문에 이러는 거야? 그럼 그 노인네가 무슨 기적이라도 저지를 거라고 진지하게 믿었단 말이야?" 라키친은 다시 한번 아주 진심으로 놀라면서 외쳤다.

"믿었어, 지금도 믿고 있고, 믿고 싶어, 믿을 거야, 넌 또 뭐가 알고 싶은데!" 알료샤가 역정을 내며 소리쳤다.

"아니, 정말 아무것도, 이봐. 쳇, 젠장, 그런 건 열세 살짜리 초등학생도 이젠 안 믿어. 하지만 까짓것, 젠장…… 그러니까 넌 지금 네 하느님한테 화가 나서 들고일어났구나, 지위도 안 올려주고, 축일에 훈장도 안 줬다 이거지! 진짜, 너네들은!"

알료샤는 왠지 실눈을 하고 한참 동안 라키친을 쳐다보았는데, 그의 눈에서 뭔가가 갑자기 번득였지만…… 라키친에 대한 분노는 아니었다.

"나는 내 하느님에게 반역을 하는 게 아냐, 그저 '그의 세계를 받아들이지 않는 거야'." 알료샤가 갑자기 삐뚜름하게 웃었다.

"세계를 받아들이지 않는다니?" 라키친은 그의 대답을 두고 아주 잠깐 생각했다. "무슨 뚱딴지같은 소리야?"

알료샤는 대답하지 않았다.

"자, 헛소리 관두고 이제 본론으로 들어가자, 오늘 뭘 좀 먹었어?"

"생각이 안 나…… 먹은 것 같아."

"얼굴을 보니 요기 좀 하고 기운 차려야겠구먼. 널 보자니 불쌍해질 지경이야. 밤에도 한잠 못 잤을 테고, 듣자니 거기서 모임이 있었다며. 그러고 나선 온통 이 난리니…… 기껏 성병이나 한 조각 씹었겠지. 내 호주머니에 소시지가 있는데, 이리로 오면서 혹시나 하고 아까 시내에서 하나 챙겼거든, 하기야 넌 소시지는 안 먹겠지……"

"소시지 줘."

"히야! 네가 어떻게! 이건 완전히 반역이야, 바리케이드라고! 뭐, 형제, 이런 걸 멸시할 거야 없지. 내 방에 가자…… 나도 지금 보드카 생각이 간절하거든, 피곤해 죽겠어. 너야 보드카는 엄두도 못 내겠지…… 아니면 마실래?"

"보드카도 줘."

"히야! 이건 기적이야, 형제!" 라키친은 눈이 휘둥그레져서 쳐다보았다. "뭐, 이렇든 저렇든, 소시지든 보드카든, 대담무쌍하고 좋은 거니까, 놓칠 수야 없지, 가자!"

알료샤는 말없이 땅바닥에서 몸을 일으키고 라키친을 따라가기 시작했다.

"바네치카 형이 이걸 보면 놀라 까무러칠걸! 참, 네 형 이반 표도로비치가 오늘 아침에 모스크바로 떠났는데, 알고 있어?"

"알아." 알료샤가 관심 없다는 듯 이렇게 말했을 때, 갑자기 그의 머릿속에 드미트리 형의 모습이 언뜻 떠올랐으나, 그저 떠올랐다 사라져 버렸을 뿐, 비록 무엇인가를, 더이상 일 분도 미룰 수 없는 어떤 다급한 일을, 어떤 의무와 무서운 책임을 상기시키기는 했으나, 이런 생각마저 그에게 어떤 인상도 남기지 못한 채 미처 그의 마음속까지 다다르기도 전에 금세 기억에서 날아가 잊히고 말았다. 하지만 이후 오랫동안 알료샤는 이것을 자주 떠올리곤 했다.

"네 형 바네치카가 언젠가 나를 두고 '재능이라곤 없는 자유주의자 망태기'라고 한 적이 있지. 하긴 너도 한번은 참지 못하고 내가 '파렴치'하다는 식으로 눈치를 줬으니까…… 좋아! 이제 어디 보자고, 너희가 얼마나 재능 있고 정직한지(이 말을 끝맺을 때 라키친은 이미 혼잣말로 중얼거리고 있었다). 쳇, 이봐!" 그가 다시 큰 소리로 말했다. "수도원 옆으로 빠져 오솔길로 해서 곧장 시내로 가자…… 음, 나는, 참, 호흘라코바 부인한테 들러야 해. 이봐, 생각 좀 해봐. 내가 그 여자한테 모든 사건에 대해 써 보냈거든, 그랬더니 말이야, 즉각 연필로 쓴 쪽지 답장을 보내는 거야(이 마나님은 쪽지 편지 쓰기를 지독하게 좋아하지), '조시마 신부처럼 고매하신 장로가 그런 짓을 할 줄은 꿈에도 몰랐어요!'라고 썼더군. '짓'이라고 썼더라니까! 그 여자도 엄청 화가 치민 거야, 에잇, 너네들은 죄다! 잠깐!" 그는 느닷없이 또 소리를 치더니 갑자기 걸음을 멈추고는 알료샤의 어깨를 꽉 잡아 세웠다.

"이봐, 알료쉬카." 그는 갑자기 머릿속에 번쩍 떠오른 어떤 느닷없는 새로운 생각에 완전히 사로잡혀 뭔가를 탐색하듯 알료샤의 눈을 들여다보고 있었는데, 겉으로는 웃고 있었지만 이 느닷없는 새로운 생각을 입 밖에 내기가 두려운 눈치인 게, 그만큼 지금 눈앞에 보이는 알료샤의 기분 상태가 자기로서는 너무나 기이하고 뜻밖이어서 여전히 믿어지지 않았던 것이다. "알료쉬카, 있잖아, 지금 어디로 가는 게 제일 좋을까?" 마침내 그가 조심스레 비위를 맞추듯 말했다.

"어디든 상관없어…… 너 좋을 대로 해."

"그루셴카한테 가자, 어때? 갈래?" 라키친이 마침내 조심스러운 기대감에 사뭇 온몸을 떨기까지 하며 말했다.

"그루셴카한테 가자." 알료샤는 곧바로 차분하게 대답했는데, 이것 또한 라키친에게는 너무나 뜻밖이었고, 그렇게 금방, 그렇게 차분하게 동의하리라고는 생각도 못했던 터라, 하마터면 뒤로 껑충 물러설 뻔했다.

"아-아니……! 세상에!" 그는 깜짝 놀라서 이렇게 소리쳤지만, 행여 알료샤의 결심이 변하지나 않을까 여전히 몹시 불안해하며 갑자기 팔을 꽉 붙잡더니 재빨리 오솔길로 끌고 갔다. 두 사람은 말없이 걸었고, 라키친은 말을 꺼내기조차 두려웠다.

"그 여자가 얼마나 좋아할까, 얼마나……" 그는 이렇게 중얼거리는 듯하다가 다시 입을 다물었다. 게다가 그가 알료샤를 그루셴카에게 끌고 가는 것은 결코 그녀 좋으라고 하는 일이 아니었다. 그는 빈틈없이 신중한 인간이어서 자기에게 이익이 될 게 없다면 무슨 일도 시작하지 않았다. 지금 그의 목적은 두 가지였는데, 첫째로 '의인의 오욕'을 봄으로써 복수하는 것, 다시 말해 알료샤가 틀림없이 '성자에서 죄인으로 타락'하게 되는 꼴을 보는 것으로, 그는 이 복수의 황홀한 기쁨을 지금부터 벌써 만끽하고 있었고, 둘째로 그는 자신에게 대단히 이익이 되는 어떤 물질적인 목적을 염두에 두고 있었는데, 이 이야기는 다음에 할 것이다.

'드디어 이런 순간이 왔단 말이지.' 그는 악의에 찬 기쁨을 느끼며 속

으로 생각했다. '그러니까, 이 순간을 놓치지 말고 목덜미를 꽉 움켜잡는 거야, 절호의 기회니까.'

III
양파 한 뿌리

그루셴카는 시내에서도 가장 번화가인 소보르나야 광장 부근에 살았는데, 상인이었던 남편과 사별한 모로조바의 집 마당에 있는 자그마한 목조 곁채에 세 들어 있었다. 모로조바의 집은 커다란 이층짜리 석조 건물로, 낡은데다 겉보기에 아주 볼썽사나웠다. 거기에는 늙은 노파인 집주인이 역시 나이를 꽤나 먹은 두 노처녀 조카딸을 데리고 외롭게 살고 있었다. 마당의 곁채를 세놓을 정도로 가난하진 않았지만, 다들 알다시피, 그루셴카를 자기 집에 들인 것은(벌써 사 년쯤 전의 일이었다) 오로지 자신의 친척이자 그루셴카의 공개적인 후견인이기도 한 상인 삼소노프의 비위를 맞추려는 생각에서였다. 사람들 말로는, 질투가 심한 이 노인이 처음에 자신의 '귀염둥이'를 모로조바의 집에 들여앉힌 것은 노파의 날카로운 눈이 새로 세 든 여자의 행실을 감시해줄 거라고 기대했기 때문이라 한다. 하지만 날카로운 눈도 필요 없다는 것이 금세 밝혀졌고, 결국 모로조바는 그루셴카 앞에 별로 나타나지도 않았을뿐더러, 마침내는 그녀를 감시한답시고 더이상 귀찮게 굴지도 않게 되었다. 하기야, 겁이 많고 수줍고 가냘프고 여위고 곧잘 생각에 잠기는 우울한 열여덟 살짜리 소녀를 노인이 현청 소재 도시에서 이 집으로 데려온 지도 벌써 사 년이나 되었으니, 유수와도 같은 세월이 그 때로부터 많이도 흘러간 셈이다. 그렇지만 이 소녀의 내력에 대해 우리 도시 사람들은 별로 아는 게 없었고, 그나마도 앞뒤가 맞지 않았다. 최근에 와서도 더 많이 알게 된 것은 없었고, 지난 사 년 동안 '절세미인'으로 변모한 아그라페나 알렉산드로브나에게 이미 무척 많은 사람이 관심을 갖게 된 지금에 와서도 마찬가지였다. 다만 아직 열일곱 살 난 어린 소녀였을 때 무슨 장교라는 사람에게 속아넘어갔고 그후 곧 버림받았다는 소문은 있었다. 그 장교는 그곳을 떠나 얼마 뒤 어디선가 장가를 갔고, 그루셴카는 치욕과 가난 속에 남겨졌다. 하지만 사람들 말로는, 그루셴카가 자기 노인 덕분에 가난의 수렁에서 벗어난 것은 사실이지만, 원래 집안은 점잖아서 이른바 성직자 계급 출신이며 어느 촉탁 보제나 그와 유사한 신분을 가진 사람의 딸이었다고 한다. 그런데 그런 모욕을 당했던 애처롭고 감수성이 예민한 이 고아 소녀가 이제 사 년 만에 발그레한 뺨에 몸매가 풍만한 러시아식 미인으로, 대담하고 강단 있는 성격에 오만하고 뻔뻔하고 돈을 잘 다룰 줄 아는 여자, 인색하고 신중하고, 그 수단 방법이야 어찌됐든 이미 한밑천 모으는 데 성공했다는 소문이 도는 악착같은 치부꾼으로 탈바꿈한 것이다. 다만 한 가지, 누구나 굳게 믿고 있는 것은, 그루셴카에게 접근하기가 매우 어려워 그녀의 호감을 샀다고 자랑할 수 있는 사내는 지난 사 년을 통틀어 그녀의 후견인인 노인 말고는 아무도 없었다는 점이다. 이것은 틀림없는 사실이었는데, 왜냐하면 그녀의 호감을 얻기 위해 적지 않은 사냥꾼들이 달려들었고, 특히 지난 이 년 동안은 더 심했기 때문이다. 하지만 모든 시도는 수포로 돌아갔고, 몇몇 구애자들은 지조 있는 젊은 여인측의 굳건하고도 냉소적인 반격 덕분에 심지어 희극적이고도 치욕적인 대단원을 연출하면서 퇴각해야만 했다. 이 젊은 여인이 일 년 전부터는 이른바 '게셰프트'*라는 것에 뛰어들어 이 방면에서도 비상한 수완을 발휘한 탓에 드디어 많은 사람에게서 '진짜 유대 여자'로 불리게 됐다는 것도 다들 알고 있었다. 이자 놀이를 한 것은 아니지만, 이를테면 표도르 파블로비치 카라마조프와 결탁하여 한동안 액면가 1루블당 10코페이카의 헐값으로 어음을 사재기했으며, 나중에 이 어음들 중 어떤 것들에서는 10코페이카당 1루블의 이득을 취하기도 했다는 건 세상이 다 아는 일이었다. 마지막 한 해 동안은 다리가 부어올라 전혀 걷지도 못했던 병든 홀아비 삼소노프는 장성한 자기 아들들에겐 폭군이었고 수십만 루블을 가진 엄청난 부호이면서도 노랑이에다 완고한 인간이었지만 자신의 피후견인 앞에서만은 꼼짝도 못했는데, 하긴 그녀에 대해서도 처음에는 아주 엄격하고 혹독하게 단속하고, 독설가들이 빈정대던 대로 '금식일의 식단'으로 단단히 길들이려고 했다. 하지만 그루셴카는 자신의 정조에 대한 무한한 신뢰를 그에게 심어줌으로써 해방될 수 있었다. 이 노인은 대단한 수완가인데다(이젠 이미 오래전에 고인이 되었지만) 역시 유별난 성격을 지니고 있었고, 무엇보다 돌처럼 단단하고 인색했기 때문에, 비록 그루셴카에게 홀딱 빠져 그녀 없이는 못 살 지경이었는데도(예컨대 마지막 두 해는 정말로 그랬다) 이렇다 할 큰 밑천은 절대로 떼주지 않았고, 설령 그녀가 그를 완전히 버리겠다고 위협한다 해도 여전히 꿈쩍도 하지 않았을 것이다. 그렇긴 해도 자그

* 독일어로 '사업'을 뜻하나 여기서는 '투기사업'을 의미한다.

마한 밑천은 떼주었는데, 그 사실이 알려지자 그것만으로도 모두들 깜짝 놀랄 수밖에 없었다. "너라는 계집도 아주 꽝은 아니니까," 하고 그는 8천 정도를 그녀에게 떼주면서 말했다. "직접 한번 굴려봐라, 하지만 전처럼 매년 받는 생활비 말고는 내가 죽을 때까지 한푼도 더 받지 못할 테니 그리 알아라, 유언장에서도 너한테는 아무것도 나눠주지 않겠다." 그리고 그는 그 말을 지켰다. 죽으면서 그는 한평생 머슴처럼 옆에 두고 부려먹은 아들들, 그리고 그들의 처자식들에게 모든 것을 물려주었고, 그루셴카 얘기는 유언장에서 일언반구 언급조차 하지 않았다. 이 모든 것은 나중에 가서야 알려졌다. 그러나 '자기 밑천'을 어떻게 굴릴지를 조언해줌으로써 그는 그루셴카에게 적잖은 도움을 주었고 그녀에게 '사업 요령'을 가르쳐주었다. 표도르 파블로비치 카라마조프가 처음엔 어떤 우연한 '게셰프트' 때문에 그루셴카와 손을 잡았다가 나중에는 자신도 깜짝 놀라게 그만 그녀에게 정신없이 반해서 거의 미친 사람처럼 돼버리자, 그때 이미 죽음의 문턱에서 장례식 향냄새를 맡고 있던 삼소노프 노인은 한바탕 웃어주었다고 한다. 주목할 것은, 그루셴카가 노인과 알고 지내던 내내 그에게 완전히 솔직했으며 그것도 아주 진심에서 그러는 것 같았다는 점인데, 아마도 그녀가 그렇게 대했던 사람은 이 세상에서 이 노인밖에 없었을 것이다. 그런데 바로 얼마 전에 갑자기 드미트리 표도로비치마저 사랑에 빠졌노라며 나타나자, 노인은 웃음을 그쳤다. 오히려 한번은 진지하고 엄하게 그루셴카에게 이렇게 충고했다. "어차피 그 둘 중에서 아비든 아들이든 택해야 한다면, 노인을 택하거라. 하지만 그 비열한 늙은이가 틀림없이 너하고 혼인하고 또 그전에 얼마간의 재산이라도 미리 네 앞으로 옮겨놓는다는 조건

이어야 해. 대위는 붙여주지 마라, 앞길이 없는 놈이니까." 바로 이것이 늙은 호색한이 그루셴카에게 해준 마지막 충고였는데, 그는 그때 이미 자기가 곧 죽을 것을 예감하고 있었고, 이 충고를 한 뒤 다섯 달 만에 정말로 세상을 떠나고 말았다. 또하나 잠깐 언급해두자면, 우리 도시의 많은 이가 그 당시 그루셴카를 사이에 둔 카라마조프 부자간의 황당하고 기형적인 연적 관계를 알고 있었으나, 그들 둘, 늙은이와 아들을 그녀가 진정 어떤 마음으로 대하는지 이해하는 사람은 별로 없었다. 심지어 그루셴카의 두 하녀마저(앞으로 얘기할 그 참극이 이미 벌어진 뒤) 훗날 법정에서, 아그라페나 알렉산드로브나는 그저 드미트리 표도로비치가 무서워서 맞아들였을 뿐이라며, 마치 그가 '죽이겠다고 위협한' 것처럼 증언했다. 그녀에게는 하녀가 둘 있었는데, 한 명은 그녀의 생가에서 데려온 아주 늙은 식모로 몸이 아픈데다 귀머거리나 다름없었고, 스무 살 남짓한 젊고 민첩한 그 손녀가 그루셴카의 몸종 노릇을 했다. 그루셴카는 무척이나 구두쇠로 살고 있었고 세간살이도 아주 검소한 것들이었다. 그녀가 사는 별채에는 방이 세 칸밖에 없었고, 집주인의 소유인 20년대풍의 오래된 마호가니 가구가 딸려 있었다. 라키친과 알료샤가 그녀의 집으로 들어갔을 때는 이미 땅거미가 짙게 깔린 시각이었지만, 방에는 아직도 불이 켜 있지 않았다. 그루셴카는 자기 응접실에서 등받이가 달린 크고 딱딱한 마호가니 소파에 누워 있었는데, 가죽을 씌웠지만 오래전에 이미 낡을 대로 낡아서 군데군데 구멍이 숭숭 뚫린 꼴사나운 것이었다. 그녀의 머리 밑에는 침대에서 가져온 하얀 깃털 베개 두 개가 놓여 있었다. 그녀는 고개를 위로 하고 두 손을 머리 밑에 괴고는 몸을 쭉 뻗고서 꼼짝도 않고 누워 있었다. 누구를 기다리는 중인지 검은 비단옷을 차려입고, 머리에는 그녀에게 무척이나 잘 어울리는 가벼운 레이스 모자를 쓰고, 어깨에는 삼각 레이스 숄을 두르고 큼직한 금 브로치로 여민 상태였다. 사실 그녀는 누군가를 기다리던 참이었고, 애가 타고 초조한 듯 다소 파리해진 얼굴에 활활 타는 듯한 입술과 눈을 하고서 오른쪽 발끝으로 소파의 팔걸이를 톡톡 차고 있었다. 라키친과 알료샤가 나타나자마자, 작은 소동이 일어난 듯싶었다. 그루셴카가 재빨리 소파에서 발딱 일어나 갑자기 소스라치게 놀라면서 "누가 오셨지?" 하고 외치는 소리가 현관에서도 들렸다. 그러나 손님들을 맞은 하녀가 곧바로 주인마님에게 대답해주었다.

"그분이 아니세요, 다른 분들이세요, 상관없는 분들이세요."

"무슨 일일까?" 라키친이 알료샤의 손을 잡고 응접실로 안내하며 중얼거렸다. 그루셴카는 아직도 겁에 질린 듯한 모습으로 소파 옆에 서 있었다. 짙은 아맛빛의 풍성한 머리 타래가 갑자기 레이스 모자 밑으로 빠져나와 오른쪽 어깨 위로 흘러내렸지만, 손님들의 얼굴을 살펴보고 누군지 알게 될 때까지 그것을 알아채지도 못하고 반듯하게 매만지려고도 하지 않았다.

"아, 라키트카*, 너였어? 깜짝 놀랐잖아. 누구랑 같이 온 거야? 누가 같이 왔지? 맙소사, 누구를 데려온 거야!" 그녀는 알료샤를 알아보자 탄성을 내질렀다.

"촛불 좀 가져오라고 해!" 라키친은 이 집에서 명령권까지 가진 아주 막역하고 가까운 사람이라도 되는 양 거리낌없는 태도로 말했다.

---

* 라키친의 애칭.

"촛불…… 그렇지, 촛불…… 페냐, 이이한테 촛불 좀 갖다줘라…… 정말, 저분을 모셔올 시간을 이렇게 찾아내다니!" 그녀는 고갯짓으로 알료샤를 가리키며 또다시 탄성을 지르고는, 거울 쪽으로 몸을 돌려 두 손으로 재빨리 머리 타래를 매만져 모자 속으로 밀어넣기 시작했다. 그녀는 어쩐지 불만스러운 듯했다.

"혹시 내가 거북한 시간에 온 건가?" 라키친이 금세 모욕이라도 느낀 듯 물었다.

"사람을 너무 놀라게 하니까 그렇지, 라키트카, 그뿐이야." 그루셴카는 미소를 띠고 알료샤 쪽으로 몸을 돌렸다. "날 겁내지 마, 사랑스러운 알료샤, 와줘서 너무너무 기쁜걸, 정말로 와줄 줄은 몰랐어. 하지만 라키트카, 너 때문에 진짜 놀랐잖아. 미챠가 쳐들어오는 줄만 알았어. 실은 아까 그이를 속였단 말이야, 그러고서 날 믿겠다는 다짐까지 받아냈는데, 내가 거짓말을 했던 거지. 우리 영감님 쿠지마 쿠지미치* 집에 가서 밤새 있을 거라고, 밤늦게까지 영감님이랑 돈 계산을 할 거라고 그이한테 말했거든. 하긴 매주 영감님한테 가서 저녁 내내 돈 계산을 해주니까. 문을 걸어 잠그고서, 영감님이 수판알을 톡톡 튀기면 나는 앉아서—장부에다 적어넣고—영감님은 나밖에 신용하지 않아. 미챠는 내가 거기 간 줄 알 텐데, 나는 이렇게 집에 문을 잠그고—들어앉아 소식이 오기만을 기다리고 있으니. 어떻게 페냐가 당신들을 들여놨을까! 페냐, 페냐! 얼른 대문으로 달려가서 문을 열고 주위를 살펴봐, 혹시 대위님이 어디에 있지 않은지? 어쩌면 숨어서 엿보고 있을지도 몰라, 아

---

* 삼소노프의 이름과 부칭.

휴, 무서워 죽겠어!"

"아무도 없어요, 아그라페나 알렉산드로브나, 방금 주위를 둘러본걸요, 매분 달려가서 문틈으로 살펴보는 중이에요, 저도 겁나서 덜덜 떨려요."

"페냐, 덧문은 죄다 잠겼니? 맞아, 커튼도 내려야지—이렇게!" 그녀는 제 손으로 무거운 커튼을 내렸다. "안 그러면 불빛을 보고 대뜸 날아들 테니까. 알료샤, 난 당신 형 미챠가 오늘따라 무서워." 그루셴카가 큰 소리로 이렇게 말했는데, 조마조마해하면서도 거의 어떤 황홀경에 빠져 있는 듯했다.

"왜 오늘따라 미첸카가 그렇게 무서운데?" 라키친이 물었다. "그 사람을 겁내는 눈치는 없더니만, 되레 그쪽에서 네 장단에 춤을 추면 몰라도."

"말했잖아, 소식을, 황금 같은 어떤 소식을 기다리는 중이라고, 그러니 미첸카는 지금 아예 나타나지도 말아야 해. 게다가 그이는 내가 쿠지마 쿠지미치한테 간다는 말을 믿지도 않았어, 어쩐지 그런 느낌이 들어. 틀림없이 지금 표도르 파블로비치 집 뒤에 있는 그 뜰에 앉아, 내가 나타나지 않을까 망을 보고 있을걸. 하긴 거기 앉아 있다면 이리 오진 않을 테니 오히려 다행이지! 하지만 나는 정말 쿠지마 쿠지미치한테 달려갔다 왔어, 미챠가 날 거기까지 바래다준걸, 난 자정까지 거기 앉아 있을 테니 자정에 다시 와서 나를 집으로 꼭 바래다달라고 말했어. 그이가 돌아가기에 십 분가량 영감님 집에 앉아 있다가 다시 여기로 왔는데, 어휴 어찌나 겁이 나던지—그이랑 마주칠까봐 마구 달렸다니까."

"그런데 어딜 가려고 그렇게 차려입었어? 이봐, 그 희한한 모자는 또 뭐야?"

"너야말로 희한해, 라키친! 아주 귀한 어떤 소식을 기다리는 중이라고 말했잖아, 소식만 오면 발딱 일어나서—날아갈 거야, 그저 용케도 당신들이 여기서 날 본 거지. 완전히 준비하고 앉아 있으려고 이렇게 차려입은 거야."

"어디로 날아갈 건데?"

"많이 알면 빨리 늙어."

"아니, 좀 봐. 기뻐서 넋이 나갈 지경이군…… 네가 이러는 건 처음 보는데. 무도회라도 가는 듯이 차려입고." 라키친은 그녀를 유심히 훑어보았다.

"네가 무도회에 대해 많이도 알겠구나."

"그럼 넌 많이 알아?"

"무도회를 본 적이야 있지. 재작년에 쿠지마 쿠지미치가 아들을 장가보낼 때 합창단석에서 구경했거든. 그런데 라키트카, 내가 왜 너하고 얘길 한담, 여기 이런 공작님이 서 계시는데. 이쪽이야말로 진짜 손님이시지! 알료샤, 어여쁜 분, 당신을 이렇게 보고 있으면서도 믿어지지가 않아. 맙소사, 어떻게 우리집엘 다 오다니! 솔직히 말해, 난 기대하지도 않았고 생각지도 못했어, 전에도 당신이 오리라곤 한 번도 믿어 본 적 없어. 지금 때가 좀 그렇긴 해도, 정말 너무너무 기뻐! 소파에 좀 앉아, 여기, 자, 그렇게, 당신은 나의 초승달이야. 정말, 난 아직도 기분이 얼떨떨해…… 아이참, 라키트카, 어제나 그제쯤 모셔왔으면 좋았잖아……! 아니, 지금도 기뻐. 어쩌면 지금이, 이런 순간에 데려온 게 더 나을지도 몰라, 그제가 아니고……"

그녀는 날렵하게 알료샤와 나란히 소파에 앉아 그야말로 환희에 넘쳐 그를 바라보았다. 그녀는 정말로 기뻤고, 그러니 기쁘다는 그녀의 말은 거짓이 아니었다. 그녀의 두 눈은 타오르고 입술은 웃고 있었으나, 그것은 선량하고 즐거운 웃음이었다. 알료샤는 그녀에게서 그런 선량한 표정을 보게 되리라곤 생각지도 못했다…… 어제 전까지만 해도 그녀와 만난 적이 거의 없어 그녀에 대해 그저 무섭다는 생각 정도만 가지고 있다가, 어제는 카체리나 이바노브나에 대한 표독스럽고도 교활한 행동을 목격하고 무서운 충격을 받은지라, 지금 갑자기 그녀에게서 완전히 딴사람 같은 뜻밖의 존재를 보게 되자 그저 놀랍기만 했다. 그래서 지금 자신의 괴로움에 짓눌린 상태에서도 저도 모르게 그의 시선은 주의깊게 그녀에게 멈추어 있었다. 그녀의 몸가짐도 어제와 아주 딴판으로 좋게 변한 듯싶었다. 어제의 그 달착지근한 발음이나 교태가 섞인 부자연스러운 동작은 거의 찾아볼 수 없었고…… 모든 것이 단순하고 소박했으며, 동작 또한 민첩하고 꾸밈없고 신뢰감에 넘쳤으나, 다만 몹시 흥분해 있었다.

"맙소사, 어떻게 모든 일이 오늘 한꺼번에 일어날까, 정말." 그녀가 다시 재잘대기 시작했다. "당신이 온 게 왜 이리 기쁜지 정말 모르겠어, 알료샤. 왜냐고 물어봐도, 모르겠다니까."

"뭐 때문에 기쁜지 정말 모르겠다고?" 라키친이 히죽 웃었다. "그럼 전에는 뭐 때문에 날 붙들고 귀찮게 졸라댄 거야, 무슨 목적이 있었을 거 아냐."

"전에는 다른 목적이 있었지만 지금은 사라졌어, 그럴 순간이 아니야. 당신들한테 뭘 좀 대접할게, 자, 보라고. 나도 이젠 후해졌잖아, 라키트카. 그런데 너도 좀 앉아, 라키트카, 왜 서 있어? 아니, 벌써 앉았나? 하긴 라키투쉬카*가 자기 자신을 잊을 리가 없지. 저이 좀 봐, 알료샤, 지금 우리 앞에 앉아서 부루퉁해 있는 걸. 왜 내가 자기를 두고 당신한테 먼저 앉으라고 권했냐는 거지. 어휴, 화도 잘 내, 우리 라키트카는, 정말 화도 잘 낸다니까!" 그루셴카는 웃음을 터뜨렸다. "화내지 마, 라키트카, 난 이제 착한 사람이야. 아니, 왜 그렇게 슬픈 얼굴로 앉아 있어, 알료세치카**, 내가 무서워?" 그녀가 놀리듯이 명랑하게 웃으면서 그의 눈을 들여다보았다.

"슬픈 일이 있거든. 승진을 못했으니까." 라키친이 목소리를 깔았다.

"승진이라니?"

"저 녀석의 장로가 썩는 냄새를 풍겼어."

"썩는 냄새? 무슨 쓸데없는 소릴 지껄이는 거야, 또 무슨 추잡한 얘기를 하려는 거지. 입다물어, 멍청아. 알료샤, 당신 무릎 위에 앉게 해줘, 요렇게!" 그러면서 그녀는 갑자기 한순간에 튀어오르듯 발딱 일어나더니 마치 재롱을 떠는 고양이처럼 그의 무릎에 깔깔거리면서 올라앉아 오른팔로 그의 목을 감쌌다. "당신 마음을 즐겁게 해주고 싶어, 믿음이 깊은 우리 꼬마 도련님! 아니, 정말로 당신 무릎에 좀 앉아 있어도 괜찮은 거지, 화 안 낼 거지? 명령만 하면—당장 뛰어내릴게."

알료샤는 잠자코 있었다. 몸을 꼼지락거리는 것조차 두려워 꼼짝도 하지 않고 앉아, "명령만 하면—당장 뛰어내릴게"라는 말을 듣긴 했지

---

* 라키친의 애칭.

** 알료샤의 애칭.

만, 숨이 멎어버린 듯 아무 대답도 할 수 없었다. 그러나 그의 내면에서 일어나고 있던 것은, 예컨대 자기 자리에서 음탕하게 지켜보고 있는 라키친이 지금 기대하거나 상상할 수 있을 법한 그런 것이 아니었다. 너무나도 크나큰 영혼의 슬픔이 그의 마음속에 막 생겨날 수도 있었을 모든 감각을 송두리째 삼켜버린 까닭에, 만약 그가 이 순간 자신을 완전히 명료하게 이해할 수 있었다면, 자신이 지금 어떤 유혹과 시험도 막아낼 수 있는 가장 튼튼한 갑옷과 투구로 무장하고 있다는 사실을 스스로 깨달았을 것이다. 하지만 그의 영혼이 뿌옇고 흐릿하기만 한 상태에 있고 슬픔이 줄곧 그를 짓누르고 있는데도, 그는 자신의 가슴속에 생겨나는 어떤 새롭고도 이상한 느낌에 자기도 모르게 놀라고 있었다. 이 여자, 이 '무서운' 여자는, 예전에 여자에 대한 몽상이 잠시 그의 마음속에 어른거릴 때마다 번번이 일곤 했던 공포감, 그 예전의 공포감으로 지금 그를 놀라게 하지도 않았을뿐더러, 오히려 그와 반대로, 그가 누구보다 두려워했던 이 여자, 그의 무릎 위에 앉아서 그를 포옹하고 있는 이 여자가 지금 갑자기 그의 마음속에 여태껏 예기치 못했던 전혀 다른 특별한 감정, 그녀에 대한 기이하고도 순결하기 그지없는 아주 강렬한 어떤 호기심을 불러일으켰으며, 거기에는 이미 어떤 두려움도 없고 예전의 공포 또한 털끝만큼도 없었다—바로 이것이 중요한 것이었고, 또 그를 무의식중에 놀라게 했던 것이다.

"실없는 소리 그만 지껄여." 라키친이 소리쳤다. "차라리 샴페인이나 내와, 나한테 빚진 거 있잖아, 잘 알 텐데!"

"정말 빚이 있지. 내가 글쎄, 알료샤, 당신을 데려오면 일단 샴페인부터 내겠다고 약속했거든. 그럼 얼른 샴페인 내와야지, 나도 마실 거야!

페냐, 페냐, 샴페인 이리 가져와, 미챠가 두고 간 병 말이야, 얼른 가서 가져와. 나는 구두쇠지만 그래도 한 병 낼게, 너한테는 아니야, 라키친, 넌 버섯이고 이이는 공작님이거든! 내 영혼은 딴 일로 꽉 차 있지만, 그래도 괜찮아, 나도 함께 마실래, 한바탕 마음껏 풀고 싶으니까!"

"대체 지금이 너한테 어떤 순간이라는 거야? 그쪽 '소식'이란 건 또 뭐고? 물어봐도 될까, 아니면 비밀인가?" 라키친은 자신을 향해 끊임없이 날아드는 야유에 애써 무관심한 척하면서, 호기심을 참지 못하고 다시 끼어들었다.

"에이, 비밀은 무슨, 너도 아는 일이야." 그루셴카가 갑자기 걱정스러운 듯 말했는데, 라키친 쪽으로 고개를 돌리고 알료샤에게서 몸을 약간 떼면서도 여전히 그의 무릎 위에 앉은 채 한 팔로 그의 목을 껴안고 있었다. "장교가 와, 라키친, 나의 장교가 온다고!"

"온다는 얘긴 들었지만, 벌써 그렇게 가까이 와 있어?"

"지금 모크로예에 있어, 거기서 여기로 급히 소식을 보낼 거래, 직접 그렇게 썼어, 아까 편지를 받았거든. 그래서 여기 앉아 그 심부름꾼을 기다리는 중이야."

"얼씨구! 왜 하필 모크로예에 있대?"

"얘기가 길어, 넌 그 정도만 알면 돼."

"그럼 미첸카는 이제—저런, 저런! 그 사람은 아는 거야, 모르는 거야?"

"무슨 수로 알아! 전혀 몰라! 알게 되면 날 죽일걸. 난 이제 그런 건 하나도 안 무서워. 난 이제 그 사람의 칼도 무섭지 않아. 아무 말도 하지 마, 라키친, 나한테 드미트리 표도로비치 얘기는 꺼내지도 마, 그 사람은 내 가슴을 짓부숴놨으니까. 정말 이 순간에는 그런 걸 조금도 생각하고 싶지 않아. 하지만 알료셰치카 생각은 할 수 있어, 알료셰치카 얼굴을 이렇게 보고 있잖아…… 제발 나를 보고 좀 웃어줘, 귀여운 도련님, 즐거워해줘, 내 이 어리석음과 이 기쁨에 대해 웃어줘…… 아, 정말 웃었어, 웃었어! 어쩜 이리도 눈길이 상냥할까. 난 말이야, 알료샤, 당신이 그저께 일 때문에, 그 아가씨 때문에 나한테 화나 있는 줄만 알았어. 난 개였어, 정말 그랬어…… 그래도 그렇게 되길 다행이지. 고약한 일이었지만 그리된 게 잘된 거야." 그루셴카는 갑자기 생각에 잠긴 듯 엷은 미소를 지었는데, 그 미소 속에 갑자기 어떤 잔인한 빛이 언뜻 스치고 지나갔다. "미챠 말로는 그 아가씨가 '그년은 채찍으로 갈겨줘야 한다!'고 소리쳤다지. 난 그때 그 아가씨에게 정말 심한 모욕을 줬어. 그 아가씨가 나를 부른 건 나를 이기려고, 초콜릿으로 나를 꼬드기려고 그랬던 거니까…… 아니, 그렇게 된 게 정말 잘된 일이야." 그녀는 또다시 미소를 지었다. "지금 내내 두려운 건, 당신이 나한테 화났으면 어쩌나 하는 것뿐이야……"

"그건 정말이야." 갑자기 라키친이 진심으로 놀라면서 끼어들었다. "아니, 이 여자는, 알료샤, 널 정말 두려워해, 너 같은 햇병아리를."

"너한테는, 라키친, 이이가 햇병아리겠지, 왜냐하면…… 그래, 왜냐하면 너한텐 양심이란 게 없으니까, 바로 그거야! 난 말이야, 이이를 진심으로 사랑해, 정말이야! 알료샤, 내가 당신을 온 마음으로 사랑한다는 거, 믿을 수 있지?"

"아이고, 이 여자, 염치도 없긴! 알렉세이, 이 여자가 너한테 사랑 고백을 하는 거야!"

"뭐가 어때, 정말로 사랑하는데."

"그럼 장교는? 모크로예에서 온다는 황금 같은 소식은?"

"그건 그거고, 이건 이거야."

"계집들은 늘 그런 식이지!"

"날 화나게 하지 마, 라키트카." 그루셴카가 발끈하며 받아쳤다. "그건 그거고, 이건 이거니까. 내가 알료샤를 사랑하는 건 성질이 달라. 사실, 알료샤, 전엔 당신한테 교활한 생각을 품기도 했어. 그야 난 천박하고 미치광이 같은 여자지만, 그래도 어떤 때는 알료샤 당신을 나 자신의 양심처럼 바라보곤 해. '저런 이는 이제 나같이 추잡한 여자를 마땅히 경멸해야 돼' 하는 생각이 늘 들거든. 그저께만 해도 그 아가씨 있는 데서 나와 여기로 달려오면서 그런 생각을 했어. 난 오래전부터 당신을 그런 식으로 마음에 둬왔어, 알료샤, 미챠도 알아, 내가 말해줬으니까. 미챠도 그렇게 이해하고 있어. 믿을지 모르지만, 어떤 땐 정말, 알료샤, 당신을 보면 부끄러워져, 나 자신이 저엉말 부끄러운 거야…… 어째서, 언제부터 당신을 이렇게 생각하게 됐는지는 나도 모르겠어, 기억도 안 나고……"

페냐가 들어와서, 마개를 뽑은 술병 하나와 술을 가득 따른 잔 세 개가 놓인 쟁반을 탁자 위에 내려놓았다.

"샴페인을 가져왔군." 라키친이 소리쳤다. "넌 흥분했어, 아그라페나 알렉산드로브나, 제정신이 아니야. 한 잔 들이켜면 춤이라도 추겠는걸. 에잇, 이런 것도 제대로 할 줄 모르다니." 샴페인을 살펴보며 그가 덧붙였다. "할멈이 부엌에서 술을 따랐군, 게다가 병마개도 없이 술병을 들여보냈어, 뜨뜻하잖아. 뭐, 이거라도 마시자고."

그는 탁자로 다가가서 잔을 들어 단숨에 쭉 들이켜고는 또 한 잔을 따랐다. "샴페인 구경하기가 쉽지 않거든." 그가 입맛을 다시면서 말했다. "자, 알료샤, 잔을 들고 네 실력을 한번 보여줘봐. 그런데 무엇을 위해서 마시지? 천국의 문을 위해? 잔을 들어, 그루샤*, 너도 천국의 문을 위해 마시는 거야."

"천국의 문이라니?"

그녀는 잔을 들었다. 알료샤도 자기 잔을 들어 한 모금 마시고는 잔을 도로 내려놓았다.

"아니, 안 마시는 게 낫겠어!" 그가 조용히 미소를 지었다.

"큰소리 떵떵 치더니!" 라키친이 소리쳤다.

"뭐, 그럼 나도 안 마실래." 그루셴카가 거들고 나왔다. "게다가 마시고 싶지도 않아. 마셔, 라키트카, 혼자서 한 병 다 마셔. 알료샤가 마시면, 그땐 나도 마실게."

"닭살 돋겠군!" 라키친이 빈정거렸다. "거기다 저 친구 무릎 위에 앉아서는! 저 친구야 슬퍼서 그런다 치고, 넌 왜 그러는데? 저 친구야 자기 하느님한테 반역한다고 소시지도 먹어치우려 들었지만……"

"그건 무슨 소리야?"

"저 친구 장로가 오늘 죽었거든, 조시마 장로, 그 성자 말이야."

"조시마 장로님께서 돌아가셨다고!" 그루셴카가 외쳤다. "오, 하느님, 나는 그것도 모르고 있었어!" 그녀는 경건하게 성호를 그었다. "맙소사, 정말 내가 무슨 짓이야, 지금 이이 무릎 위에 앉아 있다니!" 그녀는 갑

---

* 그루셴카의 정식 이름인 아그라페나의 애칭.

자기 깜짝 놀란 듯 소리를 지르더니 후딱 무릎에서 떨어져나와 소파로 옮겨 앉았다. 알료샤는 놀라서 한참 동안 그녀를 바라보았는데, 그의 얼굴이 어쩐지 환해진 것 같았다.

"라키친." 그가 갑자기 크고 단호한 목소리로 말했다. "내가 나의 하느님한테 반역했다느니 어쩌니 하면서 놀리지는 말아줘. 네게 나쁜 감정을 품고 싶지 않으니, 너도 좀더 선하게 대해주길 바라. 나는 네가 한 번도 가져보지 못한 그런 보물을 잃었어, 그러니 네가 지금 나의 재판관이 될 수는 없는 거야. 그보다는 여기 이분을 한번 봐. 이분이 나를 얼마나 가엾게 여겨주었는지 봤지? 나는 사악한 영혼을 발견할 생각으로 여기 왔어—내가 비열하고 사악하니 내 마음이 그쪽으로 끌렸던 거지, 그런데 여기 와서 진실된 누나를 발견했어, 보물을 발견한 거야—사랑할 줄 아는 영혼을 발견했으니까…… 이분은 지금 나를 가엾게 여겨주었어…… 아그라페나 알렉산드로브나, 나는 당신 얘기를 하는 거예요, 당신은 지금 내 영혼을 소생시켜주었어요."

알료샤는 입술이 달달 떨리면서 숨이 막혀왔다. 그는 말을 멈추었다.

"꼭 너를 구원이라도 해준 것 같군." 라키친이 독기를 품고 웃어댔다. "이 여자는 너를 집어삼킬 작정이었단 말이야, 알기나 해?"

"관둬, 라키트카!" 갑자기 그루셴카가 벌떡 일어났다. "둘 다 잠자코 있어. 내가 이제 죄다 말할 테니. 알료샤, 당신도 잠자코 있어, 당신의 그런 말을 듣고 있으면 부끄러워 못 견디겠으니까, 왜냐하면 난 나쁜 여자니까, 난 착한 여자가 아니라고—난 그런 여자야. 그리고 너, 라키트카, 넌 거짓말만 하니까 입다물고 있어. 난 사실 이이를 꿀꺽 삼키려는 더러운 생각을 했어, 하지만 넌 지금 거짓말을 하고 있어, 지금은 전혀 그게 아니니까…… 그러니 더이상 네 말은 듣고 싶지도 않아, 라키트카!" 그루셴카는 몹시 흥분해서 이 모든 말을 내뱉었다.

"어랍쇼, 둘 다 미쳤군!" 라키친이 놀란 얼굴로 두 사람을 살펴보며 씩씩거렸다. "아주 돌아버렸어, 꼭 정신병원에 떨어진 것 같다니까. 둘 다 기진맥진해서 이제 곧 울기 시작하겠구먼!"

"그래, 난 울 거야, 울고말고!" 그루셴카가 외쳤다. "이이는 나를 자기 누나라고 불렀어, 난 앞으로 이걸 절대 잊지 않을 거야. 다만 이 말만은 하겠어, 라키트카, 난 나쁜 년이지만, 그래도 양파 한 뿌리를 준 적은 있어."

"양파는 또 뭐야! 쳇, 제기랄, 정말 다들 아주 맛이 갔군."

라키친은 그들의 열광에 놀란 나머지 모욕감을 느끼면서 화가 치밀었지만, 그런 그도, 인생에서 좀처럼 일어나기 힘들 정도로 그들의 영혼을 송두리째 뒤흔들어놓을 수 있는 모든 것이 바로 지금 이 두 사람에게 한꺼번에 일어났다는 사실을 능히 헤아릴 수도 있었을 것이다. 그러나 라키친은 그 자신에 관한 일이라면 모든 것을 아주 민감하게 이해할 줄 알았지만, 가까운 사람들의 감정과 느낌을 이해하는 데는 몹시 둔감했는데—부분적으로는 아직 젊고 미숙한 탓도 있었으나, 부분적으로는 그의 엄청난 이기주의 때문이기도 했다.

"있잖아, 알료셰치카." 그루셴카가 그를 돌아보며 갑자기 신경질적으로 깔깔 웃기 시작했다. "양파 한 뿌리를 준 적이 있다고 방금 라키트카한테 으스댔지만, 당신한테는 으스대지 않고 다른 목적을 가지고 이 얘길 해줄게. 그저 우화이긴 해도 훌륭한 이야기인데, 내가 아직 어렸을 때 지금 우리집에서 부엌일을 하는 마트료나가 해준 얘기야. 들어봐,

어떤 건지. '옛날 옛적에 아주 못되고 못된 노파가 살았는데, 그만 죽어 버렸답니다. 그런데 죽고 난 뒤에 보니 착한 일이라곤 하나도 한 게 없지 뭐예요. 악마들이 그 노파를 잡아다 불바다에 처넣었어요. 그러자 그 노파의 수호천사가 가만히 서서 곰곰 생각하는 거예요. 하느님께 말씀드릴 만한 무슨 좋은 일을 이 할멈이 한 게 없을까 하고요. 드디어 기억나서 하느님께 말씀드려요. 이 할멈은 텃밭에서 양파 한 뿌리를 뽑아 거지 여인에게 준 적이 있습니다, 하고 말이지요. 그러자 하느님께서 천사에게 이렇게 대답하시는 거예요. 그럼 네가 바로 그 양파를 가져다 불바다에 있는 그 할멈에게 내밀어 그것을 붙잡고 올라오도록 하거라, 만약 네가 그 할멈을 불바다 밖으로 끌어내면 그 할멈은 천국으로 가도 좋지만, 양파가 끊어지면 그 할멈은 지금 있는 곳에 남아야 되느니라. 천사는 그 노파에게 달려가서 양파를 내밀어주며 말해요. 할멈, 어서 붙잡고 올라와요. 그러면서 천사는 그 노파를 조심스럽게 끌어올리기 시작했는데, 마침내 거의 다 끌어올렸을 때 그 불바다에 있던 나머지 죄인들이 그 노파가 끌려 올라가는 것을 보고 자기들도 함께 올라가려고 모두 그 노파를 붙잡고 매달리기 시작했답니다. 그런데 그 노파는 아주 못되고 못돼먹어서 발로 그들을 마구 걷어차기 시작했어요. '나를 끌어올려주는 거야, 너희가 아니라, 이건 내 양파지 너네들 게 아니라고.' 노파가 이 말을 하기 무섭게 양파 줄기가 그만 툭 끊어져버렸어요. 그래서 그 노파는 불바다 속으로 떨어져서 오늘까지도 거기서 불에 타고 있답니다. 천사는 울면서 그곳을 떠났대요.' 이게 그 우화야, 알료샤, 나는 이걸 외우고 있어, 내가 바로 그 못되고 못된 할멈 같은 여자니까. 라키트카한테는 나도 양파 한 뿌리를 준 적이 있다고 으스댔지만, 당신한테는 다르게 말하겠어. 나는 평생토록 기껏 무슨 양파 한 뿌리를 주었을 뿐이야, 내가 한 착한 일은 이게 전부야. 그러니 이젠 나를 칭찬하지 마, 알료샤, 착한 여자로 여기지도 말아줘, 나는 못된 여자야, 못되고 못된 여자, 그런데도 칭찬을 하면 날 부끄럽게 만드는 거니까. 에이, 내친김에 죄다 고백할게. 잘 들어, 알료샤. 난 당신을 어찌나 우리 집으로 꾀어들이고 싶던지 라키트카를 들들 볶으면서 당신을 데려오면 25루블을 주겠다고 약속했어. 가만있어, 라키트카, 기다려!" 그녀는 잰걸음으로 탁자로 다가가 서랍을 열고 지갑을 꺼내더니 25루블짜리 지폐 한 장을 꺼냈다.

"무슨 헛소리야! 무슨 헛소리!" 라키친이 몹시 당황하여 소리쳤다.

"어서 받아, 라키트카, 빚이잖아, 거절하진 못하겠지, 제 입으로 달라고 한 거니까." 그러면서 그녀는 그에게 지폐를 휙 내던졌다.

"거절은 또 왜." 라키친은 낭패한 기색이 역력했지만, 씩씩하게 수치심을 감추면서 점잖게 목소리를 깔았다. "이건 우리 같은 사람한테 지극히 합당한 일이지, 바보들이야 똑똑한 사람에게 이익을 주라고 있는 거니까."

"이제 입다물어, 라키트카, 지금부터 내가 하는 말은 전부 너 들으라고 하는 게 아냐, 여기 구석에 앉아서 입다물고 있어, 넌 우리를 사랑하지 않으니까 입다물라고."

"내가 왜 너희를 사랑해야 되는데?" 라키친은 이제 적의를 감추려고도 하지 않고 으르렁거렸다. 그는 25루블짜리 지폐를 주머니에 쑤셔넣긴 했지만, 알료샤 앞에서 정말 수치스럽지 않을 수 없었다. 이 보수를 나중에 알료샤 모르게 슬쩍 받을 속셈이었는데, 이렇게 되고 보니 수치심 때문에 분통이 터진 것이다. 이 순간까지 그는 그루셴카가 자기에게 어떤 권력을 가지고 있다고 보여, 그녀가 아무리 톡톡 쏘아대도 너무 맞서지 않는 게 아주 요령 있는 처신이라고 생각해왔다. 하지만 이번에는 그도 벌컥 화를 내고 말았다.

"사랑하는 덴 뭔가 이유가 있는 거야, 너희 둘이 나한테 뭘 해줬는데?"

"아무 이유 없이 사랑해봐, 알료샤처럼."

"어째서 쟤가 널 사랑한다는 거야, 너한테 그런 걸 보여주기라도 했나, 왜 그렇게 자랑질인데?"

그루셴카는 방 한가운데 서서 몹시 격앙하여 말하고 있었는데, 그녀의 목소리에서는 히스테릭한 어조가 느껴졌다.

"입다물어, 라키트카, 넌 우리 마음을 전혀 이해 못해! 그리고 앞으로는 나한테 감히 너라고 반말하지 마, 용납하지 않겠어, 어디서 저런 뻔뻔함이 나오는지, 정말! 구석에 앉아서 내 하인처럼 입다물고 있으란 말이야. 이제 알료샤, 당신한테만 모든 진실을 있는 그대로 말할게, 내가 얼마나 몹쓸 년인지 당신이 알도록! 라키트카가 아니고 당신한테 말하는 거야. 난 당신을 파멸시키고 싶었어, 알료샤, 이건 어디까지나 사실이야, 난 완전히 결심했던 거야. 어찌나 그러고 싶던지 당신을 데려오라고 라키트카를 돈으로 매수하기까지 했어. 그런데 무엇 때문에 그러고 싶었던 걸까? 알료샤, 당신은 아무것도 모른 채 나한테서 얼굴을 돌리고 지나가면서—눈을 내리깔았지만, 나는 지금까지 당신을 백 번은 봤고 모든 사람한테 당신에 대해 물어보기 시작했어. 당신 얼굴이 내 마음속에 남아 있었거든. '그는 나를 경멸해, 나를 거들떠보려고도 하지 않겠지' 하고 생각했지. 그런 감정이 끝내 나를 사로잡자, 내가 왜 저런 애송이를 겁내나 싶어 나 자신도 어이가 없는 거야. 저 녀석을 통째로 집어삼키고 깔깔 웃어줄 테다. 나는 완전히 증오심에 불탔어. 믿을지 모르지만, 이곳 사람 중 그 누구도 이 아그라페나 알렉산드로브나에게 그런 나쁜 수작을 하러 오겠다고는 감히 말도 못 꺼내고 그럴 생각조차 못해. 그런 쪽으로는 나한테 영감님 하나밖에 없어, 나는 그에게 묶인 몸이고 팔린 몸이거든, 악마가 우리를 엮어줬으니까, 그 대신 다른 사내들은—아무도 없어. 그런 내가 당신을 보면서 마음먹은 거야, 녀석을 한입에 삼켜버리자, 통째로 집어삼키고 웃어주자. 알겠지, 내가 얼마나 사악한 암캐인지, 그런 나를 당신은 누나라고 부른 거야! 그런데 이제, 나를 능욕했던 남자가 왔어, 나는 지금 앉아서 소식을 기다리는 중이야. 나를 능욕한 그 남자가 나한테 어떤 존재였는지 알아? 오 년 전, 쿠지마가 나를 여기로 데려왔을 때—나는 이렇게 앉아서, 누가 나를 볼까봐, 내 목소리를 들을까봐, 사람들한테서 몸을 숨기고 있었어, 가냘프고 어리석은 소녀였던 나는 혼자 앉아 흐느끼면서 몇 날 밤을 자지도 않고—생각했어. '나를 능욕한 그 사람, 그는 지금 대체 어디 있을까, 분명히 다른 여자와 함께 나를 비웃고 있겠지. 그를, 그를 보기만 하면, 언제든 만나기만 하면, 톡톡히 되갚아줄 테다, 아주 톡톡히 되갚아줄 테다!'라고 생각한 거야. 밤마다 어둠 속에서 베개에 얼굴을 묻고 흐느끼면서 줄곧 이 생각만 곱씹으며 내 마음을 일부러 갈기갈기 찢고 독기로 마음을 달래는 거지. '톡톡히, 아주 톡톡히 그에게 되갚아줄 테다!' 이렇게 어둠 속에서 부르짖곤 했어. 그러다가 문득, 나는 그 사람한테 절대 아무 짓도 할 수 없을 거다, 그는 지금쯤 나를 비웃고 있겠지, 어쩌면 벌써 까맣게 잊어서 기억도 못할 거다, 하는 생각이 들어, 침대에서 마룻바닥으로 몸을 내던지고 힘없는 눈물만 하염없이 흘리면서 날이 샐 때까지 몸부림을 치고 또 치는 거야. 아침에 일어날 때는 개보다도 더 악독해져 있고, 온 세상을 집어삼키고 싶은 마음이지. 그뒤에 어떻게 됐을 것 같아? 나는 밑천을 모으기 시작했고, 인정사정없는 여자가 됐고, 살도 통통하게 쪘고―그리고 당신은 내가 제법 영리해졌을 거라고 생각하겠지, 응? 하지만 절대 그게 아냐, 이 세상천지에 아무도 보는 이 없고 아는 이 없지만, 밤에 어둠이 내리면 때로는 여전히 오 년 전의 바로 그 어린 소녀처럼 누워서 이를 갈며 밤새 울곤 해. '톡톡히, 아주 톡톡히 그에게 되갚아줄 테다!'라고 생각하면서. 얘기 다 들었지? 그럼 이제 날 어떻게 생각할까. 한 달 전에 갑자기 나한테 바로 이 편지가 왔어. 이곳으로 오고 있다, 홀아비가 됐고 나와 만나고 싶다는 거야. 순간 숨이 탁 멎더니, 맙소사, 갑자기 이런 생각이 드는 거야. 그가 와서 휘파람을 휘익 날리며 부르기만 하면, 나는 얻어맞고 용서를 비는 강아지처럼 그 사람한테 기어가겠구나! 이런 생각을 하니 나도 나 자신을 믿을 수가 없는 거야. '나는 비열한 년인가 아닌가, 그에게 달려갈 건가 말 건가?' 그러자 요 한 달 동안 나 자신한테 얼마나 분통이 터지던지. 오 년 전보다 상태가 더 나빠졌어. 이젠 알겠지, 알료샤, 내가 얼마나 미치광이 같은 년이고 얼마나 사나운 년인지, 당신한테는 모두 사실대로 밝혔으니까! 그 사람한테 달려가지 않기 위해 미챠를 가지고 논 거야. 입다물고 있어, 라키트카, 너는 나를 심판할 자격이 없어, 너한테 얘기한 게 아냐. 나는 방금 당신들이 오기 전까지 여기 누워 기다리고 생각하면서 내 모든 운명을 결정짓고 있었지만, 당신들은 내 마음속에서 일어난 일을 절대로 알 수 없을 거야. 그렇지만 알료샤, 당신의 아가씨에게 부디 그저께 일로 화내지 말아달라고 말해줘……! 세상천지 그 누구도 내가 지금 어떤 심정인지 알지 못해, 알 수도 없어…… 그러니 오늘 그리로 칼을 품고 갈지도 몰라, 아직 결심은 못 했지만……"

이 '처량한' 말을 입 밖에 내자, 그루센카는 갑자기 더는 참지 못하고 말을 미처 끝내기도 전에 두 손으로 얼굴을 감싸고 소파 위의 베개에 몸을 던지더니, 어린아이처럼 흐느껴 울기 시작했다. 알료샤는 자리에서 일어나 라키친에게 다가갔다.

"미샤," 그가 말했다. "화내지 마. 너는 이분한테 모욕을 받았지만, 화는 내지 마. 방금 이분 얘기 들었지? 인간의 영혼에 너무 많은 것을 요구할 수는 없잖아, 좀더 너그러워져야 해……"

알료샤는 참을 수 없는 격정이 북받쳐올라 이렇게 말했다. 그는 자신의 마음을 말하지 않고는 배길 수가 없어서 라키친에게 말한 것이었다. 만약 라키친이 없었다면, 혼자서 그렇게 외치기 시작했을 것이다. 하지만 라키친이 냉소적인 시선을 던지자, 알료샤는 갑자기 말을 멈추고 말았다.

"너는 여전히 네 장로라는 총알로 장전되어 있어서, 이제 그것을 나한테 발사한 거로군, 하느님의 사람 알료셴카." 라키친이 증오에 찬 미소를 지으며 내뱉었다.

"비웃지 마, 라키친, 그렇게 웃지 마, 고인에 대해 말하지 말아줘. 그분은 이 땅에 살았던 그 누구보다 높으신 분이야!" 울먹이는 목소리로 알료샤가 외쳤다. "나는 너에게 심판관으로서 말하려고 일어선 게 아니야, 나야말로 심판을 받아야 할 사람들 중에서도 가장 형편없는 사람이니까. 이분 앞에서 내가 누구겠어? 나는 파멸하기 위해서 여기로 왔고, '좋다, 될 대로 되라!'라고 뇌까리고 있었는데—그건 내가 속이 좁아서였어, 하지만 이분은 오 년 동안이나 그 고통을 겪고서도 그 첫 사람이라는 분이 찾아와서 진심 어린 말을 전하자마자—모든 것을 용서하고 모든 것을 잊고 이렇게 울고 있잖아! 이분을 능욕했던 사람이 돌아와서 이분을 부르고, 이분은 모든 것을 용서하고 기쁨에 넘쳐 그 사람에게 달려가려고 서두르고 있으니, 칼을 품고 가지는 않을 거야, 절대 안 가지고 갈 거야! 하지만 나는 그렇지 못해. 네가 어떤지는 모르지만, 미샤, 나는 그렇지 못해! 나는 오늘, 지금, 이 교훈을 얻었어…… 사랑으로 인하여 이분은 우리보다 높아…… 방금 우리에게 해준 얘기를 전에도 이분에게서 들은 적이 있어? 아니, 없을 거야, 들었다면 오래전에 모든 걸 이해했을 테니까…… 그저께 이분한테서 모욕을 당한 다른 여인, 그녀도 이분을 용서해야 할 거야! 용서할 거야, 사정을 알기만 하면…… 그리고 사정을 알게 될 거야…… 이분의 영혼은 아직 평화를 얻지 못했으니까 조심조심 소중하게 대해야 해…… 이 영혼 속에 아마도 보물이 간직돼 있을 거야……"

알료샤는 숨이 막혀와서 입을 다물었다. 라키친은 여전히 증오에 불타면서도 놀란 눈으로 쳐다보고 있었다. 조용하기만 한 알료샤가 그런 열변을 토하리라고는 생각지도 못했던 것이다.

"명名변호사 나셨군! 너, 이 여자한테 반했지, 안 그래? 아그라페나 알렉산드로브나, 우리의 고행 수도사께서 너한테 홀딱 반하셨대, 너의 승리야!" 그가 유들유들하게 웃으면서 말했다.

그루셴카는 베개에서 고개를 들고 알료샤를 바라보았는데, 방금 흘린 눈물 때문에 갑자기 부은 듯싶은 그녀의 얼굴에는 감동에 젖은 미소가 환히 빛나고 있었다.

"저앤 내버려둬, 나의 게루빔 천사, 알료샤, 쟤가 어떤 사람인지 알겠지, 당신이 말상대할 인간이 못 돼. 미하일 오시포비치*." 그녀가 라키친을 향해 말했다. "너한테 심한 말을 해서 사과하고 싶었는데 이제 다시 그러기 싫어졌어. 알료샤, 내 쪽으로 와서 여기 앉아." 그녀는 기쁜 미소를 지으면서 그에게 손짓했다. "자, 그래, 이렇게, 여기 앉아, 당신이 나한테 말해줘(그녀는 그의 손을 잡고 미소를 지으며 그의 눈을 들여다보았다)—당신이 말해줘, 나는 그 사람을 사랑하는 걸까, 아닌 걸까? 나를 능욕한 그 사람을 사랑하는 걸까, 아닌 걸까? 당신들이 오기 전까지 나는 여기 어둠 속에 누워 줄곧 내 마음에 물어보고 있었어. 나는 그 사람을 사랑하는 걸까, 아닌 걸까? 당신이 나에게 결정을 내려줘, 알료샤, 이젠 때가 됐어, 당신 결정대로 따를게. 그 사람을 용서해야 할까, 말아야 할까?"

"벌써 용서했잖아요." 알료샤가 미소를 지으면서 말했다.

"하긴 벌써 용서했지." 생각에 잠기듯 그루셴카가 말했다. "내 마음은 왜 이리 비열할까! 나의 비열한 마음을 위하여!" 그녀는 탁자에서 술잔을 집어들고 단숨에 쭉 들이켜더니 빈 잔을 높이 치켜들어 마룻바닥에 힘껏 내동댕이쳤다. 잔은 산산조각 나면서 요란한 소리를 냈다. 그녀의 미소에 어떤 잔인한 빛이 스치고 지나갔다.

"아니, 어쩌면 아직 용서하지 않았는지도 몰라." 그녀가 시선을 마룻

* 라키친의 정식 이름과 부칭.

바닥에 박은 채 마치 혼잣말을 하듯 왠지 위협적인 어조로 말했다. "어쩌면 마음이 이제 막 용서하려 하고 있는 건지도 모르지. 나는 그 마음과 좀더 싸울 거야. 나는 말이야, 알료샤, 지난 오 년 동안 흘린 내 눈물을 지독히 사랑하게 됐어…… 어쩌면 나는 나의 모욕을 사랑했을 뿐, 그 사람은 전혀 사랑하지 않았는지도 몰라!"

"나도 그 사람 짝 날까봐 걱정되네!" 라키친이 씩씩거렸다.

"그런 짝은 안 날 거야, 라키트카, 넌 절대 그 짝은 안 나. 너는 내 신발짝이나 꿰매주면 돼, 너야 그런 일 말고는 나한테 아무 쓸모 없으니까. 너는 나 같은 여자를 언감생심 꿈도 못 꿔…… 하긴 그 사람도 그렇겠지만……"

"그치도? 그럼 뭐하러 그렇게 빼입은 건데?" 라키친이 독살스럽게 약을 올렸다.

"옷차림 가지고 탓하지 마, 라키트카, 넌 아직 내 마음을 다 몰라! 마음만 내키면 이까짓 옷은 갈기갈기 찢어버릴 수 있어, 당장이라도 찢어버릴 수 있어, 지금 당장이라도." 그녀가 쨍쨍 울리는 목소리로 외쳤다. "넌 내가 왜 이렇게 차려입었는지 몰라, 라키트카! 어쩌면 그 사람한테 가서 이렇게 말하려는 건지도 모르지. '이런 내 모습은 아직 본 적이 없지, 아냐?' 그 사람이 나를 버렸을 때 나는 빼빼 마르고 빈약한 열일곱 살짜리 울보였으니까. 그 사람 곁에 바싹 붙어앉아 혼을 빼놓고 활활 타게 만들겠어. '내가 이제 어떤 여자가 됐는지 봤지, 그럼 그냥 그러고 있어, 귀하신 나리, 콧수염만 적실 뿐, 입속으로 들어가진 않을 테니!' 라고 말해주는 거지—아마 그러려고 이렇게 차려입은 건지도 몰라, 라키트카." 그루셴카가 독기 어린 미소를 띠며 말을 끝맺었다. "난 미치광이 같은 여자야, 알료샤, 아주 사나운 여자라고. 내 옷을 갈기갈기 찢어 버리고, 나 자신을, 내 아름다움을 망가뜨리고 내 얼굴을 불로 지지고 칼로 난도질한 다음 비럭질을 하러 갈 거야. 마음만 내키면, 지금 아무데도 아무한테도 가지 않을 수 있어, 마음만 내키면—쿠지마한테서 선물 받은 물건이고 돈이고 간에 당장 내일이라도 모조리 돌려보내고, 평생토록 날품팔이로 나설 수도 있어……! 내가 그렇게 못할 줄 알지, 라키트카, 감히 그렇게는 못할 거라고? 할 거야, 하고말고, 지금이라도 할 수 있어, 다만 내 신경을 긁지는 마…… 그 자식을 쫓아버릴 테다, 엿 먹일 테다, 내 앞에 다시는 얼씬도 못하게 할 테다!"

그녀는 마지막 말을 거의 히스테리라도 난 듯이 부르짖었으나, 또다시 참지 못하고 두 손으로 얼굴을 가린 채 베개에 몸을 던지더니 다시금 온몸을 들썩이며 흐느끼기 시작했다. 라키친이 자리에서 일어났다.

"갈 시간이야." 그가 말했다. "늦었어, 수도원 문이 닫힐지도 몰라."

그루셴카도 갑자기 발딱 일어났다.

"아니, 당신도 정말 가겠다는 거야, 알료샤!" 그녀는 깜짝 놀라 괴로워하며 소리쳤다. "나한테 지금 무슨 짓을 하고 있는 거야, 내 마음을 온통 뒤흔들고 갈기갈기 찢어놓았는데, 이제 다시 이 밤이 오면 나는 다시 혼자란 말이야!"

"그렇다고 이 녀석이 너한테서 밤을 보낼 수야 없잖아! 뭐, 녀석이 원한다면—그러라지! 그럼 난 혼자 가겠어!" 라키친이 독기 품은 어조로 빈정댔다.

"닥쳐, 사악한 영혼 같으니." 그루셴카가 격분해서 소리질렀다. "너는 이이가 내게 와서 해준 것 같은 말을 단 한 번도 해준 적이 없어."

"이 녀석이 너한테 무슨 말을 해줬기에?" 라키친이 짜증을 내며 툴툴거렸다.

"모르겠어, 몰라, 나한테 무슨 말을 해줬는지 아무것도 모르겠어, 마음에 들려준 말이었어, 이이가 내 마음을 뒤집어놓았어…… 나를 가엾게 여겨준 건 이이가 처음이야, 이이밖에 없어, 정말 그래! 아, 게루빔, 당신은 왜 더 일찍 와주지 않았을까." 그녀는 미친 듯 흥분하여 갑자기 그의 앞에 무릎을 꿇었다. "나는 한평생 당신 같은 사람을 기다렸어, 누군가 그런 사람이 와서 나를 용서해주리라는 걸 알고 있었어. 누군가가 나 같은 인간도, 이런 더러운 여자도 사랑해주리라 믿었던 거야, 치욕스럽기만 한 욕망 때문이 아니라 진심으로……!"

"내가 당신에게 뭘 했기에요?" 알료샤가 그녀에게 몸을 숙이고 다정하게 손을 잡고는 감동 어린 미소를 지으면서 대답했다. "나는 당신에게 양파 하나, 제일 작은 양파 하나를 건넨 건데, 그뿐인데, 그뿐인데……!"

이렇게 말하고는 그도 울기 시작했다. 이 순간, 갑자기 현관에서 시끄러운 소리가 나더니 누군가가 문간방으로 들어왔다. 그루셴카는 무섭게 놀란 듯 펄쩍 튀어 일어났다. 페냐가 소리를 지르고 야단법석을 떨며 응접실로 뛰어들어왔다.

"마님, 주인마님, 마님, 사람이 왔어요, 마차를 몰고!" 그녀는 숨을 헐떡이며 신나서 외쳤다. "마님을 모셔가려고 모크로예에서 유개 여행 마차를 보냈어요, 마부 치모페이가 모는 트로이카예요, 지금 새 말들로 바꿔 맬 거래요…… 편지, 편지도 있어요, 마님, 여기 이 편지예요!"

하녀의 손에는 편지가 들려 있었는데, 그녀는 소리를 지르는 내내 그것을 공중에다 흔들어댔다. 그루셴카는 그녀에게서 편지를 낚아채 촛불가로 가져갔다. 그저 두어 줄밖에 안 되는 짤막한 쪽지에 지나지 않아서 그녀는 그것을 단숨에 읽었다.

"나를 불러!" 온통 새파랗게 질린 채, 병적인 미소로 얼굴을 일그러뜨리며 그녀가 소리쳤다. "휘파람을 불었어! 어서 기어가야지, 강아지야!"

그녀는 망설이듯 서 있었으나, 그것은 아주 짧은 한순간에 지나지 않았다. 갑자기 피가 머리로 솟구치며 뺨이 불꽃처럼 타올랐다.

"가겠어!" 그녀가 갑자기 외쳤다. "나의 오 년이여! 잘 있거라! 잘 있어, 알료샤, 운명은 결정됐어…… 어서들 가봐, 어서 가, 이제 다들 나한테서 가봐, 더이상 당신들을 보지 않게……! 그루셴카는 새로운 인생 속으로 날아갔어…… 너도 날 나쁘게 생각하진 말아줘, 라키트카, 어쩌면 죽으러 가는 건지도 몰라! 우후! 꼭 술에 취한 것만 같아!"

그녀는 갑자기 그들을 내버려두고 자신의 침실로 달려갔다.

"쳇, 저 여잔 이제 우리 따윈 안중에도 없군!" 라키친이 투덜댔다. "가자, 안 그러면 또다시 저 여자의 비명이 시작될 테니, 질질 짜며 소리지르는 데는 이제 넌더리가 났어……"

알료샤는 그저 기계적으로 끌려나갔다. 마당에는 유개 여행 마차가 서 있었는데 말들을 풀어놓은 채 사람들이 등불을 들고 오가며 분주한 모습이었다. 활짝 열린 대문 안으로 새로운 말 세 필을 끌어들이고 있었다. 그러나 알료샤와 라키친이 현관 계단에서 막 내려섰을 때, 갑자기 그루셴카의 침실 창문이 열리더니 짜랑짜랑한 목소리로 그녀가 알료샤의 등뒤에 대고 소리쳤다.

“알료셰치카, 당신 형 미첸카한테 인사 전해줘, 나를, 이 못된 년을 나쁘게 생각하지 말아달라고 말해줘. 그리고 내가 이러더라는 말도 꼭 전해줘, ‘그루셴카는 당신같이 고결한 사람을 두고 비열한 놈한테 몸을 맡겼답니다!’라고. 또 그루셴카는 딱 한 시간, 모두 해서 딱 한 시간 동안 그이를 사랑했노라고—그리고 이 한 시간을 지금부터 평생 잊지 말아달란 말도 덧붙여줘, 평생이라는 말을 꼭 전하라고 그루셴카가 당신한테 다짐하더라고 말이야……!”

그녀는 완전히 흐느끼는 목소리로 말을 맺었다. 창문이 쾅 닫혔다.

“음, 음!” 라키친이 웃으면서 소 울음소리를 냈다. “드디어 미첸카 형을 토막냈어, 그러고서도 평생 잊지 말라고 명령하다니. 이건 아주 사람 잡는 독충이야!”

알료샤는 그의 말이 들리지도 않는다는 듯 아무 대답도 하지 않았다. 그는 마치 굉장히 급한 일이 있는 사람처럼 라키친 옆에서 빠른 걸음으로 걸어갔다. 인사불성이라도 된 듯 기계적인 걸음걸이였다. 갑자기 라키친은 마치 새로 생긴 상처를 누가 손가락으로 건드린 양, 뭔가에 쿡 찔린 듯한 느낌이었다. 아까 그루셴카를 알료샤에게 소개하면서 그가 기대한 것은 전혀 이런 게 아니었다. 그가 그토록 원했던 것과 완전히 다른 일이 일어난 것이다.

“그는 폴란드인이야, 그 여자가 말하는 장교 말이야.” 그가 자신을 억누르며 다시 입을 열었다. “하긴 지금은 장교도 뭐도 아니지, 시베리아 어디, 중국 국경과 맞닿은 데서 세관 관리로 근무했다니까, 분명히 비실비실한 웬 폴란드 놈이겠지. 직장에서 잘렸대. 이제, 그루셴카가 돈을 좀 모았다는 얘길 듣고 돌아온 거지—이게 기적의 전부야.”

알료샤는 여전히 아무것도 듣지 않는 눈치였다. 라키친은 더는 참을 수가 없었다.

"뭐야, 죄 많은 여자를 회개라도 시켰다는 거냐?" 그는 알료샤에게 표독스러운 조소를 던졌다. "탕녀를 진리의 길로 인도했다고? 일곱 마귀를 쫓아주었다,* 이거야? 우리가 아까 기대했던 그 기적이 이제 여기서 일어났다 이거구먼!"

"그만둬, 라키친." 알료샤가 고통스러운 마음으로 대답했다.

"그러니까 지금, 아까 그 25루블 때문에 나를 '경멸'하는 거지? 진정한 친구를 팔아먹었다 이거로군. 하지만 너는 그리스도가 아니고, 나도 유다가 아니야."

"아아, 라키친, 나는 그 일 벌써 잊었어, 정말이야." 알료샤가 외쳤다. "네가 지금 새삼 상기시킨 거지……"

하지만 라키친은 이미 돌이킬 수 없이 분통이 터진 뒤였다.

"악마가 네놈들을 모조리 갈기갈기 찢어버려라!" 그가 갑자기 울부짖기 시작했다. "우라질, 어쩌자고 내가 너하고 엮였을까, 이제부터는 더이상 네놈을 알고 싶지 않아. 혼자 가, 그쪽이 네 길이야!"

그는 알료샤를 어둠 속에 혼자 버려두고 몸을 홱 돌려 다른 길로 가버렸다. 알료샤는 도시를 빠져나와 들판을 가로질러 수도원으로 향했다.

* 예수가 마리아 막달레나에게서 일곱 마귀를 쫓아주었다는 이야기. 「마가복음」 16:9, 「누가복음」 8:1~2.

IV
갈릴리 가나

알료샤가 암자에 도착한 것은 수도원의 시간으로는 이미 무척 늦은 때였다. 문지기는 그를 특별한 통로로 들여보내주었다. 시계는 벌써 아홉시를 쳤고—모두에게 그토록 뒤숭숭했던 하루가 지나고 누구에게나 휴식과 평온이 찾아드는 시간이었다. 알료샤는 조심스레 문을 열고, 지금은 고인의 관이 안치되어 있는 장로의 방으로 들어섰다. 관 앞에서 홀로 복음서를 읽는 파이시 신부와 어린 수련사 포르피리 외에는 그 방에 아무도 없었는데, 포르피리는 어젯밤의 담화와 오늘의 소동에 지친 나머지 옆방 마룻바닥에서, 젊은이들에게만 주어지는 곤한 잠에 빠져 있었다. 파이시 신부는 알료샤가 들어오는 소리를 들었지만 그쪽을 쳐다보지도 않았다. 알료샤는 문에서 오른쪽 구석으로 간 뒤 무릎을 꿇고 기도를 드리기 시작했다. 그의 영혼은 무엇인가로 가득 넘치고 있었으나, 어쩐지 흐릿하기만 해서 어떤 느낌 하나도 뚜렷하게 자신을 드러내며 앞으로 나서지 않고, 오히려 하나가 다른 하나를 밀어내면서 조용하고 고르게 빙글빙글 돌고 있었다. 하지만 마음은 감미로움에 젖어 있었고, 이상하게도 알료샤는 그 점이 놀랍지 않았다. 다시금 그는 자기 앞에 놓인 관을, 완전히 가려진 그의 소중한 고인을 보고 있었지만, 아까 아침처럼 금세 울음이 터져나올 듯하고 가슴을 저미는 듯한 고통스러운 안타까움은 이미 그의 영혼 속에 자리하고 있지 않았다. 지금 이 방안으로 들어오자 그는 마치 성물을 대하듯 관 앞에 엎드렸으나, 그의 머리와 가슴속에는 기쁨이, 기쁨이 밝게 빛나고 있었다. 방의 창문 하나가 열려 있어 공기는 신선하고 서늘했는데—'창문을 열어두기로 한 걸 보니 냄새가 더 심해진 모양이구나' 하고 알료샤는 잠시 생각했다. 하지만 조금 전까지만 해도 그토록 끔찍하고 불명예스럽게 여겨졌던 썩는 냄새에 대한 생각도 지금은 그의 마음속에서 아까와 같은 우수와 분노를 불러일으키지 않았다. 그는 조용히 기도드리기 시작했으나, 곧 자신이 거의 기계적으로 기도하고 있다는 것을 스스로 느꼈다. 상념의 단편들이 그의 영혼 속에 떠올라 작은 별처럼 불타오르다가 곧 다른 상념들로 바뀌면서 꺼져갔지만, 대신 갈증을 풀어주는 듯한 어떤 완전하고 확고한 무엇이 그의 영혼을 가득 채우고 있었고, 자신도 그것을 의식하고 있었다. 이따금 그는 열렬하게 기도를 올리기 시작했고, 너무나도 감사하고 싶고 사랑하고 싶은 충동을 느꼈다…… 그러나 기도를 시작하기 무섭게 다른 어떤 것으로 마음이 옮아가 깊은 생각에 잠겨서는, 기도도, 기도를 중단시킨 그 무엇도 그만 잊어버리는 것이었다. 파이시 신부의 독경에 귀를 기울이려고도 했으나, 지칠 대로 지쳐 서서히 졸음이 밀려오기 시작했다……

"사흘째 되던 날 갈릴리 가나에 혼례가 있어," 파이시 신부가 읽고 있었다. "예수의 어머니도 거기 계시고, 예수와 그 제자들도 혼례에 청함을 받았더니."*

'혼례? 이게 무슨…… 혼례일까……' 하는 생각이 알료샤의 머릿속을 회오리바람처럼 스쳐갔다. '그녀에게도 행복이 찾아와서…… 잔치에 갔는데…… 아니야, 칼은 지니고 가지 않았어…… 칼은 지니고 가

* 이하는 「요한복음」 2:1~10.

지 않았어…… 그건 그냥 '처량한' 넋두리였을 뿐이야…… 그래…… 처량한 넋두리는 용서해야 돼, 반드시. 처량한 넋두리는 영혼을 위로해주니까…… 그마저 없다면 사람들은 너무도 큰 슬픔에 시달릴 거야. 라키친은 골목길로 가버렸어. 자신이 받은 모욕을 생각하는 한, 라키친은 언제나 골목길로 빠져버릴 텐데…… 하지만 길은…… 크고 곧고 밝고 수정 같고 태양이 그 끝에서 빛나고 있는 그 길은…… 뭐라고……? 뭘 읽는 걸까?'

"……포도주가 떨어진지라 예수의 어머니가 예수에게 이르되 저들에게 포도주가 없다 하니……" 하는 구절이 알료샤의 귀에 들려왔다.

'아, 그래, 내가 이 대목을 깜박 놓쳤구나, 놓치고 싶지 않았는데, 나는 이 대목이 좋아, 이건 갈릴리 가나, 첫번째 기적이야…… 아아, 이 기적, 아아, 이 다정한 기적! 그리스도께서는 첫번째 기적을 행하심에 있어 사람들의 슬픔이 아니라 기쁨을 찾아가셨어, 사람들의 기쁨을 도와주셨어…… "사람들을 사랑하는 자는 그들의 기쁨도 사랑하나니……" 고인께서는 이 말씀을 늘 반복하셨고, 이건 그분의 가장 중요한 사상의 하나였지…… 기쁨 없이는 살 수 없다고 미챠 형도 말하는데…… 그래, 미챠…… 무릇 참되고 아름다운 것은 모든 것을 용서하는 마음으로 언제나 충만해 있는 법이다…… 이것도 그분이 말씀하신 거야……'

"……예수께서 이르시되, 여자여, 나와 무슨 상관이 있나이까, 내 때가 아직 이르지 아니하였나이다. 그의 어머니가 하인들에게 이르되, 너희에게 무슨 말씀을 하시든지 그대로 하라 하니라."

'행하라…… 기쁨, 어느 가난한 이들의, 아주 가난한 이들의 기뿐…… 혼인 잔치에 포도주마저 모자랐다면 당연히 가난한 이들이었겠지…… 역사가들이 쓰고 있길, 그 당시 게네사렛 호숫가*와 그 근방의 모든 곳엔 상상도 못할 만큼 가장 가난한 주민들이 퍼져 살고 있었다니까…… 그런데 거기 있었던 또 한 분의 위대한 존재, 즉 그리스도의 어머니는 그리스도가 그때 오로지 위대하고 무서운 위업만을 위해 내려온 것이 아니라는 사실을 자신의 위대한 마음을 통해 알고 있었고, 그리스도를 자신들의 초라한 혼례에 상냥하게 초대한 무지하고도 무지한 그 정직한 존재들의 순박하고 단순한 즐거움이 그의 마음을 움직이리라는 것도 알고 있었던 거야. "내 때가 아직 이르지 아니하였나이다" 하고 그는 조용한 미소를 머금고 말하지(틀림없이 그는 어머니에게 온화한 미소를 지었을 거야)…… 아니 정말로 그가 가난한 혼인 잔치에 포도주를 넉넉하게 해주려고 지상에 내려온 것이었을까? 그런데도 그는 그곳으로 갔고 어머니의 부탁대로 행했어…… 아아, 다시 읽고 있구나.'

"……예수께서 그들에게 이르시되, 항아리에 물을 채우라 하신즉 아귀까지 채우니,

이제는 떠서 연회장에 갖다주라 하시매 갖다주었더니,

연회장은 물로 된 포도주를 맛보고도 어디서 났는지 알지 못하되 물 떠온 하인들은 알더라. 연회장이 신랑을 불러,

말하되, 사람마다 먼저 좋은 포도주를 내고 취한 후에 낮은 것을 내거늘 그대는 지금까지 좋은 포도주를 두었도다 하니라."

---

* 「누가복음」 5장 참조. 「마태복음」과 「요한복음」에서는 '갈릴리의 호수'라고 불린다.

'그런데 이게 뭘까, 이게 뭘까? 왜 자꾸 방이 넓어질까…… 아아, 그래…… 이건 혼례야, 혼인 잔치지…… 그래, 물론이야. 저기 손님들도 있고, 저기 젊은이들도 앉아 있고, 군중이 즐거워하고 있구나, 그런데…… 그 지혜로운 연회장宴會長은 어디 있는 걸까? 아니, 저건 누구지? 누구지? 또다시 방이 넓어졌어…… 저기 저 커다란 식탁 뒤에서 일어나는 사람이 누구지? 어떻게…… 그분도 여기에? 그분은 관 속에 계시잖아…… 하지만 여기에도 계신데…… 일어나셔서 나를 보시고는 이리로 오고 계셔…… 오, 주여……!

그렇다, 그에게로, 그에게로 그분이, 얼굴에 자잘한 주름이 가득한 여윈 노인이 조용히 웃으며 기쁜 모습으로 다가왔다. 관은 이미 사라졌고, 그분은 어제 손님들이 모여들어 그들과 함께 앉아 있었을 때 입었던 바로 그 옷을 입고 있다. 얼굴은 아주 환하고 눈은 밝게 빛나고 있다. 이게 어찌된 걸까, 그러니까 그분도 잔치에, 갈릴리 가나의 혼인 잔치에 초대받은 거로구나……

"나도, 얘야, 나도 초대를 받았단다, 초대를 받았고 부름을 받았단다." 조용한 목소리가 그의 위에서 울려퍼진다. "왜 여기 숨었느냐, 보이지도 않게…… 너도 우리 있는 데로 가자."

그분 목소리, 조시마 장로님의 목소리다…… 이렇게 부르시는데 어찌 그분이 아니시랴? 장로는 알료샤를 손으로 일으켰고, 그는 무릎을 펴고 일어섰다.

"즐기자꾸나." 여윈 노인이 말을 계속한다. "새 포도주를, 새롭고 위대한 기쁨의 포도주를 마시는 거야, 보아라, 얼마나 손님이 많으냐? 저기 신랑 신부도 있고, 저기서는 지혜로운 연회장이 새 포도주를 맛보고 있구나. 왜 그리 놀란 얼굴로 나를 보느냐? 나도 양파 하나를 주었기 때문에 여기 와 있느니라. 여기 있는 많은 이도 대개는 그저 양파 하나씩을, 그것도 그저 작은 양파 하나를 내놓았을 따름이란다…… 우리의 일이 무엇이겠느냐? 그리고 너도, 조용한 너도, 나의 온유한 소년인 너도 굶주린 여인에게 오늘 양파 하나를 주지 않았느냐. 시작하거라, 얘야, 온유한 아이야, 네 일을 시작하거라……! 우리의 태양이 보이느냐, 그분이 보이느냐?"

"두려워서…… 감히 쳐다보지 못하겠습니다……" 알료샤가 소곤거렸다.

"그분을 두려워하지 마라. 그 위대함이 우리에게는 무섭고 그 숭고함에 겁이 나지만, 그분은 한량없이 자비롭고, 우리를 사랑하는 마음에서 우리와 비슷한 모습이 되어 우리와 함께 즐기며, 손님들의 기쁨이 끊이지 않도록 물을 포도주로 바꾸고, 새 손님들을 기다리고, 끊임없이 새 손님들을 부르고 계신 거란다, 영원무궁토록 말이다. 저기 새 포도주를 날라오는구나, 보이느냐, 그릇들을 날라오는 게……"'

무엇인가가 알료샤의 가슴속에서 뜨겁게 불타오르고, 갑자기 무엇인가가 고통스럽도록 그를 꽉 채우고, 환희의 눈물이 그의 영혼에서 솟구쳤다…… 그는 두 팔을 뻗으며 소리를 쳤고, 그 순간 잠에서 깨어났다……

다시금 관, 열린 창문, 그리고 조용하고 엄숙하게 복음서를 또박또박 읽는 소리. 하지만 알료샤는 이미 독경소리에 귀를 기울이지 않았다. 이상하게도, 그는 무릎을 꿇은 채 잠들었는데 지금은 두 발로 서 있었다. 갑자기 그는 마치 자리에서 튀어나가듯 확고하고도 빠른 걸음걸이로 성큼 세 발짝을 내디뎌 관 옆으로 바싹 다가갔다. 파이시 신부에게 어깨가 부딪히기까지 했으나, 그것조차 알아채지 못했다. 신부는 잠시 복음서에서 눈을 떼고 그를 쳐다보았지만, 이 청년에게 뭔가 이상한 일이 일어났다는 것을 깨닫고는 곧바로 다시 시선을 거두었다. 알료샤는 삼십 초가량 관을, 몸이 전부 가려진 채 가슴에 성상화를 얹고 머리에는 팔각 십자가가 달린 두건을 쓴 채 미동도 않고 관 속에 누워 있는 고인을 바라보았다. 방금 막 그분의 목소리를 들었고, 그 목소리는 아직도 그의 귓가에 울려퍼지고 있었다. 그는 여전히 귀를 기울이며 무슨 소리가 더 들리기를 기다렸으나…… 갑자기 몸을 홱 돌리더니 방에서 나갔다.

그는 현관 밖 층계참에서도 걸음을 멈추지 않고 빠르게 계단을 내려갔다. 환희로 충만한 그의 영혼은 자유와 공간과 광활함을 갈망했다. 그의 머리 위로, 고요하게 반짝이는 별들로 가득한 하늘의 둥근 지붕이 드넓고 아득하게 펼쳐졌다. 드높은 하늘 꼭대기로부터 지평선까지 아직은 뚜렷하지 않은 은하수가 두 갈래로 흐르고 있었다. 만물이 정지된 듯한 고요하고 싱그러운 밤이 대지를 감쌌다. 수도원 성당의 하얀 탑들과 황금빛 지붕이 사파이어빛 하늘에서 빛났다. 건물 주위의 화단에서는 화려한 가을꽃들이 아침녘까지 잠을 즐기고 있었다. 지상의 고요가 천상의 고요와 하나로 합류하고 지상의 신비가 별들의 신비와 접촉하고 있는 것만 같았다…… 알료샤는 걸음을 멈추고 바라보다가, 마치 다리라도 꺾인 듯이 갑자기 땅 위에 몸을 던졌다.

그는 무엇 때문에 땅을 끌어안는지 자신도 몰랐고, 왜 그토록 억누를 수 없이 땅에 입을 맞추고 싶은지, 대지 전체에 그토록 입을 맞추고 싶은지 자신도 그 까닭을 설명할 수 없었으나, 울고 흐느끼고 눈물로 땅을 적시면서 대지에 입을 맞추었고, 대지를 사랑하겠노라고, 영원토록 사랑하겠노라고 미친 듯이 열렬하게 맹세했다. '네 기쁨의 눈물로 대지를 적시고 너의 그 눈물을 사랑하라'라는 말이 그의 영혼 속에서 울려퍼졌다. 무엇을 두고 그는 울었을까? 오, 그는 심지어 저 무한한 곳으로부터 그에게 빛나고 있는 이 별들을 두고서도 환희에 휩싸여 울었으며, '이 미친 듯한 열렬함을 부끄러워하지 않았다'. 마치 하느님의 이 모든 무수한 세계로부터 나오는 실들이 그의 영혼 속에서 한꺼번에 만나는 듯했고, 그의 영혼은 '다른 세계들과 접촉하면서' 송두리째 전율하고 있었다. 그는 모든 이를 모든 것에 대해 용서하고 싶었고, 용서해달라고 빌고 싶었으며, 오! 이것은 자신을 위해서가 아니라 모든 이를 위해서, 모든 것을 위해서, 만물을 위해서였으니, '다른 이들도 나를 위해 빌어주리라'—이 말이 다시금 그의 영혼 속에서 울리고 있었다. 그러나 그는 하늘의 저 궁륭처럼 확고부동한 그 무엇이 그의 영혼 속으로 스며드는 것을 매 순간 더 분명하게, 촉감으로 감지할 수 있을 정도로 뚜렷하게 느꼈다. 어떤 이념과도 같은 것이 그의 정신을 지배하기 시작했고—이것은 이제 평생토록, 영원토록 그럴 것이었다. 땅에 몸을 던졌을 때 그는 연약한 청년이었으나 일어섰을 때는 평생토록 흔들리지 않을 굳센 투사가 되어 있었으며, 이것을 바로 그 환희의 순간에 갑자기 의식하고 직감했다. 그리고 이후 알료샤는 한평생 이 순간을 결코, 결코 잊을 수 없었다. '그 시각에 누군가가 내 영혼을 찾아와 주었던 거야.' 훗날 그는 이렇게 말하곤 하면서, 자신의 말을 굳게 믿었다……

사흘 뒤 그는 수도원을 나왔는데, 이는 "속세에 머물라"고 그에게 일렀던 돌아가신 장로의 말씀에 따른 것이기도 했다.

제8편
미챠

I
쿠지마 삼소노프

그루셴카는 새로운 인생 속으로 날아가면서 드미트리 표도로비치에게 마지막 인사를 전해달라고 '일렀고' 또 자신이 사랑을 주었던 그 한 시간을 영원히 잊지 말아달라고 주문했지만, 정작 그는 그 순간, 그녀에게 일어난 일에 대해서 아무것도 알지 못한 채, 자신도 무서운 혼란과 걱정 속에서 버둥거리고 있었다. 지난 이틀 동안 그는 나중에 자기 입으로 말한 바대로 정말 뇌막염에라도 걸리지 않을까 싶을 만큼 상상조차 하기 힘든 상태에 있었다. 전날 아침에 알료샤는 그를 찾아낼 수 없었고, 같은 날 이반 형도 술집에서 그와 만나는 데 실패했다. 그가 세 들어 사는 집의 주인들은 그의 지시에 따라 그의 행방을 숨겼다. 그는 요 이틀 동안, 훗날 그가 말한 표현을 빌리자면, '운명과 싸우면서 자신을 구하기 위해' 글자 그대로 백방으로 미친 듯이 뛰어다녔고, 단 일 분이라도 그루셴카에게서 감시의 눈을 떼고 어딜 간다는 것이 두렵기 짝이 없었지만, 매우 다급한 어떤 일 때문에 몇 시간 동안 도시 밖으로 날아갔다 오기까지 했다. 이 모든 것은 나중에 상세한 문서 형식으로 밝혀졌지만, 지금 우리는 그의 운명 위에 느닷없이 들이닥친 그 무시무시한 파국이 있기 직전, 그의 삶에서 가장 끔찍했던 이 이틀 동안 일어난 이야기 가운데 실제로 가장 불가피한 부분만을 간략히 짚어두고자 한다.

그루셴카는 비록 한 시간 동안이긴 했으나 그를 진실한 마음으로 진정 사랑했고 또 그게 사실이기도 했지만, 그러면서도 어떤 때는 그를 정말로 잔인하고 무자비하게 괴롭혔다. 문제는 그가 그녀의 의도를 도무지 가늠할 수 없다는 점이었다. 어르거나 완력을 써서는 아무것도 알아낼 수 없었다. 그랬다가는 절대로 의중을 드러내지 않을뿐더러 오히려 불같이 화를 내며 그에게서 완전히 등을 돌려버릴 거라는 것쯤은 그도 이미 분명하게 알고 있었다. 그 당시 그는, 그녀 자신도 무엇인가와 싸우고 있고 무엇인가를 몹시 망설이고 있으며 무엇인가 결단을 내려야 하는데도 결단을 내리지 못하고 있는 게 아닐까 하는 대단히 그럴듯한 의혹을 품고 있었고, 그런 까닭에 그녀로서야 그와 그의 열정 모두를 때로는 그저 증오할 수밖에 없으리라고 지레짐작하며 심장이 멎어버릴 것만 같은 심정이었는데, 그런 짐작은 근거가 없지도 않았다. 어쩌면 정말로 그랬을 수도 있지만, 정작 그루셴카가 과연 무슨 일로 그렇게 고민하고 있는지는 여전히 알 도리가 없었다. 그를 괴롭히는 모든 문제는 사실 다음과 같은 단 두 개의 선택 사항으로 압축될 수 있었다. '미챠, 그인가, 아니면 표도르 파블로비치인가.' 이 기회에 분명한 사실 하나를 말해두어야겠다. 그는 표도르 파블로비치가 그루셴카에게 정식으로 청혼을 할 것이 틀림없다고 확신하고 있었으며(이미 청혼하지 않았다면 말이다), 늙은 호색한이 그저 3천 루블로 이 일을 해치울 생각을 하고 있다고는 단 한 순간도 믿은 적이 없었다. 이것은 미챠가 그루셴카와 그녀의 성격을 알기에 내린 결론이었다. 따라서 그로서는 때때로, 그루셴카가 저렇게 괴로워하고 저렇게 망설이는 것 역시 오로지 그들 중 누구를 택해야 할지, 그들 중 누가 더 자기에게 이로울지 그녀 스스로도 알지 못하기 때문이라고 여길 수도 있었다. '장교', 그러니까 그루셴카의 삶에서 그토록 숙명적인 사나이, 그녀가 그토록 흥분과 공포에 휩싸여 도착하기만을 기다리던 그 사나이가 곧 돌아온다는 것에 대해서는 이상하게도 이 며칠 동안 생각조차 해보지 않았다. 사실, 그루셴카는 요즘 들어 이에 대해 그에게 무척이나 입조심을 했다. 그렇지만 옛날에 그녀를 유혹했던 사내에게서 한 달 전에 편지를 받았다는 것은 그녀한테서 직접 들어 그도 훤히 알고 있었고, 편지 내용까지도 부분적으로는 알고 있었다. 그때 그루셴카는 어느 순간 심술기가 발동하여 편지를 그에게 보여주었지만, 그녀로선 놀랍게도 그는 이 편지를 전혀 대수롭지 않게 여겼다. 그 까닭을 설명하기란 무척 어려울 듯싶다. 어쩌면 이 여자를 두고 친아버지와 싸우느라 온갖 추잡하고 끔찍한 것에 짓눌린 나머지, 적어도 그 당시로서는 자신에게 이보다 더 무섭고 더 위험한 어떤 일은 이미 상상조차 할 수 없었기 때문인지도 모른다. 오 년 동안이나 종적을 감추었다가 갑자기 어디선가 툭 튀어나온 그 약혼자에 대해 그는 아예 믿지도 않았고, 그자가 곧 온다는 것에 대해서는 특히 더 그랬다. 더구나 미첸카에게 보여준 '장교'의 맨 처음 편지에는 이 새로운 연적이 온다는 얘기가 아주 막연하게만 나와 있었다. 편지는 몹시 모호하고 허풍이 잔뜩 들어간데다 온통 감상으로 채워져 있었다. 여기서 지적해두겠는데, 그때 그루셴카는 그 사나이가 돌아온다는 얘기가 좀더 분명하게 나와 있는 편지의 마지막 몇 줄을 그에게 감추었다. 게다가 미첸카는, 훗날 기억났지만, 시베리아에서 보낸 이 편지에 대해 그루셴카의 얼굴에 그 순간 어떤 오만한 경멸의 빛이 무의식적으로 떠오른 것을 알아챘다. 그뒤로 그루셴카는 이 새로운 연적과의 관계가 어떻게 되어가고 있는지 미첸카에게 더는 아무것도 알려주지 않았다. 그렇게 해서 그는 점차 이 장교에 대해 까맣게 잊고 말았다. 그는 그저, 이 일이 어떻게 끝나든, 어느 쪽으로 돌아가든, 점점 임박해오는 표도르 파블로비치와의 최종적인 격돌이 이미 코앞에 와 있는 만큼, 다른 모든 것을 제쳐두고 이것부터 해결지어야 한다는 생각밖에 없었다. 그는 가슴을 졸이면서 매 순간 그루셴카의 결정을 기다렸고, 이 결정이 어떻게든 느닷없이, 어떤 영감에 이끌려 이루어지리라고 줄곧 믿고 있었다. 그녀가 갑자기 "나를 데려가줘, 나는 영원히 네 여자야"라고 말한다면—그로써 모든 것이 끝날 것이다. 그는 당장 그녀의 손을 잡고 세상 끝으로 데려갈 것이다. 오, 당장에 그녀를 가능한 한, 가능한 한 멀리, 세상 끝이 아니라면 러시아의 끝 어딘가로 데려가 거기서 혼인을 하고, 여기 사람이든 거기 사람이든 또 어디 사람이든 그 누구도 모르게, 인코그니토* 그녀와 함께 삶의 뿌리를 내릴 것이다. 그때는, 오, 그때는 완전히 새로운 삶이 곧바로 시작되리라! 이 다른 삶,

* incognito. 라틴어 'in-cognitus'에서 파생한 이탈리아어로 '남몰래'를 뜻한다.

새로 태어난 '고결한' 삶을('반드시, 반드시 고결해야 한다') 그는 매순간 미칠 듯이 뜨겁게 꿈꾸었다. 그는 이 부활과 갱생을 갈망했다. 그 스스로 원해서 빠져든 더러운 늪이 이제는 너무도 고통스러워져서, 이런 경우 많은 사람이 그러듯이 그도 무엇보다 장소를 바꾸는 일에 기대를 걸고 있었다. 그저 이 사람들만 아니라면, 이런 환경만 아니라면, 이 저주받은 곳에서 훨훨 날아갈 수만 있다면—모든 것이 갱생하여 새로운 길을 가리라! 이것을 그는 믿고 있었고 애타게 갈망하고 있었다.

그러나 이것은 문제가 행복한 해결을 보게 되는 제1의 경우에만 그러했다. 다른 해결도 있을 수 있었고, 그 다른 결말, 이미 무서운 결말이 눈앞에 떠오르곤 했다. 갑자기 그녀가 그에게 '그만 가봐, 난 지금 표도르 파블로비치하고 결정을 봤거든, 그 사람한테 시집가니까 넌 필요 없어'라고 말한다면—그때는…… 하지만 그때는…… 그렇다 해도 미챠는 그때는 어떻게 될지 몰랐고 마지막 순간까지도 몰랐으므로, 이 점에서는 그를 변호해둘 필요가 있다. 그에겐 뚜렷한 의도랄 것이 없었고, 범죄 같은 건 생각해보지도 않았다. 그는 그저 뒤를 밟으면서 염탐하고 괴로워했지만, 그래도 자신의 운명이 행복하게 결론나는 제1의 경우만 염두에 두고 대비하는 중이었다. 다른 온갖 생각은 그냥 쫓아버리기까지 했다. 그러나 여기엔 이미 전혀 다른 고민이 시작되고 있었고, 부차적이긴 하지만 역시 숙명적이고 해결할 수 없는 완전히 새로운 상황이 발생하고 있었다.

다름아니라, 그녀가 그에게 "나는 네 여자야, 나를 데려가줘"라고 말한다면, 그녀를 어떻게 데리고 갈 것인가? 그럴 수단이, 돈이 그에게 어디 있단 말인가? 여태껏 그렇게 여러 해 동안 끊기지 않고 표도르 파블로비치한테서 동냥처럼 들어오던 돈도 때마침 이 무렵엔 완전히 바닥난 상태였다. 물론 그루셴카에게 돈이 있었지만, 이 문제에 관한 한 미챠의 마음속에서 갑자기 무서운 자존심이 고개를 쳐들었다. 그는 자신의 힘으로 그녀를 데려가서 그녀의 돈이 아닌 자신의 돈으로 새로운 삶을 시작하고 싶었다. 그녀의 돈을 받는다는 것은 상상조차 할 수 없었고, 이런 생각만 해도 혐오감에 몸서리가 쳐질 정도로 괴로웠다. 여기서는 이 사실에 대해 장황하게 늘어놓거나 분석하지 않고, 그저 당시 그의 심경이 그랬다는 것만 말해두겠다. 이 모든 것은 카체리나 이바노브나의 돈을 도둑처럼 슬쩍해버린 데 대한 남모를 양심의 가책에서 간접적으로, 또 심지어 어느 정도는 무의식적으로 생겨난 것일 수도 있었다. '한 여자 앞에 비열한 놈이 이번에는 다른 여자 앞에서도 곧 비열한 놈이 되겠지.' 훗날 스스로 자백하듯이, 그 당시 그는 이렇게 생각했다. '그루셴카가 이걸 알게 되면, 그녀 쪽에서 그런 비열한 놈은 싫다고 할 거다.' 그렇다면 대체 어디서 이 비용을 마련할 것인가, 어디서 이 숙명적인 돈을 마련한단 말인가? 못 구하면, 모든 게 끝장나고 모조리 허사가 되겠지, '그것도 오로지 돈이 없어서라니, 오 치욕이야!'

앞질러 얘기하자면, 그러니까 그는 어쩌면 이 돈을 어디서 구할 수 있는지 알고 있었고, 그것이 어디에 놓여 있는지도 알았을지 모른다. 나중에 모든 것이 밝혀질 테니 지금으로선 더 자세히 말하지 않겠다. 하지만 바로 여기에 그의 가장 큰 재앙이 있었으니, 어렴풋하게나마 나는 다음과 같은 것을 말해두고자 한다. 어딘가에 놓여 있는 이 돈을 손에 넣으려면, 이 돈을 손에 넣을 수 있는 권리를 가지려면, 우선 카체리나 이바노브나에게 3천 루블을 되돌려주어야만 했다—그렇지 않으면

'나는 소매치기이고, 나는 비열한 놈이다, 하지만 비열한 놈으로 새로운 삶을 시작하긴 싫다'라고 미챠는 결심했고, 그렇기 때문에 필요하다면 온 세상을 뒤집어엎는 한이 있더라도 무엇보다 먼저 카체리나 이바노브나의 그 3천 루블만큼은 무슨 일이 있어도 꼭 돌려주겠다고 마음먹었다. 이 결심이 최종적으로 굳어진 것은 이른바 그의 삶의 맨 마지막 몇 시간, 다시 말해 이틀 전 저녁, 길에서 알료샤와 마지막으로 만났을 때였는데, 그것은 그루셴카가 카체리나 이바노브나를 모욕한 직후로, 미챠는 그 이야기를 알료샤에게서 듣고는 자신이 비열한 놈이라는 걸 인정하면서, 만약 "이것이 그녀의 마음을 어느 정도라도 풀어줄 수 있다면" 카체리나 이바노브나에게 그 말을 전해달라고 일렀다. 바로 그때, 그날 밤, 동생과 헤어진 뒤 그는 미칠 만큼 흥분한 나머지, 차라리 '누군가를 죽이고 강도짓을 하더라도 카챠에게 진 빚은 꼭 갚아야 한다'고 느꼈던 것이다. '차라리, 내 손에 죽어 돈을 뺏긴 사람 앞에, 그리고 모든 사람 앞에 살인자가 되고 도둑이 되어 시베리아로 갈망정, 카챠에게 내가 자기를 배신하고 자기 돈까지 훔쳐서는 그 돈으로 그루셴카와 고결한 삶을 시작하기 위해 도망쳤다고 말할 권리만큼은 주지 않겠다! 그렇게는 절대 할 수 없다!' 미챠는 이를 갈면서 이렇게 말했고, 정말 어떤 때는 이러다가 뇌막염에 걸리고 말겠구나 싶었다. 하지만 아직은 싸우는 중이었다……

이상한 일이었다. 그런 결심을 내린 걸 보면 절망 말고는 그에게 더 이상 아무것도 남아 있지 않다고 여겼을 법도 했다. 그도 그럴 것이, 그런 큰돈을, 그것도 알몸뚱이밖에 없는 그가 갑자기 어디서 구한단 말인가? 그런데도 그는 그때, 이 돈 3천을 구할 수 있다고, 이 돈이 제 발로 걸어들어올 거라고, 어떻게든 하늘에서라도 저절로 그에게 뚝 떨어질 거라고 끝까지 기대하고 있었다. 하지만 바로 이런 일들이 드미트리 표도로비치처럼 유산으로 거저 굴러들어온 돈을 평생 펑펑 쓰고 뿌릴 줄만 알았지 돈을 어떻게 버는지에 대해서는 아무런 개념도 없는 사람들에게 흔히 있는 법이다. 그저께 알료샤와 헤어진 직후 그의 머릿속에는 더없이 환상적인 회오리가 일어나 모든 생각을 뒤죽박죽으로 헝클어 놓았다. 그리하여 결국, 가장 무모한 작전에 착수하게 된 것이다. 그렇다, 이런 사람들이 이런 경우에 처하면, 가장 불가능하고 가장 환상적인 작전이 제일 가능성 있는 것처럼 여겨질 수도 있다. 그는 그루셴카의 후견인인 상인 삼소노프를 찾아가서 한 가지 '계획'을 제안하고 이 '계획'을 담보로 필요한 돈 전부를 한꺼번에 얻어내기로 결심했다. 상업적인 견지에서라면 그는 자신의 계획을 조금도 의심하지 않았고, 다만 삼소노프가 그저 상업적인 견지에서만 보려 하지 않을 경우 자신의 이 돌발적인 행동을 어떻게 여길 것인가 하는 것만이 미심쩍었다. 미챠는 이 상인과 안면 정도가 있긴 했으나 잘 아는 사이가 아닐뿐더러 말 한마디 나누어본 적도 없었다. 하지만 무엇 때문인지 그의 마음속에는 심지어 이미 오래전부터, 만약 그루셴카가 어떻게든 성실하게 살아보겠다고 '믿음직한 사람'에게 시집가려고 한다면, 지금 벌써 장례식의 향냄새를 맡고 있는 이 늙은 호색꾼도 이 순간엔 결코 반대하지 않을 거라는 확신이 굳게 자리잡고 있었다. 반대하기는커녕 그 자신도 그것을 바라고, 기회만 주어진다면 자기 쪽에서 나서서 도와주리라. 어떤 소문을 듣고 그러는 건지, 아니면 그루셴카한테서 무슨 말이라도 들었는지, 어쨌든 그는 노인이 그루셴카를 생각해서 표도르 파블로비치보다는 자기를 선호할 거라는 결론까지 내렸다. 어쩌면, 우리의 이야기를 읽는 독자들 중 많은 이가, 이 같은 도움까지 계산에 넣고 자신의 신붓감을, 말하자면 그녀의 후견인 손에서 뺏으려는 드미트리 표도로비치의 의도가 지나치게 난폭하고 무례하다고 여길지도 모르겠다. 그러나 내가 여기서 말할 수 있는 것은 다만, 미챠에겐 그루셴카의 과거가 이미 완전히 지나간 것으로 보였다는 점이다. 그는 이 과거를 무한한 연민을 품고 바라보면서, 만약 그루셴카가 그를 사랑한다고, 그에게 시집오겠다고 말해주기만 하면 당장 그 순간에 완전히 새로운 그루셴카가 태어나고, 그녀와 더불어 드미트리도 완전히 새사람이 되어 더는 어떤 죄악도 없고 애오라지 미덕으로 가득찬 삶이 시작되리라고, 자신의 열정을 불꽃처럼 태우면서 그렇게 단정짓고 있었다. 그들 두 사람은 서로를 용서하고 자신들의 삶을 이제 완전히 새롭게 시작하게 될 것이었다. 쿠지마 삼소노프에 관해서라면, 그는 이 영감을 그루셴카의 이 망가져버린 예전의 과거에서 그녀 인생의 숙명적인 사람, 하지만 그녀가 한 번도 사랑한 적이 없는 사람으로, 그리고 무엇보다도 이 영감 역시 이미 '지나갔고' 끝장난 판인지라 이젠 아예 존재하지도 않는 인물로 여겼다. 더구나 미챠는 이제 그를 인간으로조차 간주할 수 없었는데, 이 도시 사람이라면 누구나 다들 알고 있듯, 이자는 병든 폐인에 지나지 않아서 그루셴카와 관계를 유지하고 있다고 해봐야 이른바 그저 부녀지간 같은 것일 뿐 결코 예전과 같은 바탕 위에 서 있는 게 아니었고, 벌써 오래전부터, 그러니까 거의 일 년 전부터 그랬던 것이다. 어쨌거나 이 일에 있어서는 미챠 쪽에 순진한 구석이 많았는데, 사실 그는 숱한 죄악을 저지르긴 했어도 매우 순진한 사람이었다. 바로 이 순진함 때문에 그는 쿠지마 노인이 저세상으로 떠날 날을 앞두고 그루셴카와의 과거를 진심으로 뉘우치고 있을 거라고, 이제 그녀 곁에는 이미 무해한 존재가 된 이 노인 이상으로 헌신적인 후견인도, 친구도 없다고 진지하게 믿고 있었다.

들판에서 알료샤와 얘기를 나눈 뒤 미챠는 밤새도록 거의 눈도 붙이지 못한 채 바로 다음날 아침 열시경에 삼소노프의 집에 나타나서는 자기가 왔다고 아뢰라고 일렀다. 이 집은 낡고 음산하고 아주 넓은 이층짜리로, 마당에는 여러 부속건물과 곁채가 딸려 있었다. 아래층에는 혼인해서 가족을 거느린 두 아들과, 이미 늙어 꼬부라진 누이동생, 그리고 아직 시집을 안 간 그의 딸이 살고 있었다. 곁채에는 그의 점원 둘이 기거했는데, 그중 한 명에게도 많은 식구가 딸려 있었다. 자식들도 점원들도 다들 그 답답한 거처에서 서로 복닥거리며 살고 있었지만, 노인은 이층 전체를 독차지하고 심지어 자신의 시중을 드는 딸마저 거기에 살지 못하게 했기 때문에, 딸은 정해진 시간은 물론 시도 때도 없이 아버지가 불러댈 때마다 오래된 천식으로 헉헉대면서도 아래층에서 위층으로 달려 올라와야만 했다. 이 '위층'은 아주 화려하고 커다란 여러 개의 방으로 이루어져 있었는데, 가구들은 상인들의 오랜 풍습에 따른 것들로, 꼴사나운 마호가니 안락의자와 걸상 들이 벽을 따라 길고 지루하게 열을 이루고, 갓을 씌운 수정 샹들리에가 매달려 있고, 창문 사이의 벽면에는 거울들이 음산한 빛을 발하고 있었다. 이 방들이 하나같이 기거하는 사람 없이 텅 비어 있는 까닭은, 병든 노인이 멀리 떨어진 자신의 조그만 침실, 그 작은 방 한 칸에만 틀어박혀 있었기 때문인데, 머리에 수건을 두른 늙은 하녀가 거기서 그의 시중을 들고, 그 밖에

'젊은 아이' 하나가 항상 문간방의 궤짝 위에 앉아 대기하고 있었다. 노인은 다리가 부어올라 이미 거의 걸을 수도 없는 상태였고, 이따금 가죽 안락의자에서 몸을 일으켜 노파의 부축을 받으면서 방안을 한두 번 도는 게 고작이었다. 그는 이 노파에게조차 엄격하게 대했고 말도 별로 하지 않았다. '대위'가 왔다는 보고를 받자, 그는 당장 쫓아버리라고 명령했다. 하지만 미챠는 한번 더 말씀드려달라고 끈질기게 청했다. 쿠지마 쿠지미치는 젊은 아이에게 꼬치꼬치 캐물었다. 꼴이 어떻더냐, 술을 처먹은 것 같지는 않더냐? 행패를 부릴 것 같진 않더냐? 그러고는 "맨 정신이긴 한데, 돌아가려고 하지 않습니다"라는 대답을 들었다. 노인은 또다시 쫓아버리라고 일렀다. 미챠는 이 모두를 예상하고, 이럴 경우에 대비해 종이와 연필을 일부러 가져왔기에, 종잇조각에다 '아그라페나 알렉산드로브나와 긴밀히 관련된 아주 긴요한 일 때문입니다'라고 또박또박 한 줄을 써서 그것을 노인에게 보냈다. 노인은 잠시 생각해보더니, 젊은 아이에게 방문객을 홀 안으로 들이라 이르고, 노파를 아래층으로 보내 작은아들을 당장 위로 올라오도록 했다. 이 작은아들은 키가 12베르쇼크나 되고* 힘이 장사인데다 얼굴은 수염을 밀었고 독일식 옷차림을 한 사내였는데(삼소노프 자신은 카프탄 차림에 턱수염을 기르고 다녔다), 군소리 없이 즉각 나타났다. 이 집 식구들은 아버지 앞에서 다들 벌벌 떨었다. 아버지가 이 힘 좋은 아들을 부른 것은, 그 자신도 겁이라곤 모르는 성격이었던 만큼, 대위가 무서워서가 아니라 그저 만일의 경우를 위해 증인이 있어야겠다 싶어서였다. 아들의 부축을 받

* 과거 러시아에서는 사람의 키를 말할 때 2아르쉰, 즉 142센티미터 정도를 빼고서 말하는 게 보통이었다. 따라서 작은아들의 키는 195센티미터 정도이다.

으며 젊은 아이까지 대동하고 그가 드디어 홀 안으로 들어섰다. 물론 그도 뭔가 상당히 강렬한 호기심을 느끼고 있었다고 봐야 할 것이다. 미챠가 기다리고 있던 이 홀은 엄청나게 크고 음산하기만 해서 우울한 기분에 사람의 기가 짓눌리는 방이었는데, 상하 두 단으로 창문이 나 있고 층을 약간 돋운 회랑이 있으며 벽에는 '대리석 문양을 넣은'데다, 갓을 씌운 거대한 수정 샹들리에가 세 개나 있었다. 미챠는 출입문 옆 의자에 앉아 신경이 곤두선 상태로 초조하게 자신의 운명을 기다렸다. 노인이 미챠가 앉은 의자에서 10사젠 정도 떨어진 맞은편 입구에 나타나자, 그는 자리에서 벌떡 일어나 특유의 그 단호한 군대식 걸음걸이로 그를 향해 성큼성큼 다가갔다. 그는 프록코트의 단추를 꽉 채운 단정한 옷차림에 손에는 검은 장갑을 끼고 챙이 있는 둥근 모자를 벗어 들고 있었는데, 사흘쯤 전에 표도르 파블로비치, 그리고 형제들과의 가족 모임을 위해 수도원의 장로 암자에 나타났던 때와 똑같았다. 노인은 그 자리에 선 채 위엄 있고 엄숙하게 그를 기다렸고, 미챠는 자신이 다가가는 동안 이 영감이 자기를 샅샅이 뜯어보았다는 것을 대번에 직감했다. 최근 들어 엄청나게 부어오른 쿠지마 쿠지미치의 얼굴도 미챠를 깜짝 놀라게 했다. 그러잖아도 두툼한 아랫입술이 이제는 축 늘어진 무슨 빵떡 같아 보였다. 그는 위엄을 부리며 말없이 손님에게 허리를 숙이고 나서 소파 옆에 있는 안락의자를 가리키더니, 자신은 아들의 팔에 몸을 의지한 채 끙끙 앓는 소리를 내며 미챠의 맞은편 소파에 느릿느릿 몸을 내려놓기 시작했는데, 그의 고통스러운 노력을 보며 미챠는 자기가 폐를 끼치고 있는 이토록 위엄 있는 인물 앞에서 지금 자기 자신이 너무도 하잘것없게 여겨져 마음속으로 곧바로 후회와 함께 미묘한 수치심까지 느꼈다.

"나한테 무슨 일이시오, 나리?" 자리에 앉은 노인이 마침내 천천히, 또박또박, 엄격하지만 정중하게 말했다.

미챠는 몸을 움찔하며 벌떡 일어서려다가 다시 자리에 앉았다. 그런 다음 즉시 빠르고 신경질적인 어조로 몸짓과 손짓을 섞어가며 미친 듯 흥분해서 큰 소리로 말하기 시작했다. 이 사람이 막다른 데까지 이르렀고 끝장난 상태이며, 최후의 출구를 찾고는 있지만 그마저 실패하면 지금 당장이라도 물속에 뛰어들 태세라는 게 훤히 보였다. 이 모든 것을 삼소노프 노인은 필시 한순간에 간파했을 테지만, 그의 얼굴은 여전히 조각상처럼 변함없고 싸늘하기만 했다.

"더없이 고결하신 쿠지마 쿠지미치, 저와 제 부친, 그러니까 저의 친어머니가 제 앞으로 남긴 유산을 착복한 표도르 파블로비치와의 불화에 대해서는 이미 여러 차례 들으셨겠지요…… 이미 온 도시가 이 얘기로 시끄러우니까요…… 여기 사람들은 다들 쓸데없는 일을 두고 워낙 야단법석이거든요…… 그리고 그루셴카를 통해서도…… 이런, 죄송합니다, 그러니까 아그라페나 알렉산드로브나를 통해서도 들으셨을 줄 압니다…… 제가 존경해 마지않고 공경해 마지않는 아그라페나 알렉산드로브나를 통해서도……" 미챠는 이렇게 말문을 열었으나, 첫마디부터 막히기 시작했다. 그러나 우리는 그의 일장연설을 한마디 한마디 다 옮기지는 않고 요점만 간추려 제시하겠다. 요는, 그러니까 이미 석 달 전에 미챠 그가 특별히(그는 '일부러'가 아니라 '특별히'*라고

---

* 원문의 'нарочито'는 'нарочно(일부러)'와 철자가 비슷하면서도 '아주, 많이, 풍부히, 특별히, 의미 있게' 등의 원뜻에 더해 '일부러, 고의적으로'라는 뜻도 지닌다.

말했다) 현청 소재 도시의 어느 변호사와 상의를 했다는 것이다. "파벨 파블로비치 코르네플로도프라는 저명한 변호사인데, 쿠지마 쿠지미치, 아마 들어보셨겠지요? 이마가 아주 넓고, 거의 국사國士급 지성을 지닌 인물로…… 당신을 알고 있을뿐더러…… 아주 좋게 평했는데……" 미챠는 또다시 말이 막혔다. 그러나 막히더라도 말을 아주 멈추지는 않고, 즉시 그 부분을 껑충껑충 뛰어넘으면서 이야기를 앞으로 앞으로 계속 끌고 나갔다. 바로 이 코르네플로도프가 미챠에게 상세히 물어보고 그가 제시할 수 있었던 서류들을(서류에 관한 미챠의 얘기는 명확하지 못했고 이 부분에서 그는 특히 허둥댔다) 꼼꼼하게 검토한 뒤 말하길, 체르마쉬냐 마을은 어머니의 유산으로 당연히 미챠 그의 소유가 되어야 하므로 이에 대해서는 실제로 소송을 제기하여 그 추악한 노인네를 꼼짝 못하게 할 수 있다고 했다는 것이다…… "왜냐하면 모든 문이 닫힌 것은 아니며, 법률가들은 빠져나갈 길을 이미 알고 있으니까요." 요컨대, 표도르 파블로비치에게서 6천 정도, 아니 7천까지도 추가 지불금을 기대할 수 있다는 것인데, 왜냐하면 체르마쉬냐가 어쨌든 적어도 2만 5천, 아니 2만 8천은 분명히 나간다는 것이다. "아니, 3만, 3만입니다, 쿠지마 쿠지미치, 그런데 한번 생각해보십시오, 저는 이 잔인한 인간한테서 1만 7천도 못 받아냈단 말입니다……!" 그래서 저, 미챠는 그때는 법률이란 것을 잘 몰라서 이 일을 그냥 팽개쳐두었지만, 여기 와서 보니 오히려 저쪽에서 소송을 걸어놓아 기가 막힌다는 말이었다(여기서 미챠는 또다시 말이 엉키더니 또다시 껑충 뛰어넘어버렸다). 그러니 더없이 고결하신 쿠지마 쿠지미치, 이 악당에 대한 저의 모든 권리를 당신이 인수하실 의향은 없으신지, 저한테는 단돈 3천만 직접

주시면 된다…… 당신은 어떤 경우에도 절대 패소할 리가 없다, 명예를 걸고, 명예를 걸고 맹세하겠다, 오히려 당신은 3천을 내고 6천, 아니 7천을 버실 수 있다…… 하지만 중요한 것은, 이 일을 "오늘 당장이라도" 끝내주십사 하는 것이다. "저는 당신의 공증사에게도 가겠고, 무엇이든, 거기가 어디든…… 한마디로, 저는 모든 것을 할 용의가 있고, 당신이 요구하시는 대로 무슨 서류든 다 넘겨드리겠고, 모든 것에 서명하겠으니…… 이 서류를 지금 당장이라도 작성하면 어떻겠습니까. 가능하다면, 가능하기만 하다면, 당장 오늘 아침 중으로라도…… 저한테는 그 3천을 주셨으면 하는데…… 왜냐하면 이 도시에서 당신과 겨룰 만한 자본가가 누가 있겠습니까…… 그러니 저를 구하시는 셈치고…… 한마디로, 당신은 더없이 고결한 일을 위해, 더없이 고상한 일을 위해 불쌍한 제 목숨을 구해주시는 셈이라 말씀드릴 수 있습니다…… 저는 어떤 분에 대해 고결하기 그지없는 감정을 품고 있으니까요, 당신이 너무도 잘 알고 계시고 아버지의 마음으로 보살펴주시는 어떤 분에 대해 말입니다. 만약 그렇지 않다면, 만약 당신이 그 여인에게 아버지 같은 분이 아니시라면, 이렇게 찾아오지도 않았을 겁니다. 이건 말하자면 세 사람이 여기서 이마를 부딪치게 된 것이지요, 운명이란—무시무시한 괴물이니까 말입니다, 쿠지마 쿠지미치! 이거야말로 리얼리즘, 쿠지마 쿠지미치, 리얼리즘입니다! 하지만 당신은 이미 오래전부터 여기서 제외해야 하니까, 이마 두 개가 남게 되는 거지요, 표현이 좀 어색한 것 같습니다만, 제가 문사는 아니잖습니까. 다시 말해 이마 하나는 제 것이고, 다른 이마는—그 악당 것이지요. 그러니 선택해주십시오. 저입니까, 그 악당입니까? 이제는 모든 것이 당신 손에 달렸습니다—운명

셋과 제비 둘이…… 죄송합니다, 그만 얘기가 빗나갔군요, 하지만 이해해주시겠지요…… 당신의 경애로운 눈빛을 보니 이해해주셨다는 걸 알겠습니다…… 만약 이해하지 못하셨다면, 오늘 당장이라도 물속에 뛰어들 겁니다, 예!"

미챠는 자신의 어처구니없는 연설을 이 '예'로써 끊어버리고는 자리에서 벌떡 일어나 자신의 멍청한 제안에 대한 답변을 기다렸다. 마지막 말을 내뱉은 순간, 그는 모든 것이 틀려버렸고 무엇보다도 아주 지독한 헛소리만 잔뜩 지껄였다는 것을 직감하고는 그만 절망감에 사로잡혔다. '이상한 일이군, 이곳으로 오면서는 모든 것이 훌륭하다 싶었는데, 지금 보니 완전 헛소리잖아!' 갑자기 이런 생각이 절망에 빠진 그의 머릿속을 스쳤다. 그가 말하는 동안 노인은 줄곧 꼼짝도 않고 앉아 얼음장 같은 눈빛으로 그를 지켜보았다. 하지만 일 분가량 그를 기다리게 한 뒤 드디어 쿠지마 쿠지미치가 단호하고 비정한 어조로 입을 열었다.

"죄송합니다요, 우리는 그런 사업을 하지 않습니다."

미챠는 갑자기 다리에 맥이 탁 풀리는 것을 느꼈다.

"그럼 이제 저는 어떡해야 합니까, 쿠지마 쿠지미치." 그가 창백하게 웃으면서 중얼거렸다. "정말 저는 이제 끝장입니까, 그렇습니까?"

"죄송합니다요……"

미챠는 여전히 그 자리에 선 채 꼼짝도 않고 상대방을 뚫어지게 바라보다가 갑자기 노인의 얼굴에서 무언가가 움직인 것을 알아챘다. 그는 흠칫 몸을 떨었다.

"이보십시오, 나리, 우리는 그런 일에 손대기 곤란합니다." 노인이 느릿느릿 말했다. "소송이니 변호사니, 그런 건 딱 질색입니다! 하지만 정

그러시다면, 사람이 하나 있으니, 그 사람한테 말해보시지요……"

"맙소사, 그게 누굽니까……! 당신이 저를 살려주시는군요, 쿠지마 쿠지미치." 미챠가 갑자기 더듬거렸다.

"이곳 사람이 아닙니다, 그 사람은, 지금 여기 있지도 않고요. 농사꾼 출신의 목재상인데, 별명이 랴가브이입니다. 표도르 파블로비치하고 벌써 일 년 전부터 당신의 그 체르마쉬냐에 있는 숲을 두고 흥정중인데, 값 때문에 계속 틀어지고 있지요, 아마 들으셨을 겁니다. 지금 그 사람이 때마침 이곳에 다시 와서 현재 일린스코예의 신부 집에 머무르고 있다는데, 볼로비야 역에서 12베르스타 정도 떨어졌다던가, 아무튼 일린스코예 마을이지요. 그 사람이 여기 나한테 편지를 보내 바로 그 일, 그러니까 그 숲에 대해 조언을 부탁했습니다. 표도르 파블로비치도 그자한테 직접 가보실 생각이랍니다. 그러니 당신이 표도르 파블로비치보다 선수를 쳐서, 방금 저에게 말씀하신 것을 랴가브이한테 제안한다면, 아마 성사될 수도……"

"천재적인 생각이십니다!" 미챠가 열광하며 말을 가로챘다. "딱 그 사람입니다, 그 사람이야말로 제격입니다! 흥정을 하고 있는데 값을 너무 세게 요구한다, 그런 판에 그에게 바로 소유권 증서를 내보여준다, 하-하-하!" 그러면서 미챠는 특유의 그 짧게 끊어지는, 나무토막 같은 웃음을 터뜨렸는데, 너무도 뜻밖이어서 삼소노프마저 고개를 흠칫했다.

"정말 어떻게 감사를 드려야 할지, 쿠지마 쿠지미치." 미챠는 펄펄 끓고 있었다.

"별말씀을요." 삼소노프가 고개를 숙여 보였다.

"당신은 모르시겠지만, 저를 구원해주신 겁니다. 오, 제가 당신을 찾아온 것도 어떤 예감이 있어서였습니다…… 그럼, 이제 그 신부한테!"

"감사받을 일도 아닙니다요."

"서둘러 가봐야겠습니다, 날아가겠습니다. 몸도 편치 않으신데, 폐를 많이 끼쳤습니다. 평생 잊지 않겠습니다, 러시아 사람으로서 말씀드리는 겁니다, 쿠지마 쿠지미치, 러-어시아 사람으로서!"

"됐습니다요."

미챠는 힘차게 악수를 하려고 노인의 손을 잡으려 했지만, 그 순간 상대방의 눈에 어떤 적의 같은 것이 번득였다. 미챠는 얼른 손을 거두었으나, 곧바로 자신의 의구심을 탓했다. '피곤해서 그러셨겠지……'라는 생각이 그의 머릿속에 언뜻 떠올랐다.

"그녀를 위해서입니다! 그녀를 위해서, 쿠지마 쿠지미치! 그녀를 위한 일이라는 걸 이해하실 테지요!" 갑자기 그는 홀이 온통 떠나가도록 큰 소리로 외치더니 넙죽 절을 하고는 몸을 획 돌려 그 빠른 걸음으로 옆도 돌아보지 않고 성큼성큼 출구를 향해 돌진했다. 그는 황홀해서 몸을 떨고 있었다. '만사가 이미 끝장날 판에 수호천사가 구해준 거야.' 이런 생각이 머릿속을 스쳤다. '이 노인처럼 수완 있는 사업가가(고결하기 그지없는 노인이야, 태도도 얼마나 위엄이 넘치는지!) 가르쳐준 길이니, 이건…… 이건 이미, 그야말로, 승리가 확실해. 지금 당장 날아가야 돼. 밤이 되기 전에 돌아와야지, 밤에는 돌아올 거야, 어쨌든 일은 이미 성공했어. 설마 노인이 나를 가지고 놀았을 리가 있나?' 미챠는 자신의 하숙집으로 발걸음을 옮기며 그렇게 감탄을 연발했는데, 물론 다른 생각은 머리에 떠오를 겨를도 없었다. 이건 그러니까—이런 일이라면 훤할뿐더러 그 랴가브이라는(정말 희한한 성姓이군!) 자도 잘 알고 있는 사람이(그런 대단한 수완가가) 실질적인 조언을 해준 것일까, 아니면—아니면 노인네가 그를 가지고 놀았던 것일까! 아아, 어찌하랴! 이 두번째 생각이야말로 유일하게 옳은 것이었으니! 훗날, 이미 오랜 시간이 지나고 모든 파국이 이미 일어난 뒤에, 삼소노프 노인은 그때 '대위'를 가지고 놀았다고 웃으면서 자인했다. 노인은 표독스럽고 냉혹하고 냉소적인데다가 병적일 정도로 반감을 품는 사람이었다. 과연 무엇이 그때 노인을 그렇게 부추겼는지, 그게 대위의 열광한 모습 때문이었는지, 자신의 '계획'이라는 그런 헛소리에 삼소노프 그가 넘어갈 거라고 여긴 그 '헤픈 놈, 낭비광'의 멍청한 확신 때문이었는지, 아니면 '이 불한당'으로 하여금 그런 돼먹잖은 생각을 가지고 돈을 구하러 가게끔 만든 그루셴카에 대한 질투심 때문이었는지는—나도 알지 못하지만, 여하튼 그때 미챠가 다리에 맥이 풀리는 걸 느끼면서 그의 앞에 서서 자기는 끝장났다고 얼이 빠져 외쳐대던 그 순간—바로 그 순간, 노인은 끝없는 증오심을 품고 그를 바라보면서 그를 한번 가지고 놀아보자는 생각을 했던 것이다. 미챠가 밖으로 나가자, 쿠지마 쿠지미치는 증오심에 하얗게 질려 아들을 돌아보며 명령했다, 앞으로 다시는 이 건달이 얼씬도 못하도록 하라, 마당에도 들여놓지 마라, 그렇지 않을 시엔……

그는 이 위협적인 말을 미처 끝맺지 못했지만, 노기등등한 아버지를 자주 보아온 아들조차 겁에 질려 벌벌 떨었다. 꼬박 한 시간이 지난 뒤에도 노인은 분을 삭이지 못해 온몸을 부들부들 떨고 있다가 저녁녘에는 아예 몸져누워 '의원'을 부르러 사람을 보냈다.

II
랴가브이

그리하여 당장 '달려가야' 했으나 말을 빌릴 돈이 한푼도 없었고, 가진 거라곤 20코페이카짜리 은화 두 닢이 전부였으니, 이것이—그 지난 여러 해 동안 호탕하게 펑펑 쓰며 살아온 끝에 남은 전부였다! 하지만 그의 하숙방에는 이미 오래전에 멎어버린 낡은 은시계가 하나 있었다. 그는 그것을 집어들고, 시장에서 작은 가게를 열고 있는 유대인의 시계방을 찾아갔다. 그는 시계 값으로 6루블을 내주었다. '이거 뜻밖인걸!' 미챠는 황홀해하며 이렇게 외치고는(그는 아까부터 줄곧 황홀해하고 있었다), 6루블을 움켜쥐고 집으로 달려갔다. 하숙집에 돌아온 그는 주인들에게서 3루블을 빌려 필요한 금액을 채웠는데, 그들은 주머니를 탈탈 턴 돈인데도 그에게 기꺼이 빌려줄 정도로 그를 좋아했다. 미챠는 열광한 상태였던지라 바로 그 자리에서 그들에게 이제 자신의 운명이 결정되는 순간이 왔다고 털어놓으면서, 방금 삼소노프에게 제의했던 자신의 '계획'을 거의 전부, 이어 삼소노프가 내놓은 해결책, 자신의 장래 희망 등등을 당연히 숨이 넘어가리만큼 서둘러대며 얘기해주었다. 주인들은 전에도 그의 여러 비밀 얘기를 들어왔던 터라, 그를 오만한 귀족 나리가 아니라 자기들 사람처럼 대했다. 이런 식으로 9루블을 모은 미챠는 볼로비야 역까지 갈 역마차를 부르게 했다. 하지만 이렇게 해서 '모종의 사건이 있기 전날 정오만 해도 미챠는 가진 돈이 한푼도 없었고, 돈을 마련하기 위해 시계를 팔았고, 집주인들에게서 3루블을 꾸었고, 모든 것이 증인들이 있는 자리에서 이루어졌다'는 사실이 기억되고 드러나게 된 것이다.

나는 이 사실을 미리 지적해두는 바인데, 왜 이렇게 하는지는 나중에 밝혀질 것이다.

볼로비야 역을 향해 마차가 내달리기 시작하자, 미챠는 드디어 '이 모든 일'이 마무리되고 해결되리라는 기쁜 예감에 환히 빛나고 있었지만, 그러면서도 두려움 때문에 줄곧 떨고 있었다. 그가 없는 사이 그루셴카에게 지금 무슨 일이 일어나지나 않을까? 하필이면 바로 오늘, 결국 표도르 파블로비치에게 가기로 결심한다면? 바로 이 때문에 그는 그녀에게 아무 말도 하지 않고 떠났고, 주인들에게도 만약 어디서 누가 와서 물어보더라도 절대로 그의 행방을 밝히지 말라고 단단히 일러두었던 것이다. '반드시, 반드시 오늘 저녁까지는 돌아가야 한다.' 그는 마차 안에서 몸을 떨면서 이렇게 되뇌었다. '그 랴가브이를 가능하면 이쪽으로 끌고 와서…… 그 서류를 작성해야지……' 마음을 졸이면서 미챠는 이렇게 꿈꾸었지만, 아아, 어찌하랴, 이 꿈은 도무지 그의 '계획'대로 이루어질 수 없는 운명이었다.

첫째, 그는 볼로비야 역에서 시골길로 출발하는 바람에 늦고 말았다. 시골길은 12베르스타가 아니라 18베르스타였던 것이다. 둘째, 그가 갔을 때 일린스코예의 신부는 잠시 이웃 마을에 가 있어 집에 없었다. 이미 지칠 대로 지친 말들을 몰고 이웃 마을로 출발하여 거기서 신부를 찾는 동안 어느새 거의 밤이 되고 말았다. 신부는 소심하면서도 상냥해 보이는 사람이었는데 그가 곧바로 설명해준 바에 따르면, 이 랴가브이라는 사람은 처음에는 자기 집에 머물렀지만 지금은 수호이 포숄로크라는 마을에 가 있고, 거기서도 숲 흥정을 해야 해서 오늘밤은 그곳 산지기의 오두막에서 묵는다는 것이었다. "자기를 살려주는 셈치고" 지금 곧 랴가브이에게 좀 데려다달라는 미챠의 간곡한 부탁에 신부는 처음엔 좀 망설였으나, 결국 수호이 포숄로크까지 그를 바래다주는 데 동의했는데, 보아하니 호기심이 동한 눈치였다. 하지만 이 무슨 불행인지, 신부는 기껏 1베르스타 '남짓'한 거리이니 '살살 걸어'가자고 권했다. 미챠는 물론 그러자고 하면서 그의 버릇대로 성큼성큼 걷기 시작했으므로, 불쌍한 신부는 뛰다시피 그의 뒤를 따라가야만 했다. 신부는 아직 늙지는 않았으나 무척 조심스러운 사람이었다. 미챠는 곧 그에게도 자신의 계획을 털어놓기 시작하더니, 초조한 어조로 랴가브이와 관련해 열심히 조언을 구하기도 하면서 길을 가는 내내 쉴새없이 말을 늘어놓았다. 신부는 주의깊게 듣고 있었으나 조언은 별로 하지 않았다. 미챠가 물어봐도, "모르겠군요, 오, 정말 모릅니다, 제가 어디서 그걸 알겠습니까"라는 식으로 대답을 얼버무리곤 했다. 미챠가 유산상속 문제로 아버지와 충돌하고 있다는 얘길 꺼내자 신부는 소스라치기까지 했는데, 자신이 표도르 파블로비치와 일종의 의존적인 관계에 있기 때문이었다. 그렇긴 해도 신부는 몹시 의아해하며 어째서 이 농사꾼 출신의 장사치 고르스트킨을 랴가브이라고 부르는지 물어보더니, 이 사람이 실제로 랴가브이이긴 하지만 이 이름에 대해 아주 심하게 모욕을 느끼는 걸로 보아 랴가브이가 아닐 수도 있으니 반드시 고르스트킨이라고 불러야 한다고 미챠에게 친절히 설명해주면서, "그렇게 하지 않으면 그 사람하고는 어떤 일도 성사시키지 못할 겁니다, 아니 아예 말을 들으려고도 하지 않을 겁니다"라고 말을 맺었다. 미챠는 좀 놀라서, 삼소노프 자신이 그 사람을 그렇게 부르더라고 급히 해명했다. 이런 사정 얘기를 듣자 신부는 곧바로 화제를 딴 데로 돌려버렸는데, 그때 그가 마음에 짚이는 바를 드미트리 표도로비치에게 곧장 밝혔더라면 오히려 좋았으리라. 만약에 삼소노프가 미챠를 이 농사꾼에게 보내면서 랴가브이라고 불렀다면 무슨 까닭이 있어 미챠를 골려주려고 했던 게 아닐까, 여기엔 뭔가 좋지 못한 의도가 있는 게 아닐까? 하고 말이다. 하지만 미챠는 '그런 자질구레한 것들에' 신경쓸 겨를이 없었다. 그는 길을 재촉하며 걸었고, 수호이 포숄로크에 도착하고 나서야, 자기들이 걸어온 거리가 1베르스타도 1베르스타 반도 아니고 3베르스타는 족히 된다는 것을 알아차렸다. 그는 분통이 터질 지경이었지만 꾹 참았다. 그들은 오두막 안으로 들어갔다. 신부와 아는 사이인 산지기는 오두막의 절반을 쓰고 있고, 현관 건너편에 있는 깔끔한 다른 절반은 고르스트킨이 차지하고 있었다. 그들은 이 깔끔한 쪽 오두막으로 들어가서 수지獸脂 양초를 켰다. 오두막 안은 불을 많이 때서 후끈후끈했다. 소나무로 만든 탁자 위에는 불이 꺼진 사모바르가 있고, 찻잔이 놓인 쟁반과 다 마신 럼주 병, 마시다 만 예닐곱 홉들이 보드카 병, 먹다 남은 밀빵조각도 있었다. 정작 손님은 베개 대신 웃옷을 둘둘 말아 머리 밑에 베고는 긴 나무걸상에 몸을 쭉 뻗고 누워 맹렬하게 코를 드르렁드르렁 골고 있었다. 미챠는 좀 망설여졌다. '물론 깨워야지. 얼마나 중요한 일인데, 그래서 이렇게 급히 왔고 또 오늘 안에 급히 돌아가야 하니까.' 미챠는 조급해서 속이 탔으나, 신부와 산지기는 자신들의 생각을 말하지 않고 묵묵히 서 있기만 했다. 미챠는 다가가서 제 손으로 깨우기 시작했고 힘을 다해 깨워봤지만, 잠든 사람은 도무지 일어나지 않았다. '술에 곯아떨어졌군' 하고 미챠는 판단했다. '그럼 나는 어쩌지, 맙소사, 어쩌면 좋단 말인가!' 그러다 갑자기 무섭게 초조해져서, 자는 사람의 팔다리를 잡아당기기도 하고, 머리를 흔들어보기도 하고, 몸을 일으켜세워 걸상에 앉혀보려고도 했지만, 그렇게 오랫동안 애를 써도 상대방은 괴상망측한 소 울음소리를 내면서 무슨 말인지 분명치도 않은 욕을 맹렬하게 퍼붓기 시작한 게 전부였다.

"안 되겠습니다, 좀더 기다리시는 편이 낫겠습니다." 마침내 신부가 입을 열었다. "아무래도 제정신이 아닌 것 같은데요."

"종일 마셨거든요." 산지기가 말을 받았다.

"맙소사!" 미챠가 소리쳤다. "내가 얼마나 절박한지, 내가 지금 얼마나 큰 절망에 빠져 있는지 알기나 하시오!"

"아니, 그래도 아침까지 기다리시는 게 낫겠습니다." 신부가 되풀이했다.

"아침까지? 무슨 그런 말씀을, 그럴 수는 없습니다!" 그는 절망한 나머지 술꾼을 깨우려고 다시 덤벼들려다가 그래 봐야 아무 소용 없다는 것을 깨닫고는 곧바로 단념했다. 신부는 말이 없었고, 잠이 덜 깬 산지기는 얼굴이 어두웠다.

"리얼리즘이 정말이지 끔찍한 비극을 인간에게 안겨주는군!" 미챠는 완전히 절망하여 중얼거렸다. 그의 얼굴에서 땀이 줄줄 흘러내렸다. 이때를 틈타 신부는, 설령 잠자는 사람을 깨우는 데 성공한다 해도 저렇게 술에 취한 양반이 무슨 대화를 할 수 있겠느냐면서, "그런데 당신에겐 중요한 용건이 있으니, 아침까지 저대로 두는 편이 더 옳을 겁니다……"라고 아주 조리 있게 설명했다. 미챠는 도리 없다는 듯 두 팔을 벌려 보이며 동의했다.

"신부님, 저는 촛불을 켜놓고 여기 남아서 기회를 포착하겠습니다. 깨어나면 곧바로 시작하려고요…… 자네한테 양초 값은 내겠네." 그가 산지기 쪽으로 얼굴을 돌렸다. "물론 숙박비도, 이 드미트리 카라마조프를 좋게 기억하게 될 걸세. 다만 신부님, 신부님은 어떻게 해야 될지, 어디서 주무시겠습니까?"

"아니, 저는 집으로 가겠습니다요. 이 사람의 암말을 타고 가면 됩니다." 그는 산지기를 가리켰다. "그럼 이만 실례합지요, 일이 모두 뜻대로 되길 빌겠습니다."

결국 그렇게 결정을 보았다. 신부는 암말을 타고 출발했는데, 드디어 풀려나서 기쁜 얼굴이었지만 그래도 여전히 난감한 듯 고개를 갸우뚱거리면서, 내일 자신의 은인인 표도르 파블로비치에게 이 진기한 사건에 대해 미리 알려줘야 하지 않을까 곰곰 생각에 잠겼다. '그러지 않았다가 혹시라도 다른 데서 알게 되면 화가 나서 앞으로 나를 돌봐주지 않을지도 몰라.' 산지기는 목덜미를 긁적거리고는 말없이 자신의 오두막 방으로 물러갔고, 미챠는 자기 말마따나 기회를 포착하기 위해 걸상에 앉았다. 깊은 우수가 무거운 안개처럼 그의 영혼을 뒤덮었다. 깊고도 무서운 우수였다! 그는 앉아서 생각에 잠겼으나, 그 무엇도 깊이 생각할 수가 없었다. 초 심지가 까맣게 타고, 귀뚜라미가 울어대고, 뜨겁게 불을 땐 방안은 참을 수 없을 정도로 숨이 턱턱 막혀왔다. 갑자기 그의 눈앞에 정원이, 정원 뒤의 통로가 떠오르더니, 아버지 집의 문이 은밀하게 열리면서 문안으로 그루셴카가 뛰어들어간다…… 그는 걸상에서 벌떡 일어났다.

"비극이다!" 그는 이를 부드득 갈면서 이렇게 내뱉고는, 잠자고 있는 사나이 곁으로 기계적으로 다가가 그자의 얼굴을 바라보기 시작했다. 그자는 아직 그다지 늙지 않은 깡마른 농사꾼으로, 유난히 긴 얼굴에 아맛빛 머리카락은 곱슬이었고, 불그죽죽한 색의 가느다란 수염을 길게 기르고 무명 루바쉬카와 검은 조끼를 입었는데 조끼 주머니 밖으로 은시계의 줄이 삐주룩이 나와 있었다. 미챠는 무서운 증오심을 느끼며 사나이의 얼굴을 들여다보았는데, 왜 그런지 그의 곱슬머리가 유난히 증오스러웠다. 무엇보다 참을 수 없이 화가 났던 것은, 미챠 자신이 한시도 지체할 수 없는 일 때문에 그토록 많은 희생을 하고 그토록 많은 것을 내던지고 완전히 녹초가 되어 이렇게 그를 내려다보며 서 있건만, 이 빌어먹을 건달 놈은 '지금 내 운명이 송두리째 이놈한테 달려 있는데도' 아무 일 없다는 듯 마치 다른 행성에서라도 온 것처럼 태평하게 코나팔을 드렁드렁 불어가며 자고 있어서였다. "아아, 어찌 이런 운명의 아이러니가!" 미챠는 이렇게 외치더니 갑자기 완전히 이성을 잃고서, 술에 곯아떨어진 농군을 깨워보려고 또다시 달려들었다. 미친 듯이 격분하여 사내를 거세게 잡아당기고 쿡쿡 찌르고 심지어 때리기까지 하면서 어떻게든 깨워보려고 애썼지만, 오 분가량 그렇게 법석을 떨었는데도 또다시 아무 효과가 없자 그만 맥없이 절망에 빠져서는 걸상으로 되돌아와 철퍼덕 주저앉았다.

"한심하다, 한심해!" 미챠가 외쳤다. "게다가…… 이 모두 얼마나 창피한 노릇이냐!" 무엇 때문인지 그는 갑자기 이렇게 덧붙였다. 머리가 깨질 듯이 아파왔다. '아예 집어치울까? 그냥 가버릴까?' 하는 생각이 머리를 스쳤다. '아니다, 일단 아침까지는 기다리자. 그래, 오기로라도 남겠다, 오기로라도! 그러려면 뭣하러 왔단 말이냐? 게다가 타고 갈

마차도 없는데, 지금 와서 어떻게 떠난다는 거냐, 아아, 정말 어처구니 없긴!'

하지만 두통이 점점 더 심해졌다. 그는 꼼짝도 않고 앉아 자기도 모르는 새 꾸벅꾸벅 졸다가 그만 앉은 채 깜박 잠이 들고 말았다. 보아하니 두 시간 혹은 그 이상을 잔 것 같았다. 그는 비명이라도 터져나올 만큼 참을 수 없이 머리가 쑤셔오는 바람에 잠을 깼다. 관자놀이께가 지끈거리고 정수리가 빠개질 듯 아팠다. 잠을 깨고서도 한참 동안 정신을 제대로 차릴 수가 없었고, 자신에게 무슨 일이 일어났는지도 알 수가 없었다. 마침내 그는 방에 불을 너무 심하게 땐 탓에 무서운 탄산가스가 가득차서 하마터면 죽을 뻔했다는 것을 알아챘다. 술 취한 사내는 여전히 누워서 코를 드렁거리고 있었다. 몽톡해진 양초는 녹아내려 금방이라도 꺼질 참이었다. 미챠는 소리를 내지르면서 현관 건너편에 있는 산지기의 오두막 방으로 비틀비틀 달려갔다. 산지기는 이내 눈을 뜨고는, 건넌방에 탄산가스가 찼다는 얘기를 듣고 곧 처리하러 나오긴 했지만, 이 사실을 이상하리만큼 덤덤하게 받아들이는 통에 미챠는 놀라다 못해 화가 치밀었다.

"하지만 그 사람이 죽었다면, 정말 죽었다면, 그땐…… 그땐 어떡할 거야?" 미챠는 미친 듯이 흥분하여 산지기 앞에서 소리쳤다.

그들은 문을 활짝 열어젖히고, 창문을 열고, 난로의 연통도 열었다. 미챠는 현관에서 물통을 끌고 와 우선 자신의 머리를 적신 다음, 무슨 넝마쪽 같은 것을 찾아내 물에 담갔다가 랴가브이의 머리에 얹어주었다. 산지기는 여전히 이 모든 사건이 어째 영 같잖기만 한지, 창문을 열어놓고는 "이러면 됐습니다"라고 퉁명스레 한마디 내뱉더니—불이 켜진 철제 등불을 미챠에게 남겨두고 다시 자러 가버렸다. 미챠는 탄산가스에 중독된 술 취한 사내의 머리를 물로 적셔주느라 반시간가량이나 씨름하면서, 이제는 아예 밤새도록 한잠도 안 자기로 단단히 마음먹었지만, 너무 피곤해서 숨이라도 좀 돌리려고 어떻게 잠깐 자리에 걸터앉자마자, 그만 순간적으로 눈이 감기면서 곧바로 정신없이 걸상에 길게 몸을 뻗고는 죽은 사람처럼 잠이 들어버렸다.

그는 끔찍하게 늦게야 잠에서 깨어났다. 벌써 아침 아홉시는 된 것 같았다. 오두막의 조그만 두 창문으로 햇살이 눈부시게 비쳐들었다. 어제의 그 곱슬머리 농군은 벌써 반외투까지 입고 걸상에 앉아 있었다. 그의 앞에는 새로 준비한 사모바르와 예닐곱 홉들이 새 술병이 놓여 있었다. 어제 마시다 남은 술병은 이미 다 해치우고 새 병의 술도 반 이상 비운 상태였다. 벌떡 일어난 미챠는 이 저주받을 농군이 또다시 취해 있고, 그것도 아주 돌이킬 수 없이 고주망태가 되어 있다는 것을 순식간에 알아차렸다. 그는 눈을 부릅뜨고 잠시 농군을 노려보았다. 농군도 말없이 교활한 눈으로 그를 쳐다보았는데, 그게 미챠에겐 모욕적일 정도로 태연하고 어쩐지 깔보는 듯 거만하게만 느껴졌다. 미챠는 농군을 향해 몸을 던졌다.

"실례합니다만, 저어기…… 저는…… 당신도 아마 저쪽 방에 있는 이곳 산지기에게서 들으셨겠지만, 저는 육군 중위 드미트리 카라마조프인데, 당신과 숲 문제로 흥정중인 카라마조프 노인의 아들입니다……"

"거짓말 집어치워!" 농군이 갑자기 단호하고 침착하게 딱 잘라 말했다.

"거짓말이라뇨? 표도르 파블로비치를 아시잖습니까?"

"네놈의 표도르 파블로비치 같은 건 알지도 못해." 혀를 어찌어찌 무겁게 굴려가며 농군이 말했다.

"숲, 숲을 아버지와 흥정하고 계신다면서요, 제발 잠 좀 깨시고 정신 차리십시오. 일린스코예의 파벨 신부님이 저를 여기 데려다주었습니다…… 당신은 삼소노프에게도 편지를 썼지요, 그분이 저를 당신한테 보낸 겁니다……" 미챠는 숨을 헐떡였다.

"거-어짓말!" 랴가브이가 또다시 딱 잘라 말했다.

미챠는 다리가 서늘해졌다.

"무슨 말씀입니까, 이건 절대 농담이 아닙니다! 술이 과하신 모양입니다. 그래도 말을 하고 알아들을 수는 있잖습니까…… 그렇지 않다면, 그렇지 않다면, 뭐가 뭔지 도통 모르겠습니다!"

"넌 염색장이야!"

"대체 무슨 말씀입니까, 저는 카라마조프, 드미트리 카라마조프라고요, 당신에게 제안할 게 있어서…… 유리한 제안…… 아주 유리한 것인데…… 다름아니라 그 숲과 관련해서요."

농군은 거드름을 피우며 구레나룻을 쓰다듬었다.

"아냐, 네놈은 납품을 청부받고는 비열한 본색을 드러냈어, 네 이 비열한 놈!"

"정말이지, 뭔가 오해를 하고 계십니다!" 미챠는 절망한 나머지 손을 쥐어짰다. 농군은 계속 수염을 쓰다듬다가 갑자기 교활하게 눈을 가늘게 떴다.

"아니, 이놈아, 나한테 어디 한번 보여줘봐라, 그런 더러운 짓을 해도 좋다는 법률이라도 있는지 어서 한번 보여줘봐, 듣고 있냐! 너는 비열한 놈이야, 알겠어?"

미챠는 암담한 심정으로 물러섰는데, 나중에 자신이 한 말대로 갑자기 '뭔가로 이마를 세게 얻어맞은' 기분이었다. 한순간에 왠지 머릿속이 환해졌고, '횃불이 확 타오르면서 모든 것을 깨달았다'는 것이다. 그는 그 자리에 말뚝처럼 굳은 채 서서, 어떻게 자기가, 그래도 똑똑하다는 인간이, 그 멍청한 수작에 넘어가 이런 엽기적인 일에 빠져들어서는 거의 하루 밤낮을 꼬박 이런 랴가브이 같은 작자와 씨름하면서 머리를 적셔주고 할 수 있었던가 싶어 어이가 없었다……'그래, 이 작자는 취했어, 귀신이 잡아가도 모를 만큼 취한데다 아직도 일주일은 더 퍼마실 건데—뭣하러 여기서 더 기다려? 그런데 만약 삼소노프가 나를 일부러 여기로 보낸 거라면? 또 만약에 그녀가…… 오, 하느님, 내가 무슨 짓을 한 거지……!'

사내는 앉아서 그를 쳐다보며 벌쭉벌쭉 웃고 있었다. 다른 때 같았으면 미챠도 홧김에 이 멍청이를 때려죽였을지 모르지만, 지금은 그 자신이 어린애처럼 완전히 약해져 있었다. 그는 조용히 걸상으로 다가가 외투를 집어들어 말없이 걸치고는 오두막을 나왔다. 오두막의 건넌방에는 산지기는 물론 아무도 없었다. 그는 호주머니에서 잔돈 50코페이카를 꺼내 숙박비와 양초 값, 그리고 불편을 끼친 값으로 탁자 위에 놓아두었다. 오두막을 나와서 보니 주위는 온통 숲이고 그 밖엔 아무것도 없었다. 오두막에서 어느 쪽으로 꺾어야 하는지—오른쪽인지 왼쪽인지조차 기억해내지 못하면서 그는 그저 되는대로 걷기 시작했다. 어젯밤에 신부와 함께 여기로 워낙 급히 오느라 미처 길을 기억해두지 못했던 것이다. 누구에 대해서도, 심지어 삼소노프에 대해서도 복수심이 일지 않았다. 그는 어디로 가는지 신경조차 쓰지 않고, 얼이라도 빠진 듯 망연자실한 모습으로 '물거품이 돼버린 계획'을 가슴에 품고서 좁다란 숲길을 터벅터벅 걸어갔다. 길에서 만나는 어떤 어린애라도 그를 때려눕힐 수 있을 만큼, 몸도 마음도 갑자기 완전히 지쳐 있었다. 그래도 그럭저럭 숲을 빠져나갈 수는 있었다. 갑자기 가없이 너른 공간이, 가을걷이를 끝낸 벌거숭이 들판이 눈앞에 펼쳐졌다. "정말 절망이로구나, 어딜 보나 죽음뿐이다!" 이렇게 되뇌면서 그는 앞으로 앞으로 무작정 발걸음을 옮겼다.

그를 구해준 건 지나가던 사람들이었다. 마부가 어느 늙은 상인을 태우고 마침 그 시골길을 지나고 있었다. 마차가 가까이 다가오자 미챠는 길을 물어보았는데, 알고 보니 그들도 볼로비야로 가는 참이었다. 그들과 타협이 잘되어 미챠도 함께 타고 갈 수 있었다. 세 시간쯤 뒤 목적지에 도착했다. 볼로비야 역에 닿자마자 미챠는 시내로 가는 역마차를 주문했으나, 갑자기 도저히 견딜 수 없는 시장기를 느꼈다. 말을 마차에 매는 동안, 그는 달걀 부침을 만들어 가져오게 했다. 그는 순식간에 그것을 다 먹어치우고 커다란 빵조각도 말끔히 먹어치우고 함께 나온 소시지도 남김없이 해치우고 보드카도 석 잔이나 들이켰다. 배 속이 든든해지자 기운도 나고 마음도 한결 밝아졌다. 그는 쉴새없이 마부를 재촉하며 쏜살같이 길을 내달렸고, 그러는 중에도 갑자기, 오늘 저녁이 되기 전에 '이 망할 놈의 돈'을 어떻게 손에 넣을 것인가 하는 새롭고도 이미 '확고부동한' 계획을 세웠다. "생각만 해도, 그저 생각만 해도 쳇, 이 하찮은 3천 때문에 인간의 운명이 파멸하게 되다니!" 그는 경멸감에 차서 외쳤다. "오늘은 꼭 해결짓고 말 테다!" 만약 그루셴카에 대한 생각, 혹시 그녀에게 무슨 일이라도 일어나지 않았을까 하는 생각이 끊임없이 떠오르지만 않았더라도, 그는 아마 다시금 완전히 유쾌해졌을지 모른다. 그러나 그녀에 대한 생각이 날카로운 칼날처럼 매 순간 그의 영혼을 찔러댔다. 드디어 시내에 도착하자, 미챠는 곧바로 그루셴카에게 달려갔다.

III
금광

이것이 그루셴카가 그토록 겁에 질려서 라키친에게 얘기해주었던 바로 그 미챠의 방문이었다. 그녀는 그때 '급한 소식'을 기다리던 중이어서, 미챠가 어제도 오늘도 오지 않은 것을 무척 기뻐하며 부디 하느님께서 보우하사 자기가 출발할 때까지 오지 말았으면 하고 바랐는데, 그만 느닷없이 그가 들이닥쳤던 것이다. 그다음의 일은 우리도 이미 아는 바이다. 그를 따돌리기 위해 그녀는 '돈 계산 때문에' 죽어도 가봐야 하니 쿠지마 쿠지미치 집에 당장 좀 바래다달라고 설득했고, 그래서 미챠가 곧바로 데려다주자 쿠지마의 집 대문 옆에서 헤어지면서, 나중에 열한시가 좀 지나면 다시 와서 자기를 도로 집으로 바래다주겠다는 약속까지 받았다. 미챠도 이런 조치가 반가웠다. '쿠지마한테 가서 앉아 있다면 표도르 파블로비치한테는 가지 않는다는 얘기지…… 거짓말을 하는 것만 아니라면.' 그는 이내 이렇게 덧붙이면서 생각했다. 하지만 그가 보기에 거짓말을 하는 것 같지는 않았다. 미챠는 그러니까 질투심이 강한 사내였는데, 즉 사랑하는 여자와 잠시라도 헤어지기만 하면 곧바로, 그녀에게 무슨 일이 일어나지는 않을까, 그녀가 거기서 자기를 '배신'하지는 않을까 하고 온갖 무시무시한 일을 수도 없이 생각해낸 끝에 그녀가 자기를 배반해버렸다고 이미 돌이킬 수 없이 단정지어버리고는 그 충격으로 마치 죽은 사람처럼 되어 다시 그녀에게 헐레벌떡 달려오지만, 그녀의 얼굴을, 생글생글 웃고 있는 이 여자의 즐겁고 상냥한 얼굴을 보자마자 금세 기운이 되살아나서 의심 따위는 한순간에 떨쳐버리고 자신의 질투를 수치스러워하며 기쁜 마음으로 자신을 탓하는 그런 성질의 질투쟁이였다. 그루셴카를 바래다준 뒤 그는 자신의 하숙집으로 달려갔다. 오, 오늘 중으로 해야 할 일이 아직도 태산 같았다. 하지만 적어도 마음은 한결 가벼웠다. '그래도 지금 한시바삐 스메르쟈코프를 만나서 꼭 알아내기는 해야 돼, 혹시 어제저녁에 거기서 무슨 일이 있지는 않았는지, 혹시라도 그녀가 표도르 파블로비치를 찾아가진 않았는지, 에잇 젠장!' 문득 이런 생각이 그의 머리를 스쳤다. 그러자 하숙집에 미처 도착하기도 전에 다시금 질투가 그의 끊임없이 요동치는 마음속에서 이미 들끓기 시작했다.

질투! '오셀로는 질투심이 강했던 게 아니다, 그는 사람을 쉽게 믿었던 것이다.'* 이것은 푸쉬킨이 한 말인데, 벌써 이 한마디만으로도 우리의 위대한 시인이 얼마나 비범하고 깊은 통찰력을 지녔는지 증명된다. 오셀로는 오로지 그의 이상이 파멸했기 때문에 영혼이 으스러지고

* 푸쉬킨이 1830년대에 남긴 메모 「식탁에서의 잡담」의 일절.

그의 모든 세계관이 흐려졌을 따름이다. 그러나 오셀로는 몸을 숨기거나 염탐을 하거나 엿듣거나 하지는 않을 것이다. 사람을 너무나도 신뢰하기 때문이다. 오히려 그가 상대방의 배신을 그저 눈치라도 채게 하려면, 온갖 비상한 노력을 기울여 그를 유인하고 충동질하고 부채질해야만 했다. 정말로 질투심이 강한 사람은 그렇지 않다. 질투심이 강한 사람들은 아무런 양심의 가책도 받지 않고, 상상조차 할 수 없는 온갖 오욕과 도덕적 타락에 거리낌없이 응한다. 그렇다고 해서 이들이 반드시 비열하고 더러운 영혼의 소유자들이라는 얘기는 아니다. 오히려 자기희생으로 가득찬 순수한 사랑과 고상한 마음을 지녔으면서도, 탁자 밑에 몸을 숨기거나 비열하기 짝이 없는 인간들을 매수하거나 염탐과 엿듣기 같은 가장 추잡하고 더러운 짓을 서슴지 않을 수도 있다. 오셀로는 무슨 일이 있어도 배신과 타협할 수는 없었을 것이며—설령 용서는 할 수 있을지언정—아무리 그가 어린애들처럼 원한이라고는 모르는 순결무구한 영혼을 지녔다 해도, 타협만은 절대로 할 수 없었을 것이다. 정말로 질투심이 강한 자는 그렇지 않다. 질투심 강한 이런 인간이 무슨 짓을 서슴없이 일삼을 수 있고 어디까지 타협할 수 있으며 무엇까지 용서할 수 있는지는 가히 상상조차 하기 힘들다! 질투심이 강한 자들은 용서도 그 누구보다 빠르며, 모든 여자가 이 점을 알고 있다. 질투심이 강한 자는 예를 들어 이미 확실하게 증명되다시피 한 배신, 이미 제 눈으로 직접 목격한 포옹과 입맞춤까지도 대단히 빨리(물론 처음에야 한바탕 무서운 소동을 벌이지만) 용서할 수 있는데, 다만 이것은 예컨대 이번이 정말 '마지막'이었고 지금 이 시각부터는 그의 연적이 땅끝으로 떠남으로써 아예 사라져버리거나, 아니면 이 무서운 연적이 더이상 찾아올 수 없는 그런 어디로 자기가 그녀를 직접 데려갈 것이라는 확신을 어떻게든 가질 수 있을 때에만 그러하다. 물론 타협은 아주 잠깐 동안만 지속될 뿐인데, 그도 그럴 것이, 설령 연적이 실제로 사라져준다 해도 내일이면 벌써 또다른 새로운 연적을 생각해내 그 새로운 연적을 질투하기 시작할 것이기 때문이다. 그렇게 끊임없이 엿보아야 하는 사랑이 대체 뭐냐, 그렇게 열심히 감시해야 하는 사랑이 무슨 가치가 있느냐? 하고 여길지도 모르겠다. 그러나 바로 이것을 진짜 질투심이 강한 자들은 절대로 깨닫지 못하며, 나아가 그들 가운데는 고상한 마음을 지닌 사람들도 실제 더러 있다. 또하나 주목할 것은, 바로 이 고상한 마음을 지닌 사람들이 어디 골방 같은 데 서서 엿듣고 염탐할 때 그들 스스로 제 발로 기어들어갔던 그 모든 오욕을 '그 고상한 마음'으로 분명하게 깨닫고 있으면서도, 적어도 이 골방에 서 있는 그 순간만큼은 결코 양심의 가책을 느끼지 않는다는 점이다. 미챠도 그루셴카를 볼 때면 질투심이 금세 사라져버리고, 남을 잘 믿는 사람, 고결한 사람으로 순식간에 변했을 뿐만 아니라, 심지어 추한 감정을 품었던 자신을 경멸하기까지 했다. 그러나 이것은 오로지, 이 여인에 대한 그의 사랑 속에는 그저 단순한 정욕이나, 그가 알료샤에게 설명해주었던 '육체의 곡선' 하나만이 아니라, 그 자신이 상상하고 있던 것보다 훨씬 더 높은 무엇이 들어 있었음을 의미했다. 하지만 그 대신 그루셴카가 사라지기 무섭게, 미챠는 그녀가 온갖 비열하고 교활한 방법으로 자신을 배신하지 않을까 또다시 의심하기 시작하는 것이었다. 그러면서 양심의 가책 같은 건 조금도 느끼지 않았다.

그리하여 그의 가슴속에는 질투가 새로이 끓어오르기 시작했다. 아무튼 서둘러야 했다. 당장에 필요한 돈을 얼마라도 구하는 게 제일 급했다. 어제의 9루블은 여비로 거의 다 나갔고, 돈 한푼 없이는, 물론 어디든 한 걸음도 떼놓을 수 없지 않은가. 하지만 그는 아까 시골 마차를 타고 오면서 자신의 새로운 계획과 함께 당장 필요한 돈을 어디서 구할지도 이미 생각해두었다. 그는 결투용 멋진 권총 한 벌을 탄환과 함께 가지고 있었는데, 여태까지 전당을 잡히지 않은 것은 자신의 소지품 가운데 이 물건을 가장 소중하게 여기기 때문이었다. '수도'라는 술집에서 그는 이미 오래전에 어느 젊은 관리를 잠시 알게 된 적이 있는데, 어떤 기회에 그 술집에서 들은 바로는, 꽤나 부유한 이 총각 관리가 무기라면 사족을 못 쓸 만큼 좋아해서 권총, 연발 리볼버, 단검 들을 사서 자기 집 벽마다 걸어두고 지인들한테 보여주면서 자랑할 뿐만 아니라, 장전 요령, 발사 요령 등등 리볼버의 시스템을 전문가 수준으로 설명한다는 것이었다. 한참 생각할 것도 없이 미챠는 당장 그의 집으로 찾아갔고, 그에게 그 권총 한 벌을 담보로 10루블을 빌려달라고 제안했다. 관리는 기뻐하면서 그걸 아예 자기한테 팔라고 설득하기 시작했으나, 미챠가 응하지 않자 이자 따위는 절대로 받지 않겠다고 선언한 뒤 10루블을 내주었다. 두 사람은 친구가 되어 헤어졌다. 미챠는 급히 서두르면서 한시바삐 스메르쟈코프를 불러내기 위해 표도르 파블로비치의 집 뒤에 있는 자신의 정자를 향해 내달렸다. 하지만 이번에도 이렇게 해서, 내가 앞으로 말하게 될 어떤 엽기적인 사건이 있기 서너 시간 전만 해도 미챠에게는 돈이 단 1코페이카도 없어서 자신이 애지중지하던 물건을 10루블에 잡히기까지 했는데, 불과 세 시간 후에는 갑자기 그의 수중에 수천 루블이 있었다는 사실이 또다시 판명된 것이다…… 하지만 내 이야기가 너무 앞서나가는 듯하다.

마리야 콘드라치예브나(표도르 파블로비치의 이웃 여자)의 집에서는 스메르자코프가 앓아누웠다는 소식이 미챠를 기다리고 있다가 그를 엄청난 충격과 혼란에 빠뜨렸다. 그는 스메르자코프가 지하 광으로 떨어졌다는 얘기, 이어 발작 이야기, 의사가 왔고 표도르 파블로비치가 무척 애를 썼다는 이야기를 귀담아들었고, 동생 이반 표도로비치가 아까 아침에 이미 모스크바로 떠났다는 소식에도 호기심을 보였다. '그렇다면 분명 나보다 먼저 볼로비야를 지나갔겠군.' 드미트리 표도로비치는 잠시 이런 생각을 하기도 했으나, 무엇보다 스메르자코프 때문에 여간 불안한 게 아니었다. '이제 어떡하나, 누가 망을 보고 누가 나에게 알려준단 말인가?' 그는 이 여자들을 붙잡고 어제저녁에 무슨 낌새를 채지 못했는지 열심히 캐묻기 시작했다. 그들은 그가 무엇을 알아내려고 하는지 아주 잘 알고 있었던 까닭에, 간밤에 온 사람은 아무도 없었고, 이반 표도로비치가 집에서 밤을 보냈고, '모든 것이 완전히 정상이었다'라며 그를 확실히 안심시켜주었다. 미챠는 생각에 잠겼다. 당연히 오늘도 망을 봐야 하는데 어디서 볼까, 여기서, 아니면 삼소노프네 대문 옆에서? 그는 여기서도 거기서도 모두 재량껏 망을 봐야겠다고 결심했으나, 당장은, 당장은…… 그러니까 문제는, 아까 시골 마차를 타고 오면서 생각해낸 새로운 '계획', 이미 확실한 그 계획이 지금 그의 앞에 버티고 있고, 이제는 그 실행을 한시도 미룰 수 없다는 것이었다. 미챠는 이를 위해 한 시간을 바치기로 결심했다. '한 시간 안에 모든 것을 해결 짓고 모든 것을 알아내자, 그러고 나서, 그러고 나서 우선 맨 먼저 삼소노프의 집으로 가서 그루셴카가 거기 있는지 물어본 다음, 순식간에 이곳으로 돌아와서 열한시까지 여기 있다가 그다음엔 다시 삼소노프한테 들러 그녀를 집까지 바래다주는 거다.' 그는 이렇게 결심했다.

그는 부리나케 하숙집으로 달려가서 씻고, 머리를 빗고, 옷을 깔끔하게 솔질해서 입은 다음, 호흘라코바 부인의 집으로 향했다. 아아, 애석하게도 그의 '계획'은 바로 여기에 있었다. 그는 이 부인에게서 3천을 꾸기로 결심했던 것이다. 무엇보다 중요한 점은, 그에게 갑자기, 그녀라면 그의 부탁을 거절하지 않으리라는 괴상한 확신이 왠지 느닷없이 생겨났다는 사실이다. 그런 확신이 있었다면 대체 왜 진작부터 여기로, 소위 그와 동일한 부류에게로 가지 않고, 삼소노프 같은 인간을, 미챠로서는 어떻게 말을 나누어야 하는지도 알지 못하는 그런 다른 계층의 사람을 찾아갔던가 하고 의아해할지도 모르겠다. 하지만 실은, 지난 한 달 동안 호흘라코바 부인과 교제를 끊다시피 한데다 전에도 그리 잘 아는 사이가 아니었을뿐더러 그녀 쪽에서도 자신을 참을 수 없어 한다는 것을 그도 아주 잘 알고 있었다. 이 부인은 그가 카체리나 이바노브나의 약혼자라는 이유만으로 맨 처음부터 그를 그냥 미워했는데, 그녀는 카체리나 이바노브나가 그를 차버리고 '기사처럼 교양 있고 몸가짐도 그토록 세련된 사랑스러운 이반 표도로비치'에게 시집가기를 무엇 때문인지 갑자기 바라게 됐다. 미챠의 몸가짐에 대해선 아주 질색을 했다. 미챠 쪽에서도 그녀를 비웃고 있던 터라, 한번은 그녀를 두고 이 부인은 "교양이 없는 만큼이나 활기차고 거리낌이 없다"라고 말하기도 했다. 그러던 차에 아까 아침에 그 마차를 타고 오다가, 아주 눈부신 생각 하나가 그를 환하게 비춰준 것이다. '내가 카체리나 이바노브나와 혼인하는 게 정말 그렇게 싫다면, 그 정도로까지 싫다면(거의 히스테리를 일으킬 정도라는 것을 그는 알고 있었다), 지금 나한테 이 돈 3천을 그녀가 왜 거절하겠는가, 이 돈만 있으면 카챠를 그대로 두고 이곳을 영영 떠나버릴 텐데? 호강에 겨워 제멋대로인 이 귀부인들은 변덕이 나서 뭔가를 좋아하게 되면, 자기들이 원하는 대로 일을 성사시키기 위해 아무것도 아끼지 않는 법이거든. 게다가 그녀는 엄청난 부자니까.' 미챠는 이렇게 판단했다. '계획' 자체로 말하자면 전번과 완전히 똑같은 것이어서, 그러니까 체르마쉬냐에 대한 자신의 권리를 양도하겠다는 제안이었는데, 다만 이번에는 어제 삼소노프에게서처럼 상업적인 목적을 내세우면서 3천을 투자하면 그 두 배로 6, 7천을 쓸어 담을 수 있다고 부인을 유혹하는 게 아니라, 오로지 빚에 대한 고결한 보증으로서 제시하자는 거였다. 이 새로운 생각을 펼쳐가며 미챠는 황홀한 기쁨에 젖기까지 했는데, 이것은 무슨 일을 시작하거나 무슨 느닷없는 결심을 할 때마다 그에게 언제나 일어나는 일이었다. 어떤 새로운 생각이 떠오르면 그는 늘 그것에 열정적으로 몰두했다. 그렇긴 해도 호흘라코바 부인의 집 현관 밖 층계에 발을 디뎠을 때는 갑자기 등골이 서늘해지는 공포를 느끼지 않을 수 없었다. 이것이야말로 이미 그의 마지막 희망이며, 만약 여기서 실패하면 이 세상에 더이상 아무것도 남아 있지 않다는 것, '3천 때문에 누군가를 죽이고 돈을 뺏는 것 말고는, 무슨 수도 없다……'는 사실을 바로 이 순간에 와서야 완전하게, 수학적으로도 이미 명백하게 깨달은 것이다. 그가 초인종을 울렸을 때는 일곱시 반경이었다.

처음에는 행운이 미소를 보내는 듯했다. 부인을 뵙고 싶다는 뜻을 전하자마자, 놀랄 정도로 빨리 집안으로 맞아들여주었다. '꼭 나를 기다리고 있었던 것 같군' 하는 생각이 미챠의 뇌리를 스쳤는데, 아니나 다를까 곧이어 응접실로 안내되기 무섭게 여주인이 뛰다시피 들어오더니 마침 기다리고 있던 참이라고 내놓고 말했다.

"기다렸어요, 기다렸다고요! 사실, 당신이 우리집에 찾아와주시리라고는 생각도 할 수 없었죠, 안 그런가요, 그런데도 당신을 기다리고 있었답니다, 제 육감에 놀라시겠죠, 드미트리 표도로비치, 아침 내내 당신이 오늘 꼭 오시리라고 굳게 믿고 있었거든요."

"정말 놀랍군요, 부인." 미챠가 엉거주춤 의자에 앉으며 말했다. "그런데…… 제가 온 건 대단히 중대한 일 때문입니다…… 그러니까 부인, 저에게는, 저 한 사람에게는 가장 중대하고도 중대한 일 때문에, 그리고 무척 급합니다……"

"가장 중대한 일 때문이라는 건 저도 알아요, 드미트리 표도로비치, 이건 무슨 예감도 아니고, 기적을 바라는 퇴행적인 희망도 아니에요(조시마 장로 얘기는 들으셨나요?), 이건, 이건 수학이에요. 카체리나 이바노브나에게 그런 일이 있었는데 당신이 오시지 않을 리가 없죠, 그럴 리 만무하죠, 만무해, 이건 수학이에요."

"실제 삶의 리얼리즘이지요, 부인, 바로 그겁니다! 하지만 부디 제 얘기부터 좀……"

"그래요, 리얼리즘이죠, 드미트리 표도로비치. 저는 이제 리얼리즘을 전적으로 지지해요, 기적이라면 정말 아주 따끔하게 혼이 났으니까요. 조시마 장로가 돌아가셨다는 얘기는 들으셨겠죠?"

"아뇨, 부인, 금시초문입니다." 미챠는 다소 놀랐다. 알료샤의 모습이 머릿속에 퍼뜩 떠올랐다.

"간밤에 돌아가셨어요, 그런데 글쎄 생각 좀 해보세요……"

"부인," 미챠가 그녀의 말을 끊었다. "제가 생각하는 건 오로지, 제가 더없이 절망적인 상황에 있고, 만약 부인께서 도와주시지 않는다면 모든 것이 망하고, 제가 제일 먼저 망한다는 것뿐입니다. 속된 표현을 용서하십시오, 하지만 워낙 속이 타서, 거의 열병입니다……"

"알아요, 알아, 열병이겠죠, 다 알아요, 다른 기분일 수가 없죠, 당신이 무슨 말을 하든 저는 모든 걸 미리 알고 있어요. 오래전부터 당신의 운명을 여러모로 헤아려봤거든요, 드미트리 표도로비치, 저는 그것을 쭉 지켜보면서 연구하고 있는 거예요…… 오, 제 말을 믿으세요, 이래 봬도 경험 많은 영혼의 의사랍니다, 드미트리 표도로비치."

"부인, 부인이 경험 많은 의사시라면 저는 경험 많은 환자입니다." 미챠가 마지못해 비위를 맞춰주었다. "정말 제 운명을 그렇게 지켜보고 계신다면 그 운명을 파멸의 위기에서 구해주시리라고 벌써부터 느낍니다만, 그러기 위해 이제 드디어 제 계획을 부인 앞에 설명드리게 해주십시오, 그 때문에 용기를 내어 이렇게 왔으니까요…… 그리고 제가 부인께 기대하고 있는 것도 좀 들어주시고…… 제가 이렇게 찾아온 것은, 부인……"

"설명은 필요 없어요, 그건 부차적인 거니까요. 돕는 일이라면, 당신이 처음도 아니에요, 드미트리 표도로비치. 제 사촌인 벨메소바에 대해 들으셨겠지만, 그 남편이 파멸의 위기에 처했을 때, 당신이 방금 제대로 표현하신 대로 망했을 때, 드미트리 표도로비치, 저는 그이에게 양마업養馬業을 해보라고 가르쳐주었죠, 그래서 지금은 아주 번창하고 있어요. 양마에 대해 아시나요, 드미트리 표도로비치?"

"전혀 모릅니다, 부인—오, 부인, 그 방면에는 완전히 백지입니다!" 미챠는 참다못해 신경질적으로 버럭 소리를 내지르며, 심지어 자리에서 벌떡 일어서다시피 했다. "그저 간곡히 부탁드립니다만, 부인, 제 말을 좀 들어주십시오, 딱 이 분만 자유롭게 말하게 해주시면, 모든 것을, 제 계획을 전부 말씀드릴 수 있습니다, 그러려고 이렇게 찾아온 겁니다. 게다가 전 지금 일분일초가 귀합니다, 굉장히 급하거든요……!" 미챠는 그녀가 곧 다시 말을 시작하려는 것을 느끼고 그녀를 눌러버려야겠다 싶어 기를 쓰고 외쳤다. "제가 여기 온 것은 절망한 상태에서…… 절망의 마지막 단계에서 당신에게 3천이라는 돈을 좀 빌려달라는 부탁을 드리려고, 빌리는 것이긴 하지만 확실한, 아주 확실한 담보가 있습니다, 부인, 아주 확실한 보증이 있습니다! 그저 설명만 드릴 수 있게 해주십시오……"

"그 얘긴 죄다 나중에, 나중에 하세요!" 이번에는 호흘라코바 부인 쪽에서 손을 내젓고 나왔다. "더구나 당신이 무슨 말을 하시든, 저는 죄다 미리 알고 있다니까요, 이미 다 말씀드렸잖아요. 당신은 얼마간의 돈을 부탁하는 거죠, 3천이 필요하신 모양인데, 저는 당신에게 더 많이, 훨씬 더 많이 드리겠어요, 제가 당신을 구해드리죠, 드미트리 표도로비치, 하지만 반드시 제 말씀대로 따르셔야 돼요!"

그러자 미챠는 또다시 자리에서 튀어올랐다.

"부인, 정말 이렇게까지 선량하시다니!" 그는 너무도 감격해서 외쳤다. "맙소사, 저를 구해주셨습니다. 부인, 한 사람이 횡사하지 않도록, 권총으로부터 구해주시는군요…… 영원히 이 은혜를 잊지 않겠습니다……"

"당신에게 3천보다 끝도 한도 없이 더 많은 돈을 드리겠어요!" 감격해하는 미챠를 바라보며, 호흘라코바 부인이 환하게 빛나는 미소를 띠고 외쳤다.

"끝도 한도 없이라고요? 하지만 그렇게 많이는 필요 없습니다. 제게 필요한 건 그저 이 숙명과도 같은 3천뿐이고, 저로서는 이 금액의 돈에 대해 당신에게 무한한 감사와 함께 완전한 담보를 제공하기 위해 이렇게 온 것이니, 제 계획을 제시하겠습니다, 그건……"

"됐어요, 드미트리 표도로비치, 말한 건 실행할 테니까요." 호흘라코바 부인이 자선가의 순결한 자부심을 내보이며 딱 잘라 말했다. "당신을 구해드리겠다고 약속했으니, 반드시 구해드리겠어요. 벨메소프*처럼 당신도 구해드리겠어요. 금광에 대해 어떻게 생각하세요, 드미트리 표도로비치?"

"금광이라뇨, 부인! 그런 건 한 번도 생각해본 적이 없습니다."

"대신에 제가 당신을 위해 생각했어요! 생각하고 또 생각해봤죠! 그런 목적을 가지고 벌써 꼬박 한 달이나 당신을 지켜보고 있는걸요. 당신이 지나갈 때면 백번이나 당신을 바라보면서, 바로 저분이야말로 금광업을 하셔야 할 정력가라고 되뇌곤 했답니다. 당신의 걸음걸이까지 연구해보고, 이분은 많은 금광을 발견하실 거다 하고 결론 내렸죠."

"걸음걸이로 말인가요, 부인?" 미챠가 피식 웃었다.

"그럼요, 걸음걸이로도 알 수 있어요. 아니, 걸음걸이로 성격을 알 수

* 앞에 얘기된 벨메소바의 남편.

있다는 걸 부정하시는 건가요, 드미트리 표도로비치? 자연과학도 이걸 확인해주고 있는걸요. 오, 저는 이제 리얼리스트랍니다, 드미트리 표도로비치. 저는 오늘부터, 저를 온통 혼란에 빠뜨린 그 모든 일이 수도원에서 일어난 이후, 완전한 리얼리스트가 되었고, 그래서 이제 실제적인 활동에 몸을 던질 생각이에요. 제 병은 완치되었어요. 투르게네프의 말처럼 '그만 됐다!'*랍니다."

"하지만 부인, 그토록 관대하게도 제게 빌려주기로 약속하신 그 3천은……"

"그 돈이 설마 당신을 피해가겠어요, 드미트리 표도로비치." 호흘라코바 부인은 곧바로 말을 잘라버렸다. "그 3천은 이미 당신 호주머니에 들어 있는 거나 마찬가지예요, 3천이 아니라 3백만이 생길걸요, 드미트리 표도로비치, 그것도 정말 눈 깜짝할 새에 말이에요! 제가 당신의 사명을 말씀드리죠. 당신은 금광을 발견하여 수백만을 벌어서 돌아오신 뒤 활동가가 되셔서 우리를 선행으로 이끄는 거예요. 정말 모든 것을 유대인들한테 맡겨둬야 할까요? 당신은 여러 건물을 세우고 여러 기업을 일으키게 되실 거예요. 당신은 가난한 사람들을 도우실 것이고, 그들은 당신을 축복할 거예요. 오늘날은 철도의 시대예요, 드미트리 표도로비치. 당신은 유명해지시고 재무부에 없어서는 안 될 사람이 되실 거예요, 재무부는 지금 그런 인물을 매우 필요로 하거든요. 우리 루블화의 가치가 떨어지고 있어서 저는 잠이 안 와요, 드미트리 표도로비치, 저의 이런 면을 알아주는 사람은 별로 없지만요……"

---

* 투르게네프의 중편소설 「그만 됐다. 죽은 예술가의 수기에서」를 말한다.

"부인, 부인!" 드미트리 표도로비치는 어떤 불안한 예감을 느끼며 다시 그녀의 말을 끊었다. "물론, 물론, 부인의 조언을, 부인의 현명하신 조언을 아마 따를 겁니다, 부인, 떠나게 될 겁니다, 아마, 거기로…… 그 금광을 찾아…… 이 얘기를 하러 다시 한번 부인을 찾아오겠습니다…… 아니, 여러 번이라도…… 하지만 지금은 부인께서 그토록 관대하게 약속해주신 그 3천을…… 오, 그것만 있으면 저는 자유로워지는 겁니다, 가능하시다면 오늘 중으로…… 다시 말해 저는 지금 시간이 없습니다, 아시겠습니까, 단 한 시간도……"

"그만 됐어요, 드미트리 표도로비치, 됐어요!" 호흘라코바 부인은 집요하게 말을 중단시켰다. "질문은 이거예요, 당신은 금광으로 가실 겁니까 아닙니까, 결심을 완전히 굳히셨는지요. 수학적으로 대답해주세요."

"가겠습니다, 부인, 나중에…… 원하시는 곳 어디라도 가겠습니다, 부인…… 하지만 지금은……"

"잠깐만요!" 호흘라코바 부인은 이렇게 외치더니 벌떡 일어나 조그만 서랍이 무수히 달린 화려한 책상으로 달려가 서랍을 하나하나 빼내면서 몹시 서두르며 뭔가를 찾기 시작했다.

'3천!' 미챠는 숨이 멎을 듯한 기분으로 생각했다. '이 돈을 지금 당장 아무 종잇장도 없이, 아무 증서도 없이…… 오, 얼마나 신사적이냐! 정말 멋진 여자야, 그저 너무 수다스러운 게 흠이지만……'

"여기 있군요!" 호흘라코바 부인이 미챠 쪽으로 돌아오면서 기쁨에 넘쳐 탄성을 내질렀다. "바로 이게 제가 찾던 거예요!"

그것은 끈이 달린 자그마한 은제 성상으로, 때로는 십자가와 함께 목에 걸고 다니기도 하는 것이었다.

"이건 키예프에서 온 거예요, 드미트리 표도로비치." 그녀는 경건하게 말을 이어갔다. "위대한 순교자 바르바라의 성유물이랍니다. 제 손으로 직접 당신의 목에 걸어드리게 해주세요, 새로운 삶과 새로운 위업을 위해 당신을 축복해드리고 싶어요."

그러면서 그녀는 정말로 성상을 그의 목에 걸어주고는 위치를 바로잡기 시작했다. 미챠는 몹시 난처했지만, 몸을 살짝 앞으로 숙여 그녀를 도왔고, 마침내 넥타이와 루바쉬카 깃 사이로 끈을 넣어 성상이 가슴 위에 바르게 드리워졌다.

"자, 이제 당신은 출발하실 수 있어요!" 호흘라코바 부인이 의기양양하게 다시 자리에 앉으며 말했다.

"부인, 정말 감동했습니다…… 이렇게 호의를 베풀어주시니…… 어떻게 감사를 드려야 할지 모르겠군요, 하지만…… 지금 저한테 일분일초가 얼마나 귀한지 아신다면……! 부인의 관대함을 믿고 제가 이토록 간절하게 기다리고 있는 그 돈은…… 오, 부인, 부인께서 그토록 선량하시고, 감동적일 만큼 관대하게 대해주시니," 미챠가 갑자기 감격하여 외쳤다. "부인께 다 고백하겠습니다…… 하긴 부인께서도 이미 오래전부터 알고 계시겠지만…… 저는 여기서 어떤 사람을 사랑하고 있습니다…… 저는 카챠를 배반했습니다…… 아니, 이젠 카체리나 이바노브나라고 불러야겠지요. 오, 저는 그녀에게 비인간적이고 불성실했습니다만, 이곳에서 다른…… 한 여자를 사랑하게 된 겁니다, 부인, 부인께서는 이미 모든 걸 알고 계시니 아마도 그 여자를 경멸하실 테지요, 하지만 저는 그 여자를 절대로 단념할 수 없습니다, 절대로, 그래서 지금 그 3천을……"

"모든 걸 단념하세요, 드미트리 표도로비치!" 호흘라코바 부인이 아주 단호한 어조로 그의 말을 가로막았다. "단념하세요, 특히 여자는. 당신의 목표는—금광이에요, 여자를 거기에 끌고 갈 필요는 전혀 없어요. 장차 부와 명예를 얻어 돌아오시면 최고의 상류사회에서 당신 마음에 드는 애인을 발견하시게 될 거예요. 그야말로 지식 있고 편견 없는 현대적인 아가씨겠죠. 그때쯤이면 지금 막 대두된 여성 문제도 바야흐로 무르익을 것이고, 신여성이 나타날 거예요……"

"부인, 그게 아니라, 그게 아니라……" 드미트리 표도로비치는 두 손을 모으다시피 하며 애원했다.

"바로 그거예요, 드미트리 표도로비치, 당신에게 필요한 건 바로 그거예요, 당신 자신도 모르게 바로 그걸 갈구하고 있는 거예요. 저는 오늘날의 여성 문제에 절대로 무관심하지 않아요, 드미트리 표도로비치. 여성이 발전을 거듭하여 아주 가까운 장래에 정치적인 역할까지도 담당하게 되는 것—이것이 저의 이상이랍니다. 저한테도 딸이 있으니까요, 드미트리 표도로비치, 하지만 이런 쪽으로 저를 알아주는 사람은 별로 없어요. 저는 이 문제에 대해 작가 셰드린*에게 편지도 썼어요. 이 작가는 저에게 참으로 많은 걸 가르쳐주었거든요, 여성의 사명에 대해 참으로 많은 것을 깨우쳐주었기 때문에 작년에 그분에게 익명으로 두 줄짜리 편지를 보냈어요. '저의 작가 선생님, 현대 여성을 대표하여 당신에게 포옹과 키스를 보냅니다, 계속 분투해주시길.' 그리고 '어머니'

---

* 러시아의 리얼리즘 소설가 살트이코프 셰드린. 『어느 도시의 역사』 『골로블료프가의 남자들』 『동화』 등을 남겼다.

라고 서명했죠. '현대의 어머니'라고 하면 어떨까 싶어 좀 망설였지만, 그냥 어머니라고 쓰기로 했죠. 그쪽이 정신적으로 더 아름답잖아요, 드미트리 표도로비치, 게다가 '현대의'라고 하면 『현대인』*을 연상시킬 수도 있거든요—요즘의 검열 문제와 관련해서 그분들에게 쓰라린 기억을 되씹게 할 테니까요…… 아이, 맙소사, 왜 그러세요?"

"부인." 미챠가 드디어 벌떡 일어나 그녀 앞에 두 손을 모으고 힘없이 애원했다. "저를 울리실 작정이신지요, 부인, 그처럼 관대하게 약속하시고서 이렇게 자꾸 끌기만 하시면……"

"그럼 우세요, 드미트리 표도로비치, 어서 우세요! 그건 아름다운 감정이에요…… 당신 앞엔 그토록 장엄한 길이 놓여 있으니까요! 눈물은 당신의 마음을 가볍게 해줄 거예요, 훗날 돌아오시면 기뻐하게 되실 겁니다. 저와 함께 기쁨을 나누기 위해 일부러라도 시베리아에서 저에게 달려오실 테죠……"

"하지만 제발 제 말도 좀." 미챠가 갑자기 부르짖기 시작했다. "마지막으로 간청드리는 거니까, 말씀해주십시오, 약속해주신 그 돈을 오늘 안으로 받을 수 있는지요? 만일 아니라면 언제 그 돈을 받으러 오면 되겠습니까?"

"돈이라뇨, 드미트리 표도로비치?"

"부인께서 약속하신 3천 말입니다…… 아까 그렇게 관대하게……"

"3천요? 그게 루블인가요? 오오, 아뇨, 나한테는 3천이 없어요." 호흘

---

* 1836년 푸쉬킨이 창간한 문학, 사회, 정치 분야의 정기간행물로, 1866년에 폐간될 때까지 이른바 러시아 혁명 민주주의자들의 기관지 역할을 했다. 셰드린도 한때 편집에 관여했으며, 도스토옙스키 형제가 발행하던 잡지와는 논쟁적인 관계에 있었다.

라코바 부인이 태연하게 놀라는 듯한 기색으로 말했다. 미챠는 어안이 벙벙했다……

"아니, 어떻게 부인…… 방금…… 부인께서 말씀하셨잖습니까…… 그 돈이 내 호주머니에 들어 있는 거나 마찬가지라는 표현까지 쓰시면서……"

"오, 아녜요, 제 말을 잘못 이해하셨어요, 드미트리 표도로비치, 그렇다면 저를 잘못 이해하셨군요. 저는 금광 얘길 한 거예요…… 물론 당신한테 3천보다 많은 돈을, 끝없이 많은 돈을 약속하긴 했죠, 이제 죄다 기억나요, 하지만 그건 오로지 금광을 염두에 두고 한 말인걸요."

"그럼 돈은요? 3천은요?" 드미트리 파블로비치는 얼빠진 사람처럼 소리를 질렀다.

"오, 그걸 돈으로 이해하셨다면, 저한테는 돈이 없어요. 저는 지금 한 푼도 없어요, 드미트리 표도로비치, 때마침 저도 우리 관리인하고 다투는 중이고 며칠 전에는 미우소프한테서 5백 루블을 변통하기까지 한걸요. 아뇨, 아뇨, 전 돈이 없어요. 그리고 아세요, 드미트리 표도로비치, 설사 돈이 있다 해도, 당신한테는 빌려드리지 않을 거예요. 첫째, 저는 아무한테도 돈을 빌려주지 않아요. 돈을 빌려주면 결국엔 다투게 되니까요. 하지만 당신한테는, 당신한테는 특히 더 빌려주지 않을 거예요, 당신을 사랑하니까 빌려줄 수 없다는 거예요, 당신을 구하기 위해서 말이에요, 당신에겐 빌려주지 않을 거예요, 당신한테 필요한 건 오직 하나, 금광, 금광, 금광이라고요……!"

"에잇, 제기랄……!" 미챠는 갑자기 으르렁거리면서 주먹으로 탁자를 힘껏 내리쳤다.

"어머나!" 호흘라코바는 질겁을 하며 비명을 지르더니 응접실의 다른 쪽 끝으로 재빨리 달아났다.

미챠는 침을 퉤 뱉고는 빠른 걸음으로 방을 나오고 집을 나와, 거리로, 어둠 속으로 나섰다. 그는 미친 사람처럼 가슴팍을 쾅쾅 치면서 걸어갔는데, 이틀 전 저녁 땅거미가 깔린 길에서 알료샤와 마지막으로 만났을 때도 알료샤 앞에서 지금처럼 가슴팍 바로 그곳을 두들겨 보였던 것이다. 가슴팍 바로 그곳을 두들긴다는 것이 무엇을 의미했는지, 그것으로 그가 무엇을 가리키려 한 것인지—이것은 아직 세상 사람 그 누구도 몰랐고 그때 알료샤에게도 털어놓지 않은 비밀이었지만, 이 비밀 속에는 그에게 오욕 이상의 것인 무언가가 들어 있었고, 파멸과 자살이 들어 있었으니, 그는 만약에 그 3천을 마련하여 카체리나 이바노브나에게 돌려주지 못한다면, 그리하여 그의 가슴팍에 지녀온 오욕, 그의 양심을 그토록 짓눌러온 이 오욕을 가슴팍에서, '가슴팍 바로 그곳에서' 떼어내버리지 못한다면 자신에게 남은 것은 파멸과 자살뿐이라고 이미 결심했던 것이다. 이 모든 것은 나중에 독자들에게 완전히 밝혀지겠지만, 여하튼 마지막 희망마저 사라진 지금, 신체적으로 그토록 강인한 이 사나이는 호흘라코바의 집에서 몇 걸음 떼놓기 무섭게 갑자기 조그만 어린애처럼 눈물을 펑펑 쏟기 시작했다. 그는 주먹으로 눈물을 훔치면서 정신없이 걷고 있었다. 그렇게 광장으로 나왔을 때 갑자기 무엇인가에 온몸이 부딪힌 것 같은 느낌이 들었다. 어떤 노파의 째질 듯한 비명이 울려퍼졌는데, 하마터면 그 때문에 넘어질 뻔했던 것이다.

"아이고, 사람 잡겠구먼! 눈을 어디다 두고 걷는 거야, 이 불한당 놈아!"

"아니, 할멈 아니오?" 미챠가 어둠 속에서 노파를 알아보고 소리쳤다. 쿠지마 삼소노프의 시중을 드는 바로 그 늙은 하녀였는데, 미챠는 어제 이 노파의 얼굴을 기억해두었던 것이다.

"그렇게 말씀하시는 분은 뉘신지요, 나리?" 금세 아주 달라진 목소리로 노파가 말했다. "하도 어두워서 알아볼 수가 없구먼요."

"쿠지마 쿠지미치 댁에 사시죠, 그분 시중을 드시지요?"

"바로 그렇습니다요, 나리, 지금 막 프로호르이치 댁에 급히 가던 길이랍니다…… 하지만 뉘신지 어째 아직도 생각이 안 나지요?"

"말해봐요, 할멈, 아그라페나 알렉산드로브나가 지금 그 댁에 있소?" 미챠는 조바심이 나서 정신이 나갈 지경이 되어 말했다. "아까 내가 직접 바래다줬는데."

"계셨지요, 나리, 다녀가셨어요, 잠시 앉아 계시다 그대로 가버렸답니다."

"뭐? 가버렸다고?" 미챠가 소리쳤다. "언제 갔소?"

"그때 바로 가셨지요, 아주 잠깐 계셨을 뿐인걸요. 쿠지마 쿠지미치에게 옛날이야기를 하나 해서 한바탕 웃게 하고는 곧바로 달아나셨으니까요."

"거짓말 마, 이 빌어먹을 할망구!" 미챠가 부르짖었다.

"에구머니!" 노파가 비명을 질렀으나, 미챠는 그새 그림자도 보이지 않았다. 그는 있는 힘을 다해 모로조바의 집을 향해 달려갔던 것이다. 그러니까 그것은 그루셴카가 모크로예로 막 떠난 때였고, 그녀가 출발한 지 십오 분도 채 지나지 않은 시각이었다. 페냐는 식모 일을 하는 자기 할머니 마트료나와 함께 부엌에 앉아 있었는데, 느닷없이 '대위'가들이닥쳤다. 그를 보자 페냐는 죽으라고 비명을 내질렀다.

"비명은 왜 질러?" 미챠가 버럭 고함을 쳤다. "어딨어, 아씨는?" 하지만 겁에 질려 얼이 빠진 페냐가 무슨 대답을 하기도 전에 그는 느닷없이 그녀의 발 앞에 몸을 내던졌다.

"페냐, 우리 주 그리스도의 이름으로 말해다오, 아씨는 어딨어?"

"나리, 전 아무것도 몰라요, 드미트리 표도로비치 나리, 전 아무것도 몰라요, 때려죽이신대도 전 아무것도 몰라요." 페냐는 맹세하고 또 맹세했다. "아까 나리께서 몸소 아씨와 함께 나가셨잖아요……"

"아씨는 다시 돌아왔단 말이다……!"

"나리, 돌아오시지 않았어요, 하느님께 맹세코 돌아오시지 않았어요!"

"거짓말 마." 미챠가 소리쳤다. "네가 그렇게 떨고 있는 꼴만 봐도 그년이 어딨는지 알 만하다……!"

그는 곧 밖으로 내달렸다. 잔뜩 겁에 질려 있던 페냐는 이렇게 쉽게 위기를 모면한 게 기뻤으나, 실은 미챠에게 그럴 겨를이 없었기에 망정이지, 그렇지 않았다면 결코 무사할 수 없었으리라는 것을 아주 잘 알고 있었다. 하지만 미챠는 밖으로 달려나가면서도 전혀 뜻밖의 심상찮은 행동을 해 페냐와 마트료나 노파를 놀라게 했다. 탁자 위에 놋쇠로 된 절구가 놓여 있고 그 안에 공이가 들어 있었는데, 길이가 고작 4분의 1 아르쉰 정도인 크지 않은 놋쇠 공이였다. 미챠는 달려나가면서 한 손으로 이미 문을 열어젖힌 채 다른 손으로 갑자기 절구에서 공이를 휙 낚아채 옆 호주머니에 찔러넣고는 그대로 급히 사라졌다.

"아아, 하느님, 누굴 죽이려나봐!" 페냐가 양손바닥을 탁 쳤다.

IV
어둠 속에서

그는 어디로 달려갔을까? 뻔한 일이다. '표도르 파블로비치의 집 말고 그년이 있을 데가 어디 있을라고? 삼소노프한테서 곧장 그리로 달려간 거야, 이젠 아주 명백해. 모든 계략, 모든 속임수가 이제 다 드러난 거다……' 이런 생각들이 회오리바람처럼 머릿속에서 맴돌았다. 마리야 콘드라치예브나의 뒤뜰에는 들르지도 않았다. '거긴 갈 필요가 없지, 없고말고…… 조금이라도 소란을 피워선 안 돼…… 당장에 일러바치고 배반할 테니까…… 마리야 콘드라치예브나는 저쪽하고 결탁한 게 분명해, 스메르쟈코프, 그놈도 마찬가지야, 다들 매수당했어!' 그의 머리에 다른 생각이 하나 떠올랐다. 그는 골목길로 빠져 표도르 파블로비치의 집을 멀리 빙 돌아서 드미트롭스카야 거리를 지난 다음, 조그만 다리를 건너 곧바로 집 뒤쪽에 있는 외진 골목으로 들어섰는데, 사람이 살지 않고 인적도 없는 그 골목길은 한쪽 옆으로는 이웃집 채마밭의 바자울이 이어지고, 다른 한쪽으로는—표도르 파블로비치의 정원을 빙 둘러싸고 있는 높고 튼튼한 담장이 뻗어 있었다. 여기서 그는 한 장소를 골랐는데, 그가 알고 있는 전설에 따르자면 언젠가 리자베타 스메르쟈샤야가 담장을 기어 넘었다는 바로 그곳인 듯했다. '그 여자도 기어 넘을 수 있었다면' 하는 생각이 어째선지 퍼뜩 떠올랐다. '나라고 못 넘을 게 뭐냐?' 그러더니 그는 정말 껑충 뛰어올라 용케도 단숨에 담장 꼭대기를 한 손으로 붙잡더니 힘차게 몸을 끌어올려 담장 꼭대기에 단번에 턱 하니 걸터앉았다. 정원 안에는 여기서 가까운 데에 목욕탕이 있었고, 담장 위에서 안채의 불 켜진 창들도 잘 보였다. '역시 그렇군, 영감쟁이 침실에 불이 켜진 걸 보니 그년이 저기 있는 거야.' 그는 담장에서 정원으로 뛰어내렸다. 그리고리는 앓고 있고 어쩌면 스메르쟈코프도 정말로 앓고 있을 것이므로 자신의 소리를 들을 사람이 아무도 없다는 것을 알고 있었지만, 그는 본능적으로 몸을 숨기고 그 자리에서 숨죽인 채 귀를 바싹 기울이기 시작했다. 그러나 주위에는 죽음 같은 침묵뿐이었고, 마치 일부러 그러는 것처럼, 바람 한 점 없는 완전한 적막만이 깔려 있었다.

'그리고 오직 정적만이 속삭일 뿐'*, 어째서인지 이 시구가 그의 머리에 문득 떠올랐다. '담장 뛰어넘는 소리를 아무도 듣지 못했어야 되는데, 하긴 듣지 못한 것 같긴 하다만.' 그는 잠시 그렇게 서 있다가 살금살금 정원의 풀밭 위를 걷기 시작했다. 나무들과 관목 덤불을 돌면서 몸을 숨기고, 한 걸음 한 걸음 소리를 죽이고, 발소리 하나하나에 귀를 기울이면서 한참 동안 걸었다. 오 분 정도 걸려 그는 불이 켜진 창 앞에 다다랐다. 그는 거기 바로 그 창문들 아래에 키가 높게 자란 크고 무성한 딱총나무와 까마귀밥나무 덤불이 몇 군데 있는 것을 기억하고 있었다. 안채의 정면 왼편에 있는, 정원으로 통하는 출입문이 잠겨 있었는데, 그는 그 곁을 지나면서 그것을 일부러 꼼꼼하게 보아두었다. 마침내 관목 덤불에 다다르자 그는 그 뒤로 몸을 숨겼다. 숨소리도 죽였다. '이제 좀 기다려야겠다'라고 생각했다. '혹시라도 내 발소리를 듣고 지금 귀를 기울이고 있다면, 잘못 들은 걸로 알게 해야 하니까…… 기침

* 푸쉬킨의 서사시 「루슬란과 류드밀라」를 변형해 인용.

이나 재채기가 나오면 큰일인데……'

그는 이 분가량 기다렸으나, 심장이 무섭도록 쿵쿵 뛰면서 순간순간 숨이 막힐 것만 같았다. '아니다, 심장은 계속 쿵쾅거릴 거다' 하고 그는 생각했다. '더이상 기다릴 수는 없다.' 그는 관목 덤불 뒤, 그림자 속에 서 있었다. 덤불의 앞쪽 절반은 창에서 나오는 불빛을 받아 환했다. "까마귀밥나무, 열매가 열렸군, 어쩌면 저리도 빨갛지!" 그는 자신도 까닭을 알 수 없이 이렇게 중얼거렸다. 그는 소리가 들리지 않게 한 걸음 한 걸음 조용히 발을 떼놓으며 창가로 다가가 까치발을 하고 섰다. 표도르 파블로비치의 자그마한 침실 전체가 마치 손바닥 위에 올려놓은 듯 한눈에 들어왔다. 한가운데를 붉은색 병풍으로 갈라놓은 그리 크지 않은 방이었는데, 표도르 파블로비치는 그 병풍을 '중국식' 병풍이라 불렀다. '중국식 병풍이라' 하는 생각이 미챠의 뇌리를 스쳤다. '그럼 저 병풍 뒤에 그루셴카가 있는 거다.' 그는 표도르 파블로비치를 자세히 살펴보기 시작했다. 그는 미챠가 아직 한 번도 본 적이 없는, 비단으로 된 줄무늬 새 실내복을 걸치고 허리에는 술이 달린 비단 띠를 두르고 있었다. 기다란 실내복의 깃 사이로 깨끗하고 멋진 속옷, 금단추가 달린 하늘하늘한 네덜란드제 루바쉬카가 보였다. 표도르 파블로비치의 머리에는 알료샤가 보았던 그 붉은 붕대가 여전히 감겨 있었다. '한껏 빼입었군.' 미챠는 생각했다. 표도르 파블로비치는 생각에 잠긴 듯한 모습으로 창문 가까이 서 있다가 갑자기 고개를 들고 잠시 귀를 기울였으나 아무 소리도 들리지 않자 탁자로 다가가서는 목이 긴 술병에서 코냑 반잔을 따라 단숨에 들이켰다. 그런 다음 가슴을 들썩이며 숨을 한 번 크게 쉬고는 다시 얼마 동안 서 있다가, 창문 사이의 벽에 걸린 거울 쪽으로 어슬렁어슬렁 다가가 오른손으로 이마의 붉은 붕대를 살짝 들어올리더니 시퍼런 멍과 아직 덜 아문 상처를 꼼꼼히 살펴보기 시작했다. '혼자 있구나.' 미챠는 생각했다. '아무리 봐도 혼자야.' 표도르 파블로비치는 거울 앞에서 물러나더니 갑자기 창문 쪽으로 몸을 홱 돌리고 바깥을 내다보았다. 미챠는 재빨리 덤불 그림자 속으로 몸을 숨겼다.

'그년은 어쩌면 병풍 뒤에 있는지도 몰라, 벌써 자고 있는지도 모르지' 하는 생각이 그의 심장을 쿡 찔렀다. 표도르 파블로비치는 창가에서 물러섰다. '그년이 오지 않았나 해서 창밖을 내다본 거야, 그러니 그년은 없다는 얘기지, 뭣하러 컴컴한 바깥을 내다보겠어……? 애가 타서 죽겠다는 거지……' 미챠는 즉시 창가로 뛰어가 다시 방안을 들여다보기 시작했다. 노인은 이미 탁자 앞에 앉아 있었는데 우울한 기색이 역력했다. 마침내 노인은 두 팔꿈치를 괴고 오른쪽 손바닥을 뺨에 갖다 댔다. 미챠는 두 눈에 힘을 모아 열심히 지켜보았다.

'혼자야, 혼자!' 그는 다시 한번 되뇌었다. '그년이 여기 있다면 저런 얼굴일 리가 없지.' 그런데 이상한 일이었다. 그녀가 여기 없다는 사실에 왠지 터무니없고 괴상한 분노가 갑자기 그의 가슴속에서 끓어오르는 것이었다. '그년이 여기 없다는 것 때문이 아니야.' 미챠는 곧 그 이유를 분명하게 이해하고 자기 자신에게 대답했다. '그년이 여기 있는지 없는지 그걸 도무지 정확하게 알아낼 수 없어서 그런 거다.' 훗날 미챠 자신이 떠올린 바에 의하면, 이 순간 그의 정신은 유난히도 또렷하여 모든 것을 가장 세세한 부분까지 다 헤아려보고, 아주 작은 점 하나하나까지 모두 포착하고 있었다. 그러나 울화가, 사태를 정확히 알 수 없고 그래서 어떤 결단도 내릴 수 없다는 울화가 그의 가슴속에서 걷잡을 수 없이 빠르게 커져갔다. '그러니까 결국 그년이 여기 있는 걸까 없는 걸까?' 이런 의혹이 그의 가슴속에서 증오와 뒤엉켜 끓어올랐다. 그러다가 그는 갑자기 결심을 하고 한 손을 뻗어 가만히 창틀을 톡톡 두드렸다. 노인과 스메르자코프 사이에 정해진 신호대로 두드린 것이다. 처음 두 번은 좀 조용하게, 그다음 세 번은 좀 빠르게, 톡톡톡—이것은 '그루셴카가 왔다'는 신호였다. 노인은 흠칫 몸을 떨더니 고개를 홱 쳐들고 자리에서 벌떡 일어나 창가로 달려왔다. 미챠는 얼른 덤불 그림자 속으로 몸을 숨겼다. 표도르 파블로비치는 창문을 열고 머리를 밖으로 쑥 내밀었다.

"그루셴카, 너야? 네가 왔어?" 그는 이상하게 떨리는 목소리로 반쯤 속삭이듯이 말했다. "어디 있니, 요 귀염둥이, 귀여운 천사야, 어디 있어?" 그는 무섭게 흥분해서 숨을 헐떡였다.

'혼자다!' 미챠는 마침내 이렇게 단정지었다.

"대체 어디 있는 거냐?" 노인은 또다시 소리치며 고개를 더욱더 내밀더니 좌우 사방을 두리번거리며 어깨까지 쑥 내밀었다. "이리 온, 선물도 준비해뒀단다, 어서 온, 보여줄 테니……!"

'3천이 들어 있다는 봉투 얘기구나.' 이런 생각이 미챠의 뇌리를 스쳤다.

"도대체 어딨어……? 혹시 문 옆에 있는 거냐? 금방 열어주마……"

그러면서 노인은 창밖으로 기어나오기라도 할 듯이 온몸을 내밀고, 정원으로 통하는 문이 있는 오른쪽을 들여다보며 눈으로 어둠 속을 더듬느라 애썼다. 일 초만 지나면 그루셴카의 대답을 기다리지도 않고 문을 열어주기 위해 달려나올 게 틀림없었다. 미챠는 꼼짝도 않고 옆쪽에서 지켜보고 있었다. 구역질이 치밀 만큼 혐오스러운 영감쟁이의 옆얼굴, 축 늘어진 목의 울대, 달콤한 기대에 들떠 웃음을 흘리는 그의 입술, 이 모든 것이 왼쪽에서 비스듬히 비치는 방안의 램프 빛을 받아 선명하게 보였다. 갑자기 미챠의 가슴속에서 무시무시한 광적인 증오가 끓어올랐다. '바로 저 영감쟁이다, 나의 연적, 나를 괴롭히고 내 인생을 괴롭히는 박해자!' 이것은 나흘 전 정자에서 알료샤와 대화를 나누다가 "아버지를 죽이겠다니, 형은 어떻게 그런 말을 할 수 있어요?" 하고 묻는 알료샤에게 대답하면서 마치 예감이라도 한 듯이 선언했던 바로 그 느닷없고 복수심에 가득찬 광포한 증오의 발작이었다.

"나도 몰라, 모르겠어." 그는 그때 이렇게 말했다. "안 죽일지도 모르고, 죽일지도 몰라. 내가 두려운 건, 바로 그 순간 아버지의 얼굴이 갑자기 증오스러워지지 않을까 하는 거야. 아버지 목의 그 울대, 그 코, 그 눈, 그 파렴치한 조소를 나는 증오해. 한 인간으로서 끔찍한 혐오를 느끼는 거야. 바로 이게 나는 두려워, 도저히 나 자신을 억제할 수 없을 테니……"

한 인간으로서의 이 끔찍한 혐오감이 이제 참을 수 없을 정도로 커져갔다. 미챠는 이미 제정신이 아닌 상태에서 갑자기 호주머니에서 놋쇠 공이를 꺼냈다……

. . . .

"하느님께서 그때 나를 지켜주신 거야." 미챠는 훗날 스스로 이렇게 말했다. 마침 바로 그때, 병석에 누워 있던 그리고리 바실리예비치가 잠에서 깼던 것이다. 바로 이날 저녁녘에 그는 스메르쟈코프가 이반 표도로비치에게 얘기해준 바 있는 그 모종의 치료를 시행하여, 아주 독한 어떤 비밀 액즙을 탄 보드카를 부인의 도움으로 온몸에 문질러 바른 다음, 부인이 웅얼거리는 '어떤 기도'를 들으며 남은 것을 몽땅 마시고서 잠자리에 들었다. 마르파 이그나치예브나도 함께 맛을 좀 보았는데, 워낙에 술을 못하는 여자라서 남편 곁에서 죽은듯이 잠들어버렸다. 하지만 정말 뜻밖에도 그리고리가 밤중에 갑자기 깨어난 것인데, 잠시 생각에 잠겨 있던 그는 금세 허리께가 또다시 타는 듯 아파오는데도 몸을 일으켜 침대에 앉았다. 그러고는 또다시 뭔가 곰곰 생각해보더니 일어나서 서둘러 옷을 입었다. 어쩌면 '이렇게 위중한 때' 집 지킬 사람도 없는데 잠이나 자고 있다는 양심의 가책이 그를 쿡 찔렀는지도 모른다. 스메르쟈코프는 뇌전증 발작으로 녹초가 되어 다른 방에서 몸도 움직이지 못하고 누워 있었다. 마르파 이그나치예브나 역시 옴쭉달싹 못했다. '마누라도 이젠 아주 약해졌군.' 그리고리 바실리예비치는 그녀를 바라보며 이렇게 생각하고는 끙끙 신음하면서 현관 계단으로 나갔다. 물론 그는 걸을 기력도 없는데다 허리께와 오른쪽 다리가 참을 수 없이 아파, 그저 현관 계단에서 한번 살펴보기만 할 생각이었다. 하지만 바로 그때 갑자기, 정원으로 통하는 쪽문에 저녁부터 내내 자물쇠를 채우지 않고 둔 것이 생각났다. 그는 더없이 정확하고 깐깐한 사내인데다, 한번 정한 규칙과 오랜 세월의 습관을 고수하는 사람이었다. 아파서 몸을 잔뜩 구부리고 다리를 절뚝거리면서도 그는 현관 계단을 내려가 정원 쪽으로 향했다. 아니나 다를까, 쪽문은 활짝 열려 있었다. 그는 기계적으로 정원에 발을 들여놓았다. 어쩌면 뭔가가 어른거렸을 수도 있고, 어쩌면 무슨 소리를 들었을 수도 있지만, 아무튼 왼쪽으로 시선을 돌렸을 때 주인 나리의 방 창문이 열려 있는 것이 눈에 들어왔는데, 밖을 내다보는 사람도 없이 창문은 휑하니 비어 있었다. '왜 열려 있을까, 지금이 여름도 아닌데!' 그리고리가 이런 생각을 하는데, 마침 그 순간 그의 바로 맞은편, 정원에서 갑자기 뭔가 심상찮은 것이 얼핏 눈에 들어왔다. 그의 앞, 사십 보가량 떨어진 곳에서 사람이 어둠 속을 달려 지나가는 것 같았는데, 어떤 그림자가 아주 빠르게 움직이고 있었다. "오, 주여!" 그리고리는 이렇게 말하고는 허리가 아픈 것도 잊은 채 도망자의 앞을 가로막으려고 정신없이 달리기 시작했다. 그는 지름길을 택했는데, 보아하니 정원의 구조를 도망자보다 더 훤히 꿰고 있는 듯했다. 도망자는 목욕탕 방향으로 가다가 목욕탕 뒤로 돌아서 담장 쪽으로 돌진하기 시작했다…… 그리고리는 그를 눈에서 놓치지 않고 뒤쫓으며 정신없이 내달렸다. 그는 도망자가 이미 담장을 넘고 있던 바로 그 순간 때마침 담장 앞에 이르렀다. 그리고리는 정신없이 소리를 질러 대며 기를 쓰고 달려들어 두 손으로 그의 한쪽 다리를 붙잡고 꽉 매달렸다.

과연, 그의 예감은 어긋나지 않았다. 그는 괴한의 정체를 알아낼 수 있었는데, 그건 그놈, '인간 망종, 아비 죽인 놈'이었던 것이다!

"아비 죽인 놈!" 노인은 온 동네가 떠나가도록 소리쳤지만, 그가 소리칠 수 있는 것은 이 말이 전부였다. 그는 갑자기 벼락이라도 맞은 듯이 푹 고꾸라졌다. 미챠는 다시 정원 안으로 뛰어내려 쓰러진 사람 위로 몸을 굽혔다. 미챠의 손에는 놋쇠 공이가 들려 있었는데, 그는 그것을 기계적으로 풀밭에 획 던져버렸다. 놋쇠 공이는 그리고리에게서 두 걸음 떨어진 곳에 떨어졌으나, 풀밭이 아니라 오솔길 위, 눈에 가장 잘 띄는 곳이었다. 몇 초 동안 그는 자기 앞에 누워 있는 자를 살펴보았다. 노인의 머리는 온통 피투성이였다. 미챠는 한 손을 뻗어 그 머리를 만져보기 시작했다. 후에 미챠가 선명하게 떠올린 것이지만, 그 순간 그는 자기가 노인의 두개골을 아주 빠개놓은 것인지, 아니면 놋쇠 공이로 정수리를 쳐서 그저 '어찔하게 만든' 것인지 '완전히 확인'하고 싶어 못 견딜 지경이었다. 하지만 피가 흘러내려, 그것도 무섭게 콸콸 흘러내려, 미챠의 떨리는 손가락은 순식간에 뜨거운 핏줄기로 젖어버렸다. 그는 호흘라코바의 집에 갈 때 챙겨넣었던 하얀 새 손수건을 호주머니에서 꺼내 노인의 머리에 갖다대고서 이마와 얼굴의 피를 훔쳐내려고 부질없이 애썼다는 것도 기억하고 있었다. 하지만 손수건도 순식간에 피에 흠뻑 젖고 말았다. '맙소사 내가 왜 이 짓을 하고 있지?' 미챠는 갑자기 정신이 번쩍 들었다. "설사 아주 빠개놨다 해도, 지금 어떻게 확인한단 말인가…… 더구나 이젠 다 매한가지 아니냐!" 그는 갑자기 절망적인 심정이 되어 덧붙였다. "죽였으면 죽인 거다…… 하필 영감이 걸려들다니, 그냥 여기 누워 있으랄 수밖에!" 그는 큰 소리로 이렇게 내뱉고는 갑자기 담장으로 돌진하여 골목길로 뛰어내리더니 그냥 달아나기 시작했다. 피에 흠뻑 젖은 손수건을 마구 구긴 채 오른쪽 주먹에 뭉쳐 쥐고 있었으나, 그는 달리면서 그것을 프록코트 뒷주머니에 쑤셔넣었다. 그는 쏜살같이 달렸는데, 어두운 시내 거리에서 그와 마주친 몇 안 되는 행인들은 훗날, 이날 밤에 미친 듯이 달리던 한 사람을 보았다고 기억해냈다. 그는 다시 모로조바의 집으로 달려가는 길이었다. 아까 페냐는 그가 나가기 무섭게 수위장 나자르 이바노비치한테 달려가, "오늘이고 내일이고 이제 다시는 대위를 들여보내지 말아주세요" 하고 '주

그리스도의 이름으로' 애원하기 시작했다. 나자르 이바노비치는 자초지종을 듣고서 그러마고 했지만, 불행히도 위층에 사는 주인마님이 갑작스레 불러올리는 바람에 잠시 자리를 비우고 그곳으로 가다가 불과 얼마 전에 시골에서 올라온 스무 살가량 된 젊은이인 자기 조카와 마주치게 되어 그에게 대문을 좀 지키라고 지시했지만, 대위 얘기는 그만 깜박 잊고 말았다. 대문 앞에 도달한 미챠는 문을 두드렸다. 젊은이는 금방 그를 알아보았다. 미챠는 이미 여러 번 그에게 차나 마시라며 돈을 쥐여준 적이 있었던 것이다. 젊은이는 즉시 쪽문을 열고 그를 안으로 들이더니 명랑한 웃음까지 띠고서 "아그라페나 알렉산드로브나는 지금 집에 안 계십니다요"라고 서둘러 알려주었다.

"그럼 프로호르, 아씨는 어디 있지?" 미챠는 갑자기 걸음을 멈추었다.

"아까 떠나셨습죠, 두 시간쯤 전에 치모페이와 함께 모크로예로요."

"뭣하러?" 미챠가 소리쳤다.

"그건 알 수 없지만요, 어떤 장교한테 가신다던걸요, 누가 거기로 아씨를 부르면서 마차를 보내와서……"

미챠는 그를 내버려두고 반미치광이처럼 페냐한테 뛰어들어갔다.

V
갑작스러운 결심

페냐는 할머니와 함께 부엌에 앉아 있었는데, 두 사람은 막 잠자리에 들려던 참이었다. 나자르 이바노비치만 믿고 그들은 이번에도 문을 안에서 잠그지 않았다. 미차는 뛰어들어오자마자 페냐에게 달려들어 멱살을 움켜쥐었다.

“어서 말해, 그년 어딨어, 지금 어떤 놈하고 같이 모크로예에 있는 거야?” 그가 미쳐 날뛰면서 부르짖었다.

두 여자는 째질 듯이 비명을 내질렀다.

“아이고, 말씀드릴게요, 아이고, 드미트리 표도로비치 나리, 지금 죄다 말씀드릴게요, 하나도 숨기지 않고요.” 죽도록 기겁한 페냐가 빠른 말투로 소리쳤다. “아씨는 장교님을 만나러 모크로예에 가셨어요.”

“장교라니?” 미챠가 고함을 쳤다.

“옛날 그 장교님요, 바로 그분, 오 년 전에 아씨를 버리고 떠났던 그 옛날 애인요.” 여전히 빠른 말투로 페냐가 주워섬겼다.

드미트리는 그녀의 멱살을 쥐었던 손을 놓았다. 그는 죽은 사람처럼 창백한 얼굴로 아무 소리 없이 페냐 앞에 서 있었으나, 그의 눈빛으로 보아 대번에 모든 것을 알아챘고 페냐의 첫마디 말이 끝나기도 전에 대번에 모든 것을 속속들이 이해하고 모든 것을 눈치챈 게 분명했다. 물론 이 순간, 가엾은 페냐는 그가 이해했는지 못했는지 살필 겨를이 없었다. 그가 뛰어들어왔을 때나 지금이나 그녀는 궤짝 위에 앉아 온몸을 벌벌 떨면서 마치 자기 몸을 보호하려는 듯이 두 손을 앞으로 내민 채 그 자세로 얼어붙어 있었다. 공포에 질려 휘둥그레진 눈동자는 꼼짝도 않고 그에게 박혀 있었다. 게다가 그의 두 손이 온통 피투성이였던 것이다. 달려오는 도중에 얼굴의 땀을 훔치느라 그 손으로 이마를 문지른 게 틀림없는 듯, 이마에도 오른쪽 뺨에도 붉은 핏자국이 덕지덕지했다. 페냐는 금방이라도 히스테리 발작을 일으킬 것 같았고, 늙은 식모는 벌떡 일어나서 거의 의식을 잃은 채 마치 얼빠진 여자처럼 바라보고만 있었다. 드미트리는 일 분가량 그대로 서 있다가, 갑자기 기계적으로 페냐 옆의 의자에 털썩 주저앉았다.

그는 앉아서 뭔가 헤아려본다기보다, 너무 놀란 나머지 멍하니 정신을 놓고 있는 듯했다. 하지만 모든 것은 대낮처럼 분명했다. 이 장교—이자에 대해 그는 알고 있었고, 그것도 아주 잘 알고 있었고, 그루셴카한테서 직접 들어 알고 있었고, 한 달 전에 편지를 보냈다는 것도 알고 있지 않았던가. 그러니까 한 달 동안, 꼬박 한 달 동안, 드디어 이 새로운 사내가 지금 도착할 때까지 이 일이 자기 몰래 극비리에 진행되었다는 말인데, 그는 이 사내에 대해 생각도 않고 있었다니! 하지만 어떻게 이 사내에 대해 생각조차 하지 않을 수 있었단 말인가, 대체 어떻게? 어째서 그는 그때 이 장교 일을 그렇게나, 그렇게나 쉽게 잊었고, 이 장교에 대한 얘기를 듣자마자 금세 잊어버렸단 말인가? 바로 이것이 그의 앞에 무슨 괴물처럼 버티고 선 의문이었다. 미챠는 정말로 경악하여, 경악한 나머지 등골이 오싹해져서, 이 괴물을 지켜보았다.

하지만 갑자기 그가 조용하고 온순하게, 마치 조용하고 상냥한 어린아이처럼 페냐에게 말을 건넸는데, 방금 그녀를 그렇게 놀라게 하고 모욕을 주고 고통을 준 일은 까맣게 잊은 듯했다. 그는 갑자기, 자신의 상황에서는 무척 이례적이고 놀랍기까지 할 정도로 정확하게 페냐에게 이것저것 자세히 묻기 시작했다. 페냐는 그의 피투성이 손을 괴이쩍게 바라보면서도 역시 놀랄 정도로 기꺼이, 그리고 신속하게 그의 질문에 일일이 대답하기 시작했는데, '진실된 진실'을 그에게 모조리 밝히고 싶어 서두르기까지 하는 것 같았다. 그녀는 점차 어떤 기쁨마저 느끼며 모든 것을 아주 자세하게 이야기하기 시작했고, 그것은 그에게 고통을 주고 싶어서가 아니라 있는 힘을 다해 성심성의껏 그를 어서 도와주고 싶은 마음에서였다. 그녀는 그에게 오늘 하루 동안 있었던 일을 하나도 빼지 않고 속속들이 얘기해주었으며, 라키친과 알료샤가 찾아왔던 일, 페냐 그녀가 망을 보았던 일, 주인아씨가 떠난 일, 아씨가 창밖으로 알료샤를 향해 미첸카 그에게 인사를 전해달라면서, '그를 한 시간 동안은 사랑했다는 걸 영원히 기억해달라'는 말을 꼭 전하라고 외친 일까지 모두 얘기해주었다. 이 인사에 대해 듣자, 미챠는 갑자기 씨익 웃으면서 창백한 뺨이 발그레해졌다. 페냐는 바로 그 순간, 자신의 호기심에 대해서는 이미 조금도 두려워하지 않고 그에게 말했다.

"어쩜, 나리의 손이, 드미트리 표도로비치, 온통 피투성이예요!"

"그래." 미챠는 기계적으로 대답하고 멍하게 자신의 손을 바라보았으나 이내 그 손도, 페냐의 물음도 잊어버렸다. 그는 다시 침묵 속으로 빠져들었다. 그가 여기로 달려들어온 지도 벌써 이십 분가량 지났다. 아까의 경악은 사라졌으나, 어떤 새로운 불굴의 결의가 이미 그를 완전히 사로잡은 듯했다. 그는 갑자기 자리에서 일어나 생각에 잠긴 듯한 미소를 지었다.

"나리, 무슨 일이 있었던 거예요?" 페냐가 다시 그의 손을 가리키며 말했는데—불행에 빠져 있는 그에게 지금 자기가 가장 가까운 존재라도 되는 듯 동정이 담겨 있었다.

미챠는 다시 자기 손에 시선을 주었다.

"이건 피야, 페냐." 그가 이상한 표정으로 그녀를 보며 말했다. "사람의 피야, 그런데 맙소사, 왜 이 피가 흘렀을까! 하지만…… 페냐…… 여기에 담장이 하나 있어(그는 마치 수수께끼라도 내듯이 그녀를 보고 있었다), 높다랗고 보기에도 무시무시한 담장이지, 하지만…… 내일 새벽, '해가 솟아오를' 때면 미첸카는 이 담장을 뛰어넘을 거다…… 넌 이해 못할 거야, 페냐, 무슨 담장인지, 뭐 그래도 괜찮아…… 상관없어, 어차피 내일이면 소문을 듣고 다 알게 될 테니…… 그럼 이제 잘 있거라! 나는 방해하지 않겠어, 멀리 물러나주지, 얼마든지 물러날 줄 아니까. 잘 살아라, 나의 기쁨이여…… 나를 한 시간은 사랑했다니, 그럼 이 미첸카 카라마조프를 영원히 그렇게 기억해다오…… 그녀는 나를 늘 미첸카라고 불렀지, 너도 기억하지?"

이렇게 말하며 그는 갑자기 부엌에서 나가버렸다. 페냐는 조금 전에 그가 뛰어들어와서 자기에게 달려들었을 때보다도, 이렇게 훌쩍 나가버리는 것에 더 놀랄 지경이었다.

정확하게 십 분 뒤 드미트리 표도로비치는 아까 권총을 잡혔던 그 젊은 관리 표트르 일리치 페르호친의 집으로 들어갔다. 벌써 여덟시 반이었고, 표트르 일리치는 집에서 느긋하게 차를 즐긴 뒤 술집 '수도'에 가서 당구나 칠까 하여 다시 막 프록코트를 입은 참이었다. 미챠는 나가려던 그를 붙잡은 것이다. 상대방은 미챠와 온통 피로 얼룩진 그의 얼굴을 보자 소리를 내질렀다.

"맙소사! 아니 이게 어찌되신 일입니까?"

"실은," 미챠가 황급히 말했다. "제 권총을 찾으러 온 겁니다, 당신 돈도 가져왔습니다. 감사합니다. 급해서 그러니, 표트르 일리치, 제발 좀 빨리 부탁드립니다."

표트르 일리치는 점점 더 놀랄 수밖에 없었다. 미챠의 손에 돈다발이 들린 걸 갑자기 본 것인데, 무엇보다 미챠는 돈다발을 손에 든 채 안으로 들어왔으나, 그런 식으로 돈다발을 들고 다니는 사람은 아무도 없고 그런 식으로 남의 방에 들어오는 사람도 없기 때문이었다. 그런데다 미챠는 지폐를 모두 오른손에 들고 마치 과시라도 하듯 손을 앞으로 뻣뻣하게 내밀고 있었다. 관리의 시중을 드는 소년이 현관에서 미챠를 맞았는데, 이 소년이 나중에 말하길, 그가 현관에 들어섰을 때도 손에 돈다발을 들고 있었다 하니, 그렇다면 거리에서도 줄곧 돈을 오른손에 들고 앞으로 쑥 내민 채 걸어왔을 것이다. 지폐는 모두 무지갯빛의 백 루블짜리였고, 그것들을 그는 피 묻은 손가락으로 움켜쥐고 있었다. 표트르 일리치는 나중에 사람들이 흥미를 보이며 "돈이 얼마나 되더냐?"고 묻자, 그때 눈대중으로 정확히 판단하기는 어려웠지만 대략 2천, 아마 3천은 되었을 거라며, 아무튼 돈다발이 크고 '꽤나 두툼했다'고 밝혔다. 훗날 그가 또 증언한 바에 따르면, 장본인인 드미트리 표도로비치는 '전혀 제정신이 아닌 것도 같았으나 술 취한 상태는 아니었고, 그런데도 무엇에 취한 양 아주 멍했으며 동시에 무언가에 집중해 있고 무엇인가를 곰곰 생각하며 무척 애쓰고 있었지만 도무지 결정을 내릴 수 없는 듯했다. 몹시 서두르고, 대답하는 것도 무뚝뚝하고 매우 이상했으며, 어떤 순간순간엔 괴로워하기는커녕 유쾌해 보이기까지 했다'는 것이다.

"정말 어찌되신 겁니까, 방금 무슨 일이라도 있었던 겁니까?" 표트르 일리치가 괴이쩍은 눈으로 손님을 살펴보며 다시 소리쳤다. "어쩌다 이렇게 피투성이가 되신 겁니까, 넘어지기라도 하셨습니까, 좀 보십시오!"

그는 손님의 팔꿈치를 붙잡아 거울 앞에 세웠다. 미챠는 피칠갑이 된 자신의 얼굴을 보자 몸을 부르르 떨고 화가 치미는 듯 미간을 찌푸렸다.

"에잇, 제기랄! 이런 것까지." 그는 분통을 터뜨리며 중얼거리더니 재빨리 지폐를 오른손에서 왼손으로 옮겨 쥔 다음 덜덜 떨리는 손으로 호주머니에서 손수건을 꺼냈다. 하지만 손수건도 온통 피투성이였다(바로 이 손수건으로 그는 그리고리의 머리와 얼굴을 닦았던 것이다). 흰 곳이라고는 거의 한 군데도 없었고, 벌써 마르기 시작한데다 어찌나 딱딱하게 덩어리가 졌는지 아예 펴지려고도 하지 않았다. 미챠는 화를 내며 그것을 바닥에 내동댕이쳤다.

"에잇, 빌어먹을! 뭐 헝겊조각 같은 것 없습니까…… 좀 닦았으면 싶은데……"

"그럼 그냥 피만 묻은 겁니까, 다치신 게 아니라? 그렇다면 차라리 아주 물로 씻으시지요." 표트르 일리치가 대답했다. "여기 세숫대야가 있으니, 가져다드리죠."

"세숫대야요? 그게 좋겠군…… 그런데 이걸 어디다 두지요?" 그는 정말 이상할 만큼 어쩔 줄 몰라 하며 표트르 일리치에게 자신의 백 루블짜리 돈다발을 가리키면서, 마치 자신의 돈을 어디다 둬야 할지 상대방이 결정해야만 하는 것처럼 묻는 듯한 눈으로 쳐다보았다.

"호주머니에 넣든지, 아니면 여기 탁자에 놓아두시죠, 없어지진 않을 테니."

"호주머니요? 그렇지, 호주머니에. 그게 좋겠군…… 아니, 아시겠소,

이건 죄다 허튼짓이오!" 그가 멍한 상태에서 갑자기 깨어나는 듯 소리쳤다. "말입니다, 우선 이 일부터 끝냅시다, 그 권총부터, 그걸 내주십시오, 자, 당신의 돈입니다…… 나한테 아주아주 필요해서요…… 게다가 시간이, 시간이 단 일 초도 없어서……"

그러고는 돈다발 맨 위에 있던 백 루블짜리를 빼내어 관리에게 내밀었다.

"아니, 나한테 거스름돈이 없을 건데요." 상대방이 말했다. "잔돈은 없습니까?"

"없습니다." 미챠는 돈다발에 다시 한번 눈을 주고 이렇게 말하더니, 자신의 말이 미덥지 못한 듯 손가락으로 위에서부터 지폐 두세 장을 더 들추어보았다. "없어요, 다 이렇군요." 그는 이렇게 덧붙이고는 또다시 묻는 듯한 눈으로 표트르 일리치를 쳐다보았다.

"아니, 어디서 그런 큰돈을 버셨습니까?" 상대방이 물었다. "잠깐만, 시중드는 아이를 플로트니코프 가게에 보내겠습니다. 거기는 늦게 문을 닫으니까 잔돈으로 바꿔줄지 모르지요. 어이, 미샤!" 그가 문간방 쪽을 향해 소리쳤다.

"플로트니코프 가게 말인가요, 아주 잘됐군!" 무슨 생각이 떠오른 듯 미챠도 소리쳤다. "미샤." 그는 방으로 들어온 소년 쪽으로 몸을 돌렸다. "말이다, 플로트니코프 가게에 달려가서 드미트리 표도로비치가 안부를 전하더라고 말하고, 지금 곧 그리 갈 거라고 일러라…… 그리고 또, 또, 내가 거기 갈 때까지 샴페인을 세 타打 정도 준비해서, 예전에 모크로예로 갔을 때처럼 꾸려놓으라고 그래…… 그때는 그 가게에서 네 타를 가져갔답니다." 그가 갑자기 표트르 일리치를 돌아보며 말했다. "그 사람들이 벌써 다 알고 있으니까 걱정할 것 없다, 미샤." 그는 다시 소년에게로 몸을 돌렸다. "그리고 또 잘 들어. 치즈, 스트라스부르 피로그*, 훈제 연어, 햄, 철갑상어 알, 그리고 그 집에 있는 건 뭐든, 뭐든 다, 요전번처럼 백 루블이나 백이십 루블어치 정도…… 그래 또 있구나, 과자 선물도 잊지 말라고 해. 캔디, 배, 수박 두세 통, 아니면 네 통—아니, 수박은 한 통이면 되겠군, 그리고 초콜릿, 얼음사탕, 과일 드롭스, 우유 캔디—뭐, 요전에 모크로예에 갈 때 꾸려준 건 모두 다, 샴페인까지 해서 3백 루블 정도면 될 거다…… 그러니까 이번에도 똑같이 하라고 그래. 잘 기억해야 돼, 미샤, 네 이름이 미샤였지…… 얘 이름이 미샤라고 했지요?" 그가 다시 표트르 일리치를 보며 말했다.

"아니, 잠깐만." 표트르 일리치가 불안하게 그의 말을 들으면서 살펴보다가 말을 가로막았다. "직접 가셔서 말씀하시는 게 낫겠습니다, 이 아이는 헛갈려서 주문을 잘못할 겁니다."

"헛갈릴 겁니다. 주문을 잘못할 것 같군요! 어이, 미샤, 이 일을 시키는 대신 너한테 키스를 해줄 생각이었는데…… 제대로 주문하면 10루블을 줄 테니 얼른 뛰어갔다 와라…… 샴페인, 제일 중요한 건 샴페인이야, 꼭 내놓으라고 그러고, 또 코냑도, 그리고 적포도주와 백포도주도, 모든 것을 그때처럼 하라고 해…… 그때처럼 하라면 그 집에서 벌써 알 게다."

"제발, 말 좀 들어보십시오!" 표트르 일리치가 더이상 참지 못하고 말을 가로챘다. "제 말은, 이 아이는 그냥 달려가서 돈이나 바꾸고 가

* 송로버섯, 들꿩고기, 돼지고기, 닭 가슴살, 거위 간 등을 넣은 고급 파이. 예전에는 스트라스부르에서 수입했기 때문에 붙여진 이름이다.

게 문을 닫지 말라고 전하면 되는 거고, 당신이 가서 직접 말씀하시라는 겁니다…… 그 지폐를 주십시오. 어서 뛰어가, 미샤, 한달음에 갔다와!" 표트르 일리치는 일부러 급히 미샤를 내쫓은 것 같았는데, 이 아이가 손님 앞에 서자마자 피 묻은 얼굴이며, 돈다발을 움켜쥔 채 손가락을 떨고 있는 피투성이 손을 보고 눈이 휘둥그레져서는, 너무 놀라고 겁먹은 나머지 멍청하게 입을 쩍 벌리고 서 있었고, 미챠가 지시하는 온갖 것들은 별로 귀에 들어오지도 않는 눈치였기 때문이다.

"자, 이제 씻으러 갑시다." 표트르 일리치가 엄중하게 말했다. "돈은 탁자 위에 놓거나 호주머니에 넣으시죠…… 예, 그렇게요, 그럼 갑시다. 그런데 프록코트는 벗으시지요."

그러고는 프록코트 벗는 것을 거들다가 갑자기 다시 소리를 질렀다.

"아니, 프록코트까지 피투성이군요!"

"그게…… 그게, 프록코트는 괜찮소. 그냥 여기 소매 쪽이 좀…… 손수건이 들어 있던 이쪽만 좀 그렇지. 호주머니에서 배어나왔군요. 페냐네 집에서 손수건을 그냥 깔고 앉은 바람에 피가 스며든 거요." 왠지 놀랄 만큼 허물없는 태도로 미챠가 이내 설명을 했다. 표트르 일리치는 얼굴을 찌푸린 채 듣고 있었다.

"정말 무슨 일이 있긴 있었군요. 누구와 한판 싸운 모양이지요." 그가 중얼거렸다.

씻기 시작했다. 표트르 일리치가 항아리를 들고 물을 부어주었다. 미챠는 서두르느라 손을 제대로 씻지도 못했다(그의 손은, 후에 표트르 일리치가 떠올린 바에 의하면, 덜덜 떨리고 있었다). 표트르 일리치는 즉시 비누칠을 더 많이 해서 더 박박 문지르라고 명령했다. 그는 이 순간 미챠에 대해 어떤 권력이라도 지닌 듯한 태도였고, 시간이 갈수록 더 그랬다. 이참에 말해두자면, 이 젊은이는 겁 없는 성격이었다.

"보십시오, 손톱 밑을 깨끗이 안 씻어냈잖습니까. 자, 이제 얼굴을 잘 문지르십시오, 그래, 거기요. 관자놀이께도, 귀 옆도…… 이 루바쉬카를 입고 가실 참입니까? 이러고서 어딜 가시려고요? 보십시오, 오른쪽 소맷부리가 온통 피투성이인데……"

"그렇군, 피가 묻었군요." 미챠가 루바쉬카의 소맷부리를 살펴보며 말했다.

"셔츠를 갈아입으시지요."

"그럴 시간이 없소. 나는 이렇게, 이렇게……" 미챠는 여전히 허물없는 태도로 말을 이었는데, 이미 수건으로 얼굴과 손을 닦으면서 프록코트를 걸치는 중이었다. "여기 소맷부리를 이렇게 접겠소, 프록코트 밑으로 들어가니 안 보이겠지요…… 자, 보시오!"

"이제 말씀해주시지요, 어디서 그런 일을 벌인 겁니까? 누구와 한판 붙은 거죠, 네? 이번에도 그때처럼 술집에서였나요? 그때처럼 또 그 대위와 한바탕해서 마구 때리고 끌고 다닌 거 아닙니까?" 표트르 일리치가 힐책하는 듯한 어조로 지난 일을 끄집어냈다. "누구를 또 두들겨 팼습니까…… 아니면 혹시 죽이기라도 했습니까?"

"아무것도 아니오!" 미챠가 말했다.

"아무것도 아니라뇨?"

"아실 것 없소." 미챠는 이렇게 말하고 갑자기 씩 웃었다. "방금 광장에서 할망구 하나를 으깨버렸소."

"으깨버렸다고요? 할망구를?"

"아니, 영감이오!" 미챠는 표트르 일리치의 얼굴을 똑바로 쳐다보고 웃으면서 마치 귀머거리한테 그러듯 큰 소리로 외쳤다.

"원, 젠장, 영감이랬다, 할망구랬다…… 그래서 정말 누구를 죽인 겁니까?"

"화해했지요. 맞붙어 싸우다가—화해했습니다. 그 자리에서. 우린 친구가 되어 헤어졌습니다. 바보 같은 사람이었는데…… 나를 용서했어요…… 지금쯤 분명히 용서했을 겁니다…… 만약 그 사람이 일어섰다면 용서하지 않았겠지만." 미챠가 갑자기 눈을 찡긋해 보였다. "다만 알고 계십니까, 그 사람 얘긴 집어치우죠, 젠장, 듣고 계십니까, 표트르 일리치, 젠장맞을, 관둡시다! 이 순간에는 그런 얘기 하고 싶지도 않소!" 미챠가 단호하게 잘라 말했다.

"제가 이러는 건, 당신이 아무하고나 한판 붙는 걸 좋아하시니까…… 그때 그 이등 대위와도 아무것도 아닌 일로 그러지 않았습니까…… 한판 싸움질을 하고 이제는 한판 진탕 즐기러 간다니—당신 성격이 다 나오는군요. 샴페인 세 타—그 많은 걸 어디에 쓰려고요?"

"브라보! 이제 권총을 주시오. 정말이지, 시간이 없어요. 같이 좀 말하고 싶어도 정말로 시간이 없다니까, 친구. 게다가 그럴 필요도 전혀 없지, 말을 하기엔 너무 늦었으니까. 아! 돈은 어딨지, 어디다 뒀더라?" 이렇게 소리치더니 그는 호주머니마다 손을 찔러넣기 시작했다.

"탁자 위에 두시지 않았습니까…… 당신이 직접…… 저기 있군요. 잊으셨습니까? 정말 당신한테는 돈이 쓰레기나 물 같은 건가보지요. 자, 여기 당신의 권총입니다. 별일이군요, 아까 다섯시 무렵엔 단돈 10루블이 없어서 이것들을 잡히더니, 지금은 원, 이렇게 수천씩이나 가지고 계시니. 아마 2천이나 3천은 되겠죠?"

"3천쯤 될 거요." 미챠는 돈을 바지 옆주머니에 찔러넣으면서 웃음을 터뜨렸다.

"그러다가 잃어버리시겠습니다. 금광이라도 가지셨나보죠, 네?"

"금광? 금광이라고!" 미챠는 있는 힘을 다해 소리치더니 배를 그러안고 웃기 시작했다. "페르호친, 당신도, 금광에 가실 생각이오? 간다고만 하면, 여기 사는 한 부인이 당신에게 당장 3천을 쏟아부어줄 거요. 나한테도 쏟아줬어요, 워낙에 금광을 사랑하는 부인이니까! 호흘라코바라고, 아시오?"

"모릅니다, 하지만 얘기는 들었고 본 적도 있습니다. 정말 그 부인이 당신에게 3천을 주었다는 겁니까? 정말로 쏟아부어준 겁니까?" 표트르 일리치가 못 믿겠다는 듯이 쳐다보았다.

"그럼 내일 태양이 솟아오를 때, 영원히 젊은 포이보스*가 하느님을 찬미하고 찬양하며 높이 솟아오를 때, 내일 그녀를, 그 호흘라코바를 찾아가 당신이 직접 물어보시오. 나에게 3천을 쏟아부어주었는지 아닌지? 꼭 알아보시구려."

"나는 두 분의 관계를 모르지만…… 그렇게 확실히 말씀하시는 걸 보니, 정말 주었나보군요…… 그런데 그 돈이 손에 들어오자마자 시베리아로 가는 대신 그 3천을 몽땅…… 그래 지금 대체 어디로 가시려는 건데요, 네?"

"모크로예."

---

* '빛나는 자'라는 뜻으로 태양신을 가리키며, 후대에 이르러 아폴로에게 주어진 이름이다.

"모크로예로요? 이런 밤중에!"

"모든 것을 가졌던 마스트류크, 이제는 빈털터리 마스트류크 되었구나!"* 미챠가 불쑥 뇌까렸다.

"빈털터리라뇨? 수천씩이나 가지고서 빈털터리라뇨?"

"돈 몇천 얘기가 아닙니다, 몇천이야 귀신 밥이나 되라지! 나는 여자의 마음을 말하는 겁니다.

못 믿을지로고, 여자의 마음,
변덕과 악덕을 사랑하나니.**

나는 오디세우스에게 동의합니다, 이건 그가 한 말이지요."

"당신이 이해가 안 됩니다."

"취했다 이거요?"

"취하진 않았지만, 그보다 더 나빠요."

"나는 정신적으로 취했소, 표트르 일리치, 정신적으로 취했단 말이오, 하지만 관둡시다, 관둬……"

"아니, 지금 권총을 장전하시는 겁니까?"

"권총을 장전하는 거요."

미챠는 정말로 권총이 든 상자를 열고 화약통의 뚜껑을 벗긴 다음 화약을 꼼꼼하게 뿌려넣고 장전했다. 그러고는 탄환 하나를 두 손가락으로 집어들더니 끼워넣기 전에 앞에 놓인 촛불 위로 그것을 들어올렸다.

---

* 고대 러시아의 민중역사가요 〈마스트류크 쳄류코비치〉에서 인용.

** 쉴러의 시 「승리의 축제」 중 합창 부분을 번역한 츄체프의 「제사(祭祀)」에서 인용.

"왜 그렇게 탄환을 들여다보죠?" 표트르 일리치는 불안한 호기심에 사로잡혀 그를 지켜보았다.

"그냥. 상상을 해보는 거지. 만약 자네가 이 총알을 자네 뇌에 박아 넣을 생각이라면 권총을 장전하면서 그 총알을 볼까, 안 볼까?"*

"그걸 왜 봐요?"

"내 뇌 속에 들어올 녀석이니까 어떻게 생겼나 잠깐 들여다보는 것도 재밌겠지…… 하지만 다 헛소리야, 잠깐 해본 헛소리. 자, 이제 끝났군." 총알을 끼워넣고 아마亞麻 찌꺼기로 다져준 다음 그가 이렇게 덧붙였다. "표트르 일리치, 여보게, 헛소리야, 죄다 헛소리, 이게 얼마나 헛소리인지 자네가 안다면! 이제 작은 종잇조각이나 하나 주게."

"여기 있습니다."

"아니, 뭘 좀 쓰게 매끈하고 깨끗한 걸로. 그래, 됐네." 미챠는 탁자에서 펜을 집어들고 종이에다 재빨리 두 줄을 적은 뒤, 네 겹으로 접어 조끼 호주머니에 찔러넣었다. 권총을 상자에 넣고 열쇠로 잠근 다음, 상자를 손에 들었다. 그러고는 표트르 일리치를 쳐다보더니 골똘히 생각에 잠긴 듯한 긴 미소를 지었다.

"이제 가볼까." 그가 말했다.

"어디로요? 아니, 잠깐만…… 혹시 그걸 당신의 뇌 속으로 보낼 작정인가요, 그 총알 말입니다……" 표트르 일리치가 불안해하며 말했다.

"총알은 헛소리야! 나는 살고 싶어, 나는 삶을 사랑해! 이걸 알아두게나! 나는 금발의 곱슬머리 포이보스와 그의 뜨거운 빛을 사랑해……

---

* 이 대목부터 드미트리 표도로비치는 표트르 일리치에게 존칭을 사용하지 않는다.

여보게, 표트르 일리치, 자네는 물러설 줄 아는가?"

"물러서다뇨?"

"길을 내주는 것 말이야. 사랑스러운 존재와 증오스러운 존재에게 길을 내준다, 이 말일세. 증오스러운 존재도 사랑스러워지도록—그게 곧 길을 내준다는 거야! 그리고 그들에게 말하는 거지. 하느님께서 너희와 함께하시길, 잘들 가거라, 내 곁을 그냥 지나가라, 나는……"

"당신은?"

"관두세, 이만 가봐야겠네."

"정말이지 누구한테라도 말해서," 하며 표트르 일리치가 그를 바라보았다. "당신이 거기로 못 가게 해야지. 모크로예에는 지금 왜요?"

"여자가 거기 있어, 여자가, 자넨 더 알 것 없어, 표트르 일리치, 이제 됐네!"

"좀 들어봐요, 당신은 야만스러운 데가 있긴 해도 왠지 늘 호감이 갔어요…… 그래서 이렇게 걱정하는 겁니다."

"고맙군, 형제. 난 야만스럽지, 자네 말마따나. 아무렴, 다들 야만인들, 야만인들이지! 이 한 가지만큼은 장담하네, 야만인들이야! 아, 미샤가 오는군, 저애를 깜빡했어."

미샤가 잔돈으로 바꾼 돈뭉치를 들고 숨을 헐떡이며 들어와서, 플로트니코프 가게에서는 "온통 야단법석을 떨며" 술병이며 생선이며 차를 끌어내고 있으니—금방 모든 것이 준비될 거라고 보고했다. 미챠는 10루블짜리 한 장을 집어 표트르 일리치에게 건네주고 또다른 한 장을 미샤에게 던져주었다.

"안 됩니다!" 표트르 일리치가 소리쳤다. "내 집에서는 안 됩니다, 버르장머리만 없어져요. 어서 돈을 잘 간수하세요, 여기다 넣어두시죠, 왜 그 돈을 쓰레기처럼 내던집니까? 내일이면 당장 필요해져서, 10루블만 꿔달라고 나를 찾아올 텐데. 아니, 왜 돈을 죄다 옆주머니에 쑤셔 넣습니까? 에이, 그러다 잃어버린다니까요."

"그보다도 여보게, 모크로예에 함께 가지 않겠나?"

"내가 거긴 왜 갑니까?"

"이봐, 지금 한 병 따면 어떻겠나, 삶을 위해 건배하는 거야! 마시고 싶군, 특히 자네하고 마시고 싶어. 자네하고 같이 마신 적은 없었지, 안 그런가?"

"술집에서라면 좋아요, 갑시다, 나도 지금 거기 가려던 참이니."

"술집에서 마실 시간이 어디 있나, 플로트니코프 가게 뒷방에서 하세. 괜찮다면, 지금 자네한테 수수께끼를 하나 내볼까."

"얼마든지."

미챠는 조끼에서 아까 그 종잇장을 꺼내어 펼쳐 보여주었다. 거기에는 뚜렷하고 큼직한 글씨로 이렇게 적혀 있었다.

'나의 삶 전체에 대해 나 자신을 처형하노라, 나의 삶 전부를 벌하노라!'

"정말 누구한테든 말해야겠군, 당장 가서 말해야겠어." 종잇장을 읽고서 표트르 일리치가 말했다.

"그럴 겨를이 없을걸, 여보게, 가서 술이나 마시세, 자, 전진!"

플로트니코프 가게는 표트르 일리치의 집에서 고작 한 집 정도 건너 길모퉁이에 자리하고 있었다. 이 가게는 우리 도시에서 제일 큰 식료품 상점으로, 부유한 상인들이 경영하고 있었으며, 가게 자체도 꽤나 훌륭했다. 수도의 여느 가게에 있는 것이라면 없는 게 없어서, '옐리세예프 형제상회에서 병에 주입한' 포도주, 과일, 여송연, 차, 설탕, 커피 등등 온갖 식료품이 다 있었다. 늘 세 명의 고정 점원이 앉아 있었고, 배달하는 소년 두 명이 바삐 뛰어다녔다. 우리 고장이 가난해지면서 지주들은 뿔뿔이 흩어지고 상업도 주저앉고 말았지만, 식료품상만큼은 예나 다름없이 성업중이었고 해가 갈수록 더욱더 번창하는 추세였다. 이런 품목들을 찾는 구매자가 끊이지 않았던 것이다. 가게에서는 미챠를 눈이 빠져라 기다리고 있었다. 그가 서너 주쯤 전에도 이번과 똑같이 온갖 상품이며 술을 닥치는 대로 한꺼번에 수백 루블어치나 현금으로(외상이었다면 물론 그를 눈곱만치도 믿지 않았을 것이다) 사간 것을 기억하고 있었고, 또 그때도 지금처럼 두 손에 무지갯빛 돈뭉치를 보란듯이 움켜쥔 채, 그 많은 상품이며 술 등등이 뭣하러 필요한지 따져보지도 않고 따져보려 들지도 않으면서 값을 흥정할 생각도 없이 돈을 그냥 뿌려댔던 것을 기억하고 있었던 것이다. 그뒤 온 도시에는 그가 그때 그루셴카를 데리고 모크로예로 가서 '그날 밤과 그 이튿날 동안 3천을 한꺼번에 뿌리며 흥청망청 술판을 벌이고, 어미 배 속에서 태어난 그대로 빈털터리가 되어 돌아왔다'는 소문이 자자했다. 그때 그는 한 무리의 집시를 죄다 데려다놓고 놀았는데(그때 마침 그들은 우리 도시에 흘러들어와 있었다), 그들은 고주망태가 된 그에게서 이틀 동안 무수히 많은 돈을 뜯어내고 값비싼 술을 무수히 마셔댔다. 사람들은 미챠가 모크로예에서 무지렁이 농부들에게 샴페인을 퍼마시게 하고 시골 계집애들과 아낙들에게 단 과자와 스트라스부르 피로그를 배터지게 먹게 했다면서 비웃으며 얘기하곤 했다. 그리고 우리 도시, 특히 술집에서는 미챠가 그때 제 입으로 털어놓은 공개적인 고백에 대해서도 다들 비웃었는데(물론 그의 면전에서 비웃는 것은 다소 위험한 일인지라 아무도 대놓고 비웃지는 않았다), 이 모든 '대탈선大脫線'의 대가로 그루셴카는 그에게 고작 '자신의 발에 입을 맞추게 해주었을 뿐, 더는 아무것도 허락해주지 않았다'는 것이다.

미챠가 표트르 일리치와 함께 가게에 와보니 입구에 이미 트로이카가 대령하고 서 있는데, 마차 안에 양탄자를 깔고 종과 방울까지 매단 채 마부 안드레이가 미챠를 기다리는 중이었다. 가게에서는 물건을 담은 상자 하나를 거의 완벽하게 '마무리해놓고', 미챠만 나타나면 상자에 못질을 해서 마차에 실으려고 기다리고 있었다. 표트르 일리치는 깜짝 놀랐다.

"그새 어디서 트로이카까지 준비시켰나?"* 그가 미챠에게 물었다.

"자네한테 달려가던 길에 이 안드레이와 마주쳐서 곧장 이곳 가게로 마차를 끌고 오라고 일렀지. 시간 허비할 것 없으니까! 요전번엔 치모페이의 마차를 타고 갔지만, 지금 치모페이 놈은 휙 꺼지고 없어, 나보다 앞서 요술공주를 태우고 떠나버렸거든. 안드레이, 많이 늦을까?"

"우리보다 겨우 한 시간쯤 먼저 도착할 겁니다, 아니, 그 정도도 안 될걸요, 어쨌든 기껏해야 한 시간이죠!" 안드레이가 급히 대답했다. "치모페이 마차도 제가 준비해주었습죠. 어떻게 달릴지 제가 압니다. 우리 마차하고는 비교가 안 돼요, 드미트리 표도로비치, 어림도 없죠. 한 시간도 앞서지 못할 겁니다!" 미챠의 말을 가로챈 안드레이가 열을 올렸

* 이 대목부터는 표트르 일리치도 드미트리 표도로비치에게 존칭을 사용하지 않는다.

는데, 아직 늙지 않은 이 마부는 불그죽죽한 머리에 몸이 여윈 사내로, 허리에 주름이 잡힌 반코트를 입고 왼손에는 두꺼운 농사꾼 외투를 들고 있었다.

"한 시간 정도만 늦는다면 보드카 값으로 50루블을 주지."

"한 시간입니다, 보증하지요, 드미트리 표도로비치, 에이, 한 시간이 다 뭡니까, 그 사람들, 반시간도 앞서지 못할걸요!"

미챠는 이런저런 지시를 내리느라 부산을 피웠으나, 말할 때나 지시할 때나 왠지 이상하게 두서도 없고 차례도 없었다. 어떤 말을 시작하고는 끝맺는 걸 깜빡하기도 했다. 표트르 일리치는 자기가 끼어들어 일을 도울 필요가 있다고 생각했다.

"4백 루블어치야, 최소한 4백 루블어치는 돼야 해, 그때하고 똑같이 하란 말이다." 미챠가 호령했다. "샴페인은 네 타야, 한 병이라도 적으면 안 돼."

"그 많은 게 왜 필요한가, 어디에 쓸 건데? 잠깐!" 표트르 일리치가 호통을 쳤다. "이 상자는 뭔가? 뭐가 들었어? 정말 여기 4백 루블어치가 든 거야?"

수선을 떨고 있던 점원들이 들큼한 말을 늘어놓으며 이 첫 상자에는 고작 샴페인 반 타와 술안주, 사탕, 과일 드롭스 등 '당장에 꼭 필요한 갖가지 것들'만 들어 있다고 설명했다. 주요한 '소비품'들은 요전번처럼 따로 포장하여 따로 준비한 마차에 실어 지금 당장 트로이카로 출발할 것이므로, '드미트리 표도로비치가 도착한 후 늦어도 한 시간 안에' 그곳에 제때 도착하게 되어 있다는 것이었다.

"한 시간 안에, 반드시 한 시간 안에 도착해야 돼, 그리고 과일 드롭스와 우유 캔디는 되도록 많이 실어, 거기 계집애들이 그걸 좋아하니까." 미챠가 열을 올리며 고집했다.

"우유 캔디야—뭐 그렇다 쳐. 하지만 샴페인이 네 타씩이나 왜 필요해? 한 타면 충분하지." 표트르 일리치는 이제 화를 내다시피 했다. 그는 값을 깎기 시작했고 계산서를 내놓으라면서 흥분을 가라앉힐 기미가 전혀 없었다. 하지만 기껏 백 루블을 아낀 게 고작이었다. 물건을 모두 해서 3백 루블어치 이상은 보내지 않기로 합의를 본 것이다.

"다들 악마한테 찢겨 죽든 말든!" 갑자기 생각을 고쳐먹었는지 표트르 일리치가 이렇게 외쳤다. "젠장, 내가 여기서 무슨 짓이야? 거저 생겼다는데, 자기 돈 제 맘대로 뿌리라지!"

"이리 오게, 경제학자 양반, 이리 오라니까, 화는 풀고." 미챠는 그를 가게 뒷방으로 끌고 갔다. "자, 이리로 곧 술을 한 병 내올 테니, 한잔하세. 에이, 표트르 일리치, 함께 가자니까, 자네는 귀여운 데가 있는 사람이야, 나는 그런 사람들이 좋거든."

미챠는 아주 지저분한 보가 덮인 조그만 탁자 앞 등나무 의자에 앉았다. 표트르 일리치는 그의 맞은편에 엉거주춤한 자세로 앉았고, 눈 깜짝할 사이 샴페인이 나왔다. 점원들은 '방금 들어온 최상품 굴'이라며 나리들께서 드시지 않겠느냐고 권했다.

"빌어먹을, 굴은 무슨, 난 안 먹어, 아무것도 필요 없어." 표트르 일리치가 악을 쓰다시피 하며 으르렁거렸다.

"굴 같은 거 먹을 시간 없어." 미챠도 한마디했다. "먹고 싶은 마음도 없고. 이봐, 친구." 갑자기 그가 진정을 담아 말했다. "나는 한 번도 이따위 난장판을 좋아한 적이 없어."

"아니, 그런 걸 누가 좋아하겠나! 그런 농사꾼들한테 샴페인을 세 타나 내다니, 누구라도 복장이 터질 노릇이지."

"그 말이 아닐세. 드높은 질서를 말하는 거네. 내 안에는 질서가 없어, 드높은 질서가…… 하지만…… 이건 다 끝난 일이니, 상심할 것도 없지. 이미 늦었어, 젠장맞을! 내 인생은 처음부터 끝까지 난장판이었으니, 이제 질서를 세워줘야지. 말장난 같은가, 그래 보여?"

"말장난이 아니라, 헛소리일세."

"세상의 가장 높으신 분께 영광,
내 마음속의 가장 높으신 분께 영광!

언젠가 이 시구가 내 영혼 속에서 터져나왔지, 시구가 아니라 눈물이…… 내가 직접 지은 거지만…… 이등 대위의 턱수염을 잡고 질질 끌고 다니던 그때는 아니야……"

"그 사람 얘기는 갑자기 왜 꺼내나?"

"갑자기 왜 그 사람 얘기냐고? 헛소리야! 모든 것이 끝나는 중이고 모든 것이 청산되는 중이야, 선 하나만 그으면—셈은 끝나."

"정말 자네의 권총이 자꾸만 어른거리는군."

"권총도 헛소리야! 어서 마시게, 괜한 생각은 그만두고. 나는 삶을 사랑해, 삶을 정말 지독하게 사랑했어, 너무 사랑해서 몸서리가 쳐질 지경이야. 그만 됐어! 삶을 위해, 여보게, 삶을 위해 마시자고, 삶을 위해 축배를 드세! 내가 왜 나 자신에게 만족하느냐고? 나는 비열한 놈이지만 나 자신에 만족해. 하긴, 비열한 놈이라는 것 때문에 괴롭긴 하지만,

그래도 나 자신에 만족해. 나는 하느님의 창조를 축복해, 이젠 하느님과 하느님의 창조를 기꺼이 축복할 준비가 되어 있어, 하지만…… 악취나는 벌레 한 마리부터 죽여 없애야 돼, 기어다니면서 다른 존재들의 삶을 망쳐놓지 않도록…… 삶을 위해 건배하세, 사랑하는 벗이여! 삶보다 더 소중한 게 뭐가 있을 수 있겠나! 아무것도, 아무것도 없지! 삶을 위하여, 그리고 여왕 중의 여왕을 위하여."

"삶을 위하여 마시세, 좋아, 자네의 여왕을 위해서도."

그들은 한 잔씩 마셨다. 미챠는 열광해 있고 산만하기도 했으나 어쩐지 서글퍼 보였다. 도저히 감당할 수 없는 어떤 무거운 걱정거리가 그의 뒤에 버티고 서 있는 것만 같았다.

"미샤잖아…… 저기 들어온 게 자네 집 미샤 아냐? 미샤, 이봐, 미샤, 이리 와, 너도 한 잔 마셔, 내일이면 솟아오를 금발의 곱슬머리 포이보스를 위하여……"

"애한테는 왜!" 표트르 일리치가 역정을 내며 소리쳤다.

"좀 그러자고, 그게 뭐 어때서, 난 그러고 싶네."

"에잇!"

미샤는 한 잔 마신 뒤 절을 꾸벅 하고는 달아났다.

"녀석은 이 기억을 오래 간직할 거야." 미챠가 말했다. "나는 여자를 사랑해, 여자를! 여자가 무엇이냐? 지상의 여왕이지! 마음이 서글프군, 서글퍼, 표트르 일리치. 햄릿을 기억하나? '몹시 서글프구나, 몹시 서글퍼, 호레이쇼…… 아, 가엾은 요릭!'* 내가 어쩌면 그 요릭일 거네. 지금

* 『햄릿』 5막 1장에서 햄릿이 하는 말을 염두에 둔 것이다.

이야 요럭이지만 곧 해골이 되겠지."

표트르 일리치는 말없이 듣고만 있었고, 미챠도 한동안 말이 없었다.

"가게에 웬 강아지인가?" 눈이 까만, 작고 귀여운 볼로네즈가 구석에 있는 걸 보고, 그가 갑자기 멍한 얼굴로 점원에게 물었다.

"저희 여주인 바르바라 알렉세예브나의 강아지랍니다." 점원이 대답했다. "아까 데리고 오셨다가 깜박 두고 가셨죠. 도로 데려다줘야겠습니다."

"똑같은 개를 본 적이 있어…… 연대에서……" 미챠가 생각에 잠긴 듯이 말했다. "다만 그놈은 뒷다리가 부러져 있었지…… 참, 표트르 일리치, 한 가지 물어보고 싶었는데, 살아오면서 언젠가 뭘 훔친 적 있나, 없나?"

"무슨 질문이 그래?"

"아니, 나는 그냥. 그러니까 누구 호주머니에서 남의 것을 슬쩍한 적이 있느냐고? 공금 얘기가 아닐세. 공금이야 다들 해먹으니까, 자네도 물론 그럴 테고……"

"염병할, 집어치워."

"남의 돈 얘길세. 호주머니나 지갑에서 곧바로 슬쩍, 어떤가?"

"어머니 돈 20코페이카짜리 은화 하나를 훔친 적이 있네, 아홉 살 때 탁자에서. 몰래 집어서 손에 꽉 쥐었지."

"그래서 그다음엔?"

"뭐, 아무것도 안 했어. 사흘간 가지고 있다가 부끄러워져서 자백하고 돌려드렸지."

"그래서 그다음엔?"

"당연히 매를 맞았지. 그럼 자네는 어때, 자네도 훔친 적이 있나?"

"훔쳤지." 미챠는 교활하게 눈을 찡끗해 보였다.

"뭘 훔쳤기에?" 표트르 일리치가 호기심을 드러냈다.

"어머니한테서 20코페이카짜리 은화 하나를 훔쳤지, 아홉 살 때였는데 사흘 뒤에 돌려드렸네." 이 말을 하고서 미챠는 갑자기 자리에서 일어났다.

"드미트리 표도로비치, 좀 서둘러야 하지 않을까요?" 갑자기 가게 문 옆에서 안드레이가 소리쳤다.

"준비 다 됐나? 가세!" 미챠가 움찔하며 갑자기 허둥대기 시작했다. "마지막 남은 이야기만 더, 그러면……* 길 떠나기 전에 안드레이에게 보드카 한 잔 주게, 지금 곧! 보드카 외에 코냑도 한 잔 주고! 이 상자는 (권총이 든 상자였다) 내 좌석 밑에 넣어주게. 잘 있게나, 표트르 일리치, 나를 나쁘게 여기지 말게."

"내일이면 돌아올 거 아닌가?"

"반드시."

"계산은 지금 하시겠습니까?" 점원이 급히 뛰어왔다.

"아, 맞아, 계산! 물론이지."

그는 다시 호주머니에서 지폐 뭉치를 꺼내 무지갯빛 석 장을 뽑아 계산대에 던져주고 급히 가게를 나왔다. 다들 그를 따라 나와 굽실굽실 절을 하고 정중한 인사말과 함께 행운을 빌어주며 배웅했다. 안드레이는 방금 코냑을 들이켠지라 기분좋게 목젖을 크르르 울리고는 마부석

---

* 푸쉬킨의 비극 『보리스 고두노프』에 나오는 피멘 신부의 독백("마지막 남은 이야기 하나만 더/이것으로 나의 연대기도 끝을 맺으니")에서 인용.

에 뛰어올랐다. 그러나 미챠가 자리에 막 앉으려는 순간, 갑자기 정말 뜻밖에도 페냐가 나타났다. 그녀는 숨을 헐떡이며 달려오더니 그의 앞에서 두 손을 모으고 소리를 내지르며 그의 발아래 털썩 쓰러졌다.

"나리, 드미트리 표도로비치, 제발, 우리 아씨를 죽이지 마세요! 나리께 죄다 말씀드린 게 저잖아요……! 그분도 죽이지 마세요, 그분은 예전에 아씨의 사람이었으니까요! 지금 그분은 아그라페나 알렉산드로브나에게 장가들려고 하시는 거예요, 그래서 시베리아에서 돌아오신 거고요……나리, 드미트리 표도로비치, 남의 인생을 망치지 말아주세요!"

"쯧쯧쯧, 그랬구먼! 그래, 지금 거기 가서 일을 저지르겠다 이거지!" 표트르 일리치가 혼잣말로 중얼거렸다. "이제 모든 걸 알겠군, 이젠 알고도 남겠어. 드미트리 표도로비치, 인간이고 싶다면 지금 당장 권총을 내놓게." 그가 큰 소리로 미챠에게 외쳤다. "듣고 있나, 드미트리!"

"권총? 잠깐만, 이봐, 그것들은 가는 길에 웅덩이에 던져버릴 걸세." 미챠가 대답했다. "페냐, 일어나, 내 앞에 엎드릴 것 없어. 미챠는 남을 파멸시키지 않을 거야, 이 어리석은 인간은 앞으로 정말 누구도 파멸시키지 않을 거야. 아, 참, 페냐." 그는 이미 자리를 잡고 앉아서 그녀에게 소리쳤다. "아까 내가 너한테 너무 심했어, 그러니 용서해라, 이 비열한 놈을 불쌍히 여기고 용서해다오…… 하지만 용서해주지 않는다 해도 상관없어! 이젠 어차피 매한가지니까! 자, 출발하자, 안드레이, 신나게 달려봐라!"

안드레이는 출발했다. 방울이 울리기 시작했다.

"잘 있게, 표트르 일리치! 내 마지막 눈물은 자네에게……!"

‘취하지도 않았는데, 저런 허튼소리만 지껄이니!’ 표트르 일리치는 그의 뒷모습을 지켜보며 잠시 생각했다. 그는 아무래도 가게 사람들이 미챠를 속이고 바가지를 씌울 것 같은 예감이 들어, 그 자리에 남아 나머지 물품과 포도주를 수레(이것 역시 트로이카였다)에 싣는 것을 지켜볼까 싶기도 했지만, 갑자기 자신에게 화가 치밀어 침을 퉤 뱉고는 당구를 치러 단골 술집으로 향했다.

‘사람은 좋은데 바보야……’ 그는 길을 가면서 속으로 중얼거렸다. ‘그루셴카의 “옛” 남자였다는 그 무슨 장교에 대해서는 나도 들은 적이 있어. 음, 그자가 왔다면, 그럼…… 에잇, 빌어먹을, 그 권총! 젠장, 내가 뭐 그 친구의 삼촌이라도 되나? 멋대로들 하라지! 하긴 아무 일도 없을 거야. 괜한 뻥쟁이들이지, 그 이상은 아니니까. 실컷 퍼마시고 주먹질이나 하겠지, 실컷 치고받다가 화해할 거야. 그런 인간들 주제에 무슨 일을 하겠어? “물러서 준다”느니, “자신을 처형한다”느니 하는 건 무슨 소리일까—설마 아무 일도 없겠지! 그런 소리야 술집에서도 술에 취해 천 번은 외쳐댔으니까. 하지만 지금은 취하지도 않았잖아. “정신적으로 취했다”지만—건달들은 원래 그런 식으로 말하길 좋아하니까. 내가 그 친구 삼촌이야, 뭐야? 게다가 한바탕 주먹질을 하고 싸운 게 분명해, 낯짝이 피투성이였으니…… 누구하고 그랬을까? 술집에 가면 알게 되겠지. 손수건도 피투성이였는데…… 쳇, 제기랄, 우리집 방바닥에 그대로 있을 거 아냐…… 빌어먹을, 알게 뭐야!’

그는 몹시 언짢은 기분으로 술집에 도착하여 이내 당구 한 판을 치기 시작했다. 당구 게임은 그의 기분을 풀어주었다. 두번째 판이 끝났을 때, 그는 갑자기 한 상대방에게 드미트리 카라마조프에게 다시 돈이 생겼다, 자그마치 3천가량은 되는데 내 눈으로 직접 보았다, 그 친구는 그루셴카하고 진탕 놀겠다고 또다시 모크로예로 떠났다, 라는 말을 꺼냈다. 이 이야기를 들은 사람들은 거의 뜻밖이라 할 만큼 호기심을 보였다. 게다가 다들 웃지도 않고 왠지 이상할 정도로 심각하게 말을 하기 시작했다. 게임마저 중단되어버렸다.

"3천이라고? 아니, 어디서 그자한테 3천씩이나 생겼다는 거야?"

사람들은 이것저것 계속 캐묻기 시작했다. 호흘라코바에 관한 얘기는 미심쩍은 모양이었다.

"영감한테 강도짓을 한 게 아닐까, 정말?"

"3천이라! 뭔가 심상찮아."

"아버지를 죽이겠다고 큰 소리로 떠벌렸잖아, 여기 있는 사람들은 다들 들었지. 더구나 그 3천 루블 얘기도 했단 말이야……"

표트르 일리치는 이런 말을 들으면서, 계속되는 그들의 질문에 갑자기 극도로 말을 아끼며 냉랭하게 대답하기 시작했다. 여기로 오면서는 이것도 얘기할 생각이었지만, 미챠의 얼굴과 손에 피가 묻어 있더라는 얘기는 한 마디도 꺼내지 않았다. 세번째 판이 시작되자, 미챠 얘기도 점차 잠잠해졌다. 하지만 세번째 판이 끝나자 표트르 일리치는 더 이상 치고 싶지 않아 당구 채를 내려놓고 예정했던 저녁식사도 그만둔 채 술집을 나와버렸다. 광장으로 나온 그는 어떻게 할지 망설이며 걸음을 멈추고는 자신에게 놀라기까지 하고 있었다. 자기가 지금 표도르 파블로비치의 집으로 가서 혹시 무슨 일이 일어난 건 아닌지 알아보려 한다는 데 생각이 미친 것이다. '보나마나 뻔한 헛소리인데, 남의 집 사람들을 깨워가지고 괜한 스캔들만 일으킬 거다. 쳇, 제기랄, 내가 뭐 그

인간의 삼촌이라도 돼?'

몹시 언짢은 기분으로 그는 곧장 자기 집으로 향하다가 갑자기 페냐 생각이 났다. '에잇, 젠장, 아까 그 하녀한테 물어볼걸.' 그는 짜증을 내면서 생각했다. '그랬다면 모든 걸 알 수 있었을 텐데.' 그러자 이 하녀와 얘기해서 뭔가 알아내고 싶다는, 도저히 참을 수 없는 집요한 욕망이 마음속에 불타올라, 그는 길을 반쯤 가다가 그루셴카가 세 들어 있는 모로조바의 집 쪽으로 방향을 획 틀었다. 그는 대문으로 다가가 문을 두드렸고, 그러자 밤의 적막 속에서 울려퍼지는 노크 소리에 다시 정신이 번쩍 들면서 갑자기 울화가 치미는 기분이었다. 게다가 이 집 사람들은 다들 자는지 아무도 대답이 없었다. '여기서도 스캔들이나 일으키겠군!' 그는 이렇게 생각하며 이미 마음속에서 어떤 고통마저 느끼고 있었으나, 그러면서도 아예 가버리는 대신 갑자기 또다시, 이제는 있는 힘을 다해 문을 두드리기 시작했다. 시끄러운 소리가 거리 전체에 울려퍼졌다. '이렇게 된 이상 별수없다, 나올 때까지 두드리는 거다, 끝까지 계속!' 그는 이렇게 중얼거리며 쾅쾅 소리가 날 때마다 자신에게 미칠 듯한 분노를 느끼면서도 그럴수록 더 힘을 주어 문을 두들겼다.

VI
내가 행차하노라!

한편, 드미트리 표도로비치는 날듯이 길을 달렸다. 모크로예까지는

20베르스타 남짓 되었으나, 안드레이의 마차가 워낙 빨리 달려 한 시간 십오 분이면 도착할 수 있을 것 같았다. 마차의 빠른 질주가 미챠에게 갑자기 생기를 준 듯했다. 공기는 싱그럽고 시원했으며, 맑은 하늘에는 커다란 별들이 반짝였다. 이것은 알료샤가 땅에 엎드려 '대지를 영원히 사랑하겠노라고 미친 듯이 맹세했던' 바로 그 밤이었고, 어쩌면 또 바로 그 시각이었을 수도 있다. 그러나 미챠의 영혼이 혼란스럽고도 더없이 혼란스럽고, 또 비록 많은 것이 지금 그의 영혼을 괴롭혔지만, 그래도 이 순간만큼은 그의 전 존재가 오직 그녀에게로, 마지막으로 그녀의 얼굴을 한번 보기 위해 이렇게 날아가고 있는 그의 여왕에게로 억누를 수 없이 내달리고 있었다. 여기서 한 가지만 말해두자면, 그건 그가 단 한 순간도 마음의 갈등을 느끼지 않았다는 점이다. 이렇게 질투심이 강한 인간이 이 새로운 사람, 땅 밑에서 불쑥 솟아난 새로운 연적인 이 '장교'에게 털끝만큼의 질투도 느끼지 않았다고 말한다면, 아마 내 말을 곧이듣지 않으리라. 만약 다른 사람이 나타났다면, 그자가 누구든 대번에 질투를 느껴 자신의 무서운 손을 또다시 피로 물들였을지 모르지만, 이 사나이, '그녀의 첫 사람'에게만큼은 지금 이렇게 트로이카를 타고 질주하는 순간에도 그는 질투 섞인 증오는커녕 적대감조차 느끼지 못했는데—하긴, 아직 그자를 본 적이 없기는 했다. '이건 이미 가타부타할 일이 아니다, 이건 그녀와 그의 권리니까. 이건 그녀가 오 년 동안이나 잊지 못한 첫사랑이 아닌가. 그러니 이 오 년 동안 오직 그 남자만을 사랑했다는 건데, 도대체 내가, 내가 왜 여기 끼어들었을까? 여기서 내가 뭔데? 뭘 하겠다는 건데? 물러서라, 미챠, 길을 내주는 거다! 더구나 나는 지금 어떤 처지냐? 그 장교가 아니더라도 이

제 모든 것이 이미 끝났다, 그자가 아예 나타나지 않았다 해도, 어차피 모든 게 끝났을 거다……'

만약 무언가 판단할 수 있는 힘이라도 있었다면, 그는 아마 대략 이런 말로 자신의 느낌을 설명했을 것이다. 그러나 그는 그때 이미 어떤 판단도 할 수 없는 상태였다. 지금의 모든 결단은 판단 과정을 거치지 않고 한순간에 생겨난 것이었고, 아까 페냐한테서 첫마디를 듣기 무섭게 느닷없이 가슴으로 느껴져 그 모든 결과와 함께 송두리째 받아들인 것이었다. 하지만 이렇게 완전히 결단을 내렸는데도 그의 영혼은 혼란스러웠다, 고통스러울 정도로 혼란스러웠다. 그 결단도 그의 마음에 안정을 주지는 못했다. 너무도 많은 것이 뒤에 버티고 서서 그를 괴롭혔다. 어떤 순간에는 그 자신이 생각하기에도 이상했다. 이미 자기 손으로 펜을 들고 '나 자신을 처형하노라, 벌하노라'라고 종이에다 판결문까지 쓰지 않았던가. 그렇게 준비된 종이가 여기 자신의 호주머니에 들어 있지 않은가. 권총도 이미 장전돼 있고, 내일 '금발 곱슬머리 포이보스'의 뜨거운 첫 햇살을 어떻게 맞이할지도 이미 결심해두었건만, 그럼에도 자신의 지난날들, 뒤에 서서 자신을 괴롭히고 있는 모든 것과 깨끗이 셈을 끝낼 수가 없었으니, 그는 이것을 고통스러울 정도로 분명하게 느끼고 있었고, 이 생각은 거머리처럼 그의 영혼에 달라붙어 그를 절망하게 했다. 노중에 한순간은, 갑자기 안드레이를 멈추게 하고 마차에서 뛰어내려 이미 장전해둔 권총을 꺼내 동이 틀 때까지 기다릴 것도 없이 모든 것을 끝내버리고 싶기까지 했다. 그러나 그 순간은 불꽃처럼 지나가버렸다. 게다가 트로이카는 '공간을 집어삼키며' 질주했고, 목적지에 가까워짐에 따라 다시금 그녀 생각이, 오로지 그녀 생각만이 그의 정신을 점점 더 강하게 사로잡으면서 나머지 모든 무서운 환영들을 그의 마음에서 몰아냈다. 오, 그는 잠깐이라도 좋으니 먼빛으로나마 그녀를 그토록 보고 싶었던 것이다! '그녀는 지금 그자와 함께 있겠지, 그녀가 지금 그 사내와, 자신의 옛 애인과 함께 있는 모습을 잠깐이라도 볼 수 있을 거다, 나는 그저 그거면 됐어.' 그의 운명에서 숙명과도 같은 이 여자에 대한 사랑이 이토록 강렬하게 그의 가슴에서 솟구친 적은 지금껏 한 번도 없었거니와, 그것은 아직 한 번도 느껴보지 못한 너무도 새로운 감정, 자신조차 전혀 예기치 못한 감정, 그녀 앞에서 자신이 소멸해버려도 좋다 싶은, 기원에 가까운 부드러운 감정이었다. '그래, 소멸해버리는 거다!' 그는 갑자기 히스테리 같은 환희의 발작에 휩싸여 이렇게 말했다.

마차는 이미 한 시간가량을 달렸다. 미챠는 말이 없었고, 안드레이는 원래 수다스러운 농군이었지만 입을 열기가 두려운 듯 역시 한 마디도 하지 않고, 여위긴 했으나 준족인 밤색 말 세 필을, 그의 '늙다리 말들'을 그저 힘차게 몰아댈 따름이었다. 갑자기 미챠가 무섭게 불안해하면서 소리쳤다.

"안드레이, 자고들 있으면 어쩌지?"

퍼뜩 이런 생각이 그의 뇌리에 떠올랐는데, 여태까지 생각해보지도 않은 문제였다.

"이미 잠자리에 들었다고 생각해야겠지요, 드미트리 표도로비치."

미챠는 고통스러운 듯 얼굴을 찌푸렸다. 어떡하지, 정말, 이런 감정을 품고서…… 이렇게 달려가는데…… 그들이 자고 있다면…… 그녀도 어쩌면 거기서 자고 있을지 모르지…… 분노가 그의 마음속에서 끓어올랐다.

“더 빨리 몰아, 안드레이, 더 달려, 안드레이, 힘껏!” 그가 미친 듯이 소리쳤다.

“어쩌면 아직 잠자리에 들지 않았을지도 모르지요.” 잠시 말이 없던 안드레이가 이런 판단을 말했다. “아까 치모페이가 하는 말이, 거기에 사람들이 많이 모였다니까요……”

“역관에?”

“역관이 아니라 플라스투노프 여관에요, 뭐, 사설 역관인 셈이지요.”

“나도 알아, 그런데 사람들이 많이 모였다는 건 무슨 소리야? 어째서 많이 모인 거래? 어떤 작자들인데?” 미챠는 이 뜻밖의 소식에 무섭게 불안해져서 소리를 내질렀다.

“치모페이 말로는 다들 나리들이라던걸요, 우리 도시에서도 두 분이 와 계시다는데 누군지는 모르겠군요, 치모페이는 그저 이곳 양반이 둘이고, 외지에서 왔다는 양반도 두 분이 계시다고만 말했으니까요. 또 아마 누군가가 더 있는 모양인데, 더 정확히는 물어보지 못했습니다. 카드놀이를 시작했다는데요.”

“카드를?”

“예, 그러니 카드놀이를 시작했다면 아직 자지 않을 수도 있지요. 늦어봐야 아직 열한시도 안 됐다는 걸 생각하면 말입니다.”

“더 빨리 몰아, 안드레이, 더 빨리!” 미챠가 또다시 신경질적으로 소리쳤다.

“말입죠, 여쭈어보고 싶은 게 있는데요, 나리.” 안드레이가 잠깐 입을 다물고 있다가 다시 말을 꺼냈다. “화를 내시지는 않을까 두렵습니다,

나리.”

“뭔데?”

“아까 페도시야 마르코브나*가 나리의 발아래 엎드려 마님과 또 누군가를 제발 파멸시키지 말아달라고 애원했는데…… 그렇다면 나리, 제가 나리를 그리로 모셔가기는 합니다만…… 용서하십시오, 나리, 그냥 양심에 걸려서 멍청하게 입을 놀렸나봅니다.”

미챠가 뒤에서 갑자기 그의 어깨를 움켜잡았다.

“자네는 마부지? 마부 맞지?” 그가 미친 듯이 다그치기 시작했다.

“마부입지요……”

“그럼 길을 내줘야 한다는 건 알겠군. 마부가 돼가지고, 나는 아무한테도 길을 내주지 않겠다, 치어 죽이더라도 그대로 마차를 몰겠다! 하고 말할 수 있겠나. 아냐, 마부는 사람을 치어선 안 돼! 사람을 치어서는 안 돼, 사람의 생명을 해쳐서는 절대로 안 돼. 만약 생명을 해쳤다면—자신을 벌해야 돼…… 만약 생명을 해쳤다면, 만약 누군가의 생명을 파멸시켰다면—스스로를 벌하고 떠나야 돼!”

완전히 히스테리 상태에 빠지기라도 한 듯, 미챠의 입에서 이 모든 말이 거침없이 터져나왔다. 안드레이는 나리가 이상하다 싶어 놀랐지만, 계속 말상대를 해주고 있었다.

“옳으신 말씀입니다, 나리, 드미트리 표도로비치, 나리 말씀이 옳습니다. 사람을 치어 죽여서는 안 되고 괴롭혀서도 안 되지요, 어떤 생물이건 마찬가지예요, 생물은 어떤 것이나—하느님께서 창조하신 거니

* 페냐의 정식 이름과 부칭.

까요, 여기 이 말만 하더라도 어떤 사람은 무턱대고 후려갈기기만 하지요, 우리 마부들조차 그런걸요…… 정도껏이라는 걸 모르고 그저 몰아대는 거죠, 덮어놓고 몰아대는 겁니다."

"지옥으로?" 미챠가 갑자기 말을 가로채더니 특유의 그 느닷없고 짤막짤막한 웃음을 터뜨렸다. "안드레이, 이 순박한 사람아." 그는 다시 안드레이의 어깨를 꽉 움켜잡았다. "말해보게, 드미트리 표도로비치 카라마조프가 지옥에 떨어질까 어떨까, 자네 생각에는 어때?"

"모르겠습니다, 나리, 그건 나리한테 달렸지요, 왜냐하면 나리는 저희 사이에서는…… 있잖습니까, 나리, 하느님의 아들은 십자가에 못박혀 돌아가시자 십자가에서 곧장 지옥으로 내려가셔서 거기서 고통받고 있던 죄인들을 모두 풀어주셨습니다. 그러자 지옥은 이제 더이상 아무도 자기한테 오지 않을 거고 죄인도 더이상 없을 거라고 생각하여 끙끙 앓기 시작했지요. 그때 주님께서 지옥에게 말씀하셨답니다. '끙끙대지 말거라, 지옥아, 지금부터 온갖 고관대작, 통치자, 재판장, 부자가 네게로 오게 될 것인즉, 너는 내가 또다시 찾아올 때까지 영원토록 전과 다름없이 가득차 있을 것이니라.' 이건 틀림없습니다, 그렇게 말씀하셨으니까요……"

"민간 전설이군, 훌륭해! 왼쪽 말을 좀 때리게, 안드레이!"

"그러니까 나리, 지옥은 그런 사람들을 위해 있는 건데"라면서 안드레이는 왼쪽 말에 채찍을 휘둘렀다. "나리는 저희 사이에서 그저 작은 어린아이 같거든요…… 저희 생각에 그렇다는 말씀입니다…… 화를 잘 내시지만, 나리, 이건 사실이에요, 하지만 나리의 정직한 마음씨를 봐서 주님께서 용서해주실 겁니다."

"그럼 자네는, 자네는 나를 용서해주겠나, 안드레이?"

"제가 뭘 용서해드린단 말씀입니까, 나리께선 저한테 아무 짓도 하시지 않았는데요."

"아니, 모든 사람, 모든 사람을 대신하여 자네 혼자 지금, 지금 당장 여기 길 위에서 모든 사람을 대신하여 나를 용서해줄 수 있겠나? 말해보게, 이 순박한 사람아!"

"아이고, 나리! 나리를 이렇게 모시고 가기가 겁납니다, 하도 이상한 말씀을 하시니……"

하지만 미챠는 제대로 듣고 있지도 않았다. 그는 미친 듯이 기도를 올리며 혼잣말로 괴상하게 중얼거렸다.

"주여, 방종하기 짝이 없는 놈이지만 부디 저를 받아들여주시옵고, 저를 심판하지 마시옵소서. 당신의 심판을 거치지 않고 지나가게 해주시옵소서……심판하지 마시옵소서, 저는 저 자신을 스스로 심판하였나이다. 심판하지 마시옵소서, 저는 당신을 사랑하나이다, 주님! 저는 추잡한 놈이오나, 당신을 사랑하나이다. 저를 지옥에 보내실지라도 그곳에서도 당신을 사랑하겠나이다, 당신을 영원히 사랑하노라고 그곳에서 외치겠나이다…… 하오나 저에게도 끝까지 사랑할 수 있도록 해주시옵소서…… 지금 여기서 끝까지 사랑할 수 있도록 해주시옵소서, 당신의 뜨거운 빛이 솟아오를 때까지 단 다섯 시간만이라도…… 왜냐하면 저는 제 영혼의 여왕을 사랑하나이다. 사랑하오며, 사랑하지 않을 수가 없나이다. 주님께서는 저를 속속들이 보고 계시옵니다. 달려가서 그녀 앞에 엎드리고 말하겠나이다. 네가 옳아, 내 곁을 지나쳐가버린 네가 옳아…… 부디 잘 가라, 너의 희생양인 나를 잊고 절대로 불안해하지는 말아다오!"

"모크로예입니다!" 안드레이가 채찍으로 앞쪽을 가리키며 소리쳤다.

밤의 창백한 어둠 사이로 광활한 공간에 흩어져 있는 건물들이 단단한 거체巨體를 이루고 갑자기 거무스레 모습을 드러내기 시작했다. 모크로예 마을에는 이천 명의 주민이 살고 있었으나, 이 시각에는 이미 마을 전체가 잠들어 어둠 속 어딘가에서 간간이 작은 불빛이 깜박일 뿐이었다.

"몰아라, 몰아, 안드레이, 내가 간다!" 미챠는 열병에라도 걸린 듯이 소리를 내질렀다.

"자지 않고 있군요!" 안드레이가 다시 채찍으로 마을 바로 어귀에 서 있는 플라스투노프 여관을 가리키며 말했는데, 거리 쪽으로 난 창문 여섯 개 모두 환하게 불이 밝혀져 있었다.

"자지 않고 있어!" 미챠가 기쁨에 넘쳐 말을 받았다. "우레같이 몰고 들어가세, 안드레이, 전속력으로 몰게, 방울을 울리며 요란스레 몰고 들어가는 거야. 누가 왔는지 다들 알게끔! 내가 가노라! 내가 행차하노라!" 미챠가 미친 듯이 소리를 질러댔다.

안드레이는 녹초가 된 트로이카를 전속력으로 몰아 높다란 바깥 층계 앞까지 그야말로 요란스럽게 달려들어가서는, 거의 숨이 반쯤 끊어져 김을 푹푹 내뿜고 있는 말들의 고삐를 힘껏 잡아당겨 세웠다. 미챠가 마차에서 훌쩍 뛰어내린 바로 그때, 실은 이미 잠자리에 들려던 여관 주인이 누가 이렇게 요란하게 마차를 몰고 왔나 궁금해하며 현관 바깥 층계에서 내려다보았다.

"트리폰 보리스이치*, 자넨가?"

주인은 허리를 구부리고 살펴보더니 쏜살같이 층계를 내려와, 알랑대고 반색을 하면서 손님에게 달려들었다.

"나리, 드미트리 표도르이치[**]! 나리를 다시 뵙다니요?"

트리폰 보리스이치라는 이 사람은 농사꾼 출신의 체격이 다부지고 건장한 중키의 사내로, 얼굴은 투실투실하니 살이 좀 찐데다 깐깐하고 타협이라곤 어림도 없어 보이는 게, 특히나 모크로예의 농부들을 상대할 때면 더욱 그랬지만, 조금이라도 이익이 될 것 같은 냄새를 맡으면 금방 간이라도 빼줄 듯이 발라맞추는 표정으로 재빨리 얼굴을 바꿀 줄 아는 재주가 있었다. 늘 러시아식 옷차림을 하고 깃이 옆으로 비스듬히 달린 루바쉬카에다 농사꾼들이 입는 반외투를 걸치고 다녔고, 돈냥깨나 가졌지만, 그래도 더 높은 역할을 하게 되길 끈질기게 꿈꾸고 있었다. 농사꾼들의 절반 이상이 그의 마수에 걸려들어 다들 그에게 산더미 같은 빚을 진 상태였다. 그는 지주들에게서 땅을 빌리거나 아예 사들여, 평생을 가도 빚에서 헤어날 수 없는 농사꾼들에게 빚 대신 그 땅을 경작시켰다. 그는 홀아비였고, 다 큰 딸이 넷 있었다. 한 명은 이미 과부로, 그의 외손주가 되는 어린것 둘을 데리고 아버지 집에 살면서 날품팔이꾼처럼 그를 위해 일했다. 다른 딸 하나는 농사꾼 집안의 처녀인데도 불구하고, 말단 서기직에서 승진한 어떤 관리에게 시집을 갔는데, 여관 어느 방의 한쪽 벽에 걸린 아주 작은 크기의 가족사진들 중에서 견장이 달린 제복을 입은 이 관리의 사진도 볼 수 있었다. 작은 두 딸은 사원의 축일이나 어디에 손님으로 갈 때는 등과 허리께가 꽉 조이고

---

* 일상어에서 부칭 보리소비치 대신에 자주 사용된다.

** 일상어에서 부칭 표도로비치 대신에 자주 사용된다.

치마꼬리가 1아르쉰이나 바닥에 질질 끌리는, 최신 유행으로 지은 하늘색이나 초록색 드레스를 떨쳐입었지만, 다음날 아침이면 여느 날과 다름없이 동이 트자마자 일어나 자작나무 빗자루를 손에 들고 헛간을 쓸고 구정물을 내다버리고 손님이 나간 뒤엔 쓰레기를 치웠다. 이미 수천을 손아귀에 넣었는데도 트리폰 보리스이치는 허랑방탕한 투숙객들한테서 돈을 뜯어내기를 무척 좋아했는데, 아직 채 한 달도 지나지 않은 요 전번에 드미트리 표도로비치가 그루셴카를 데리고 호화판 술잔치를 벌였을 때 불과 하루 스물네 시간 만에 3백까지는 아니어도 2백 루블 남짓은 족히 우려먹은 것을 기억하고, 지금 미챠가 자기 집 현관 계단 앞으로 마차를 몰고 온 것 하나만으로도 벌써 먹잇감 냄새를 맡고 반색하며 덮칠 듯이 그를 맞았다.

"나리, 드미트리 표도로비치, 나리를 다시 모시게 되다니요?"

"잠깐, 트리폰 보리스이치." 미챠가 말을 시작했다. "우선 제일 중요한 것부터, 아씨는 어디 있나?"

"아그라페나 알렉산드로브나 말씀입니까?" 주인은 금세 알아채고 날카로운 눈으로 미챠의 얼굴을 빤히 쳐다보았다. "예, 여기에 그분도…… 와 계십니다……"

"누구, 누구하고?"

"타지 손님들인뎁쇼…… 한 분은 관리인데 말씨로 보아 폴란드 사람 같더군요, 그분이 아씨를 모셔오라고 여기서 마차를 보냈답니다. 함께 있는 다른 한 분은 그분의 동료인지 그저 동행인지 모르겠습니다만, 두 분 다 평복 차림이던데요……"

"어때, 크게 한판 벌이고들 있나? 돈은 많고?"

"한판은 무슨! 신통찮은 치들이에요, 드미트리 표도로비치!"

"신통찮다고? 그럼 다른 자들은?"

"시내에서 오셨습니다, 신사 두 분이…… 체르니에서 돌아오시는 길에 여기 묵게 되신 겁니다. 한 분은 젊고, 미우소프 씨의 친척이 분명한데, 성함을 그만 깜빡했습니다…… 또 한 분은 막시모프라는 지주인데 나리께서도 아시지 싶군요, 나리네 도시의 거기 수도원에 순례를 갔다가 미우소프 씨의 그 젊은 친척분하고 함께 오는 길이라더군요……"

"그 사람들뿐이야?"

"예."

"잠깐, 가만있어, 트리폰 보리스이치, 이제 제일 중요한 걸 말해봐, 아씨는 뭘 하고 계시나, 아씨는 어떤가?"

"아까 오셔서 그분들과 같이 앉아 계십니다."

"즐거워하셔? 웃고 계셔?"

"아뇨, 별로 웃으시는 것 같진 않은데요…… 되레 몹시 지루해하면서 앉아 계신데, 젊은 양반의 머리를 빗겨주시더군요."

"그 폴란드인, 장교 말인가?"

"아니, 그 사람이 어디가 젊어요, 게다가 장교는 또 무슨. 아뇨, 나리, 그 사람 말고 미우소프의 조카인 그 친척, 그 젊은이…… 그만 이름을 깜빡해서."

"칼가노프?"

"맞아요, 칼가노프."

"좋아, 내가 직접 알아보지. 카드놀이를 한다고?"

"하다가 그만뒀어요, 차를 마시고 그 관리가 과실주를 달라고 하더군요."

"잠깐, 트리폰 보리스이치, 잠깐, 여보게, 내가 직접 확인해볼 테니, 이제 제일 중요한 것에 답하게, 집시들은 없나?"

"요새는 집시들 숨소리조차 안 들린답니다, 드미트리 표도로비치, 당국에서 다 쫓아냈거든요, 유대인들이라면 여기 있어요, 심벌즈와 바이올린을 연주하는데 로쥐제스트벤스카야에 있으니까 지금이라도 부를 수 있습니다. 올 겁니다."

"불러오게, 꼭 불러와!" 미챠가 소리쳤다. "계집애들도 그때처럼 불러 모을 수 있겠지, 특히 마리야는 꼭 데려와, 스체파니다도, 아리나도. 합창 값으로 2백 루블을 주지!"

"정말 그만한 돈이라면 마을을 통째로 나리 앞에 불러올 수 있습니다, 지금 다들 자빠져 자고 있긴 합니다만. 게다가 또 드미트리 표도로비치 나리, 여기 농사꾼 놈들이나 그 계집년들이나 어디 그런 총애를 받을 자격이나 있나요? 그런 천박하고 막돼먹은 상것들한테 그만한 돈을 쓰시다뇨! 그런 놈이, 우리 농사꾼 놈이 엽궐련을 피우다니, 나리께서 그놈들한테 주셨잖습니까. 그놈들한테선 구린내가 진동한단 말입니다, 도적놈들 같으니. 계집들도 한 년 빼지 않고 죄다 이가 버글버글해요. 차라리 제 딸년들을 거저 대령시키겠습니다, 그런 큰돈 때문이 아닙니다. 지금 막 잠자리에 들었지만 제가 딸년들 등짝을 발로 걷어차서 나리를 위해 노래를 부르게끔 하겠습니다. 농사꾼 놈들한테 요전에도 샴페인을 마시게 하시다뇨, 아이고, 세상에!"

트리폰 보리스이치가 미챠를 안타깝게 여기는 건 공연한 수작이었다. 그는 그때 미챠에게서 샴페인 반 타를 제 손으로 빼돌렸을 뿐만 아니라, 탁자 밑에 떨어진 백 루블짜리 지폐를 주워 제 손아귀에 움켜쥐었다. 그렇게 해서 그 돈은 그의 손아귀에 남게 되었다.

"트리폰 보리스이치, 내가 그때 여기서 뿌린 게 고작 1천 정도는 아니었지. 기억하나?"

"많이 뿌리셨지요, 나리, 어찌 기억을 못하겠습니까, 우리한테서 3천은 쓰셨을걸요."

"자, 이번에도 그러려고 온 거야, 보겠나?"

그러면서 그는 지폐 다발을 꺼내 주인의 코앞에 바싹 갖다댔다.

"이제 똑똑히 듣고 알아두게, 한 시간 뒤면 술이며, 안주, 피로그, 단과자가 올 거야—모두 즉시 저기 위로 올려보내게. 안드레이한테 있는 이 상자도 지금 바로 위로 올려보내서 뚜껑을 열고, 곧바로 샴페인을 내오게…… 무엇보다—계집애들, 계집애들을 데려와, 마리야는 절대 빼놓지 말고."

그는 마차 쪽으로 몸을 돌려 좌석 밑에서 권총이 든 상자를 끌어냈다.

"셈을 해야지 안드레이, 받게! 이건 15루블, 트로이카 삯이고, 여기 50루블로는 보드카나 마시게…… 성심껏 일해주고 나를 사랑해준 데 대한 사례야…… 카라마조프 나리를 기억해주게!"

"저는 두려워서, 나리……" 안드레이는 머뭇거렸다. "차 마실 돈은 5루블이면 되니, 그 이상은 받지 않겠습니다. 트리폰 보리스이치가 증인입니다. 멍청한 소리를 지껄인 건 정말 용서해주십시오……"

"뭐가 두렵다는 거야." 미챠는 눈으로 그를 아래위로 쓰윽 훑었다. "뭐, 정 그렇다면, 빌어먹을, 맘대로 해!" 이렇게 외치며 그는 5루블을 던져주었다. "이제, 트리폰 보리스이치, 나를 살그머니 거기로 안내해 주게, 우선 그들이 모두 함께 있는 걸 슬쩍 한번 봐야겠으니, 그들이 눈치채지 못하게 해야 되네. 어디 거기에들 있나, 그 푸른 방에?"

트리폰 보리스이치는 미심쩍게 미챠를 힐끗 쳐다보았으나 곧 아무 군소리 없이 시키는 대로 했다. 그는 미챠를 조심스레 현관으로 안내하고 자신은 손님들이 앉아 있는 방 바로 옆에 있는 커다란 첫번째 방으로 들어가 촛불을 들고 나왔다. 그런 다음 몰래 미챠를 데리고 들어가 컴컴한 구석 한쪽에 세웠는데, 거기서라면 저쪽에서 얘기를 나누는 사람들의 눈에 띄지 않게 얼마든지 그들을 관찰할 수 있을 것 같았다. 그러나 미챠는 오래 바라보지 못했고, 찬찬히 살펴볼 수는 더더구나 없었다. 그녀를 보자마자 가슴이 쿵쾅거리고 눈앞이 뿌옇게 흐려졌던 것이다. 그녀는 탁자 옆의 안락의자에 앉아 있고, 그녀 옆에 있는 소파에는 아직 매우 젊고 곱상하게 생긴 칼가노프가 앉아 있었다. 그녀는 그의 손을 잡고 웃고 있는 것 같았으나, 그는 그녀 쪽은 쳐다보지도 않고, 탁자를 사이에 두고 그루셴카와 마주앉은 막시모프에게 울화가 치민 듯 뭐라고 큰 소리로 말하는 중이었다. 막시모프는 뭐가 우스운지 연방 신나게 웃어댔다. 소파에는 그가 앉아 있었고, 소파 옆, 벽 쪽의 의자에는 또다른 어떤 낯선 사내가 있었다. 소파에 퍼질러 앉은 그자는 파이프 담배를 피우고 있었는데, 미챠는 이 사내가 상당히 뚱뚱하고 얼굴이 넓적하고 필시 키도 그리 크지 않을 듯하고 뭔가에 화난 표정 같다는 것만 어렴풋이 본 듯싶었다. 그의 동료인 또다른 낯선 사내는 미챠의 느낌으로는 어쩐지 키가 무척 클 것 같았지만, 그 이상은 아무것도 알아볼 수 없었다. 그는 숨이 콱 막혀왔다. 단 일 분도 그대로 서 있을 수가 없어서 상자를 서랍장 위에 올려놓고는 몸이 오싹해오고 심장이 얼어붙는 것을 느끼면서 푸른 방에 앉아 있는 일행을 향해 곧장 걸어나갔다.

"어머나!" 그를 맨 먼저 발견한 그루셴카가 소스라치게 놀라며 비명을 질렀다.

VII
옛 남자, 이론의 여지조차 없는 사나이

미챠는 빠르고 보폭이 큰 특유의 걸음걸이로 성큼성큼 탁자 바로 곁으로 다가갔다.

"여러분." 그는 거의 고함치듯 우렁차게 말을 꺼냈으나 한마디 한마디 몹시 더듬었다. "나는…… 나는 아무것도 아닙니다! 염려하실 것 없습니다." 그가 외쳤다. "나는 정말 아무것도 아닙니다, 아무것도." 그는 갑자기 그루셴카에게로 몸을 돌렸는데, 그녀는 안락의자에 앉은 채 칼가노프 쪽으로 바싹 몸을 기울이고 그의 손을 꽉 움켜쥐었다. "나는…… 나도 여행중입니다…… 아침까지만 여기 머무릅니다. 여러분, 길 가는 나그네인데…… 아침까지 여러분과 함께 있어도 될까요? 아침까지만, 마지막으로, 바로 이 방에서, 괜찮겠습니까?"

그는 파이프를 입에 물고 소파에 앉아 있는 뚱뚱하고 작달막한 사람 쪽으로 다시 몸을 돌리면서 말을 끝냈다. 사나이는 거드름을 피우며 입에서 파이프를 떼더니 근엄하게 말했다.

“파니에*, 우리는 여기서 사적인 모임을 갖고 있소. 다른 방도 있을 텐데.”

“아니, 드미트리 표도로비치 아니세요, 뭐하러 그런 걸 다 물어보시나요?” 갑자기 칼가노프가 대답하고 나왔다. “어서 앉으시지요, 잘 지내십니까!”

“안녕하시오, 친절하고…… 정말 훌륭한 분이시군요! 나는 늘 당신을 존경해왔소……” 미챠는 기쁨에 넘쳐 얼른 대꾸하면서 곧바로 그에게 탁자 너머로 손을 내밀었다.

“아이고, 어찌나 꽉 쥐시는지! 손가락이 부러지겠어요.” 칼가노프가 웃음을 터뜨렸다.

“저분은 늘 저렇게 꽉 쥔답니다, 늘 그래요!” 그루셴카가 유쾌하게 말참견을 했는데, 그녀는 아직도 조심스러운 미소를 짓고 있긴 했으나 그래도 미챠의 표정을 보니 난동을 부리지는 않겠다는 확신이 갑자기 들었는지, 여전히 조마조마해하면서도 지독한 호기심을 가지고 그를 지켜보았다. 그의 태도에는 뭔가 그녀에게 커다란 충격을 준 것이 있었고, 더욱이 그가 이런 순간에 이런 식으로 들어와서 이런 식으로 말을 시작하리라곤 정말 꿈에도 생각지 못했던 것이다.

“안녕하십니까요.” 지주 막시모프도 왼쪽에서 달착지근하게 말을 건넸다. 미챠는 그에게도 달려들었다.

“안녕하십니까, 당신도 여기 계시군요, 당신도 계시다니 정말 기쁩니다! 여러분, 여러분! 나는……” 그는 파이프를 입에 문 폴란드 신사

* panie. 폴란드어에서 남성에 대한 경칭인 ‘판(pan)’의 호격.

쪽으로 다시 몸을 돌렸는데, 이 남자를 여기서 제일 중요한 인물로 여기는 모양이었다. "나는 급히 달려왔습니다…… 나의 마지막 날, 마지막 시간을 이 방에서 보내고 싶었습니다, 바로 이 방에서…… 내가 나의 여왕에게…… 열렬히 숭배를 바쳤던 바로 이 방에서……! 용서해주게, 파니에!" 그가 미친 듯이 소리쳤다. "여기로 달려오면서 맹세했습니다…… 오, 두려워하실 것 없습니다, 나의 마지막 밤이니까! 마십시다, 파니에, 화해를 위해서! 이제 곧 술을 내올 겁니다…… 내가 이걸 가져왔소." 그는 갑자기 무엇 때문인지 지폐 다발을 꺼냈다. "허락해주게, 파니에! 나는 음악을 원해, 우레와 같이 떠들썩한 향연을 원해, 전번하고 똑같이…… 하지만 벌레는, 쓸모없는 벌레는 잠깐 동안 땅바닥을 기어다니다가 곧 없어져버릴 걸세! 내 기쁨의 날을 나의 이 마지막 밤에 기리려는 거네……!"

그는 숨이 막힐 것만 같았다. 하고 싶은 말이 많고도 많았으나, 입 밖으로 튀어나오는 것은 그저 괴상한 절규뿐이었다. 폴란드 신사는 꿈쩍도 않고 그와 그의 지폐 뭉치를 바라보다가 그루셴카에게 시선을 옮기곤 했는데 어떻게 해야 좋을지 모르는 눈치였다.

"나의 크룰레바가 허락해주신다면야……" 그가 막 입을 열었다.

"아니, 크룰레바가 뭐죠, 코롤레바*인가요, 그런 거예요?" 그루셴카가 갑자기 말을 가로챘다. "당신들이 말하는 걸 듣고 있자니 진짜 웃기는군. 앉아, 미챠, 당신은 무슨 그런 말을 해? 겁주지 마, 제발. 겁 안 줄 거지, 안 그럴 거지? 안 그러겠다면, 나도 당신이 와서 기뻐……"

---

* 폴란드 신사는 여왕을 가리키는 러시아어 단어인 '코롤레바'를 폴란드어 '크룰로바'와 뒤섞어 발음했다.

"내가, 내가 겁을 준다고?" 미차가 갑자기 두 팔을 번쩍 쳐들며 소리쳤다. "오, 지나가십시오, 그냥 지나가십시오, 방해하지 않겠습니다……!" 그러면서 그는 갑자기 의자에 몸을 던지더니 맞은편 벽 쪽으로 고개를 돌린 채 두 팔로 의자의 등받이를 마치 포옹이라도 하듯 꽉 끌어안고 눈물을 펑펑 쏟기 시작했는데, 이것은 다른 사람들뿐만 아니라 그 자신으로서도 물론 전혀 뜻밖의 일이었다.

"원, 이렇다니까, 글쎄 이렇다니까, 어쩜 당신은!" 그루셴카가 나무라듯 소리를 질렀다. "우리집에 올 때도 꼭 이랬다고요—갑자기 무슨 말을 시작하는데 도대체 한 마디도 알아들을 수가 있어야죠. 전에도 한번 이렇게 울음을 터뜨린 적이 있으니, 지금이 두번째예요—정말 창피하게! 뭐 땜에 그렇게 울어? 무슨 까닭이라도 있다는 거야?" 그녀는 갑자기 수수께끼처럼 이렇게 덧붙이면서 왠지 짜증이라도 난 듯이 한마디 한마디에 힘을 주었다.

"나는…… 나는 우는 게 아냐…… 그래, 안녕들 하시오!" 그는 의자에서 금방 몸을 홱 돌려 갑자기 웃기 시작했으나, 짤막하게 툭툭 끊어지는 그 특유의 나무토막 같은 웃음이 아니라 어쩐지 잘 들리지도 않게 떨리며 나오는 길고 신경질적인 웃음이었다.

"저런, 이번엔 또…… 자, 명랑해지는 거야, 명랑해져야지!" 그루셴카가 다독거리듯 그를 달랬다. "난 정말 기뻐, 당신이 와줘서 정말 기뻐, 미차, 정말 기쁘다는 말, 들려? 나는 이 사람도 우리와 자리를 함께했으면 해요." 그녀는 마치 다들 들으라는 듯 명령조로 이렇게 말했지만, 실은 소파에 앉아 있는 사람더러 들으라고 한 말임이 분명했다. "그랬으면 해요, 그랬으면요! 만약 이 사람이 간다면, 나도 가겠어요, 정말이에요!" 갑자기 그녀가 눈에서 불꽃을 튀기며 덧붙였다.

"나의 여왕께서 원하시는 것—그것이 곧 법이옵니다!" 폴란드 신사가 그루셴카의 손에 자못 정중하게 입을 맞추며 말했다. "판께서도 우리 모임에 동석해주시지요!" 그가 상냥하게 미챠에게 말을 건넸다. 미챠는 다시 벌떡 일어났는데, 이번에도 일장 연설을 펼칠 셈인 듯했으나 실제로는 전혀 달랐다.

"마시세, 파니에!" 그는 연설 대신 갑자기 짤막하게 한마디 토했다. 다들 큰 소리로 웃음을 터뜨렸다.

"여러분! 나는 이 사람이 또다시 연설이라도 하려는 줄 알았어요." 그루셴카가 신경질적으로 외쳤다. "듣고 있지, 미챠." 그녀가 힘주어 덧붙였다. "다시는 그렇게 벌떡벌떡 일어서지 마, 하지만 샴페인을 가져온 건 참 잘했어. 나도 마셔야지, 과실주는 냄새도 맡기 싫어. 그보다 당신이 온 게 제일 좋아, 안 그랬으면 정말 따분했을 거야…… 이번에도 신나게 한판 벌이려고 온 거지, 그지? 제발 그 돈은 주머니에 좀 감춰! 어디서 그 많은 돈이 생긴 거야?"

미챠는 모든 사람, 특히 두 폴란드 신사의 주의를 끌고 있던 지폐를 여전히 손에 움켜쥐고 있다가, 몹시 부끄러워하며 황급히 그 돈을 호주머니에 쑤셔넣었다. 얼굴이 벌겋게 달아올랐다. 바로 이 순간 주인이 마개를 딴 샴페인 병과 잔을 쟁반에 받쳐들고 왔다. 미챠는 술병을 집어들긴 했으나 당황한 나머지 그것을 어떻게 해야 하는지조차 잊고 말았다. 그러자 칼가노프가 그에게서 술병을 빼앗아 들고 그를 대신하여 술을 따랐다.

"여기 한 병 더, 한 병 더!" 미챠는 주인에게 이렇게 소리치고는, 화해를 위해 건배하자고 조금 전에 폴란드 신사에게 그렇게도 엄숙하게 청해놓고선 그와 잔을 마주치는 것도 잊고, 미처 다른 사람들을 기다릴 틈도 없이 갑자기 혼자서 자기 잔을 몽땅 비워버리고 말았다. 갑자기 그의 얼굴이 완전히 달라졌다. 여기로 들어올 때의 엄숙하고 비극적인 표정은 사라지고, 마치 어린애와도 같은 무엇이 그의 얼굴에 나타났다. 그는 갑자기 완전히 유순해지고 기가 꺾인 것 같았다. 조바심에서 자주 히히거리기도 하면서 모든 사람을 조심스럽고도 기쁘게 바라보았는데, 잘못을 저지른 강아지가 다시 안으로 불려 들어와 귀여움을 받게 되었을 때처럼 감사의 빛이 넘치는 표정이었다. 그는 모든 것을 잊은 듯, 어린아이 같은 미소를 지으며 모든 사람을 황홀하게 바라보았다. 그루셴카를 바라보며 끊임없이 웃고 있었고, 자기 의자를 그녀의 안락의자 옆으로 바싹 당겨놓았다. 그는 조금씩 두 폴란드 신사도 조심스레 살펴보았으나 아직 제대로 파악할 수는 없었다. 소파에 앉은 폴란드 신사는 특유의 그 위엄 있는 태도, 폴란드어식 억양, 무엇보다—파이프 때문에 그에게 강한 인상을 주었다. '뭐 그럼 어때, 파이프를 피우는 것도 좋지' 하고 그는 생각했다. 이미 얼추 마흔 살은 된 폴란드 신사의 다소 살이 처진 부석부석한 얼굴, 무척이나 작은 코, 그 밑으로 보이는 아주 가느다랗고 뾰족한, 뻔뻔스러워 보이는 두 가닥의 염색한 콧수염 역시 아직은 미챠에게 털끝만 한 의문도 불러일으키지 않았다. 심지어 관자놀이께의 머리를 멍청하게도 앞쪽으로 빗은 너절하기 짝이 없는 시베리아제製 가발도 미챠에게는 그다지 충격을 주지 않았다. '가발은 저렇게 써야 하나보군.' 그는 행복감에 젖어 이번에도 그렇게 생각했다. 벽 옆에 앉은 또다른 폴란드 신사는 소파 쪽 신사보다

젊어 보였고, 불손하고 도전적인 시선으로 좌중을 바라보며 멸시하듯 말없이 사람들의 대화를 듣고 있었는데, 이 사람도 미챠를 깜짝 놀라게 하긴 했으나 그것은 어디까지나 소파에 앉아 있는 신사와 지독히도 안 어울릴 만큼 키가 엄청나게 컸기 때문이었다. '일어서면 11베르쇼크* 는 되겠군' 하는 생각이 미챠의 뇌리를 스쳤다. 또 이 키 큰 신사가 아마도 소파에 앉아 있는 신사의 친구이자 충복, '그의 호위무사' 격일 테고, 파이프를 입에 문 키 작은 신사가 이 키 큰 신사를 지휘하고 있을 게 틀림없다는 생각도 함께 스쳤다. 하지만 이런 모든 것도 미챠에게는 어디 한 곳 이론의 여지가 없이 그저 너무도 훌륭하게만 여겨졌다. 작은 강아지의 가슴속에서 경쟁심 따위는 죄다 사그라든 것이다. 그루셴카의 태도에서도, 그녀가 몇 마디 내뱉을 때의 수수께끼 같은 어조에서도 그는 아직 아무것도 알아채지 못했다. 그저 그녀가 자기에게 상냥하게 대해주고 자기를 '용서'하여 곁에 앉게 해주었다는 것만을 온통 떨리는 가슴으로 이해할 따름이었다. 그는 그녀가 술잔을 단숨에 비우는 걸 보자 황홀해서 넋이 나갈 지경이었다. 그러나 좌중의 침묵이 갑자기 그를 놀라게 했는지, 그는 무언가 기대하는 눈으로 모든 사람을 둘러보기 시작했다. '왜들 이렇게 앉아만 있죠, 왜 아무것도 시작하지 않는 겁니까, 여러분?' 히죽 웃고 있는 그의 시선은 이렇게 말하는 듯했다.

"글쎄 여기 이분이 계속 거짓말만 하는 바람에 우린 내내 웃고 있었답니다." 그의 생각을 알아챘는지 갑자기 칼가노프가 막시모프를 가리키며 입을 열었다.

* 약 191센티미터 정도.

미챠는 열심히 칼가노프를 쳐다보다가 곧 막시모프에게로 시선을 옮겼다.

"거짓말이라뇨?" 그는 이내 뭐가 그리 기쁜지 나무토막 같은 그 짤막짤막한 웃음을 터뜨렸다. "하-하!"

"예, 생각해보십시오. 이분의 주장이, 20년대엔 우리 기병대 전체가 폴란드 여자들한테 장가를 들었다는 겁니다. 지독한 헛소리죠, 안 그렇습니까?"

"폴란드 여자한테요?" 미챠가 다시 말을 받았는데, 그는 이미 완전한 황홀감에 들떠 있었다.

칼가노프는 미챠와 그루셴카의 관계를 아주 잘 알고 있고 폴란드 신사에 대해서도 대충 짐작은 하고 있었지만, 이런 일에는 그다지, 아니 어쩌면 전혀 흥미가 없었으며, 오히려 그의 흥미를 끈 것은 무엇보다도 막시모프였다. 그는 그저 우연히 막시모프와 함께 이곳에 들어서게 되었고, 여기 이 여관에서 난생처음 이 두 폴란드 신사를 만났다. 그루셴카라면 전부터 알고 있었고, 한번은 누구하고 같이 그녀의 집에 간 적도 있었다. 그때 그녀는 그를 마음에 들어하지 않았다. 하지만 여기서 그녀는 무척이나 다정하게 그를 바라보곤 했다. 미챠가 오기 전에는 그를 어루만지기까지 했으나, 그는 어쩐지 내내 무감각하기만 했다. 그는 기껏해야 스무 살 정도 된 청년으로, 세련된 옷차림을 하고, 매우 아름답고 숱이 풍성한 아맛빛 금발에 얼굴은 뽀얗고 아주 사랑스러웠다. 그러나 이 뽀얀 얼굴에 자리한 매혹적인 밝은 하늘빛 눈에는 현명하고 이따금 나이에도 어울리지 않을 만큼 깊은 표정이 떠오르곤 했는데, 그러면서도 이 젊은이는 때로는 아주 어린아이처럼 말하고 어린아이처럼 쳐다보곤 했지만 스스로 이것을 의식하면서도 결코 부끄럽게 여기거나 하지는 않았다. 그는 늘 상냥했지만 대체로 매우 특이한 편이었고 심지어 변덕스럽기까지 했다. 이따금 그의 표정에는 뭔가 요지부동이고 고집스러운 것이 번득일 때가 있었다. 상대방을 바라보며 그의 말을 듣고 있으면서도 정작 마음속으로는 뭔가 자신만의 것에 대해 집요하게 꿈꾸고 있는 듯했다. 어떤 때는 시들한지 맥빠져 있다가도 어떤 때는 갑자기 흥분하기 시작했는데, 보아하니 더러는 아주 하찮은 이유 때문이었다.

"생각해보세요, 저는 벌써 나흘째 이분을 모시고 다니는 중입니다." 그는 약간 말꼬리를 느릿느릿 끄는 듯이 말을 이어갔으나, 거드름을 피우는 기색은 조금도 없이 어디까지나 자연스러웠다. "기억하시죠, 당신의 동생분이 마차에서 떠밀어버려 이분이 튕겨 날아갔던 그때부터랍니다. 그때 저는 이분한테 몹시 흥미를 느껴 시골로 데려가긴 했지만 지금처럼 입만 열면 거짓말이니 함께 있기가 창피스럽군요. 그래서 도로 데려다주는 길인데……"

"판은 폴란드 파니*를 보쥐 못해서 그런 있쉴 수도 없는 야기를 하는 겁니다." 파이프를 문 폴란드 신사가 막시모프에게 한마디했다.

파이프 신사는 러시아어를 꽤나 잘했고, 적어도 생각했던 것보다는 훨씬 나았다. 다만 러시아어를 사용할 때도 폴란드어식으로 이상하게 발음했다.

"이 몸도 폴란드 파니와 혼인했었습죠." 막시모프가 킬킬거리면서

---

* pani. 폴란드어로 '부인, 귀부인'이라는 뜻. 아가씨를 포함하여 여성을 존대해 부르는 호칭이기도 하다.

대답했다.

“아니, 그럼 정말 기병대에 근무했단 말인가요? 방금 기병대 얘기를 한 거잖습니까? 그럼 정말로 기병 장교였다는 겁니까?” 칼가노프가 당장 끼어들었다.

“하긴, 정말, 저 사람이 기병 장교라니? 하-하!” 탐욕스레 귀를 기울이고 있던 미챠가 이렇게 외쳤는데, 그는 누구든 입을 열기만 하면 재빨리 그쪽으로 호기심에 찬 시선을 옮기면서 마치 누구에게서나 뭔가 듣길 기대하는 모습이었다.

“그게 아니굽쇼, 그러니까 말입죠.” 이렇게 말하면서 막시모프가 그에게로 몸을 돌렸다. “내 말은 말입지요, 거기 폴란드 파니엔카*들이…… 예쁩니다요…… 우리 창기병하고 마주르카를 추곤 하는데…… 마주르카 한판이 끝나기 무섭게, 창기병의 무릎 위로 냉큼 뛰어오른단 말입니다, 암고양이처럼 말입죠…… 새하얀 암고양이요…… 그런데 아빠 판과 엄마 파니는 그걸 보면서도 허락한단 말입니다…… 허락한다굽쇼…… 그러면 창기병은 다음날 찾아가서 청혼을 합니다요…… 바로 이 말입죠…… 청혼을 한다고요, 히-히!” 막시모프는 말을 마치더니 히히거렸다. “판—저런 날건달 놈!” 의자에 앉아 있던 꺽다리 폴란드 신사가 갑자기 으르렁거리더니 다리를 바꾸어 꼬았다. 미챠의 눈에 들어온 것은, 두껍고 지저분한 밑창을 댄, 번질번질하게 기름칠을 한 거대한 구두 한 짝뿐이었다. 게다가 두 폴란드 신사 모두 땟국물깨나 흐르는 옷차림이었다.

---

* panienka. 폴란드어로 ‘아가씨’라는 뜻.

"아니, 날건달이라뇨! 저 사람은 뭐 때문에 욕을 한대요?" 그루셴카가 갑자기 발끈했다.

"파니 아그립피나*, 저 판이 폴란드에서 봤으던 건 땅이나 파먹는 농사꾼 처녀들이지, 양갓집 파니들이 아닙니다." 파이프 신사가 그루셴카에게 한마디했다.

"기껏 그 정도겠지!" 의자의 꺽다리 폴란드 신사가 경멸스럽다는 듯 말을 잘라버렸다.

"저런 소리까지! 저분 얘기나 하게 해요! 사람들이 얘기하고 있는데, 웬 방해람? 저분들하고 함께 있으면 재미있다고요." 그루셴카가 아르렁거리며 대들었다.

"나는 방해하지 않습니다, 파니." 가발을 쓴 폴란드 신사가 그루셴카에게 길게 시선을 보내며 의미 있게 한마디한 뒤, 근엄하게 입을 다물고 다시 파이프를 빨기 시작했다.

"아닙니다, 아네요, 지금 저 판이 한 말이 맞습니다." 무엇이 문제인지 또다시 칼가노프가 열을 올렸다. "사실 이 사람은 폴란드에 가보지도 않았으면서, 어떻게 폴란드 얘기를 할 수 있죠? 당신이 폴란드에서 혼인한 건 아니잖습니까, 그렇죠?"

"그렇습죠, 스몰렌스크현에서 했습니다요. 다만 그전에 어떤 창기병이 그 여자를, 그러니까 내 아내 말입죠, 앞으로 아내가 될 여자요, 그 여자를 엄마 파니와 이모, 그리고 다 큰 아들이 있는 또다른 여자 친척 한 명과 함께 데려왔습죠, 그것도 정말 바로 폴란드에서요, 진짜 바

* '아그라페나'를 폴란드식으로 부른 이름.

로 거기서…… 그러고는 나한테 양보했답니다. 그 창기병은 우리 육군 중위였는데, 아주 훌륭한 젊은이였죠. 처음엔 자기가 장가들 생각이었는데, 결국 그러지 않았어요, 그 여자가 다리를 전다는 게 드러났거든요……"

"그럼 당신은 다리 저는 여자한테 장가간 겁니까?" 칼가노프가 외쳤다.

"다릴 저는 여자였습죠. 실은 그때 두 사람이 나를 슬쩍 속이고 숨겼거든요. 나는 그 여자가 깡총깡총 뛰는 줄 알았지요…… 늘 깡총깡총 뛰기에 그저 기뻐서 그러나보다 했지 뭡니까……"

"당신한테 시집가는 게 기뻐서요?" 칼가노프가 왠지 어린애처럼 쨍쨍 울리는 목소리로 외쳤다.

"맞습니다요, 기뻐서 말입죠. 그런데 전혀 다른 이유 때문이었던 것입지요. 나중에 혼인하게 되자 식이 끝난 바로 그날 밤에 고백하면서 제발 용서해달라고 아주 간절하게 빌더군요, 언젠가 어릴 때 웅덩이를 뛰어넘다가 한쪽 다리를 다쳤다나요, 히-히."

칼가노프는 정말로 어린애처럼 깔깔거리며 소파에 거의 쓰러지다시피 했다. 그루셴카도 큰 소리로 웃음을 터뜨렸다. 미챠는 행복의 절정에 올라 있었다.

"아십니까, 아십니까, 지금 이 사람 말은 정말이에요, 지금 거짓말하는 게 아니에요." 칼가노프가 미챠 쪽을 보며 소리쳤다. "이 사람은 두 번 장가갔거든요—이건 첫번째 아내 얘기이고—두번째 아내는, 아세요, 도망쳤지요, 아직도 살아 있다는데, 당신도 아십니까?"

"정말입니까?" 미챠는 얼굴에 유난히 놀란 빛을 띠며 급히 막시모프

쪽을 돌아보았다.

"그렇습죠, 도망쳤습니다요, 그런 불미스러운 일을 당했답니다." 막시모프가 얌전하게 시인했다. "어떤 므시외하고 함께였습죠. 문제는, 내 소유인 조그만 마을 하나를 애초부터 몽땅 자기 앞으로 돌려놓았더란 말입니다. 당신은 교육받은 사람이니 자기 밥벌이는 할 거 아니냐고 하더군요. 그렇게 저를 물 먹였습니다. 한번은 어느 훌륭하신 주교님께서 나한테 이런 말씀을 해주시더군요. 자네 마누라 하나는 다리를 절더니, 또 한 마누라는 발이 너무 가벼웠구먼, 히-히!"

"들어봐요, 좀 들어봐요!" 칼가노프는 이제 아주 펄펄 끓고 있었다. "이 사람이 거짓말을 한다 해도—하긴 거짓말을 자주 하죠—오로지 모두를 즐겁게 해주려고 그러는 거예요. 이건 비열하진 않죠, 비열하진 않잖아요? 말이죠, 나는 가끔 이 사람이 좋아질 때가 있답니다. 이 사람은 아주 비열하긴 하지만, 자연스럽게 비열하거든요, 맞죠? 어떻게 생각하시나요? 다른 사람은 무슨 속셈이 있어서 이익을 얻기 위해 거짓말을 하지만, 이 사람은 그냥 그러는 거예요, 천성이거든요…… 상상해봐요, 이 사람은 이를테면 고골이 『죽은 혼』*에서 자기 얘기를 썼다고 우긴답니다(어제 오는 길 내내 논쟁을 벌였지요). 기억하시죠, 거기에 막시모프라는 지주가 나오는데, 노즈드료프가 그 지주에게 채찍을 휘둘러서 재판에 회부되지 않습니까, '술에 취해 지주 막시모프에게 채찍으로 개인적인 모욕을 가한 죄'로 말입니다—기억나시죠? 그런데 글

* 고골의 미완 장편소설. 실제로는 죽었지만 서류상으로는 아직 살아 있는 농노들을 담보로 돈을 대출받으려는 목적으로 주인공 치치코프가 죽은 농노를 사기 위해 지방의 여러 지주를 방문하는 이야기가 들어 있다.

쎄, 생각해봐요, 이 사람은 그게 바로 자기였고 자기가 그렇게 두들겨 맞았다고 우긴다니까요! 도대체 그게 가능하기나 합니까? 치치코프가 그렇게 돌아다닌 건 아무리 늦어도 20년대, 그것도 초엽일 테니, 연대가 전혀 안 맞는걸요. 그 시절에 이 사람을 두들겨 팰 수야 없었죠. 안 그렇습니까, 안 그래요?"

무엇 때문에 칼가노프가 저렇게 열을 올리는지는 짐작하기 힘들었지만, 아무튼 그는 진정으로 열을 올리고 있었다. 미챠도 열의를 다해 그의 관심에 호응하고 나왔다.

"하긴, 정말로 채찍으로 두들겨맞은 적이 있다면야!" 그가 껄껄 웃으면서 소리쳤다.

"두들겨맞았다는 게 아니굽쇼, 그냥." 막시모프가 갑자기 끼어들었다.

"그냥이라뇨? 두들겨맞은 겁니까, 아닙니까?"

"크투라 고지나(몇시나 됐소)*, 파니에?" 의자의 꺽다리 신사에게 파이프 신사가 지루한 표정으로 물었다. 상대방은 대답 대신 어깨를 으쓱해 보였다. 두 사람 다 시계가 없었던 것이다.

"왜, 말도 좀 못해요? 다른 사람들도 얘기 좀 하게 하라고요. 자기들이 지루하다고 남들도 입을 다물라니." 그루셴카가 또다시 발끈하고 나왔는데, 일부러 트집을 잡는 게 뻔했다. 미챠의 뇌리에 처음으로 무언가가 퍼뜩 스치고 지나간 것 같았다. 이번에는 폴란드 신사도 눈에 띄

---

* 이하 원문에 러시아어 알파벳으로 표기된 폴란드어(그러나 군데군데 러시아어가 섞여 있다)는 해당 언어의 특성을 살려 한글로 음차하며, 괄호 속의 번역은 작가가 병기한 러시아어 번역을 우리말로 옮긴 것이다.

게 역정을 내며 대답했다.

"파니, 야 니츠 니에 무비엥 프로치프, 니츠 니에 포비에지아웸(나는 아무 반대도 안 해요, 난 아무 말도 하지 않았소)."

"뭐 그렇담 좋아요, 자 그럼 당신 얘기를 계속해봐요." 그루센카가 막시모프에게 소리쳤다. "왜 다들 입을 봉하고 있죠?"

"사실 얘기할 만한 것도 없는뎁쇼, 죄다 바보 같은 소리뿐이어서." 막시모프는 꽤나 만족스러운 듯 살짝 재면서 얼른 말을 받았다. "더구나 고골에게선 모든 것이 그저 알레고리 형태로 되어 있거든요, 성姓도 죄다 알레고리적이잖습니까. 노즈드료프도 정말은 노즈드료프가 아니라 노소프이고, 쿠프쉰니코프는—아예 비슷하지도 않아요, 그는 쉬크보르네프였으니까요.* 그래도 페나르디**는 실제로 페나르디가 맞지만, 단 이탈리아 사람이 아니라 페트로프라는 러시아 사람이라굽쇼, 페나르디 양은 아주 예쁜 여자였습죠, 예쁜 다리에 착 붙는 스타킹, 금박이 번쩍번쩍하는 짧은치마, 그러고서 빙글빙글 돌았는데, 다만 네 시간이 아니라 고작 사 분이었지만요…… 사람들을 죄다 녹여놓았죠……"

"아니, 무슨 일로 얻어맞았느냐니까, 무슨 일로 두들겨 팹디까?" 칼가노프가 소리를 질렀다.

"피롱 때문입지요." 막시모프가 대답했다.

"피롱이라뇨?" 미챠가 소리쳤다.

"유명한 프랑스 작가 피롱 말입니다요. 그때 우리는 큰 모임에서 다

---

* 모두 『죽은 혼』에 나오는 인물들. '노즈드료프'는 콧구멍, '노소프'는 코, '쿠프쉰니코프'는 주전자를 뜻하는 단어에서 따온 성이다.

** 1820년대의 유명한 마술사로, 역시 『죽은 혼』에서 언급된다.

들 술을 마시고 있었지요, 바로 그 시장에 있는 술집에서 말이죠. 나도 그들한테 초대를 받고 갔는데, 우선 경구 한 구절을 외기로 했죠. '이거 자네 아닌가, 부알로, 그 무슨 해괴한 옷차림인고.'* 그러자 부알로는 가장무도회에 가는 길이라고 대답하지만, 실은 목욕탕에 간다는 얘깁지요, 히-히, 그런데 그들은 자기를 비꼬는 말로 받아들이더군요. 나는 얼른 다른 경구를 읊었는데, 교양 있는 사람이라면 누구나 다 아는 아주 신랄한 것이었습죠.

그대는 사포, 나는 파온, 좋소이다만,
애석한 이 마음을 어이하리,
바다로 가는 길을 그대는 모르나니.**

그들이 더욱더 기분이 상해 나한테 상스럽게 욕을 퍼붓기 시작하기에, 상황을 좀 바로잡아보려고 피롱에 대한 아주 유식한 일화를 이야기했다가 제대로 봉변만 당하고 말았는데, 그게 다름아니라 피롱이 자기를 프랑스 아카데미 회원으로 받아들여주지 않은 데 대해 복수할 요량으로 자신의 묘비명을 이렇게 썼다는 일화였거든요.

쥐뿔도 아니고 아카데미 회원조차 아니었던

---

* 러시아의 우화작가 크르일로프의 짧은 풍자시 「시 〈시 예술(L'art poétique)〉의 번역에 부쳐」의 한 구절.

** 낭만파 시인 바츄쉬코프의 경구 「신(新) 사포에게 바치는 마드리갈」을 변형해 인용. 고대 그리스의 여성 시인 사포에 대해서는 파온을 짝사랑하여 바다에 몸을 던졌다는 이야기가 전해지기도 한다.

피롱, 여기 잠들다.

그들은 나를 붙잡고 채찍으로 두들겨 팹디다."

"아니, 대체 무엇 때문에, 무엇 때문에요?"

"내가 유식해서지요. 어디, 이유가 없어서 사람을 못 패겠습니까." 막시모프는 상냥하게 교훈적으로 말을 끝맺었다.

"에이, 이제 그만들 해요, 죄다 언짢은 얘기들뿐이야, 더 듣고 싶지 않아요, 재미난 얘긴 줄 알았더니." 그루셴카가 갑자기 이야기를 중단시켰다. 미챠는 움찔하며 즉시 웃음을 멈추었다. 꺽다리 신사는 자리에서 일어나더니, 자기 수준에 안 맞는 자리에 끼어들어 지루해 죽겠다는 듯 거만한 표정을 하고 뒷짐을 진 채 방안을 이 구석 저 구석 거닐기 시작했다.

"뭐야, 아주 거닐기 시작했군!" 그루셴카는 경멸스럽다는 듯 그를 힐끗 쳐다보았다. 미챠는 불안한 마음이 들었고, 더구나 소파의 신사가 날선 표정으로 자신을 지켜보고 있다는 걸 알아챘다.

"판." 미챠가 외쳤다. "마시세, 파니에! 다른 판도 함께 마시죠. 마십시다, 파노비에*!" 그는 재빨리 잔 세 개를 한데 모아놓고 샴페인을 넘치도록 따랐다.

"폴란드를 위하여, 파노비에, 여러분의 폴란드를 위하여, 폴란드 지역을 위하여 마시겠습니다!" 미챠가 외쳤다.

"바르조 미 토 미오, 파니에, 브이피엠(나로서도 무척 기분좋은 일이

---

* '판'의 복수형.

올시다, 파니에, 마십시다).” 소파의 폴란드 신사가 위엄 있고도 우호적인 어조로 말하며 자신의 잔을 들었다.

“그리고 다른 판도, 저분 성함이 어떻게 되더라, 이봐요, 귀하신 분, 잔을 들자고!” 미챠가 부산을 떨었다.

“판 브루블렙스키올시다.” 소파의 신사가 나지막이 일러주었다.

판 브루블렙스키는 몸을 흔들며 탁자로 다가오더니 선 채로 자신의 잔을 받아들었다.

“폴란드를 위하여, 파노비에, 만세!” 미챠가 잔을 들어올리며 외쳤다.

세 사람이 모두 잔을 비웠다. 미챠는 술병을 들고 곧바로 세 잔을 다시 가득 채웠다.

“이제 러시아를 위하여, 파노비에, 술잔을 들며 서로 형제가 됩시다!”

“우리한테도 따라줘.” 그루셴카가 말했다. “러시아를 위해서라면 나도 마시고 싶어.”

“나도.” 칼가노프가 말했다.

“그럼 나도 그러고 싶구먼요…… 사랑스러운 러시아를 위하여, 늙으신 꼬부랑 할머니를 위하여.*” 막시모프가 키득거렸다.

“다 함께, 다 함께!” 미챠가 외쳤다. “주인장, 술 더 가져오게!”

미챠가 가지고 온 나머지 세 병이 전부 나왔다. 미챠는 술을 따랐다.

“러시아를 위하여, 만세!” 그가 다시 건배를 외쳤다. 폴란드 신사들을 빼고 다들 마셨고, 그루셴카는 한 번에 술잔을 비웠다. 폴란드 신사들은 잔에 손도 대지 않았다.

---

* 곤차로프의 소설 『낭떠러지』의 마지막 구절을 시사한다.

"왜들 이러시오, 파노비에?" 미챠가 소리쳤다. "그럼 당신들도 역시 그런 거요?"

판 브루블렙스키는 잔을 들어올리더니 쨍쨍한 목소리로 말했다.

"1772년* 이전의 러시아를 위하여!"

"오토 바르조 피엥크니에!(그거 정말 좋군!)" 다른 폴란드 신사가 외쳤고, 두 사람은 단숨에 잔을 비웠다.

"정말 바보들이군, 파노비에!" 미챠의 입에서 갑자기 이런 소리가 튀어나와버렸다.

"파-니에!!" 두 신사는 위협적으로 소리치면서 마치 싸움닭처럼 당장이라도 미챠에게 덤벼들 태세였다. 특히 판 브루블렙스키는 격분한 나머지 펄펄 끓고 있었다.

"알레 니에 모쥬노 니에 미에치 스와보시치 도 스보예고 크라유?(자기 나라를 사랑하면 안 된다는 겁니까?)" 그가 엄숙하게 외쳤다.

"입다물어요! 싸우지 말라고요! 싸움은 절대 안 돼!" 그루셴카가 명령조로 소리치며 한쪽 발로 마룻바닥을 쾅 쳤다. 그녀의 얼굴이 붉게 타오르고 눈이 번득이기 시작했다. 방금 들이켠 한 잔의 술이 벌써 오르는 것이었다. 미챠는 소스라치게 놀랐다.

"파노비에, 용서하시오! 내 잘못이오, 이제 안 그러겠소. 브루블렙스키, 판 브루블렙스키, 다시는 안 그러겠소……"

"정말 당신이라도 입 좀 다물어, 어서 앉으라니까, 이런 멍청이!" 화가 난 그루셴카가 역정을 내며 그에게 아르렁거렸다.

---

* 러시아, 오스트리아, 프로이센 3국에 의하여 제1차 폴란드 영토 분할이 일어났던 해.

다들 자리에 앉았고 다들 입을 다물었고 다들 서로의 얼굴만 쳐다보았다.

"여러분, 다 내 탓입니다!" 미챠는 그루셴카가 왜 언성을 높였는지 전혀 알아먹지 못하고 또다시 말을 시작했다. "아니, 왜 이렇게들 앉아만 있는 겁니까? 음, 뭘 하면 좋을까요…… 흥이 나려면, 다시 흥이 나려면?"

"아, 정말 지독하게 따분하군." 칼가노프가 입속으로 느릿느릿 웅얼거렸다.

"은행놀이*라도 하면 어떨깝쇼, 아까처럼……" 갑자기 막시모프가 키득거렸다.

"은행놀이? 정말 좋지!" 미챠가 말을 받았다. "다만 파노비에가……"

"푸지노, 파니에!" 소파의 신사가 내키지 않는다는 듯 대꾸했다.

"옳은 말이오." 판 브루블렙스키도 맞장구를 쳤다.

"푸지노? 푸지노가 뭐죠?" 그루셴카가 물었다.

"늦었다는 뜻입니다, 파니, 늦었어요, 늦은 시각입니다." 소파의 신사가 설명했다.

"이 사람들은 언제나 늦었대, 언제나 아무것도 하면 안 된대!" 그루셴카가 새된 소리를 내다시피 하며 앙칼지게 쏘아붙였다. "자기들이 따분하게 앉아 있으니까 남들도 따분해야 된다는 거지. 미챠, 당신이 오기 전에도 이 사람들은 내내 이 꼴로 입을 꾹 다물고 나한테 부루퉁해 있었다니까……"

---

* 도박성이 강한 카드놀이의 하나.

"나의 여신님!" 소파의 신사가 외쳤다. "초 무비쉬, 토 시에 스타니에. 비젱 니에와스켕, 이 예스템 스무트느이(하자는 대로 하겠습니다. 당신이 언짢아하는 걸 보니 내 기분도 우울하군요). 예스템 고투프(나도 하겠습니다), 파니에." 그는 미챠 쪽을 쳐다보며 말을 끝맺었다.

"시작하자고, 파니에!" 미챠는 맞장구를 치며 주머니에서 지폐 다발을 꺼내더니 거기서 백 루블짜리 두 장을 탁자 위에 내놓았다.

"판, 당신한테 많이 잃어줄 생각이야. 어서 카드를 쥐고 은행을 열게나."

"카드는 주인장이 가져다주는 걸로 해야지요, 파니에." 키 작은 폴란드 신사가 정색을 하고 완강하게 말했다.

"토 나이레프쉬 스포수프(그게 제일 좋은 방법이지)." 판 브루블렙스키가 맞장구를 쳤다.

"주인장이? 좋소, 알겠어, 주인장더러 가져오라고 하죠, 그거 좋은 생각이오, 파노비에! 이봐, 카드 내오게!" 미챠가 주인에게 명령했다.

주인은 아직 뜯지 않은 카드 한 벌을 가져다주면서, 마을 처녀애들이 이미 모여들고 있고 유대인들도 심벌즈를 가지고 아마 곧 올 테지만, 물품을 실은 트로이카는 아직 도착하지 않았다고 미챠에게 보고했다. 미챠는 탁자 앞에서 벌떡 일어나 당장 필요한 조치를 취하려고 옆방으로 달려갔다. 그러나 처녀애들은 고작 세 명이 와 있을 뿐인데다 마리야도 아직 보이지 않았다. 게다가 그 자신도 어떤 조치를 취해야 할지, 뭐하러 이렇게 달려나왔는지 몰랐다. 그저 상자에서 과자와 얼음사탕과 우유 캔디를 꺼내 처녀애들에게 나눠주라고 이른 게 다였다. "그래, 안드레이에게 보드카를 줘라, 보드카를 안드레이에게 줘!" 그는 황급히 지시했다. "내가 안드레이 마음을 상하게 했어!" 이때 그를 뒤쫓아 달려나온 막시모프가 갑자기 그의 어깨를 슬쩍 건드렸다.

"5루블만 좀 주십쇼." 그가 미챠에게 속삭였다. "나도 은행에다 걸고 싶어서요, 히-히!"

"거 좋지, 아주 훌륭해! 10루블을 가지시오, 자!" 그는 다시 호주머니에서 지폐 다발을 모두 꺼내 10루블짜리를 찾아냈다. "잃거든 또 오게, 또 와……"

"좋습니다요." 막시모프는 기쁜 얼굴로 속삭이고는 홀 안으로 달려갔다. 미챠도 곧 돌아가, 기다리게 해서 죄송하다고 말했다. 폴란드 신사들은 벌써 자리를 잡고 앉아 이미 카드 포장까지 뜯어놓은 참이었다. 그들은 아까보다 훨씬 공손할뿐더러 거의 상냥해 보이기까지 했다. 소파의 신사는 새 파이프에 불을 붙여 물고 카드 패를 돌릴 채비를 마쳤다. 그의 얼굴에는 어떤 승리감마저 감돌고 있었다.

"각자 자리로, 파노비에!" 판 브루블렙스키가 선언했다.

"아뇨, 나는 이제 관두겠습니다." 칼가노프가 대꾸했다. "아까 저들한테 벌써 50루블이나 잃었거든요."

"판은 운이 없었던 거지, 이번엔 운이 좋을 수도 있을 텐데." 소파의 신사가 그의 쪽을 보며 말했다.

"은행에 얼마나 있나? 몽땅 걸어도 되나?" 미챠는 벌써부터 열이 올라 있었다.

"얼마든지, 파니에, 백도 좋고 2백도 좋고, 걸고 싶은 대로 거시지."

"그럼, 백만 루블!" 미챠가 호탕하게 웃어젖혔다.

"대위님, 판 포드브이소츠키에 대해 들어보셨는지?"

"포드브이소츠키라니, 어떤?"

"바르샤바에 누구든 무제한 돈을 걸 수 있는 은행놀이가 있소. 포드브이소츠키가 와서 금화 1천 즈오티*를 보고 은행놀이를 하겠다고 하는 거요. 물주가 '파니에 포드브이소츠키, 금화를 걸겠나, 고노르**를 걸겠나?'라고 말하지요. '고노르를 걸겠소' 하고 포드브이소츠키가 말해요. '그렇다면 더 잘됐군.' 그러면서 물주는 패를 돌리고, 포드브이소츠키가 이겨서 1천 즈오티를 가져가게 됐소. '잠깐만, 파니에.' 물주는 이렇게 말하면서 서랍을 열고 백만을 내주는 거요. '받구려, 파니에, 오토 예스치 트보이 라후네크(이게 당신 몫이네)!' 그러니까 백만짜리 은행놀이였던 거였소. '이런 줄 몰랐군요.' 포드브이소츠키가 말했지요. '파니에 포드브이소츠키,' 하고 물주가 말하는 거요. '당신이 고노르를 걸었으니, 우리도 고노르에 건 거요.' 그래서 포드브이소츠키는 백만을 가져갔소."

"순 거짓말이야." 칼가노프가 말했다.

"파니에 칼가노프, 브 슐랴헤트노이 콤파니이 탁 무비치 니에 프쉬스토이(점잖은 자리에서 그렇게 말하는 거 아니오)."

"그럼 뭐, 자네한테도 폴란드 도박꾼이 백만을 내주겠구먼!" 미챠는 이렇게 소리쳤으나 곧 정신을 차렸다. "미안하이, 파니에, 잘못했어, 내가 또 잘못했어, 분명히 백만을 내줄 걸세, 내주고말고, 나 고노르, 나 폴스쿠 체시치!*** 보라고, 나도 폴란드 말을 한다니까, 하-하! 자, 10

---

* 폴란드의 화폐 단위.

** 폴란드어로 '명예'라는 뜻.

*** '명예를 걸고, 폴란드의 명예를 걸고!'

루블을 걸겠어, 자—잭이다."

"나는 살짝 1루블만 퀸한테, 하트 퀸, 어여쁜 퀸, 귀여운 아가씨한테 걸어드리지, 히-히!" 막시모프는 히히거리면서 자신의 퀸을 빼내더니, 아무도 보지 못하게 하려는 듯 탁자에 바싹 몸을 붙이고 재빨리 탁자 밑에서 성호를 그었다. 미챠가 이겼다. 1루블 쪽도 이겼다.

"귀퉁이!"* 미챠가 외쳤다.

"나는 이번에도 1루블, 원래 생플**꾼이거든, 나는 쪼끄만, 아주 쪼끄만 생플꾼이니까." 막시모프는 1루블을 딴 것이 미치도록 기쁜 나머지 행복에 겨워서 중얼거렸다.

"깨졌군!" 미챠가 소리쳤다. "7에 페!***"

페를 건 것도 죽고 말았다.

"그만두시죠." 갑자기 칼가노프가 말했다.

"페, 페." 미챠는 계속 두 배로 걸었고, 무엇에 페를 걸든—내리 졌다. 하지만 1루블 쪽은 계속 이겼다.

"페!" 화가 치민 미챠가 고래고래 소리를 질렀다.

"2백을 잃었군, 파니에. 2백을 더 걸 텐가?" 소파의 신사가 물었다.

"뭐라고, 벌써 2백을 잃었다고? 그럼, 2백을 더! 2백 전부를 페!" 그러면서 미챠는 호주머니에서 돈을 꺼내 2백 루블을 퀸에게 막 던지려는데, 갑자기 칼가노프가 한 손으로 퀸을 덮었다.

"그만 됐어요!" 그가 쨍쨍 울리는 특유의 목소리로 외쳤다.

---

* 카드의 한 귀퉁이를 접으면, 건 돈의 4분의 1을 더한다는 표시.

** simple. 카드놀이 용어로, 건 돈 그대로라는 뜻.

*** paix. 카드놀이 용어로, 돈을 두 배로 건다는 뜻.

"왜 이러는 거요?" 미챠가 꼼짝 않고 그를 바라보았다.

"그만 됐어요, 그냥 보고 있지 않겠습니다. 더이상 하지 마세요."

"왜요?"

"그럴 까닭이 있어요. 그냥 침이나 뱉고 가버리세요, 그게 이유예요. 더이상은 못하시게 하겠어요!"

미챠는 놀라서 그를 쳐다보았다.

"그만둬, 미챠, 이 사람 말이 옳을지도 몰라, 안 그래도 많이 잃었잖아." 좀 이상한 어조로 그루셴카도 말했다. 두 폴란드 신사는 심하게 모욕당한 듯한 얼굴로 갑자기 자리를 박차고 일어섰다.

"쟈르투예쉬(농담하는 건가), 파니에?" 키 작은 신사가 칼가노프를 엄하게 훑어보며 말했다.

"야크 시에 포바쟈쉬 토 로비치(어찌 감히 이럴 수가 있나), 파니에?" 판 브루블렙스키도 칼가노프에게 고함을 쳤다.

"감히 고함을 쳐, 어디다 대고 감히 고함이야!" 그루셴카가 소리쳤다. "칠면조 같은 것들이!"

미챠는 그들 모두를 번갈아 바라보았다. 그러다 그루셴카의 얼굴에 나타난 그 무엇이 갑자기 그를 쿵 내리치면서, 순간 전혀 새로운 어떤 것이 뇌리에 번쩍 떠올랐다—이상하고도 새로운 생각이었다!

"파니 아그립피나!" 성이 난 키 작은 폴란드 신사가 얼굴이 시뻘게져서 입을 막 열었을 때, 갑자기 미챠가 그에게 다가가 어깨를 툭 쳤다.

"폴란드 양반, 두어 마디 말할 게 있네."

"체고 흐체쉬(무슨 일인가), 파니에?"

"저 방으로, 저쪽 방으로 가세, 두어 마디 말할 게 있네, 좋은, 아주 좋은 얘기이니, 만족하실 걸세."

키 작은 폴란드 신사는 의아해하며 미심쩍은 눈으로 그를 쳐다보았다. 그러면서도 즉시 동의하긴 했으나, 판 브루블렙스키도 반드시 함께 가야 한다는 조건을 달았다.

"호위무사로 말인가? 저 사람도 오라고 하지 뭐, 저 사람도 있어야 하니까! 아니, 꼭 있어야 하지!" 미챠가 외쳤다. "앞으로 갓! 파노비에!"

"어디들 가는 거예요?" 그루셴카가 불안해하며 물었다.

"금방 돌아올 거야." 미챠가 대답했다. 어떤 대담한 기운이, 어떤 예기치 못한 활기가 그의 얼굴에서 번쩍였다. 한 시간 전에 이 방으로 들어올 때와는 완전히 다른 얼굴이었다. 그는 처녀애들이 모여서 합창 준비를 하고 식탁을 차리는 중인 큰 방을 피해 오른쪽의 작은 방인 침실로 폴란드 신사들을 데려갔는데, 그 방에는 궤짝과 여행용 가방이 여러 개 보관되어 있고, 무명 잇을 씌운 베개가 각각 산더미처럼 쌓인 커다란 침대 두 개가 놓여 있었다. 그 방의 제일 구석진 곳에 있는 조그만 널빤지 탁자 위에서는 촛불이 타고 있었다. 폴란드 신사와 미챠는 이 탁자를 사이에 두고 마주앉았고, 꺽다리 판 브루블렙스키는 뒷짐을 진 채 그들 옆에 자리하고 섰다. 폴란드 신사들은 엄격한 표정이었으나, 적잖이 호기심이 동하는 눈치였다.

"내가 어떻게 도와줄 수 있을지?" 키 작은 신사가 중얼거렸다.

"그러니까 파니에, 긴 얘기는 않겠네. 자, 여기 자네한테 줄 돈이 있네." 그는 지폐 다발을 꺼냈다. "3천을 원한다면 이걸 가지고 어디로든 떠나주게."

폴란드 신사는 눈을 휘둥그레 뜨고 상대의 의중을 알아내겠다는 듯 시선을 미챠의 얼굴에 박았다.

"3천이라고, 파니에?" 그는 브루블렙스키와 눈짓을 주고받았다.

"3천이네, 파노비에, 3천! 이봐, 파니에, 보아하니 분별 있는 사람 같은데. 3천을 가지고 어디로든 썩 꺼져달란 말이야, 브루블렙스키도 데리고—알아듣겠나? 지금 당장, 여기 이 문으로, 그것도 영원히, 알겠나, 파니에, 지금 바로 여기 이 문으로 영원히 나가버리라고. 저기다 둔게 뭐지, 외투, 모피 외투? 내가 내다주지, 지금 당장 트로이카에 말을 매달아줄 테니—도 비제니야*, 파니에! 어떤가?"

미챠는 확신에 차서 대답을 기다렸다. 그는 조금도 의심하지 않았다. 폴란드 신사의 얼굴에 어떤 비상한 결심 같은 것이 스쳐갔다.

"그럼 루블은, 파니에?"

"그 루블은 이렇게 하지, 파니에. 지금 당장 5백 루블을 마차 삯과 약조금으로 주고, 2천5백은 내일 시내에서 주겠네—내 명예를 걸고 맹세하는데, 반드시 주겠네, 땅을 파서라도 주겠네!" 미챠가 소리쳤다.

폴란드인들이 다시 눈짓을 주고받았다. 폴란드 신사의 얼굴이 나쁜 쪽으로 변해갔다.

"7백을, 5백이 아니라 7백을 지금 당장 손에 쥐여주지." 뭔가 안 좋은 낌새를 채고 미챠가 액수를 올렸다. "왜 그러나, 판? 못 믿겠다는 건가? 3천을 자네한테 한꺼번에 줄 수야 없지, 지금 주면, 자네는 바로 내일 그녀한테 돌아와버릴 테니…… 게다가 지금은 나도 3천을 다 가지고 있지 않아, 시내의 내 집에 있단 말일세." 한마디 할 때마다 겁을 내고

* '잘 가게나.'

의기소침해지면서 미챠가 웅얼거렸다. "정말 있다니까, 숨겨놨어……"

순간, 키 작은 신사의 얼굴에서 엄청난 자존감이 번쩍 빛났다.

"더 요구할 건 없나?" 그가 빈정대며 물었다. "퉤! 아, 퉤!(원, 창피스럽게, 나 참 더러워서!)" 그러면서 그는 침을 퉤 뱉었다. 판 브루블렙스키도 침을 뱉었다.

"자네가 그렇게 침을 뱉는 건, 파니에." 미챠는 이미 만사가 끝났다는 걸 깨닫고 절망을 느끼며 말했다. "그루셴카한테서 더 많이 뜯어낼 수 있다고 생각해서겠지. 네놈들 둘 다 불알 깐 수탉들이야, 알아두라고!"

"예스템 도 쥐베고 도트크니엔트느임!(이건 골수에 사무치는 모욕이야!)" 키 작은 신사는 무섭게 격분하여 갑자기 가재처럼 얼굴이 시뻘게져서는, 더이상 아무 소리도 듣기 싫다는 듯 씩씩대며 방을 나가버렸다. 브루블렙스키도 몸을 건들거리며 그를 따라 나갔고, 미챠도 당황해서 어쩔 줄 몰라 하며 그들 뒤를 따랐다. 그는 그루셴카가 두려웠고, 이제 곧 폴란드 신사가 요란하게 떠들어대리라는 예감이 들었다. 아니나 다를까 그대로였다. 폴란드 신사는 홀 안으로 들어서더니 연극배우 같은 자세로 그루셴카 앞에 가서 멈추었다.

"파니 아그립피나, 예스템 도 쥐베고 도트크니엔트느임!" 그가 막 이렇게 외쳤으나, 그루셴카는 마치 자신의 제일 아픈 데를 누가 건드리기라도 한 듯 갑자기 모든 인내심을 잃고 말았다.

"러시아어, 러시아어로 말해, 폴란드어는 한 마디도 하지 말라고!" 그녀가 그를 향해 소리를 질렀다. "전에는 러시아어로 말했잖아, 오 년 만에 정말 다 잊었군!" 그녀는 화가 치밀어 얼굴이 온통 새빨개졌다.

"파니 아그립피나……"

"난 아그라페나야, 난 그루셴카라고, 러시아어로 말해, 안 그러면 듣지도 않을 테니!" 폴란드 신사는 자존심이 상해서 숨을 씩씩거리더니, 거만을 떨며 엉터리 러시아어로 빠르게 말했다.

"파니 아그라페나, 나는 옛일을 잊고 모든 걸 용서해주려고 왔소, 오늘 이전까지 있었던 일은 다 잊어주리라 마음먹고……"

"뭐, 용서한다고? 날 용서하려고 왔다는 소리야?" 그루셴카가 말을 가로막으며 자리에서 벌떡 일어섰다.

"탁 예스치(바로 그렇소), 파니, 나는 속 좁은 인간이 아니오, 오히려 관대한 사람이지. 하지만 여기서 당신의 정부들을 보고는 나도 브이웸지뵤느이(놀라고 말았소). 판 미챠는 나더러 물러서라면서 3천을 주겠다고 저 방에서 그러더군. 그 판의 낯짝에 침을 뱉어주었지."

"뭐라고? 저 사람이 당신한테 내 몸값을 준다고 했다고?" 그루셴카가 발작하듯이 외쳤다. "정말이야, 미챠? 아니, 어떻게 감히! 내가 돈으로 사고팔 수 있는 여자야?"

"파니에, 파니에." 미챠가 부르짖었다. "이 여자는 순결해, 티 없이 빛나는 여자야, 나는 한 번도 이 여자의 정부였던 적이 없어! 함부로 지껄이지 말란 말이야……"

"당신이 뭐기에 이 인간 앞에서 감히 나를 변호하려 드는 건데?" 그루셴카가 버럭 소리를 질렀다. "내가 순결을 지킨 건 미덕이 넘쳐서도 아니고 쿠지마가 무서워서도 아니야, 나는 이 인간 앞에서 당당하고 싶었어, 이 인간을 만났을 때 비열한 놈이라고 말할 수 있는 권리를 가지고 싶었단 말이야. 그래, 저 작자가 당신한테서 정말 돈을 안 받았어?"

"아니, 받으려고 했어, 받을 생각이었어." 미챠가 소리쳤다. "다만 3천을 한꺼번에 받고 싶어하는데, 내가 선금으로 7백만 내놓았던 거지."

"이젠 알 만해. 나한테 돈이 있다는 소문을 듣고 장가들겠다고 온 거야!"

"파니 아그립피나." 폴란드 신사가 외쳤다. "나는 어디까지나 기사요, 귀족이지 날건달이 아니란 말이오! 나는 당신을 아내로 맞으려고 여기까지 왔는데, 와서 보니 당신은 예전의 파니가 아니고 완전히 새로운 파니가 되었군, 우파르투 이 베즈 프스트이두(제멋대로에다 뻔뻔스러운 여자가)."

"그럼 그곳으로 다시 꺼져버려! 당장 쫓아내라고 내가 명령만 하면, 그대로 쫓겨날걸!" 그루셴카가 미친 듯이 소리쳤다. "바보. 나는 바보였어, 오 년 동안이나 자신을 괴롭히다니! 하지만 결코 저 인간 때문에 날 괴롭힌 건 아냐, 원한이 사무쳐서 자신을 괴롭힌 거지! 게다가 저 인간도 옛날의 그 사람이 전혀 아냐! 그 사람이 정말 저랬을까? 이건 무슨, 그 사람의 아버지 같잖아! 이봐, 그따위 가발은 어디서 주문한 거야? 그때 그 사람이 한 마리 매였다면, 이 인간은 수오리야. 그 사람은 웃으면서 나한테 노래를 불러주곤 했는데…… 내가, 내가 오 년 동안이나 눈물로 세월을 보내다니, 나는 저주받아도 싼 바보야, 비열하고 부끄러운 줄 모르는 년이야!"

그녀는 안락의자에 쓰러져 두 손으로 얼굴을 가렸다. 그 순간 갑자기 왼쪽 옆방에서, 마침내 다 모인 모크로예 처녀들의 합창이 울려퍼졌다. 신바람 나는 춤곡이었다.

"그야말로 소돔이군!" 갑자기 판 브루블렙스키가 으르렁거렸다. "주인장, 저 뻔뻔스러운 것들을 쫓아내게!"

주인은 고함소리가 들려오자 손님들이 싸운다 싶어 벌써 한참 전부터 궁금증을 참지 못하고 문안을 힐끔힐끔 엿보고 있던 참이라, 즉각 방에 나타났다.

"너는 왜 고함을 질러대는 거야, 목구멍이 터지고 싶어?" 그는 왠지 영 납득이 안 갈 만큼 무례하게 굴면서 브루블렙스키에게 말했다.

"개자식!" 판 브루블렙스키가 으르렁거렸다.

"개자식? 그러는 네놈은 지금 어떤 카드로 노름을 했는데? 내가 카드 한 갑을 갖다줬는데 네놈이 그걸 숨겼잖아! 네놈은 위조한 카드로 노름을 했단 말이다! 나는 네놈을 카드 위조범으로 고발해서 당장에라도 시베리아에 처박아버릴 수 있어, 잘 알아두라고, 이건 위조지폐나 다를 바 없으니까……" 그러고는 소파로 다가가 등받이와 쿠션 사이로 손가락을 쑤셔넣더니, 포장도 뜯지 않은 새 카드 한 갑을 끄집어냈다.

"이게 내가 준 카드야, 뜯지도 않았군!" 그는 그것을 높이 치켜들고 주위의 모든 사람에게 보여주었다. "나는 이 작자가 내 카드를 저 틈새에 쑤셔넣고 자기 것으로 바꿔치기하는 걸 저기서 똑똑히 봤습니다—네놈은 더러운 사기꾼이야, 판은 무슨 놈의 판!"

"나도 저 판이 카드 패를 두 번이나 속이는 걸 봤어요." 칼가노프가 소리쳤다.

"아, 정말 수치스러워, 너무너무 수치스러워!" 그루셴카가 손뼉을 탁 치며 외치더니, 정말 너무 수치스러워서 얼굴을 붉혔다. "맙소사, 어쩌면 저런, 저런 인간이 됐을까!"

"나도 그럴 거라 생각했어." 미챠가 외쳤다. 그러나 그가 말을 채 끝내기도 전에, 낭패한 꼴이 된데다 분이 머리 꼭대기까지 치민 판 브루블렙스키가 그루셴카를 향해 주먹으로 위협해대면서 소리쳤다.

"못돼 처먹은 갈보년!" 하지만 그가 다 외치기도 전에 미챠가 그에게 덤벼들어 두 손으로 꽉 붙들더니 공중으로 번쩍 들어올려 한순간에 그를 홀에서 들어내서는, 방금 두 사람을 데려갔던 오른쪽 방에 내다놓았다.

"그놈을 저기 바닥에다 내동댕이쳤어!" 그는 즉시 돌아와서, 흥분한 나머지 숨을 헐떡이며 보고했다. "그래도 버둥거리더군, 사기꾼 놈, 이제 저기서 나오지 못할걸……!" 그는 한쪽 문짝을 닫고 한쪽 문짝은 열어둔 채, 키 작은 신사에게 외쳤다.

"대감, 당신도 저리로 가시는 게 어떨지? 자, 프쉐프라샴*!"

"나리, 미트리** 표도로비치." 트리폰 보리스이치가 큰 소리로 말했다. "저놈들한테 돈을 도로 뺏으셔야죠, 방금 잃으신 돈 말입니다! 그건 나리한테서 훔친 거나 마찬가지 아닙니까."

"나는 내 돈 50루블을 돌려받을 생각이 없어요." 갑자기 칼가노프가 대꾸했다.

"나도 내 돈 2백 루블을 돌려받지 않겠어!" 미챠가 소리쳤다. "절대 돌려받지 않겠어, 위안 삼아 그냥 가지라지."

"훌륭해, 미챠! 정말 멋진 미챠야!" 그루셴카가 이렇게 외쳤는데, 그녀의 외침에서는 무서운 증오가 울려나왔다. 키 작은 폴란드 신사는 분을 못 삭여 얼굴이 자주색이 되었지만, 그래도 자신의 위엄을 조금도 잃지 않고 문 쪽으로 막 걸어가려다가 갑자기 걸음을 멈추고 그루셴카

---

* '제발'.

** 드미트리의 약칭.

를 돌아보며 말했다.

"파니, 예젤리 흐체쉬 이시치 자 므노유, 이지미, 예슬리 니에—브이바이 즈드로바(파니, 나를 따라오고 싶으면—함께 갑시다, 아니라면—잘 있구려)!"

그러고는 분노와 자존심 때문에 씨근덕거리면서도 여전히 무게를 잡으며 옆방 문으로 들어갔다. 그는 자만심이 대단한 사람이었다. 그는 이 모든 일이 벌어진 마당에도 파니가 자기를 따라오리라는 희망을 여전히 버리지 않았는데—그만큼 자신을 높이 평가하고 있었다. 미챠는 그의 등뒤에서 문을 쾅 닫아버렸다.

"못 나오게 열쇠로 잠가버려요." 칼가노프가 말했다. 하지만 저쪽에서 먼저 자물쇠가 딸그락거렸는데, 그들이 안에서 잠근 것이었다.

"정말 잘됐어!" 그루셴카가 또다시 증오에 찬 목소리로 매몰차게 외쳤다. "정말 잘됐어! 저 인간들한텐 거기가 제격이야!"

VIII
섬망

디오니소스의 주연을 방불케 하는, 온 세상 사람들을 위한 떠들썩한 술판이 벌어졌다. 그루셴카가 제일 먼저 술을 달라고 소리쳤다. "마시고 싶어, 저번처럼 잔뜩 마시고 취하고 싶어, 기억하지, 미챠, 기억하지, 그때 우리가 여기서 서로 가까워졌던 일 말이야!" 미챠 자신으로 말하자면, 마치 꿈이라도 꾸는 듯한 기분으로 '자신의 행복'을 예감하고 있었다. 하지만 그루셴카는 그를 자꾸만 곁에서 내쫓았다. “어서 가서 즐겨, 저 사람들한테도 다들 춤추고 즐기라고 해, ‘집도 춤추고 벽난로도 춤춰라’, 그때처럼, 그때처럼!” 그녀는 계속 외쳐댔다. 몹시 흥분해 있었던 것이다. 그러면 미챠는 그녀가 시키는 대로 급히 달려나가곤 했다. 합창단은 옆방에 모여 있었다. 지금까지 일행이 앉아 있던 방은 원래부터 좁은데다 무명 커튼을 쳐서 두 곳으로 나뉘어 있고, 커튼 뒤에는 풍성하게 부푼 깃털이불과 역시 무명 잇을 씌운 베개를 산더미같이 쌓아놓은 커다란 침대가 놓여 있었다. 이 집에서 ‘깔끔하다’는 방 네 칸 치고 침대를 들여놓지 않은 방은 없었다. 그루셴카는 바로 문간 옆에 자리를 잡았는데, 미챠가 그녀의 안락의자를 여기로 옮겨주었다. ‘그때’, 처음으로 여기서 술판을 벌였던 그날도, 그녀는 바로 이렇게 앉아 여기서 합창과 춤을 구경했던 것이다. 모여든 처녀애들도 그때와 똑같았다. 바이올린과 치터를 든 유대인들도 왔고, 그토록 기다리던 트로이카도 술과 먹을 것을 잔뜩 싣고 드디어 도착했다. 미챠는 공연히 분주하게 뛰어다녔다. 아무 상관도 없는 농부들과 아낙네들까지 구경하러 방안으로 몰려들었는데, 벌써들 자고 있다가 한 달 전처럼 유례없이 융숭한 대접을 받을 거라는 걸 냄새 맡고는 잠자리를 떨치고 일어나서 온 것이었다. 미챠는 낯익은 사람들과 인사를 나누고 포옹을 했고, 얼굴을 기억해내며 술병을 따서는 아무한테나 가득가득 술을 부어주었다. 샴페인에 아주 욕심을 내는 건 여자들뿐이었고, 농부들은 럼과 코냑, 특히 뜨거운 펀치를 더 좋아했다. 미챠는 모든 여자한테 넉넉히 돌아가게 초콜릿을 끓이고, 찾아오는 사람들 누구나 차와 펀치를 마실 수 있게끔 밤새도록 사모바르 세 개를 쉴새없이 끓이라고 지시했다. 원하는 사람은 누구나 마음껏 먹고 마시라는 것이었다. 한마디로 말해, 어처구니없는 난장판이 시작된 것이었으나, 미챠는 물 만난 물고기처럼, 모든 것이 어처구니없게 되어갈수록 점점 더 신이 났다. 만약 그런 순간에 어떤 농부가 돈을 좀 달라고 손을 내밀었다면, 즉시 돈다발을 통째로 꺼내 세어보지도 않고 오른쪽 왼쪽 할 것 없이 누구한테나 되는 대로 나눠주었을 것이다. 필시 바로 이 때문인 듯 주인장 트리폰 보리스이치는 미챠를 보호하기 위해 그의 곁을 거의 떠나지 않고 바삐 주위를 맴돌았는데, 보아하니 이날 밤에 잠을 잘 생각은 아예 단념한 것 같았으나, 술은 별로 입에 대지 않고(고작 펀치 한 잔을 마신 게 다였다) 자기 나름대로 미챠의 이익을 위해 눈을 부릅뜨고 감시했다. 그러면서 필요한 순간에는 상냥하게 아첨을 떨면서 미챠를 제지하고 구슬려, '그때'처럼 농부들에게 '엽궐련과 라인산産 포도주', 그리고 하느님 맙소사, 돈은 절대로 나눠주지 못하게 했고, 계집애들이 리큐어를 마시고 캔디를 먹는 것에 대해서도 몹시 분개했다. "하나같이 이가 바글바글해요, 미트리 표도로비치"라며 그가 말했다. "내가 저것들을 무릎으로 죄다 걷어차줘도 그걸 오히려 영광으로 알아야 할 년들입지요—그런 상것들이랍니다!" 미챠는 또다시 안드레이 생각이 나서 그에게 펀치를 가져다주라고 일렀다. '내가 아까 그를 모욕했어!' 힘없고 유순해진 목소리로 그는 이렇게 되뇌었다. 칼가노프는 마시려 들지도 않고 처음에는 처녀애들의 합창도 아주 못마땅해했으나, 샴페인 두어 잔을 들이켜자 몹시 들뜬 기분이 되어 이 방 저 방으로 돌아다니면서 내내 웃고, 노래며 음악이며 모든 것이, 모든 사람이 좋다고 칭찬을 늘어놓았다. 술이 얼근히 취한 막시모프는 더없이 행복해하며 칼가노프 곁을 떠나지 않았다. 그루셴카 역시 취기가 오르기 시작하자 미챠에게 칼가노프를 가리키며, "어쩜 저렇게 귀여울까, 정말 멋진 도련님이야!"라고 말했다. 그러면 미챠는 황홀해서 칼가노프와 막시모프에게 입을 맞추러 달려갔다. 오, 그는 많은 것을 예감하고 있었다. 비록 그녀가 아직 그에게 그런 말을 한 마디도 비치지 않고, 오히려 하고 싶은 말을 일부러 참고 있는 기색이 역력한 채, 상냥하지만 뜨거운 시선을 그에게 간간이 던질 따름이었지만 말이다. 마침내 그녀는 갑자기 그의 손을 꽉 쥐고 자기 쪽으로 힘껏 끌어당겼다. 그녀는 이때도 문간 옆의 안락의자에 앉아 있었다.

"당신, 아까 어떻게 그런 식으로 들어온 거야, 응? 세상에, 그렇게 들어오다니……! 난 정말 놀라 죽는 줄 알았어. 어떻게 나를 그 사람한테 양보할 생각을 한 거야, 응? 정말 그럴 생각이었어?"

"당신의 행복을 망치고 싶지 않았어." 미챠는 행복에 겨워 그녀에게 속삭였다. 하지만 그녀는 그의 대답이 필요한 것도 아니었다.

"자, 어서 가봐…… 신나게 즐겨." 그녀는 다시 그를 내쫓았다. "그렇다고 울진 마, 다시 부를 테니."

그러자 그는 달려나갔고, 그녀는 다시 노래에 귀를 기울이고 춤을 구경하기 시작했으나, 그가 어디에 있건 언제나 그의 모습을 눈으로 좇다가 십오 분가량 지나자 다시 그를 불렀고, 그는 다시 달려왔다.

"자, 이제 내 곁에 앉아서 얘기해봐, 내가 여기로 온 걸 어제 어떻게 안 거야? 누구한테서 맨 처음 들었어?"

그러자 미챠는 열띤 어조로 모든 것을 뒤죽박죽 두서없이 이야기하기 시작했으나, 이야기하면서 이상하게 갑자기 미간을 찌푸리고, 하던 말을 끊기도 했다.

"왜 그렇게 미간을 찌푸려?" 그녀가 물었다.

"아무것도 아니야…… 아픈 사람을 하나 거기다 두고 와서. 그 사람이 낫는다면, 나을 거라는 걸 안다면, 지금 당장 내 인생에서 십 년이라도 내놓을 텐데!"

"그래, 아픈 사람이라니, 하느님께서 지켜주시길. 그런데 당신은 정말 내일 자살하려고 했던 거야? 이런 바보, 대체 왜? 하긴 나는 당신처럼 앞뒤 안 가리는 사람이 좋아." 그녀가 약간 무거워진 혀로 속삭였다. "그럼 당신은 날 위해 뭐든 하겠네? 그지? 정말 내일 자살하려고 했던 거구나, 바보같이! 안 돼, 조금만 기다려, 내가 내일 어쩌면 당신한테 무슨 말을 해줄지도 몰라…… 오늘은 안 돼, 내일 해줄게. 당신은 오늘 듣고 싶겠지? 안 돼, 오늘은 싫어…… 자, 그럼 가봐, 이젠 가서 즐겨."

하지만 한 번은 그녀가 아무래도 미심쩍은 듯 걱정스러운 얼굴로 그를 불렀다.

"왜 그렇게 슬픈 얼굴이지? 당신이 슬퍼하고 있는 걸 난 알아…… 아니, 훤히 보여." 그녀가 그의 눈을 주의깊게 들여다보며 덧붙였다. "당신이 저기서 농부들하고 입을 맞추고 큰 소리로 떠들어대도, 난 뭔가 보여. 안 돼, 흥겹게 즐겨, 나도 즐거우니까 당신도 흥겹게 즐겨야지…… 난 여기서 누구를 좋아하고 있거든, 한번 맞혀봐, 누군지……? 아이, 좀 봐, 내 도련님이 그만 잠들어버렸네, 취했나봐, 정말 사랑스러운 도련님이셔."

칼가노프를 두고 하는 얘기였다. 그는 정말 취해서 소파에 앉기 무섭게 곧 잠이 들어버렸다. 하지만 잠이 든 것이 그저 취기 때문만은 아니었고, 왠지 갑자기 서글퍼졌거나, 그가 말하듯 '따분해'졌기 때문이었다. 술판이 무르익을수록 점점 더 외설적이고 더 거리낌없이 되어가는 처녀애들의 노래도 마침내 그의 기분을 망쳐놓고 말았다. 게다가 그들의 춤도 마찬가지였다. 두 처녀가 곰으로 분장하고, 스체파니다라는 활달한 처녀가 한 손에 막대기를 들고 곰 놀리는 사람 역을 맡아 곰의 '재주를 보여주기' 시작했다. "더 신나게, 마리야." 그녀가 소리쳤다. "몽둥이 맛을 보여주랴!" 곰들은 드디어 추잡하기 짝이 없는 꼴로 바닥에 뒹굴었고, 비집고 지나갈 틈도 없이 빽빽이 모여들어 구경하던 아낙네들과 농부들은 왁자지껄 웃어댔다. "그냥 둬, 그냥 둬." 그루셴카가 더없이 행복한 표정으로 타이르듯 말했다. "신나게 놀 수 있는 날이 한 번 왔는데, 기뻐하면 안 될 게 뭐야?" 하지만 칼가노프는 더러운 것이라도 몸에 묻은 듯한 얼굴이었다. "죄다 돼지들 짓거리, 죄다 더러운 풍속이야." 그가 자리를 떠나며 말했다. "여름밤 내내 해를 지키면서 봄놀이를 하고 있군."* 하지만 특히 못마땅했던 것은 신나는 춤곡 가락에 붙인 어떤 '신식' 노래였는데, 나리가 지나가다 처녀들의 마음을 떠본다는 가사였다.

나리가 처녀들을 떠보았네,
지집애들이 날 좋아할까?

---

* 고대의 이교 신앙과 결합된 슬라브인들의 봄맞이제(祭)는 디오니소스 주신제의 성격을 띠고 있었고, 해맞이와 곰 가죽을 뒤집어쓰는 등의 가장(假裝)이 그 주요 요소였다. 칼가노프가 8월 말 모크로예의 이 잔치를 봄맞이 놀이와 연관시키는 것은 무엇보다 폭음과 방탕, 난장판 때문이다.

하지만 처녀애들은 나리를 좋아해선 안 되겠다는 생각이 들었다.

나리는 호되게 때릴 테니,
난 그런 사람 사랑하지 않을래.

다음에 집시(쥐입시라고 발음했다)가 왔는데, 이자도 떠본다.

쥐입시가 처녀들을 떠보았네,
지집애들이 날 좋아할까?

하지만 집시를 사랑해서도 안 될 말씀.

쥐입시는 도둑질을 할 테니,
내 인생은 눈물뿐일 거야.

그리고 또 온갖 사람들이 와서 처녀들의 마음을 떠보는데, 병사까지 끼여 있었다.

병사가 처녀들을 떠보았네,
지집애들이 날 좋아할까?

하지만 코웃음 속에 병사는 퇴짜를 맞았다.

병사는 배낭을 메고 다닐 테니,
나는 그 뒤에서……

그다음에는 도저히 검열을 통과하지 못할 구절이 이어졌는데, 어찌나 거리낌없이 불러젖혔는지 청중을 열광의 도가니로 몰아넣었다. 결국 이 일은 상인한테 낙착되었다.

장사치가 처녀들을 떠보았네,
지집애들이 날 좋아할까?

그러자 아주 좋아한다는 게 드러났는데, 이유인즉 이랬다.

장사치는 장사해서 돈 벌 테니,
나는야 여왕처럼 사는 거야.

칼가노프는 울화통을 터뜨리기까지 했다.

"완전히 옛날 노래 그대로군." 그가 큰 소리로 한마디했다. "누가 저들한테 저따위 노래를 지어주는 걸까!* 철도청 직원이나 유대인이 지나가다 처녀들을 떠봤나면 나들 얼씨구나 하고 넘어갔을 텐데, 왜 빠졌나 몰라." 그러면서 거의 모욕이라도 당한 얼굴로 곧장 따분하다고 선언하더니, 소파에 앉아 갑자기 졸기 시작했던 것이다. 그의 귀여운 얼

* 이 노래는 도스토옙스키가 직접 지은 것이며, 스스로 이 노래를 아주 새로운 농민예술의 본보기로 여겼다.

굴이 약간 창백한 빛을 띠고 소파 쿠션 위에 젖혀져 있었다.

"봐, 어쩜 이리 귀여울까." 그루셴카가 미챠를 그의 곁으로 이끌며 말했다. "아까 이 도련님 머리를 빗겨줬거든, 정말 아마 같은 머리야, 숱도 탐스럽고……"

그러면서 그녀는 감동한 눈으로 몸을 수그리고 그의 이마에 입을 맞추었다. 칼가노프는 금세 눈을 뜨고 그녀를 쳐다보더니, 엉거주춤 몸을 일으키며 몹시 걱정스러운 얼굴로 막시모프가 어디 있는지 물었다.

"꼭 그 사람이 있어야 되나봐." 그루셴카가 웃음을 터뜨렸다. "나하고도 잠깐만 같이 앉아 있어줘. 미챠, 얼른 가서 이 도련님의 막시모프 좀 데려와."

알고 보니 막시모프는 그저 간간이 리큐어를 따르러 달려가는 걸 빼면 처녀들 곁을 잠시도 떠나지 않고 있었는데, 초콜릿을 벌써 두 잔이나 마신 참이었다. 얼굴은 새빨갛고, 코는 자주색이 되었고, 눈은 물기가 번들번들하니 음탕해 보였다. 그는 가까이 달려오더니 지금 곧 '어떤 멜로디에 맞춰' 사보티에르*를 추겠다고 했다.

"사실 나는 어릴 적부터 고상한 상류사회의 춤을 죄다 배웠거들랑요……"

"자, 어서 가봐, 이 사람하고 같이 가, 미챠, 나는 여기서 이 사람 춤솜씨를 구경할게."

"아니, 나도, 나도 가서 보겠어요." 칼가노프가 소리쳤고, 이리하여 그는 잠깐만 함께 앉아 있어달라는 그루셴카의 청을 아주 천진하게 거절

* 나막신을 신고 추는 프랑스의 민속무용.

한 셈이 되었다. 다들 구경하러 갔다. 막시모프는 자기가 말한 춤을 실제로 추었으나, 미챠 말고는 거의 아무도 그다지 감탄하지 않았다. 춤이라고 해야 그저 두 발을 옆으로 비틀면서 신바닥을 위로 하고 풀쩍 풀쩍 뛰는 게 다였고, 풀쩍 뛸 때마다 막시모프는 손바닥으로 신바닥을 철썩철썩 쳤다. 칼가노프는 영 시큰둥해했지만, 미챠는 무용수에게 키스 세례까지 퍼부었다.

"거참 고맙네, 피곤하겠군, 왜 이쪽만 보고 있나, 과자라도 드실 텐가, 어때? 아니면 엽궐련이라도 한 대?"

"그냥 궐련으로 한 개비만 주십쇼."

"술은 한 잔 안 하시고?"

"저기서 리큐어를 마셨습죠…… 초콜릿 과자는 없습니까요?"

"여기 탁자 위에 얼마든지 있잖나, 아무거나 골라 드시게, 당신도 참 귀여운 사람이군!"

"아니, 그런 거 말굽쇼, 바닐라가 든 걸로…… 늙은이들을 위한 걸로 말입죠…… 히-히!"

"없네, 형씨, 그런 특별한 건 없다네."

"저어, 내 말을 좀!" 노인은 갑자기 미챠의 귀 쪽으로 바싹 몸을 수그렸다. "저기 저 계집애, 마리유쉬카 말입죠, 히-히, 가능하면 어떻게 사귀고 싶은데, 좀 거들어주셨으면……"

"오호, 그걸 바라고 있었군! 아니, 형씨, 실없는 소린."

"나는 아무한테도 나쁜 짓을 안 합니다요." 막시모프가 풀이 죽어 중얼거렸다.

"뭐, 됐어요, 됐어. 여기서는, 형씨, 그저 마시고 춤만 추는 거니까, 하지만, 젠장! 좀 기다려봐요…… 우선 뭘 좀 드시지, 먹고 마시고 즐기는 거야. 돈은 필요 없나?"

"나중에 좀 보굽쇼." 막시모프가 히죽 웃었다.

"좋아, 좋아……"

미챠는 머리가 불덩어리같이 뜨거웠다. 그는 현관 복도로 해서 위층의 목조 회랑으로 나갔는데, 그것은 건물 전체의 한 부분을 마당에 면한 안쪽에서 빙 에워싸고 있었다. 신선한 공기를 쐬니 다시 살 것 같았다. 그는 컴컴한 구석에 혼자 서 있다가 갑자기 두 손으로 머리를 와락 움켜쥐었다. 흩어졌던 생각들이 갑자기 결합되고 느낌들이 하나로 합류하면서 모든 것이 환한 빛을 내듯 밝아졌다. 무섭고도 소름 끼치는 빛이었다! '자살하려면 지금이야말로 그런 순간 아닌가?' 이런 생각이 뇌리를 스친 것이다. '가서 권총을 가지고 이리 와서 바로 이 더럽고 컴컴한 구석에서 끝장을 내는 거다.' 거의 일 분 동안 그는 그렇게 망설이며 서 있었다. 아까 이곳으로 마차를 몰고 올 때는 치욕이, 자신이 범하고 자신이 저지른 도둑질이 그의 등뒤에 덮치듯 서 있었고, 그리고 그 피, 피도……! 하지만 그때가 더 홀가분했다, 오, 훨씬 더 홀가분했다! 그때는 이미 모든 게 끝나버린 상태 아니었던가. 그녀를 잃었고, 그녀를 양보했고, 그에게 그녀는 이미 없는 존재였고 영영 사라져버린 존재였다—오, 그때는 자신에게 선고를 내리기가 훨씬 수월했고, 적어도 필연적이고 불가피하게 여겨졌으니, 대체 무엇을 위해 이 세상에 남아 있어야 했단 말인가? 그러나 지금은! 지금이 어디 그때와 똑같은가? 지금은 적어도 하나의 환영, 그 무서운 괴물하고는 끝장을 봤다. 그녀의 그 '옛 남자', 이론의 여지조차 없는 그녀의 사나이, 그녀의 그 숙명적인 사람은 자취도 없이 사라졌다. 무서운 환영이 갑자기 너무도 하찮고 너무도 우스꽝스러운 무엇으로 변하고 만 것이다. 그자를 자기 손으로 직접 침실에다 치워버리고 열쇠까지 채워놓지 않았는가. 이제 다시는 돌아오지 못할 것이다. 그녀는 수치스러워하고 있고, 이제 그녀의 눈만 보아도 그녀가 누구를 사랑하는지 분명하게 알 수 있다. 그러니 이제야말로 살 수 있는데, 그런데…… 그런데 살면 안 된다니, 안 된다니, 오, 이 무슨 저주인가! '하느님, 담장 옆에 쓰러져 있는 자를 소생시켜주시옵소서! 이 무서운 잔을 저에게서 거두어주시옵소서!* 당신은 기적을 행하시지 않으셨나이까, 주님, 저와 같은 죄인들을 위해서도 말입니다! 만약 그 노인이 살아 있다면, 그러면, 그러면? 오, 그러면 저는 그 밖의 모든 치욕과 비열함을 깨끗이 씻어버리겠습니다, 훔친 돈을 돌려주겠습니다, 그 돈을 갚겠습니다, 땅을 파서라도 그 돈을 구하겠습니다…… 치욕은 오직 제 가슴만을 영원히 후벼팔 뿐, 어디에도 그 흔적이 남아 있지 않을 것입니다! 하지만 아니다, 아니다, 오, 이건 있을 수도 없는 비겁한 꿈일 뿐이다! 오, 이런 저주가!'

하지만 그런데도 어떤 밝은 희망의 햇살 한줄기가 암흑 속에서 그에게 번쩍 빛난 것 같았다. 그는 그 자리를 박차고 방으로 달려갔다—그녀에게로, 다시 그녀에게로, 그의 영원한 여왕에게로! '비록 치욕의 고통 속에 허우적거릴지라도, 그녀와의 한 시간, 아니 단 일 분간의 사랑이, 과연 나머지 삶 전부만한 가치가 없단 말인가?' 이런 격렬한 물음이 갑자기 그의 심장을 움켜쥐었다. '그녀에게 가자, 오로지 그녀에게

* 「마가복음」 14:36.

가는 거다, 그 얼굴을 보고 그 목소리를 들으며, 아무것도 생각하지 말자, 모든 것을 잊자, 오늘밤만이라도, 아니 한 시간, 한순간만이라도!' 회랑에서 현관 복도 입구로 막 들어서려다가, 그는 주인장 트리폰 보리스이치와 마주쳤다. 주인장은 무슨 걱정거리라도 있는지 어딘가 낯빛이 어두워 보였고, 미챠 자신을 찾으러 나온 듯했다.

"무슨 일인가, 보리스이치, 날 찾고 있었나?"

"웬걸요, 나리를 왜요." 주인장은 갑자기 당황하는 눈치였다. "뭣하러 제가 나리를 찾겠습니까? 그런데 나리는…… 어디 계셨습니까요?"

"왜 그렇게 시큰둥한가? 화가 난 것 아닌가? 잠깐만 기다리게, 곧 잠자리에 들 수 있을 테니…… 지금 몇시나 됐나?"

"벌써 세시는 됐을걸요. 아니, 세시도 넘었겠군요."

"그럼 끝내세, 끝내."

"무슨 그런 말씀을, 괜찮습니다요, 좋으실 대로 얼마든지 더 하십쇼……"

'저 친구 왜 저래?' 미챠는 잠깐 이렇게 생각하고는, 처녀애들이 춤추고 있는 방으로 뛰어들어갔다. 하지만 그녀는 거기에 없었다. 푸른 방에도 없었다. 칼가노프 혼자 소파에서 졸고 있을 따름이었다. 커튼 뒤를 들여다보니—그녀는 거기 있었다. 그녀는 한쪽 구석의 트렁크 위에 앉아 옆에 놓인 침대에 두 팔과 머리를 기울인 채, 울음소리가 들릴까봐 안간힘을 다해 소리를 죽여가며 서럽게 울고 있었다. 미챠를 보고는 곁으로 오라고 손짓으로 부르더니, 그가 달려가자 그의 손을 꼭 쥐었다.

"미챠, 미챠, 나는 정말로 그 사람을 사랑했어!" 그녀가 그에게 속삭이기 시작했다. "그 사람을 너무도 사랑했어, 오 년 내내 줄곧, 그 세월

동안 줄곧! 내가 사랑했던 게 그 사람이었을까, 아니면 그저 나의 원한이었을까? 아냐, 그 사람이야! 오오, 그 사람이야! 그저 나의 원한을 사랑했을 뿐, 그 사람을 사랑한 게 아니었다는 건 거짓말이야. 미챠, 나는 그때 열일곱 살밖에 안 됐는데, 그 사람은 나한테 너무도 상냥하게 대해줬어, 언제나 명랑하고 나한테 노래도 불러주곤 했어…… 아니면 내가 멍청한 어린 계집애여서 그렇게 보였던 걸까…… 그런데 지금은, 맙소사, 그 사람이 아냐, 완전히 다른 사람이야. 얼굴도 그 사람이 아냐, 완전 딴판이야. 나는 그 사람 얼굴을 알아보지도 못한걸. 치모페이와 함께 여기로 오면서 나는 줄곧 생각했어, 오는 내내 생각했어. '그이를 어떻게 맞을까? 무슨 말을 할까, 서로를 어떻게 바라볼까……?' 가슴이 온통 죄어드는 것만 같았는데, 여기 와보니 그 사람은 나한테 목욕통 구정물을 끼얹는 식이었어. 꼭 학교 선생님같이 온갖 유식하고 근엄한 말을 늘어놓으면서 어찌나 거만하게 나를 맞던지, 당황해서 옴짝달싹 못했어. 한마디 끼어들 데도 없었어. 처음엔 함께 온 그 키다리 폴란드인 때문에 체면 차리느라 그러는 줄 알았지. 가만히 앉아 그들을 보면서, 왜 나는 지금 저 사람하고 아무 말도 못하는 걸까? 생각했어. 그 사람의 아내가 그 사람을 망쳐놓은 거야, 그때 나를 버리고 혼인한 바로 그 여자가…… 그 여자가 그 사람을 그렇게 바꿔놓은 거야. 미챠, 나는 수치스러워 죽겠어! 아, 정말 수치스러워, 미챠, 너무너무 수치스러워, 아아, 한평생 수치스러울 거야! 지난 오 년을 저주해, 저주하고 또 저주할 거야!" 그러면서 그녀는 또다시 눈물을 쏟기 시작했으나, 미챠의 손을 놔주지 않고 계속 꼭 쥐고 있었다.

"미챠, 이봐요, 가지 말고 잠깐만 있어줘, 당신한테 하고 싶은 말이

하나 있어." 그녀가 이렇게 속삭이더니 갑자기 그를 향해 얼굴을 들어 올렸다. "있잖아, 당신이 나한테 말해줘, 내가 지금 누구를 사랑하고 있을까? 나는 여기서 한 사람을 사랑하고 있어. 그 사람이 누굴까? 당신이 나한테 말해줘." 눈물 때문에 부어오른 그녀의 얼굴에 미소가 환하게 빛나고, 두 눈이 어둠 속에서 반짝였다. "아까 매 한 마리가 들어왔을 때, 나는 가슴이 철렁했어. '이런 바보, 바로 저이를 너는 사랑하는 거야.' 내 가슴이 느닷없이 이렇게 속삭이잖아. 당신이 들어오자 모든 게 환해진 것 같았어. '그런데 저이는 뭘 두려워하는 걸까?'라는 생각이 드는 거야. 당신은 정말 겁을 먹고 있었거든, 완전히 겁먹고, 말도 제대로 못했으니까. 절대로 이 사람들을 두려워하는 건 아닐 텐데 하고 생각했어, 당신이 누굴 두려워할 리가 없잖아? 그럼 내가 두려운 거로구나, 오로지 내가, 하는 생각이 들었어. 내가 창밖으로 알료샤를 향해, 한때 딱 한 시간 동안 미첸카를 사랑한 일이 있지만 이제…… 다른 사람을 사랑하러 간다고 외쳤다는 얘기를 당신 같은 바보한테 페냐가 해줬을 테니까. 미챠, 미챠, 당신을 두고 어떻게 내가 바보같이 다른 사내를 사랑한다고 생각할 수 있었을까! 용서해주는 거지, 미챠? 날 용서하는 거지, 그러기 싫어? 날 사랑하지? 사랑하지?"

그녀는 벌떡 일어나 두 손으로 그의 어깨를 움켜잡았다. 미챠는 환희에 휩싸여 벙어리가 된 채 그녀의 눈을, 얼굴을, 그녀의 미소를 멍하니 바라보다가 갑자기 그녀를 세차게 끌어안고 키스를 퍼붓기 시작했다.

"그럼 내가 그렇게 괴롭힌 걸 용서해주는 거지? 난 정말 당신들 모두를 화풀이 삼아 괴롭혔어. 그 영감쟁이를 정신 나가게 만든 것도 일부러 화풀이 삼아 한 짓이었지…… 당신이 우리집에서 술을 마시다 술잔을 박살 내버린 일, 기억나? 그게 기억나서 나도 오늘 술잔을 깨뜨렸어, 나의 '비열한 마음'을 위해 마셨던 거야. 미챠, 나의 매, 왜 나한테 키스를 하지 않아? 한 번 키스하더니 물러나서 그냥 보고만 있고 듣고만 있으니…… 내 말을 그렇게 들어 뭣하게! 어서 키스해줘, 더 뜨겁게 키스해줘, 그래, 그렇게. 사랑할 거면, 제대로 사랑해야지! 나는 이제 당신의 노예가 될 거야, 평생토록 당신 노예가 될 테야! 노예가 되는 것도 달콤하기만 한걸……! 키스해줘! 나를 때려줘, 나를 괴롭혀줘, 나한테 무슨 짓을 해도 좋아…… 아, 정말 나 같은 계집은 당신한테 고문이라도 당해야 돼…… 가만, 좀 기다려줘, 나중에 또, 이렇게는 싫어……" 그녀는 갑자기 그를 밀어냈다. "저기로 가봐, 미치카, 나도 금방 가서 실컷 마실 거야, 취하고 싶어, 이제 곧 취해서 덩실덩실 춤을 출 거야, 그러고 싶어, 그러고 싶어!"

그녀는 그에게서 몸을 빼내어 커튼 밖으로 달려나갔다. 미챠는 술에 취하기라도 한 모습으로 그녀 뒤를 따라 나갔다. '그래, 될 대로 되라지, 이제 무슨 일이 일어난다 해도 좋아—이 한 순간을 위해서 온 세상을 다 내주겠다.' 이런 생각이 머릿속을 스쳐갔다. 그루셴카는 정말로 샴페인을 또 한 잔 단숨에 들이켜고는 아주 금세 취해버렸다. 그녀는 아까 앉았던 안락의자에 앉아 행복에 겨운 미소를 짓고 있었다. 두 뺨이 빨갛게 달아오르고 입술은 불타는 듯하고 반짝이던 눈동자는 몽롱해지고 열정적인 시선은 누군가를 뜨겁게 부르고 있었다. 칼가노프조차 무언가에 가슴을 푹 찔린 듯이 그녀에게 다가갔다.

"아까 당신이 자고 있을 때 내가 당신한테 키스하는 거 알았어?" 그녀가 혀 꼬부라진 소리로 그에게 속삭였다. "난 지금 취했어, 정말……

근데 당신은 안 취한 거야? 미챠는 왜 안 마시지? 왜 안 마셔, 미챠, 난 이렇게 마셨는데, 당신은 마시지도 않고……"

"나도 취했어! 아주 취했어…… 당신한테 취한 거야, 그럼 이제 술에도 취해볼까." 그는 또 한 잔을 들이켰다. 그러자—자신이 생각해도 이상한 일이었지만—그저 이 마지막 한 잔에 그만 취기가 확 돌면서 갑자기 취해버렸는데, 그때까지는 아주 말짱했다는 것을 자신도 기억하고 있었다. 마치 섬망에 사로잡힌 것처럼, 이 순간부터 모든 것이 그의 주위를 빙글빙글 돌기 시작했다. 이리저리 돌아다니며 웃고, 아무나 붙잡고 말을 걸고, 그러면서도 자신이 무엇을 하고 있는지 이미 알지 못하는 듯했다. 다만 꿈쩍도 않고 뜨겁게 타는 어떤 감각 하나만이 자신의 내부에서 쉴새없이 느껴졌는데, 훗날 그가 상기했듯이 '시뻘건 석탄 덩어리가 영혼 속에 들어 있는'* 느낌이었다. 그는 그녀에게 몇 번이나 다가가 그녀 곁에 앉아 그녀를 바라보고 그녀의 목소리를 들었다…… 하지만 그녀는 엄청나게 수다스러워져서 아무나 자기 곁으로 부르고, 합창단의 어떤 처녀에게 갑자기 오라고 손짓해 그 처녀가 다가오면 입을 맞추고는 놓아주거나 때로는 손으로 성호를 그어주기도 했다. 잠깐만 더 지나면 울음이라도 터뜨릴 태세였다. '영감쟁이'도 그녀를 무척 즐겁게 해주었는데, 그녀는 막시모프를 그렇게 부르고 있었다. 그는 일 분이 멀다 하고 그녀에게 달려와 그녀의 손과 '손가락 하나하나'에 입을 맞추었고, 드디어 무슨 옛날 노래까지 직접 부르면서 그것에 맞춰 또다른 춤 하나를 선보였다. 특히 다음과 같은 후렴구가 나올 때는 더

* 푸쉬킨의 시 「예언자」를 변형해서 인용.

열심히 껑충껑충 뛰면서 춤을 추었다.

돼지 새끼는 꿀꿀, 꿀꿀,
암소 새끼는 음매, 음매,
오리 새끼는 꽥꽥, 꽥꽥,
거위 새끼는 꺽꺽, 꺽꺽.

어린 암탉은 헛간을 누비며,
꼬꼬댁-꼬꼬, 꼬꼬, 말을 했네,
아이, 아이, 말을 했네!

"저이한테 뭘 좀 줘, 미챠." 그루셴카가 말했다 "저이한테 뭐라도 선물해줘, 불쌍한 사람이잖아. 아, 불쌍하고 불운한 사람들……! 말이야, 미챠, 난 수도원으로 갈 거야. 아니, 정말이야, 언젠가는 갈 거야. 오늘 알료샤가 나한테 평생 잊지 못할 말을 해주었거든…… 그래…… 하지만 오늘은 춤 좀 추면 어때. 내일 수도원에 가더라도 오늘은 춤을 추는 거야. 나는 신나게 놀고 싶어, 착하신 분들, 뭐 어때요, 하느님께서도 용서하실 거예요. 내가 만약 하느님이라면 모든 사람을 용서할 거야. '내 사랑하는 죄인들아, 오늘부터 너희 모두를 용서하노라.' 하지만 나는 가서 용서를 빌겠어. '착하신 분들, 부디 이 어리석은 계집을 용서해주세요, 저는 정말 어리석답니다.' 나는 짐승이야, 정말 그래. 하지만 나는 기도를 드리고 싶어. 나는 양파 하나를 적선한 적이 있거든. 나같이 못된 년도 기도를 드리고 싶다니까! 미챠, 춤들 추게 내버려둬, 방해하지

마, 세상 사람들은 다 착해, 하나같이 모두 다. 이 세상은 참 좋아, 우리는 비록 추악하지만, 이 세상은 좋은 곳이야. 추악한 우리도 좋은 사람들이야, 추악하면서도 좋은 사람들이야…… 아니, 말해보세요, 내가 하나 물어볼 테니, 다들 가까이 와요, 내가 물어볼게요. 모두 나한테 말해줘요, 바로 이거예요. 나는 왜 이렇게 좋은 사람일까요? 나는 사실 좋은 사람이잖아요, 아주 좋은 사람…… 자, 그럼, 나는 왜 이렇게 좋은 사람이죠?" 그루셴카는 갈수록 더 취해서 이렇게 혀가 꼬여 웅얼거리더니, 드디어 이제 자기도 춤을 추겠노라고 대놓고 선언했다. 그러고는 안락의자에서 일어나 비틀거렸다. "미챠, 이제 나한테 더는 술을 주지 마, 부탁이야—주지 마. 술을 마시니까 안정이 안 돼. 모든 것이 빙빙 돌아, 난로도 빙빙, 모든 게 빙빙 돌아. 춤을 출래. 다들 내 춤 솜씨를 구경해야 돼…… 내가 얼마나 멋지고 아름답게 추는지……"

그녀는 정말로 그럴 생각이었다. 호주머니에서 흰색 얇은 면 손수건을 꺼내더니 춤을 출 때 흔들려고 한쪽 끄트머리를 오른손으로 살짝 잡았다. 미챠는 분주하게 시중을 들었고, 처녀애들은 손짓만 하면 일제히 춤노래를 시작할 채비를 하고 조용히 기다렸다. 막시모프는 그루셴카가 직접 춤을 추려 한다는 것을 알자 열광하여 째지는 소리를 내지르더니, 그녀 앞에서 깡충깡충 뛰어오르면서 노래까지 불러댔다.

가냘픈 두 다리에, 허리통은 북통,
꼬랑지는 갈고리, 돌돌 말렸네.*

* 민요 속에 자주 들어가는 수수께끼.

하지만 그루셴카는 손수건을 흔들어 그를 쫓아버렸다.

"쉬-잇! 미챠, 왜들 안 와? 다들 와서…… 구경하라고 그러지. 그들도 불러, 갇혀 있는 사람들도…… 왜 그 사람들을 가둬놨어? 내가 춤춘다고 그 사람들한테 말해줘, 그들도 내 춤을 봐야지……"

미챠는 술기운에 힘입어, 잠긴 문 쪽으로 기세 좋게 다가가 폴란드 신사들 방의 문을 주먹으로 쾅쾅 두드리기 시작했다.

"헤이, 여보슈…… 포드브이소츠키들! 나와라, 그분께서 춤을 추시겠다며 너희를 부르신다."

"날건달 놈아!" 폴란드 신사들 중 어떤 자가 대답이랍시고 소리쳤다.

"그럼 너는 하下건달 놈이다! 너는 형편없는 졸때기 비열한 놈이야, 그게 너야."

"폴란드를 놀려먹는 건 그만하세요." 칼가노프가 타이르듯 한마디했는데, 그 역시 제 몸을 감당하기 힘들 만큼 취해 있었다.

"잠자코 있어, 도련님! 저놈을 비열한 놈이라 부른다 해서 폴란드 전체를 비열하다고 하는 건 아니니까. 날건달 놈 하나가 폴란드는 아니잖나. 그러니 잠자코 계시게, 귀여운 도련님, 과자나 드시면서."

"어쩜 저 모양들일까! 인간들 같지도 않아. 왜 화해를 않겠다는 거지?" 그루셴카는 이렇게 말하고서 춤을 추려고 앞으로 나섰다. 합창단은 일제히 〈아, 현관, 나의 현관〉*을 부르기 시작했다. 그루셴카는 고개를 살짝 뒤로 젖히고 입술을 반쯤 벌린 채 미소를 지어 보이고는 손수건을 흔들려고 했으나, 갑자기 그 자리에서 몹시 비틀거리더니 어쩔 줄

* 러시아의 대표 민요이자 춤노래.

몰라 하며 방 한가운데 멈춰 서버렸다.

"기운이 없어……" 그녀가 기진맥진한 듯한 목소리로 말했다. "용서하세요, 기운이 없어서 안 되겠어요…… 죄송해요."

그녀는 합창단에 허리를 숙여 절하고, 이어 사방을 향해 차례로 허리를 숙이기 시작했다.

"죄송합니다…… 용서하세요……"

"좀 취하셨어, 아씨께서, 좀 드셨나봐, 예쁜 아씨께서." 이런 목소리들이 울려퍼졌다.

"과하게 드셨답니다요." 막시모프가 히히거리면서 처녀애들에게 설명했다.

"미챠, 날 데려다줘…… 날 데려가, 미챠." 그루셴카가 힘없이 말했다. 미챠는 그녀에게 몸을 날려 두 팔을 붙잡고는 자신의 이 소중한 포획물을 떠받들며 커튼 뒤로 달려갔다. '자, 이젠 나도 가야겠군.' 칼가노프는 이렇게 생각하고 푸른 방을 나와 등뒤로 문 두 짝을 모두 닫았다. 그러나 홀 안의 술판은 떠들썩하게 계속되었고 갈수록 더 떠들썩해졌다. 미챠는 그루셴카를 침대에 눕히고 입술을 삼켜버릴 듯한 키스를 퍼부었다.

"날 건드리지 마……" 그녀가 애원하는 목소리로 더듬더듬 그에게 말했다. "건드리지 마, 아직은 당신 여자가 아니니까…… 당신 거라고 말하긴 했지만, 그래도 건드리지 말아줘…… 미안해…… 저들이 있는 데선, 저들 옆에서는 싫어. 그 사람이 여기 있잖아. 여긴 더러워……"

"당신 말대로 할게! 그런 생각은 하지 않겠어…… 나는 당신을 숭배해……!" 미챠가 중얼거렸다. "그래, 여긴 더러워, 아, 정말 천박해." 그러면서 그는 그녀를 껴안은 팔을 풀지 않은 채 침대 곁의 바닥에 무릎을 꿇었다.

"알아, 당신은 짐승 같은 데가 있긴 해도 고결한 사람이야." 그루셴카가 무거워진 혀를 움직여 말했다. "이건 떳떳하게 해야 해…… 앞으로는 떳떳하게 해야 해…… 그리고 우리도 떳떳한 사람이 되는 거야, 착한 사람이 돼야 해, 짐승이 아니라 착한 사람이…… 나를 데려가 줘, 멀리 데려가줘, 듣고 있지…… 난 여기가 싫어, 멀리멀리 가고 싶어……"

"오, 그래, 그래, 반드시!" 미챠는 그녀를 껴안은 팔에 더욱 힘을 주었다. "당신을 멀리 데려갈게, 멀리 떠나는 거야…… 아, 그 피가 어떻게 됐는지 알 수만 있다면, 당장이라도 한평생을 일 년과 맞바꾸련만……"

"피라니?" 그루셴카가 의아한 얼굴로 되물었다.

"아무것도 아냐!" 잇새로 뱉어내듯 미챠가 말했다. "그루샤, 당신은 모든 게 떳떳하길 원하지만, 나는 도둑놈이야. 나는 카치카한테서 돈을 훔쳤어…… 치욕, 치욕이야!"

"카치카한테서? 그 아가씨한테서? 아냐, 당신은 훔친 게 아냐. 그 여자에게 돌려줘, 내 돈을 가져가면 돼…… 소리칠 게 뭐 있어? 이제 내 것은 모두—당신 거야. 우리한테 돈이 무슨 소용이야? 어차피 흥청망청 써버릴 텐데…… 마구 써버리지 않고는 못 배기는 성미잖아. 우리 두 사람은 차라리 어디 가서 농사를 짓는 게 나아. 나는 내 손으로 땅을 갈고 싶어. 일을 해야 돼, 듣고 있어? 알료샤가 그렇게 말해줬어. 나는 당신의 정부가 되진 않을 거야, 당신에게 충실한 여자가 되겠어, 당신의 노예가 되어 당신을 위해 일하겠어. 둘이 함께 그 아가씨한테 가서 머리를 숙이고 용서를 빈 뒤에 떠나는 거야. 용서해주지 않더라도 우리는 떠나는 거야. 그 여자에게 돈을 갖다줘, 그리고 날 사랑해줘……그 여자를 사랑해선 안 돼. 앞으로는 절대 그 여자를 사랑하면 안 돼. 만약 그러면 그 여자를 목 졸라 죽여버릴 테야…… 그 여자의 눈을 바늘로 찔러버릴 테야……"

"나는 당신을 사랑해, 당신 하나만을, 시베리아에서도 사랑할 거야……"

"시베리아는 왜? 하지만 뭐 어때, 당신이 원한다면 시베리아라도 좋아, 상관없어…… 우리는 열심히 일할 거야…… 시베리아에는 눈이 쌓여 있지. 나는 눈 위를 달리는 게 좋아…… 방울을 달아야지…… 당신도 들리지, 방울소리가 울려…… 어디서 이 방울소리가 나는 걸까? 사람들이 썰매를 타고 오나봐…… 이젠 방울소리가 멎어버렸네."

그녀는 힘없이 눈을 감더니 갑자기 잠시 잠이 든 것 같았다. 정말로 방울소리가 어딘가 멀리서 울리다가 갑자기 멎었다. 미챠는 그녀의 가슴 위에 머리를 얹었다. 그는 방울소리가 멎은 것도 알지 못했고, 갑자기 노랫소리도 멎고, 노랫소리와 술판의 떠들썩한 소음 대신 느닷없이 죽음과도 같은 정적이 온 집안을 휩싸고 있는 것도 알아차리지 못했다. 그루셴카가 눈을 떴다.

"어머, 내가 잠이 들었던 거야? 그래…… 방울소리…… 자면서 꿈을 꿨어. 썰매를 타고 눈 위를 달리는데…… 방울소리가 울리고 나는 졸고 있었나봐. 사랑하는 이와, 당신과 함께 달리고 있었던 것 같아. 멀리, 아주 멀리…… 당신을 껴안고 입을 맞추면서 당신한테 몸을 바싹 붙였어, 좀 추운 것 같았어, 하얀 눈이 반짝이고…… 알지, 밤에 눈이 하얗게 반짝이고 하늘에 달이 둥실 떠 있으면, 이 세상이 아닌 다른 곳에 있는 느낌이야…… 눈을 떠보니, 사랑하는 사람이 정말 곁에 있잖아, 아, 너무너무 좋아……"

"곁에 있고말고." 미챠는 이렇게 중얼거리며 그녀의 옷과 가슴과 손에 입을 맞추었다. 그런데 갑자기 뭔가 이상한 기분이 들었다. 그녀가 앞을 똑바로 바라보고 있으나, 그를, 그의 얼굴을 보는 게 아니라, 그의 머리 너머를 이상하게 꼼짝도 않고 뚫어지게 응시하고 있는 것 같았기 때문이다. 갑자기 그녀의 얼굴에 깜짝 놀란 표정이, 아니 경악에 가까운 빛이 떠올랐다.

"미챠, 저기서 여기 우리 쪽을 보고 있는 게 누구지?" 그녀가 갑자기 속삭였다. 미챠가 몸을 돌려서 보니, 정말 누군가가 커튼 자락을 헤치고 그들을 엿보고 있는 것 같았다. 게다가 한 사람이 아닌 듯했다. 그는 벌떡 일어나서 급히 그쪽으로 걸어갔다.

"이쪽, 이쪽으로 오시지요, 우리 쪽으로." 크지는 않지만 단호하고 완강한 목소리로 누군가가 그에게 말했다.

미챠는 커튼 밖으로 나서자마자 얼어붙은 듯 그 자리에 서버렸다. 방 전체가 사람들로 가득차 있었는데, 아까 그 사람들이 아니라 완전히 새로운 사람들이었다. 순간, 오싹한 전율이 등골을 스쳤고, 몸이 부르르 떨렸다. 이들 모두를 한순간에 알아보았던 것이다. 외투를 입고 모표가 달린 제모를 쓴, 키가 크고 비대한 이 노인—이자는 경찰서장인 미하일 마카르이치*였다. 저 '폐병 걸린 꼴에다 언제나 저렇게 반들반들 광나게 닦은 구두'를 신고 다니는 말쑥한 멋쟁이—이자는 검사 시

* 일상어에서 부칭 마카로비치 대신에 자주 사용된다.

보였다. '이 친구에겐 4백 루블짜리 정밀 시계가 있지, 나한테도 몇 번 보여줬으니까.' 또 안경을 쓴 젊고 자그마한 이자는…… 성은 잊어버렸지만, 미챠는 이자 역시 알고 있고, 본 적도 있었다. 그는 예심*판사, '법률 학교'를 졸업하고는 얼마 전 이곳으로 부임한 법원의 예심판사였다. 그리고 또 이자는—경찰지서장 마브리키 마브리키치,** 이 사람도 그가 이미 알고 있고, 잘 아는 사이였다. 그런데 금속 감찰을 단 이 친구들이, 이 친구들이 대체 여길 왜? 그 밖에도 어떤 자들이 두 명 더 있군, 농부 같은데…… 그리고 저기 문간에는 칼가노프와 트리폰 보리스이치가……

"여러분…… 대체 무슨 일입니까, 여러분?" 미챠는 이렇게 말하긴 했으나, 갑자기 제정신을 잃고 다른 사람이 돼버리기라도 한 듯 힘껏 목청을 돋우어 큰 소리로 외쳤다.

"알-겠-습니다!"

안경을 쓴 젊은이가 갑자기 앞으로 걸어나와 미챠에게 다가오더니 위엄이 넘치긴 하나 다소 서두르는 듯싶게 말문을 열었다.

"우리는 당신에게 용건이…… 한마디로, 이쪽으로, 자, 이쪽으로, 소파에 와 앉으시죠…… 당신과 반드시 얘기를 나눠야 할 아주 긴급한 사안이 있습니다."

"노인 때문이군요!" 미챠가 정신없이 소리쳤다. "노인과 그의 피……! 알-겠-습니다!"

---

* 사건을 공판에 회부할 것인가의 여부를 결정하고, 아울러 공판에서 조사하기 어렵다고 생각되는 증거를 수집, 확보하는 공판 전의 법원 절차.

** 일상어에서 부칭 마브리키예비치 대신에 자주 사용된다.

그러면서 마치 다리가 잘리기라도 한 듯, 옆에 있던 의자에 쓰러지듯 털썩 주저앉았다.

"알겠다고? 물론 알겠지! 아비를 죽인, 짐승만도 못한 놈아, 네 늙은 아버지의 피가 네놈 뒤에서 울부짖고 있다!" 늙은 경찰서장이 미차에게 다가서며 갑자기 으르렁거렸다. 그는 이성을 잃은 듯 얼굴이 시뻘게져서 온몸을 부들부들 떨고 있었다.

"그래도 이러시면 안 됩니다." 몸집이 자그마한 젊은이가 소리쳤다. "미하일 마카르이치, 미하일 마카르이치! 이러시면 안 돼요, 이러시면 안 됩니다요…… 제발 나 혼자 얘기하도록 해주십시오…… 이런 식으로 나오실 줄은 정말 생각도 못했습니다……"

"하지만 이건 도대체 제정신이 아닙니다, 여러분, 제정신이 아닙니다!" 경찰서장이 소리쳤다. "저놈을 보시오. 오밤중에 술에 취해서는 저 썩은 계집년하고, 제 아비의 피 웅덩이 속에서…… 제정신이 아니야! 섬망이지!"

"간곡한 부탁이니, 친애하는 미하일 마카르이치, 이번만큼은 감정을 자제해주십시오." 검사 시보가 빠른 말로 노인에게 속삭였다. "그렇지 않을 시엔 저도 부득이 필요한 조치를……"

그러나 키 작은 예심판사는 이 말이 미처 끝나기도 전에 미챠를 향해 커다란 목소리로 단호하고 위엄 있게 말했다.

"퇴역 중위 카라마조프 씨, 당신은 간밤에 일어난 당신 아버지 표도르 파블로비치 카라마조프 살해 사건의 피의자로 지목되고 있음을 본관의 의무에 따라 알려드리는 바입니다……"

그는 이 밖에도 무언가 더 말했고, 검사 시보도 끼어들어 뭐라고 한 것 같았으나, 미챠는 듣고 있으면서도 이미 그게 무슨 말인지 알아듣지 못했다. 그는 기괴한 시선으로 그들 모두를 둘러볼 뿐이었다……

제9편
예심

I
관리 페르호친의 출세의 시작

표트르 일리치 페르호친, 우리는 그가 상인의 미망인 모로조바 집의 굳게 잠긴 대문을 부서져라 두들기는 대목에서 이야기를 중단했지만, 그는 물론 끝까지 두들겨 마침내 자신의 목적을 달성하고야 말았다. 그렇게 미친 듯 사납게 대문을 두들겨대는 소리를 듣자, 페냐는 두 시간쯤 전에 너무 기겁을 했던지라 아직도 흥분이 가시지 않고 '이런저런 상념'으로 잠자리에 들 생각조차 못하고 있던 차에 이제 또 한번 히스테리 발작을 일으킬 정도로 대경실색했다. 또다시 드미트리 표도로비치가 와서(그가 마차를 타고 떠나는 것을 제 눈으로 똑똑히 보았음에도) 문을 두드리는 줄로만 알았는데, 그 사람 말고는 그렇게 '배짱 좋게' 문을 두드릴 만한 사람이 아무도 없었기 때문이다. 그녀는, 문 두드리는 소리에 벌써 잠이 깨어 대문 쪽으로 가던 문지기에게 달려가서,

제발 저 사람을 들여보내지 말아달라고 애원하기 시작했다. 그러나 문지기는 문을 두드리는 사람이 누구인지 물어 확인하고 그가 대단히 중요한 일로 페도시야 마르코브나를 만나려 한다는 것을 알게 되자, 마침내 문을 열어주기로 결심했다. 표트르 일리치는 페도시야 마르코브나의 바로 그 부엌으로 들어가게 되었는데, 그녀는 '그래도 혹시나 싶어' 표트르 일리치에게 간청해 문지기도 함께 들어오도록 했다. 표트르 일리치는 그녀에게 이것저것 캐묻기 시작하더니 대번에 가장 중요한 것을 알아냈다. 다름아니라, 드미트리 표도로비치가 그루셴카를 찾으러 달려나가면서 절구에서 공이를 낚아채갔는데, 다시 돌아왔을 때는 공이가 이미 없고 두 손이 피투성이였다는 것이다. "그리고 그때까지도 피가 뚝뚝 떨어지고 있었어요, 손에서 이렇게 피가 뚝뚝 떨어져요, 이렇게 뚝뚝요!" 페냐는 이렇게 소리쳤는데, 필시 자신의 혼란스러운 상상 속에서 이 끔찍한 사실을 스스로 지어내고 있는 게 분명했다. 그러나 비록 피가 뚝뚝 떨어질 정도는 아니었지만 여하튼 피투성이가 된 손은 표트르 일리치 자신도 직접 보았고 손 씻는 것을 거들어주기까지 한데다, 문제는 피가 뚝뚝 흐르는 손이 그렇게 빨리 마를 수 있었겠느냐는 것이 아니라, 드미트리 표도로비치가 공이를 집어들고 대체 어디로 달려갔는가, 다시 말해 표도르 파블로비치에게 달려간 게 확실한가, 무엇을 근거로 그토록 단정적인 결론을 내릴 수 있는가? 하는 것이었다. 표트르 일리치는 이 점을 꼬치꼬치 캐물었는데, 그 결과 비록 확실한 것은 하나도 알아내지 못했으나, 적어도 아버지 집 말고는 드미트리 표도로비치가 달려갔을 만한 데가 전혀 없고, 따라서 거기서 틀림없이 무슨 일이 일어났으리라는 것을 거의 확신할 수 있었다. "그분이 돌아오셨을 때," 페냐가 흥분하여 덧붙였다. "저는 그분에게 모든 것을 사실대로 털어놓고 나서, 제 쪽에서 이것저것 캐묻기 시작했죠. 드미트리 표도로비치 나리, 나리의 두 손이 왜 그렇게 피투성이가 됐나요, 라고 말이에요." 그랬더니 그가, 이건—사람의 피야, 지금 막 사람을 죽였어, 라는 식으로 대답하더라는 것이다. "그렇게 저한테 여기서 모든 걸 고백하시고 후회하시더니 갑자기 미친 사람처럼 밖으로 달려나가셨어요. 저는 자리에 앉아서 생각해보았죠. 미친 사람처럼 지금 대체 어디로 달려가신 걸까? 모크로예로 가서 아씨를 죽이려는 거야, 하는 생각이 드는 거예요. 그래서 아씨를 죽이지 말아달라고 애원하려고 그분의 하숙집을 향해 달려갔는데, 플로트니코프 가게 앞을 지나다보니, 그분께선 벌써 출발하시려는 참이었고 손에는 이미 피가 묻어 있지 않았어요."(페냐는 이 점을 눈여겨보고 기억해둔 바였다.) 페냐의 할머니인 노파도 할 수 있는 데까지 손녀의 증언이 맞다고 확인해주었다. 몇 가지 더 물어보고 나서 표트르 일리치는 좀전에 들어올 때보다 더욱더 흥분되고 불안한 마음으로 이 집을 나섰다.

표트르 일리치는 지금 곧장 표도르 파블로비치의 집으로 가서 혹시 무슨 일이 일어난 건 아닌지, 만약 무슨 일이 있었다면 그게 정확히 어떤 일이었는지 알아보아 정말 틀림없는 확신을 갖게 되면 그때 경찰서장을 찾아가는 것이 가장 간단하고 빠른 길일 듯싶어, 그렇게 하기로 이미 굳게 마음먹었다. 하지만 벌써 캄캄한 밤이어서 표도르 파블로비치 집의 대문은 굳게 잠겨 있을 테니, 이 시간에 남의 집 대문을 또다시 두드려야 하는데다, 표도르 파블로비치와는 잘 아는 사이도 전혀 아니잖은가—게다가 죽어라고 두들긴 끝에 드디어 문을 열어줘서 보니, 정작 그 집에 아무 일도 일어나지 않았다면 그때는 어쩔 것인가, 빈정대기 좋아하는 표도르 파블로비치가 내일 당장 온 시내를 돌아다니며, 페르호친이라는 알지도 못하는 관리가 한밤중에 자기 집에 쳐들어와서 누가 자기를 죽이지 않았는지 알아보더라는 얘기를 신나게 떠들어댈 것이다. 이런 스캔들이 어디 있으랴! 스캔들이야말로 표트르 일리치가 세상에서 제일 무서워하는 것이었다. 그럼에도 불구하고 너무나 강한 감정의 유혹에 휘어잡힌 그는 공연히 화가 치밀어 땅에 발을 한 차례 구르고 자신에게 다시 욕을 퍼부은 다음, 부리나케 새로운 길로 내달리기 시작했는데, 이미 표도르 파블로비치의 집이 아니라 호흘라코바 부인의 집을 향해서였다. 그의 생각은, 그녀에게 아까 이러이러한 시각에 드미트리 표도로비치에게 3천 루블을 주었느냐고 물어보아 만약 아니라고 대답한다면, 표도르 파블로비치 집에는 들를 것도 없이 곧바로 경찰서장에게 가자는 것이었다. 그 반대의 경우에는 모든 것을 내일로 미루고 일단 집으로 돌아갈 참이었다. 그야 물론, 거의 열한시가 다 된 야밤에 젊은 남자가 생면부지의 상류사회 부인네 집을 찾아가서 어쩌면 이미 잠자리에 들었을지도 모르는 그녀를 깨워 정황상 놀랍기 짝이 없는 질문을 던지겠다고 결심한 것이 표도르 파블로비치의 집으로 가는 것보다 훨씬 더한 스캔들을 불러일으킬 소지가 있었다는 점은 뻔히 예상할 수 있는 일이다. 하지만 이따금, 특히 지금과 같은 경우에는 가장 정확하고 냉담한 사람들이라도 이런 결심을 할 때가 있는 법이다. 더욱이 이 순간 표트르 일리치는 이미 냉담한 사람이 절대 아니었다! 훗날 평생을 두고 떠올리곤 했지만, 그를 점차 사로잡은, 도저히 이겨낼 수 없는 불안이 마침내 고통스러울 정도까지 그의 내면에서 성장하여 심지어 그의 의지를 거스르면서까지 그를 마구 끌고 갔던 것이다. 물론 그는 길을 가는 내내, 이 부인을 찾아가는 자신에게 욕을 퍼부었고, 그러면서도 '끝까지 해내고야 말 테다, 끝까지!' 하고 이를 갈면서 열 번이나 뇌까렸고, 자신의 의도를 실천에 옮겨—끝끝내 해내고야 말았다.

그가 호흘라코바 부인 집에 들어섰을 때는 정각 열한시였다. 마당까지는 꽤나 빨리 들여보내주었으나, 마님께서 벌써 주무시는지 아니면 아직 잠자리에 들지 않으셨는지 물어보자—문지기는 이때쯤이면 보통 자리에 드십니다, 라는 말 말고는 아무것도 정확하게 대답해줄 수 없었다. "저기 위에 올라가서 여쭤보십시오, 마님께서 내키시면 만나주실 것이고, 내키지 않으시면—만나주지 않으시겠죠." 표트르 일리치는 위로 올라갔는데, 여기서는 일이 더 여의치 못했다. 하인은 직접 아뢰길 마다하다가 결국엔 젊은 하녀를 불러냈다. 표트르 일리치는 정중하지만 끈덕지게, 페르호친이라고 하는 이곳의 한 관리가 특별한 용건으로 찾아왔다, 만약 이토록 중요한 일이 아니었다면 감히 이렇게 찾아올 엄두도 내지 못했을 것이다, 라는 말을 마님께 아뢰어달라고 부탁하면서—"이 말을 그대로, 꼭 그대로 아뢰어주십시오"라고 당부했다. 하녀가 나가고 그는 현관 대기실에서 기다렸다. 호흘라코바 부인은 아직 잠들지는 않았으나, 이미 침실에 든 터였다. 그녀는 아까 미챠가 다녀간 뒤로 기분이 엉망이었고, 이럴 때면 으레 찾아오는 편두통에 오늘밤에도 시달리겠구나 하고 벌써부터 예감하고 있었다. 그녀는 하녀의 보고를 듣고 깜짝 놀랐지만, 이렇게 밤늦은 시각에 얼굴도 모르는 '이곳의 관리'가 불쑥 자기를 찾아왔다니 여자로서 무척이나 호기심이 동하면서도, 그냥 거절해버리라고 역정을 내며 명령했다. 그러나 표트르 일리치도 이번에는 노새처럼 고집을 부렸다. 사절한다는 말을 듣자, 다시 한번 아뢰어달라, "대단히 중요한 일로 왔으며 만약 자기를 만나주지 않는다면 부인께서 나중에 후회할지도 모른다"라고 반드시 "이 말 그대로" 전해줄 것을 아주 끈질기게 간청했다. "나는 그때 산꼭대기에서 몸을 날리는 기분이었다"라고 그는 훗날 자기 입으로 말하곤 했다. 하녀는 놀란 얼굴로 그를 쓰윽 훑어보더니 다시 한번 아뢰러 갔다. 호흘라코바 부인은 충격을 받고 잠시 생각하더니, 겉보기에 그 사람이 어떻더냐고 캐물었고, "옷차림이 아주 점잖고요, 무척 예의바르고 젊은 분이세요"라는 대답을 듣게 됐다. 말이 나온 김에 한마디만 해두자면, 표트르 일리치는 꽤나 잘생긴 젊은이였고 자신도 이 사실을 알고 있었다. 호흘라코바 부인은 나가보기로 결심했다. 그녀는 이미 잠옷으로 갈아입고 슬리퍼를 신은 상태였지만, 그냥 그대로 어깨에 검은 숄을 걸쳤다. '관리'에게 응접실로 들어오라고 청했는데, 아까 미챠를 맞았던 바로 그 방이었다. 여주인은 준엄하게 묻는 듯한 표정으로 손님을 맞으러 나오더니, 앉으라는 말도 없이 대뜸 "무슨 일이시죠?" 하고 질문부터 던졌다.

"실례를 무릅쓰고 이렇게 찾아뵙기로 결심한 것은, 부인, 우리 두 사람이 모두 잘 알고 있는 드미트리 표도로비치 카라마조프에 관한 일 때문입니다." 페르호친은 이렇게 말문을 열었으나, 이 이름이 입 밖에 나오자마자, 갑자기 여주인의 얼굴에 극심한 짜증이 그대로 드러났다. 그녀는 째지는 소리를 지르다시피 하며 불같이 노해서 그의 말을 가로막았다.

"얼마나 오래, 얼마나 더 오래 그 무서운 사람 때문에 내가 고통을 받아야 하죠?" 그녀가 미친 듯이 외쳤다. "어떻게 감히 이럴 수 있습니까, 여보세요, 생면부지의 부인을 그것도 집으로, 이런 시각에 찾아와서…… 그 사람 얘기를 꺼내다니, 아니 어떻게 이런 실례를 범하십니까, 그 사람은 나를 죽이려고 불과 세 시간 전에 바로 여기, 바로 이 응접실에 와서 발을 구르며 을러대다 나갔단 말이에요. 점잖은 집에서 그런 식으로 나가는 사람은 아무도 없어요. 이봐요, 똑똑히 알아둬요, 나는 당신을 고소하겠어요, 당신을 그냥 두지 않겠다고요, 당장 나가줘요…… 나는 어머니예요, 나는 당장에…… 나는…… 나는……"

"죽이려 했다고요! 그럼 그 사람이 부인까지도 죽이려 한 겁니까?"

"아니, 그럼 그가 벌써 누구를 죽였단 말이에요?" 호흘라코바 부인이 덤벼들듯이 급히 물었다.

"부디 제 말씀을 좀 들어주십시오, 부인, 삼십 초면 됩니다, 두어 마디로 자초지종을 설명드리지요." 페르호친이 단호하게 대답했다. "오늘 오후 다섯시에 카라마조프 씨가 저한테서 동료로서 10루블을 빌려갔고, 그래서 저는 그에게 돈이 한푼도 없었다는 것을 확실히 알고 있는데, 아홉시에 저를 다시 찾아왔을 때에는 백 루블짜리 지폐 다발을 보란 듯이 두 손에 들고 있는 것이, 대략 2천, 아니 3천 루블까지도 되어 보였습니다. 두 손과 얼굴이 온통 피투성이인데다, 정말 미친 사람 같더군요. 그 많은 돈이 어디서 생겼느냐고 물었더니, 바로 조금 전에 부인한테서 얻었다면서 금광인가 어딘가에 간다는 조건으로 부인이 자기에게 3천을 빌려주었다고 분명하게 대답했습니다……"

호흘라코바 부인의 얼굴에 갑자기 병적이라 싶을 만큼 심상찮은 흥분의 빛이 떠올랐다.

"오, 하느님! 그 사람은 늙은 자기 아버지를 죽인 거예요!" 그녀가 손뼉을 탁 치면서 소리쳤다. "나는 그 사람한테 돈을 준 적이 없어요, 절대로 없어요! 오! 달려가세요, 빨리 달려가세요……! 더이상 한 마디도 하시지 말고! 노인을 살려야 해요, 그 사람 아버지한테 달려가세요, 어서요!"

"잠깐만, 부인, 그러니까 부인께선 그에게 돈을 주시지 않았다는 거죠? 어떤 돈도 준 기억이 없으시다는 거죠, 분명합니까?"

"안 줬어요, 안 줬어! 난 거절했어요, 그 사람은 돈의 가치를 모르니까. 그 사람은 미친 듯이 사납게 굴고 나가면서 발까지 굴렀어요. 나한테 막 덤벼들기에 뒤로 펄쩍 물러섰죠…… 이제 당신에게 아무것도 숨기고 싶지 않아서 말씀드리는데, 그 사람은 나한테 침까지 뱉었어요, 상상이나 되세요? 하지만 우리가 왜 이렇게 서 있죠? 아이, 이런, 어서 앉으세요…… 죄송해요, 내가…… 아니, 바로 달려가시는 게 낫겠어요, 얼른 달려가세요, 달려가서 불행한 노인을 끔찍한 죽음에서 구해야 해요!"

"하지만 벌써 죽였다면요?"

"아, 하느님, 정말 그렇군요! 그럼 이제 우리는 뭘 해야 하죠? 어떻게 생각하세요, 지금 뭘 해야 하죠?"

그러는 사이 그녀는 표트르 일리치를 자리에 앉히고 자기도 맞은편에 앉았다. 표트르 일리치는 간략하지만 충분히 명확하게 사건의 전말을, 최소한 오늘 자신이 직접 목격한 부분을 설명하고, 지금 막 페냐를 찾아갔던 일도 이야기하면서 절굿공이 얘기도 알려주었다. 이런 상세한 것들을 모두 이야기해주자, 그러잖아도 흥분해 있던 부인은 극심한 충격을 받고 찢어질 듯한 비명을 내지르며 연신 손으로 눈을 가렸다……

"아세요, 나는 이 모든 것을 이미 예감하고 있었어요! 나는 그런 능력을 타고났거든요, 내 머릿속에 떠오르는 일은 뭐든 그대로 일어난답니다. 그 무서운 사람을 몇 번 보든, 몇 번 보든, 그때마다 언제나, 이 사람은 나를 죽이고 말 사람이라는 생각이 든 거 있죠. 그런데 결국 그렇게 됐잖아요…… 그러니까 그가 방금 나를 죽이지 않고 자기 아버지만 죽인 건, 필경 하느님의 명백하신 손길이 나를 지켜주셨기 때문이고, 게다가 나를 죽이기가 스스로도 부끄러웠기 때문일 거예요, 왜냐하면 나는 여기 바로 이곳에서 위대한 순교자 바르바라의 성유물인 성상을 내 손으로 직접 그의 목에 걸어주었으니까요…… 그러니까 나는 그 순간 정말 죽음의 문턱까지 가 있었던 거예요, 나는 그 사람 앞에 아주 바싹 다가섰고, 그 사람은 나한테 목을 쑥 내밀었으니까! 아세요, 표트르 일리치(실례지만, 표트르 일리치라고 하신 것 같은데요)…… 있잖아요, 나는 기적을 믿지 않지만, 이 성상과 지금 내게 일어난 이 명백한 기적—이것이 나를 온통 뒤흔들어놔서 다시 뭐든지 믿게 될 것 같아요. 조시마 장로의 소식은 들으셨나요……? 하긴, 내가 지금 무슨 말을 하는 건지 모르겠군요…… 글쎄 상상해보세요, 그 사람은 목에 그 성상을 걸고서도 나한테 침을 뱉었답니다…… 물론 침만 뱉었지, 죽이지는 않았지만, 그러고 나서…… 그러고 나서 곧장 어디로 달려갔는데요! 하지만 우리는, 지금 우리는 어디로 가야 할까요, 어떻게 생각하세요?"

표트르 일리치는 자리에서 일어나더니, 곧바로 경찰서장을 찾아가서 모든 것을 이야기하겠노라고, 그러면 그쪽에서 다 알아서 할 거라고 선언했다.

"아, 그분은 아주 훌륭한, 아주아주 훌륭한 분이죠, 나도 미하일 마카로비치와 잘 아는 사이예요. 그럼요, 반드시 그분한테 가야죠. 당신은 정말 기민한 분이시군요, 표트르 일리치, 어쩜 그렇게 모든 걸 척척 잘 생각해내세요. 말이죠, 내가 당신 입장이라면 그런 건 도저히 생각도 못해낼 거예요!"

"게다가 저 자신도 경찰서장과 절친한 사이여서 말입니다." 표트르 일리치는 계속 선 채로 이렇게 말했는데, 어떻게든 빨리 이 극성스러운 부인에게서 벗어나고 싶은 눈치였으나, 부인은 작별인사를 하고 떠나게 해줄 기미조차 보이지 않았다.

"그리고 말이죠, 아시죠." 그녀는 계속 쫑알거렸다. "거기서 뭘 보고 알게 되면 나한테 와서 얘기해주세요…… 무슨 사실이 드러나고…… 그리고 그 사람에 대해 어떤 결정을 내리는지, 어떤 형을 선고하는지. 그런데 우리 나라에는 사형이 없지 않나요? 어쨌든 꼭 오세요, 새벽 세 시라도, 아니 네시라도, 심지어 네시 반이라도 좋아요. 만약 내가 일어나지 않으면 몸을 흔들고 찔러서라도 깨우라고 명령하세요…… 오, 맙소사, 잠이 들 것 같지도 않아요. 있잖아요, 내가 직접 당신과 함께 가야 하지 않을까요……?"

"아-아닙니다요, 하지만 만약을 위해, 드미트리 표도로비치에게 아무 돈도 준 적이 없다고, 지금 세 줄 정도만 자필로 써주시면, 혹시 소용에 닿을지도…… 만약의 경우를 위해서 말입니다……"

"물론이죠!" 호흘라코바 부인은 열광해서 자신의 책상 앞으로 뛰어갔다. "그런데 아시죠, 정말 감탄스럽군요, 어쩌나 기민하게 이런 일을 잘 처리하시는지 그저 놀라울 뿐이에요…… 이곳에서 근무하시죠? 이곳에서 근무하신다니, 정말 반가운 얘기예요……"

여전히 이렇게 지껄이면서도 그녀는 편지지 반절에다 큼직큼직한 글씨로 다음과 같이 서너 줄 빠르게 적었다.

본인은 불행한 드미트리 표도로비치 카라마조프에게(여하튼 그는 지금 불행하니까요) 오늘 3천 루블을 빌려준 일이 제 평생 결코 없을뿐더러 다른 돈을 빌려준 적도 결코, 결코 없습니다! 우리의 세상에 존재하는 모든 거룩한 것을 두고 맹세하는 바입니다.

호흘라코바

"자, 여기 증서요!" 그녀는 표트르 일리치 쪽으로 재빨리 몸을 돌렸다. "이제 어서 가서 구해주세요. 이건 당신으로서도 위대한 공적이 될 거예요."

그러면서 그녀는 그에게 성호를 세 번 그어주었다. 심지어 그를 배웅하러 현관방까지 달려나왔다.

"어떻게 감사를 드려야 할지! 이렇게 나한테 제일 먼저 들러주시다니, 내가 지금 얼마나 고마워하는지 모르실 거예요. 어떻게 지금껏 당신하고 만나지 못했을까요? 앞으로라도 우리집에 들러주시면 정말 영광으로 알고 맞겠어요. 게다가 이곳에서 근무하신다니 얼마나 반가운 얘기인지…… 이렇게 치밀하고 이렇게 기민하신 분께서…… 하지만 그들도 당신을 제대로 평가하고 궁극적으로 당신을 이해할 수 있어야 해요, 나도 당신을 위해 내 힘으로 가능한 모든 일을 다 할 테니, 믿으셔도 돼요…… 오, 나는 젊은 사람들을 너무도 사랑해요! 젊은 사람들한테 반했답니다. 젊은 사람들은—오늘날 크나큰 시련을 겪고 있는 우리 러시아 전체의 초석이며 러시아의 모든 희망이니까요…… 오, 가보세요, 어서 가세요……!"

하지만 표트르 일리치는 벌써 밖으로 달려나갔는데, 안 그랬다면 그녀가 그렇게 빨리 그를 놓아주지 않았을 것이다. 그렇긴 해도 호흘라코바 부인은 그에게 상당히 기분좋은 인상을 남겼고, 이런 추악한 일에 얽혀든 데 대한 불안감마저 덕분에 어느 정도 누그러졌다. 취향이란 다들 알다시피 천차만별이니까. '게다가 그리 늙지도 않았는걸.' 그는 흐뭇한 마음으로 생각했다. '오히려 딸인 줄 알 뻔했잖아.'

한편, 호흘라코바 부인 쪽에서도 이 젊은이에게 간단히 매혹되고 말았다. '어쩜 그토록 유능하고 그토록 치밀할까, 더구나 요즘 시대에 그토록 젊은 사람이, 게다가 행동거지하며 외모는 또 얼마나 멋져. 다들 요즘 젊은이는 아무것도 할 줄 모른다고 하지만, 그러는 사람들한테 본보기로 한번 보여주고 싶어' 등등, 등등. 그리하여 그녀는 '이 끔찍한 사건'마저 까맣게 잊었다가 잠자리에 들면서야 비로소 자신이 '죽음의 문턱까지 갔던 것'을 갑자기 다시 떠올리고는 "아아, 끔찍해, 끔찍해!" 하고 되뇌었다. 하지만 그녀는 금세 곤하고 달콤한 잠에 빠져들었다. 하기야 내가 에피소드에 불과한 이런 자질구레한 것들까지 세세하게 늘어놓은 까닭은 방금 이야기한, 젊은 관리와 아직 전혀 늙지 않은 미망인의 이 기묘한 만남이 훗날 이 정확하고 치밀한 젊은이에게 출세의 기반이 되어주었기 때문인데, 이에 대해서는 지금까지도 우리 도시 사람들이 다들 경탄을 금치 못하면서 떠올리고 있지만, 어쩌면 우리도 카라마조프가의 형제들에 대한 우리의 긴 이야기를 끝맺고 나면 이에 대해 따로 몇 마디 하게 될지도 모르겠다.

II
경보

우리의 경찰서장 미하일 마카로비치 마카로프는 퇴역 중령, 개칭된 관등에 따르자면 7등 문관인 사람 좋은 홀아비였다. 우리 도시로 부임해온 지는 삼 년밖에 안 됐지만 사람들 사이에서 대체로 호감을 사고 있었는데, 무엇보다 '사교계를 단합시키는 수완'을 지닌 덕분이었다. 그의 집에는 늘 손님이 끊이지 않았고, 그 자신도 손님 없이는 살아갈 수 없을 성싶었다. 날마다 비록 두 명이든, 아니면 단 한 명이든 누군가는 반드시 그의 집에서 손님으로 식사를 했고, 손님이 없으면 아예 식탁에 앉지도 않았다. 온갖 구실, 때로는 전혀 뜻밖의 구실까지 붙여 손님들을 만찬에 초대하기도 했다. 음식은 진미라고까지는 할 수 없어도 늘 푸짐했고, 쿨레뱌카도 일품인데다, 포도주도 질은 그리 신통치 않았으나 양만큼은 넉넉했다. 현관 바로 옆방에는 당구대가 놓여 있고 그 주위를 아주 근사하게 꾸며놓았는데, 검정 액자에 끼운 영국산 경주마들의 그림이 벽마다 걸려 있었고, 알다시피 이것은 독신자의 당구실에 없어서는 안 될 장식이었다. 또 탁자 하나면 충분할 정도이긴 해도 저녁마다 그의 집에서는 카드놀이가 벌어졌다. 하지만 우리 도시의 상류사회 인사들 모두가 부인과 딸을 동반하고 춤을 추러 모이는 일도 무척 잦았다. 미하일 마카로비치는 홀아비이긴 해도 가족이 없는 것은 아니어서, 이미 오래전에 남편을 잃은 딸을 데리고 살고 있었는데, 딸은 딸대로 미하일 마카로비치에겐 외손녀가 되는 두 처녀의 어머니였다. 둘 다 이미 나이가 찼고 학업도 마친 처녀들로, 용모도 빠지지 않는 데다 성격도 명랑해서, 지참금 같은 건 한푼도 없다는 걸 다들 알면서도 우리 도시의 사교계 젊은이들은 이 할아버지의 집에 열심히 드나들었다. 업무 면에서 미하일 마카로비치는 그다지 식견이 뛰어난 편은 아니었으나, 맡은 바 임무를 수행하는 데 있어 다른 많은 사람보다 못하지는 않았다. 곧이곧대로 말해, 그는 교육이랍시고 받은 것이 별로 없는데다, 자신의 행정적인 권력의 한계를 분명하게 이해하려고 들지도 않는 무사태평한 사람이었다. 현대 통치 체제의 몇 가지 개혁에 대해서 제대로 이해하지 못할 리가 없는데도, 오해를, 때로는 명백하게 오해를 하기도 했는데, 이 또한 결코 특별히 무능해서가 아니라 그저 부주의한 성격 때문으로, 도대체 무엇을 찬찬히 들여다보고 있을 여유가 통 없었던 것이다. "나는 말입니다, 여러분, 기질상 문관보다는 군인 쪽이오." 그는 자신에 대해 이렇게 말하곤 했다. 심지어 농노제 개혁의 정확한 근거에 대해서도 아직 완전하고 확실하게 이해하지 못한 듯했고, 말하자면 그저 한 해 한 해 실제적인 경험을 통해 자연스레 그쪽의 지식이 조금씩 늘어남으로써 터득해가는 중이었는데, 그러면서도 정작 그 자신은 지주였다. 표트르 일리치는 이날 저녁 미하일 마카로비치의 집에서 누구든 반드시 손님을 만나게 될 것임을 정확히 알고 있었지만, 그게 누구일지는 알 수 없었다. 그런데 마침 이 순간 그의 집에서는 검사와 우리의 공의公醫인 바르빈스키가 예랄라쉬*를 하고 있었는데, 이 젊은 의사는 페테르부르크의 의학 아카데미를 빛나는 성적으로 졸업하고 이제 막 페테르부르크에서 우리 도시로 부임해온 참이었다. 검사, 다시 말해 검사 시보이나 우리가 다들 검사라고 부르던 입폴리트 키릴로비치는 우리 도시에서 좀 유별난 사람으로, 겨우 서른다섯 정도밖에 안 된 젊은 나이에 폐병 증세가 심한데다가, 아이를 못 낳는 아주 뚱보 부인을 두었으며, 자존심이 강하고 신경질적인 사람이긴 해도 사고방식이 견실하고 심성도 착했다. 그의 성격상 크나큰 결함은 자신의 실제 장점들보다 자기 자신을 다소 과대평가한다는 데 있었던 듯싶다. 그가 늘 불안해 보인 것도 바로 이 때문이었다. 게다가 그는 더없이 고상하고 심지어 예술적이라 할 만한 어떤 욕구를 품고 있었는데, 이를테면 자신이 심리적 통찰력이라든가, 인간의 영혼에 대한 특별한 지식을 지니고 있고, 범죄자와 그의 범죄를 파악하는 특별한 능력을 지녔다고 자부하고 있었다. 이런 의미에서 그는 자신이 직무에서 다소 홀대받고 따돌림을 당한다고 여겼고, 저기 상부에서는 자신의 진가를 알아주려고 하지 않을뿐더러 자기에게는 적들이 있다고 한결같이 믿었다. 기분이 몹시 우울할 때는, 차라리 형사사건 전담 변호사로 빠져버리겠노라고 을러대기도 했다. 이러던 차에 카라마조프가에서 일어난 예상치 못한 친부 살해 사건은 그를 벌떡 일으켜세운 것이나 마찬가지였다. '이것이야말로 러시아 전국을 떠들썩하게 할 만한 대사건이다'라고 생각했던 것이다. 하지만 벌써 이런 이야기를 하다니, 내가 또 너무 앞질러가는

* 카드놀이의 일종.

듯하다.

겨우 두 달 전에 페테르부르크에서 우리 도시로 부임해온 젊은 예심 판사 니콜라이 파르표노비치 넬류도프도 옆방에서 양갓집 아가씨들과 함께 앉아 있었다. 훗날 우리 도시 사람들은 '범죄'가 일어난 바로 그날 저녁에 이 인물들이 마치 일부러 약속이라도 한 듯 경찰서장의 집에 모두 함께 모여 있었다는 점을 이야기하며 몹시 놀라기까지 했다. 하지만 이것은 훨씬 단순하고 지극히 자연스럽게 이루어진 일이었다. 입폴리트 키릴로비치는 부인이 어제부터 치통을 앓는 바람에 어디든 그 신음소리가 들리지 않는 곳으로 달아나야만 했다. 의사는 저녁마다 카드놀이를 해야만 직성이 풀리는 사람이었다. 니콜라이 파르표노비치 넬류도프는 심지어 사흘 전부터, 말하자면 아주 우연인 척하며 이날 저녁에 미하일 마카로비치의 집을 찾아와서 아주 능청을 떨며 이 집의 큰 외손녀 올가 미하일로브나를 갑자기 놀래줘야지 하며 벼르고 있었는데, 자기는 그녀의 비밀을 알고 있다, 오늘이 바로 그녀의 생일인데, 그녀는 우리 도시 사람들을 무도회에 초대하기 싫어서 일부러 사교계 사람들한테 그 사실을 숨기려 했다는 걸 누가 모를 줄 아느냐고 말할 속셈이었다. 실컷 놀려주면서 그녀의 나이를 은근슬쩍 암시해야지, 그녀는 나이가 밝혀지는 게 두려운 모양인데, 지금 자기는 그녀의 비밀을 손에 쥐고 있으니 내일 당장 모든 사람에게 그 비밀을 말해주겠노라고 위협하는 거다, 라는 등등의 생각을 하고 있었던 것이다. 이 사랑스러운 젊은이는 이런 점에서는 장난이 아주 심해서 우리 도시의 귀부인들은 그에게 장난꾸러기라는 별명을 붙여주었는데, 그는 이 별명이 무척이나 마음에 드는 모양이었다. 하지만 그는 최상류계층의 훌륭한 집안

출신에다, 훌륭한 교육을 받고 훌륭한 감정을 지녔으며, 비록 도락자 같은 면이 있긴 해도 어디까지나 순진하고 늘 예의바른 젊은이였다. 겉모습은 키가 작은데다 골격이 약하고 섬세했다. 가냘프고 창백한 손가락에는 언제나 아주 큼직한 보석반지가 몇 개씩 번쩍였다. 그렇지만 직무를 수행할 때는 자신의 사명과 의무를 신성하게까지 생각하는 듯, 유난히 엄숙했다. 특히 평민 출신 살인자와 여타 흉악범 들을 심문할 때는 상대방을 꼼짝 못하게 궁지로 몰아넣는 재주가 있어서, 그들의 마음속에 비록 존경까지는 아닐망정 일종의 경탄을 불러일으키는 것만큼은 사실이었다.

표트르 일리치는 경찰서장의 집에 들어서자마자 너무 놀라 입이 쩍 벌어졌다. 이 사람들이 이미 모든 것을 알고 있다는 걸 갑자기 깨달았기 때문이다. 사실, 이들은 카드를 집어던지고 다들 선 채로 논의하는 중이었고, 니콜라이 파르표노비치마저 아가씨들을 버려두고 달려와서 전투적이고 맹렬하기 그지없는 표정을 하고 있었다. 표트르 일리치를 맞아준 것은, 표도르 파블로비치 노인이 실제로 간밤에 자기 집에서 살해되고 돈까지 강탈당했다는 아연실색할 소식이었다. 이 소식은 바로 직전에 다음과 같은 방식으로 이 집에 알려졌다.

담장 옆에 쓰러졌던 그리고리의 아내 마르파 이그나치예브나는 자기 침대에서 곤한 잠에 빠져 있어 아침까지 내처 잘 수 있었을 텐데도, 갑자기 잠이 퍼뜩 깼다. 옆방에 의식을 잃은 채 누워 있는 스메르쟈코프가 내지르는 뇌전증 특유의 무시무시한 비명 때문이었는데—이 비명소리와 함께 언제나 그의 뇌전증 발작이 시작되었던 까닭에, 평생토록 마르파 이그나치예브나는 그럴 때마다 무섭게 겁에 질려 정말로 병적인 상태가 되곤 했다. 도저히 그 비명소리에 익숙해질 수가 없었던 것이다. 마르파는 잠에 취한 채 벌떡 일어나 거의 정신없이 스메르쟈코프의 골방으로 달려갔다. 하지만 방안은 캄캄해서, 환자가 무섭게 숨을 그르렁거리며 몸을 뒤틀기 시작한 소리만 들릴 뿐이었다. 그러자 마르파 이그나치예브나는 자기도 소리를 지르며 남편을 부르기 시작했으나, 자기가 일어났을 때 그리고리가 침대에 없었던 것 같은 생각이 문득 들었다. 그녀는 침대로 달려가서 다시 손으로 더듬어보았지만, 침대는 역시 텅 비어 있었다. 그럼 밖으로 나갔다는 소리인데, 대체 어딜 간 걸까? 그녀는 현관 계단으로 달려나가 겁에 질린 목소리로 거기서 남편을 불러보았다. 물론 대답은 없었으나, 대신 밤의 정적 속에서 멀리 정원 쪽인 듯싶은 어딘가로부터 무슨 신음소리가 들렸다. 그녀는 바싹 귀를 기울였다. 신음소리는 다시 반복되었고, 정말로 정원에서 나는 것이 분명했다. '맙소사, 리자베타 스메르쟈샤야 때하고 똑같구나!' 이런 생각이 그녀의 혼란스러운 머릿속을 퍼뜩 스쳤다. 조심조심 계단을 내려가 살펴보니, 정원으로 나가는 쪽문이 열려 있었다. '분명, 우리 영감이 저기 있는 게로구나.' 이렇게 생각하고 그녀가 쪽문으로 다가가자, 갑자기 그리고리가 "마르파, 마르파!" 하고 부르는 소리가 또렷하게 들려왔는데, 약한 목소리로 무섭게 신음하면서 그녀를 부르고 있었다. "주님, 저희를 재앙에서 지켜주시옵소서." 마르파 이그나치예브나는 이렇게 중얼거리고는 소리가 나는 쪽을 향해 달려갔고, 그리하여 그리고리를 찾아냈다. 그러나 그를 발견한 곳은 그가 얻어맞고 쓰러졌던 장소인 담장 옆이 아니라 담장에서 스무 걸음은 족히 떨어진 곳이었다. 나중에 밝혀졌지만, 그는 정신이 들자 기어가기 시작했고 몇 번씩이나 의식을 잃고 다시 인사불성에 빠지기를 되풀이하면서 한참 동안 거기까지 기어간 것이 분명했다. 그녀는 이내, 그가 온통 피투성이라는 것을 알아채고 그 자리에서 목청이 찢어져라 비명을 지르기 시작했다. 그러나 그리고리는 아주 가느다란 목소리로 두서없는 말을 웅얼거렸다. "죽였어…… 아비를 죽였어…… 비명은 왜 질러, 멍청아…… 어서 달려가, 사람을 불러와!" 하지만 마르파 이그나치예브나는 진정할 생각도 않고 계속 비명을 질러대다가 갑자기 주인 나리 방의 창문이 열려 있고 창문으로 불빛이 새어나오는 것을 언뜻 보고는 급히 그리로 달려가 표도르 파블로비치를 부르기 시작했다. 하지만 창문 안으로 힐끔 시선을 던지자 무시무시한 광경이 눈에 들어왔다. 나리가 바닥에 꼼짝도 않고 나자빠져 있는 게 아닌가. 밝은 색의 긴 실내복과 흰 루바쉬카의 가슴팍에는 피가 낭자했다. 탁자 위의 촛불이 피와 표도르 파블로비치의 뻣뻣하게 굳어버린 죽은 얼굴을 환히 비추고 있었다. 그러자 이미 극도의 공포에 사로잡혀 있던 마르파 이그나치예브나는 창문에서 급히 떨어져나와 정원 밖으로 뛰어나가서는 대문 빗장을 따고, 뒷길로 해서 쏜살같이 이웃집 여자 마리야 콘드라치예브나에게 달려갔다. 이웃집 모녀는 그때 둘 다 이미 자고 있었지만, 마르파 이그나치예브나가 미친 듯이 세차게 덧창을 두드리고 소리를 질러대는 통에 잠에서 깨어 창가로 달려나왔다. 마르파 이그나치예브나는 두서없이 째질 듯한 소리를 내지르고 외쳐대면서도 요점만큼은 알아들을 수 있게 전하고 도움을 청했다. 마침 이날 밤 그들의 집에는 떠돌이 포마가 묵고 있었다. 모녀는 당장 그를 깨워 세 사람이 함께 범죄 현장으로 달려갔다. 도중에 마리야 콘드라치예브나는 아까 여덟시가 조금 지났을 무렵 온 동네가 떠나갈 정도로 커다란, 귀청을 찢는 무시무시한 비명이 정원 쪽에서 들렸던 것을 기억해냈는데—그것은 물론 그리고리가 담장 위에 이미 걸터앉아 있던 드미트리 표도로비치의 한쪽 다리를 두 손으로 꽉 붙잡고 "아비 죽인 놈!"이라고 외치면서 내질렀던 바로 그 비명이었다. "누군가 한 사람이 울부짖다가 갑자기 잠잠해졌어요" 하고 마리야 콘드라치예브나가 달리면서 증언했다. 그리고리가 쓰러져 있는 곳에 다다르자, 두 여인은 포마의 도움을 받아 그를 곁채로 옮겼다. 불을 켜고 보니, 스메르자코프는 아직도 발작이 가라앉지 않아 골방에서 몸을 뒤틀고 눈이 옆으로 돌아간 채 입에 거품을 물고 있었다. 식초를 탄 물로 그리고리의 머리를 씻겨주자, 그는 이 물 덕분에 벌써 정신이 완전히 들어, "나리께서는 무사하시냐, 어떠냐?" 하고 즉시 물었다. 그래서 두 여인과 포마가 나리의 방으로 가보려고 정원에 들어서자 이번에는 창문뿐 아니라 안채에서 정원으로 통하는 문도 활짝 열려 있는 것이 눈에 들어왔는데, 나리는 벌써 꼬박 일주일째 날이 저물기 무섭게 매일 밤 그 문을 꼭꼭 걸어 잠그고는 그리고리에게조차 어떤 구실로도 절대 노크를 못하도록 했다. 그랬던 문이 열려 있는 것을 보자, 그들, 그러니까 두 여인과 포마는 모두 '나중에 혹시 무슨 탈이라도 생기지 않을까' 싶어 나리 방으로 가기가 대번에 겁났다. 하지만 그들이 다시 돌아오자, 그리고리는 당장 경찰서장에게 달려가라고 명령했다. 그러자 마리야 콘드라치예브나가 곧바로 달려가 경찰서장 집에 와 있던 모든 사람을 발칵 뒤집어놓은 것이다. 표트르 일리치가 도착한 것은 그러고 나서 불과 오 분 뒤였지만, 이미 그저 자신의 추측이나 결론만 가지고 나타난 것이 아니라, 명백한 증인으로서 자신의 이야기를 들려줌으로써 누가 범인인가에 대한 그들의 공통된 추측을 더욱 확실하게 뒷받침해주었다(하지만 그는 이 마지막 순간까지도 마음속 깊은 곳에서는 이러한 추측을 여전히 믿으려 들지 않았다).

다들 정력적으로 활동을 개시하기로 결의했다. 경찰서장의 조수에게는 즉시 증인을 네 명까지 확보하라는 임무를 맡긴 다음, 여기서 일일이 얘기하지는 않겠지만 정해진 규칙에 따라 그들은 표도르 파블로비치의 집으로 진입해 즉시 현장검증을 실시했다. 다혈질에다 신참인 공의는 거의 떼를 쓴 덕분에 경찰서장, 검사, 그리고 예심판사와 동행할 수 있었다. 여기서는 간략하게만 서술해두겠다. 표도르 파블로비치는 두개골이 박살난 채 완전히 살해된 것으로 밝혀졌는데, 하지만 어떤 흉기를 사용한 것일까?—가장 신빙성 있기로는, 곧이어 그리고리를 때려눕히는 데도 사용한 바로 그 흉기일 것이다. 응급치료를 받은 그리고리에게서, 비록 토막토막 끊어지는 약한 목소리이긴 해도, 자신이 얻어맞고 쓰러진 경위에 대해 꽤나 조리 있는 이야기를 듣게 되어 마침 그 흉기도 찾아낼 수 있었다. 등불을 들고 담장 옆을 찾기 시작하여, 눈에 가장 잘 띄는 정원의 오솔길에서 아무렇게나 버려진 놋쇠 공이를 발견한 것이다. 표도르 파블로비치가 누워 있는 방에서는 특별히 흐트러진 흔적 같은 건 보이지 않았으나, 병풍 뒤, 그의 침대 옆에서 두꺼운 종이로 된 사무용 크기의 커다란 봉투 하나를 주웠는데, 거기에는 '선물 3천 루블을 나의 천사 그루셴카에게, 만약 네가 오기를 원한다면'이라고 적혀 있고, 그 아래에 '병아리에게'라고 덧붙여 써놓았는데, 필시 표도르 파블로비치가 나중에 직접 더 적어넣은 것인 듯싶었다. 봉투에는 붉은색 봉납으로 커다란 봉인이 세 개나 찍혀 있었지만, 봉투는 이미 찢긴 채 텅 비어 있었다. 이미 돈을 가져간 것이었다. 봉투를 묶었던 가느다란 장밋빛 리본도 바닥에서 발견되었다. 그런데 표트르 일리치의 증언 중에는 검사와 예심판사에게 무엇보다 특별한 인상을 준 정황이 하나 있었다. 다름아니라, 드미트리 표도로비치가 새벽녘에는 틀림없이 권총 자살을 할 거라고 짐작되며, 스스로 이미 그럴 결심을 내리고 표트르 일리치에게 제 입으로 그런 말을 했을 뿐만 아니라, 그가 보는 앞에서 권총을 장전하고 종이쪽지에 유서를 써서 호주머니에 넣었다는 등등의 얘기가 그것이었다. 표트르 일리치가 여전히 그의 말을 믿고 싶지 않아서, 누구한테든 가서 자살을 막도록 얘기하겠다고 위협하자, 정작 미챠는 이를 드러내고 웃으면서 "그럴 겨를이 없을걸" 하고 말했다지 않은가. 그러므로 그가 어쩌면 정말로 자살해버릴 생각을 하기 전에 즉시 현장으로, 모크로예로 가서 범인을 체포해야만 했다. "그건 확실합니다, 확실합니다!" 검사가 몹시 흥분하여 말했다. "이런 종류의 너절한 악당들은 반드시 그렇습니다. 어차피 내일이면 자살할 테니, 죽기 전에 한바탕 놀아보자는 거죠." 가게에서 술과 상품을 무더기로 사 갔다는 이야기는 검사를 한층 더 흥분시킬 따름이었다. "올수피예프라는 상인을 죽인 그 젊은 놈을 기억하시죠, 여러분, 그놈은 천5백 루블을 강탈하자 그길로 가서 머리를 지져 붙인 다음, 돈을 제대로 숨기지도 않고 역시 그대로 두 손에 들다시피 하고서 계집년들한테 달려가지 않았습니까." 하지만 표도르 파블로비치 집에서 조사와 가택수색을 벌이고 여러 형식적 절차를 밟고 하느라, 다들 시간이 지체되었다. 이런 모든 일 때문에 시간이 걸려, 그들은 마침 봉급을 타러 그 전날 아침녘에 도시에 와 있던 지서장 마브리키 마브리키예비치 쉬메르초프를 그들보다 두 시간가량 먼저 모크로예로 보냈다. 마브리키 마브리키예비치에게는 모크로예에 도착하면 절대로 소동 피우지 말고 수사진이 도착할 때까지 끊임없이 '범인'을 감시하고 현지 증인들과 지서 경찰관들 등을 현장에 미리 대기시키라는 지시가 내려졌다. 마브리키 마브리키예비치는 그대로 이행했고, 전부터 잘 아는 사이인 트리폰 보리소비치 한 사람에게만 부분적으로 이 일의 비밀을 귀띔해주었을 뿐, 인코그니토를 유지했다. 자신의 정체를 숨겼다. 이때가 바로 미챠가 컴컴한 회랑에서 그를 찾고 있던 주인장 트리폰 보리소비치와 마주쳐 그의 얼굴과 말투에서 갑자기 뭔가 달라진 것을 눈치챈 그 시각이었다. 이런 식으로, 미챠는 물론이고 어느 누구도 자신들이 감시받고 있다는 사실을 몰랐다. 그의 권총 상자는 이미 오래전에 트리폰 보리소비치가 슬쩍 빼내 사람들의 눈길이 뜸한 곳에다 숨겨놓았다. 그리하여 이미 새벽 네시가 지나 거의 동이 틀 무렵에야 경찰서장, 검사, 예심판사를 비롯한 수사진 전체가 각각 세 필의 말이 끄는 두 대의 마차를 타고 도착했다. 의사는 아침에 피살자의 시신을 해부할 계획이어서 표도르 파블로비치의 집에 그대로 남았지만, 정작 그가 더 큰 관심을 가졌던 쪽은 앓고 있는 하인 스메르쟈코프의 용태였다. "꼬박 이틀 밤낮 동안 끊임없이 되풀이되는 저렇게 격렬하고 지속적인 뇌전증 발작은 좀처럼 찾아보기 힘들다니까요, 학문적으로 연구해볼 가치가 있어요." 그는 막 출발하려는 동료들을 붙들고 흥분하여 이렇게 말했고, 그들은 웃으면서 그의 발견을 축하해주었다. 이때 의사가 아주 단정적인 어조로 스메르쟈코프가 아침을 넘기지 못할 거라고 덧붙인 것을 검사와 예심판사는 아주 똑똑히 기억했다.

이로써 길기는 하지만 꼭 필요하다고 생각되는 설명을 모두 마쳤으니, 이제 앞 편에서 일단 중단해두었던 이야기의 그 대목으로 돌아온 셈이다.

III
고난 속을 걷는 영혼.
첫번째 고난

그리하여 미챠는 사람들이 무슨 말을 하는지 이해하지 못한 채 그 자리에 앉아 기괴한 시선으로 주위 사람들을 둘러보고 있었다. 그러다 갑자기 벌떡 일어나 두 팔을 번쩍 쳐들며 큰 소리로 외쳤다.

"나는 죄가 없습니다! 이 피에 대해서는 죄가 없습니다! 내 아버지의 피에 대해서는 죄가 없습니다…… 죽이고 싶긴 했지만, 죄가 없습니다! 내가 아닙니다!"

그러나 그가 이렇게 외치기 무섭게 커튼 뒤에서 그루셴카가 달려나와 곧바로 경찰서장의 발아래 몸을 던졌다.

"그건 저예요, 저예요, 이 저주받은 년, 저의 죄예요!" 그녀는 넋을 찢는 듯한 소리로 통곡하면서 온통 눈물에 젖어 모든 사람을 향해 팔을 뻗으며 외쳤다. "저 때문에 이이가 살인을 한 거예요……! 제가 이이를 괴롭혀서 이렇게 된 거예요! 저는 그 불쌍한 죽은 노인도 제 원한 때문에 괴롭혔어요, 그래서 이렇게까지 되고 만 거예요! 제가 죄인이에요, 첫째가는 죄인이에요, 제일 큰 죄인이에요, 모두가 제 잘못이에요!"

“아무렴, 네년이 죄인이지! 네년이 주범이야! 이 흉악한 미친년, 네이 방탕한 년, 네년이 주범이야.” 경찰서장이 손으로 그녀를 위협하며 고래고래 소리지르기 시작했으나, 옆에서 재빨리 나서서 단호하게 그를 저지했다. 검사는 두 팔로 그를 꽉 껴안기까지 했다.

“이러시면 정말로 엉망이 됩니다, 미하일 마카로비치.” 그가 소리쳤다. “서장님은 수사를 완전히 방해하고…… 일을 망치고 계십니다……” 그는 숨을 헐떡이다시피 했다.

“조치를 취해야 합니다, 단호한 조치를, 조치를 취해야 합니다!” 니콜라이 파르표노비치도 무섭게 격앙했다. “그러지 않으면 정말 아무것도 할 수 없습니다……!”

“우리 두 사람을 함께 재판해주세요!” 그루셴카는 여전히 무릎을 꿇은 채 계속 미친 듯이 소리쳤다. “우리를 함께 벌해주세요, 이이와 함께라면 사형이라도 달게 받겠어요!”

“그루샤, 나의 생명, 나의 피, 나의 성스러운 천사!” 미챠도 몸을 던져 그녀 곁에 무릎을 꿇고 그녀를 힘껏 끌어안았다. “이 여자 말을 믿지 마십시오.” 그가 외쳤다. “이 여자는 아무 죄도 없습니다, 어떤 피에 대해서도, 그 무엇에 대해서도 죄가 없습니다!”

그는 몇 사람이 그를 그녀에게서 완력으로 떼어놓고 그녀를 갑자기 끌고 갔으며, 정신을 차렸을 때는 자신이 이미 탁자 앞에 앉아 있었다는 것을 나중에야 기억해냈다. 그의 옆과 뒤에는 금속 감찰을 단 사람들이 서 있었다. 탁자 맞은편 소파에는 예심판사 니콜라이 파르표노비치가 앉아서, 탁자 위에 놓인 컵의 물을 좀 마시라고 그에게 자꾸만 권했다. “그러면 기분이 상쾌해지고 마음도 진정될 겁니다, 두려워하거나 불안해하실 것 없습니다.” 그가 대단히 정중하게 덧붙였다. 미챠는 갑자기, 이것도 나중에 기억난 것이지만, 그가 끼고 있는 큼직한 보석반지에 몹시 호기심을 느꼈는데, 하나는 자수정이고, 다른 하나는 광채가 무척이나 아름다운 투명하고 밝은 무슨 황옥이었다. 그후로도 오랫동안 그는 그 무서운 심문을 받고 있던 시간 내내 이 보석반지들이 그의 시선을 그토록 불가항력적으로 끌어당겼던 것을 떠올리며 놀라곤 했는데, 아무튼 자신의 상황과 전혀 어울리지 않는 그 물건에서 어째선지 한순간도 눈을 뗄 수 없었고 잊어버릴 수도 없었다. 미챠 옆으로 왼쪽, 그러니까 저녁이 시작될 무렵에 막시모프가 앉았던 자리에 지금은 검사가 앉아 있고, 미챠의 오른쪽, 그때 그루셴카가 앉았던 자리에는 볼이 빨간 젊은이가 다 낡은 사냥복 같은 양복 재킷을 입고서 잉크병과 종이를 앞에 두고 앉아 있었다. 알고 보니 예심판사의 서기로, 이곳에 함께 데려온 것이었다. 경찰서장은 지금, 방의 다른 쪽 끝에 있는 창가에 서 있고, 그 옆에는 칼가노프가 같은 창가에 놓인 의자에 앉아 있었다.

“물 좀 드시지요!” 예심판사가 부드럽게 벌써 열 번씩이나 같은 말을 되풀이했다.

“마셨습니다, 여러분, 마셨습니다…… 하지만…… 아니, 그보다도, 여러분, 단숨에 짓눌러버리십시오, 벌하십시오, 운명을 결정해주십시오!” 미챠는 무섭게 부릅뜬 눈을 꿈쩍도 않고 예심판사에게 붙박은 채 소리쳤다.

“그러니까 당신은 당신 아버지 표도르 파블로비치의 죽음에 대해 어디까지나 무죄라고 주장하시는 거지요?” 부드럽지만 끈질기게 예심판사가 물었다.

"죄가 없습니다! 다른 피, 다른 노인의 피에 대해서라면 죄가 있지만, 아버지의 피에 대해서는 절대로 아닙니다. 그리고 오히려 애도하고 있습니다! 죽이긴 했지만 다른 노인을 죽였습니다, 때려 죽이고, 바닥에 팽개쳐놓았습니다…… 하지만 이 피 때문에 다른 피, 나의 죄가 아닌 무서운 피에 대해 책임을 져야 한다는 건 너무 괴로운 일입니다…… 그런 끔찍한 혐의를 받다니, 여러분, 곤봉으로 이마를 세게 얻어맞은 기분입니다! 하지만 누가 아버지를 죽였을까요, 대체 누가 죽였을까요? 내가 아니라면 대체 누가 죽일 수 있었단 말입니까? 정말 이상한 일이군요, 황당한 일이지요, 도저히 있을 수 없는 일입니다……!"

"예, 바로 그겁니다, 그럼 누가 죽일 수 있었을까요……" 예심판사가 이렇게 막 입을 열었을 때, 검사(검사 시보지만, 간단히 검사라 부르기로 하자) 입폴리트 키릴로비치가 예심판사와 눈짓을 주고받더니 미챠를 향해 말했다.

"하인 그리고리 바실리예프* 노인에 대해서는 걱정 안 하셔도 됩니다. 알려드리자면, 그는 살아 있고, 의식도 회복했습니다. 당신이 가한 폭행으로 인해, 이건 그 노인과 당신의 지금 진술에 의거한 것입니다만, 중상을 입긴 했지만, 분명히 생명에는 아무런 지장이 없을 겁니다, 적어도 의사의 소견으로는 말이지요."

"살아 있다고요? 그럼 그 노인이 살아 있군요!" 미챠는 갑자기 손뼉을 탁 치며 소리를 내질렀다. 그의 얼굴이 온통 환하게 빛났다. "주님,

---

* 19세기에는 부칭 바실리예비치와 함께 사용되었다.

저의 기도를 들어주시어, 저같이 죄 많은 악당에게 너무도 위대한 기적을 행하여 주신 데 감사드리나이다……! 그렇습니다, 그렇고말고요, 제 기도를 들어주신 겁니다, 밤새도록 기도드렸거든요……!" 그러면서 그는 세 번 성호를 그었다. 숨이 막힐 것만 같았다.

"그래서 바로 그 그리고리한테서 우리는 당신에 관해 대단히 중요한 증언을 들었는데, 그건……" 검사가 말을 이어가려는 순간, 미챠가 갑자기 의자에서 벌떡 일어났다.

"일 분만, 여러분, 제발 딱 일 분만 시간을 주십시오, 그녀에게 잠깐 달려가서……"

"무슨 말씀이오! 지금은 절대로 안 됩니다!" 니콜라이 파르표노비치는 거의 비명을 지르다시피 하며 자신도 자리에서 벌떡 일어섰다. 가슴팍에 금속 감찰을 단 사람들이 미챠를 사방에서 붙들었으나, 미챠는 자진해서 의자에 앉았다……

"여러분, 정말 유감이군요! 아주 잠깐만 그녀에게 달려갔다 오고 싶었는데…… 밤새도록 내 심장을 빨아먹은 이 피가 깨끗이 씻겨 사라졌다, 이제 나는 더이상 살인자가 아니라고 그녀에게 알려주고 싶었는데! 여러분, 그녀는 내 약혼녀거든요!" 그는 모든 사람을 둘러보면서 갑자기 환희에 넘쳐 경건하게 말했다. "오, 감사합니다, 여러분! 오, 여러분은 나에게 새 생명을 주었고, 한순간에 나를 소생시켰습니다……! 그 노인은—나를 품에 안고 다닌 사람입니다, 여러분, 세 살배기 어린 애인 내가 모든 이에게 버림받았을 때 목욕통에서 몸을 씻겨준 친아버지 같은 사람입니다……!"

"그러니까 당신은……" 예심판사가 말을 시작하려고 했다.

"잠깐만, 여러분, 일 분만 더 기다려주십시오." 미챠가 상대방의 말을 가로막으면서 탁자 위에 두 팔꿈치를 세우고 손바닥으로 얼굴을 가렸다. "잠깐만 생각을 좀 모을 여유를 주십시오, 숨이라도 좀 돌립시다, 여러분. 이 모든 것이 너무나 충격적이어서 소름이 돋는군요, 소름이, 정말이지 인간이 무슨 북 가죽은 아니잖습니까, 여러분!"

"물이라도 한 모금 더……" 니콜라이 파르표노비치가 중얼거렸다.

미챠는 얼굴에서 손을 떼더니 웃음을 터뜨렸다. 그의 시선에는 활기가 넘쳤고, 한순간에 아주 딴사람이 된 것만 같았다. 말투도 완전히 달라져 있었다. 이제 그는 여기 있는 모든 사람, 전부터 잘 아는 이 사람들과 다시금 대등한 인간으로 앉아 있었는데, 아직 아무 일도 일어나지 않았던 어제 어느 사교 모임에서 그들 모두가 만났다 해도 꼭 이러했으리라. 말이 나온 김에 한마디 해두자면, 미챠도 우리 도시에 처음 도착했을 때는 경찰서장의 집에서 환대를 받았지만, 그뒤, 특히 지난 한 달간은 거의 그 집을 방문하지 않았으며, 경찰서장은 가령 길에서라도 마주치면 얼굴을 잔뜩 찡그리고 그저 예의상 마지못해 고개를 끄덕일 뿐이었고, 미챠도 그 점을 빤히 눈치채고 있었다. 검사와는 좀더 서먹서먹한 사이였으나, 신경질적이고 공상적인 기질의 검사 부인을 찾아가는 일은 이따금 있었는데, 어디까지나 아주 정중한 방문인데다 왜 그녀를 찾아가는지 그 자신조차 제대로 알지 못했지만, 그녀는 늘 그를 상냥하게 맞아주면서 무엇 때문인지 아주 최근까지도 그에게 관심을 가지고 있었다. 예심판사와는 아직 가까이 사귈 기회가 없었으나, 그래도 만나본 적은 있고 한두 번은 이야기를 나누기까지 했는데, 두 번 다 여자 얘기였다.

"당신은, 니콜라이 파르표느이치*, 당신은 내가 보기에 아주 노련한 예심판사이신 것 같군요." 미챠가 갑자기 유쾌하게 웃음을 터뜨렸다. "하지만 이번엔 내 쪽에서 당신을 도와드리지요. 아아, 여러분, 저는 새 생명을 얻었습니다…… 그러니 여러분께 이렇게 허물없이, 이렇게 툭 터놓고 대한다 해서 나무라지는 마십시오. 더구나 나는 술이 좀 취했습니다, 솔직하게 말씀드리는 겁니다. 나는 당신을, 니콜라이 파르표느이치, 내 친척인 미우소프의 집에서 만나 뵙는 영광을…… 영광과 기쁨을 누렸던 것 같군요…… 여러분, 여러분, 나를 여러분과 대등하게 대해달라고 요구하는 게 아닙니다, 내가 지금 여러분 앞에 어떤 처지의 인간으로 앉아 있는지 잘 아니까요. 그야 물론 나에게는…… 그리고리가 나에 대해 증언했다면야…… 그렇다면—오, 무서운 혐의가 걸려 있겠지요, 물론 걸려 있겠지요, 어련하겠습니까! 무서운 일입니다, 참으로 무서운 일입니다—나도 그 정도는 잘 알고 있습니다! 하지만 본론으로 들어갑시다, 여러분, 나는 준비가 돼 있습니다, 그러니 이제 우리는 이 일을 한순간에 끝낼 수 있을 겁니다, 왜냐하면 들어보십시오, 그저 들어보십시오, 여러분. 내가 무죄라는 것을 나 자신이 알고 있는 이상, 우리는 눈 깜짝할 사이에 물론 끝낼 수 있습니다, 그렇잖습니까? 그렇잖습니까?"

미챠는 상대방을 정말 자신의 가장 좋은 친구로라도 여기는 듯이, 초조하고 격정적으로 많은 말을 성급하게 늘어놓았다.

"그럼 일단 그렇게 기록해두겠습니다, 당신은 자신에게 걸려 있는

---

* 일상어에서 부칭 파르표노비치 대신에 자주 사용된다.

혐의를 완강히 부인한다고요." 니콜라이 파르표노비치는 힘주어 이렇게 말하더니 서기에게 몸을 돌리고 기록할 말을 가만가만 불러주었다.

"기록이라고요? 이걸 기록하시겠다고요? 뭐 좋습니다, 기록하십시오, 동의합니다, 전적으로 동의합니다, 여러분…… 다만 말입니다…… 잠깐, 잠깐만요, 이렇게 기록해주십시오. '폭행을 자행한 점에서 그는 유죄, 불쌍한 노인에게 중상을 입힌 것도 유죄이다.' 더구나, 속으로, 내 마음속 깊은 곳에서 나 스스로도 죄를 느끼고 있지만—이건 전혀 기록할 필요가 없지요." 그는 갑자기 서기 쪽을 돌아보았다. "이건 이미 나의 사생활이니까요, 여러분, 이건 이미 여러분하고 아무 상관이 없습니다, 나의 이 마음속 깊은 곳은 말이지요…… 하지만 늙은 아버지가 살해된 사건에 대해서는—나는 아무 죄도 없습니다! 그건 해괴한 생각입니다! 해괴하기 짝이 없는 생각입니다……! 내가 여러분에게 증명해 보일 테니, 여러분도 금방 확인하게 될 겁니다. 분명히 스스로 웃을 겁니다, 여러분, 그런 혐의를 건 데 대해 껄껄 소리 내어 웃을 거라고요……!"

"진정하시지요, 드미트리 표도로비치." 보아하니 예심판사는 자신의 침착한 태도로 미친 듯 흥분한 상대방을 제압하고 싶은 듯, 이렇게 주의를 주었다. "심문을 계속하기에 앞서 만약 당신이 기꺼이 대답해주실 용의만 있다면, 당신에게 다음의 사실을 확인하고 싶습니다만, 그러니까 당신은 고인이 된 표도르 파블로비치를 좋아하지 않았고 줄곧 무슨 불화가 있었다더군요…… 적어도 여기서 불과 십오 분 전에 당신은 심지어 부친을 죽이고 싶었노라고 말씀했던 것으로 압니다. '죽이진 않았지만, 죽이고 싶었다!'라고 외쳤지요."

"내가 그렇게 외쳤던가요? 오, 그럴 수 있습니다, 여러분! 그렇습니다, 불행히도 나는 아버지를 죽이고 싶었습니다, 몇 번이나 그러고 싶었습니다…… 불행히도, 불행히도!"

"그러고 싶었다는 말씀이군요. 도대체 어떤 이유로 자신의 부친인 사람을 그렇게 증오하게 됐는지, 그걸 설명해주시지 않겠습니까?"

"설명할 게 뭐 있습니까, 여러분!" 미챠는 눈을 내리뜨고 침울하게 어깨를 흠칫해 보였다. "나는 내 감정을 결코 숨긴 적이 없으니까, 그 사실은 온 도시가 알고 있습니다—술집에서도 누구나 알고 있어요. 며칠 전 조시마 장로의 수도원 방에서도 그렇게 선언했고…… 바로 그날 저녁 나는 아버지를 반쯤 죽을 만큼 두들겨 패주고는 다시 와서 꼭 죽이고 말겠다고 사람들이 다 보는 앞에서 맹세했습니다…… 오, 증인이 천 명은 될 겁니다! 한 달 내내 소리치고 다녔으니, 모두가 증인인 거지요……! 사실은 눈앞에 버젓이 서 있고, 사실은 말하고 소리치지만—그러나 감정은, 여러분, 감정은 말입니다, 그건 전혀 별개의 것입니다. 그러니까, 여러분," 미챠는 미간을 잔뜩 찌푸렸다. "내 생각으로는 여러분이 내 감정에 대해 심문할 권리는 없어 보이는데요. 여러분이 직권이라는 것을 가졌다 해도, 그리고 나도 그걸 잘 압니다만, 그래도 이것은 나만의 문제이고, 내 마음속의 은밀한 문제니까요, 하지만…… 전에도 내 감정을 숨기지 않았고, 예컨대 술집 같은 데서도…… 상대가 누구든 간에 아무한테나 떠들어댔으니, 그러니까…… 지금도 이걸 굳이 비밀로 삼을 생각은 없습니다. 아십니까, 여러분, 이번 사건에서 나에게 불리한 무시무시한 증거들이 있다는 걸 나도 잘 압니다. 아버지를 죽이겠다고 모든 사람한테 떠들어댔는데, 갑자기 아버지가 살해되었으니,

그런 경우 어떻게 내가 범인이 아니겠습니까? 하-하! 여러분을 탓하진 않습니다, 절대로 탓하지 않습니다, 여러분. 나 자신도 살갗이 덜덜 떨릴 정도로 놀랐는데, 그도 그럴 것이 만약 내가 아니라면 도대체 누가 결국 아버지를 죽였겠습니까? 정말 그렇지 않습니까? 내가 아니라면 도대체 누구, 누구겠느냐고요? 여러분," 하고 그가 갑자기 소리쳤다. "나는 알고 싶습니다, 아니 심지어, 여러분에게 답변을 요구합니다, 여러분, 아버지는 어디서 살해됐습니까? 어떻게 살해됐습니까, 무엇으로 어떻게? 말씀해주십시오." 그는 검사와 예심판사를 번갈아 쳐다보며 빠른 어조로 물었다.

"우리가 현장에 갔을 때, 부친은 두개골이 박살난 채 고개를 위로 하고 서재 바닥에 누워 있었습니다." 검사가 말했다.

"끔찍한 일이군요, 여러분!" 미챠는 갑자기 몸을 부르르 떨더니, 팔꿈치를 탁자 위에 세우고 오른손으로 얼굴을 가렸다.

"그럼 계속하도록 하죠." 니콜라이 파르표노비치가 미챠의 말을 중단시켰다. "그러니까 그 당시 무엇 때문에 당신은 그런 증오심을 품게 됐습니까? 질투심 때문이라고 공공연하게 밝히고 다닌 것 같던데……"

"하긴 그렇죠, 질투 때문이었지요. 하지만 그저 질투 하나 때문은 아닙니다."

"돈 문제로 인한 다툼인가요?"

"그야 뭐, 그래요, 돈 때문이기도 하죠."

"그 다툼은 당신 몫인 유산 3천 루블을 마저 넘겨주지 않아서라고 하던데요."

"3천이라뇨! 훨씬 많아요, 훨씬." 미챠가 소리를 질렀다. "6천 이상,

어쩌면 1만 루블도 넘을 겁니다. 나는 누구한테나 그렇게 말했고, 그렇게 외치고 다녔습니다! 하지만 어쩔 수가 없어서 3천 선에서 타협하기로 결심했던 거죠. 나한테 그 3천이 죽도록 필요해서 말이지요…… 그래서 아버지가 그루셴카에게 주려고 마련해서 베개 밑에 넣어둔 것으로 알고 있는 그 3천의 돈다발은 바로 나한테서 훔쳐간 돈이나 다름없다고 확고하게 생각했습니다, 정말입니다, 여러분, 그 돈을 내 돈이라고 간주했습니다, 어찌됐건 내 것이나 마찬가지라고요……"

검사는 의미심장하게 예심판사와 눈짓을 주고받으며 몰래 눈을 찡긋해 보였다.

"이 문제는 나중에 다시 얘기하기로 하고," 그러면서 예심판사가 곧바로 말했다. "지금은 바로 이 점에 대해 확인하고 기록하도록 해주시지요. 그러니까 당신은 그 봉투에 든 돈을 자신의 것이나 다름없다고 간주했다는 말씀이군요."

"그렇게 쓰시죠, 여러분, 이게 나한테 또다시 불리한 증거가 된다는 것쯤은 나도 잘 알아요, 하지만 증거 따위를 두려워하지 않고 내 입으로 나 자신에게 불리한 말을 하는 겁니다. 듣고 계시지 않습니까, 내 입으로 이런단 말입니다! 그런데 여러분, 여러분은 나를 실제의 나와 전혀 다른 인간으로 여기시는 것 같군요." 그가 갑자기 침울하고 서글프게 덧붙였다. "지금 여러분과 말하고 있는 사람은 고결한 인간, 더없이 고결한 인물이며, 무엇보다도—이 점을 간과하지 마십시오, 추잡한 짓을 수없이 저질러왔지만 언제나 한결같이 더없는 고결함을 지켜온 존재입니다, 마음속에서, 깊은 곳에서 그런 존재, 그러니까, 한마디로, 아니, 나 자신을 어떻게 표현해야 좋을지 모르겠군요…… 아무튼 내가 한평생 괴로웠던 것도 바로 고결함을 갈망했기 때문이었습니다, 말하자면 나는 고결함을 추구하는 고행자였고, 등불, 디오게네스*의 등불을 켜 들고 고결함을 찾아다니는 사람이었지만, 그러면서도 평생토록 그저 추잡한 짓만 저질러왔으니까요, 우리 모두가 그렇듯이 말이죠, 여러분…… 내 말은, 나 혼자만 그렇다는 겁니다, 여러분, 모두가 아니라 나 혼자만, 그만 실언을 했군요, 나 혼자, 나 혼자만입니다……! 여러분, 머리가 쑤셔오는군요." 그는 고통스럽게 얼굴을 찡그렸다. "그런데 말입니다, 여러분, 나는 아버지의 생긴 모습이 싫었습니다, 파렴치한 그 무엇, 거드름을 부리면서 모든 신성한 것을 짓밟는 뻔뻔함, 조롱과 불신, 추악해요, 추악해! 하지만 이제 이미 죽은 사람이 되고 나니, 생각이 달라지는군요."

"달라지다니요?"

"달라졌다는 건 아니고, 그렇게 증오했던 게 유감스럽다는 얘깁니다."

"후회된다는 겁니까?"

"아뇨, 후회된다는 게 아니라, 이런 건 기록하지 마십시오, 나 자신도 잘생기지 못했으니, 여러분, 바로 그겁니다, 나 자신도 그리 보기 좋은 얼굴이 아닌 주제에, 아버지를 혐오스럽다느니 어쩌다느니 해댈 권리가 없었다는 겁니다, 그래요! 이건, 뭐, 적으셔도 좋습니다."

이 말을 하고 나서 미챠는 갑자기 몹시 서글퍼졌다. 예심판사의 질문에 대답하면서 벌써 한참 전부터 점점 더 침울해지고 있었다. 그런데

---

* 고대 그리스의 철학자로, 밝은 대낮에 등불을 켜 들고 다녀 까닭을 물으면 '나는 인간을 찾고 있소'라고 대답했다는 일화가 전해진다.

마침 이 순간 갑자기 또다시 예기치 못한 소동이 벌어졌다. 문제는, 아까 그루셴카가 끌려나가긴 했으나 끌려간 곳이 그다지 멀지도 않고 지금 심문이 진행중인 푸른 방에서 겨우 세 칸 떨어진 방이라는 데 있었다. 그곳은 창문이 하나밖에 없는 조그만 방으로, 간밤에 다들 춤을 추고 한판 질펀하게 술잔치를 벌였던 큰방 바로 뒤에 붙어 있었다. 그녀는 그곳에 앉아 있고, 그녀 옆에는 지금 막시모프 한 사람밖에 없었는데, 그는 무서운 충격을 받고 지독하게 겁먹은 나머지 마치 그녀 곁에서 구원을 구하기라도 하듯 그녀에게 찰싹 달라붙어 있었다. 방문 옆에는 가슴에 감찰을 단 웬 농부가 서 있었다. 그루셴카는 내내 울고 있다가 갑자기 설움이 너무 거세게 가슴속에 북받쳐오르는 바람에 자리에서 벌떡 튀어 일어나 손뼉을 탁 치며 "괴로워, 아, 괴로워!" 하고 울부짖더니, 그대로 방을 뛰쳐나가 그에게로, 자신의 미챠에게로 달려갔는데, 워낙 뜻밖의 일이어서 아무도 그녀를 저지할 겨를이 없었다. 미챠는 그녀가 울부짖는 소리를 듣자 몸을 부르르 떨며 벌떡 일어나 자기도 큰 소리로 울부짖더니 앞뒤 살피지 않고 정신없이 그녀 쪽으로 몸을 날려 달려갔다. 하지만 그저 서로를 보기만 했을 뿐, 이번에도 두 사람이 함께하도록 허락되지는 않았다. 그는 양팔을 꽉 붙들렸다. 몸부림치며 빠져나오려고 버둥대는 바람에 서너 명이 달려들어 그를 저지해야만 했다. 그녀도 붙잡혔고, 그는 그녀가 끌려가면서 뭐라고 소리치며 자신을 향해 두 팔을 뻗는 것을 보았다. 소동이 끝나고 다시 정신을 차렸을 때, 그는 자기가 조금 전의 자리에서 탁자를 사이에 두고 예심판사와 마주 앉아 있는 것을 깨닫자 상대방을 향해 버럭 고함을 쳤다.

"그 여자를 어떻게 한 거요? 왜 그 여자를 괴롭혀요? 그 여자는 아무

죄도 없어요, 아무 죄도……!"

검사와 예심판사가 그를 달랬다. 그러느라 시간이 좀, 한 십 분가량 지났다. 마침내 잠시 자리를 떴던 미하일 마카로비치가 방으로 급히 들어오더니 몹시 흥분하여 큰 소리로 검사에게 말했다. "그 여자는 멀찌감치 데려다놨소, 지금 아래층에 있소, 그런데 여러분, 이 불행한 사람한테 딱 한 마디만 해도 되겠소? 당신들이 있는 데서 말이오, 여러분, 당신들이 있는 데서!"

"얼마든지 그러시지요, 미하일 마카로비치." 예심판사가 대답했다. "그런 경우라면 우리가 마다할 이유가 없습니다."

"드미트리 표도로비치, 잘 듣게나, 여보게." 미하일 마카로비치는 미챠를 향하여 이렇게 말을 시작했는데, 온통 흥분한 그의 얼굴에는 이 불행한 사람에 대한 거의 아버지 같은 뜨거운 동정의 빛이 어려 있었다. "나는 자네의 아그라페나 알렉산드로브나를 아래층으로 직접 데려가서 주인장의 딸들에게 맡기고 왔네, 지금 거기엔 그 막시모프 영감이 한시도 떠나지 않고 그 여자 곁에 있어, 내가 그 여자를 잘 달랬네, 듣고 있나? 달래서 진정시켜놓았어, 자네는 자신의 무죄를 증명해야 하니 방해하면 안 된다, 공연히 걱정시키면 안 된다, 안 그러면 머릿속이 복잡해져서 잘못하면 자신에게 불리한 진술을 할 수도 있다고 잘 알아듣도록 타일렀네, 알겠나? 그래, 한마디로 그래, 내가 잘 말해주었더니 그 여자도 알아듣더군. 여보게, 그 여자는 영리해, 착한 여자야, 나 같은 늙은이 손에 입을 맞추려고 하면서까지 자네를 부탁하더란 말일세. 나를 여기로 올려보내면서, 제발 자기 걱정은 말라고 자네한테 말해달라고 했네, 그리고, 여보게, 나도 어서 그 여자한테 가서, 자네가 마음을 가라앉히고 그 여자에 대해서도 안심하고 있다고 얘기해줘야 하네, 꼭 그래야 하네. 그러니 마음을 진정시키게나, 내 말뜻을 알겠지. 내가 그 여자한테 잘못했지 뭔가, 그리스도교도다운 영혼을 가진 여자야, 그렇고말고, 여러분, 그 여자는 온순한 영혼을 지녔소, 아무 죄도 없는 여자요. 그러니 그 여자한테 뭐라고 얘기할까, 드미트리 표도로비치, 차분하게 앉아 있을 텐가, 아닌가?"

이 호인은 그 밖에도 쓸데없는 얘기를 많이 늘어놓았지만, 그루셴카의 슬픔, 인간적인 슬픔이 그의 선량한 영혼 속으로 스며들어 두 눈에 눈물마저 고여 있었다. 미챠는 벌떡 일어나서 그에게 몸을 던졌다.

"용서하십시오, 여러분, 제발, 오, 제발!" 그가 외쳤다. "당신은 천사의, 천사의 영혼을 가진 분입니다, 미하일 마카로비치, 그녀의 일에 대해 정말 감사드립니다! 차분히 있겠습니다, 그럼요, 명랑하게 있겠습니다, 당신의 한없이 선량하신 마음으로 그녀에게 전해주십시오, 내가 명랑하다고, 아주 명랑하다고, 그녀에게 당신과 같은 수호천사가 계신 걸 아니까 이제 곧 웃기까지 할 거라고 말이지요. 이제 곧 모든 것을 끝내고 자유의 몸이 되면 당장 그녀에게 달려갈 테니, 곧 다시 볼 때까지 조금만 기다려달라고 해주십시오! 여러분," 그는 갑자기 검사와 예심판사 쪽으로 몸을 돌렸다. "이제 여러분에게 내 영혼을 전부 열어 보이고 전부 토로할 테니, 이 일을 순식간에 끝냅시다, 유쾌하게 끝내자고요—결국엔 한바탕 웃게 될 겁니다, 안 그렇습니까? 하지만 여러분, 이 여자는—내 영혼의 여왕입니다! 오, 부디 이 말을 하게 해주십시오, 이것만큼은 여러분한테 꼭 털어놓아야겠습니다…… 나는 지금 더없이 고결한 분들과 함께 있다는 걸 잘 아니까요. 이 여자는 나의 빛이고 나의 가장 신성한 것입니다, 아, 여러분이 알아주시기만 한다면! 그녀가 외치는 걸 들으셨지요, '당신과 함께라면 사형이라도 달게 받겠어!' 라고 하던 것을요. 하지만 내가 그녀에게 뭘 해줬습니까, 이런 가난뱅이에다 알거지인 나를 그녀는 왜 이렇게 사랑해주는 걸까요, 나와 함께 징역살이라도 하겠다니, 이 볼품없고 치욕스러운 놈이, 이런 치욕스러운 얼굴을 한 놈이 과연 그런 사랑을 받을 자격이 있을까요? 아까 그녀는 나를 위해 여러분의 발아래 무릎을 꿇고 엎드렸습니다, 그녀가, 그토록 자존심 강하고 아무 죄도 없는 그녀가 말입니다! 그러니 어찌 내가 그녀를 숭배하지 않겠습니까, 방금처럼 어찌 울부짖지 않겠습니까, 어찌 그녀에게 달려가지 않겠습니까? 오, 여러분, 용서하십시오! 하지만 이제, 이제는 안심이 됩니다!"

이러면서 그는 의자에 털썩 주저앉아 두 손으로 얼굴을 가리고 흑흑 흐느껴 울기 시작했다. 하지만 그것은 이미 행복한 눈물이었다. 그는 금세 정신을 차렸다. 늙은 서장은 몹시 만족스러워했고, 법관들도 그런 것 같았다. 그들은 이제 심문이 새로운 단계로 접어들 거라고 느꼈던 것이다. 경찰서장을 보낸 뒤 미챠는 정말로 명랑해졌다.

"자, 여러분, 이제 나는 여러분의 것, 완전히 여러분의 것입니다. 하긴…… 이런 자질구레한 얘기만 아니었어도, 지금쯤 일을 잘 끝냈을 테지요. 이런, 내가 또 자질구레한 소리를. 나는 물론 여러분의 것입니다, 하지만 여러분, 맹세코 서로 간의 신뢰가 필요합니다—나에 대한 여러분의 신뢰, 그리고 여러분에 대한 나의 신뢰가 있어야 합니다—그렇지 않으면 우리는 절대로 끝내지 못할 겁니다. 여러분을 위해서 하는 말입니다. 본론으로, 여러분, 본론으로 들어갑시다, 중요한 것은, 제 영혼을 그렇게 마구 파 헤집지 마시고, 하찮은 것들로 제 영혼을 괴롭히지도 마시고, 오로지 이 사건에 대해서만, 사실에 대해서만 물어주십시오, 그럼 나도 즉시 여러분을 만족시켜드릴 테니까요. 자질구레한 것들은 집어치웁시다!"

미챠는 이렇게 외쳤다. 다시 심문이 시작되었다.

IV
두번째 고난

"아마도 믿지 않으시겠지만, 드미트리 표도로비치, 이처럼 기꺼이 응해주시니 얼마나 기운이 나는지 모르겠습니다……" 니콜라이 파르표노비치가 활기찬 표정으로 말을 시작했는데, 방금 안경을 벗은, 심한 근시인 커다란 연회색 퉁방울눈에는 만족스러운 빛이 뚜렷이 나타나 있었다. "방금 우리의 상호 신뢰를 지적하셨는데, 참으로 지당하신 말씀인 것이, 그런 신뢰가 없다면 이처럼 중요한 사건의 심리에서 때로는 한 발짝도 앞으로 나갈 수가 없습니다, 이건 피의자가 정말로 자신의 무죄를 밝히길 원하고 기대하며 또 그럴 수 있는 경우를 두고 하는 말입니다. 우리 쪽에서도 우리가 할 수 있는 모든 것을 강구하겠습니다만, 당신도 우리가 이 일을 어떻게 다루는지 지금 직접 보셨을 줄 압니다…… 동의하시죠, 입폴리트 키릴로비치?" 그가 갑자기 검사를 보며 말했다.

"오, 그야 당연하죠." 검사는 동의했으나, 니콜라이 파르표노비치의 열띤 활기에 비하면 다소 냉랭했다.

여기서 처음이자 마지막으로 언급해두고자 한다. 우리 도시에 새로 부임한 니콜라이 파르표노비치는 여기서 맨 처음 활동을 시작했을 때부터 우리의 입폴리트 키릴로비치 검사에게 남다른 존경을 느꼈고, 거의 마음까지도 그와 잘 맞았다. 그는 '직무에서 홀대받는' 우리 입폴리트 키릴로비치의 비범한 심리학적 재능과 웅변술을 무조건 신뢰할 뿐 아니라, 이 검사가 홀대받고 있다고 믿어 의심치 않던 거의 유일한 사람이었다. 이 검사에 대한 소문을 이미 페테르부르크에서부터 듣고 있었던 것이다. 다른 한편, 젊은 니콜라이 파르표노비치도 우리의 '홀대받는' 검사가 이 세상 너른 천지에서 진심으로 좋아하게 된 단 한 사람이었다. 이리로 오는 길에 그들은 당면한 일과 관련해 무언가를 서로 합의하고 약속해둔 터라, 지금 이렇게 탁자 앞에 앉아 있으면서도 니콜라이 파르표노비치의 날카로운 지성은 선배가 한마디 슬쩍 비치기만 해도, 선배의 시선만 보아도, 아니 그저 한 눈만 찡긋해 보여도, 그 얼굴 표정의 온갖 움직임이며 암시하는 바를 곧바로 포착하고 이해할 수 있었다.

"여러분, 제발 나 혼자 얘기하게 해주시고 하찮은 것들로 내 말을 끊지 마십시오, 순식간에 모든 걸 진술할 테니까요." 미챠는 펄펄 끓듯이 흥분해 있었다.

"아주 좋습니다요. 고맙습니다. 하지만 본격적으로 당신의 이야기를 듣기에 앞서, 조그만 사실 한 가지만 더 확인해주셨으면 하는데, 우리한테는 대단히 흥미로운 게 돼놔서, 다름아니라 당신이 어제 다섯시 무렵에 친구인 표트르 일리치 페르호친에게 권총을 잡히고 10루블을 빌려갔다는 것 말입니다."

"잡혔습니다, 여러분, 10루블을 빌리려고 잡혔지요, 그게 어째서요? 어딜 갔다가 시내로 돌아오자마자 바로 잡혔지요, 그게 전부입니다."

"어딜 갔다 돌아오셨다고요? 시외로 가셨던 겁니까?"

"예, 여러분, 40베르스타 떨어진 곳에 다녀왔는데, 모르셨습니까?"

검사와 예심판사는 눈짓을 주고받았다.

"차라리, 어제 하루 동안 있었던 일 전부를 이른 아침부터 쭉 체계적으로 말씀해주시면 어떨지요? 이를테면 왜 도시를 잠시 떠났고 언제 출발해서 언제 돌아왔는지, 그런 것을 알 수 있게 말입니다…… 그런 사실들을 전부 빠짐없이……"

"그럼 진작에 그렇게 물으시지." 미챠는 큰 소리로 웃었다. "괜찮으시다면, 어제가 아니라 그저께 꼭두새벽부터 시작해야겠군요, 그래야 내가 어디를 어떻게 왜 갔고, 왜 그 먼 데까지 갔는지 이해하실 테니까요. 여러분, 나는 그저께 아침에 아주 확실한 담보를 잡히고 돈 3천을 빌리려고 이곳의 상인 삼소노프를 찾아갔습니다—갑자기 그 돈이 꼭 필요했거든요, 여러분, 갑자기 꼭 필요한 일이 생겨서……"

"말을 끊어서 죄송합니다만," 검사가 정중하게 끼어들었다. "왜 그렇게 갑자기 필요했던 겁니까, 하필이면 바로 그런 금액이, 그러니까 3천 루블이 말이죠?"

"에이, 여러분, 자질구레한 것들은 집어치우자고요, 어떻게, 언제, 왜, 그리고 무엇 때문에 다른 액수도 아니고 하필이면 그만큼의 돈이 필요했느냐, 그런 건 죄다 쓸데없는 것들이니까요…… 그런 걸 다 쓰다가는 책 세 권으로도 모자라서 에필로그까지 붙여야 할 겁니다!"

이 모든 것을 미챠는 선량하지만 성급하다 싶게 허물없는 어조로 말했는데, 모든 진실을 숨김없이 말하고자 하는 더없이 좋은 의도로 가득 찬 사람에게서만 볼 수 있는 태도였다.

"여러분," 그는 갑자기 실수라도 생각난 듯이 말을 이었다. "고집을 부린다고 고깝게 여기지 마십시오, 거듭 부탁드립니다. 다시 한번 믿어 주십시오, 나는 여러분을 더없이 존경하며, 지금의 사태도 충분히 이해하고 있습니다. 내가 취했다고 생각하진 마십시오. 이제 정말 말짱하니까요. 하긴 취해 있다 해도 아무 상관 없겠지요. 나는 원래 이렇거든요.

술이 깨어 똑똑해지니—바보가 됐네.
술에 취해 바보가 되니—똑똑해졌네.

하-하! 그렇지만 여러분, 아직은, 다시 말해 우리가 진상을 밝혀내기도 전에 여러분 앞에서 이런 농담을 하는 게 결례라는 건 압니다. 제발 나 자신의 품위를 지키도록 해주십시오. 지금 내가 여러분과 얼마나 다른 처지에 있는지도 잘 알고 있습니다. 어쨌든 나는 여러분 앞에 범죄자로 앉아 있으니, 여러분과는 천양지차인데다, 여러분에겐 나를 감시할 임무가 있잖습니까. 그리고리한테 저지른 일 때문에 여러분이 내 머리를 쓰다듬어줄 리도 없고, 노인네들 머리통을 깨부숴놓고서 벌을 정말 안 받을 수는 없으니 그 건으로 나를 재판에 회부하여 반년이고 일 년이고 교도소에 처넣겠죠, 거기 여러분 쪽에서 어떻게 형을 매기는지는 몰라도 설마 권리박탈까지야 안 가겠지만, 정말 권리박탈까지는 아니겠지요, 검사님? 뭐, 그러니까 여러분, 이렇게 처지가 다르다는 것쯤은 나도 이해한다고요…… 하지만 그런 식으로, 어디를 갔느냐, 어떻게 갔느냐, 언제 갔느냐, 어디로 들어갔느냐 하고 물어대면 하느님이라도 그만 얼이 빠지지 않겠습니까? 그런 식이라면 나도 얼이 빠지고 마는데, 온갖 자질구레한 것을 캐내 일일이 적고 앉았으니, 그래 가지고 결국 뭐가 나오겠습니까? 아무것도 안 나와요! 그리고 끝으로, 기왕 이렇게 바보 같은 소리를 늘어놓았으니 할말을 다 하겠습니다. 여러분, 여러분은 고등교육을 받은 더없이 고결한 분들이니 나를 용서해주시겠지요. 끝으로 부탁 한말씀드리지요, 다름이 아니라, 여러분, 그 판에 박힌 관청식 심문은 제발 좀 잊어버리시죠, 그러니까 왜 아시잖습니까, 처음엔 아주 하찮고 아무것도 아닌 질문, 가령 어떻게 일어났느냐, 뭘 먹었느냐, 어떻게 침을 뱉었느냐 하는 질문을 퍼부어 '범인의 주의력을 마비시킨 다음', 느닷없이, '누굴 죽였나, 누구 돈을 강탈했어?' 하고 기겁할 질문으로 그를 덮치는 식 말입니다. 하-하! 바로 이게 여러분의 판에 박힌 수법이고, 바로 이게 여러분의 법칙이고, 바로 여기에 여러분의 모든 계교가 있는 것이죠! 하지만 그런 교활한 수법으로 농사꾼들의 얼이야 빼놓을 수 있겠지만, 나는 아닙니다. 나는 그 수법을 알고 있거든요, 나도 관청에 근무한 적이 있으니까, 하-하-하! 화내지 마십시오, 여러분, 무례했지만 용서해주시겠죠?" 그는 거의 놀라울 정도로 선량하게 그들을 바라보며 외쳤다. "미치카 카라마조프가 한 말이니 용서해주실 수 있겠죠, 똑똑한 사람이 그랬다면야 용서할 수 없겠지만 미치카니까 용서해주시겠죠! 하-하!"

니콜라이 파르표노비치는 이 말을 들으면서 함께 웃었다. 검사는 웃지는 않았지만 한시도 눈을 떼지 않고, 사소한 말 한마디, 사소한 몸동작 하나, 얼굴의 아주 작은 선의 아주 미세한 떨림 하나도 놓치지 않으려는 듯 날카로운 눈초리로 미챠를 살펴보았다.

"하지만 우리는 애당초 당신을 그런 식으로 대하지 않았는데요." 여전히 웃으면서 니콜라이 파르표노비치가 응수했다. "아침에 어떻게 일어났고 무엇을 드셨냐는 질문들로 얼을 빼놓는 대신 오히려 지극히 본질적인 것들로 시작하지 않았습니까."

"압니다, 알았기 때문에 나도 그 점을 높이 평가했고, 또 지금 나에게 베푸시는 호의, 더없이 고결한 마음만이 지닐 수 있는 비할 바 없는 호의에 대해서는 더 높이 평가하고 있습니다. 이 자리에 모인 우리 셋은 고결한 사람들이니, 귀족다운 품위와 명예로 결합된 교양 있는 상류사회 사람들답게 모든 것이 서로의 신뢰를 바탕으로 이루어져야 할 것입니다. 여하튼 내 인생의 이 순간, 내 명예가 이토록 실추된 이 순간에 여러분을 나의 가장 좋은 친구들로 여기게 해주십시오! 이런다고 모욕을 느끼시지는 않겠죠, 여러분, 모욕을 느끼시지는?"

"천만에요, 정말 모두 아주 훌륭한 말씀이었습니다, 드미트리 표도로비치." 니콜라이 파르표노비치가 그를 칭찬하듯 위엄 있게 동의했다.

"자질구레한 것들은, 여러분, 갈고리처럼 트집이나 잡는 자질구레한 질문들은 죄다 집어치웁시다." 미챠가 열광적으로 소리쳤다. "안 그러면 정말 어떤 결과가 될지 아무도 모르니까요, 안 그렇습니까?"

"사려 깊은 조언에 전적으로 따르겠습니다만," 검사가 미챠를 보며 갑자기 끼어들었다. "내가 했던 질문을 그냥 거두지는 않겠습니다. 우리로서는 그것을 반드시 알지 않으면 안 되니까요, 무엇 때문에 그 금액이, 다시 말해 꼭 3천이라는 돈이 당신에게 필요했던 겁니까?"

"무엇 때문에 필요했느냐고요? 그야, 그런저런 이유가 있어서…… 그러니까 빚을 갚기 위해서였지요."

"누구한테죠?"

"그건 절대로 말하지 않겠습니다, 여러분! 아십니까, 이건 말할 수 없어서도 아니고 용기가 없거나 겁이 나서도 아닙니다, 모두 별것 아니고 사소하기 짝이 없는 것들이니까요, 말하지 않겠다는 건 그게 나의 원칙이기 때문입니다. 이건 내 사생활이고, 내 사생활에 간섭하는 것은 용납하지 않겠습니다. 그게 내 원칙입니다. 검사님의 질문은 이 사건과 무관하고, 이 사건과 무관한 것은 모두 나의 사생활입니다! 빚을 갚으려고 한 겁니다, 명예의 빚을, 누구한테인지는—말하지 않겠습니다."

"그걸 기록하게 해주시지요." 검사가 말했다.

"좋으실 대로. 이렇게 적어두시죠, 말하지 않겠다, 절대로 말하지 않겠다고 한다고요. 어서 쓰세요, 여러분, 그걸 말하는 것을 파렴치하게까지 여긴다고. 에잇, 시간도 되게 많군, 그런 것까지 적어넣고 앉았다니!"

"실례지만, 선생, 그저 모르고 계실 경우를 위해 미리 말씀드려 다시 한번 주의를 환기시켜드리고자 합니다." 검사가 유난히 힘을 주며 매우 엄격한 훈계조로 말했다. "당신은 지금 당신이 받은 질문에 대해 대답하지 않을 완전한 권리가 있고, 또 역으로 우리는 당신 쪽에서 이런 저런 이유로 답변을 회피할 경우 답변을 강요할 어떤 권리도 없습니다. 이것은 어디까지나 당신 자신이 판단할 일입니다. 하지만 지금과 같은 경우 당신이 이런저런 진술을 거부함으로써 자신에게 어떤 불이익을 초래할 수 있는지 그 정도를 당신에게 분명히 주지시키고 설명해드리는 것이 다시금 우리의 의무입니다. 그럼 계속하시지요."

"여러분, 나는 절대 화를 내는 게 아닙니다…… 나는……" 미챠는 검사의 훈계에 좀 당황해하며 중얼거렸다. "그러니까 여러분, 내가 그때 바로 그 삼소노프라는 사람을 찾아갔는데……"

물론 우리는 독자들이 이미 알고 있는 그의 이야기를 다시 자세히 늘어놓지는 않을 것이다. 진술을 시작한 그는 아주 사소한 것까지 모조리 이야기하고 싶어하면서도 어서 빨리 끝맺고 싶어 몹시도 초조한 눈치였다. 그러나 진술을 들어가며 기록하느라 중간중간 그를 멈추게 해야만 했다. 드미트리 표도로비치는 항의하면서도 그대로 따랐는데, 화가 나 있긴 했으나 아직은 여전히 호의적이었다. 하긴 이따금 "여러분, 이러면 정말 하느님이라도 화나서 미칠 겁니다"라거나 "여러분, 나를 공연히 짜증나게 할 뿐이라는 걸 알고나 있습니까?"라고 소리치기도 했지만, 이렇게 소리치면서도 여전히 격정적이고 호의적인 기분을 그대로 지니고 있었다. 그리하여 그는 그저께 삼소노프가 자기를 '속여먹은' 이야기를 했다(그는 자기가 그때 속아넘어갔다는 것을 이제 똑똑히 깨닫고 있었다). 여비를 마련하기 위해 시계를 6루블에 판 얘기는 예심판사와 검사에게 금시초문이었던지라 그들은 즉시 비상한 관심을 보였는데, 이 때문에 미챠는 극도로 분개하고 말았다. 그들은 이것이 미챠에게 그 전날만 해도 돈이 거의 한푼도 없었다는 정황을 뒷받침하는 두번째 증거라고 여겨, 이 사실을 상세하게 기록할 필요가 있다고 보았던 것이다. 미챠는 점점 침울해지기 시작했다. 이어 그는 랴가브이를 만나러 간 일이며, 탄산가스가 꽉 찬 오두막에서 밤을 보낸 일 등을 얘기했고, 드디어 시내로 돌아온 데까지 이야기가 이르자, 그는 저쪽에서 특별히 부탁하지도 않았는데 자기가 나서서 그루센카로 인한 질투의 괴로움을 자세히 늘어놓기 시작했다. 저쪽에서는 그의 말을 묵묵히 주의깊게 들으면서, 그가 이미 오래전부터 마리야 콘드라치예브나의 집 '뒤뜰'에다 감시소를 마련하여 그루센카가 표도르 파블로비치한테 오는지 망을 보고 있었다는 것과, 스메르자코프가 그에게 정보를 건네주고 있었다는 것에 특별한 관심을 기울였다. 그들은 이 점을 대단히 중시하면서 기록해넣었다. 그는 자신의 질투에 대해 열정적으로 자세히 이야기했고, 자신의 가장 은밀한 감정을 이른바 '공개적인 치욕거리'가 되도록 내놓는 것을 속으로 수치스럽게 여기면서도, 진실을 있는 그대로 말하기 위해 수치심을 억누르는 기색이 역력했다. 이야기하는 동안 그를 뚫어져라 응시하는 예심판사와 특히 검사의 냉담하고 엄격한 시선에 마침내 그는 몹시 당혹스러워졌다. '며칠 전만 해도 나하고 멍청하게 여자들 얘기나 하던 이 젖비린내 나는 애송이 니콜라이 파르표노비치, 그리고 이 골골하는 검사 녀석, 이따위들한테 이 이야기를 들려줄 가치가 있을까, 이건 치욕이다!' 이런 서글픈 생각이 그의 뇌리를 스쳤다. "참으라, 진정하라, 그리고 침묵하라."* 이런 시구로 자신의 상념을 마무리했지만, 그래도 이야기를 계속하기 위해 다시금 기운을 냈다. 호흘라코바 얘기로 넘어가자 그는 또다시 아주 유쾌해지기까지 해서 이 일과는 관계도 없는, 이 귀족 부인에 대한 최근의 특별한 일화까지 이야기하려 들었지만, 예심판사는 그를 저지하고 '더 본질적인 이야기'로 넘어가줄 것을 정중하게 권했다. 마침내 그가 자신의 절망에

* 츄체프의 시 「실렌티움(Silentium)!」의 부정확한 인용.

대해 자세히 이야기하고, 호흘라코바의 집을 나왔을 때 '당장에 누구를 찔러 죽이는 한이 있어도 3천을 꼭 구하겠다'는 생각마저 했다고 말하자, 저쪽에서는 또다시 그를 저지하고, '찔러 죽이려고 생각했다'라고 적어넣었다. 미챠는 아무 말 않고 그대로 적어넣게 내버려두었다. 드디어 이야기는 그루셴카가 그를 속이고, 자정까지 삼소노프 노인 집에 앉아 있을 거라고 제 입으로 말하고는 그가 바래다주자마자 그 노인 집에서 내뺐다는 것을 갑자기 알게 된 대목에 이르렀다. 이 부분에서 갑자기 그는 "여러분, 내가 그때 그 페냐를 죽여버리지 않은 건 다만 그럴 시간이 없어서였습니다"라고 불쑥 내뱉고 말았다. 그들은 이것도 꼼꼼하게 기록했다. 미챠는 어두운 얼굴로 좀 기다렸다가, 아버지 집의 정원으로 달려간 이야기를 막 하려는데, 갑자기 예심판사가 그를 저지하고 소파 위의 자기 자리 옆에 놓여 있던 커다란 서류가방을 열더니 놋쇠 공이를 꺼냈다.

"이 물건을 알아보시겠습니까?" 그는 놋쇠 공이를 미챠에게 보여주었다.

"아, 그러믄요!" 그는 침울하게 피식 웃었다. "못 알아볼 리가 없죠! 어디 좀 줘보시죠, 한번 보게…… 에잇, 젠장, 그럴 필요 없습니다!"

"이것에 대해 말하는 걸 잊으셨군요." 예심판사가 지적했다.

"아, 제기랄! 여러분한테 숨기려고 했던 건 아닙니다, 어차피 그 얘기를 빼고 넘어갈 수야 없잖습니까, 어떻게 생각하십니까? 그냥 깜박했을 뿐입니다."

"어떻게 이걸 준비하게 됐는지 상세히 얘기해주시지요."

"물론 그러죠, 여러분."

그러면서 미챠는 공이를 집어들고 달려갔던 얘기를 했다.

"그런데 어떤 목적에서 이 도구를 챙긴 겁니까?"

"목적요? 목적 같은 건 없었습니다! 그냥 움켜쥐고 달려갔던 거죠."

"목적이 없다면 대체 왜죠?"

미챠는 부아가 부글부글 끓어올랐다. 그는 '애송이'를 뚫어지게 바라보다가 침울하고 심술궂게 히죽 웃었다. '이런 인간들'한테 방금 자신의 질투 이야기를 그토록 진정 어린 마음으로, 그토록 진실되게 토로했다는 게 점점 더 수치스러워졌던 것이다.

"그까짓 공이 얘기, 침이나 뱉으라지!" 그의 입에서 불쑥 이런 말이 튀어나왔다.

"그래도 말이지요."

"뭐, 개를 쫓으려고 움켜쥐었던 겁니다. 뭐, 캄캄했으니까…… 뭐, 만약을 위해서."

"캄캄한 게 두려웠다면 전에도 밤에 외출할 때 무슨 무기 같은 걸 들고 나갔나요?"

"에이, 젠장맞을, 칫! 여러분, 당신네들하고는 정말이지 무슨 말을 못하겠군!" 미챠는 짜증이 머리 꼭대기까지 치밀어 이렇게 소리친 뒤, 화가 나서 시뻘게진 얼굴을 서기 쪽으로 돌리고는 미칠 듯한 분노 같은 것이 느껴지는 목소리로 빠르게 말했다.

"어서 적어넣게…… 어서…… '나의 아버지…… 표도르 파블로비치에게 달려가서…… 머리통을 깨부숴 죽이려고 공이를 움켜쥐었다!' 라고. 자, 이제 만족합니까, 여러분? 속이 시원한가요?" 그가 도전적인 눈초리로 예심판사와 검사를 노려보며 말했다.

"지금 우리한테 짜증이 나고 우리가 하는 질문에 화가 나서 그런 진술을 하셨다는 건 충분히 이해합니다만, 당신에겐 사소해 보일지라도 실은 대단히 본질적인 질문들입니다." 검사가 대답 대신 건조하게 말했다.

"아니, 제발, 좀, 여러분! 그래, 물론 공이를 집어들고 갔습니다…… 아니, 그런 경우에 뭔가를 손에 집어드는 데 꼭 무슨 목적이 있어야 됩니까? 뭘 하려고 그랬는지는 나도 모르겠습니다. 그냥 움켜쥐고 뛰었습니다. 그게 전부입니다. 부끄럽게 여기십시오, 여러분, *이 얘긴 그만하죠*, 안 그러면 맹세코 얘기를 그만두겠습니다."

그는 탁자에 팔꿈치를 세우고 한 손으로 머리를 괴었다. 그렇게 비스듬히 그들을 외면하고 앉아 벽을 쳐다보면서 속에서 치밀어오르는 불쾌감을 억누르고 있었다. 사실 벌떡 일어나서, '사형대에 끌려갈지라도' 더이상 아무 말도 하지 않겠노라고 선언하고 싶어 미칠 것만 같았다.

"이보십시오, 여러분." 간신히 자신을 억제하며 그가 불쑥 입을 열었다. "이보십시오. 여러분 말을 듣고 있자니 떠오르는 게 있군요…… 나는 말입니다, 자다가 이따금 어떤 꿈을 꾸는데…… 늘 같은 꿈이죠, 그 꿈을 자주 꾸고 되풀이해 꾸거든요, 누구한테 쫓기는 꿈인데, 내가 지독하게 두려워하는 그런 누군가가 캄캄한 밤에 나를 뒤쫓으면서 찾고 있는 겁니다, 나는 그를 피해서 어디 문 뒤나 장롱 뒤에 숨어요, 비굴하게도 몸을 숨기는데, 문제는, 내가 자기를 피해 어디에 숨었는지 이 사람은 기가 막히게 잘 알아요, 그러면서도 내가 어디에 앉아 있는지 일부러 모르는 척하는 것 같거든요, 더 오랫동안 나를 괴롭히고 내가 겁내는 걸 즐기려고…… 지금 여러분이 하는 짓도 꼭 그렇단 말입니다!

아주 똑같아요!"

"그런 꿈을 꾸신단 말이죠?" 검사가 확인하듯 물었다.

"예, 그런 꿈을 꿉니다…… 그건 안 적습니까?" 미챠가 입을 일그러뜨리며 히죽 웃었다.

"아닙니다요, 기록할 것까진 없지만 어쨌든 흥미로운 꿈이군요."

"지금은 이미 꿈이 아닙니다! 리얼리즘이에요, 여러분, 실제 삶의 리얼리즘이란 말입니다! 나는 늑대고 여러분은 사냥꾼이죠, 자, 어디 한번 늑대를 몰아보시죠."

"괜히 그런 비유를 드시는군요……" 니콜라이 파르표노비치가 무척이나 부드럽게 입을 열었다.

"괜히가 아닙니다, 여러분, 괜한 게 아니라고요!" 미챠는 또다시 부글부글 끓어올랐지만, 느닷없이 분노를 터뜨려 마음이 한결 가벼워졌는지 한마디 한마디 말할 때마다 다시금 선량한 어조로 되돌아갔다. "여러분은 여러분의 질문 공세에 고문당하는 범인이나 피고의 말은 믿지 않을 수도 있겠지요, 하지만 더없이 고결한 인간의 말은, 여러분, 더없이 고결한 영혼으로부터 터져나오는 말은(나는 감히 이렇게 외치는 바입니다!)—그렇지 않습니다! 여러분도 이것은 믿지 않으면 안 됩니다…… 믿지 않을 권리조차 없습니다…… 그러나—

침묵하라, 가슴이여,
참으라, 진정하라, 그리고 침묵하라!

자, 어떻게, 계속할까요?" 그가 하던 말을 중단하고 침울하게 물었다.

"어떡하긴요, 그렇게 해주시지요." 니콜라이 파르표노비치가 대답했다.

V
세번째 고난

미챠는 비록 거칠게 말을 시작했으나 자신이 전달하려는 내용에서 아주 사소한 것 하나라도 잊거나 빼먹지 않으려고 더욱더 애쓰는 기색이 역력했다. 그는 어떻게 담장을 뛰어넘어 아버지 집의 정원으로 들어갔는지, 어떻게 창가로 다가갔는지 얘기하고, 끝으로 창문 밑에서 있었던 모든 일에 대해 이야기했다. 그루셴카가 아버지한테 와 있는지 아닌지 알고 싶어 미칠 것만 같았던 그 순간, 정원에서 자신의 마음속에 끓어오르던 감정에 대해서도 마치 돋을새김하듯 분명하고 정확하게 전달했다. 그러나 이상한 일이었다. 검사도 예심판사도 이번에는 어쩐지 무척이나 자제하며 귀를 기울였고, 질문도 훨씬 덜 하면서 냉랭하게 바라보고만 있었다. 미챠는 그들의 얼굴만 보고서는 아무것도 알아낼 수 없었다. '화가 나서 기분이 상했군,' 하고 그는 생각했다. '뭐 그러라지, 우라질!' 결국 아버지에게 그루셴카가 왔다는 신호를 보내 창문을 열게 하기로 결심했다는 대목을 얘기했을 때에도, 검사와 예심판사는 '신호'라는 말에 주의를 기울이기는커녕 이 말이 여기서 무슨 뜻을 갖는지 전혀 깨닫지도 못한 눈치여서, 미챠마저 그것을 알아챌 정도였다. 이야기가 마침내 창밖으로 몸을 내민 아버지를 보자 증오심이 끓어올라 호주머니에서 공이를 꺼내든 순간에까지 이르렀을 때, 그는 마치 일부러 그러듯 갑자기 말을 멈추어버렸다. 그는 그렇게 앉아 벽만 쳐다보고 있었지만, 상대방이 자기에게 눈을 붙박고 있음을 알았다.

"그래서요," 예심판사가 말했다. "흉기를 꺼내들었는데…… 그래 그다음은 어떻게 됐습니까?"

"그다음요? 그다음엔 죽였지요…… 정수리를 내리쳐 두개골을 박살냈죠…… 바로 이거지요, 당신들 생각은, 바로 이것 아닙니까, 이것!" 그는 갑자기 눈을 번득였다. 가라앉았던 모든 분노가 그의 마음속에서 갑자기 맹렬하게 치솟았다.

"우리 생각으로는 그렇습니다만," 니콜라이 파르표노비치가 말을 받았다. "그럼 당신 생각으론?"

미챠는 눈을 내리뜨고 한참 동안 말이 없었다.

"내 생각으로는, 여러분, 내 생각으로는 바로 이랬습니다." 그가 조용히 입을 열었다. "누구의 눈물 때문이었는지, 내 어머니가 하느님께 간절히 기도드린 덕분인지, 아니면 광명의 정령이 그 순간 나에게 입을 맞추었기 때문인지는—모르지만, 아무튼 악마는 패배했습니다. 나는 얼른 창가에서 떨어져 담장 쪽으로 내달렸습니다…… 아버지는 소스라치게 놀라더니 그때 처음으로 나를 알아보고 비명을 지르면서 창가에서 급히 물러섰습니다—그 장면이 지금도 기억에 생생하군요. 나는 정원을 가로질러 담장 쪽으로 달려갔는데…… 내가 이미 담장에 걸터앉은 바로 그 순간, 그리고리가 나를 따라잡은 겁니다……"

여기서 그는 마침내 상대방을 향해 눈을 들어올렸다. 그들은 아주 차분하게 주의를 기울이며 자기를 바라보는 듯했다. 분노의 전율 같은 것이 미챠의 마음속을 스쳤다.

"그러니까 여러분, 지금 나를 신나게 비웃고 있군요!" 그가 갑자기 말을 끊었다.

"왜 그렇게 생각하시지요?" 니콜라이 파르표노비치가 지적했다.

"내 말을 한 마디도 믿지 않으니까요, 바로 그 때문입니다! 이야기가 제일 중요한 대목에 이르렀다는 건 나도 잘 알아요. 노인은 머리가 박살나서 지금 거기 쓰러져 있습니다, 그런데 나는—그를 얼마나 죽이고 싶어했는가를, 이어서 이미 공이를 꺼내든 장면까지도 비극적으로 묘사해놓고선, 갑자기 창가에서 달아난다라니…… 이거야 한 편의 서사시죠! 시에서나 나오겠지요! 풋내기가 하는 말을 그대로 믿을 수 있겠습니까! 하-하! 냉소가들입니다, 여러분은!"

그러면서 그는 의자에 앉은 채 몸통을 확 돌렸기 때문에 의자가 삐거덕거렸다.

"그럼 혹시 보지 못했습니까?" 미챠의 흥분 따위는 전혀 아랑곳없다는 듯 검사가 갑자기 입을 열었다. "창가에서 달아날 때 곁채의 다른 쪽 끝에 달린, 정원으로 통하는 문이 열려 있었는지 어땠는지 보지 못했습니까?"

"아니, 열려 있지 않았습니다."

"열려 있지 않았다고요?"

"오히려 잠겨 있었습니다, 누가 그걸 열었겠습니까? 아니, 문이라, 잠깐만요!" 그는 갑자기 제정신이 번쩍 들었는지 몸을 부르르 떨다시피 했다. "그럼 문이 열려 있는 걸 보신 겁니까?"

"열려 있더군요."

"여러분이 직접 연 게 아니라면 대체 누가 열었을까요?" 미챠는 갑자기 소스라치게 놀랐다.

"문은 열려 있었고, 당신 아버지를 살해한 자는 틀림없이 그 문으로 들어와서 살인을 저지르고 다시 그 문으로 빠져나간 겁니다." 검사는 한마디 한마디 또박또박 잘라내듯이 천천히 말했다. "우리가 보기에 이것은 아주 명백합니다. 살인은 분명히 그 방안에서 일어났지, 창문 너머로는 절대 아니고, 이 점은 현장검증 결과나 시신의 위치, 그 밖의 모든 점으로 보아 전적으로 명백합니다. 이에 대해서는 추호의 의심도 있을 수 없습니다."

미챠는 무서운 충격을 받았다.

"하지만 그럴 리가 없습니다, 여러분!" 그는 완전히 이성을 잃고 소리쳤다. "나는…… 나는 들어가지도 않았습니다…… 나는 정말, 여러분에게 확실히 말씀드리지만, 내가 정원에 있었을 때는 물론이고 정원에서 달아날 때도 그 문은 줄곧 잠겨 있었습니다. 나는 그저 창문 밑에 서서 창 너머로 아버지를 보았을 뿐입니다, 그뿐입니다, 그뿐…… 마지막 순간까지 생생하게 기억하고 있습니다. 설사 기억이 안 난다 해도 어쨌든 알고 있습니다, 그 신호를 알고 있는 사람은 나와 스메르쟈코프, 그리고 돌아가신 아버지, 그분밖에 없었고, 아버지는 신호가 없으면 이 세상의 누구한테도 문을 열어주지 않았을 테니까요!"

"신호라뇨? 어떤 신호 말입니까?" 검사가 탐욕스럽고도 거의 히스테리 같은 호기심을 보이며 말했는데, 지금껏 지켜온 그의 위엄은 한순간에 사라지고 없었다. 그는 조심조심 포복하고 다가오듯 물었다. 자기가 아직 모르는 중대한 사실이 있다는 걸 감지한 그는, 어쩌면 미챠가 그것을 죄다 털어놓으려 하지 않을지도 모른다 싶어 곧바로 엄청난 공포를 느낀 것이다.

"아니, 그것도 모르셨군요!" 미챠는 비웃듯 심술궂게 비죽 웃더니 그에게 눈을 찡긋해 보였다. "내가 말하지 않는다면 어떡하죠? 그럼 누구한테서 알아내나요? 그 신호를 아는 사람은 돌아가신 아버지와 나, 그리고 스메르자코프, 이 세 사람이 전부인데요, 그야 물론 하늘도 알고 있지만 하늘이야 여러분한테 말해주지 않을 테니까. 워낙 흥미진진한 사실이니, 모르긴 몰라도 그 위에다 뭐든지 세울 수 있을걸요, 하-하! 안심하십시오, 여러분, 다 가르쳐드리죠, 여러분은 어리석은 생각을 하고 있는 겁니다. 어떤 사람을 상대하고 있는지 아직 모르고 계시군요! 여러분이 상대하고 있는 사람은 자기 입으로 자신에게 불리한 진술을 하는 피고, 자신에게 해가 되는 진술을 하는 피고란 말입니다! 그렇습지요, 나는 명예의 기사니까요, 하지만 여러분은—아니올시다!"

검사는 이런 온갖 듣기 싫은 소리를 잠자코 들으면서, 그저 새로운 사실을 알고 싶은 나머지 조바심을 내며 몸을 떨고 있을 뿐이었다. 미챠는 표도르 파블로비치가 스메르자코프를 위해 만들어낸 신호에 대해 모든 것을 정확하고도 상세하게 설명해주고, 창문을 두드리는 것 하나하나가 무엇을 뜻하는지 말해주면서 그 신호대로 탁자를 톡톡 두드려 보이기까지 했다. 그리고 니콜라이 파르표노비치가, 그러면 미챠 그가 노인의 창문을 두드렸을 때에도 분명히 '그루셴카가 왔다'를 뜻하는 신호대로 두드렸느냐고 묻자—바로 정확히 그렇게, 그러니까 '그루셴카가 왔다'라고 두드렸노라고 확실하게 대답했다.

"자, 여러분, 그럼 이제 탑을 세워보시죠!" 미챠는 말을 끊더니 경멸스럽다는 듯 그들에게서 다시금 얼굴을 돌려버렸다.

"그럼 이 신호에 대해 알고 있는 건 돌아가신 당신 아버지와 당신, 그리고 하인 스메르쟈코프뿐이라는 거죠? 그 밖에는 아무도 없나요?" 니콜라이 파르표노비치가 재차 확인하며 물었다.

"예, 스메르쟈코프 외에 하늘이 있죠. 하늘에 대해서도 적으십시오, 적어두면 소용이 없진 않을 테니. 게다가 여러분한테도 하느님이 필요할 때가 올 겁니다."

물론 기록은 벌써 시작되었는데, 기록하는 도중에 검사는 정말 느닷없이 새로운 생각이라도 번쩍 떠오른 듯 이렇게 말했다.

"그러니까 이 신호를 스메르쟈코프도 알고 있었고, 또 당신이 부친의 죽음에 대해 자신의 어떤 혐의도 한사코 부인하고 있는 만큼, 그렇다면 바로 그자가 약속된 신호대로 두드려 당신 부친으로 하여금 문을 열게 한 뒤, 그다음에…… 범행을 저지른 게 아닐까요?"

미챠는 가소롭기 짝이 없다는 듯한, 그러면서도 무서운 증오로 가득 찬 눈초리로 그를 쳐다보았다. 그가 오랫동안 말없이 바라보기만 하자, 검사는 눈을 깜박거렸다.

"또 여우 한 마리를 잡으셨군요!" 마침내 미챠가 입을 열었다. "추잡한 여우 꼬리가 문틈에 끼이게 만드시다니, 하-하! 당신 속이 훤히 들여다보입니다, 검사님! 내가 당장 벌떡 일어나서, 당신이 나한테 슬쩍 귀띔해준 미끼에 매달려 목이 터져라 외쳐댈 줄 아셨죠, '아이고나, 맞아요, 그건 스메르쟈코프 놈입니다, 그놈이 살인잡니다!' 하고요. 고백하시지요, 그렇게 생각했노라고, 고백하세요, 그러면 얘기를 계속하겠습니다."

그러나 검사는 인정하지 않았다. 그저 잠자코 기다리기만 했다.

"착각이십니다, 스메르쟈코프라고 외치지는 않을 테니까요!" 미챠가 말했다.

"그를 전혀 의심조차 않는다는 겁니까?"

"그럼 검사님은 의심하십니까?"

"그자도 용의선상에 있었죠."

미챠는 방바닥에 시선을 꽂았다.

"농담은 관두고," 그가 침울하게 말했다. "들어보십시오. 맨 처음부터, 그러니까 아까 이 커튼 뒤에서 여러분한테로 달려나온 거의 그때부터, '스메르쟈코프다!' 하는 생각이 나의 뇌리를 스쳤습니다. 여기 탁자 앞에 앉아 그 피에 관한 한 나는 죄가 없다고 부르짖으면서도 줄곧 '스메르쟈코프다!'라고 생각했습니다. 스메르쟈코프가 한시도 머리에서 떠나지 않았던 거지요. 결국 지금도 마찬가지로 '스메르쟈코프다'라고 갑자기 생각했지만, 그건 한순간에 지나지 않았습니다. 그와 동시에 곧 '아니다, 스메르쟈코프가 아니다!'라는 생각이 들었거든요. 이건 그가 한 짓이 아닙니다, 여러분!"

"그렇다면 의심이 가는 어떤 또다른 인물은 없습니까?" 니콜라이 파르표노비치가 조심스레 물어보았다.

"모르겠습니다, 누군지, 어떤 인물인지, 하늘의 손인지, 악마의 손인지, 하지만…… 스메르쟈코프는 아닙니다!" 미챠가 단호하게 딱 잘라 말했다.

"하지만 어째서 그처럼 확고하고 완강하게 그자가 아니라고 주장하시는 거죠?"

"확신이지요, 인상이고요. 스메르자코프는 천성이 저열하기 짝이 없는 인간인데다 겁쟁이입니다. 그저 겁쟁이가 아니라, 세상의 겁이란 겁은 죄다 한데 모아놓은, 두 발로 걸어다니는 겁덩어리입니다. 그놈은 암탉한테서 태어났어요. 나하고 얘기할 때도 내가 손을 쳐들지도 않았는데 그저 맞아 죽지 않을까 매번 달달 떨었습니다. 내 발밑에 엎드려 울면서 바로 이 장화에 입을 맞춰대며 자기한테 '겁주지 말아달라'고 글자 그대로 애걸복걸했죠. 듣고 계십니까? '겁주지 말아달라'니—무슨 이런 말이 있습니까? 나는 그놈에게 종종 선물까지 주었는데요. 놈은 정신박약에다 뇌전증을 앓는 병든 암탉이에요, 여덟 살배기 어린 사내애라도 그놈 정도는 너끈히 때려눕힐 겁니다. 과연 이걸 제대로 돼먹은 천성이라 할 수 있을까요? 스메르자코프는 아닙니다, 여러분, 게다가 그놈은 돈을 좋아하지도 않아요, 내가 주는 선물도 전혀 안 받았으니까요…… 더군다나 그놈이 뭣하러 영감을 죽이겠습니까? 놈도 우리 영감의 아들인 모양이던데요, 사생아 말이죠, 그건 알고 계시지요?"

"그 전설이라면 들은 적이 있습니다. 하지만 당신 역시 당신 아버지의 아들이면서도 아버지를 죽이고 싶다고 당신 입으로 모든 사람에게 말하지 않았습니까."

"애먼 데다 돌팔매질이군요! 그것도 아주 저질이고 추악한 돌팔매질! 하나도 겁 안 납니다! 오, 여러분, 내 눈을 똑바로 보면서 그런 말을 하다니 너무 야비한 것 아닙니까! 야비하다고 하는 건 내가 그 말을 여러분한테 내 입으로 해주었기 때문입니다. 죽이고 싶었을 뿐만 아니라 죽일 수도 있었고, 더구나 하마터면 죽일 뻔했다고 나 자신한테 불리한 증언을 자진해서 하지 않았습니까! 하지만 절대로 죽이지 않았습니다, 나의 수호천사가 나를 구해준 겁니다—바로 이 점을 당신들은 고려조차 하려 들지 않았지요…… 그래서 당신네들이 야비하다는 겁니다, 야비하다고요! 왜냐하면 나는 죽이지 않았으니까요, 죽이지 않았어요, 절대로 죽이지 않았어요! 듣고 있습니까, 검사님, 나는 죽이지 않았습니다!"

그는 숨이 막힐 지경이었다. 심문을 받는 내내 이처럼 흥분한 적은 아직 한 번도 없었다.

"그래, 그가 무슨 말을 하던가요, 여러분, 그 스메르쟈코프가요?" 잠시 입을 다물었다가 그가 갑자기 이렇게 말을 끝맺었다. "내가 여러분한테 이걸 물어볼 수는 있는 겁니까?"

"뭐든 물어보실 수 있습니다." 검사가 차갑고 엄격한 표정으로 대답했다. "이 사건과 실제로 관련된 사실이라면 뭐든 물어보실 수 있고, 거듭 말씀드리지만 우리는 어떤 질문에 대해서도 당신을 만족시켜드릴 의무마저 있습니다. 지금 물어보신 스메르쟈코프는 우리가 갔을 때 의식불명인 채 침대에 누워 있었는데, 아마도 열 번은 연이어 반복되었을 극심한 뇌전증 발작 상태였습니다. 우리와 함께 있던 의사는 환자를 검진한 뒤, 어쩌면 오늘 아침도 못 넘길 수 있다는 말까지 했습니다."

"그래, 그렇다면 악마가 아버지를 죽인 게로군!" 미챠의 입에서 갑자기 이런 말이 튀어나왔는데, 이 순간까지도 '스메르쟈코프일까, 스메르쟈코프가 아닐까' 하고 자문하고 있었던 것만 같았다.

"이 사실에 대해선 나중에 다시 이야기하기로 합시다." 니콜라이 파르표노비치가 결정을 내렸다. "지금은 진술을 계속해주시지 않겠습니까?"

미챠는 좀 쉬게 해달라고 부탁했다. 그들은 정중하게 허락해주었다. 잠시 쉬고 나서 그는 다시 계속했다. 하지만 힘들어하는 기색이 역력했다. 기진맥진하고 모멸감을 느끼는데다, 정신적인 충격도 격심했던 것이다. 게다가 검사도 이번에는 아주 작정한 듯이 '자질구레한 것들'을 물고 늘어지며 그의 신경을 끊임없이 자극하기 시작했다. 미챠가 담장 위에 걸터앉아 자신의 왼쪽 다리를 붙잡고 매달린 그리고리의 머리를 공이로 내리치고는, 그 즉시 쓰러진 사람한테로 뛰어내렸다는 이야기를 하자마자, 검사는 곧바로 그를 저지하더니, 어떤 식으로 담장에 걸터앉아 있었는지 좀더 자세히 묘사해달라고 부탁했다. 미챠는 어이가 없었다.

"그야 뭐, 바로 이렇게 앉아 있었죠, 말을 타듯 걸터앉아, 한 다리는 이쪽으로, 다른 다리는 저쪽으로……"

"그럼 공이는?"

"공이는 손에 들고 있었지요."

"호주머니에 있지 않고요? 그걸 그렇게 자세히 기억하십니까? 그래, 팔을 세차게 휘둘렀나요?"

"분명 세차게 휘둘렀겠지요, 그건 왜 묻죠?"

"그때 담장에 걸터앉았던 모습 그대로 지금 그 의자에 앉아서 어떻게 어디로 어느 쪽으로 휘둘렀는지 분명하게 알 수 있도록 우리한테 한번 실제로 보여주시겠습니까?"

"아니, 정말 나를 가지고 노시는 겁니까?" 미챠는 심문자를 오만하게 쳐다보며 이렇게 물었지만, 상대방은 눈도 깜짝하지 않았다. 미챠는 발작적으로 몸을 홱 돌리고 말을 타듯 의자에 앉아 팔을 휘둘렀다.

"바로 이렇게 내리쳤습니다, 바로 이렇게 죽였다고요! 뭐 더 필요한 것 없습니까?"

"고맙습니다. 이제 수고스럽지만 다음 부분을 설명해주시지요. 정확히 무엇 때문에 아래로 뛰어내렸습니까, 무슨 목적으로, 정확히 무엇을 염두에 두고 그랬던 겁니까?"

"이런, 젠장…… 그냥 쓰러진 사람한테로 뛰어내린 건데…… 나도 모르죠, 무엇 때문이었는지!"

"그렇게 흥분한 상태였는데도요? 달아나는 중이었는데도요?"

"예, 흥분해 있었고 달아나는 중이었죠."

"그를 도와주고 싶었나요?"

"도와줄 게 뭐가…… 예, 도와주고 싶었는지도 모르겠군요, 생각이 잘 안 납니다."

"제정신이 아니었습니까? 다시 말해 의식이 다소 없는 상태였습니까?"

"오, 아닙니다, 의식이 없었다뇨, 전부 기억하고 있습니다. 터럭만 한 것까지 전부 다. 한번 보려고 뛰어내렸고, 손수건으로 피를 닦아줬습니다."

"당신의 손수건은 우리도 보았습니다. 쓰러뜨린 사람을 살리고 싶었던 겁니까?"

"그러고 싶었던 건지, 잘 모르겠습니다. 그냥 그가 살았는지 아닌지 확인하고 싶었습니다."

"아, 그러니까 확인하고 싶었다고요? 그런데 어떻던가요?"

"나는 의사가 아니라서, 단정할 수는 없었습니다. 내가 죽인 줄 알고 달아났는데, 아시다시피 그가 깨어난 겁니다."

"아주 좋습니다요," 검사가 말을 맺었다. "감사합니다. 나한테 필요했던 건 이것뿐입니다. 그럼 계속해주시죠."

아아, 안타깝게도, 미챠는 그때 자신이 측은한 마음에서 뛰어내렸고, 살해된 사람을 내려다보며 "하필 영감이 걸려들다니, 하는 수 없지, 그냥 여기 누워 있으랄 수밖에" 하고 가여워하는 말도 몇 마디 내뱉었던 것까지 기억하고 있었지만, 그런 얘기를 할 생각이 전혀 떠오르지 않았다. 검사는 검사대로 그저 한 가지 결론만 끌어냈다—즉, 이 사람이 '그런 순간에 그토록 흥분한 상태에서도' 뛰어내린 것은 오로지 자기 범행의 유일한 증인이 살았는지 죽었는지 정확히 확인하겠다는 단 한 가지 목적에서였다, 그렇다면 그런 순간에조차 이 사람의 힘과 결단성, 냉정함과 용의주도함은 참으로 대단한 것이었음을 알 수 있다…… 운운. 검사는 만족해했다. '병적인 인간을 "자질구레한 것들"로 자극해놨더니 제 입으로 마구 부는군.'

미챠는 고통스러워하며 계속했다. 하지만 곧 또다시 니콜라이 파르표노비치가 저지하고 나섰다.

"그렇지만 손이 그렇게 피투성이가 되고 또 나중에 밝혀졌듯 얼굴도 역시 그런 상태로 어떻게 하녀 페도시아 마르코바*한테 달려갈 수 있었습니까?"

"그때는 내가 피투성이라는 걸 전혀 알아채지도 못했습니다." 미챠가 대답했다.

---

* 19세기에는 부칭 마르코브나와 함께 사용되었다.

"이분 말씀이 맞겠군, 흔히 있는 일이지." 검사가 니콜라이 파르표노비치와 눈짓을 주고받았다.

"정말 알아채지 못했습니다, 아주 제대로 말씀해주셨습니다, 검사님." 미챠도 얼른 찬동했다. 하지만 이야기는 계속되어, '물러나자', '행복한 이들을 고이 지나가게 해주자'라고 미챠가 갑작스레 마음을 굳힌 대목에 이르렀다. 그는 아까처럼 자신의 마음을 또다시 털어놓고 '자기 영혼의 여왕'에 대해 이야기하자는 결심을 이젠 도저히 할 수 없었다. '빈대처럼 들러붙어 자신의 피를 빨고 있는' 이 냉혹한 인간들 앞에서는 죽어도 그러기 싫었다. 그래서 그는 반복되는 질문에도 짧고 퉁명스럽게만 대답했다.

"뭐, 그래서 자살하기로 결심했습니다. 더이상 살아남아 뭐하나 하는 의문이 저절로 떠오르더군요. 그녀의 옛 남자, 이론의 여지가 없는 그녀의 남자, 한때 그녀를 능욕했던 남자가 오 년이 지난 지금 정식으로 혼인하여 그 모욕을 보상하겠다고 사랑을 가득 안고 달려온 겁니다. 그래서 뭐 금방 깨달았죠, 나는 이제 끝장났구나 하고…… 더구나 뒤에서는 치욕이, 그리고 바로 그 피, 그리고리의 피가 덮쳐오고 있으니…… 더이상 살아 무엇하겠습니까? 뭐 그래서 저당잡힌 권총을 찾으러 갔지요, 장전해두었다가 동틀녘에 내 대갈통에다 총알을 박아버리려고……"

"밤중에 한바탕 잔치를 벌이고요?"

"밤중에 한바탕 잔치를 벌였죠. 에이, 젠장, 여러분, 좀 빨리 끝내시죠. 나는 분명히 자살하려고 했습니다, 바로 여기서 멀지 않은 동구 밖에서 새벽 다섯시경에 처리할 작정이었고, 호주머니에 유서도 준비해

됬지요, 페르호친 집에서 권총을 장전한 뒤에 쓴 겁니다. 이게 그 유서니 읽어보시죠. 당신들을 위해 이걸 이야기하고 싶지는 않으니까요!" 경멸스럽다는 듯 그가 갑자기 덧붙였다. 그는 조끼 호주머니에서 쪽지를 꺼내 그들을 향해 탁자 위로 내던졌다. 예심판사측은 호기심을 가지고 읽은 뒤 관례대로 조서에 첨부했다.

"그럼 여전히 손을 씻을 생각은 하지 않았던 겁니까, 페르호친 씨 집에 들어갈 때조차? 그렇다면 혐의를 사는 게 두렵지 않았다는 말입니까?"

"혐의라니, 무슨 혐의요? 혐의를 두라죠—안 그래도 어차피 마찬가지니까, 여기로 달려와서 다섯시면 자살을 했을 테니, 저쪽에서 미처 손을 쓸 겨를조차 없었을 겁니다. 아버지에게 그런 일만 없었다면, 여러분도 아무것도 몰랐을 테고 여기로 오지도 않았겠죠. 오, 이건 악마의 짓입니다, 악마가 아버지를 죽인 거라고요, 악마 덕분에 여러분도 이렇게 빨리 알게 된 겁니다! 어떻게 그처럼 빨리 여기로 오게 된 거죠? 놀랍군요, 환상적입니다!"

"페르호친 씨가 우리에게 알려주더군요, 당신이 그의 집에 들어왔는데 두 손에…… 피투성이가 된 두 손에…… 돈을…… 큰돈을…… 백루블짜리 돈다발을 들고 있었다고, 그 집에서 심부름하는 사내아이도 그걸 보았다던데요!"

"그래요, 여러분, 생각나는군요, 그랬습니다."

"그렇다면 이제 조그만 의문 하나가 생기는군요. 좀 설명해주시겠습니까." 니콜라이 파르표노비치가 매우 부드럽게 입을 열었다. "어디서 갑자기 그런 돈을 얻은 겁니까, 여러 사실로 미루어보나 심지어 시간으로 따져봐도, 집에 들르시지는 않았을 텐데?"

검사는 지나치게 노골적인 질문에 얼굴을 약간 찌푸렸지만 니콜라이 파르표노비치의 말을 끊지는 않았다.

"예, 집에 들르지는 않았습니다." 미챠는 이렇게 대답했는데, 겉보기엔 매우 차분한 듯했으나 시선은 방바닥을 향해 있었다.

"그럼 같은 질문을 또 한번 드리지요." 마치 포복하고 다가오듯, 니콜라이 파르표노비치가 계속했다. "대체 어디서 한꺼번에 그런 금액을 얻을 수 있었습니까, 당신의 진술에 따르면 그날 다섯시만 해도 아직……"

"10루블도 없어서 페르호친한테 권총을 잡혔고, 그다음엔 3천을 구하러 호흘라코바를 찾아갔지만 그 여자는 돈을 주지 않았다라는 따위의 온갖 잡다한 말을 하시려는 거죠." 미챠가 날카롭게 상대방의 말을 잘랐다. "그래요, 예, 여러분, 돈이 없었죠, 그런데 갑자기 수천금이 불쑥 나타났습니다, 아닙니까? 이보십시오, 여러분, 두 분은 지금 겁이 나는 거죠, 어디서 생긴 돈인지 말하지 않으면 어쩌나 싶어서 말이지요? 그대롭니다. 말하지 않겠습니다, 여러분, 짐작하신 대롭니다, 알려드리지 않겠습니다." 미챠는 더없이 결연하게 한마디 한마디 잘라 말했다. 예심판사측은 아주 잠시 입을 닫았다.

"이해해주십시오, 카라마조프 씨, 우리로서는 그것을 꼭 알아야 합니다." 니콜라이 파르표노비치가 조용하고 온화하게 말했다.

"이해는 하지만, 그래도 말하지 않겠습니다."

검사도 끼어들어 다시 한번 주위를 환기시켰다. 심문을 받는 사람은 그렇게 하는 것이 자신에게 아주 유리하다고 간주되거나 하는 등등의 경우, 질문에 대해 물론 대답하지 않을 수 있다, 그러나 피의자가 묵비권을 행사함으로써 자신에게 어떤 손해를 초래할 수 있는지를 감안하면, 특히 그 질문들의 중요성이 이처럼……

"등등, 여러분, 등등! 됐습니다, 그런 지루한 설교는 아까도 들었으니까요!" 미챠가 또다시 말을 끊어버렸다. "이 일이 얼마나 중요한지는 나도 잘 알고 있고, 이게 여기서 가장 본질적이라는 점도 잘 알아요, 하지만 그래도 말하지 않겠습니다."

"우리야 무슨 상관입니까요, 이건 우리 일이 아니고 당신 일이니, 당신 스스로 화를 자초하는 거지요." 니콜라이 파르표노비치가 신경질적으로 쏘아붙였다.

"이보시오, 여러분, 농담은 관둡시다." 미챠가 눈을 들어 단단한 시선으로 두 사람을 쳐다보았다. "나는 애초부터 우리가 이 대목에서 박치기를 하리라는 걸 이미 예감했습니다. 하지만 아까 처음 진술하기 시작했을 때에는 모든 것이 아득한 안개에 싸여 어렴풋이 떠다니는데다, 나도 너무 단순했던 나머지 '우리 사이의 상호 신뢰'를 내세우면서 시작했지요. 그런 신뢰란 애당초 있을 수도 없었다는 걸 이제야 알겠군요, 어차피 이 저주스러운 담벼락까지 올 수밖에 없었을 테니까요! 자, 이제 정말 여기까지 왔습니다! 어쩔 도리 없습니다, 끝난 겁니다! 하지만 여러분을 탓하진 않습니다, 여러분도 내 말을 믿을 수 없을 테지요, 나도 이해합니다!"

그는 침울하게 입을 다물었다.

"그럼, 가장 중요한 점에 대해 절대로 입을 열지 않겠다는 당신의 결심을 그대로 고수하시면서, 우리에게 그저 아주 작은 암시라도 주실 수는 없는지요, 다름아니라 지금 진행되고 있는 진술에서 당신에게 이처럼 위태로운 순간에 굳이 침묵하지 않을 수 없게 만든 그토록 강한 동기가 대체 무엇인가요?"

미챠는 뭔가 생각에 잠긴 듯이, 서글프게 웃었다.

"나는 여러분이 생각하시는 것보다 훨씬 선량합니다, 여러분, 그 동기를 알려드리죠, 암시를 주겠습니다, 여러분은 그걸 알 가치조차 없지만 말입니다. 내가 입을 열지 않는 이유는, 여러분, 바로 여기에 나의 치욕이 있기 때문입니다. 어디서 이 돈을 구했느냐는 질문에 대한 대답 속에는 설령 내가 정말로 아버지를 죽이고 돈을 강탈했다 할지라도, 심지어 그 살인과도, 그 강도짓과도 비교할 수 없을 만큼, 내게는 그토록 커다란 치욕이 담겨 있습니다. 바로 이 때문에 말을 할 수 없는 겁니다. 치욕스러워서 말할 수 없습니다. 왜요, 여러분, 이것도 적어넣고 싶으신가요?"

"예, 기록할 겁니다." 니콜라이 파르표노비치가 중얼거렸다.

"이것은, 이 '치욕'에 대한 것은 기록하지 않았으면 합니다. 진술을 안 할 수도 있었지만 그저 내가 사람이 좋아서 여러분한테 말해준 겁니다, 여러분한테 이른바 선심을 쓴 건데, 이런 하찮은 것들까지 지금 일일이 적고 앉았으니. 뭐, 쓰시지요, 마음껏 쓰시지요." 그는 경멸스럽고 혐오스럽다는 듯 말을 끝맺었다. "나는 여러분이 무섭지도 않고…… 오히려 여러분 앞에서 자긍심을 느낍니다."

"그 치욕이 어떤 종류의 것인지 말씀해주시지 않겠습니까?" 니콜라이 파르표노비치가 중얼거리듯 입을 열었다.

검사가 미간을 무섭게 찌푸렸다.

"안 되죠, 안 돼, *끝난 겁니다*, 괜한 수고 마십시오. 게다가 더이상 스스로를 욕되게 할 이유가 없습니다, 이미 여러분 때문에 나 자신을 충분히 욕보였으니까요. 여러분은 그럴 가치가 없습니다, 여러분도, 그 누구도…… 됐습니다, 여러분, 이제 그만하겠습니다."

너무도 단호하게 내뱉은 말이었다. 니콜라이 파르표노비치는 더이상 강요하지 않았으나, 입폴리트 키릴로비치의 시선을 보니 이 선배가 아직도 희망을 버리지 않고 있음을 대번에 알아차릴 수 있었다.

"그럼 적어도 이것만이라도 밝혀주시지요, 페르호친 씨 집에 들어섰을 때 당신 손에 들려 있던 금액이 어느 정도나 됩니까, 다시 말해 정확히 몇 루블이었습니까?"

"그것도 밝힐 수 없습니다."

"페르호친 씨한테는 호흘라코바 부인에게서 3천을 받은 것처럼 말했다면서요?"

"아마 그렇게 말했을 수도 있죠. 됐습니다, 여러분, 얼마인지는 말하지 않겠습니다."

"그럼 수고스럽겠지만, 어떻게 여기로 왔고, 여기 와서는 무엇을 했는지 전부 말씀해주시겠습니까?"

"오, 그거라면 여기 사람들 아무나 붙잡고 물어보시지요. 하지만 뭐, 내가 얘기하죠."

그는 이야기했지만, 여기서 그 이야기를 다시 옮기진 않겠다. 그는 대충 훑으면서 건조하게 얘기해나갔다. 사랑의 환희에 대해서는 입도 벙긋하지 않았다. 하지만 자살하려던 결심이 '새로운 사실들 때문에' 그의 마음속에서 사라져버렸다는 얘기는 했다. 그는 동기를 설명하거나 상세한 데까지 들어가지 않으면서 이야기했다. 예심판사측에서도 이번에는 그다지 귀찮게 굴지 않았다. 그들에게도 지금 이게 중요한 문제가 아니라는 것이 명백했다.

"이것들은 모두 나중에 다시 확인할 겁니다, 물론 당신이 동석한 가운데 진행될 증인 심문에서 전부 다시 한번 다루게 될 겁니다." 니콜라이 파르표노비치는 심문을 끝냈다. "이제 부탁드리겠습니다, 지니고 계신 소지품을 모두 여기 탁자 위에 올려놓으시지요, 특히 지금 가지고 계신 돈은 전부."

"돈이라고요, 여러분? 좋습니다, 알았습니다, 그래야겠죠. 정말 놀랍기까지 하군요, 어째서 좀더 일찍 그 말씀을 안 꺼내셨을까. 하긴 나야 어디 도망갈 생각도 않고 내내 여러분 눈앞에 앉아 있으니까. 뭐, 여기 있습니다, 내 돈, 세어보시죠, 가져가세요, 이게 전부일 겁니다."

그는 호주머니에서 잔돈까지 모두 꺼냈고, 조끼의 옆 호주머니에서 20코페이카짜리 은화 두 닢도 끄집어냈다. 세어보니 836루블 40코페이카였다.

"이게 전부입니까?" 예심판사가 물었다.

"전부입니다."

"지금 진술하면서 말씀하시길, 플로트니코프 가게에서 3백 루블을 썼고, 페르호친에게 10, 마부에게 20을 주었고, 여기서 카드놀이로 2백을 잃었고, 그다음에……"

니콜라이 파르표노비치는 모든 것을 하나하나 셈하기 시작했다. 미챠도 기꺼이 도와주었다. 코페이카 한닢까지도 기억해내서 계산에 포함시켰다. 니콜라이 파르표노비치는 대충 합산을 해보았다.

"여기 8백을 더하면, 처음엔 모두 합해 천5백 정도가 있었던 겁니까?"

"그렇게 되죠." 미챠가 짧게 잘라 말했다.

"그럼 어째서 다들 훨씬 더 많았다고 주장하는 거지요?"

"그렇게들 주장하라죠."

"게다가 당신도 그렇게 주장했습니다."

"나도 그렇게 주장했습니다."

"아직 심문을 받지 않은 다른 사람들의 증언을 통해 이 모두를 다시 확인해보겠습니다. 당신의 돈에 대해서는 염려하실 것 없습니다, 합당한 곳에 보관했다가, 모든 일이…… 지금 시작된 일이 끝나고…… 이 돈에 대해 당신이 확실한 권리를 갖고 있다는 것이 밝혀지거나, 이른바 증명되면, 다시 돌려드리겠습니다. 자, 그럼 이제……"

니콜라이 파르표노비치는 갑자기 자리에서 일어나더니, 미챠에게 "당신의 옷을 비롯한 모든 것……"에 대해 아주 엄밀하고도 정확한 검사를 "해야만 하며 반드시 그래야 할 의무가 있다"고 단호하게 선언했다.

"그러시지요, 여러분, 원하신다면 호주머니를 모두 뒤집어 보이겠습니다."

그러면서 그는 정말로 호주머니를 뒤집어 보이기 시작했다.

"옷도 벗어주셔야겠습니다."

"뭐라고요? 옷을 벗어요? 이런, 젠장. 그냥 이대로 조사하시죠! 그러면 안 됩니까?"

"절대로 안 됩니다, 드미트리 표도로비치. 옷을 벗으셔야 합니다."

"좋으실 대로." 미챠는 침울하게 따랐다. "다만, 제발, 여기서가 아니고 커튼 뒤에서 하지요. 누가 검사하는 겁니까?"

"물론, 커튼 뒤에서 합니다." 니콜라이 파르표노비치는 동의한다는 뜻으로 고개를 끄덕여 보였다. 그의 조그만 얼굴에는 특별한 엄숙함마저 감돌았다.

VI
검사, 미챠를 포획하다

미챠로서는 전혀 예상치도 못한 어떤 놀라운 일이 시작되었다. 전에는, 아니, 일 분 전만 해도 누가 자기를, 미챠 카라마조프를 이렇게 대할 수 있으리라고는 꿈에도 생각할 수 없었을 것이다! 무엇보다도, 그것은 굴욕적인, 그러나 그들 쪽에서는 '그에 대한 멸시와 오만'을 과시해 보이는 어떤 것이었다. 프록코트를 벗는 거야 아무 일도 아니었겠지만, 그들은 계속 더 벗을 것을 요청해왔다. 아니, 요청이 아니라 실은 명령이었다. 그는 이 점을 아주 분명하게 깨달았다. 자존심과 경멸감 때문에 그는 묵묵히 그대로 따랐다. 커튼 뒤로 니콜라이 파르표노비치 외에 검사도 들어왔고, 농부들도 몇 명 그 자리에 있었다. '물론 완력이 필요한 경우에 대비하는 거겠지,' 하고 미챠는 생각했다. '하지만 어쩌면 다른 목적도 있을 거다.'

"아니, 정말 루바쉬카도 벗어야 됩니까?" 그가 날선 목소리로 물었으나, 니콜라이 파르표노비치는 대꾸도 없었다. 검사와 함께 프록코트,

바지, 조끼, 모자를 살펴보느라 여념이 없었는데, 보아하니 둘 다 이 조사 작업에 대단한 흥미를 느낀 게 분명했다. '체면이고 뭐고 전혀 없군.' 하는 생각이 미챠의 뇌리를 스쳤다. '최소한의 예의마저 지키지 않다니.'

"다시금 묻겠습니다. 루바쉬카도 벗어야 됩니까, 아닙니까?" 그가 더욱더 날이 서고 역정이 난 목소리로 말했다.

"염려 마십시오, 알려드릴 테니." 상관이라도 되는 듯한 말투로 니콜라이 파르표노비치가 대답했다. 적어도 미챠에게는 그렇게 들렸다.

그러는 사이, 예심판사와 검사는 주의깊게 뭔가 소곤소곤 의논하고 있었다. 프록코트, 특히 왼쪽 뒷자락에서 커다란 핏자국이 발견되었는데, 말라붙어 딱딱해진 채 아직까지 그다지 풀려 있지 않은 상태였다. 바지도 마찬가지였다. 그 밖에도 니콜라이 파르표노비치는 입회인들이 지켜보는 가운데 옷깃이며 소맷부리, 프록코트와 바지의 모든 솔기를 자신의 손가락으로 일일이 훑어내려갔는데, 무언가를 찾고 있는 게 분명했고—그건 물론 돈이었다. 무엇보다 그들은 미챠가 돈을 옷 속에 꿰매넣었을 수도 있고 능히 그럴 만한 인간이라는 의심을 그에게 숨기려 들지 않았다. '이건 아주 도둑놈 취급이군, 장교 대접은 고사하고.' 미챠는 속으로 으르렁거렸다. 그들은 그가 있는 데서 이상하리만큼 노골적으로 서로의 생각을 주고받았다. 예를 들면, 역시 커튼 뒤에 나타나서 분주하게 일을 거들고 있던 서기는 이미 조사가 끝난 모자에 니콜라이 파르표노비치의 주의를 환기시켰다. "그리젠카라는 서기를 기억하십니까요?" 서기가 지적했다. "여름에 자기네 사무실 전 직원의 봉급을 타러 갔다가 돌아와서는 술에 취해 돈을 잃어버렸다고 보고했습지요—그런데 어디서 찾아냈겠습니까? 바로 이 테두리, 모자 속이었습죠, 백 루블짜리들을 돌돌 말아서 모자 테두리 안에다 꿰매넣었더란 말입니다요." 그리젠카 사건이라면 예심판사도 검사도 잘 기억하고 있던 터라, 미챠의 모자는 일단 옆에 제쳐두었다가 나중에 아주 엄밀하게 죄다 다시 검사하기로 결정했고, 아울러 옷가지도 모두 그렇게 하기로 했다.

"아니, 잠깐만." 미챠의 루바쉬카 오른쪽 소맷부리가 온통 피범벅이 된 채 안으로 접혀 있는 것을 보고 니콜라이 파르표노비치가 갑자기 소리쳤다. "실례지만요, 이건 왜 이렇죠, 피 아닙니까?"

"피입니다." 미챠가 짤막하게 대답했다.

"그러니까 무슨 피냐는 거지요…… 그리고 왜 소매가 안으로 접혀 있는 겁니까?"

미챠는 그리고리를 보살펴주다가 소맷부리를 더럽혀서, 페르호친 집에 가서 손을 씻을 때 안으로 접어넣었다고 얘기해주었다.

"당신의 루바쉬카도 가져가야겠습니다, 아주 중요한 것이니까요…… 증거물로서." 미챠는 얼굴이 빨게져서 분통을 터뜨렸다.

"그럼 나는 벌거벗고 있으라는 겁니까?" 그가 소리쳤다.

"염려 마십시오…… 그건 우리가 어떻게든 해드릴 테니, 하지만 일단은 양말도 벗으셔야겠습니다."

"농담하시는 것 아닙니까? 정말 꼭 이래야 됩니까?" 미챠가 눈을 번득였다.

"우리는 지금 농담할 처지가 아닙니다." 니콜라이 파르표노비치가 엄격하게 되받아쳤다.

“뭐, 꼭 그래야 한다면…… 나는……” 미챠는 이렇게 중얼거리고 침대에 앉아 양말을 벗기 시작했다. 그는 참을 수 없을 정도로 당황스러웠다. 다들 옷을 입고 있는데 자기만 벗고 있다니, 게다가 이상한 것이—옷을 벗고 있으려니 마치 자신이 그들 앞에 죄라도 지은 듯이 느껴졌고, 또 무엇보다 중요한 것은, 갑자기 자신이 정말로 그들 모두보다 더 열등한 인간이 돼버렸고, 그러므로 이제 그들에겐 자신을 멸시할 완전한 권리가 있다고 그 스스로도 거의 동의하고 있다는 점이었다. ‘다들 벗고 있다면야 부끄러울 것도 없지, 하지만 나 혼자만 벗고 다들 구경하고 있으니—정말 치욕이다!’ 이런 생각이 몇 번이나 그의 머리에 떠올랐다. ‘꼭 꿈을 꾸는 것만 같군, 이따금 꿈속에서 내가 이런 치욕을 당하는 꼴을 보곤 했지.’ 그러나 양말을 벗는 일은 고통스럽기까지 했다. 양말은 형편없이 더러웠고 속옷도 마찬가지였는데, 이제 그걸 모든 사람이 다 본 것이다. 하지만 무엇보다도 그는 자기 발을 좋아하지 않았다. 이 두 발에 달린 커다란 발가락들을 볼 때마다 무엇 때문인지 늘 꼴사나운 기형이라 생각해왔고, 특히 어째선지 아래로 굽은 투박하고 넓적한 오른쪽 발톱 하나가 더 그랬는데, 이제 모든 사람이 그것을 보게 되다니. 수치심을 참지 못한 나머지 그는 갑자기 더욱더, 이제는 아예 고의적으로 거칠게 굴기 시작했다. 그는 제 손으로 루바쉬카를 훽 벗어던졌다.

“어디 더 뒤지고 싶은 데는 없습니까, 여러분이 수치스럽지 않다면요?”

“아닙니다요, 아직은 필요 없습니다.”

“그래, 나는 이렇게 홀랑 벗고 있으란 말입니까?” 그가 씩씩대며 덧붙였다.

"예, 일단은 별도리가 없군요……힘들겠지만 잠깐 여기 앉아, 침대에서 담요라도 가져다가 좀 두르고 계시든지요, 나는…… 나는 이걸 모두 처리하겠습니다."

모든 물건이 입회인들에게 일일이 제시되고 조서가 작성된 뒤, 마침내 니콜라이 파르표노비치는 밖으로 나갔고, 옷가지도 가져가버렸다. 입폴리트 키릴로비치도 나갔다. 미챠 옆에는 농부 몇 명만 남았는데, 그들은 그에게서 눈을 떼지 않고 말없이 서 있었다. 미챠는 담요를 몸에 둘렀다. 추워진 것이다. 맨발이 밖으로 비죽 나왔으나, 담요를 아무리 끌어당겨도 발을 가릴 수가 없었다. 무슨 일인지 니콜라이 파르표노비치는 한참 지나도록 돌아오지 않았다. '고문이군, 이렇게 오래 기다리게 하다니.' '아주 개새끼 취급이야.' 미챠는 이를 갈았다. '그 쓰레기 같은 검사 놈까지 나가버렸으니, 분명히 날 멸시하는 거야, 벌거벗은 꼴을 보고 기분깨나 잡쳤겠지.' 그래도 미챠는 거기 어디서 검사를 마치면 옷을 도로 가져다줄 것으로 알고 있었다. 하지만 니콜라이 파르표노비치가 갑자기 아주 엉뚱한 옷을 농부 손에 들려 돌아왔으니, 미챠의 분노가 어떠했으랴.

"자, 입으실 옷요." 그가 허물없이 굴며 말했는데, 아까 자신이 나갔던 일을 성공리에 마친지라 무척 만족스러운 모양이었다. "이건 칼가노프 씨가 이 흥미진진한 사건을 위해 희사하신 겁니다, 거기다 이 깨끗한 루바쉬카까지. 다행히 이것들이 마침 그분의 트렁크에 있었습니다. 속옷과 양말은 당신 것을 그냥 쓰셔도 됩니다."

미챠는 화를 펄펄 냈다.

"남의 옷은 싫습니다!" 그가 무섭게 소리쳤다. "내 옷을 주시오!"

"그럴 수 없습니다."

"내 옷을 달란 말입니다, 칼가노프 따윈 꺼지라지, 그놈의 옷도, 그 놈도!"

그들은 오랫동안 그를 설득했다. 여하튼 그는 어떻게 해서 겨우 진정되었다. 그의 옷은 피가 묻어 있어서 '증거물에 포함시켜야만' 한다, '사건이 어떻게 끝날지 모르기 때문에' 이제 그들에게는 '그가 그 옷을 입도록 내버려둘 권리조차 없다……'며 그를 타일렀던 것이다. 결국엔 미챠도 이것을 어찌어찌 간신히 이해했다. 그는 침울하게 입을 다물고 급히 옷을 입기 시작했다. 다만 옷을 입으면서, 이게 자신의 허름한 옷보다 더 비싸다, 하지만 자기는 '이런 득을 보고' 싶진 않다고 한마디 했다. 그 밖에 이런 소리도 덧붙였다. "굴욕적이군, 이렇게 품이 좁아터져서야. 이런 걸 입고 어릿광대 놀음이라도 하라는 겁니까…… 여러분 즐기자고!"

그러자 그건 너무 과장된 말씀이다, 칼가노프 씨는 당신보다 키가 크긴 해도 아주 약간 커서 그저 바지가 살짝 길어 보일 뿐이다, 라며 다시 그를 타일렀다. 하지만 프록코트는 실제로 어깨통이 좁았다.

"빌어먹을, 단추도 제대로 못 채우겠군." 미챠가 다시 으르렁거렸다. "제발 부탁이니 지금 당장 칼가노프 씨한테 가서 내가 그러더라고 전해주시오, 내가 그의 옷을 부탁한 게 아니고 당신들이 억지로 나를 광대로 변장시켰다고."

"그분도 그 점을 아주 잘 이해하고 유감스러워하고 있어요…… 내 말은, 자기 옷을 유감스러워한다는 게 아니라, 본질적으로 이 사건 전체에 대해서……" 니콜라이 파르표노비치가 우물거렸다.

"그 사람의 동정 따위엔 침이나 뱉어주지! 자, 이제 어디로 가는 거죠? 아니면 계속 여기 앉아 있는 겁니까?"

그러자 다시 '저쪽 방'으로 가자고 그에게 부탁했다. 미챠는 화가 치밀어 얼굴을 찌푸린 채 아무도 보지 않으려고 애쓰면서 밖으로 나왔다. 남의 옷을 입자 그는 완전히 치욕감에 사로잡혔는데, 심지어 이 농부들 앞에서도, 그리고 무얼 하러 온 건지 갑자기 문간에 얼핏 나타났다가 사라져버린 트리폰 보리소비치 앞에서조차 그런 느낌이었다. '이 광대 꼴을 훔쳐보러 왔겠지' 하고 미챠는 생각했다. 그는 아까 앉았던 의자에 다시 앉았다. 무언가 악몽과도 같은 터무니없는 것이 자꾸만 어른거려 제정신이 아닌 듯한 생각이 들었다.

"자, 이제 뭡니까, 나한테 매질이라도 시작하는 건가요, 더이상 남은 게 없잖습니까." 그는 검사를 향해 이를 벅벅 갈았다. 니콜라이 파르표노비치와는 아예 말할 가치도 없다는 듯, 그쪽으로는 얼굴을 돌리려고도 하지 않았다. '그렇게 꼼꼼하게 내 양말을 검사하고도 모자라 뒤집어 보이라고 명령했겠다, 야비한 자식, 일부러 그런 거야, 내가 얼마나 더러운 걸 속에 걸치고 다니는지 모든 사람한테 보여주겠다 그거지!'

"그럼 이제 증인 심문으로 넘어가야겠습니다." 니콜라이 파르표노비치가 드미트리 표도로비치의 질문에 대답하듯 입을 열었다.

"그렇습니다요." 검사가 생각에 잠긴 표정으로 말했는데, 역시 무언가 깊이 궁리하고 있는 것 같았다.

"우리는, 드미트리 표도로비치, 당신의 이익을 위해 할 수 있는 것을 다 했습니다." 니콜라이 파르표노비치가 말을 이어갔다. "하지만 당신이 소지하고 계시던 돈의 출처에 대해 그렇게 완강하게 해명을 거부하시니, 우리로서는 이제……"

"당신의 그 반지는 뭐로 만든 겁니까?" 미챠가 갑자기 어떤 깊은 생각에서 깨어나기라도 한 듯 말을 가로채면서, 니콜라이 파르표노비치의 오른손을 장식하고 있는 세 개의 큼직한 반지 중 하나를 손가락으로 가리켰다.

"반지요?" 니콜라이 파르표노비치가 놀라면서 되물었다.

"예, 바로 그…… 가운뎃손가락에 끼고 있는 것 말입니다, 가느다란 결이 있는 그 보석이 뭐죠?" 어딘가 흥분해서 미챠는 마치 고집 센 아이처럼 끈질기게 물었다.

"이건 연황옥煙黃玉입니다." 니콜라이 파르표노비치가 웃어 보였다. "보고 싶으시다면, 빼드리죠……"

"아니, 아니, 빼지 마십시오!" 미챠는 갑자기 정신이 번쩍 든 듯 자기 자신에게 버럭 화를 내며 미친 듯이 소리쳤다. "빼지 마십시오, 그럴 것 없습니다…… 젠장…… 여러분, 여러분이 내 영혼을 엉망으로 만들어 놓았습니다! 설령 내가 정말로 아버지를 죽였다 할지라도 여러분 앞에 숨기고, 둘러대고, 거짓말을 하고, 꽁무니를 감출 인간이라고 생각하는 겁니까? 천만에, 드미트리 카라마조프는 그런 인간이 아닙니다, 그런 걸 못 견디는 인간이란 말입니다, 만약 내가 그런 죄를 지었다면, 맹세코, 여러분이 여기 도착할 때까지 기다리거나, 애초에 생각했던 것처럼 해가 뜨기를 기다리지도 않았을 것이고, 새벽까지 기다릴 것도 없이 그 전에 벌써 나 자신을 처치해버렸을 겁니다. 나 자신에게서 지금 그것을 분명하게 느끼고 있습니다. 이십 년을 살아도 배우지 못할 것을 이 저주스러운 밤에 알게 됐습니다……! 내가 정말로 아버지를 죽인 놈이라면, 오늘밤에, 지금 이 순간에, 이런 식으로 굴었겠습니까, 여러분하고 같이 앉아 이렇게 굴었겠습니까—이렇게 말하고 이렇게 움직였겠습니까, 여러분을, 세상을, 이렇게 바라볼 수 있었겠습니까, 뜻하지 않게 그리고리를 죽였다는 생각만으로도 밤새도록 그렇게 불안해했는데—겁이 나서가 아닙니다, 오! 그저 여러분의 형벌이 무서워서만이 아닙니다! 치욕 때문입니다! 그런데 여러분은 내가 여러분처럼 아무것도 보지 않고 아무것도 믿지 않는 그런 조롱꾼들한테, 눈먼 두더지들과 조롱꾼들한테 나의 새로운 비열한 짓을, 또하나의 새로운 치욕을 털어놓고 말해주길 바라는 겁니까, 설령 그렇게 해서 혐의가 풀린다 해도 그럴 줄 압니까? 아니, 차라리 징역살이를 가겠습니다! 아버지가 있는 안채의 문을 열고 그 문으로 들어간 놈, 그놈이 아버지를 죽였고 그놈이 돈을 훔쳐간 겁니다. 그놈이 누군지는—나도 도무지 종잡을 수 없어서 괴로울 뿐이지만, 드미트리 카라마조프는 절대 아닙니다, 이걸 알아주십시오—내가 여러분에게 말할 수 있는 것은 이게 전부이니, 됐습니다, 더이상 귀찮게 굴지 마십시오…… 유형을 보내십시오, 형벌을 내리십시오, 다만 더이상 나를 자극하진 마십시오. 내 입은 닫혔습니다. 여러분의 증인들을 부르시지요."

이제 다시는 입을 열지 않겠다고 단단히 결심을 굳히기라도 한 듯, 미챠는 이 느닷없는 독백을 쏟아냈다. 검사는 내내 그를 지켜보고 있다가, 그가 입을 다물자마자 더없이 차갑고 더없이 침착한 표정으로 마치 가장 평범한 것을 말하듯이 불쑥 입을 열었다.

"방금 말씀하신 바로 그 열린 문에 관한 것입니다만, 마침 말이 나왔으니 바로 지금 아주 흥미진진하고도 당신이나 우리 모두에게 대단히 중요한 것 한 가지를 말씀드릴 수 있는데, 다름아니라 당신한테 부상을 당한 그리고리 바실리예프 노인의 진술입니다. 의식을 회복한 그가 우리의 심문에 분명하고도 일관되게 전해준 바에 따르면, 그가 현관 밖 층계로 나갔을 때 정원에서 무슨 소음이 들리기에, 열려 있던 쪽문을 통해 정원으로 들어가기로 결심하고서 정원으로 들어섰다는군요, 그때는 당신이, 이미 우리에게 진술한 대로, 당신 아버지의 모습을 보았다는 그 열려 있는 창문에서 물러나 어둠 속에서 달아나고 있는 것을 그가 아직 발견하기 전이었는데, 그리고리 그가 왼쪽으로 시선을 던졌더니 정말로 그 창문이 열려 있는 게 눈에 들어왔고, 동시에 자기에게 훨씬 가까운 데 있는 그 문, 그러니까 당신이 정원에 있는 동안 줄곧 닫혀 있었다고 진술한 그 문이 활짝 열려 있는 것을 보았다는 겁니다. 숨기지 않고 말씀드립니다만, 바실리예프 자신은 당신이 그 문으로 도망쳐나온 게 틀림없다고 확고하게 결론짓고 그렇게 증언하고 있습니다. 물론 그가 당신을 처음 발견한 순간, 당신은 그에게서 다소 떨어진 곳, 정원 한가운데서 담장 쪽으로 달아나던 중이었으니까, 당신이 도망쳐나오는 것을 자기 눈으로 직접 보지는 못했지만 말이지요……"

미챠는 말을 다 듣기도 전에 의자에서 벌떡 일어났다.

"헛소립니다!" 그가 갑자기 미친 듯이 울부짖었다. "그런 뻔뻔한 거짓말이! 문이 열린 것을 그 노인네가 보았을 리 없습니다, 그때는 문이 잠겨 있었다니까요…… 노인네가 거짓말을 하는 겁니다……!"

"직무상 거듭 말씀드립니다만, 그의 진술은 확고합니다. 전혀 흔들림이 없습니다. 자신의 진술을 고수하고 있어요. 우리는 몇 번씩이나 다시 물어보았습니다."

"맞습니다, 내가 몇 번이나 다시 물어보았습니다." 니콜라이 파르표노비치도 열심히 맞장구를 쳤다.

"거짓말입니다, 거짓말! 이건 나를 모함하는 것이거나 정신이 나가서 헛것을 본 겁니다." 미챠는 계속 고함을 질러댔다. "그냥 헛소리를 지껄인 거예요, 피를 쏟고 부상도 심해서 정신이 들자 그냥 헛것이 어른거린 거죠…… 그래서 그런 헛소리를 한 거라고요."

"아, 예, 하지만 문이 열린 것을 본 건 부상을 당했다가 깨어났을 때가 아니라, 그보다 훨씬 전, 그러니까 곁채에서 정원으로 막 들어서던 때였습니다."

"어쨌든 거짓말이라고요, 새빨간 거짓말, 그럴 리가 없어요! 그건 노인네가 나한테 앙심을 품고 모함하는 겁니다…… 그런 걸 봤을 리가 없어요…… 나는 그 문으로 도망치지 않았단 말입니다." 미챠는 숨이 턱턱 막혀왔다.

검사가 니콜라이 파르표노비치 쪽으로 몸을 돌리고 의미심장하게 말했다.

"보여드리시죠."

"이 물건을 알아보시겠습니까?" 니콜라이 파르표노비치는 갑자기, 두꺼운 종이로 만든 사무용 규격의 큼직한 봉투를 꺼내 탁자 위에 올려놓았는데, 봉인 세 개가 봉투에 아직 그대로 남아 있는 것이 보였다. 하지만 정작 봉투는 속이 텅 비고 한쪽 옆이 찢어져 있었다. 미챠는 눈이 휘둥그레져서 봉투를 쳐다보았다.

"이게…… 이게, 그러니까, 아버지의 봉투였군요." 그가 중얼거렸다.

"그 3천이 들어 있던 바로 그 봉투…… 그리고, 받을 사람 이름이 적혀 있다면, 어디 좀 보여주십시오. '병아리에게'…… 거봐요, 3천이군요." 그가 소리쳤다. "3천이라고요, 보시죠?"

"물론, 보다마다요, 하지만 돈은 이미 그 안에 없었습니다. 봉투는 텅 빈 채 방바닥에 뒹굴고 있더군요, 병풍 뒤 침대 옆에서요."

몇 초 동안 미챠는 얼이 빠진 듯 멍하게 서 있었다.

"여러분, 이건 스메르쟈코프입니다!" 갑자기 그가 안간힘을 다해 소리쳤다. "이건 그놈이 죽인 겁니다, 그놈이 훔쳤어요! 봉투가 영감의 방 어디에 숨겨져 있는지 알고 있던 건 그놈 하나뿐이니까요…… 이건 그놈 짓입니다, 이제 확실합니다!"

"하지만 당신도 봉투에 대해 알고 있었잖습니까, 그게 베개 밑에 놓여 있다는 것도."

"전혀 몰랐습니다. 본 적도 없어요, 지금 처음 보는 거지, 전에는 그저 스메르쟈코프한테서 얘길 들었을 뿐입니다…… 영감의 방 어디에 숨겨져 있는지는 그놈만 알았지, 나는 몰랐습니다……" 미챠는 완전히 숨이 넘어갈 지경이었다.

"하지만 조금 전 당신은 돌아가신 아버지의 베개 밑에 그 봉투가 있었다고 직접 진술했습니다. 베개 밑이라고 분명하게 말씀하셨으니, 그게 어디에 있는지 알았다는 얘기죠."

"우리는 그렇게 기록도 했습니다!" 니콜라이 파르표노비치가 거들고 나왔다.

"허튼소립니다, 말도 안 돼요! 베개 밑에 있다는 건 전혀 몰랐습니다. 게다가 어쩌면 베개 밑이 전혀 아니었는지도 모르잖습니까…… 나는 그저 되는대로 베개 밑이라고 말했던 겁니다…… 스메르쟈코프는 뭐라고 합니까? 그게 어디에 있었는지, 그놈에게 물어보셨습니까? 스메르쟈코프는 뭐라고 합니까? 그게 제일 중요합니다…… 나는 일부러 거짓말을 마구 지껄였던 겁니다…… 생각도 해보지 않고 그냥 베개 밑에 있었노라고 여러분한테 거짓말을 한 걸 가지고, 여러분은 지금…… 아니, 아시잖습니까, 어쩌다 그냥 혀끝에서 제멋대로 거짓말이 튀어나와버리는 거요. 스메르쟈코프 한 놈만 그걸 알고 있었습니다, 스메르쟈코프 단 한 놈, 그놈 말고는 아무도 없습니다……! 그게 어디에 있는지, 그놈은 나한테도 털어놓지 않았단 말입니다! 어쨌든 이건 그놈입니다, 그놈. 이건 틀림없이 그놈이 죽인 겁니다, 이젠 나도 햇빛처럼 분명하게 알겠습니다." 미챠는 점점 더 흥분하고 분이 치솟아 두서없이 같은 말을 반복하며 미친 듯이 외쳐댔다. "제발 좀 알아들으시고 어서 그놈을 체포하십시오, 어서…… 내가 달아나는 동안, 그리고 그리고리가 정신을 잃고 쓰러져 있는 사이, 바로 그때 그놈이 죽인 겁니다, 이젠 명백합니다…… 그놈이 신호를 보내자 아버지가 그놈에게 문을 열어준 겁니다…… 신호를 알고 있는 건 그놈 하나뿐이었고, 신호가 없으면 아버지는 누구한테도 문을 열어주지 않았을 테니까요……"

"하지만 이번에도 당신은 그 상황을 깜박 잊고 계시군요." 여전히 신중하긴 하나 이미 승리를 만끽하는 듯한 태도로 검사가 지적했다. "구태여 신호를 보낼 것까지도 없었겠지요, 만약 당신이 거기 있을 때, 당신이 아직 정원에 있을 때 이미 문이 열려 있었다면 말이지요……"

"문, 문." 미챠는 이렇게 중얼거리고 말없이 검사를 응시하다가 맥없이 의자에 다시 주저앉았다. 다들 아무 말이 없었다.

"그래, 문……! 이건 유령이야! 하느님이 날 마다하시는구나!" 그는 이미 아무런 생각도 없이 멍하니 앞을 바라보며 외쳤다.

"자, 보십시오." 검사가 근엄하게 말했다. "이제 스스로 판단해보십시오, 드미트리 표도로비치. 한쪽에서는, 문이 열려 있었고 당신이 그 문으로 도망쳤다는 증언이 당신과 우리를 압박하고 있습니다. 또다른 한쪽에서는—당신의 손에 갑자기 들려 있었던 돈의 출처에 대해 당신은 이해할 수 없이 끈질기게, 거의 악착스러울 정도로 입을 다물고 있는데, 당신 자신의 진술에 따르면 그 돈이 생기기 불과 세 시간 전만 하더라도 고작 10루블을 얻기 위해 권총을 잡히지 않았습니까. 이 모든 것을 염두에 두고 당신 스스로 결론을 내려보시지요. 우리가 과연 무엇을 믿어야 하며, 무엇에 의거해야겠습니까? 우리더러 당신 영혼의 고결한 토로를 믿지 못하는 '냉혹한 냉소주의자들에다 조롱이나 좋아하는 인간들'이라고 불평하지 마십시오…… 그러실 게 아니라, 우리의 입장도 잘 생각해보시지요……"

미챠는 상상할 수도 없는 흥분에 사로잡혀 얼굴이 새하얗게 질렸다.

"좋습니다!" 그가 갑자기 외쳤다. "내 비밀을 털어놓겠습니다, 어디서 돈이 났는지 털어놓겠습니다……! 훗날 여러분도, 나 자신도 탓하지 않도록, 내 치욕을 털어놓겠습니다……"

"정말이지 믿어주십시오, 드미트리 표도로비치." 니콜라이 파르표노비치가 감격한 듯이 기쁜 목소리로 말을 받았다. "바로 지금과 같은 순간에 무엇이든 진실되고도 완전하게 자백해주신다면, 나중에 당신이 짊어질 운명을 대단히 가볍게 하는 데 도움이 될 수 있을뿐더러, 심지어 그 밖에도……"

하지만 검사가 탁자 밑으로 그를 가볍게 쿡 찔렀고, 덕분에 그는 제때에 말을 멈출 수 있었다. 미챠는 사실 그의 말을 듣고 있지도 않았다.

VII
미챠의 크나큰 비밀. 야유를 사다

"여러분." 그는 여전히 흥분에 휩싸인 채 말문을 열었다. "그 돈은…… 나는 남김없이 고백하겠습니다…… 그 돈은 내 돈이었습니다."

그러자 검사와 예심판사의 얼굴이 그만 길쭉하게 늘어졌는데, 기대와 전혀 다른 대답이었던 것이다.

"당신 돈이라뇨." 니콜라이 파르표노비치가 중얼거렸다. "그날 다섯 시까지만 해도, 당신 자신의 진술에 따르자면……"

"에이, 그날 다섯시니 나 자신의 진술이니 하는 말은 제발 좀 관둡시다, 지금 그게 문제가 아니란 말입니다! 그 돈은 내 돈, 내 돈, 그러니까 훔친 내 돈이었어요…… 즉 내 돈이 아니라 훔친 돈, 내가 훔친 돈이고, 천5백이었는데, 내 몸에 지니고 다녔죠, 늘 지니고 다녔어요……"

"그럼 어디서 가져온 겁니까?"

"목에서 가져왔습니다, 여러분, 목에서, 바로 여기 내 목에서…… 여기 내 목에 걸려 있었습니다, 헝겊조각에 꿰매서 목에 걸고 있었지요, 이미 오래전부터 벌써 한 달 동안이나 수치와 치욕을 곱씹으며 목에 걸고 다녔습니다!"

"하지만 누구한테서 그 돈을…… 손에 넣으신 겁니까?"

"'훔쳤느냐'고 말씀하시려던 거죠? 이제는 직설적으로 말씀하시지요. 예, 나는 그 돈을 훔친 거나 다름없다고 여기지만, 원하신다면, 사실 그냥 '손에 넣어버린' 거라 해두죠. 하지만 내 생각으론, 훔친 겁니다. 그리고 어제저녁에는 아주 완전히 훔치고 말았지요."

"어제저녁에요? 하지만 방금 말씀하셨잖습니까, 그 돈을…… 구한 게 이미 한 달 전이라고!"

"예, 하지만 아버지한테서는 아닙니다, 아버지는 아니니, 염려 마십시오, 아버지가 아니고 그녀한테서 훔쳤습니다. 얘기 좀 가로채지 마시고 끝까지 들어주시지요. 그러잖아도 힘드니까요. 그러니까 한 달 전에 나의 약혼녀였던 카체리나 이바노브나 베르호프체바가 나를 부르더군요…… 그녀를 아시지요?"

"알다마다요."

"알고 계실 줄 압니다. 고결하기 그지없는 영혼, 고결한 영혼들 가운데서도 가장 고결한 영혼을 지닌 여성이지만, 이미 오래전부터 나를 증오해왔지요, 아아, 오래전, 오래전부터요…… 게다가 충분히 그럴 만하죠, 충분히, 증오할 만도 하죠!"

"카체리나 이바노브나가요?" 예심판사가 놀라서 되물었다. 검사도 몹시 놀란 듯 눈을 부릅뜨고 그를 응시했다.

"오, 그녀의 이름을 함부로 입에 올리지 마십시오! 그녀를 여기다 끌어내다니, 나는 비열한 놈입니다. 예, 나는 알고 있었습니다, 그녀가 나를 증오한다는 걸…… 오래전부터…… 맨 처음부터, 그녀가 거기 내 집으로 찾아왔을 때부터…… 하지만 관두죠, 그만 됐습니다, 여러분은 이 얘길 알 자격조차 없고, 그럴 필요도 전혀 없으니…… 다만 이것만 알고 계시면 되겠죠, 한 달 전에 그녀가 나를 불러 3천 루블을 내주면서 모스크바에 있는 자기 언니와 또다른 여자 친척 한 사람에게 부쳐 달라고 하더군요(마치 자기가 직접 부칠 수는 없다는 듯이 말입니다!), 그런데 나는…… 그때가 바로 내 인생에서 그 숙명적인 시간, 그러니까 내가…… 음, 한마디로, 내가 다른 여자, 지금의 여자인 그녀를, 지금 여러분의 지시에 따라 저기 아래층에 앉아 있는 그루셴카를 막 사랑하게 된 때여서…… 그녀를 여기 모크로예로 끌고 와 그 저주스러운 3천의 절반, 그러니까 천5백을 여기서 이틀 동안 흥청망청 써버리고, 나머지 절반은 그대로 남겨두었습니다. 그리고 그 남겨둔 천5백을 부적 대신 목에 걸고 다니다가, 어제 뜯어서 써버린 겁니다. 나머지 8백 루블은 지금 여러분의 손에 있습니다, 니콜라이 파르표노비치, 그게 어제의 천5백에서 남은 돈입니다."

"실례지만, 그건 또 무슨 얘깁니까, 그때 한 달 전에 여기서 탕진한 돈은 천5백이 아니라 3천이었고, 그건 다들 아는 사실 아닙니까?"

"누가 그걸 아는데요? 누가 세어봤습니까? 내가 누구한테 세어보라고 했답니까?"

"아니, 그때 꼭 3천을 썼노라고 당신 스스로 모든 사람에게 말씀하셨잖습니까."

"맞습니다, 그렇게 말했지요, 온 도시에 대고 그렇게 말했고, 온 도시가 그렇게 말했고, 다들 그렇게 생각했지요, 여기 모크로예에서도 다들 그게 3천이었다고 생각했습니다. 다만 어쨌든 간에 내가 탕진한 돈은 3천이 아니라 천5백이었고, 나머지 절반은 부적 주머니에다 넣어 꿰매뒀습니다. 일이 이렇게 된 겁니다, 여러분, 어제의 그 돈은 여기서 나온 거라고요……"

"거의 기적 같은 얘기군요……" 니콜라이 파르표노비치가 중얼거렸다.

"실례지만 여쭙겠습니다." 드디어 검사가 입을 열었다. "혹시 전에 누군가에게 이런 사정에 대해 밝히신 적이 있는지…… 다시 말해 그 천5백을 그때 한 달 전에 남겨두셨다는 것을요?"

"아무한테도 말하지 않았습니다."

"이상한 일이군요. 그러니까 정말 아무한테도요?"

"정말 아무한테도요. 아무한테도, 아무한테도."

"하지만 어째서 그렇게 입을 다물고 계셨죠? 무엇 때문에 그걸 그렇게까지 비밀로 한 겁니까? 좀더 정확하게 설명해드리죠. 당신은 마침내 우리에게 당신의 비밀을 털어놓으셨는데, 그건 당신의 말에 의하면 그토록 '치욕적인' 일이라지만, 본질적으로—그러니까 물론 그저 상대적인 얘기지만—이 행위는, 즉 남의 돈 3천 루블을 말하자면 자신이 챙겼다, 그것도 의심할 나위 없이 그저 일시적으로 그렇게 챙겼다는—이 행위는, 적어도 내가 보기엔, 그저 대단히 경솔하기는 할망정 그렇게까지 치욕스러운 행위가 아니고, 더구나 당신의 성격을 고려할 때는…… 뭐, 그게 심지어 대단히 창피한 행위라 칩시다, 그건 나도 동의해요, 하지만 창피한 일이긴 해도 여하튼 치욕스러운 일은 아니지요……요컨대, 내가 그러니까 원래 말하고자 하는 바는, 당신이 탕진한 그 3천이 베르호프체바 양의 돈이라는 건 당신이 고백하지 않아도 이미 요 한 달 동안 많은 사람이 짐작하고 있었고, 나 자신도 그런 전설을 들은 바 있는데다…… 예를 들면, 미하일 마카로비치도 들었다잖습니까. 그러니 결국 이건 이미 전설도 아닌 셈이고, 온 도시의 수다거리라는 겁니다. 더구나 내가 잘못 알고 있는 게 아니라면, 당신 스스로도 그 사실, 다시 말해 그 돈이 베르호프체바 양의 것이라는 사실을 누군가에게 직접 고백했다는 증거가 남아 있습니다…… 그렇기 때문에 나로서는 너무도 놀라지 않을 수 없는 것이, 당신이 지금까지, 그러니까 바로 이 순간까지도, 당신의 말마따나 따로 떼놓은 그 천5백을 그토록 엄청난 비밀로 간주하면서 당신의 이 비밀에다 심지어 어떤 공포감마저 결부시키고 있으니…… 그만한 비밀을 고백하는 게 그렇게까지 고통스러울 수 있었다니, 믿기 어렵군요…… 그걸 고백하느니 차라리 징역을 가겠다고 방금 전에도 소리치지 않았습니까……"

검사는 입을 다물었다. 그는 잔뜩 열받은 참이었다. 울화통을 터뜨린 건 물론이고 거의 적개심마저 감추려 들지 않았고, 속에 쌓인 것을 모조리 쏟아내면서 어법의 아름다움 따윈 아랑곳하지 않고 뒤죽박죽 거의 마구잡이로 내뱉었다.

"치욕은 그 천5백 자체가 아니라, 그 천5백을 내가 3천에서 따로 떼어두었다는 데 있습니다." 미챠가 단호하게 말했다.

"하지만 그게 어때서요." 검사가 짜증스러운 미소를 지었다. "이미 창피스럽게, 혹은 당신이 정 원한다면, 치욕스럽게라고 해두죠, 어쨌든 그렇게 슬쩍한 3천에서 당신 재량껏 절반을 떼어두었다 해서 치욕스러울 게 뭐 있습니까? 더 중요한 건 3천을 슬쩍했다는 것이지, 그걸 어떻게 처리했느냐 하는 게 아니지요. 그건 그렇고, 왜 그렇게 처리했습니까, 그러니까 왜 그 절반을 떼놓은 거죠? 무엇을 위해, 무슨 목적으로 그렇게 했는지, 우리에게 설명해주실 수 있습니까?"

"오, 여러분, 바로 그 목적이란 게 화근이었습니다!" 미챠가 소리쳤다. "비열한 생각에서, 다시 말해 속셈이 있어 따로 떼어두었지요, 이런 경우 속셈이란 영락없이 비열하니까요…… 게다가 꼬박 한 달 동안 이 비열한 짓이 내내 계속된 겁니다!"

"이해가 안 가는데요."

"나는 여러분이 놀랍군요. 하지만 다시 한번 설명드리겠습니다, 어쩌면 정말로 이해하기 힘든 건지도 모르니까요. 자, 주의깊게 들어주십시오. 내 명예를 믿고 맡긴 3천을 슬쩍해서 그 돈으로 흥청망청 놀아나며 죄다 써버리고는 이튿날 아침에 그녀한테 나타나서 '카챠, 잘못했소, 당신의 3천을 다 탕진해버렸소'라고 말한다면—어떻습니까, 이게 좋은 짓이겠습니까? 천만에, 좋지 않죠—파렴치하고 비겁하죠, 짐승이지요, 짐승만큼이나 자제력이 없는 인간이지요, 안 그렇습니까, 안 그래요? 하지만 어쨌든 도둑놈은 아니잖습니까? 진짜 도둑은, 하여간 진짜 도둑놈은 아니잖습니까, 동의하시지요! 죄다 써버리긴 했지만, 훔치지는 않았거든요! 이제 두번째는 훨씬 더 유리한 경우이니, 차분히 잘 들어주십시오. 안 그러면 또다시 횡설수설할지 모르니까—어째 머리가 빙빙 도는군요—자, 두번째 경우란 이겁니다. 여기서 3천 가운데 천5백만, 즉 절반만 탕진하는 겁니다. 이튿날 그녀에게 찾아가 이 절반을 내놓으면서 이러는 거지요. '카챠, 나한테서, 이 파렴치하고 경솔하고 비열한 놈한테서 이 절반만이라도 받아줘, 절반은 벌써 써버렸어, 이러다간 이 절반마저 써버릴 테니, 더이상 죄를 짓지 않게 이거라도 받아줘!' 자, 어떻습니까, 이 경우는? 뭐라 해도 좋습니다, 짐승이든 비열한 놈이든 다 좋습니다, 하지만 그래도 도둑놈은 아닙니다, 절대로 도둑놈은 아닙니다, 도둑놈이라면 분명히 남은 절반도 가져다주지 않고 그것마저 꿀꺽하겠지요. 하지만 내가 서둘러 절반을 가져다준 걸 보고 그녀는, 이 사람은 나머지 돈, 그러니까 이미 탕진해버린 그 돈도 마저 가져올 거야, 평생 그 돈을 구하려 애쓰고 일을 하게 되더라도, 꼭 그 돈을 구해서 돌려줄 거야, 하고 생각할 겁니다. 이런 경우 나는 비열한 놈이긴 해도, 여러분이 원하는 것처럼 도둑놈은 아니란 말입니다, 도둑놈은 절대 아니라고요!"

"좋습니다, 다소 차이가 있다 칩시다." 검사가 싸늘하게 웃었다. "그렇지만 아무튼 이상하군요, 그 차이를 그렇게까지 치명적인 것으로 보시다니."

"그럼요, 그건 치명적인 차이라고 봅니다! 누구나 다 비열한 놈이 될 수 있고, 또 아마 누구나 다 비열한 놈이겠지만, 아무나 다 도둑놈이 될 수 있는 건 아닙니다, 최고로 비열한 놈만 그런 거지요. 뭐, 나로서야 이런 섬세한 차이를 설명할 재주가 없지만…… 그러나 어쨌든, 비열한 놈보다 도둑놈이 더 비열하다는 것, 이것만큼은 나의 신념입니다. 들어보십시오. 나는 한 달 내내 돈을 내 몸에 지니고 다니면서, 내일이라도 당장 결단만 내리면 돌려줄 수 있고 그러면 나는 이미 비열한 놈이 아닌데도, 하지만 그 결단을 내릴 수가 없다는 겁니다. 매일같이 결단을 내리려 하고, 매일같이 '결단을 내려라, 결단을, 이 비열한 놈아'라며 자신을 쿡쿡 찔러대면서도 한 달이 다 가도록 결단을 못 내리는 겁니다, 바로 그렇습니다! 어떻습니까, 이게 잘하는 짓입니까, 여러분 생각으론 잘하는 짓입니까?"

"그리 잘하는 일은 아니라 해도, 그건 저도 충분히 이해할 수 있으니

이의를 제기하진 않겠습니다.” 검사가 신중하게 대답했다. “그렇지만 이 섬세함이나 차이에 관한 시시비비는 뒤로 다 미뤄두고, 괜찮으시다면 다시 본론으로 넘어가죠. 다름아니라, 벌써 거듭 질문드렸지만 아직 우리에게 설명해주시지 않은 것이 있습니다. 애당초 무엇을 위해서 이 3천을 그런 식으로 나누었는지, 다시 말해 왜 절반은 쓰고 절반은 숨긴 겁니까? 그러니까 도대체 무엇을 위해서 숨긴 건지요, 따로 떼어둔 그 천5백을 도대체 어디에 쓸 생각이었습니까? 이에 대한 답변을 꼭 듣고 싶군요, 드미트리 표도로비치.”

“아, 그랬죠, 정말!” 미챠가 이마를 툭 치며 소리쳤다. “죄송합니다, 중요한 걸 설명하지 않고 괴롭혀드리기만 했군요, 말했다면 대번에 이해하셨을 텐데, 그 목적, 바로 그 목적 속에 치욕이 들어 있으니까요! 말입니다, 우리 영감, 그러니까 돌아가신 아버지는 아그라페나 알렉산드로브나를 줄곧 들쑤셨는데, 질투심에 사로잡혔던 나는 그 당시 그녀가 나와 아버지 사이에서 흔들리고 있다고 생각했습니다. 그러면서 매일같이 이런 생각도 하는 겁니다. 그녀 쪽에서 갑자기 결단을 내린다면, 나를 괴롭히는 것에도 지쳐서, '내가 사랑하는 사람은 그 영감이 아니라 당신이야, 날 세상 끝으로 데려가줘'라고 갑자기 말해오면 어떡하나 하고요. 20코페이카짜리 은화 두 닢밖에 없는 처지에, 무슨 수로 데려가며 그땐 어쩌겠습니까—그대로 끝장나고 말겠죠. 그때만 해도 그녀를 잘 몰랐고 제대로 이해하지도 못했던 터라, 돈이 없으면 안 되는 여자니까 나의 이런 빈털터리 신세를 용서하지 않을 거라고 생각했던 겁니다. 그래서 나는 교활하게도 3천의 절반을 따로 떼어 태연스레 바늘로 꿰매기 시작했지요, 그런 속셈으로 꿰맸던 거였는데, 술판 벌이러

가기 전에 그렇게 꿰매기 시작해서 다 꿰매자마자 나머지 절반으로 술판을 벌이러 떠난 겁니다! 아니, 정말 비열한 짓이지요! 이젠 아셨습니까?"

검사는 큰 소리로 웃음을 터뜨렸고 예심판사도 마찬가지였다.

"내 생각으론, 그렇게 절제하여 다 탕진하진 않았으니 오히려 분별있고 도덕적이었다 싶은데요." 니콜라이 파르표노비치가 히히거렸다. "그게 뭐 그리 큰일은 아니잖습니까요?"

"큰일이지요, 도둑질을 했으니까, 그게 문젭니다! 오, 맙소사, 정말 무섭군요, 내 말을 그렇게 못 알아들으시다니! 이 돈 천5백을 꿰매 가슴팍에 지니고 다니면서 나는 언제나, 매일 매 시간 자신에게 말했습니다. '너는 도둑놈이다, 너는 도둑놈이다!' 그래요, 바로 그 때문에 나는 요 한 달 동안 난폭한 짓만 했고, 그 때문에 술집에서 싸움질을 했고, 그 때문에 아버지를 마구 때린 겁니다, 나 자신을 도둑놈이라고 느껴서 말이지요! 심지어 내 아우 알료샤한테도 그 천5백에 대해선 털어놓을 결심을 못했고 그럴 용기를 못 냈습니다. 그 정도로 나 자신을 비열한 놈에다 협잡꾼이라고 느꼈던 겁니다! 하지만 말이죠, 그렇게 몸에 지니고 다니는 동안만 해도 한편으로는 매일 매 시간 '아니다, 드미트리 표도로비치, 너는 어쩌면 아직은 도둑놈이 아닐 수도 있다'라고 자신에게 말하곤 했습니다. 왜? 내일이라도 가서 카차에게 이 돈 천5백을 돌려주면 되니까, 라는 거였죠. 그런데 바로 어제서야, 페냐한테 들렀다가 페르호친에게 가던 길에 내 부적 주머니를 목에서 뜯어내기로 결심했지요, 그전까지는 그럴 결심을 못하다가 마침내 뜯어내자마자, 바로 그 순간 나는 이미 돌이킬 수 없고 반박할 여지도 없는 도둑놈이,

평생토록 도둑놈에다 파렴치한 인간이 되고 말았습니다. 왜냐고요? 부적 주머니와 함께, 카챠한테 가서 '나는 비열한 놈이지만 도둑놈은 아니다'라고 말하리라던 내 꿈마저—갈기갈기 찢어버린 거니까요! 이젠 아시겠죠, 알아들으시겠죠!"

"왜 하필 어제저녁에 그런 결심을 하신 거죠?" 니콜라이 파르표노비치가 말을 중단시켰다.

"왜냐고요? 우스운 질문이군요. 왜냐하면 나는 스스로에게 이미 죽음을 선고했기 때문이지요, 아침 다섯시, 동틀 무렵 여기서 죽기로 말이죠. '어차피 매일반이다, 비열한 놈으로 죽거나 고결한 인간으로 죽거나!' 하고 생각했던 겁니다. 그런데 그렇지가 않은 거예요, 매일반이 아니더란 말씀입니다! 믿으실지 모르지만, 여러분, 간밤에 나를 무엇보다 괴롭힌 건, 늙은 하인을 죽였다는 것도, 시베리아로 가게 될 거라는 것도 아니었습니다, 더구나 지금이 어떤 순간입니까?—내 사랑이 월계관을 썼고 하늘이 나에게 새롭게 열린 때가 아닙니까! 오, 이것도 나를 괴롭히긴 했지만 그 정도는, 그래도 그 정도까지는 아니었습니다. 끝내 내 가슴팍에서 그 저주스러운 돈을 뜯어내서 써버렸으니, 이제 나는 이미 돌이킬 수 없는 도둑놈이 되고 말았다는 그 저주스러운 생각만큼은 아니었단 말입니다! 오, 여러분, 피끓는 심정으로 거듭 말하지만, 나는 간밤에 정말 많은 것을 알게 됐습니다! 비열한 놈으로 살 수도 없을뿐더러 비열한 놈으로는 죽을 수도 없다는 걸 알게 됐으니까요…… 그렇습니다, 여러분, 떳떳하게 죽어야 하는 겁니다……!"

미챠는 창백했다. 극도로 흥분하고 있었는데도 그의 얼굴은 기진맥진한데다 몹시 고통스러운 표정이었다.

"이제 조금씩 이해가 가는군요, 드미트리 표도로비치." 검사는 부드럽고 연민까지 느끼는 듯한 어조로 말끝을 길게 늘였다. "하지만 이 모든 것은, 당신은 어떻게 여기실지 모르지만, 내가 보기엔 그저 신경이…… 당신의 신경이 병적으로 과민해서 그런 것 같은데, 예, 틀림없습니다요. 예컨대, 꼬박 한 달 가까이 당신을 그토록 괴롭혀온 고통에서 벗어나기 위해서라면, 당신은 왜 그분, 당신에게 그 돈을 맡긴 그분을 찾아가 그 천5백을 돌려주지 않았습니까, 그리고 당신은 당시 상황이 몹시 비참했다고 말씀하시는데, 왜 그분에게 먼저 사정을 털어놓고, 당신의 그런 상황을 고려할 때 머릿속에 그토록 자연스레 떠오르는 방법을 시도해보지 않으셨는지요, 다시 말해 그분에게 당신의 실수를 점잖게 고백하고 나서 당신에게 필요한 금액을 좀 빌려달라고 왜 부탁하지 않았는지요, 워낙 관대한 마음씨를 지니신 분이니 당신의 낙담한 모습을 보았다면 절대로 거절하지 않았을 텐데요, 특히 무슨 증서를 써준다거나 아니면 끝으로, 상인 삼소노프나 호흘라코바 부인에게 제안했던 그런 담보를 내놓는다면 말이죠? 지금도 당신은 그 담보물을 가치 있는 것으로 여기시잖습니까?"

미챠는 갑자기 얼굴을 확 붉혔다.

"정말 나를 그 정도로 비열한 놈으로 생각하는 겁니까? 설마, 진담은 아니겠죠……!" 그는 검사의 눈을 바라보며 상대방의 말을 믿지 못하겠다는 듯 격분하여 말했다.

"진담이고말고요…… 왜 진담이 아니라고 생각하시죠?" 이번에는 도리어 검사가 놀라워했다.

"오, 그건 정말 비열한 짓이었을 겁니다! 여러분, 여러분이 나를 얼마나 괴롭히고 있는지 알기나 합니까! 좋습니다, 모두 말씀드리지요, 그럴 수밖에 없군요, 지옥 같은 내 마음속을 이제 죄다 털어놓겠지만, 이건 어디까지나 여러분에게 수치심을 알게 해주기 위해서이고, 인간의 뒤얽힌 감정이 얼마나 비열한 데까지 떨어질 수 있는지 알게 되면 여러분도 깜짝 놀랄 겁니다. 실은, 검사님, 나 자신도 이미 그런 생각을, 방금 말씀하신 바로 그런 생각을 하고 있었습니다! 그래요, 여러분, 이 저주스러운 한 달 동안 나도 그 생각을 하고 있었지요, 그래서 카챠를 찾아가려고 이미 결심한 거나 다름없었습니다, 그 정도로 비열했던 겁니다. 하지만 그녀를 찾아가 내가 배신했노라고 털어놓고, 바로 이 배신을 위해, 이 배신을 완성하기 위해, 이 배신에 필요한 비용을 마련하기 위해, 다른 사람도 아닌 그녀, 카챠에게 돈을 부탁하고(부탁한다고요, 듣고 있습니까, 부탁하는 거라고요!), 그러고는 즉시 딴 여자와 함께, 그녀의 연적, 그녀를 증오하고 모욕한 바로 그 여자와 함께 달아나라니—아니, 무슨 그런 말씀을, 정말이지 정신이 나갔군요, 검사님!"

"정신이 나갔든 안 나갔든 간에, 하긴, 물론, 제가 흥분해서 미처 헤아리지 못했군요⋯⋯ 그러니까 여자들의 바로 이 질투와 관련해서 말이지요⋯⋯ 만약 당신이 주장하듯 여기에 실제로 질투가 개입되었을 수 있다면⋯⋯ 그래요, 어쩌면, 그런 종류의 뭔가가 있을 수도 있겠군요." 검사가 히죽 웃었다.

"어쨌든 그건 너무도 추잡한 짓이었을 거라고요." 미챠는 미친 듯 격분하여 주먹으로 탁자를 내리쳤다. "아주 구린내가 진동했겠죠, 정말 생각도 할 수 없군요! 하긴 말입니다, 그녀는 나한테 그 돈을 주었을지도 몰라요, 아니 주었을 겁니다, 틀림없이 주었을 겁니다, 나에 대한 복수심에서 주었겠죠, 복수의 쾌감을 위해서, 나를 경멸하는 마음에서 주었을 겁니다, 그녀 역시 지옥 같은 영혼을 지녔고, 거대한 분노를 품은 여자니까요! 나도 그 돈을 받았겠지요, 오, 받았겠지요, 받았겠지요, 그러고서 평생을…… 오, 맙소사! 용서하십시오, 여러분, 내가 이렇게 소리치는 것은 얼마 전만 해도, 바로 그저께만 해도 그런 생각을 품었기 때문입니다, 그러니까 오밤중에 랴가브이를 상대로 등이 달아 매달려 있던 그때, 그리고 또 어제, 예, 어제도, 어제도 온종일 그랬거든요, 지금도 기억하지만, 바로 그 사건이 일어나기 직전까지……"

"어떤 사건 말이죠?" 니콜라이 파르표노비치가 호기심을 드러내며 끼어들었으나, 미챠는 알아듣지도 못했다.

"나는 여러분에게 무서운 고백을 했습니다." 그가 침울하게 말했다. "이 고백을 평가해주십시오, 여러분. 아니, 그것만으로는 부족해요, 평가만으로는 부족하니, 평가가 아니라, 존중해주십시오, 만약 그렇지 않다면, 만약 이것이 여러분의 마음을 그냥 스쳐갈 뿐이라면, 여러분, 그건 여러분이 나를 아예 존중하지 않는다는 얘깁니다, 단언합니다, 그러면 나는 여러분 같은 사람들에게 이런 고백을 한 게 너무 수치스러워서 죽어버릴 겁니다! 오, 총을 쏴서 자살해버릴 겁니다! 하긴, 벌써 보고 있습니다, 훤히 보입니다, 여러분은 내 말을 믿지 않아요! 아니, 설마 이런 것까지 적을 셈입니까?" 이미 경악을 금치 못하며 그가 소리쳤다.

"그런데 방금 말씀하신 것 말입니다." 니콜라이 파르표노비치가 의아하다는 듯 그를 쳐다보았다. "그러니까 마지막 순간까지도 베르호프체바 양에게 가서 그 금액을 빌려달라고 부탁할 생각이었다고 하셨죠…… 분명히 말씀드리는데, 이것은 우리에게 대단히 중요한 진술입니다, 드미트리 표도로비치, 다시 말해 이 사건 전체와 관련해서…… 그리고 특히 당신을 위해, 당신을 위해 중요한 진술입니다."

"제발 부탁입니다, 여러분." 미챠가 손뼉을 탁 쳤다. "그것만큼은 적지 마십시오, 부끄러운 줄 아십시오! 나는 말하자면 내 영혼을 여러분 앞에 두 쪽으로 찢어 보였는데, 여러분은 그걸 이용하여 양쪽의 찢어진 상처를 손가락으로 마구 후벼파고 있으니…… 오, 하느님!"

그는 절망에 빠져 두 손으로 얼굴을 가렸다.

"그리 염려하지 마십시오, 드미트리 표도로비치." 검사가 결론을 지었다. "지금 기록한 것은 나중에 당신한테 전부 들려드릴 테니, 동의하지 않는 부분이 있다면 당신의 말대로 정정하겠습니다만, 지금은 똑같은 질문을 한번 더, 세번째로 반복하겠습니다. 정말 아무도 없습니까, 그 돈을 부적 주머니에 꿰매넣었다는 얘기를 당신한테서 들은 사람이 정말 아무도 없습니까? 솔직히 말해, 거의 상상이 안 가는 일이어서."

"아무도, 아무도 없습니다, 말했잖습니까, 정말 내 말을 전혀 이해하지 못했군요! 나를 가만히 내버려두시죠."

"좋습니다요, 이 일은 꼭 밝혀져야 하지만 앞으로도 시간은 많으니까, 그래도 우선 잘 판단해보십시오. 그때 3천을 다 써버렸다고, 천5백이 아니라 3천을 썼다고 바로 당신이 당신 입으로 어디서나 떠벌리고 소리치고 다니기까지 했다는 증언이 우리한테 아마 수십 개는 확보되어 있을 겁니다, 게다가 이번에도, 그러니까 어제 그 돈을 보여주면서 또다시 돈 3천을 가져왔노라고 많은 사람한테 공언하지 않았습니까……"

"수십 개가 아니라, 수백 개의 증언을 손에 쥐고 있겠죠, 적어도 이백 개는, 그런 소리를 이백 명은 들었으니까, 아니, 천 명은 들었죠!" 미챠가 소리쳤다.

"거 보십시오, 다들, 다들 증언하고 있습니다. 그렇다면 다들이라는 말이 어떤 의미를 갖는 게 아니겠습니까?"

"아무 의미도 없어요, 나는 허튼소리를 했고, 다들 나를 따라 허튼소리를 하기 시작한 것뿐입니다."

"그럼 그때 왜 당신 말마따나 '허튼소리'를 해야 했던 거죠?"

"젠장, 알게 뭡니까. 허풍을 치느라 그랬을 수도 있죠…… 그러니까…… 자, 나는 이렇게 많은 돈을 탕진했다, 하고요…… 또 어쩌면 그 꿰맨 돈을 잊고 싶은 마음에서…… 그래요, 바로 그 때문에…… 젠장…… 도대체 같은 걸 몇 번이나 묻는 겁니까? 뭐, 허튼소릴 했어요, 그야 물론, 한번 허튼소릴 내뱉고 나니 더이상 바로잡고 싶지 않았던 거죠. 그럼 무엇 때문에 사람이 더러 허튼소리를 하는 겁니까?"

"그건 결론 내리기가 매우 힘들지요, 드미트리 표도로비치, 무엇 때문에 사람이 허튼소리를 하는지는 말입니다." 검사가 훈계조로 말했다. "그보다도, 말씀해주시지요, 당신의 목에 달려 있던 그 주머니, 당신이 부적 주머니라고 부르는 그것은 컸습니까?"

"아니요, 그리 크지 않았습니다."

"예컨대 어느 정도 크기였죠?"

"백 루블짜리 지폐를 반으로 접으면—바로 그 크기가 되죠."

"차라리 그 헝겊조각을 보여주실 수 없을까요? 어디에든 가지고 계실 거 아닙니까."

"에이, 젠장…… 무슨 바보 같은 소릴…… 어디 있는지 내가 어찌 압니까."

"하지만 그래도 물어보겠습니다. 어디서 언제 그걸 목에서 끌렀습니까? 당신의 진술에 의하면 집에 들르지도 않았잖습니까?"

"페냐를 만나고 나와서 페르호친 집으로 가는 도중에 목에서 떼어내 돈을 꺼냈습니다."

"캄캄한 데서요?"

"그럼 촛불이라도 있어야 되나요? 손가락으로 순식간에 해치웠습니다."

"가위도 없이 한길에서요?"

"광장이었던 것 같군요. 가위는 왜요? 낡은 누더기 조각이어서 금방 찢어지던데요."

"그러고 나서 어디다 치웠습니까?"

"바로 그 자리에서 버렸죠."

"정확히 어딥니까?"

"그 광장, 하여튼 광장입니다! 젠장, 광장 어딘지 어찌 압니까. 아니, 그걸 알아서 뭐하려고요?"

"이건 대단히 중요합니다, 드미트리 표도로비치. 당신에게 유리한 물증이니까요, 어째서 이걸 이해하려고 하지 않으십니까? 한 달 전에 그걸 꿰맬 때 누가 도와주었습니까?"

"아무도 돕지 않았습니다. 직접 꿰맸습니다."

"바느질을 할 줄 아십니까?"

"군인은 바느질을 할 줄 알아야 되지만, 이건 바느질 솜씨고 뭐고도 필요 없습니다."

"천은, 그러니까 돈을 꿰매넣은 그 누더기 조각은 어디서 구했습니까?"

"설마 놀리시는 건 아니겠죠?"

"천만에요, 우리는 전혀 웃을 기분이 아닙니다, 드미트리 표도로비치."

"기억이 안 납니다, 어디서 누더기 조각을 구했는지는, 어디선가 구했겠죠."

"그걸 잊어버리지는 않았을 것 같은데요?"

"정말 맹세코 기억이 안 납니다, 속옷에서 뭘 뜯어냈는지도 모르죠."

"이거 아주 흥미롭군요. 내일 당신 하숙집에서 그 물건이 발견될 수도 있겠죠, 한 귀퉁이를 뜯어낸 루바쉬카 같은 게 말입니다. 그 누더기 조각은 어떤 천이었습니까, 두꺼운 천이었나요, 아마포였나요?"

"어떤 천이었는지 알게 뭡니까. 잠깐만…… 무엇에서 뜯어낸 것 같지는 않습니다. 옥양목이었는데…… 하숙집 안주인의 조그만 두건에다 꿰맨 것 같습니다."

"안주인의 두건요?"

"예, 안주인한테서 집어왔지요."

"집어왔다뇨?"

"그게 말이죠, 생각이 나는데, 실은 언젠가 두건 하나를 집어온 적이 있는데, 걸레로 쓰거나 아니면 펜을 닦으려고 그랬던 것 같습니다. 슬쩍 가져왔죠, 아무짝에도 쓸모없는 누더기 조각이었으니까요, 그 헝겊 조각이 내 방에 뒹굴고 있던 차에, 마침 그 천5백이, 그래서 그걸 집어들고 꿰맸죠…… 바로 그 누더기 조각에 넣고 꿰맨 것 같습니다. 이미 천 번은 빨아서 걸레가 다 된 낡은 옥양목이었습니다."

"그걸 정말 확실하게 기억하고 있습니까?"

"확실한지는 모르겠습니다. 두건이었던 것 같군요. 쳇, 이 까짓것, 무슨 상관이야!"

"그럼 하숙집 안주인은 그게 없어진 걸 적어도 기억해낼 수는 있겠군요?"

"전혀 못할 겁니다, 알아채지도 못했으니까요. 낡아빠진 누더기 조각이라고 하지 않습니까, 한푼의 가치도 없는 낡아빠진 누더기 조각."

"바늘은 어디서 났습니까, 실은요?"

"그만두겠습니다, 더는 싫습니다. 됐습니다!" 미챠가 마침내 화를 냈다.

"어쨌거나 이상하군요, 정확히 광장 어느 곳에다 그…… 부적 주머니를 버렸는지 그렇게 완전히 잊으시다니."

"그럼 내일이라도 광장을 쓸어보라고 명령하시죠, 혹시 찾으실지 압니까." 미챠는 쓴웃음을 지었다. "됐습니다, 여러분, 됐습니다." 녹초가 된 목소리로 그가 결론을 내렸다. "이제 분명히 알겠군요, 여러분은 내 말을 믿지 않았습니다! 무엇 하나 털끝만큼도 안 믿었어요! 내 잘못이지 여러분 잘못이 아니죠, 공연히 나서서 지껄일 필요가 없었던 거니까! 왜, 왜 내 비밀을 털어놓아 나 자신을 욕되게 했을까! 여러분한테야 웃음거리겠죠, 눈을 보니 알겠군요. 검사님이 나를 덫으로 몰아넣은 겁니다, 검사님! 자축의 찬가라도 부르시죠, 만약 그럴 수 있다면…… 저주받을 겁니다, 고문자들!"

그는 고개를 숙이고 두 손으로 얼굴을 감쌌다. 검사와 예심판사는 말이 없었다. 잠시 후 그는 고개를 들고 어쩐지 아무 생각이 없는 듯이 그들을 바라보았다. 이미 완전해져버린, 이미 돌이킬 수 없는 절망이 얼굴에 드리워진 채, 그는 왠지 조용히 입을 다물고 넋이 나간 듯이 앉아 있었다. 하지만 일은 끝내야만 했다. 지체 없이 증인 심문으로 넘어가야 했던 것이다. 어느새 아침 여덟시 무렵이었다. 촛불은 이미 꺼버린 지 오래였다. 심문이 진행되는 동안 미하일 마카로비치와 칼가노프는 내내 방을 드나들더니 이번에는 둘 다 다시 밖으로 나가버렸다. 검사와 예심판사도 몹시 피곤해 보였다. 막 들어선 아침은 음산했고, 하늘은 온통 먹구름으로 뒤덮인 채 장대비가 퍼붓고 있었다. 미챠는 아무 생각도 없이 창문을 바라보았다.

"창밖을 좀 내다봐도 되겠습니까?" 그가 갑자기 니콜라이 파르표노비치에게 물었다.

"오, 얼마든지요." 상대방이 대답했다.

미챠는 일어나서 창가로 다가갔다. 푸르스름한 작은 유리창을 빗줄기가 사정없이 후려치고 있었다. 창문 바로 밑으로 질척거리는 더러운 길이 보였고, 더 멀리 저편으로는 비를 흠뻑 머금은 안개 속에 거뭇거뭇하고 초라하기만 한 볼품없는 농가들이 늘어서 있었는데, 비 때문에 더 꺼멓고 더 초라해 보였다. '곱슬머리 금발의 포이보스' 생각이, 그 첫 햇살과 더불어 자살하려 했던 것이 미챠에게 문득 떠올랐다. '이런 아침이 더 좋았을지도 모르지.' 그는 쓴웃음을 짓더니 갑자기 위에서 아래로 손을 휙 내젓고는 '고문자들'에게로 몸을 돌렸다.

"여러분!" 그가 소리쳤다. "내가 끝장났다는 건 나도 압니다. 하지만 그녀는요? 그녀에 대해 좀 알려주십시오, 제발 부탁입니다, 그녀마저 나와 함께 끝장나는 겁니까? 그녀는 결백합니다, 그녀가 어제 '모두 내 잘못'이라고 외친 건 제정신으로 한 말이 아닙니다. 그녀는 아무, 아무 죄도 없습니다! 나는 여러분과 함께 앉아 있으면서도 밤새도록 그게 걱정됐습니다…… 말해주면 안 됩니까, 말해줄 수 없습니까, 이제 그녀를 어떻게 할 건가요?"

"그 점에 대해선 전혀 걱정 마십시오, 드미트리 표도로비치." 검사가 무척 서두르는 기색으로 즉각 대답했다. "당신이 그토록 관심을 갖고 계신 여성분에게 그 어떤 괴로움을 끼쳐야 할 중대한 이유는 지금으로선 전혀 없습니다. 앞으로의 수사 과정에서도 그러리라 기대합니다…… 오히려 그런 의미에서는 우리 쪽에서도 할 수 있는 모든 노력을 다하겠습니다…… 아무 염려 마십시오."

"여러분, 감사합니다, 나도 잘 알고 있었습니다, 어쨌든 그래도 여러분이 정직하고 공정한 분들이라는 것을요. 덕분에 마음의 무거운 짐을 내려놓았군요…… 자, 우리는 이제 뭘 하죠? 나는 각오가 돼 있습니다."

"예, 좋습니다요, 서둘러야겠지요. 지체 없이 증인 심문으로 넘어가야 합니다. 이건 모두 반드시 당신이 동석한 가운데 진행되어야 하니까, 따라서……"

"우선 차라도 한잔 마시는 게 어떨까요?" 니콜라이 파르표노비치가 말을 가로챘다. "그 정도로 충분히 일한 것 같은데요?"

아래층에 차가 준비되어 있다면(미하일 마카로비치가 나간 건 '차를 한잔하려'는 게 분명하므로) 우선 한 잔씩 마시고 나서 '계속, 또 계속하기로' 결정했다. 본격적인 차와 '요기'는 좀더 시간의 여유가 날 때까지 미루기로 했다. 정말로 아래층에 차가 준비되어 있어서 금세 위층으로 가져왔다. 미챠는 니콜라이 파르표노비치가 상냥하게 권하는 찻잔을 처음에는 거절했지만, 나중에는 자기 쪽에서 청해 게걸스레 잔을 비웠다. 대체로 그는 왠지 놀랄 만큼이나 기진맥진한 모습이었다. 워낙 기운이 장사라서, 하룻밤 술판을 벌이고 게다가 설사 아무리 강한 감정적 흥분을 겪었다 해도 그게 그리 대수랴? 싶을 것이다. 하지만 정작 그는 앉아 있기도 힘겹다고 느꼈고, 때로는 모든 물건이 눈앞에서 왔다갔다하며 빙글빙글 돌기 시작하는 것만 같았다. '조금만 더 있으면 헛소리를 시작할지도 모르겠군.' 그는 속으로 이렇게 생각했다.

VIII
증인들의 진술. 애기

증인 심문이 시작되었다. 그러나 이제 우리는 지금까지처럼 그렇게 자세히 이야기를 이어가지는 않을 것이다. 따라서 니콜라이 파르표노비치가 증인으로 소환된 모든 사람에게 진실과 양심에 따라 진술해야 하며 나중에 선서를 한 후 이 진술을 되풀이해야 될 것이라고 일일이 경고했던 이야기도 생략하기로 한다. 그리고 맨 마지막에 증인들이 각자 자신의 진술서에 서명하도록 요구받은 일 등등도 그냥 넘어가겠다. 다만 한 가지만 지적해두겠는데, 심문관들의 주의를 온통 집중시킨 가장 중요한 사항은 주로, 바로 그 3천에 관한 문제, 다시 말해 처음, 그러니까 한 달 전 드미트리 표도로비치가 여기 모크로예에서 처음 술판을 벌였을 때 쓴 돈이 3천이었느냐 천5백이었느냐, 그리고 어제 드미트리 표도로비치가 두번째 술판에서 쓴 돈이 3천이었느냐 천5백이었느냐 하는 문제였다. 안타깝게도 모든 증언은 하나같이 미챠에게 불리하여 그에게 유리한 것은 한 가지도 없었으며, 심지어 어떤 증언들은 새로울 뿐만 아니라 거의 아연실색케 하는 사실을 담고 있어 미챠의 진술을 송두리째 뒤엎기도 했다. 맨 처음 심문을 받은 이는 트리폰 보리소비치였다. 그는 조금도 겁먹은 기색 없이, 오히려 피고에 대해 준엄하고도 노골적인 분노의 빛을 보이며 심문관들 앞에 나섰고, 그럼으로써 의심할 바 없이 자신을 지극히 정의롭고도 품위 있는 인격을 지닌 인간으로 보이게 했다. 말수도 적고 신중했으며, 질문이 끝나길 기다렸다가 심사숙고하여 정확하게 대답했다. 그는 조금도 주저하지 않고 확고하게, 한 달 전에 쓴 돈이 3천보다 적을 리는 없다, 이곳 농부들도 3천이라는 말을 '미트리 표도르이치' 본인한테서 직접 들었노라고 다들 증언할 것이라고 진술했다. "집시 계집들한테 뿌린 돈만 해도 얼마나 많은데요. 그것들한테 굴러간 돈만 해도 분명히 1천은 더 될 겁니다."

"5백도 안 될걸." 미챠가 그 말에 침울하게 한마디했다. "다만 그때 세어보진 않았지, 술에 취해 있었으니까, 유감이군……"

미챠는 이번에는 커튼을 등지고 비스듬히 앉아 침울한 얼굴로 듣고만 있었는데, '에이, 마음대로들 진술해라, 이젠 다 상관없다!'라고 말하는 듯한, 서글프고 지친 표정이었다.

"그것들한테 1천이 넘게 갔다니까요, 미트리 표도로비치." 트리폰 보리소비치가 단호하게 반박했다. "무턱대고 뿌려댔고, 그것들은 그 족

족 주워갔죠. 그 족속은 원래가 도둑놈에다 사기꾼이란 말입니다, 말馬 도둑놈들이지요, 이젠 여기서 쫓겨났지만, 안 그랬다면 당신한테서 얼마나 뜯어냈는지 이 자리에서 직접 증언할걸요. 나도 그때 당신이 손에 많은 돈을 들고 있는 걸 내 눈으로 보았습니다—세어보지야 못했지만, 어디 세어보게 해주셔야 말이지요, 그건 맞아요—하지만 눈대중으로도 천5백보다는 훨씬 많았던 걸로 기억해요…… 천5백이 뭡니까! 우리도 돈 구경은 좀 해봐서 그만한 판단이야 할 수 있습니다……"

어제의 금액에 대해서도 트리폰 보리소비치는 드미트리 표도로비치가 마차에서 내리기 무섭게 3천을 가져왔노라고 자기에게 직접 밝혔다고 자신 있게 진술했다.

"그만두게, 그게 무슨 소리야, 트리폰 보리소비치." 미챠가 반박해보려고 했다. "정말 내가 그렇게 확실히 밝혔나, 3천을 가져왔다고?"

"그렇게 말씀했죠, 미트리 표도로비치. 안드레이도 있는 데서 그랬습니다. 바로 저기 그가, 안드레이가 있군요, 아직 돌아가지 않고 있으니, 이리 부르시죠. 그리고 저기 홀에서 합창단을 대접할 때도 여기서 여섯번째 천을 쓰는 거라면서 아주 대놓고 외쳤는데—그러니까 저번 것하고 합치면 그렇게 봐야겠죠. 스체판도 세묜도 들었고, 표트르 포미치 칼가노프도 그때 당신 옆에 나란히 서 계셨으니, 그분도 아마 기억하고 있을걸요……"

심문관들은 여섯번째 천에 관한 진술을 특별히 인상 깊게 받아들였다. 이 새로운 편집 방식이 마음에 들었던 것이다. 셋 더하기 셋은 여섯, 따라서 그때의 3천에 지금의 3천을 더하면 6천, 더없이 명백한 결론이었다.

트리폰 보리소비치가 거명한 모든 농부, 스체판과 세묜, 마부 안드레이, 그리고 표트르 포미치 칼가노프도 심문을 받았다. 농부들과 마부는 주저 없이 트리폰 보리소비치의 진술을 확인해주었다. 그 밖에도 안드레이의 진술 가운데 미챠와 함께 이리로 오는 도중에 나눈 대화, 즉 "나는, 이 드미트리 표도로비치는 어디로 가게 될까, 천국일까 지옥일까, 저세상에서는 나를 용서해줄까 아닐까?"에 대한 대목은 조서에 특별히 기록되었다. '심리학자' 입폴리트 키릴로비치는 미묘한 미소를 띠고 이 모든 것을 들은 다음, 드미트리 표도로비치가 어디로 가게 될 것인가에 대한 이 진술도 '일건서류*에 첨부'하도록 권고했다.

칼가노프는 심문받을 차례가 되자 내키지 않는다는 듯 얼굴을 찌푸리고 언짢아하며 들어오더니, 검사와도 니콜라이 파르표노비치와도 실은 구면일뿐더러 매일같이 만나는 사이인데도 마치 난생처음 보는 사람들을 대하는 듯한 태도로 말을 나누었다. '이 일에 대해서는 아무것도 모르고, 알고 싶지도 않다'고 그는 처음부터 선언하고 나왔다. 그러나 여섯번째 천에 대해서는 그도 들었던 것으로 밝혀졌고, 그 순간에 바로 곁에 서 있었노라고 시인했다. 자기 눈으로는 "얼마인지 알 수 없는" 돈이 미챠의 손에 들려 있었다고도 했다. 폴란드인들이 카드놀이에서 속임수를 쓴 것에 대해서는 그렇다고 진술했다. 또한 여러 차례 거듭된 질문에 대해 그는 폴란드인들이 쫓겨난 뒤 미챠와 아그라페나 알렉산드로브나 사이의 일이 실제로 좋게 풀렸으며 그녀 스스로 그를 사랑한다고 말했노라고 설명했다. 아그라페나 알렉산드로브나에 대해

---

* 하나의 재판 사건에 관한 모든 서류를 정리한 장부.

말할 때는 마치 그녀가 최상류사회의 귀부인이기라도 하듯 조심스럽고 정중했으며, 단 한 번도 그녀를 '그루셴카'라고 부르지 않았다. 청년이 진술에 대해 노골적인 혐오감을 감추지 않았음에도 불구하고, 입폴리트 키릴로비치는 오랫동안 그를 심문하여 간밤에 있었던 미챠의 이른바 '로맨스'에 대해 누구에게서도 알아낼 수 없었던 세세한 것까지 낱낱이 알아냈다. 미챠는 한 번도 칼가노프를 제지하지 않았다. 마침내 청년은 풀려났고, 분노를 숨기지 않으면서 그곳을 떴다.

폴란드인들도 심문을 받았다. 그들은 자기들 방에서 잠자리에 들긴 했지만 밤새껏 눈을 붙이지 못하다가, 경찰들과 법관들이 도착하자 자기들도 틀림없이 호출될 것으로 알고 급히 옷을 갈아입고 대기하고 있었다. 그들은 겁을 좀 집어먹긴 했으나 그래도 의젓한 태도로 나타났다. 우두머리, 그러니까 키가 작은 폴란드 신사는 퇴직한 12등관으로, 시베리아에서 수의사로 근무했던 것으로 드러났으며, 성은 무샬로비치였다. 판 브루블렙스키는 개인적으로 개업을 하고 있는 덴티스트, 러시아어로 치과의사임이 밝혀졌다. 두 사람은 방으로 들어오자마자, 니콜라이 파르표노비치가 질문을 하는데도 옆에 서 있던 미하일 마카로비치를 보며 답변하기 시작했는데, 그를 여기서 지위가 제일 높고 대장격인 인물로 잘못 알고 말끝마다 '판 풀코브니크(대령님)'라 불렀다. 그러다가 미하일 마카로비치에게서 몇 차례 직접 훈시를 듣고 나서야 비로소, 니콜라이 파르표노비치에게만 답변해야 한다는 사실을 깨달았다. 이들은 러시아어를 할 줄 알고, 더구나 몇몇 단어의 발음을 제외하면 대단히, 대단히 훌륭하게 구사할 수 있음이 밝혀졌다. 판 무샬로비치가 그루셴카와의 과거와 현재의 관계에 대해 열을 올리며 거만하게 말하기 시작하자, 미챠는 금세 제정신을 잃고서, '비열한 놈'이 자기 앞에서 그렇게 말하는 것을 용납하지 않겠노라고 소리쳤다. 판 무샬로비치는 즉시 '비열한 놈'이라는 말에 주의를 환기시키면서 그것을 조서에 기입해달라고 부탁했다. 미챠는 격분해서 부글부글 끓어올랐다.

"그래, 비열한 놈이다, 비열한 놈! 이것도 써넣으시죠, 써넣으라고요, 조서고 뭐고 간에 나는 끝까지 소리칠 테다, 네놈은 비열한 놈이야!" 그가 계속 부르짖었다.

니콜라이 파르표노비치는 그것을 조서에 써넣기는 했으나, 이 불쾌한 돌발 상황에서도 충분히 칭찬받을 만한 업무 처리 수완과 능력을 발휘했다. 미챠에게 엄중한 경고를 한 다음, 이 사건의 로맨스적인 측면에 관한 더이상의 심문을 즉각 중단하고 서둘러 근본적인 문제로 넘어간 것이다. 그런데 근본적인 문제에서도 폴란드 신사들의 증언 한 가지가 예심판사측의 비상한 호기심을 불러일으켰다. 그건 다름아니라, 미챠가 그 조그만 방에서 판 무샬로비치를 매수하려 들었고, 손을 떼는 조건으로 3천을 주겠다고 제안했는데, 7백은 손에 바로 쥐여주고 나머지 2천3백은 '당장 내일 아침에 시내에서' 주마, 지금 여기 모크로예에서는 자기한테 그만한 돈이 없다, 시내에 돈이 있다고 말하면서 맹세까지 했다는 것이었다. 미챠는 발끈하여, 내일 시내에서 확실하게 돈을 건네주겠다고 말한 적은 없다고 항변하려 들었지만, 판 브루블렙스키가 동료의 진술이 옳다고 확인해주었고, 미챠 자신도 잠깐 생각해보더니 이 폴란드 양반들 말대로였던 것도 같다, 자기는 그때 몹시 흥분해 있었으니까 실제로 그런 말을 했을 수도 있겠다며 얼굴을 찌푸리고 시인했다. 검사는 이 진술에 바싹 긴장해서 귀를 기울였다. 미챠의 손에 들어온 3천의 절반 혹은 일부가 실제로 시내 어딘가에, 아니면 심지어 여기 이 모크로예 어딘가에 숨겨져 있을 수도 있다는 것이 심리하는 측으로서는 분명해졌고(나중에는 실제로 그렇게 결론을 냈다), 그리하여 심리 과정에서 가장 까다로운 것이었던 정황, 즉 미챠의 수중에서 찾아낸 돈이 모두 8백 루블에 불과했다는 사실도 이런 식으로 해명된 셈이었는데—이 정황이야말로 아주 하찮긴 하나 그래도 지금까지 미챠에게 다소 유리한 단 하나의 증거였으니, 이제 그에게 유리했던 이 유일한 증거마저 파기되고 만 것이다. 검사가, 내일 폴란드 신사에게 건네줄 나머지 2천3백을 도대체 어디서 가져올 작정이었느냐, 가진 돈이 천5백밖에 없었다고 제 입으로 주장하면서 어쩌자고 폴란드 신사에게 그런 맹세까지 했느냐고 묻자, 미챠는 내일 '폴란드 놈'한테 내놓으려고 한 것은 돈이 아니라 체르마쉬냐 영지의 소유권, 삼소노프와 호흘라코바에게 제안했던 바로 그 권리에 대한 정식 증서였노라고 단호하게 대답했다. 검사는 '순진하기 짝이 없는 수작'에 실소마저 금치 못했다.

"그래, 당신은 저 사람이 현금 2천3백 루블 대신 그 '권리'를 받는 데 응했으리라고 생각하십니까?"

"틀림없이 응했을 겁니다." 미챠는 열띤 어조로 딱 잘라 말했다. "여부가 있습니까, 저놈은 그걸로 그저 2천이 아니라, 4천, 아니 6천까지도 거머쥘 수 있을 테니까요! 저 작자는 당장에 폴란드 놈이건 유대 놈이건 자기네들 변호사 놈들을 있는 대로 끌어모아, 3천이 아니라 체르마쉬냐를 통째로 우리 영감한테서 가로채고 말 겁니다!"

당연히 판 무살로비치의 진술은 아주 상세하게 조서에 기록되었다.

그것으로 폴란드 신사들은 풀려났다. 카드놀이에서 속임수를 쓴 사실에 대해서는 한마디도 묻지 않았다. 니콜라이 파르표노비치는 그러잖아도 그들에게 감지덕지하고 있었으므로 아무것도 아닌 일들로 그들을 괴롭히고 싶지 않았고, 더구나 그 모든 것은 카드를 치다가 술김에 벌어진 하찮은 다툼에 지나지 않았던 것이다. 간밤의 난장판과 추태가 오죽했겠는가…… 그리하여 그 돈 2백 루블은 폴란드 신사들 호주머니에 그대로 남게 되었다.

다음에는 막시모프 노인이 불려왔다. 그는 겁을 먹고 나타나서 종종걸음으로 다가왔는데, 안절부절못하고 몹시 슬픈 표정이었다. 저쪽 아래층에서도 내내 그루셴카 옆을 떠나지 않고 말없이 붙어앉아 있었고, 나중에 미하일 마카로비치가 얘기한 바로는, '때로는 그녀가 불쌍해서 갑자기 흑흑 울음을 터뜨리려 하면서 푸른 바둑판무늬 손수건으로 연신 눈가를 훔치곤 했다'. 그래서 오히려 그녀가 나서서 그를 달래고 위로해주던 형편이었다. 노인은 금세 눈물을 흘리며, 드미트리 표도로비치한테서 "10루블을 말입죠, 이몸이 워낙 가난하다보닙쇼" 꾸었는데, 잘못했다, 꼭 돌려줄 생각이라고 고백했다…… 드미트리 표도로비치한테서 돈을 빌릴 때 그의 손에 들려 있던 돈을 누구보다 가까이서 보았을 테니 그의 수중에 돈이 얼마나 있는지 알아보았느냐고 니콜라이 파르표노비치가 대놓고 묻자—막시모프는 '2만이었습죠' 하고 더없이 단호하게 대답했다.

"전에 어디서든 2만이란 돈을 보신 적이 있습니까?" 니콜라이 파르표노비치가 빙긋이 웃으며 물었다.

"아무렴요, 보았습죠, 다만 2만이 아니굽쇼 7천이었습지요, 마누라가

제 소유의 마을을 저당잡혔을 때였답니다. 멀찌감치서 살짝 구경만 하라면서 제 앞에서 자랑했어요. 엄청 두툼한 뭉치더구먼요, 죄다 무지갯빛이었지요. 드미트리 표도로비치가 가진 돈도 죄다 무지갯빛이었습니다……"

그는 곧 풀려났다. 드디어 그루셴카 차례가 되었다. 예심판사측에서는 그녀의 출현이 드미트리 표도로비치에게 어떤 충격을 주지 않을까 우려하는 눈치였고, 니콜라이 파르표노비치는 그에게 몇 마디 훈계 삼아 중얼거리기까지 했으나, 미챠는 대답 대신 말없이 고개를 숙여 보이면서, '소란을 피우지 않겠다'는 뜻을 표했다. 미하일 마카로비치가 그루셴카를 직접 데리고 들어왔다. 그녀는 단정하고 침울한, 겉으로는 거의 침착해 보이기까지 하는 얼굴로 들어와서, 자신에게 지정된 의자에 니콜라이 파르표노비치를 마주보고 앉았다. 그녀는 몹시 창백했고, 한기가 드는지 아름다운 검은 숄로 몸을 꽉 감싸고 있었다. 실제로 그녀에겐 그때 가벼운 오한이 일기 시작했는데—이날 밤 이후 오랫동안 그녀를 괴롭힌 기나긴 병의 시작이었다. 그녀의 단정한 모습, 솔직하고 진지한 시선, 침착한 태도는 모든 사람에게 대단히 좋은 인상을 주었다. 니콜라이 파르표노비치는 대번에 어느 정도 '매혹'되기까지 했다. 나중에 어디서 이 이야기를 할 때면, 전에도 그녀를 몇 번 본 적이 있지만 늘 '촌바닥의 헤타이라*' 정도로만 여기다가 그때 처음으로 이 여자가 '정말 아름답구나' 하고 깨달았노라고 스스로 고백하곤 했다. "태도가 아주 최상류사회 귀부인 못지않아요." 한번은 어느 부인네들 모임에

* 고대 그리스의 고급 창녀.

서 열광한 어조로 이렇게 불쑥 뇌까린 적도 있었다. 하지만 부인들은 잔뜩 분개하여 듣고 있다가 그 벌로 즉시 그를 '장난꾸러기'라고 불렀는데, 그는 도리어 몹시 흡족해했다. 방으로 들어서면서 그루센카는 미챠에게 흘낏 눈길을 주는 듯했을 뿐이고, 그도 불안한 마음으로 그녀를 쳐다보았으나, 그녀의 표정은 곧바로 그를 안심시켰다. 우선 가장 필수적인 질문과 훈계를 마치자 니콜라이 파르표노비치는 약간 말을 더듬기는 해도 지극히 정중한 태도를 잃지 않으면서, "퇴역 중위 드미트리 표도로비치 카라마조프와는 어떤 관계였습니까?" 하고 물었다. 이에 대해 그루센카는 조용하고 분명하게 말했다.

"아는 사람이었습니다, 아는 사람으로서 최근 한 달 동안 저희 집을 방문했습니다."

뒤이은 호기심 어린 질문들에 대해 그녀는 조금도 숨김없이, 그가 '간혹' 마음에 들기는 했지만 그를 사랑하지는 않았고, 그 '영감님'에게도 그랬듯 '자신의 추악한 원한' 때문에 유혹했던 것이며, 미챠가 자기 때문에 표도르 파블로비치를 비롯한 모든 사람을 몹시 질투한다는 걸 알았지만 자신은 그것을 오히려 즐겼을 뿐이라고 아주 솔직하게 밝혔다. 표도르 파블로비치에게 갈 생각은 꿈에도 없었고 그저 그를 골려준 것이라고 했다. "이 한 달 내내 그 두 사람은 제 안중에도 없었어요. 저는 다른 사람을, 저에게 몹쓸 짓을 했던 사람을 기다리고 있었으니까요…… 다만 제 생각에," 그녀가 이 얘기를 끝맺었다. "이런 건 여러분이 궁금해하실 이유가 없고 저도 대답할 필요가 없는 것 같군요, 어디까지나 저 개인의 문제니까요."

니콜라이 파르표노비치도 즉시 그렇게 했다. '로맨스'에 관한 사항들은 더이상 캐묻지 않고 곧바로 진지한 문제, 다시 말해 바로 그 가장 중요한 문제인 3천에 관한 질문으로 넘어갔다. 그루셴카는 한 달 전 모크로예에서 쓴 돈이 실제로 3천이라고 확인해주었는데, 자신이 직접 세어본 것은 아니지만 드미트리 표도로비치 본인한테서 3천 루블이라는 말을 들었다고 했다.

"당신과 단둘이 있을 때 그 말을 하던가요, 아니면 누구 다른 사람이 함께 있었나요, 아니면 당신이 있는 자리에서 다른 사람에게 그런 말을 하는 것을 들었을 뿐인가요?" 검사가 즉시 묻고 나섰다.

이에 대해 그루셴카는 다른 사람들이 있는 데서도 들었고 다른 사람들과 말하는 것도 들었고 단둘이 있을 때 그에게서 직접 듣기도 했다고 밝혔다.

"단둘이 있을 때 들은 건 단 한 번입니까, 아니면 여러 번입니까?" 검사는 다시 물어서, 여러 번 들었다는 대답을 그루셴카한테서 얻어냈다.

입폴리트 키릴르이치*는 이 진술에 대단히 만족해했다. 이어진 질문에서는 그루셴카가 이 돈의 출처를, 즉 드미트리 표도로비치가 그 돈을 카체리나 이바노브나에게서 슬쩍했다는 사실을 알고 있었다는 것도 밝혀졌다.

"그럼 혹시 한 달 전에 탕진한 돈이 3천이 아니라 그보다 적었고, 드미트리 표도로비치가 그 돈에서 절반을 자신을 위해 따로 남겨두었다는 얘기를 한 번이라도 들은 적은 없습니까?"

"아뇨, 그런 얘긴 한 번도 들은 적이 없습니다." 그루셴카가 진술

* 일상어에서 부칭 키릴로비치 대신에 자주 사용된다.

했다.

그뿐만 아니라 오히려 지난 한 달 내내 미챠가 돈이 한푼도 없다고 그녀에게 자주 말했다는 것까지 밝혀졌다. "아버지한테서 돈을 받기만 줄곧 기다렸어요." 그루셴카가 말을 끝맺었다.

"그럼 언제 당신이 있는 데서…… 혹은 어쩌다 지나가는 말로, 아니면 홧김에," 니콜라이 파르표노비치가 갑자기 말을 가로챘다. "자기 아버지를 죽일 작정이라는 말을 한 적은 없습니까?"

"아아, 말했죠!" 그루셴카가 한숨을 내쉬었다.

"한 번입니까, 여러 번입니까?"

"여러 번 그랬어요, 언제나 화가 잔뜩 났을 때였죠."

"그가 정말 그러리라고 믿었습니까?"

"아뇨, 절대로 아녜요!" 그녀가 확고하게 대답했다. "그이의 고결한 마음을 믿고 있었으니까요."

"여러분, 부탁입니다." 미챠가 갑자기 소리쳤다. "여러분이 있는 자리에서 아그라페나 알렉산드로브나에게 단 한 마디만 하게 해주십시오."

"그러시지요." 니콜라이 파르표노비치가 승낙했다.

"아그라페나 알렉산드로브나," 미챠가 의자에서 몸을 일으켰다. "하느님과 나를 믿어줘. 어제 살해당한 아버지의 피에 대해서 나는 아무 죄도 없어!"

이 말을 하고 미챠는 다시 의자에 앉았다. 그루셴카는 자리에서 일어나 성상화를 향해 경건하게 성호를 그었다.

"주님 당신께 영광이 있으소서!" 그녀는 뜨겁고 간절한 목소리로 이렇게 말하고는, 여전히 자리에 앉지 않고 니콜라이 파르표노비치를 향해 덧붙였다. "저이가 지금 말한 것을 그대로 믿어주세요! 저는 저이를 압니다. 허튼소리를 해대지만, 농담삼아 하는 말이거나 공연히 고집을 부리느라고 그러는 거지, 양심을 거역하는 거라면 절대로 거짓말을 할 사람이 아닙니다. 솔직하게 진실을 말할 사람이니, 그 말을 믿어주세요!"

"고마워, 아그라페나 알렉산드로브나, 당신은 내 영혼을 격려해주었어!" 미챠가 떨리는 목소리로 대꾸했다.

그녀는 어제의 돈에 대한 질문에 그것이 얼마였는지는 알지 못하지만, 3천을 가져왔노라고 그가 어제 사람들에게 여러 차례 말하는 것을 들었다고 진술했다. 돈의 출처와 관련해서는 카체리나 이바노브나한테서 '훔쳤다'고 그녀에게만 말하기에, 그건 훔친 게 아니다, 내일 당장 돈을 돌려주면 된다고 그에게 대답했노라고 했다. 카체리나 이바노브나한테서 훔쳤다는 것은 어떤 돈을 말하는 것인가—어제의 돈인가 아니면 한 달 전에 여기서 탕진한 그 돈 3천인가, 하고 검사가 끈질기게 묻자—한 달 전의 돈을 두고 한 말이었다, 자기는 그렇게 이해했다고 그녀는 밝혔다.

드디어 그루셴카도 풀어주었는데, 그러면서 니콜라이 파르표노비치는 그녀에게, 지금 당장이라도 시내로 돌아가도 좋다, 만약 자기 쪽에서 무슨 도움이든 줄 수 있다면, 예컨대 마차라든가 동행자를 원한다면, 그가…… 나서서 돕겠다고…… 열성적으로 말했다.

"깊이 감사드립니다." 그루셴카가 그에게 몸을 숙이며 절했다. "저는 저 지주 영감님과 함께 떠나겠어요, 저분을 데려다드리려고요, 하지만 허락해주신다면 드미트리 표도로비치의 일이 여기서 일단락될 때까지 아래층에서 기다리겠습니다."

그녀는 밖으로 나갔다. 미챠는 마음이 진정되었고, 완전히 기운을 차린 듯싶기까지 했으나, 그것도 그저 잠깐이었다. 일종의 기이한 신체적인 무기력이 시간이 갈수록 점점 더 그를 덮쳤다. 너무 지친 탓에 두 눈이 자꾸만 감겨왔다. 드디어 증인 심문이 끝났다. 심문관들은 조서의 최종 마무리에 착수했다. 미챠는 의자에서 일어나 구석자리의 커튼 가로 가서 양탄자를 씌워놓은 주인장의 커다란 궤짝 위에 누워 그대로 잠이 들고 말았다. 그는 어떤 이상한 꿈을, 왠지 때와 장소에 전혀 맞지 않는 꿈을 꾸었다. 어딘가 대초원을, 오래전에, 아주 예전에 근무했던 곳을 달리는 성싶은데, 어떤 농부가 그를 마차에, 쌍두마차에 태우고 궂은 날씨 속을 가고 있다. 미챠는 그저 으슬으슬 추운 기분이고, 11월 초순인데도 축축하고 커다란 함박눈이 펑펑 쏟아지면서 땅에 떨어지자마자 그대로 녹아버린다. 농사꾼은 멋진 솜씨로 채찍을 휘두르며 그가 탄 마차를 힘차게 몰고, 아주 길게 기른 아맛빛 구레나룻에 나이는 쉰 살쯤 되었을까, 아직 노인이라고는 할 수 없는 사내로 회색의 거친 농사꾼 외투를 걸치고 있다. 저기, 멀지 않은 곳에 조그만 마을이 나타나고, 시커먼, 아주 시커먼 농가들이 눈에 들어오는데, 농가들은 절반이 불에 타버렸고 타다 남은 시커먼 통나무들만 비죽비죽 서 있다. 마을 어귀의 길에는 아낙네들이, 수많은 아낙네가 줄지어 서 있고, 하나같이 비쩍 말라 뼈가 앙상한데다 얼굴은 왠지 흙빛이다. 특히 저 끝에 서 있는, 피골이 상접하고 키가 껑충 큰 한 아낙네는 나이가 마흔쯤 되어 보이지만, 어찌 보면 겨우 스무 살쯤 된 듯도 한데, 길쭉한 얼굴은 바싹 여위고, 품에 안긴 갓난아기는 울고 있는 것이, 분명 젖가슴이 말라버려 젖이 한방울도 안 나오는 모양이다. 아기는 울고 또 울면서 조그만 주먹을 꼭 쥔 채 두 팔을 뻗쳐대고, 벌거숭이 팔은 추위에 거의 시퍼렇게 얼어 있다.

"왜 저리 울고들 있지? 왜 우는 거야?" 그들 곁을 쌩쌩 지나가며 미챠가 묻는다.

"애기입죠." 마부가 그에게 대답한다. "애기가 우는 겁니다요." '아기'라고 말하지 않고 자기네들식으로, 농부들식으로, '애기'라고 말한 데에 미챠는 감동한다. 농부가 '애기'라고 말한 것이 마음에 든다. 한결 더 애처롭게 여겨지는 것만 같다.

"그런데 왜 우느냐니까?" 미챠는 바보처럼 자꾸만 채근해댄다. "왜 팔을 저렇게 드러내고 있는 게야, 왜 뭐로 좀 감싸주지 않아?"

"애기가 꽁꽁 얼었습죠, 옷도 얼어붙어서 몸을 녹여줄 수가 있어야죠."

"대체 왜 그런 건데? 왜?" 바보 같은 미챠는 여전히 물러서지 않는다.

"가난한 사람들입죠, 화재까지 당했으니 빵조각이 어딨습니까요, 불타버린 마을을 위해 구걸하고 있습죠."

"아냐, 아냐." 미챠는 여전히 이해가 안 가는 모양이다. "말해보게. 화재를 당한 어머니들이 왜 저렇게 서 있나, 왜 사람들이 가난한 거야, 왜 애기가 가난한 거야, 왜 초원이 이렇게 황량한 거야, 왜 저들은 서로 얼싸안지 않고 입맞추지 않는 거야, 왜 기쁨의 노래를 부르지 않는 거야, 왜 저들은 시커먼 재난 때문에 저렇게 시커메진 거야, 왜 애기한테 젖을 먹이지 않는 거야?"

그러면서 그는 자신이 정신없이 무모한 질문을 하고 있지만 반드시 꼭 이렇게 묻고 싶고 또 꼭 이렇게 물어야만 한다고 마음속으로 느낀다. 그리고 지금껏 한 번도 경험해보지 못한 감동이 가슴속에서 솟구쳐 오르는 것을 느낀다. 울고 싶은 마음이다, 모든 사람을 위해 무엇인가를 하고 싶다, 애기가 더이상 울지 않도록, 시커멓게 말라버린 애기 엄마가 울지 않도록, 이 순간부터 그 누구도 눈물을 흘리지 않도록, 지금 당장, 지금 당장, 한시도 지체 없이, 모든 것을 무릅쓰고 카라마조프답게 막무가내로.

"나도 당신과 함께할 거야, 이제 당신 곁을 떠나지 않겠어, 평생토록 당신과 함께 갈 거야." 감동으로 가득찬 그루셴카의 다정한 말이 그의 곁에서 울려퍼진다. 그러자 그의 가슴이 온통 불타오르기 시작하며 어떤 빛을 향해 내달았다. 살고 싶다, 살고 싶다, 그 어떤 길을 향해 가고 싶다, 가고 싶다, 그를 부르고 있는 새로운 빛을 향해, 어서, 어서, 지금 바로, 지금!

"뭐라고? 어디로?" 그가 눈을 뜨고 궤짝 위에 일어나 앉으며 외치는데, 영락없이 기절 상태에서 깨어난 모습이지만 얼굴에는 환한 미소가 떠올라 있다. 니콜라이 파르표노비치가 그를 내려다보며 서서, 조서를 읽어줄 테니 다 듣고 서명해달라고 부탁한다. 미챠는 자기가 한 시간 아니면 그 이상 잤다는 것을 깨달았지만, 니콜라이 표도로비치의 말 같은 건 듣고 있지도 않았다. 갑자기 그는 깜짝 놀랐는데, 힘없이 궤짝 위에 쓰러질 때만 해도 없었던 베개가 머리맡에 놓여 있지 않은가.

"누가 내 머리맡에 베개를 가져다주신 거죠? 누구시죠, 이렇게 친절하신 분이!" 그는 마치 자신에게 엄청난 자선이라도 베풀어진 것처럼, 왠지 환희와 감사의 마음으로 가득차 울먹이는 듯한 목소리로 외쳤다.

그 친절한 사람은 나중에도 끝내 밝혀지지 않았는데, 입회인 중 누군가가, 아니면 아마도 니콜라이 파로표노비치의 서기가 동정하는 마음에서 그에게 베개를 받쳐주었을 테지만, 그의 영혼은 온통 눈물로 전율하는 것만 같았다. 그는 탁자로 다가가서 무엇이든 원하는 대로 서명하겠노라고 선언했다.

"나는 좋은 꿈을 꾸었답니다, 여러분." 그는 기쁨으로 환히 빛나는 듯한, 왠지 새로운 얼굴을 하고서 어딘가 이상한 어조로 이렇게 말했다.

IX
미챠, 압송되다

조서에 서명이 끝나자, 니콜라이 파르표노비치는 엄숙하게 피고를 향해 다음과 같은 내용의 '예심 판결문'을 읽어주었다. 몇 년 몇 월 몇 일 모처에서 모 지방법원의 예심판사가 아무개(즉, 미챠)를 이러저러한 사건의 피고로서(모든 죄목은 소상히 기록되어 있었다) 심문한 결과, 피고가 자신에게 걸린 범죄 혐의를 인정하지 않으면서도 자신의 무죄를 입증할 수 있는 어떤 증거도 제시하지 못한 반면, (이러이러한) 증인들과 (이러이러한) 정황들은 그의 범행을 완전히 증명하고 있다는 점에 주목하여, '형법' 제 몇 조와 제 몇 조 등등에 의거하여 다음과 같이 판시한다. 아무개(미챠)가 심리와 재판을 기피할 가능성을 차단하기 위해 그를 모 구치소에 구금하고 이 점을 피고에게 고지하며, 이 예심 판결문 사본을 검사 시보에게 통첩한다 운운. 한마디로, 미챠는 이 순간부터 죄수이며 곧 시내로 압송되어 대단히 불유쾌한 어느 장소에 구금된다는 사실을 통보받은 것이다. 미챠는 주의깊게 듣고 나서 그저 어깨를 흠칫할 뿐이었다.

"어쩌겠습니다, 여러분, 여러분을 탓하지 않습니다, 나는 각오가 돼 있습니다…… 여러분으로서도 달리 도리가 없다는 점, 이해합니다."

니콜라이 파르표노비치는, 마침 지금 이곳에 와 있는 지서장 마브리키 마브리키예비치가 이제 곧 그를 호송할 것이고…… 라며 그에게 상냥하게 설명을 늘어놓았다.

"잠깐만요." 갑자기 미챠가 말을 가로막더니 억제할 수 없는 어떤 감정에 휩싸여, 방안에 있는 모든 사람을 향해 입을 열었다. "여러분, 우리는 모두 잔인하고 우리는 모두 불한당입니다, 우리는 모두 사람들을, 애어머니들과 젖먹이들을 울리고 있고, 그 모두 가운데서도—이젠 이미 이렇게 낙인을 찍어도 좋습니다—그 모두 가운데서도 내가 가장 비열한 독사입니다! 그렇습니다! 지금껏 살아오며 매일같이 가슴을 치며 마음을 고쳐먹겠다고 다짐했지만, 여전히 매일같이 더러운 짓만 저질렀습니다. 나 같은 놈들에겐 철퇴가, 운명의 철퇴가 필요하다는 것을, 포승을 지워 외부의 힘으로 단단히 묶어놓아야 한다는 것을 이제야 알겠습니다. 나 자신의 힘으로는 절대로, 절대로 인간이 되어 일어나지 못할 테니까요! 그런데 마침내 벼락이 떨어진 겁니다. 나를 향한 힐책과 이 공개적인 치욕의 고통을 달게 받겠으며, 고통받기를 원하고, 고통을 통해 나 자신을 정화하겠습니다! 정말로 정화될 수 있지 않을까요, 여러분, 예? 하지만 마지막으로 다시 한번 들어주십시오. 내 아버지의 피에 대해서는 죄가 없습니다! 벌을 달게 받겠다는 건 아버지를 죽여서가 아니라 죽이고 싶었다는 것 때문이며, 어쩌면 정말로 죽이게 됐을지도 모르기 때문입니다…… 그렇지만 어쨌든 나는 여러분과 싸울 생각이며, 그것을 여러분에게 선언해둡니다. 최후의 마지막 순간까지 여러분과 싸울 것이고, 결정은 저기 하느님께서 내려주실 겁니다! 용서하십시오, 여러분, 심문을 받으면서 여러분에게 소리를 질렀다 해서 화를 내지는 마십시오, 오, 그때만 해도 내가 너무 어리석었습니다…… 이제 일 분 뒤면 죄수의 몸이 될 테니, 지금 마지막으로 드미트리 카라마조프가 아직은 자유로운 인간으로서 여러분에게 이 손을 내밉니다. 여러분과 작별하면서 세상 사람들과 작별하겠습니다……!"

그는 목소리를 떨기 시작하며 정말로 손을 막 내민 참이었으나, 가장 가까이 서 있던 니콜라이 파르표노비치는 갑작스레 무슨 경련이라도 인 듯한 몸짓을 하면서 손을 뒤로 감춰버렸다. 미챠는 순간적으로 그것을 알아채고 몸을 흠칫 떨었다. 그는 내밀었던 손을 얼른 밑으로 내렸다.

"심리가 아직 끝난 게 아니어서," 니콜라이 파르표노비치가 좀 당황해하며 중얼거렸다. "시내에서 더 계속하게 될 테니까요, 나로서는 물론 당신의 일이 다 잘되길…… 무죄가 선고되길 바라 마지않습니다…… 사실, 드미트리 표도로비치, 나는 늘 당신을 죄인이라기보다는, 뭐랄까, 오히려 불행한 사람으로 여기는 편입니다…… 여기 있는 우리 모두는, 그저 감히 이렇게 모든 사람을 대신하여 말할 수 있다면, 우리 모두는 당신을 근본적으로 고결한 청년으로 기꺼이 인정하는 바이지만, 정말 안타깝군요! 그런 청년이 어떤 정욕에 다소 지나칠 정도로 휩쓸려버린 것이……"

니콜라이 파르표노비치의 자그마한 몸집은 연설이 끝날 즈음엔 아주 완전한 위용을 과시하고 있었다. 갑자기 미챠의 뇌리에, 이 '애송이' 녀석이 지금 당장 자기 팔짱을 끼고 다른 구석으로 끌고 가 요전에 나누었던 그 '계집애들' 얘기를 다시 꺼낼 것 같은 생각이 스쳤다. 하긴 사형장으로 끌려가는 죄수의 머릿속에 그 상황과 아무 관계도 없는 생각이 이따금 떠오르곤 하는 게 어디 드문 일인가.

"여러분, 여러분은 선량하고 인도적인 분들이니—그녀를 만나 마지막 작별을 나눌 수 있게 해주시겠습니까?" 미챠가 물었다.

"물론이지요, 다만 그게…… 한마디로, 이제 아무도 없는 데서는 안 됩니다……"

"그럼, 함께 계십시오."

그루셴카를 데려왔으나, 나누는 말도 별로 없는 짧은 작별이어서, 니콜라이 파르표노비치를 만족시켜주지는 못했다. 그루셴카는 깊숙이 몸을 숙여 미챠에게 절을 했다.

"당신의 여자라고 말한 이상, 앞으로도 당신의 여자야, 그들이 당신을 어디로 보내든, 영원히 당신과 함께 갈 거야. 잘 가요, 죄도 없이 자신을 파멸시킨 양반!"

그녀의 입술이 파르르 떨리고 눈에서는 눈물이 흘러내렸다.

"그루샤, 내 사랑을 용서해줘, 내 사랑 때문에 당신까지 파멸시켰어!"

미챠는 무슨 말인가 더 하고도 싶었으나 갑자기 자기 쪽에서 말을 끊고 밖으로 나갔다. 그에게서 눈을 떼지 않고 있던 사람들이 즉각 그의 주위를 에워쌌다. 어제저녁 안드레이의 트로이카를 그토록 요란하게 우레처럼 몰고 들어왔던 아래층 현관 계단 옆에는 이미 두 대의 마차가 출발 채비를 마치고 서 있었다. 얼굴이 부석부석한 마브리키 마브리키예비치는 땅딸막하고 옹골찬 사내였는데, 갑자기 무슨 일이 어그러지기라도 했는지 무엇엔가 골이 나서 화를 내며 소리를 질러댔다. 그리고 어째선지 이젠 아주 험악한 어조로 미챠에게 마차에 오르라고 재촉했다. '이 사람도 전에 술집에서 나한테 술을 얻어먹을 때는 전혀 다른 얼굴이었지.' 마차에 오르면서 미챠는 잠시 이런 생각을 했다. 트리폰 보리소비치도 현관 층계에서 아래로 내려왔다. 대문 옆에는 농부들이며 아낙네들이며 마부들이며, 수많은 사람이 떼 지어 몰려들어 다들 꼼짝도 않고 그를 쳐다보고 있었다.

"안녕히들 계시게, 하느님의 사람들!" 미챠가 마차에서 갑자기 그들에게 소리쳤다.

"당신도 우리를 용서해주구려." 두어 사람의 목소리가 들려왔다.

"자네도 잘 있게, 트리폰 보리스이치!"

그러나 트리폰 보리스이치는 돌아보지도 않았는데, 아마도 몹시 바쁜 듯했다. 그도 뭐라고 소리를 치면서 부산을 떨고 있었다. 알고 보니, 마브리키 마브리키예비치를 수행할 두 명의 시골 경찰관이 타고 갈 두 번째 마차의 채비가 아직 덜 된 것이었다. 두번째 마차를 몰게 되어 있는 농부는 이제야 외투를 느릿느릿 끼어 입으면서, 자기가 아니라 아킴이 가야 한다고 완강하게 다투고 있었다. 그러나 아킴은 그 자리에 없었다. 사람들은 그를 데리러 달려갔다. 농부는 여전히 고집을 부리면서 조금만 더 기다려달라고 애원했다.

"이곳 족속들은 이 모양이라고요, 마브리키 마브리키예비치, 염치라곤 눈곱만큼도 없다니까요!" 트리폰 보리스이치가 소리쳤다. "네놈은 그저께 아킴한테서 25코페이카를 받아 몽땅 처마신 주제에 지금 어디서 큰소리야. 이런 비열한 족속들한테 그렇게 너그러우시다니, 그저 놀랄 따름입니다요, 마브리키 마브리키예비치, 제가 드릴 말씀은 이것뿐입니다!"

"아니, 두번째 트로이카가 왜 필요한가?" 미챠가 끼어들려고 했다. "한 대로 가세, 마브리키 마브리키치, 내가 반항할 리도 없고 자네한테서 달아나지도 않을 건데, 호송대는 뭣하러?"

"이보슈, 선생, 아직도 모른다면 나를 대하는 말투부터 좀 배우쇼, 나는 당신한테 자네가 아니니까, 함부로 반말하지 말라고요, 그런 충고 따윈 다음번을 위해 아껴두시고……" 마브리키 마브리키예비치는 화풀이를 하게 돼서 기쁘다는 듯, 갑자기 사납게 미챠의 말을 잘라버렸다.

미챠는 입을 다물었다. 얼굴이 시뻘겋게 달아올랐다. 하지만 잠시 뒤에는 갑자기 몹시 추위를 느꼈다. 비는 그쳤으나 우중충한 하늘은 여전히 구름으로 뒤덮여 있고, 매서운 칼바람이 정면으로 얼굴을 때렸다. '오한이 아닐까' 하고 생각하며 미챠는 어깨를 움츠렸다. 마침내 마브리키 마브리키예비치도 마차에 올라 육중하고 널찍하게 자리를 잡고 앉아, 시치미를 뚝 떼며 자신의 몸으로 미챠를 옆으로 세차게 밀어냈다. 사실 그는 자기에게 맡겨진 임무가 영 못마땅해서 기분이 무척 상해 있었다.

"잘 있게, 트리폰 보리스이치!" 미챠가 다시 외쳤지만, 이번에는 호의에서가 아니라 증오심이 치밀어 마지못해 내지른 소리라는 것을 자신도 느꼈다. 그러나 트리폰 보리소비치는 뒷짐을 지고 거만하게 선 채 미챠를 정면으로 응시하며 엄하고 화난 얼굴을 하고 있을 뿐, 미챠에게 아무런 대답도 하지 않았다.

"안녕히 가세요, 드미트리 표도로비치, 안녕히 가세요!" 어디서 불쑥 튀어나왔는지 갑자기 칼가노프의 목소리가 들려왔다. 그는 마차 옆으로 달려와 미챠에게 손을 내밀었다. 모자도 쓰지 않은 채였다. 다행히도 미챠는 그의 손을 붙잡고 악수할 시간이 아직 있었다.

"잘 있게, 다정한 사람아, 자네의 관대한 마음씨는 잊지 않겠네!" 그가 뜨거운 목소리로 외쳤다. 그러나 마차가 움직이기 시작해, 그들의 손은 떨어지고 말았다. 방울소리가 짤랑짤랑 울렸고—미챠는 압송되어 갔다.

칼가노프는 현관으로 달려들어가 구석에 주저앉아서는 고개를 숙이고 두 손으로 얼굴을 가린 채 울기 시작하더니, 한참 동안 그렇게 앉아 울었는데—이미 스무 살이나 된 청년이 아니라 아직 어린 소년의 울음과도 같았다. 오, 그는 미챠의 유죄를 거의 완전히 믿고 있었던 것이다! '인간이란 과연 이런 것일까, 이럴진대 어찌 진정한 인간이 있을 수 있단 말인가!' 그는 쓰라린 우수에 젖어, 아니 거의 절망에 빠져 두서없이 이렇게 외쳐댔다. 이 순간 그는 더이상 세상에 살고 싶지도 않았다. "살아야 할 가치가 있을까, 가치가 있을까!" 상심한 청년은 이렇게 절규했다.

(3권으로 이어집니다)

문학동네 세계문학전집 발간에 부쳐

세계문학은 국민문학 혹은 지역문학을 떠나 존재하는 문학이 아니지만 그것들의 총합도 아니다. 세계문학이라는 용어에는 그 나름의 언어와 전통을 갖고 있는 국민문학이나 지역문학의 존재를 인정하면서 그것을 넘어서는 문학의 보편적 질서에 대한 관념이 새겨져 있다. 그 용어를 처음 고안한 19세기 유럽인들은 유럽문학을 중심으로 그 질서를 구축했지만 풍부한 국민문학의 전통을 가지고 있는 현대의 문학 강국들은 나름의 방식으로 세계문학을 이해하면서 정전(正典)의 목록을 작성하고 또 수정한다.

한국에서도 세계문학 관념은 우리 사회와 문화의 변화 속에서 거듭 수정돼왔다. 어느 시기에는 제국 일본의 교양주의를 반영한 세계문학 관념이, 어느 시기에는 제3세계 민족주의에 동조한 세계문학 관념이 출현했고, 그러한 관념을 실천한 전집물이 출판됐다. 21세기 한국에 새로운 세계문학전집이 필요하다는 것은 명백하다. 우리의 지성과 감성의 기준에 부합하는 세계문학을 다시 구상할 때가 되었다.

문학동네 세계문학전집은 범세계적으로 통용되는 고전에 대한 상식을 존중하면서도 지난 반세기 동안 해외 주요 언어권에서 창작과 연구의 진전에 따라 일어난 정전의 변동을 고려하여 편성되었다. 그래서 불멸의 명작은 물론 동시대 세계의 중요한 정치·문화적 실천에 영감을 준 새로운 작품들을 두루 포함시켰다.

창립 이후 지금까지 한국문학 및 번역문학 출판에서 가장 전문적이고 생산적인 그룹을 대표해온 문학동네가 그간 축적한 문학 출판 경험을 바탕으로 새로운 세계문학전집을 펴낸다. 인류가 무지와 몽매의 어둠 속을 방황하면서도 끝내 길을 잃지 않은 것은 세계문학사의 하늘에 떠 있는 빛나는 별들이 길잡이가 되어주었기 때문이다. 우리가 자부심과 사명감 속에서 그리게 될 이 새로운 별자리가 독자들의 관심과 애정에 힘입어 우리 모두의 뿌듯한 자산이 되기를 소망한다.

문학동네 세계문학전집 편집위원

민은경, 박유하, 변현태, 송병선, 이재룡, 홍길표, 남진우, 황종연

세계문학전집 158
카라마조프가의 형제들 2

1판 1쇄 2018년 4월 30일
1판 9쇄 2024년 8월 10일

지은이 표도르 도스토옙스키 | 옮긴이 김희숙

책임편집 김경은 | 편집 이현미 | 독자모니터 장선아
디자인 김마리 최미영 | 저작권 박지영 형소진 최은진 오서영
마케팅 정민호 서지화 한민아 이민경 안남영 왕지경 정경주 김수인 김혜원 김하연 김예진
브랜딩 함유지 함근아 박민재 김희숙 이송이 박다솔 조다현 정승민 배진성
제작 강신은 김동욱 이순호 | 제작처 영신사

펴낸곳 (주)문학동네 | 펴낸이 김소영
출판등록 1993년 10월 22일 제2003-000045호
주소 10881 경기도 파주시 회동길 210
전자우편 editor@munhak.com | 대표전화 031)955-8888 | 팩스 031)955-8855
문의전화 031)955-1927(마케팅), 031)955-3560(편집)
문학동네카페 http://cafe.naver.com/mhdn
인스타그램 @munhakdongne | 트위터 @munhakdongne
북클럽문학동네 http://bookclubmunhak.com

ISBN 978-89-546-5098-4 04890
978-89-546-0901-2 (세트)

1, 2, 3 안나 카레니나 레프 톨스토이 | 박형규 옮김
4 판탈레온과 특별봉사대 마리오 바르가스 요사 | 송병선 옮김
5 황금 물고기 J. M. G. 르 클레지오 | 최수철 옮김
6 템페스트 윌리엄 셰익스피어 | 이경식 옮김
7 위대한 개츠비 F. 스콧 피츠제럴드 | 김영하 옮김
8 아름다운 애너벨 리 싸늘하게 죽다 오에 겐자부로 | 박유하 옮김
9, 10 파우스트 요한 볼프강 폰 괴테 | 이인웅 옮김
11 가면의 고백 미시마 유키오 | 양윤옥 옮김
12 킴 러디어드 키플링 | 하창수 옮김
13 나귀 가죽 오노레 드 발자크 | 이철의 옮김
14 피아노 치는 여자 엘프리데 옐리네크 | 이병애 옮김
15 1984 조지 오웰 | 김기혁 옮김
16 벤야멘타 하인학교 - 야콥 폰 군텐 이야기 로베르트 발저 | 홍길표 옮김
17, 18 적과 흑 스탕달 | 이규식 옮김
19, 20 휴먼 스테인 필립 로스 | 박범수 옮김
21 체스 이야기 · 낯선 여인의 편지 슈테판 츠바이크 | 김연수 옮김
22 왼손잡이 니콜라이 레스코프 | 이상훈 옮김
23 소송 프란츠 카프카 | 권혁준 옮김
24 마크롤 가비에로의 모험 알바로 무티스 | 송병선 옮김
25 파계 시마자키 도손 | 노영희 옮김
26 내 생명 앗아가주오 앙헬레스 마스트레타 | 강성식 옮김
27 여명 시도니가브리엘 콜레트 | 송기정 옮김
28 한때 흑인이었던 남자의 자서전 제임스 웰든 존슨 | 천승걸 옮김
29 슬픈 짐승 모니카 마론 | 김미선 옮김
30 피로 물든 방 앤절라 카터 | 이귀우 옮김
31 숨그네 헤르타 뮐러 | 박경희 옮김
32 우리 시대의 영웅 미하일 레르몬토프 | 김연경 옮김
33, 34 실낙원 존 밀턴 | 조신권 옮김
35 복낙원 존 밀턴 | 조신권 옮김
36 포로기 오오카 쇼헤이 | 허호 옮김
37 동물농장 · 파리와 런던의 따라지 인생 조지 오웰 | 김기혁 옮김
38 루이 랑베르 오노레 드 발자크 | 송기정 옮김
39 코틀로반 안드레이 플라토노프 | 김철균 옮김
40 어두운 상점들의 거리 파트릭 모디아노 | 김화영 옮김
41 순교자 김은국 | 도정일 옮김
42 젊은 베르테르의 슬픔 요한 볼프강 폰 괴테 | 안장혁 옮김
43 더블린 사람들 제임스 조이스 | 진선주 옮김
44 설득 제인 오스틴 | 원영선, 전신화 옮김
45 인공호흡 리카르도 피글리아 | 엄지영 옮김
46 정글북 러디어드 키플링 | 손향숙 옮김
47 외로운 남자 외젠 이오네스코 | 이재룡 옮김
48 에피 브리스트 테오도어 폰타네 | 한미희 옮김
49 둔황 이노우에 야스시 | 임용택 옮김
50 미크로메가스 · 캉디드 혹은 낙관주의 볼테르 | 이병애 옮김

100 열세 걸음 모옌 | 임홍빈 옮김
101 데미안 헤르만 헤세 | 안인희 옮김
102 수레바퀴 아래서 헤르만 헤세 | 한미희 옮김
103 소리와 분노 윌리엄 포크너 | 공진호 옮김
104 곰 윌리엄 포크너 | 민은영 옮김
105 롤리타 블라디미르 나보코프 | 김진준 옮김
106, 107 부활 레프 톨스토이 | 박형규 옮김
108, 109 모래그릇 마쓰모토 세이초 | 이병진 옮김
110 은둔자 막심 고리키 | 이강은 옮김
111 불타버린 지도 아베 고보 | 이영미 옮김
112 말라볼리아가의 사람들 조반니 베르가 | 김운찬 옮김
113 디어 라이프 앨리스 먼로 | 정연희 옮김
114 돈 카를로스 프리드리히 실러 | 안인희 옮김
115 인간 짐승 에밀 졸라 | 이철의 옮김
116 빌러비드 토니 모리슨 | 최인자 옮김
117, 118 미국의 목가 필립 로스 | 정영목 옮김
119 대성당 레이먼드 카버 | 김연수 옮김
120 나나 에밀 졸라 | 김치수 옮김
121, 122 제르미날 에밀 졸라 | 박명숙 옮김
123 현기증. 감정들 W. G. 제발트 | 배수아 옮김
124 강 동쪽의 기담 나가이 가후 | 정병호 옮김
125 붉은 밤의 도시들 윌리엄 버로스 | 박인찬 옮김
126 수고양이 무어의 인생관 E. T. A. 호프만 | 박은경 옮김
127 맘브루 R. H. 모레노 두란 | 송병선 옮김
128 익사 오에 겐자부로 | 박유하 옮김
129 땅의 혜택 크누트 함순 | 안미란 옮김
130 불안의 책 페르난두 페소아 | 오진영 옮김
131, 132 사랑과 어둠의 이야기 아모스 오즈 | 최창모 옮김
133 페스트 알베르 카뮈 | 유호식 옮김
134 다마세누 몬테이루의 잃어버린 머리 안토니오 타부키 | 이현경 옮김
135 작은 것들의 신 아룬다티 로이 | 박찬원 옮김
136 시스터 캐리 시어도어 드라이저 | 송은주 옮김
137 고독한 산책자의 몽상 장자크 루소 | 문경자 옮김
138 용의자의 야간열차 다와다 요코 | 이영미 옮김
139 세기아의 고백 알프레드 드 뮈세 | 김미성 옮김
140 햄릿 윌리엄 셰익스피어 | 이경식 옮김
141 카산드라 크리스타 볼프 | 한미희 옮김
142 이 글을 읽는 사람에게 영원한 저주를 마누엘 푸익 | 송병선 옮김
143 마음 나쓰메 소세키 | 유은경 옮김
144 바다 존 밴빌 | 정영목 옮김
145, 146, 147, 148 전쟁과 평화 레프 톨스토이 | 박형규 옮김
149 세 가지 이야기 귀스타브 플로베르 | 고봉만 옮김
150 제5도살장 커트 보니것 | 정영목 옮김
151 알렉시 · 은총의 일격 마르그리트 유르스나르 | 윤진 옮김

152 말라 온다 알베르토 푸겟 | 엄지영 옮김
153 아르세니예프의 인생 이반 부닌 | 이항재 옮김
154 오만과 편견 제인 오스틴 | 류경희 옮김
155 돈 에밀 졸라 | 유기환 옮김
156 젊은 예술가의 초상 제임스 조이스 | 진선주 옮김
157, 158, 159 카라마조프가의 형제들 표도르 도스토옙스키 | 김희숙 옮김
160 진 브로디 선생의 전성기 뮤리얼 스파크 | 서정은 옮김
161 13인당 이야기 오노레 드 발자크 | 송기정 옮김
162 하지 무라트 레프 톨스토이 | 박형규 옮김
163 희망 앙드레 말로 | 김웅권 옮김
164 임멘 호수 · 백마의 기사 · 프시케 테오도어 슈토름 | 배정희 옮김
165 밤은 부드러워라 F. 스콧 피츠제럴드 | 정영목 옮김
166 야간비행 앙투안 드 생텍쥐페리 | 용경식 옮김
167 나이트우드 주나 반스 | 이예원 옮김
168 소년들 앙리 드 몽테를랑 | 유정애 옮김
169, 170 독립기념일 리처드 포드 | 박영원 옮김
171, 172 닥터 지바고 보리스 파스테르나크 | 박형규 옮김
173 싯다르타 헤르만 헤세 | 권혁준 옮김
174 야만인을 기다리며 J. M. 쿳시 | 왕은철 옮김
175 철학편지 볼테르 | 이봉지 옮김
176 거지 소녀 앨리스 먼로 | 민은영 옮김
177 창백한 불꽃 블라디미르 나보코프 | 김윤하 옮김
178 슈틸러 막스 프리슈 | 김인순 옮김
179 시핑 뉴스 애니 프루 | 민승남 옮김
180 이 세상의 왕국 알레호 카르펜티에르 | 조구호 옮김
181 철의 시대 J. M. 쿳시 | 왕은철 옮김
182 카시지 조이스 캐럴 오츠 | 공경희 옮김
183, 184 모비 딕 허먼 멜빌 | 황유원 옮김
185 솔로몬의 노래 토니 모리슨 | 김선형 옮김
186 무기여 잘 있거라 어니스트 헤밍웨이 | 권진아 옮김
187 컬러 퍼플 앨리스 워커 | 고정아 옮김
188, 189 죄와 벌 표도르 도스토옙스키 | 이문영 옮김
190 사랑 광기 그리고 죽음의 이야기 오라시오 키로가 | 엄지영 옮김
191 빅 슬립 레이먼드 챈들러 | 김진준 옮김
192 시간은 밤 류드밀라 페트루솁스카야 | 김혜란 옮김
193 타타르인의 사막 디노 부차티 | 한리나 옮김
194 고양이와 쥐 귄터 그라스 | 박경희 옮김
195 펠리시아의 여정 윌리엄 트레버 | 박찬원 옮김
196 마이클 K의 삶과 시대 J. M. 쿳시 | 왕은철 옮김
197, 198 오스카와 루신다 피터 케리 | 김시현 옮김
199 패싱 넬라 라슨 | 박경희 옮김
200 마담 보바리 귀스타브 플로베르 | 김남주 옮김
201 패주 에밀 졸라 | 유기환 옮김
202 도시와 개들 마리오 바르가스 요사 | 송병선 옮김

203 루시 저메이카 킨케이드 | 정소영 옮김
204 대지 에밀 졸라 | 조성애 옮김
205, 206 백치 표도르 도스토옙스키 | 김희숙 옮김
207 백야 표도르 도스토옙스키 | 박은정 옮김
208 순수의 시대 이디스 워턴 | 손영미 옮김
209 단순한 이야기 엘리자베스 인치볼드 | 이혜수 옮김
210 바닷가에서 압둘라자크 구르나 | 황유원 옮김
211 낙원 압둘라자크 구르나 | 왕은철 옮김
212 피라미드 이스마일 카다레 | 이창실 옮김
213 애니 존 저메이카 킨케이드 | 정소영 옮김
214 지고 말 것을 가와바타 야스나리 | 박혜성 옮김
215 부서진 사월 이스마일 카다레 | 유정희 옮김
216 사람은 무엇으로 사는가 레프 톨스토이 | 이항재 옮김
217, 218 악마의 시 살만 루슈디 | 김진준 옮김
219 오늘을 잡아라 솔 벨로 | 김진준 옮김
220 배반 압둘라자크 구르나 | 황가한 옮김
221 어두운 밤 나는 적막한 집을 나섰다 페터 한트케 | 윤시향 옮김
222 무어의 마지막 한숨 살만 루슈디 | 김진준 옮김
223 속죄 이언 매큐언 | 한정아 옮김
224 암스테르담 이언 매큐언 | 박경희 옮김
225, 226, 227 특성 없는 남자 로베르트 무질 | 박종대 옮김
228 앨프리드와 에밀리 도리스 레싱 | 민은영 옮김
229 북과 남 엘리자베스 개스켈 | 민승남 옮김
230 마지막 이야기들 윌리엄 트레버 | 민승남 옮김
231 벤저민 프랭클린 자서전 벤저민 프랭클린 | 이종인 옮김
232 만년양식집 오에 겐자부로 | 박유하 옮김
233 이상한 나라의 앨리스 루이스 캐럴 | 존 테니얼 그림 | 김희진 옮김
234 소네치카 · 스페이드의 여왕 류드밀라 울리츠카야 | 박종소 옮김
235 메데야와 그녀의 아이들 류드밀라 울리츠카야 | 최종술 옮김
236 실종자 프란츠 카프카 | 이재황 옮김
237 진 알랭 로브그리예 | 성귀수 옮김
238 말테의 수기 라이너 마리아 릴케 | 홍사현 옮김
239, 240 율리시스 제임스 조이스 | 이종일 옮김
241 지도와 영토 미셸 우엘벡 | 장소미 옮김
242 사막 J. M. G. 르 클레지오 | 홍상희 옮김
243 사냥꾼의 수기 이반 투르게네프 | 이종현 옮김
244 험볼트의 선물 솔 벨로 | 전수용 옮김
245 바베트의 만찬 이자크 디네센 | 추미옥 옮김
246 나르치스와 골드문트 헤르만 헤세 | 안인희 옮김
247 변신 · 단식 광대 프란츠 카프카 | 이재황 옮김
248 상자 속의 사나이 안톤 체호프 | 박현섭 옮김
249 가장 파란 눈 토니 모리슨 | 정소영 옮김

● 문학동네 세계문학전집은 계속 출간됩니다